20.09.2013

Für Carmen

Philipp [illegible]

Philipp Probst

DIE BOULEVARD-RATTEN

Philipp Probst

DIE BOULEVARD-RATTEN

Roman

Appenzeller Verlag

1. Auflage, 2013

Umschlaggestaltung: Eliane Ottiger
Umschlagbild: FikMik (iStockphoto)
Gesetzt in Janson Text und gedruckt auf
90 g/m² FSC Mix Munken Premium Cream 17.5
Satz und Druck: Appenzeller Druckerei, Herisau
Bindung: Schumacher AG, Schmitten
ISBN: 978-3-85882-659-6

www.appenzellerverlag.ch

17. August

NEUNLINDENTURM BEI OBERROTWEIL, DEUTSCHLAND

Um 23.28 Uhr schoss eine besonders helle Sternschnuppe durch den westlichen Nachthimmel und verschwand hinter dem Totenkopf. Christian notierte Zeit, Himmelsrichtung und Helligkeit in seinem Notizbuch, das den Namen «Christians Sternbeobachtungen» trug. Die Helligkeit bewertete der 12-Jährige mit einer Neun. Die höchste Note, die Zehn, hatte er an diesem Abend noch nicht vergeben.

«So Junge, das war das Finale», sagte Andreas Mehrendorfer zu seinem Sohn. «Wir müssen jetzt wirklich gehen.»

«Nein, nein, Papa», widersprach Christian. «Ich habe noch keinen Stern mit der Helligkeitsstufe zehn!»

«Komm, wir müssen jetzt wirklich gehen», mahnte der Vater und schob seinen Sohn sachte zur Wendeltreppe. «Wir kommen ein andermal wieder hier hinauf.»

Christian stopfte sein Sternenbuch in den Rucksack, warf ihn über die Schulter und verschwand in der Tiefe. Seine Schritte auf der Stahltreppe hallten durch den stockdunklen Turm. Andreas Mehrendorfer blickte noch einmal kurz zum Fernsehturm, der gleich neben dem Gipfel des Totenkopfs stand, sah aber keine Sternschnuppe mehr, stieg dann die ersten Stufen der Wendeltreppe hinunter, drehte sich um und schloss die Holztüre zur Plattform des Neunlindenturms. Danach knipste er seine Taschenlampe an und folgte seinem Sohn in die Tiefe.

«Mama, wir haben eine Sternschnuppe mit Helligkeit neun gesehen!», schrie Christian und liess die untere Türe des Neunlindenturms zuknallen. Als Andreas den Turm ebenfalls verliess, eilte seine zehnjährige Tochter Janina zu ihm und griff nach seiner Hand.

«Gehen wir jetzt?», fragte sie.

«Hast du etwa Angst?»

«Ja, ein bisschen.»

«Was hat dir die Mama denn alles über den Totenkopfberg erzählt?»

«Hier hat früher ein Mann gewohnt, der ein grosses Feuer gemacht hat», sagte Janina leise. «Aber niemand hat den Mann je aus der Nähe gesehen, denn keiner hat sich getraut, auf den Berg zu steigen, um den Mann zu besuchen.»

«Warum wusste man denn, dass es ein Mann war, der hier oben lebte?»

«Weil, ähm, weil ...» Das Mädchen stolperte über eine Wurzel, doch Andreas konnte seine Tochter halten. Zwar hatten Andreas und Veronika Mehrendorfer Taschenlampen dabei, führten ihre Kinder an der Hand und versuchten, den Weg zu beleuchten. Trotzdem war es ziemlich gefährlich, da der steile Weg voller Wurzeln und loser Steine war. Deshalb kam die Familie nur sehr langsam voran.

«Also, der Mann da oben war so gross, dass er manchmal über die Bäume ins Tal hinunter gucken konnte», erzählte Janina weiter. «Und weil er so gross war, hatten die Leute auch grosse Angst. Vor allem aber vor dem grossen Feuer.»

«Warum hatte er denn so ein grosses Feuer?», fragte Andreas.

«Mama, warum hatte der Mann ein so grosses Feuer?» Janina drehte sich zu ihrer Mutter um und stolperte erneut.

«Schau auf den Weg», mahnte Veronika. «Der Mann hatte immer kalt. Selbst im Sommer. Das habe ich dir doch erzählt.»

«Oh ja, genau. Und deshalb hat er das grösste Feuer der Welt gemacht. Und es gab ganz viel Rauch. Und der Rauch sah aus wie ein Totenkopf!»

«Deshalb heisst der Berg ja Totenkopf», ergänzte Veronika.

«Das hat Mama alles nur erfunden», warf Christian ein.

«Ist das wahr, Mama?»

«Nein, aber heute weiss niemand mehr so genau, was passiert ist. Das alles ist schon so lange her. Es gibt verschiedene Legenden über den Totenkopfberg.»

«Was sind Legenden?»

«Das sind seltsame Geschichten von früher», versuchte Veronika zu erklären.

«Dann gibt es also noch andere Geschichten über den Totenkopf?»

«Na ja, vielleicht, aber ich kenne auch nicht alle.»

Veronika wusste natürlich, dass der Totenkopf vermutlich deshalb so hiess, weil hier einst Hinrichtungen stattgefunden hatten, die der Kaiser angeordnet hatte. Mehrere Männer waren hier oben enthauptet worden. Doch diese Geschichte wollte sie ihrer Tochter nicht zumuten. Zumindest nicht um diese Uhrzeit.

«Erzähl alle Geschichten, Mama», bettelte Janina.

«Der Totenkopf war ein Vulkan», meldete sich Christian nun zu Wort. «Er ist der höchste Berg des Kaiserstuhls. Das ist eine der wärmsten Gegenden Deutschlands wegen der Burgpf…, wegen der Bugu…»

«Wegen der Burgundischen Pforte, du Klugscheisser», ergänzte Andreas und lachte. «Und was ist die Burgundische Pforte?» Andreas blieb stehen und leuchtete seinem Sohn mit der Taschenlampe ins Gesicht.

«Das ist die … also da kommt der Wind aus dem Burgund zwischen dem Jura und den Vogesen hindurch. Und dieser Wind ist ganz warm.»

«Genau. Deshalb gibt es hier manchmal Warmlufteinbrüche», erklärte Andreas und ging dann weiter.

«Wo ist denn der grosse Mann vom Totenkopfberg hin, Mama?», wollte Janina nach wenigen Schritten wissen. «Und warum brennt das grosse Feuer nicht mehr?»

«Weil der Vulkan längst erloschen ist, du dummes Huhn», sagte Christian.

«Hey, hey!», mahnte Veronika. «Vielleicht ist der Mann auch einfach weggegangen und hat das Feuer mitgenommen.»

«Wie hat er das Feuer mitgenommen?», wollte Janina wissen.

Veronika antwortete nicht mehr. Sie war müde und ausgelaugt. Zwar war es ihre Idee gewesen, die Sommerferien daheim zu verbringen. Die Familie hatte eben erst ein Haus gekauft, die finanzielle Lage war deshalb etwas angespannt, und auf Billigferien irgendwo in einer schäbigen Ferienanlage hatte Veronika keine Lust gehabt. Mittlerweile war sie sich allerdings nicht mehr so sicher, ob der Heimurlaub ein guter Einfall gewesen war. Die Kinder jeden Tag auf Trab zu halten, war anstrengender, als einfach am Strand zu liegen. Jetzt freute sie sich sogar auf den Europapark in Rust, den sie in den nächsten Tagen besuchen wollten. Obwohl sie Freizeitparks hasste, wusste sie ganz genau, dass sie sich für ein, zwei Stunden irgendwohin setzen und ein Buch lesen könnte, während ihr Mann mit den Kindern die verrücktesten Achterbahnen hinuntersausen würde. Sie müsste sich in dieser Zeit keine Geschichten für ihre Tochter ausdenken und keine Antworten auf die naturwissenschaftlichen Fragen ihres Sohnes geben, die sie sowieso überforderten. Sie war zwar Lehrerin wie ihr Mann Andreas. Trotzdem fragte sich Veronika manchmal, ob sie als Eltern nicht zu dumm und zu phantasielos waren für ihren Nachwuchs.

Die Familie kam nun zu einem breiten Weg. Die Kinder schnappten sich die Taschenlampen ihrer Eltern und rannten voraus. Andreas und Veronika gaben sich die Hand.

«War doch ein toller Ausflug», sagte Andreas. «Christian war hin und weg von seinen Sternen und Sternschnuppen.»

«Schön. Ihr wart ja auch lange auf diesem Turm. Mir fiel keine sinnvolle Geschichte mehr ein, sorry. Aber Janina wollte noch eine und noch eine hören. Ich bin fix und fertig. Und es ist kalt. Und ich bin müde. Und überhaupt.»

Andreas umarmte seine Frau und gab ihr einen Kuss. Dann gingen sie eng umschlungen weiter.

«Hey, wartet auf uns!», rief Veronika den Kindern zu. Andreas und Veronika rannten zu ihnen. Dann liefen alle vier Hand in Hand weiter Richtung Oberrotweil.

Es war bereits kurz vor 1 Uhr, als sie eine kleine Wanderhütte erreichten. Janina wollte noch eine Geschichte hören und Christian wieder den Sternenhimmel beobachten. Doch die Eltern meinten, es sei nun wirklich spät und höchste Zeit, ins Bett zu kommen.

Der Weg führte durch die Rebberge, dann wieder in den Wald hinein. Das Zirpen der Grillen war zu hören. Und einige Geräusche und Laute aus dem Wald, deren Ursprung nicht eruierbar war.

Andreas, der mit der Taschenlampe vorausging, nahm den seltsamen Gestank als Erster wahr, sagte aber nichts.

«Du, Andy, riechst du das auch?», sagte kurz darauf seine Frau. «Da brennt es irgendwo.»

«Ja, da unten ist doch eine Feuerstelle», antwortete Andreas gelassen. «Ein paar Jugendliche feiern wohl eine Party.»

Von einer Party war allerdings nichts zu hören.

«Das ist doch keine Party, Andreas. Es riecht auch so seltsam. Ganz und gar nicht nach leckeren Grillwürsten.»

Drei Minuten später kamen sie aus dem Wald und sahen hinunter auf den kleinen Parkplatz, bei dem eine Grillstelle eingerichtet war. Tatsächlich brannte dort ein Feuer. Jugendliche waren nicht zu sehen. Auch keine Autos, Motor- oder Fahrräder.

«Seltsam», sagte Andreas und wies die Kinder an, da zu bleiben und nicht zu reden. Die Situation war ihm nicht geheuer.

«Schau, Mama, da ist doch das Feuer vom ...»

«Pssst», machte Veronika und flüsterte ihrem Mann zu: «Wollen wir nicht einen anderen Weg nehmen?»

«Wird schon nichts sein», antwortete Andreas. «Sonst müssen wir das ganze Stück wieder zurück. Kommt, gehen wir einfach weiter.»

Nach einigen Schritten blieb Andreas stehen: «Riecht ihr das auch?»

«Was?», fragte seine Frau.

«Das riecht doch nach verbranntem Fleisch.»

«Ich würde sagen, es riecht vor allem nach verbrannten Haaren.»

Janina und Christian drückten fest die Hände der Eltern.

«Los, gehen wir weiter», flüsterte Andreas.

Das Feuer loderte. Funken stoben. Die Flammen waren gut ein, zwei Meter hoch. Die Familie erreichte die kleine Strasse.

Die Feuerstelle lag etwa 20 Meter vor ihnen.

«Hallo, ist da jemand?», rief Andreas plötzlich und blieb erneut stehen.

Doch ausser dem Knistern des Feuers war nichts zu hören.

«Hallo, jemand da?»

Der Geruch nach verbranntem Fleisch und angesengten Haaren war jetzt sehr penetrant.

«Los, geht weiter, ich schau mal nach», sagte Andreas.

«Pass auf, Andy», mahnte seine Frau.

Veronika und die Kinder liefen rasch an der Feuerstelle vorbei und rechts hinunter der Strasse entlang Richtung Dorf. Andreas ging einige Schritte näher zum Feuer, rief nochmals laut, ob jemand da sei. Er überlegte sich, ob er das Feuer selbst löschen oder die Feuerwehr rufen sollte.

«Schon gut, ich bin da hinten», meldete sich plötzlich eine Männerstimme. «Gehen Sie einfach weiter. Ich habe das Feuer unter Kontrolle.»

«Was machen Sie hier, wo sind Sie?»

«Gehen Sie weiter, da ist nichts, ich übernachte hier und habe mir etwas grilliert.»

«Das riecht aber verbrannt. Sind Sie sicher, dass alles in Ordnung ist? Brauchen Sie …»

«Sie sollen endlich weitergehen, verdammt!»

Andreas starrte in die Richtung, aus der die Stimme kam, konnte aber niemanden entdecken. Das ist wohl kein Einheimischer, dachte er, denn der Typ spricht Hochdeutsch, nicht Dialekt.

«Wo sind Sie denn?», fragte Andreas laut.

«Hauen Sie ab!»

Plötzlich erkannte Andreas eine Gestalt. Obwohl es Hochsommer war, trug der Mann dicke Kleider, für Andreas sah es so aus, als stecke der Kerl in einem Skianzug mit Helm. Wohl eher ein Motorradfahrer, sagte sich Andreas. Wo hatte der denn seine Maschine?

«Haben Sie eine Panne mit ihrem Motorrad?»

Der Mann antwortete nicht.

Dann krachte ein Schuss.

Andreas rannte davon. Er spurtete zu seiner Familie und schrie: «Lauft! Lauft! Lauft!»

Ein zweiter Schuss knallte. Und ein dritter.

Dann waren nur noch die Schreie der Kinder zu hören.

24. Dezember

GUTSHOF IM STÄDELI, ENGELBURG BEI ST. GALLEN, SCHWEIZ

«Pass auf und komm nicht zu spät zurück, wir feiern um ...»

«... um 18 Uhr, wie jedes Jahr, Mama!»

Myrta gab ihrer Mutter einen Kuss und schnappte sich eine Karotte von der Küchentheke.

«Mein Grosser bedankt sich für dein Weihnachtsgeschenk», sagte sie und verliess die Küche. «Also tschüss!», rief sie laut, wobei sie das Tschüss in die Länge zog und zweisilbig betonte: Tschü-üss. Dann trat sie in die Kälte hinaus.

Ihr «Grosser» hiess Mystery of the Night und war ein 23jähriger Rappe. Er stand angebunden vor dem Stall und blickte zu seiner Reiterin. Myrta gab ihm die Karotte, band ihn los und schwang sich auf den grossen Hannoveraner Wallach. Sie tätschelte seinen Hals.

«Los, Mysti, auf geht's!»

Myrta hatte das Pferd zum zehnten Geburtstag von ihren Eltern geschenkt bekommen. An jenem Morgen war sie erst fürchterlich enttäuscht gewesen: Statt eines richtigen Geschenks hatten ihr die Eltern nur eine Karte überreicht. Auf der stand geschrieben: «Mysti für Myrta». Erst als sie hinaus zum damals noch jungen Mystery of the Night geführt worden war, war sie in Freudengeschrei ausgebrochen. Dass der Name des Pferdes zu ihrem passte, war ein glücklicher Zufall. Oder fast: Eigentlich hatte sich Myrtas Vater schon für ein anderes Pferd entschieden, als ihm ein Züchter aus dem Nachbarsort Mystery angeboten hatte. Er kostete zwar 3000 Franken mehr, aber das war ihm dieser glückliche Zufall wert gewesen.

Myrta liess Mysti eine Viertelstunde im Schritt laufen. Es ging leicht bergauf Richtung Andwiler Moos. Dann, auf einem langen geraden Feldweg, gab sie Mysti den Befehl, in Trab zu wechseln. Der Schnee unter den Hufen knirschte, die Sonne neigte sich dem Horizont entgegen. Myrta war gut eingepackt, sie genoss die glasklare Luft, diese prickelnde Kälte in ihrem Gesicht. Der Rückenschutz, der sie im Sommer zum Schwitzen brachte, wärmte sie jetzt zusätzlich. Und unter dem Helm trug sie eine dünne Thermomütze. Am Ende des Weges liess Myrta ihr Pferd wieder in Schritt fallen. Mysti schnaubte. Aus seinen Nüstern stiegen kleine Wolken auf, die kurz in der Abendsonne herumwirbelten und sich dann auflösten.

Das sieht aus wie in einem Comic, dachte Myrta und lächelte.

Sie hatte als Kind Lucky-Luke-Hefte gelesen. Nicht wegen Lucky Luke, sondern wegen seines Pferdes Jolly Jumper. Und wegen Rantanplan, dem Hund. Die Hefte hatte sie heimlich lesen müssen. Martin, ein Junge aus dem Dorf, hatte ihr manchmal welche gegeben. Denn bei ihr zu Hause waren Comics tabu. Hatte irgendwas mit der Rudolf-Steiner-Schule zu tun, die sie besuchte. Aber was, wusste sie nicht. Und später interessierte es sie nicht mehr.

Sie schnallte den Helm ein bisschen enger, schloss die Jacke bis zum letzten Zacken des Reissverschlusses und nahm die Zügel fest in die Hand. «Na, Grosser, bereit für einen Galopp?»

Ab ging's. Quer über ein Feld. Die Höhe und Konsistenz des Schnees waren genau richtig für einen tollen Ritt. Mystery of the Night legte ein ordentliches Tempo vor. «Yeah!», schrie Myrta. «Wie in alten Tagen: Myrta und Mysti in flottem Galopp.»

Das war ein bisschen übertrieben. Mysti war zwar für sein Alter wirklich fit, allerdings wurde er nach drei, vier Minuten merklich langsamer. Myrta liess ihren Liebling auslaufen, um dann in gemütlichen Schritt zu wechseln. Wieder blies er kleine Wolken aus, diesmal allerdings etwas grössere und schneller hintereinander.

Myrta war gerade sehr glücklich. Die Arbeit, der ewige Fast-Freund, das komplizierte Leben – alles war weit weg. Sie und ihr Pferd. Das war eine Verbindung, die durch nichts erschüttert werden konnte. Obwohl sie jahrelang in Köln gelebt hatte, jetzt in Zürich wohnte und meistens nur an den Wochenenden nach

Hause zu ihren Eltern und zu Mystery nach Engelburg kam, hatte sich in dieser Beziehung nichts geändert. Noch immer spitzte Mystery of the Night seine Ohren und streckte seinen Hals aus der Box, wenn sie mit ihrem Auto vorfuhr. Und er war natürlich immer der Erste, der von ihr begrüsst, geküsst und umarmt wurde.

Die Sonne ging unter, es wurde kälter, Wind kam auf. Myrta genoss das Schaukeln auf ihrem Pferd, betrachtete die Weihnachtsbeleuchtung der Häuser, an denen sie vorbeiritt, und stellte fest, dass da und dort im Vergleich zum letzten Jahr ein paar Lämpchen dazu gekommen waren. In der Ferne waren unten die Stadt St. Gallen mit ihren vielen Lichtern und darüber in den Hügeln die Appenzeller Dörfer zu sehen. Auf den Strassen die Scheinwerfer der Autos. Alles Menschen, die unterwegs zu ihren Liebsten sind, dachte Myrta.

Zu ihren Liebsten?

Vielleicht. Sie war zwar bei ihren Eltern, bei ihrem Pferd, aber nicht bei ihrem Liebsten. Sie war noch nie an Heiligabend bei ihrem Liebsten gewesen.

Sie blickte auf die Uhr. Schon 17.30 Uhr! Höchste Zeit. Sonst bekäme Mama eine Krise. Ihre Schwester und ihr Bruder waren sicher schon da. Und das Filet im Teig im Ofen. «Los, Mister Mystery, heim zu Mama!»

Es war dunkel. Dank des Schnees aber trotzdem hell. Galopp. Der alte Hannoveraner gab Vollgas. Der Schnee wurde nach hinten weggeschleudert. Myrta sah den schwarzen linken Fuss von Mysti. Das war ein gutes Zeichen: Streckte Mysti die Vorderläufe so weit nach vorne, hatte er Spass und war motiviert. Nur der Fuss vorne links war schwarz, die drei anderen Füsse waren weiss. «Yeah!», schrie Myrta. Sie liess die Zügel fast los. Schloss die Augen. Blinzelte. Herrlich! Schloss sie wieder. Öffnete sie.

Das Pferd schnaubte. Plötzlich hatte Myrta das Gefühl, beobachtet zu werden. Sie blickte um sich, konnte aber nichts erkennen. Also konzentrierte sie sich wieder auf ihren Ritt. Aber irgendwie war sie jetzt angespannt. Das übertrug sich sofort auf das

Pferd. Der Galopp wurde holprig. Myrta parierte Mystery, er fiel zurück in Schritt. Doch ihre Anspannung blieb. Der Wald vor ihr war rabenschwarz. Der Weg nach Hause führte da hindurch – ausser, so überlegte Myrta, sie machte einen grossen Umweg. Ach was, sagte sie sich und steuerte auf das Dunkel zu.

Mysti klappte die Ohren nach hinten.

«Musst keine Angst haben, Mysti, da vorne ist nichts», sagte Myrta laut zu ihrem Pferd. Und vor allem zu sich selbst.

Doch es nützte nichts. Im Wald sah sie Gestalten. Augen, die sie anfunkelten. Kameralinsen, die auf sie gerichtet waren. Auch die Geräusche waren ihr plötzlich unheimlich. Bloss Äste im Wind, sagte sie sich.

Kurz bevor sie den Wald erreichte, gab sie Mystery das Zeichen zum Galopp. «Los, schnell hindurch.» Mysti schnaufte und schnaubte.

Myrta kniff die Augen zusammen und versuchte, nur auf das Getrampel ihres Pferdes zu hören. Als sie sie wieder öffnete, waren bereits der Waldrand und das Schneefeld dahinter zu erkennen. Sie schloss die Augen erneut. Öffnete sie wieder, und schon war das Feld hinter dem Wald ein gutes Stück näher gekommen.

Es knackte und krachte neben ihr, aber das war ihr jetzt egal.

«Wer reitet so spät durch Nacht und Wind …» kam ihr in den Sinn, das Gedicht vom unheimlichen Erlkönig, welches sie in der Schule auswendig gelernt hatte und nun vor sich hin murmelte. Ja, ja, die Waldorfschule. Gedichte gelernt, gemalt, musiziert, Eurythmie gemacht und wenig vom realen Leben begriffen. Ein Gedanke, der ihr jetzt aber gut tat, weil er sie ablenkte. Sie rezitierte laut: «Wer reitet so spät durch Nacht und Wind? Es ist der Vater mit seinem Kind. Er hat den Knaben wohl in dem Arm …»

Endlich ritt sie aus dem Wald.

Doch dann sah sie in einiger Entfernung rechts vor sich einen Mann mit einer Kapuze, der eine Sense über der Schulter trug. «Wie irre ist das denn?», hauchte Myrta und schloss erneut die Augen: «Der Erlkönig? Der Sensenmann?»

«Los, Mysti, los!», rief sie und blinzelte.

Der Kerl war nun deutlich am Horizont zu erkennen. Ob es wirklich eine Sense war, die er trug? Vielleicht einen Besen? Im Winter? Eine Schneeschaufel wahrscheinlich. Einen Weihnachtsbaum?

Myrta kniff die Augen zusammen und zählte laut Mystis Galoppsprünge. «Eins, zwei, drei …» Das Pferd schnaubte heftig. «… vier, fünf …» Auf zehn riss sie die Augen auf: Der Mann war weg.

Einige Sekunden später zuckte das Pferd zusammen, die Ohren schnellten nach hinten, der Galopp endete jäh. Myrta flog über Mystis Hals, machte einen Salto und krachte kopfvoran durch den Schnee auf den Boden. Es wurde ihr schwarz vor Augen. Sie hörte dumpfes Getrampel, das aber schnell leiser wurde. Mysti galoppiert davon, dachte sie, hoffentlich passiert ihm nichts.

LABOBALE, ALLSCHWIL, BASELLAND

«Geh endlich nach Hause, Phil», sagte Mette Gudbrandsen und legte die Hand auf seine Schulter. «Du wirst es schaffen. Aber nicht mehr heute. Erstens ist heute Sonntag und zweitens Heiligabend.»

«Ja, wahrscheinlich hast du recht. Ich sollte nach Hause gehen. Und ja, ich, das heisst wir werden es schaffen.»

«Nein, du. Ich habe dir nur den Weg geebnet und dich beraten. Aber jetzt ist Weihnachten. Deine Frau wartet sicher auf dich.»

«Mary ist es gewohnt, auf mich zu warten. Wir müssen es schaffen. Unser Chef bringt uns um, wenn wir nicht endlich das Schlussresultat liefern. Ich kann bald nicht mehr, jede Nacht nur zwei, drei Stunden Schlaf …»

«Eben. Geh endlich.»

«Okay. Und was wirst du tun?»

«Ich werde ebenfalls nach Hause gehen, mir eine Flasche Bordeaux gönnen und lange mit meiner Familie in Trondheim skypen.»

«Skypen?»

«Telefonieren übers Internet, mein Lieber. Alles, was nicht mit Wissenschaft zu tun hat, scheint dir relativ fremd ...»

«Nein, nein, liebe Mette», unterbrach Phil Mertens und lächelte sie an. «Ich bin mittlerweile auf Facebook, Twitter, Xing, LinkedIn und, ähm ...»

«Google plus. Alle sozialen Netzwerke, die ich dir eingerichtet habe.»

«Na ja. Mittlerweile bin ich ganz up-to-date und kenne sogar die komischen Internetkürzel und -zeichen. Und im Übrigen gehöre ich mit meinen fünfzig Jahren langsam zum alten Eisen.»

«Genau, alter Mann!», sagte Mette und lächelte Phil an: «Los, hau endlich ab!»

Phil Mertens fuhr den Computer hinunter, stand auf und zog seinen Barbour-Mantel und die Jack-Wolfskin-Fleecemütze an.

Er breitete seine Arme aus: «Komm her!»

Mette Gudbrandsen kam auf ihn zu, liess sich in die Arme nehmen, und da sie dank ihrer Stiefel mit etwa sechs Zentimeter hohen Absätzen gleich gross war wie Phil, berührten sich ihre Wangen.

«Merry Christmas», sagte Phil.

«Merry Christmas», sagte Mette. «God jul, wie es auf Norwegisch heisst. Og godt nytt år.»

«Happy New Year. Aber wir werden uns noch vor Neujahr sehen.»

«Meinst du?»

«Yeah. Wir müssen es noch in diesem Jahr schaffen. Du weisst, was wir der Geschäftsleitung garantiert haben.»

«Den Schlussbericht vor Weihnachten.»

«Die feiern sicher schon.» Phil Mertens gab Mette einen flüchtigen Kuss auf die Lippen.

«God jul», wiederholte Mette.

WALD BEI ENGELBURG, ST. GALLEN

Es war nur ein kurzer Moment, in dem Myrta das Bewusstsein verloren hatte. Jedenfalls konnte sie Mystis Galopp noch ganz, ganz leise hören. Vielleicht bildete sie sich das auch ein. Denn nachdem sie aufgestanden war und festgestellt hatte, dass sie den Sturz wohl heil überstanden hatte, glaubte sie, den Galopp noch immer zu hören.

«Toll», sagte sie leise vor sich hin, «meine Familie wird sich schlapp lachen, wenn Mysti ohne mich zur Weihnachtsfeier kommt.»

Sie wischte sich den Schnee aus dem Gesicht und klopfte die Kleider ab. Dann griff sie in die Innentasche ihrer Jacke, holte ihr iPhone heraus und wählte die Nummer ihrer Eltern.

«Hey!», rief jemand.

Myrta unterbrach den Rufaufbau und steckte das Handy in die Tasche zurück.

«Hey!»

«Ja! Ich bin hier!», schrie Myrta zurück. Schauderte aber plötzlich: Was, wenn das der Mann mit der Sense war?

«Sind Sie die Reiterin?», schrie der Jemand zurück. Es war die Stimme eines Mannes. Myrta antwortete nicht. Allmählich konnte sie in einiger Entfernung im Schnee einen dunklen Fleck ausmachen, der sich bewegte. Je näher dieser kam, desto deutlicher erkannte sie, dass es wohl zwei Flecken waren, und dann war auch schnell klar, dass der eine Fleck eine Person war und der andere ein Pferd. Wenig später schimmerte der weisse Punkt auf der Stirn des Pferdes durch die Nacht.

«Mysti!», rief Myrta, so laut sie konnte, und stapfte durch den Schnee auf ihr Pferd zu.

Mysti wurde an den Zügeln von einem Mann geführt, der eine grosse, dunkle Mütze mit Ohrenschutz aufhatte.

«Sind Sie verletzt?», fragte der Mann.

«Nein, alles klar. Danke, dass Sie mein Pferd eingefangen haben.» Myrta konnte sein Gesicht nicht erkennen, die Mütze verdeckte zu viel davon.

«Kein Problem. Mystery kennt mich ja.»

«Oh, Sie kennen mein ...» Myrta hielt inne und starrte den Mann an. «Bist du das, Lucky?»

«Ja. Hallo Myrta, habe dich zuerst auch nicht erkannt!»

«Wow, ewig nicht gesehen! Lucky Luke …»

«Also, ehrlich gesagt, es nennt mich eigentlich niemand mehr so.»

«Oh sorry, klar, Martin natürlich!» Myrta war es ein bisschen peinlich. Aber Martin war wegen seiner Lucky-Luke-Hefte von allen Kindern immer Lucky Luke genannt, gar als Möchtegern-Lucky-Luke verspottet worden. Myrta wandte sich ihrem Pferd zu und kontrollierte, ob es sich verletzt hatte.

«Danke, Martin, nichts passiert!»

«Warum bist du denn gestürzt?»

«Nun, das war sehr seltsam, ich habe plötzlich …» Myrta stockte. Dass sie den Sensenmann gesehen hatte, hielt sie nun für völlig verrückt. «Keine Ahnung, wie es dazu kam», sagte sie schnell. Da Martin nicht weiterfragte oder sonst etwas sagte, entstand eine Pause. Sie konnte sich nicht erinnern, mit ihm je über was anderes als über Lucky Luke, Jolly Jumper und Rantanplan gesprochen zu haben. Und auch nur ein paar wenige Sätze. Sie war sich jedoch sicher, dass Martin früher für sie geschwärmt hatte. Ebenso überzeugt war sie davon, dass er es gewesen war, der damals in die Holzwand von Mysterys Stall M+M+M und ein Herz geritzt hatte. Aber ausser als Comics-Lieferant war er für Myrta nie interessant gewesen, sie hatte ihn, den pummeligen Bauernbub, sonst kaum beachtet.

«Na, dann, Martin», sagte Myrta jetzt. «Ich muss los. Frohe Weihnachten. Und danke nochmals.»

«Ja, dir auch. Frohe Weihnachten.»

Myrta wollte sich in den Sattel schwingen, doch es wurde ihr schwindlig, und sie fiel erneut in den Schnee. Dabei spürte sie einen heftigen Schmerz im linken Knie. Sie schrie kurz auf. Da klingelte auch noch ihr Telefon.

«Martin, kannst du mal abnehmen? Ist sicher Mama. Beruhige sie einfach, ich mag nicht reden mit ihr. Das Handy ist in meiner linken Innentasche.»

Martin fischte vorsichtig das Handy heraus und sprach mit

Myrtas Mutter, gehemmt, in einem holprigen Schweizer Hochdeutsch, denn die Tennemanns waren Deutsche, Frau Doktor und Herr Professor Tennemann. Martin kannte Myrtas Eltern gut, weil er seit Jahren zu Mystery schaute. Sie sagten Du zu ihm, er ihnen Sie.

Er versprach mehrmals, Myrta und Mysti nach Hause zu begleiten und, nein, ein Notarzt sei nicht nötig, ihrer Tochter gehe es so weit gut und dem Pferd auch.

«Danke, Luck… äh, Martin», sagte Myrta, nachdem er ihr das Telefon zurückgegeben hatte. «Also los, bring die dumme Tussi mit ihrem Pferd heim zu Mama.»

Myrta stand auf, spürte erneut den stechenden Schmerz im Knie und bat Martin, ihr zu helfen. Schliesslich legte sie ihren linken Arm um Martins Hals und humpelte neben ihm durch den Schnee heimwärts. Mystery trottete links von Martin.

Nach einigen Minuten fragte Myrta: «Wo feierst du Weihnachten? Mit der Familie? Mit deiner Frau, deinen Kindern?»

«Nein. Alleine. Meine Eltern sind bei meinem Bruder eingeladen.»

Myrta hätte nun einige Fragen nachschieben wollen, doch sie sagte sich, dass sie nicht als Journalistin hier war. Deshalb schwieg sie.

Das Knie tat wirklich weh. Myrta hielt sich mit ganzer Kraft an Martin fest. Obwohl sie und auch Martin in dicke Jacken eingepackt waren, glaubte Myrta, seine kräftigen Muskeln zu spüren. Erst war es ihr unangenehm, so nahe mit dem Typen zusammen zu sein, der früher als Pseudo-Lucky-Luke gehänselt worden war. Doch dann fand sie es plötzlich schön. Martin war ein Mann, ein richtiger Kerl. Gross und stark. Und gar nicht mehr dick und schwabbelig. Den Schmerz in ihrem Knie bemerkte sie kaum noch.

Dafür schlug ihr Herz umso heftiger.

«Feierst du mit uns Weihnachten?», fragte Myrta plötzlich.

Martin sagte nichts. Myrta spürte allerdings, wie sich Martins Muskeln spannten.

«Zum Dank, dass du mich und Mysti vor dem Sensenmann gerettet hast», sagte Myrta und liess dem Satz ein etwas gekünsteltes Lachen folgen.

«Hey, so schlimm war der Unfall nun auch wieder nicht.»

«Also kommst du?»

«Ich weiss nicht ...»

«Schön», meinte Myrta. «Meine Familie wird sich freuen. Und ich mich auch.»

25. Dezember

CORVIGLIA, ST. MORITZ

Joël stand seit gut einer Stunde vor der Bergstation der Standseilbahn. Er trug einen neuen weissen Spyder-Skianzug mit einer grossen schwarzen Spinne auf dem Rücken und neue, weisse Salomon-Skischuhe. Dieses Outfit hatte ihn über 2000 Franken gekostet, was er sich eigentlich nicht leisten konnte. Doch Joël war sich bewusst, dass es zu seinem Job gehörte, mit den Schönen und Reichen einigermassen mitzuhalten, um nicht von Vornherein als Schmuddelfotograf abgetan zu werden.

Die neuen Stöckli-Ski hingegen waren gemietet. Joël hatte sie in den Skirechen gestellt, um frei vor der Bergstation herumlaufen zu können. An seinem Hals baumelte seine neue Nikon-Kamera D4 mit einem lichtstarken Zoom-Objektiv 24-70 mm. Darauf montiert hatte er das Blitzgerät, das er an einen externen, schweren Akku angeschlossen hatte. Diesen hatte er an einem Fotoharnisch festgemacht, den er unter seinem Skidress trug. So blieb der Akku auch einigermassen warm, denn bei dieser Kälte ginge ihm sonst schnell der Saft aus.

Joël hatte bisher 47 Bilder geschossen, die allerdings praktisch wertlos waren: einige hübsche Mädchen, die ihn angelächelt und um ein Foto gebeten hatten, und dabei ihre Jacken so weit geöffnet hatten, dass ihre vollen Busen deutlich unter den teuren Shirts zu erkennen gewesen waren. Sie hatten ihm ihre Mailadressen zugesteckt, und falls er daran dachte, würde er ihnen die Bilder auch schicken. Fotografiert hatte er die Girls nur, um sich die Zeit zu vertreiben und ein wenig zu flirten.

Joël wartete auf Prominente.

Dank seiner Beziehungen zu Hoteliers, Sportläden- und Boutique-Inhabern sowie Skilehrern – und vor allem Skilehrerinnen – wusste er ziemlich genau, wer Weihnachten und Neujahr in St. Moritz verbrachte. Es waren vor allem reiche Russen, Italiener und ganze Generationen von Deutschen. Es war bloss eine Frage der Zeit, wann sie ihm vor die Kamera laufen würden und er die Bilder an Fotoagenturen und Medien verkaufen könnte. Da sein Geschäft mit Prominenten im November und Anfang Dezember schlecht gelaufen war, musste er nun Umsatz machen.

Joël schaute besorgt zum Himmel. Es zogen immer mehr Wolken auf. Das passte ihm gar nicht. Denn der Durchschnitts-Promi war ein Schönwetter-Skifahrer. Und da es zudem minus 15 Grad kalt war und der Wind auffrischte, sank die Wahrscheinlichkeit, dass demnächst irgendwelche bekannte Leute aufkreuzen würden, noch mehr. Ausserdem kamen Schlechtwetter-Fotos bei den Illustrierten nicht gut an. Die Fotoredakteure verlangten in der Regel strahlende Gesichter unter strahlender Sonne und stahlblauem Himmel.

Da Joël zu frieren begann und es bald Mittag war, beschloss er, die diversen Restaurants, Schneebars und Skihütten abzuklappern. Vielleicht hatte er dort mehr Glück. Im Gourmetrestaurant «La Marmite» der Bergstation Corviglia sassen schon einige Gäste, allerdings nicht solche, die für Joël interessant waren. Giovanni, der Oberkellner und Joëls «Spion», meinte nur, alle Tische seien reserviert, und es lohne sich nicht, an der Bar zu warten, bis etwas frei würde. Hätte Giovanni gesagt, er solle doch einen Moment an der Bar warten, wäre dies für Joël das Zeichen gewesen, dass sich echte Promis angekündigt hatten.

Es war ein Spiel.

In der Alpina-Hütte, einem Clublokal neben der Bergstation, zu dem meistens nur geladene Gäste Zutritt haben, hatte Joël mehr Glück. Der Türsteher liess ihn herein und gewährte ihm fünf Minuten. Joël drückte ihm eine 50er-Note in die Hand und ging an die Wärme. Im Entree blieb er stehen und wartete. Aus dem Speisesaal drangen viele fröhliche, laute Stimmen. Doch Joël war nicht bereit. Denn wegen der hohen Luftfeuchtigkeit im Raum hatte sich die Linse seiner Nikon beschlagen. Joël musste das Objektiv mehrmals mit einem Tuch abwischen, aber die Linse lief immer wieder an. Er schaltete das Blitzgerät ein. Dann betrat er den Speisesaal.

Die Leute waren noch beim Apéro. Die Damen hielten Champagner-Gläser in der Hand und versuchten, in den klobigen Skischuhen einigermassen elegant dazustehen. Die meisten Herren tranken Weissbier und waren bereits ziemlich angeheitert.

Joël entdeckte Chris, einen seiner Skilehrer-Freunde: «Hey, was geht ab?»

«Ach, kleine Privatparty. Bin heute noch keinen Meter Ski gefahren. Die wollten gleich in die Hütte.» Chris war lieber Skilehrer als Promi-Betreuer. Aber das gehörte eben zum Geschäft.

«Wer sind denn die Leute?», fragte Joël, der kein einziges Gesicht erkannte.

«Der dort hinten», Chris zeigte auf einen älteren Mann, der einen knallgelben Pullover trug, «ist Franco. Franco Medina, Unternehmer aus Mailand.»

«Den kennt doch keine Sau.»

«Doch, in Italien schon.»

«Hast nichts Besseres zu bieten, Chris?», meinte Joël leicht säuerlich.

«Da ist Josefina, die war beim italienischen Fernsehen in einer Castingshow.»

«Das ist gut! Danke!»

Joël liess Chris stehen und kämpfte sich durch die schwatzenden Menschen zu Josefina, einer stark geschminkten, etwa 20jährigen Blondine.

«Salute, Josefina, come va? Tutto bene?» Obwohl er diese Frau noch nie in seinem Leben gesehen hatte, schlug Joël gleich einen vertraulichen Ton an.

Der Trick funktionierte einmal mehr. Josefina fiel ihm um den Hals, Küsschen, Küsschen und dazu viel italienischer Text, den Joël zwar nicht verstand, aber so deutete, dass sie sich sehr freue, ihn wiederzusehen. Auf Englisch fragte er dann, ob er einige Fotos machen dürfe. Für die Zeitung, fügte er hinzu, allerdings ziemlich leise.

«Oh, yes, feel free!», antwortete Josefina und warf sich in Pose.

Joël reinigte nochmals die Linse, zielte und drückte ab. Danach stürmte Josefina zu dem Mann im gelben Pullover, Franco Medina, der offensichtlich ihr Papa war. Sie drückte sich an ihn und lächelte in die Kamera. Dann gesellte sich noch eine ältere Dame hinzu, hässlich geliftet und noch hässlicher geschminkt, und Joël drückte noch ein paar Mal ab.

«Grazie, Mama!», sagte Josefina zu der Dame und küsste sie. «Grazie, Papa!» Küsschen, Küsschen. Und auch für Joël gab es nochmals Küsschen.

Danach drängten sich bereits die nächsten Leute vor Joëls Kamera. Der Promi-Fotograf drückte ab, ohne noch irgendwelche Fragen zu stellen. Es spielte keine Rolle mehr, wen er fotografierte. Die italienischen Gazetten kennen die Leute schon, dachte er sich. Zudem kann ich die Fotos Franco Medina sicher direkt verkaufen.

Als Franco in die Hände klatschte und zu Tisch bat, war für Joël klar, dass es Zeit war, einen Abgang zu machen. Als Profi wusste er, wann dieser Moment gekommen war – bevor er den Leuten auf die Nerven ging.

Als er wieder draussen war, checkte er kurz die Fotos im Kameradisplay und war zufrieden. Der Anfang war gemacht. Er packte seine Ski, liess sie in den Schnee fallen und stieg in die Bindung. Dann fuhr er hinunter nach Marguns, einem weiteren Hotspot des St. Moritzer Skigebiets. Dort war promimässig aber gar nichts los. Auch in den übrigen Skihütten wurde er nicht fündig. Es war Weihnachten und dazu schlechtes Wetter, er konnte also froh sein, überhaupt etwas fotografiert zu haben.

Joël beschloss, die Promijagd abzubrechen und noch ein bisschen Ski zu fahren. Er verstaute die Kamera im Foto-Rucksack der Marke Think Tank, schaukelte mit dem Sessellift wieder zur Corviglia hoch und bestieg nach kurzer Abfahrt die Luftseilbahn zum Piz Nair. Er liebte diesen Berg. Da es ausser Wolken heute nichts zu sehen gab, fuhren lediglich zwei weitere Skifahrer mit ihm hoch. Es waren Deutsche. Der eine textete den anderen regelrecht zu, erklärte ihm, dass hier die Ski-Weltmeisterschaften 2003 stattgefunden hätten und sicher wieder einmal stattfänden, vielleicht sogar die Olympischen Spiele. Ach nein, die kämen ja nicht in

Frage, das Volk habe diesen Grossanlass in einer Abstimmung abgelehnt. Diese Schweizer seien doch verrückt, diese Spiele nicht haben zu wollen. Jetzt, hier, hier müsse er gucken, hier sei der wahnsinnig steile Start der Herrenabfahrt: «Siehst du, da, nein, hinter dem Felsen, pass auf, ja genau, irre was?»

Joël nervte sich.

Dann erzählte der Typ, dass er damals während der WM für den Deutschen Skiverband gearbeitet habe und für die ganze Logistik und Sicherheit zuständig gewesen sei.

Joël spitzte die Ohren.

Er näherte sich den beiden und tat so, als schaute er zum Fenster hinaus, versuchte aber, die beiden Typen genauer zu betrachten. Der Kerl, der ununterbrochen geredet hatte, schwieg nun und musterte Joël. Danach wandte er sich wieder seinem Kollegen zu und meinte, das Wetter werde immer schlechter, und es bestehe kaum noch Hoffnung auf Sonne.

Joël bemerkte, dass der, der praktisch nichts gesagt hatte, ziemlich gut versteckt unter Helm und Jacke einen Knopf im rechten Ohr trug, das Kabel dazu verschwand hinten im Kragen.

Joël ging auf die andere Seite der Gondel, drehte den beiden den Rücken zu und holte seine Kamera aus dem Rucksack. Er zurrte seine Skijacke auf, hängte sich die Kamera um den Hals und schloss den Anzug wieder.

Er war jetzt kein Skitourist mehr, sondern wieder Reporter.

GUTSHOF IM STÄDELI, ENGELBURG BEI ST. GALLEN

«Hey, Lucky», sagte Myrta und wartete gespannt auf Martins Reaktion. Sie hatte ihr iPhone am Ohr und lief damit humpelnd in ihrem alten Mädchenzimmer auf und ab.

«Hey, Jolly Jumper», antwortete Martin.

Myrta musste lachen und freute sich, dass Martin ihren Scherz parierte.

«Ich habe deine Telefonnummer unter ‹Lucky Luke› gespeichert, ich hoffe, das ist okay für dich.»

«Deine Nummer finde ich unter M & M, Myrta und Mysti, oder wie die Schokobonbons.»

«Oh, wie süss …» Sie kicherte. Unterdrückte das aber schnell wieder, weil sie es teenagermässig fand. Sie strich sich durch ihr kurzes, dunkelblondes Haar. «Hast du Lust auf einen Spaziergang?»

«Ja, warum nicht», erwiderte Martin.

Falsche Antwort, dachte Myrta.

«Sehr gerne, wollte ich sagen», fügte Martin hinzu.

Myrta schmunzelte. «Gut, holst mich ab? Jetzt?»

«Okay!»

«Bye, Lucky.»

«Bye, Jolly.»

Sie warf das Handy auf die Kleider in ihrem Koffer und sagte leise vor sich hin: «Was mache ich da?» Dann legte sie sich aufs Bett, ihr altes Mädchenbett, und kuschelte sich an ihr Plüschpferd Black Beauty. Es war genauso schwarz wie Mysti, aber noch einige Jahre älter. Es lag immer da, auch wenn sie wochenlang nicht hier war. Ihre Gedanken flogen zurück in ihre Kindheit, sie erinnerte sich an all die Weihnachtsfeiern, die immer so schön gewesen waren.

Auch der diesjährige Heiligabend im Hause Tennemann war mehr oder weniger harmonisch verlaufen. Natürlich hatte Myrta lange Zeit wegen ihres Reitunfalls im Mittelpunkt gestanden. Alle hatten sich um sie kümmern wollen. Christa, die Frau von Myrtas Bruder Leon, untersuchte ihr Knie, konnte aber keine ernsthafte Verletzung feststellen. Damit gaben sich alle zufrieden, denn Christa war Ärztin. Allerdings nicht mehr praktizierend. Sie war Radio- und TV-Ärztin beim Schweizer Radio und Fernsehen. Und Mutter von zwei Kindern. Myrta mochte weder Christa noch die Kinder. Dafür ihren Bruder umso mehr.

Nachdem Martin Myrta und Mystery of the Night nach Hause gebracht hatte, war er kurz in seine Wohnung gegangen und hatte sich in Schale geworfen. Dass der einstige Dorfdepp Lucky Luke ein äusserst gutaussehender Mann mit dichtem schwarzem Haar und ebensolchen Augenbrauen geworden war, stellte Myrta sofort fest. Beruflich hatte sie zwar dauernd mit schönen Menschen zu tun. Was ihr aber besonders auffiel, waren Martins Hände. Sie waren nicht nur schön, sondern männlich. Dicke Adern, knochig, ein bisschen Dreck unter den Fingernägeln. Myrta fand das sexy.

Die spontane Einladung fanden alle Tennemanns okay bis auf Christa, die lange mit grimmiger Miene ihrer Schwiegermutter auf Schritt und Tritt nachgelaufen und ziemlich penetrant – wie Myrta fand – versucht hatte, sich nützlich zu machen. Zudem quatschte sie dauernd über wissenschaftliche Dinge, um sich einzuschleimen. Doch weder Herr Professor Tennemann noch Frau Doktor Tennemann hatten Lust, an Heiligabend intellektuelle Gespräche zu führen. Die kleine Schwester Leandra hingegen bedrängte Myrta dauernd mit Fragen, flüsternd natürlich, was die Sache mit Martin zu bedeuten habe. Martin war äusserst souverän, selbst dann, als Papa Tennemann beim ersten Glas Champagner Duzis machte und sich mit Paul vorstellte. Mama Tennemann grinste verlegen, sagte beim Anstossen, sie sei die Eva, und wünschte Martin ein frohes Weihnachtsfest. Die etwas peinliche Situation wurde durch Christas und Leons Kinder entschärft, weil sie gerade dabei waren, der Tennemann'schen Katze Softie die bunt geschmückte Weihnachtstanne als Kletterbaum beliebt zu machen.

Der Abend wurde mit vielen Geschenken für die Kinder und reichlich Cognac für die Erwachsenen ausgeläutet. Als Martin nach Hause ging, verabschiedete er sich etwas übertrieben dankbar von Eva und Paul Tennemann, schüchtern von Leandra, Leon und Christa. Myrta begleitete ihn zu seinem Range Rover älteren Jahrgangs. Sie tauschten die Handy-Nummern aus und küssten sich rechts-links-rechts auf die Wangen.

Erst danach versuchte Myrta, an den selbstgebastelten Geschenken der beiden Kinder ihres Bruders Freude zu zeigen: eine miserable Zeichnung eines Pferdes und eine total verkrüppelte Kerze aus Bienenwachs. Bevor sie schlafen ging, checkte sie ihre Mails und SMS. Tatsächlich hatte sie auch von Bernd, ihrem ewigen Fast-Freund, eine Mitteilung erhalten. Er hatte über WhatsApp geschrieben: «Wünsche Dir eine schöne Heilige Nacht. Denke an Dich.»

«Ich sollte mich bereit machen», sagte Myrta nun und riss sich aus den Gedanken. Schnell stand sie auf und legte Black Beauty sorgfältig auf ihr Kopfkissen. Dann kauerte sie vor ihren Rollkoffer und überlegte, was sie für den Spaziergang mit Martin anziehen sollte. Da entdeckte sie Bernds Geschenk, das er ihr beim letzten Rendezvous in Köln überreicht hatte. Sie löste das silberne Band und riss das rote Papier weg. Zum Vorschein kam eine Schmuckbox, darin lag eine Perlenkette. Sie schloss die Box und legte sie in den Koffer zurück. Dann zog sie enge Jeans und eine rot-orange-farbene Strickjacke von Tulchan an. Myrta betrachtete sich im Spiegel. Sie erkannte eine junge Frau im englischen Landleben-Look, Rosamunde-Pilcher-Style, unschuldig und trotzdem ein bisschen verrucht-sexy, da die Strickjacke genau auf Po-Höhe endete. Myrta wuschelte sich die Haare, lächelte.

Sie war zufrieden.

BERGSTATION PIZ NAIR, ST. MORITZ

Die beiden Skifahrer, die mit Joël in der Gondel auf den Piz Nair hochgefahren waren, verliessen die Bergstation schnell, stiegen in ihre Bindungen und fuhren gleich los. Joël folgte ihnen mit einem gewissen Abstand. Nach kurzer Fahrt erreichten die beiden das Bergrestaurant Lej da la Pêsch. Sie hielten an, zogen die Ski aus und schauten zurück zum Berg, wo Joël wartete. Dann traten sie in die Hütte.

Joël flitzte am Restaurant vorbei zum Sessellift. Die Fahrt dauerte nur einige Minuten. Es war verdammt kalt. Es schneite, der Wind blies heftig, was sich im Gesicht wie Nadelstiche anfühlte. Oben angekommen, raste Joël die Piste hinunter, bis er einen Ort fand, von wo aus er die Berghütte sehen konnte. Dank seines weissen Spyder-Skianzugs war Joël gut getarnt. Er löste die Ski, legte sie in den Schnee, setzte sich darauf und wartete.

Nach rund 15 Minuten erschienen die beiden Deutschen, montierten ihre Bretter und bewegten sich langsam Richtung Sessellift. Joël wartete noch einen Augenblick, dann sauste er zur Hütte.

Viele Leute waren nicht drin. Ein paar Skifahrer in der hinteren linken Ecke, eine Familie mit drei Kindern in der rechten und ein Pärchen vorne rechts. Joël setzte sich an einen Tisch in der Mitte des Raums und bestellte bei einer jungen Kellnerin eine Ovomaltine.

Er beobachtete die Herrenrunde. Sie sprachen Hochdeutsch. Einer allerdings so holprig, dass man klar den Bündner Dialekt heraushören konnte. Er trug einen Skilehreranzug, doch Joël kannte ihn nicht. Er kannte zwar viele Skilehrerinnen und Skilehrer, aber eher die jungen. Dieser war um die 60, schätzte Joël. Er entsprach dem Klischee des Pistenhelden: braungebrannt mit dunklen, buschigen Augenbrauen, schneeweissen Zähnen.

Die Familie am anderen Tisch redete italienisch. Und das Pärchen konnte er nicht verstehen, es war zu weit weg. Die Herrenrunde und die Familie schienen dem Promi-Fotografen uninteressant. Blieb nur das Pärchen.

Er stand auf und ging Richtung Ausgang. Er schielte nach links. Den Mann sah er nur von hinten. Da Joël wegen seiner Skischuhe ziemlich Krach machte, schaute die Frau zu ihm hinüber. Ihre Blicke trafen sich. Es dauerte eine Sekunde, dann schauten beide weg. Joël hatte diesen Moment festgehalten, er hatte ihn mit seinen Augen «fotografiert».

«Suchen Sie die Toilette?», fragte die Kellnerin, die gerade aus der Küche kam.

«Ähm, ja …»

«Die ist draussen.»

Er musste um die Hütte herum und eine Schneetreppe nach unten gehen. Dann, gleich neben der Piste, sah er zwei Türen; auf der einen war ein Steinbock abgebildet, auf der anderen eine Geiss. Er wählte die Türe mit dem Bock. Als er am Pissoir stand, ging er das Bild, das er vorher im Restaurant von der jungen Frau gespeichert hatte, im Detail durch. Grüne Augen, helle Pupillen, dezenter Lidschatten. Junges, hübsches Gesicht, markante Wangenknochen, gerade Nase, sehr glatte Haut. Schmale Lippen, ungeschminkt. Dunkelbraune, lockige, schulterlange Haare, mehrheitlich bedeckt durch eine blaue Wollmütze, Marke unbekannt. Weisse Fleecejacke mit glitzernden Sternchen, vermutlich Swarovski-Steine, teuer. Daneben auf der Bank eine silbrige Daunenjacke mit schwarzem Innenfutter von Bogner. Die junge Frau trank Weisswein. Sie sah glücklich aus. Verliebt? Vielleicht.

«Aber völlig unbekannt», flüsterte Joël, hämmerte mit dem rechten Skischuh auf die Spülung, wusch sich die Hände und ging wieder Richtung Gaststube.

«War wohl nix», sagte er sich. Die beiden Bodyguards waren vermutlich gar keine, und der Typ mit dem Knopf im Ohr und dem geringelten Kabel hatte vielleicht nur ein Spezialmodell eines Smartphone-Kopfhörers.

Joël betrat die warme Stube und «fotografierte» nun den Mann, der ihn allerdings nicht anschaute, sondern sich auf die Frau konzentrierte. Joëls Blick wurde abgelenkt, weil der Mann die Hände der Frau hielt. Er hatte behaarte, schöne Hände, feingliedrig, sauber, gepflegt. Sie hatte lange, schlanke, äusserst attraktive Hände, die Nägel rosa-schimmernd lackiert, ein bisschen unpassend.

Joël musste seinen Gang verlangsamen, um sich das Gesicht des Mannes einzuprägen. Als er nahe genug war, machte es in seinem Gehirn «klick» – Bild gespeichert.

Einen Sekundenbruchteil später spürte er, wie sein Magen, seine Brust und sein Hals zuckten und sich zusammenzogen.

AUF EINEM FELDWEG BEIM ANDWILER MOOS

Sie schlenderten durch das Schneetreiben und sprachen vorwiegend über die letzten zehn, fünfzehn Jahre. So lange hatten sich Myrta und Martin nämlich nicht mehr gesehen. Nachdem Martin in groben Zügen seinen Lebenslauf erzählt hatte – Ausbildung zum Landwirtschaftsmechaniker, zwei Jahre Lastwagenfahrer,

Fachhochschule, Übernahme des elterlichen Bauernhofes –, fragte ihn Myrta nach dem Verbleib der anderen Kinder aus dem Ort. Martins kurze Schilderungen lösten bei Myrta immer wieder ein «Nein sowas!» oder ein «Das gibt es ja nicht!» oder einfach nur «Was, die ist schon dreifache Mutter!» aus. Wirklich Erstaunliches oder Verrücktes wusste Martin aber nicht zu erzählen.

«Und du, Myrta? Immer noch beim Fernsehen?», wollte Martin schliesslich wissen.

«Nein», antwortete Myrta kurz angebunden. «Nein, nein.»

«Aber du warst doch bei RTL ...»

«Ja, hast mich mal gesehen?»

«Klar. Das war toll.»

«Ja, war es. Aber jetzt bin ich wieder in der Schweiz.»

«Schweizer Fernsehen?»

«Oh mein Gott, nein!»

Da Martin nicht nachfragte, was Myrtas Reaktion «Oh mein Gott!» bedeuten sollte, schwiegen sie einen Moment. Martin verstand nichts vom Fernsehen, und wahrscheinlich interessierte es ihn auch nicht besonders. Myrta überlegte deshalb, was sie dem einstigen Nachbarsbub, der damals als schräger, verschrobener Typ gegolten hatte, erzählen sollte. Sie wollte nicht überheblich klingen. Schliesslich hatte sie in ihrem Leben schon so viel Erfolg gehabt und schon so viel Geld verdient, dass Martin neidisch werden konnte. Davon ging sie jedenfalls aus.

«Ich bin jetzt Chefredakteurin der ‹Schweizer Presse›.»

«Was, tatsächlich? Toll!»

«Kennst du denn das Blatt?»

«Natürlich. Meine Eltern haben es immer noch abonniert. Aber ehrlich gesagt, lese ich es nicht so oft.»

«Weil du meinst, es sei immer noch ein Klatschheftli!»

«Ist es ja auch ...»

«Hey, Lucky Luke, du bist immer noch der gleiche Vollpfosten wie damals», fiel Myrta ihm ins Wort, sie bückte sich und lud Schnee auf, den sie gegen Martin schleuderte. Dieser konnte aber ausweichen und griff nun seinerseits ins Weiss. Myrta rannte davon. Die kurze Schneeballschlacht endete damit, dass Martin ausrutschte. Er blieb auf dem Rücken liegen, und Myrta kniete sich neben ihn, um ihn zünftig einzuseifen. Dann liess sie sich neben ihn fallen. Sie spürte Martins Körper.

Es schneite noch immer.

«Deinem Knie scheint es ja wieder gut zu gehen», sagte Martin, nachdem er sich den Schnee aus dem Gesicht gewischt hatte.

Myrta hatte den gestrigen Reitunfall längst vergessen. Erst jetzt kam er ihr wieder in den Sinn. Und auch die seltsame Erscheinung des Sensenmanns.

«Sag mal, was hast du gestern eigentlich da draussen getrieben?», fragte Myrta. «Warum warst du plötzlich zur Stelle?»

«Ich war auf dem Heimweg vom Holzen. Warum fragst du?»

Myrta überlegte kurz, ob sie ihm ihr seltsames Erlebnis erzählen sollte. «Ach nichts. Ein glücklicher Zufall. Vielen Dank nochmals, dass du mir geholfen hast.»

Sie schwiegen. Beide lagen auf dem Rücken und liessen sich die Schneeflocken aufs Gesicht fallen.

«Hast du kalt?», fragte Martin nach einer Weile und schaute Myrta an.

«Nein.»

«Geht es dir gut?»

Myrta schaute den Schneeflocken zu, die auf sie zufielen. «Im Moment geht es mir sehr gut», sagte sie.

Sie drehte sich zu Martin, legte die Hand auf seine Brust und schaute ihm in die grossen, dunkelbraunen Augen. An seinen Brauen hingen winzige Schneeflöckchen.

BERGRESTAURANT LEJ DA LA PÊSCH, ST. MORITZ.

Dort hinten sass also Luis Battista, der Schweizer Wirtschaftsminister, mit einer attraktiven Frau und hielt Händchen. Joël war sich sicher, dass es nicht Battistas Ehefrau war. Er hatte zwar weder Battista noch dessen Gattin je live gesehen, weil der

Bundesrat und seine Familie aber häufig im Fernsehen und in Magazinen erschienen, kannte Joël sie bestens. Sie waren beide um die 40, hatten drei kleine Kinder und schienen die perfekte Familie abzugeben. Sie kamen aus Reinach, einer typischen Agglomerationsgemeinde von Basel. Battistas Wahl in das höchste politische Amt war eine für Schweizer Verhältnisse unglaubliche Glamour-Story: Der smarte Mann mit dem rabenschwarzen Haar und Grübchen in den Wangen galt als Hoffnungsträger, stand für eine neue und moderne Politikergeneration. Von den Boulevardmedien wurde er auch als John F. Kennedy oder Barack Obama der Schweiz tituliert.

Wenn Joël nun ein paar Bilder schiessen könnte, würde er locker ein paar tausend Franken verdienen. Er müsste es nur richtig anstellen und mit den verschiedenen Bildredakteuren geschickt verhandeln. Immerhin sass ein Politstar mit seiner Geliebten fast unmittelbar vor Joëls Linse. Joël müsste nur noch abdrücken.

Schade, dass es kein deutscher Politiker war, der würde ihm mehr einbringen. Viel mehr.

Joël ging auf Nummer sicher und liess seine Kamera erst mal unter seiner Jacke. Dafür nahm er das iPhone hervor und tat so, als würde er simsen, Mails checken oder auf Facebook surfen. Er wählte allerdings das Fotoprogramm und knipste unauffällig das Paar. Da Joël das künstlich erzeugte Kameraklicken ausgeschaltet hatte, war nichts zu hören. Er kontrollierte die Bilder und musste einsehen, dass er damit nicht das grosse Geld machen konnte: Battista war nur von hinten zu sehen, die Frau zwar von vorne, aber auch nicht gerade superscharf. Am besten waren die Swarovski-Steine auf ihrer Jacke zu erkennen. Aber immerhin hatte Joël schon mal etwas im Kasten. Und die beiden hatten nichts bemerkt. Er konnte also einen Schritt weitergehen.

Joël stand auf und schlenderte Richtung Theke, als suche er etwas. Als er von der Kellnerin angesprochen wurde, fragte er, ob sie Sonnencrème hätten. Die Kellnerin reichte ihm ein

Körbchen mit kleinen Tuben und bemerkte, man müsse sich auch eincremen, wenn die Sonne nicht scheine. So wie heute.

Joël wühlte im Körbchen, holte sein Handy hervor, drehte sich um, Richtung Bundesrat Battista und der Frau, und tat so, als sehe er nicht richtig, was im Körbchen lag, und suche mehr Licht. Dabei hielt er das iPhone so, dass die Linse Richtung Battista zeigte, und drückte ein paar Mal auf den Auslöser.

Er angelte sich eine Tube Sonnencrème und wandte sich wieder der Kellnerin zu: «Danke, diese nehme ich!»

Er setzte sich, schmierte sein Gesicht mit dem Sonnenschutzmittel ein und kontrollierte danach seine neuen Aufnahmen. Eindeutig besser. Battista erkennbar, die Frau auch – sogar, dass sie Händchen hielten. Aber schlechte Bildqualität, unscharf, verwackelt.

Nun holte er seine Kamera aus der Jacke, putzte sie gründlich und legte sie dann auf den Tisch, so dass die Linse direkt auf das Paar gerichtet war. Sein Plan war, auf diese Weise noch einige Fotos zu machen und dann direkt auf den Bundesrat zuzugehen und ihn zu fragen. In der Schweiz waren Politiker immer noch gewöhnliche Menschen, die man in der Regel einfach anquatschen konnte. Ob dies unter den pikanten Umständen allerdings funktionieren würde, da war sich Joël nicht so sicher, deshalb machte er zuerst auf Paparazzo. Er unterlegte die Kamera mit einigen Bierdeckeln, um einen besseren Ausschnitt zu bekommen. Als er zum ersten Mal abdrücken wollte, stand plötzlich ein Mann vor seinem Tisch und verdeckte ihm die Sicht.

Joël erschrak, denn er hatte sich so auf seine Kamera und das Pärchen konzentriert, dass er nicht mitbekommen hatte, was sonst um ihn herum passiert war.

«Allegra», brummte der Mann. «Was gibt denn das?» Es war der Skilehrer mit dem braungebrannten Gesicht und den buschigen Augenbrauen vom Nebentisch, den Joël nicht kannte.

«Ähm, nichts …» stotterte Joël.

«Nichts? Dann ist ja gut.»

Der Kerl schaute zu den anderen Männern am Nebentisch.

Sind das Bodyguards, Polizisten?, fragte sich Joël. Das kann nicht sein! Ein Bundesrat braucht das doch nicht. Und die beiden anderen Kerle aus der Gondelbahn, der eine mit dem Knopf im Ohr?

«Sind Sie Polizist? Und wenn ja, was ist los?», fragte Joël und kicherte verlegen.

«Nein, CIA!», sagte der Typ mit finsterer Miene. Doch dann lachte er und liess seine schneeweissen Zähne blitzen. Auch die anderen Männer grinsten. «Nein, kein Problem», meinte der Mann weiter. «Einfach keine Fotos machen, das ist privat hier, okay?»

«Ach, warum ...»

Ob es okay sei, wiederholte der Kerl nun forsch.

«Hey, klar!», sagte Joël sofort und packte seine Kamera demonstrativ weg.

Er zahlte und machte sich auf den Weg zum Ausgang. Bundesrat Battista drehte sich kurz zu ihm um. Sie schauten sich in die Augen. Joël lächelte ihn an und murmelte: «Allegra.»

Äusserlich schien Joël ganz ruhig. Innerlich kochte er. Erst als er auf dem Sessellift war und schon einige Meter hochgefahren war, brüllte er in den Wind und den Schnee hinaus: «Scheisse!»

REITERHOF SITTER, ENGELBURG BEI ST. GALLEN

Martin hatte Myrta zu einem Tee eingeladen und servierte nun Champagner. Taittinger.

«Warum Taittinger?», wollte Myrta wissen.

«Keine Ahnung, fand den Namen irgendwie kurios für einen Champagner.»

«Wie bitte?»

«Taittinger klingt doch eher nach Bier, oder? Herb, stramm, deutsch!»

«Also bitte! Taittinger ist ein wundervoller Champagner aus Frankreich, das Gut gehört immer noch der Familie beziehungsweise es gehört ihr wieder, nachdem die Marke erst verkauft und dann mit grossem Tamtam wieder zurückgekauft worden ist.»

«Oha. Taittinger klingt nicht besonders franz...»
«Die Familie stammt ursprünglich aus dem Elsass.»
«Tja, da weisst du mehr als ich.»
«Ich bin die People-Tante, nicht du.»
«Ja, ich bin der Rossknecht ...» Martin lächelte.

Myrta lächelte auch. Und dachte: Wie süss! Und: Er hat schöne weisse Zähne.

Der einstige Dorftrottel Lucky Luke war gerade dabei, Myrtas Herz zu erobern. Sie war sich zwar bewusst, dass sie schnell Feuer und Flamme für jemanden sein konnte und sich ruckzuck verliebte. Deshalb hatte sie nur zögerlich die Einladung angenommen, nach der Schneeballschlacht bei Martin einen Tee zu trinken. Da sie ein heruntergekommenes Bauernhaus mit einem muffigen Stall erwartet hatte, schlug ihr Puls beim Anblick des «Reiterhofs Sitter» so heftig, dass sie ihn in der Halsschlagader spürte. Vor dem Hof standen zwei Range Rovers, ein Mercedes, ein BMW und je ein Luxusmodell von Kia und Subaru. Myrta kannte sich mit Autos aus: Ihre journalistische Karriere hatte schliesslich bei einer Autosendung begonnen.

Von aussen sah der Bauernhof immer noch gleich aus wie früher: spitzes Dach, uralte graue Schindelfassade, graue Fensterläden. Die Fenster hingegen waren neu. Innen war alles modern, helles Holz, kleine Spots an der Decke, Möbel aus Eisen und Stahl. Keine Blumen, keine Deko, relativ kühl. Geschmacklos, fand Myrta, typischer Männerhaushalt, allerdings aufgeräumt und sauber.

Martin erzählte ihr, er habe den Hof seiner Eltern total umgekrempelt. Aus dem einstigen Landwirtschaftsbetrieb mit Milch- und Fleischwirtschaft habe er einen Reiterhof gemacht. Am meisten Umsatz erziele er mit der Pferdepension und dem Pferdeleasing. Eine kleine Reitschule, einige Ponys für die Kinder und noch ein bisschen Ackerbau für das Futter würden den Betrieb komplettieren.

Myrta wünschte sich eine Führung, fragte aber erst, wo das Bad sei.

Das war ihr persönlicher Lackmustest: Klo sauber, Lavabo glänzend, Spiegel mit mehreren kleinen Zahnpastapunkten unten rechts. Der kleine Schrank dahinter aufgeräumt. Gillette-Rasierer, Migros-Budget-Rasierschaum, After-Shave-Balsam von Nivea, Eau de Toilette von Paco Rabanne. Na ja, dachte Myrta. Daneben Zahnpasta aus der Migros. Und eine Zahnbürste. Eine.

Myrta registrierte dies erfreut.

Sie schloss den Schrank und prüfte sich im Spiegel. Sie war kaum geschminkt. Ihre grossen dunkelbraunen Augen kamen trotzdem wunderbar zur Geltung. Sie strich sich über die kurzen Haare. Danach rückte sie ihren ziemlich üppigen Busen im Büstenhalter zurecht, zupfte ein paar Mal an der rot-orangen Jacke und ging zurück zu Martin.

«Du hast gar keinen Weihnachtsbaum», sagte sie. «Das fällt mir erst jetzt auf.»

«Ach, das brauch ich nicht. Weihnachten findet bei mir im Stall statt.»

Wow, wie romantisch, Myrta lächelte, strahlte Martin an.

«Hey, was grinst du jetzt so dämlich?»

«Vollpfosten, ich lächle dich an», erwiderte Myrta und ergriff Martins Hand. «Los, zeig mir die Pferde!»

BERGSTATION LEJ DA LA PÊSCH, ST. MORITZ

Warten.

Joël hockte in seinem weissen Anzug im Schnee und wartete. Er hielt seine Kamera bereit. Er hatte nun das 600-mm-Objektiv von Nikon mit Bildstabilisator montiert. Ein sündhaft teures Teil, über 10 000 Franken. Aber unabdingbar für Paparazzo-Einsätze.

Er fror. Wenn Bundesrat Battista mit der unbekannten Frau hochfuhr, schwebten sie praktisch an ihm vorbei. Und der Minister musste hier vorbeikommen. Es war die einzige Möglichkeit, um überhaupt von hier wegzukommen. Bei allem Pech: Immerhin dies sollte klappen.

Joël sah das Foto bereits vor sich: Battista kuschelnd mit der unbekannten Lady. Obwohl es Vierersessel waren, war sich Joël sicher, dass die beiden nur zu zweit hochfahren würden. Um zu knutschen. Was ihn hingegen störte, war, dass die Sessel mit Sturmhauben aus Plexiglas ausgestattet waren, damit die Fahrgäste vor Wind geschützt waren. Aber das konnte er nicht ändern, und schliesslich musste er mit dem Bild keinen Fotopreis gewinnen, sondern nur die beiden Köpfe erkennbar drauf haben, am besten küssend. Es ging nicht um Kunst, sondern um Geld.

Das Wetter wurde schlechter, der Schneefall und der Wind nahmen zu, und es war bereits 15.30 Uhr. Das bedeutete in dieser Jahreszeit Dämmerung – fototechnisch fast schon Nacht. Sessel um Sessel gondelte vorbei. Alle leer. Joëls Aufgabe wurde nicht einfacher.

Gut zehn Minuten später sah Joël mehrere mit Personen besetzte Sessel. Das mussten sie sein. Erst kamen zwei dunkel gewandete Männer. Dann der Skilehrer, der ihn angequatscht hatte. Neben ihm die Frau in der silbrigen Daunenjacke von Bogner. «Shit», murmelte Joël und drückte auf den Auslöser. «Shit. Warum sitzen die Idioten nicht zusammen!?»

Dahinter Bundesrat Battista mit Helm und grosser Skibrille mit gelben Gläsern. Klick. Klick. Neben ihm ein Mann in schwarzem Skianzug. «Shit!»

Mit Tempo Teufel raste Joël zur Talstation des Sessellifts. Vielleicht konnte er die Gruppe noch verfolgen.

Da keine Leute am Sessellift anstanden, hangelte er sich flugs zum Einsteigebereich vor und machte sich bereit zum Aufsitzen. Plötzlich rauschten zwei Typen heran, stellten sich links und rechts neben ihn und hockten sich auf den gleichen Sessel wie Joël. Der Sicherheitsbügel schloss sich, ebenso die Sturmhaube.

«Habt ihr es pressant?», sagte Joël verärgert. «Der Witz an einer solchen Anlage ist, dass alle paar Sekunden ein freier Sessel kommt!»

Die Typen reagierten nicht.

Joël schaute den Kerl links neben sich an.

Er hatte einen Knopf im Ohr.

REITERHOF SITTER, ENGELBURG BEI ST. GALLEN

Tatsächlich war der Stall mit Tannenästen geschmückt, ein Weihnachtsbaum war plaziert, und überall leuchteten elektrische Kerzen. Die Pferde in den Boxen bekamen gerade von einem Mitarbeiter Heu. In der Mitte des Stalls befand sich ein weiss gekachelter Raum mit mehreren Wasserschläuchen. «Das ist unsere Pferdedusche», erklärte Martin. Daneben ein Raum mit einer Solarium-ähnlichen Installation. «Und das ist der Trockner für die Pferde.» Und noch ein Stück weiter ein Raum mit einem überdimensionierten Laufband, auf dem ein Pferd trabte. «Das wäre dann unser Fitnesscenter!»

Dann kamen wieder Pferdeboxen. Myrta blieb stehen, streichelte dieses und jenes Pferd und fragte Martin: «Welches ist dein Lieblingspferd?»

«Mystery of the Night», antwortete Martin, ohne zu zögern.

SESSELLIFT LEJ DA LA PÊSCH, ST. MORITZ

Joël war es mulmig zumute. Seine beiden Begleiter auf dem Sessellift waren die beiden, die schon in der grossen Gondel mit ihm hinauf zum Piz Nair gefahren waren. Da das Wetter nun wirklich schlecht war, waren sie drei die einzigen Skifahrer, die noch unterwegs waren.

Warum müssen diese beiden ausgerechnet mit mir zusammen hochfahren?, fragte sich Joël. Das kann doch kein Zufall sein.

«Das Wetter hat umgeschlagen», sagte Joël und hoffte, die beiden würden sich auf einen sesselliftüblichen Small-Talk einlassen und sich dabei als ganz normale Touristen entpuppen. Doch keiner von beiden antwortete.

Der Wind pfiff. Der Sessel schaukelte. Schneeflocken klatschten gegen die Sturmhaube.

Der Typ rechts neben ihm zog den rechten Handschuh aus, ballte die Hand zur Faust.

Der Schlag traf Joël mitten auf die Nase. Es knackste. Joël schrie auf, spürte Blut auf den Lippen, sah alles nur noch verschwommen. Das Bild wurde in Tausende einzelne Punkt aufgeteilt, die in rascher Folge aufleuchteten und erloschen, es verfinsterte sich vom Rand her, schliesslich wurde es ganz schwarz.

Joël spürte, wie die beiden Kerle an ihm herumfummelten. Er hörte, wie die Sturmhaube geöffnet wurde. Seine Beine mit den Skischuhen und den Skis wurden vom Sicherheitsbügel des Sessellifts gezerrt. Er wehrte sich, schlug mit den Armen um sich.

Den nächsten, heftigen Schlag spürte er zwar noch.

Dann aber nichts mehr.

REITERHOF SITTER, ENGELBURG BEI ST. GALLEN

Als Myrta ihr Handy checkte, sah sie, dass es bereits 18.04 Uhr war. «Himmel, schon so spät», sagte sie leise.

Sie sah auch, dass sie fünf Anrufe in Abwesenheit erhalten hatte. Drei waren von Bernd. «Die Alte am Kochen und die Kids am Fernseh gucken», murmelte Myrta.

Der vierte Anruf stammte von ihrer Mutter. «Ja, Mama, ich lebe noch, und ich bin um 20 Uhr zu Hause.»

Der fünfte war von Joël. «Was will der denn?», sagte Myrta laut. So laut, dass es Martin hörte, der gerade in die Küche gegangen war, um eine zweite Flasche Champagner zu holen. Myrta war zwar schon etwas beschwipst, aber das war ihr im Augenblick egal.

«Was hast du gesagt?», fragte Martin, als er zurückkam.

«Nichts. Doch. Joël hat mich angerufen.»

«Joël?»

«Lange Geschichte. Ein Ex-Freund. Nein, ein Freund, aber auch ein Ex. Oder so. Ich ruf ihn schnell zurück, sorry.»

Myrta wählte Joëls Nummer.

Als sie hörte, dass er den Anruf entgegennahm, sprudelte sie gleich los: «Hey Joël, was soll das? Du hast mir noch nie frohe Weihnachten gewünscht oder mir zum Geburtstag gratuliert.

Wirst du sentimental? Hast du zu viel getrunken? Bist du etwa einsam? Oder bist du wie ich von einem Pferd gefallen und liegst jetzt im Delirium? Also, was willst ...» Da merkte Myrta, dass die Verbindung abgebrochen war. «Joël?»

LEJ DA LA PÊSCH, ST. MORITZ

Der Sessellift hatte den Betrieb eingestellt. Wenn es so etwas wie eine letzte Kontrollfahrt gegeben hatte, dann war er nicht entdeckt worden. Schliesslich trug er wegen seines Paparazzo-Jobs einen weissen Skianzug. Blieb nur die Hoffnung auf den Pistendienst. Lag er überhaupt auf einer Piste? Oder an deren Rand? Er wusste es nicht. Er sah nur Schnee, Neuschnee. Zudem war es mittlerweile schon dunkel. Vermutlich waren auch die Leute vom Pistendienst längst nach Hause gegangen.

Joël probierte erneut, den Rettungsdienst zu alarmieren. Doch sein iPhone litt unter der Kälte und der Feuchtigkeit. Hin und wieder leuchtete das Display zwar auf, auch Empfang war vorhanden, aber kaum hatte Joël die Notrufnummer 112 gewählt, machte das Handy schlapp. Auch der Versuch, mit Myrta zu telefonieren, war gescheitert. Er hatte ihre ersten Worte zwar noch verstanden, doch dann war Schluss.

«Wenn ich einen Fön hätte, könnte ich das Scheissding trocknen und wärmen», sagte er vor sich hin und lächelte. Das hatte schon einmal geklappt, als er es im Sommer bei einem Gewitter mal draussen hatte liegenlassen. Er öffnete seinen Skianzug und klemmte das iPhone wie einen Fiebermesser unter den Arm. Dies machte er manchmal auch mit den Batterien seines Blitzgeräts, wenn vor Kälte gar nichts mehr ging.

Und jetzt war es kalt. Saukalt. Er lag schon länger hier. Unter den Seilen des Sessellifts. Weder den Sturz vom Sessellift hatte er mitbekommen, noch den Aufprall. Irgendwann war er aufgewacht und hatte geschrien. Ins Leere. Sämtliche Bemühungen aufzustehen, waren misslungen. Der Schmerz in seinem rechten Bein war einfach zu gross gewesen.

Nach einer Weile nahm er das Handy aus der Achselhöhle und startete es neu. Tatsächlich leuchtete das Display. Aber nur einige Sekunden. Dann war der Bildschirm wieder schwarz. Möglicherweise hätte er sogar telefonieren können, vielleicht war nur der Bildschirm defekt. Doch ohne Bildschirm keine Files. Ohne Icons keine Möglichkeit, ins Telefon-Programm zu gelangen. Er verfluchte das Gerät. Hätte er nun ein altes Handy dabei, eines, das noch eine richtige Tastatur hatte. Jetzt konnte er nicht einmal eine SMS senden.

Joël versuchte nochmals aufzustehen. Doch das Bein schmerzte fürchterlich. Er vermutete, dass es gebrochen oder zumindest arg verstaucht war. Er bemerkte, dass sein Anzug blutverschmiert war. Er erinnerte sich an den Faustschlag und griff sich an die Nase. Tatsächlich war diese voll mit eingetrocknetem Blut. Sie tat weh und war wohl gebrochen.

Wahrscheinlich hatten ihn die Typen wegen seiner Kamera attackiert. Er tastete kurz seinen Anzug ab, griff um sich in den Schnee, fand zwar seine Skistöcke, nicht aber die Kamera. «Verdammte Scheisse!» Mit der Kamera war auch das teure 600-mm-Objektiv weg. «Scheisse, Scheisse, Scheisse», fluchte Joël. Er tastete seinen Rücken ab: Immerhin war sein Rucksack mit den anderen Objektiven noch da. Auch den Fotoharnisch und die Akkus hatten sie ihm gelassen.

Er liess sich in den Schnee sinken und suchte eine Position, in der er keine beziehungsweise nur wenig Schmerzen hatte.

Joël lag einige Minuten. Dann begann es, ihn zu frösteln. Kurz darauf fror er richtig. Er fror sogar fürchterlich, zitterte vor Kälte. Hier oben würde es locker minus 20, minus 30 Grad oder noch kälter werden.

Erst jetzt begriff er, dass er den Sturz vom Sessellift zwar überlebt hatte. Trotzdem würde hier sein Leben zu Ende gehen.

REITERHOF SITTER, ENGELBURG BEI ST. GALLEN

Myrta versuchte im Minutentakt, Joël zu erreichen. Doch es kam immer nur die Mailbox. Drei Mal hatte sie die Nachricht hinterlassen, er solle sich bitte melden.

«Meinst du wirklich, es ist etwas passiert?», fragte Martin. Er sass neben ihr auf dem beigen Ledersofa.

«Ja, bestimmt.»

«Vielleicht wollte er dir wirklich nur frohe Weihnachten wünschen und ...»

«Nein, Martin, nein, unmöglich. Joël und ich sind keine Freunde, die Nettigkeiten austauschen. Wir telefonieren nur, wenn wir uns wirklich etwas zu sagen haben. Dass der, der angerufen wird, immer gleich hundert Fragen stellt so wie ich vorhin, das ist unser Spiel.»

«Möglicherweise hat er keinen Empfang ...»

«Nein, verdammt!», sagte Myrta unwirsch, entschuldigte sich aber sofort. «Sorry, ich versau dir die ganze Weihnacht. Ich verschwinde jetzt. Kannst du mich nach Hause fahren?»

«Klar.»

Myrta legte die Hand auf seine Schulter. Obwohl Martin einen dicken Strickpullover trug, spürte sie wieder seine kräftigen Muskeln.

«Nimm mich in den Arm», flüsterte sie.

Martin tat es. Oder versuchte es. Myrta fand, dass er sich etwas ungeschickt anstellte. Fehlt ihm wohl an Erfahrung.

LEJ DA LA PÊSCH, ST. MORITZ

Joël hatte in seinem Leben nicht viele Bücher gelesen. In seiner Jugend waren es neben der schulischen Pflichtlektüre einige Abenteuerromane gewesen, später dann Survival-Bücher und Berichte über Expeditionen in den unwirtlichsten Gegenden der Welt. Dazu waren einige Kriegsberichte gekommen. Denn Joël wollte Kriegsreporter, Krisenfotograf werden. Geklappt hatte das bisher allerdings nicht. Er hatte noch keine Zeitung oder

Zeitschrift gefunden, die ihn in einen Krisenherd irgendwo auf der Welt geschickt hätte. Auf eigenes Risiko und auf eigene Kosten eine solche Reportage zu machen, war ihm doch zu heikel gewesen. In Zeiten der Digital- und Handyfotografie brauchte es in Kriegsgebieten auch keine professionellen Fotografen mehr, um dramatische Szenen festzuhalten. Dessen war sich Joël bewusst. Die Chance, Bilder zu schiessen, die sonst niemand machte, war klein geworden. Und verkaufen liessen sich eh nur die spektakulärsten, da musste er gar nicht auf «gepflegte Reportagefotografie in Schwarz-weiss» machen. Hohes Risiko, hohe Kosten, null Ertrag – die Rechnung hatte Joël schnell gemacht. Deshalb beschränkten sich seine «Kampfeinsätze» auf Auseinandersetzungen zwischen Hooligans zweier Sportmannschaften oder zwischen gewalttätigen Demonstranten und Polizisten. Er kannte Tränengas und Gummischrot, nicht aber Bomben und Gewehrschüsse.

Dass er nun ausgerechnet bei einem Einsatz als People-Fotograf in eine lebensbedrohliche Situation geraten war, kam Joël erbärmlich vor. Er war kein Paparazzo, wollte keiner sein, war aber doch einer. Die Sache war entweder ein Witz, oder er hatte etwas fotografiert, was er definitiv nicht hätte fotografieren sollen. Warum er wegen eines Bundesrats, für den sich ausserhalb der Schweiz kein Schwein und selbst in der Schweiz nur wenige interessierten, von einem Sessellift gekippt worden war, konnte er sich beim besten Willen nicht erklären. Weil die Kamera weg war, konnte er nur darauf hoffen, dass die Aufnahmen mit dem Handy noch verwertbar waren. Vorausgesetzt, das Handy beziehungsweise der Speicher würde die kommende Nacht überleben. Und er selbst auch.

In einem Survival-Buch hatte er einmal gelesen, wie man bei Minustemperaturen überleben kann. Ein Arbeiter war ein ganzes Wochenende in einem Tiefkühllager eingesperrt gewesen. Erst hatte er versucht, die Türe gewaltsam zu öffnen. Dann wollte er die Kühlung an der Decke beschädigen. Dazu hatte er sich mit den Paletten und Kartonschachteln Türme gebaut, war hinaufgeklettert und hatte gegen die Leitungen gehämmert. Alles half nichts. Er war müde, schlief fast ein und begann zu frieren. Dass er erst jetzt fror, rettete ihn: Statt zu schlafen, schleppte er das ganze Wochenende Kisten. Bis seine Kollegen am Montag ins Lager kamen.

Und auch aus den Himalaya-Büchern wusste Joël, dass Schlafen oder Sitzenbleiben den Tod bedeutete. Also musste er sich trotz seines gebrochenen Beins bewegen, am besten dorthin, wo er am ehesten gerettet würde.

Doch zuerst versuchte er, sein Bein mit einem Skistock und den Skiriemchen zu schienen. Das gelang nicht, da war die Theorie zu weit von der Praxis entfernt: Der Skistock war viel zu lang, die Riemchen waren zu kurz, und Joël spürte wegen der Kälte seine Hände nicht mehr. Er beschloss, mit den Skistöcken und mit Hilfe seines gesunden linken Fusses mitsamt dem dazugehörenden Ski dorthin zu robben, wo er die Piste vermutete. Denn wenn er auf einer Piste wäre, stiege die Chance, von einem Pisten-Bully-Fahrer entdeckt zu werden. Diese würden die Pisten entweder spätnachts oder frühmorgens präparieren …

Oder sollte er gleich zur Hütte, in der er den Bundesrat und die unbekannte Dame fotografiert hatte, auf einem Bein hinunterfahren? Aber was, wenn dort unten niemand mehr war, keiner dort übernachtete und alle Fenster, die er hätte einschlagen können, mit Läden verschlossen waren? Dieses Risiko wollte er nicht eingehen, denn er kannte das Skigebiet ziemlich gut. Dort unten steckte er noch tiefer im Schlamassel. Wenn er aber die Bergstation des Sessellifts erreichen würde, könnte er auf der anderen Seite des Passes hinunterfahren, notfalls bis ins Tal.

Dies schien Joël die beste Variante zu sein.

Er begann, sich kriechend durch den Schnee zu kämpfen. Doch er konnte machen, was er wollte – das Bein schmerzte in jeder Stellung höllisch. Also versuchte er aufzustehen. Das funktionierte zwar, doch an Fortbewegung war nicht zu denken. Der Neuschnee war zu tief, er hüpfte, kam aber keinen Zentimeter vorwärts.

Er liess sich wieder fallen und robbte weiter.

Das klappte einigermassen. Doch bereits nach wenigen Metern ging ihm die Puste aus. Er sackte zusammen und atmete schwer. Weiter zu kriechen, bedurfte schon einiger Überwindung.

Nach der zweiten Pause wuchsen Anstrengung und Frustration. Vor allem hatte er nicht die geringste Ahnung, wo er war und wohin er sich bewegte. Vielleicht robbte er einfach im Kreis herum. Auch das wusste er aus einem Buch: In einer Schneewüste verliert auch der beste Bergsteiger den Orientierungssinn.

Die dritte Pause dauerte sehr viel länger als die erste und die zweite. In der vierten Pause kam ihm der Gedanke, einfach liegen zu bleiben und zu schlafen.

«Ich muss diese verdammte Piste erreichen», rief er laut.

Er schrie. Das Echo war beeindruckend. Ansonsten passierte nichts.

Joël schaute auf die Uhr. Die weisse Swatch zeigte kurz vor 20 Uhr. Wo bleiben die verdammten Pistenfahrzeuge?, fragte er sich.

Er robbte weiter.

Er schwitzte, fror aber trotzdem. Nun spürte er auch, dass sein teurer Skianzug nach diesen langen Stunden im Schnee nicht mehr wasserdicht war. Es schneite immer noch, es windete immer noch, es war tiefste Nacht, und es wurde immer kälter. Joël bewegte sich schneller, geriet dadurch aber auch schneller ausser Atem.

Plötzlich glaubte er, sein Handy klingeln zu hören. Er wollte danach greifen, verhedderte sich aber in den Taschen, weil er in den Händen kein Gefühl mehr hatte. Und als er es schliesslich geschafft hatte, war das iPhone verstummt. Der Bildschirm war schwarz und blieb schwarz.

Joël verstaute das Gerät wieder in der Jackeninnentasche, obwohl auch diese feucht war. Das Innenfutter war nass, alle Taschen waren nass, vermutlich waren sogar die Skischuhe innen nass, aber das spürte er nicht, weil er seine Füsse, wie seine Hände, schon länger nicht mehr spürte.

Er ruhte sich aus. Er schloss die Augen.

Nur ganz kurz, sagte er sich.

GUTSHOF IM STÄDELI, ENGELBURG BEI ST. GALLEN

Das Essen, Gänsebraten mit Rotkohl und Knödeln, war deftig deutsch, aber lecker. Der Wein dazu, drei Flaschen Château Pétrus, war köstlich. Zu köstlich eigentlich für das Mahl, wie Myrta fand. Der Wein musste enorm teuer gewesen sein. Das schloss Myrta nicht nur, weil ihr «Château Pétrus» als Edelweingut bekannt war und ihr der Tropfen wirklich mundete, sondern weil ihr Vater ein Brimborium darum machte. Er bekam von ihr jedes Jahr den «Kleinen Johnson» zu Weihnachten geschenkt, die Weinbibel für den Amateur. Natürlich stand in der Tennemann'schen Bibliothek auch der «Grosse Johnson», sauber eingereiht zwischen anderen zahlreichen Weinbüchern. Myrta konnte als einzige der Familie mit ihrem Vater eine einigermassen fundierte Diskussion über Wein führen. Mama Eva disqualifizierte sich nicht ohne Stolz, indem sie in Gourmetlokalen gerne zu einem exorbitant teuren Essen und einem noch teureren Wein eine Cola light bestellte. Das Wein-Gen hatte sich auch nicht auf Myrtas Bruder Leon, geschweige denn auf ihre Schwester Leandra übertragen. Am allerschlechtesten schnitt in Myrtas Weinkennerrangliste Leons Frau Christa ab, zwar die einzig waschechte Schweizerin der Familie, aber ein Trampel sondergleichen. Myrta war sich bewusst, dass ihr Urteil nicht gerecht war, aber sie musste die erfolgreiche TV-Ärztin ja nicht mögen, nur weil sie die Frau ihres Bruders war. Christa war einfach dämlich und blöd und peinlich. Und zu dick. Jawohl, das auch noch.

Nachdem Eva und Christa das Dessert, Ananas mit einer undefinierbaren Crème, serviert hatten, fragte Eva plötzlich: «Sag mal, Myrta, wie geht es eigentlich deinem Freund Bernd?»

Das war die Frage aller Fragen, und Myrta kam es vor, als hingen selbst die Kinder ihres Bruders nun an ihren Lippen.

«Gut», antwortete Myrta knapp.

«Schön. Kommt er mal wieder in die Schweiz?»

«Er hat viel zu tun.»

«Natürlich», sagte darauf Eva Tennemann und fügte sofort hinzu: «Erzähl uns etwas über Martin, oder Lucky Luke, so hast du ihn doch früher immer genannt.»

«Mama, über Martin wisst ihr wahrscheinlich mehr als ich.»

«Er ist ein stattlicher Pferdezüchter und Pferdehändler geworden», warf Paul Tennemann ein.

«Er hat nicht nur eine Pferdepension?», fragte Myrta nach.

«Nein, er hat noch eine Zucht», antwortete Paul. «Er ist wirklich erfolgreich.»

«Oh …», machte Myrta nur. Martin hatte nichts davon erwähnt. Warum nicht?, fragte sie sich.

«Wie war denn dein Spaziergang mit Lucky Luke heute?», fragte Leandra plötzlich. «Der dauerte ja ewig.»

«Leandra, bitte!», antwortete Myrta.

«Dein Spaziergang dauerte wirklich lange», meinte auch Leon.

«Habt ihr Comic-Hefte angeschaut?», sagte Leandra und erntete dafür Gelächter der ganzen Familie. Die Lucky-Luke-Geschichte aus Myrtas Kindheit war allen bekannt und sorgte immer wieder für einen Lacher.

«Ich stand früher auf Asterix und Obelix», sagte Christa. «Und auch die Filme mit Gérard Depardieu fand ich zum …»

Sie konnte den Satz nicht beenden, weil Leon seine Frau am Arm festhielt und ihr leise erklärte, dass der Gag der Lucky-Luke-Geschichte nicht der Comic, sondern die Schwärmerei von Martin für Myrta war, zumindest damals in der Jugendzeit.

«M und M und M, sage ich da nur», warf schliesslich Vater Paul ein. «Myrta, Mystery und Martin!»

Myrta spürte einen dumpfen Schlag in die Magengegend. Einen angenehmen. Martin, er sieht schon gut aus, dachte sie.

«Einen Cognac?», fragte Paul und riss Myrta aus ihrem Kurztraum. Ihr Vater erhob sich. «Es ist Weihnachten, kommt, wir setzen uns ins Wohnzimmer, zünden die Kerzen am Weihnachtsbaum an und genehmigen uns einen feinen Cognac. Und Eva, meine herzallerliebste Ehefrau, serviert uns köstliche Weihnachtsguetzli.»

Wie niedlich, dachte Myrta. Mein Vater. Liebt seine Frau so sehr. Und spricht unter gütiger Mithilfe des Château Pétrus sogar ein bisschen Schweizerdeutsch: Guetzli statt Plätzchen. Sie stand auf, schlang die Arme um den Hals ihres Vaters und drückte ihm einen dicken Kuss auf die Wange. Sein Duft war immer noch derselbe, er roch nach Papa, nicht nach Mann.

Martin hatte einen ganz anderen Duft.

Sie dachte an Bernd. Wie roch eigentlich Bernd?

Danach an Joël.

Zum wiederholten Male versuchte sie, ihn anzurufen. Nur die Mailbox. Einmal hatte das Telefon normal geklingelt. Nun kam gleich der Telefonbeantworter.

Als die ganze Familie im Wohnzimmer im Halbrund um den Weihnachtsbaum sass, vibrierte Myrtas Handy. Sie entschuldigte sich und ging schnell nebenan ins Esszimmer.

«Hallo?» sagte sie, ohne das Display zu beachten.

«Hey, Süsse, wie geht es dir?»

Bernd.

«Alles okay. Bei dir?»

«Vanessa bringt gerade die Kinder ins Bett. Endlich höre ich dich. Wäre so gerne bei dir. Und bei deiner Familie. Ach, wäre das schön!»

«Ja, Bernd. Geht es dir gut?»

«Na ja. Vermisse dich.»

Myrta antwortete nicht darauf.

«Ich habe frei bis Neujahr, habe aber nichts gesagt. Ich dachte, ich fahre kurz zu dir.»

«Ich muss aber arbeiten», log Myrta, denn auch sie hatte eigentlich Ferien. «Es ist einiges am Laufen, da muss ich noch auf die Redaktion.» Bernd sollte sich mehr um sie bemühen, fand Myrta.

«Dann bist du eben krank oder sonst was. Du bist doch die Chefin. Und es ist ja nicht so wichtig, ob du oder ein anderer das Blättchen macht.»

Das nervte sie. Früher, als sie mit ihm bei RTL gearbeitet hatte, da war alles immer wichtig und super gewesen, was sie machte, aber jetzt, seit sie bei einem Printprodukt und erst noch in der kleinen Schweiz tätig war, war sie in seinen Augen journalistisch abgestiegen. «Ich guck mal», sagte sie ganz ruhig. «Wann würdest du denn kommen?»

«Muss aufpassen wegen Vanessa, damit hier alles ...» Kurze Pause. «Hey, tschüss dann», sagte Bernd plötzlich übertrieben laut. «Danke für den Anruf! Gruss an alle!»

Es klickte. Myrta knallte das Handy auf den Esstisch. «Auch Gruss an alle.»

Myrta ging ins Entree, zog sich die Jacke an und trat hinaus in die kalte Nacht. Nach wenigen Schritten durch den Schnee stand sie vor Mysterys Box. Sie öffnete sie und trat hinein. Sie tätschelte ihr Pferd. Mystery blickte kurz auf und suchte dann im Stroh weiter nach irgendetwas Fressbarem.

Was ist bloss aus mir und Bernd geworden, fragte sie sich. Er war doch ihr Schwarm gewesen. Er hatte sie entdeckt, er hatte sie vom Automagazin in die People-Redaktion gebracht. Er hatte sie beraten, gecoacht und gefördert. Nein, eine Liebesbeziehung hatte sie nicht gewollt, aber irgendwann war es passiert. Er war 17 Jahre älter, gutaussehend, charmant – ein richtiger Gentleman. Dass er Familie hatte, wusste sie. Sie dachte lange Zeit, sie könne damit umgehen, fand sogar Spass an der Rolle der Geliebten. Es war Bernd gewesen, der angefangen hatte, von Scheidung und einem neuen Leben mit ihr zu reden. Sogar Kinder wollte er mit ihr haben. Myrta hatte das, wie alles, was Bernd sagte, ernst genommen und ihm geglaubt. Aber sie war immer die Geliebte geblieben. Und sie würde es immer bleiben.

Ist das für eine 34jährige Frau eine Zukunft?, fragte sich Myrta und küsste Mystery auf die Nüstern, der dies mit einem leisen Schnauben quittierte. Er legte die Ohren nach hinten und gab ihr zu verstehen, dass es Zeit war, ihn alleine zu lassen.

LEJ DA LA PÊSCH, ST. MORITZ

«Ich darf nicht einschlafen. Ich darf nicht einschlafen. Ich darf nicht einschlafen!»

Joël wiederholte diesen Satz fast ununterbrochen. Er krabbelte Zentimeter für Zentimeter durch den Tiefschnee und schleifte sein kaputtes Bein hinterher. Um ihn herum war es nur schwarz und grau und weiss. Es schneite noch immer, und der Wind blies auch, und sein Gesicht war rund um die Nase wie eingefroren, was aber das am wenigsten Schlimme war, weil sie so weniger schmerzte.

«Ich darf nicht einschlafen. Ich darf nicht einschlafen. Ich darf nicht einschlafen.»

Zu einem anderen Gedanken war er nicht fähig. Er wusste auch nicht mehr, wohin er eigentlich robbte. Gut möglich, dass er sich in die völlig falsche Richtung bewegte. Möglichweise war er von der Piste weiter weg als je zuvor.

Manchmal konnte er einen Felsen sehen. Das gab ihm Hoffnung. Er glaubte sogar, den Felsen zu kennen und nun gleich die Piste zu erreichen. Dort würde er entweder entdeckt oder sich zumindest besser fortbewegen können. Obwohl dies bei dem heftigen Schneefall nicht mehr sicher war. Doch jedes Mal erwies sich Joëls Annahme als falsch.

«Ich darf nicht einschlafen. Ich darf nicht einschlafen. Ich darf nicht einschlafen!»

Plötzlich hörte er Stimmen. Gelächter.

«Hilfe!», schrie er, so laut er konnte. «Hilfe!»

Er wartete, horchte und hoffte auf eine Reaktion. Aber es kam nichts. Nicht einmal ein Echo.

«Hilfe! Hier bin ich!»

Er hörte wirklich Gelächter. Es kam von unten. Oder von links.

«Hilfe!»

Nichts. Mit voller Kraft ruderte er nun so schnell wie möglich mit den Armen und dem gesunden Bein durch den Schnee, versuchte, sich mit dem Ski abzustossen, und hatte das Gefühl, schnell vorwärts zu kommen.

«Hilfe!»

Er hielt inne, horchte.

Nur der Wind.

«Ich darf nicht einschlafen. Ich darf nicht einschlafen. Ich darf nicht ...»

Joëls Kopf sackte in den Schnee.

26. Dezember

GUTSHOF IM STÄDELI, ENGELBURG BEI ST. GALLEN

Myrta lag lange wach. Ihre Gedanken rotierten. Bernd hatte ihr noch via WhatsApp eine Kurzmitteilung geschrieben. Sich entschuldigt, dass er so schnell aufgelegt hatte, es sei nicht anders gegangen, er liebe sie, alles komme gut, aber Weihnachten sei nicht die Zeit für eine Trennung. Das war Myrta auch klar. Und ihre plötzliche Schwärmerei für Martin war wohl eher weihnächtlich-romantischer Kitsch als ein wirkliches Gefühl. Um Bernd kämpfte sie mittlerweile schon so lange, dass es ihr plötzlich völlig absurd vorkam, an ihrer Liebe zu ihm zu zweifeln. Sie hatte ihm zurückgeschrieben, dass sie ihn auch liebe. Und gefragt, ob das neue Jahr ihr gemeinsames Jahr werde. Sobald es Tag würde, unternähme sie einen langen Ausritt auf Mystery und würde dann in ihre Wohnung nach Zürich fahren und sich wieder auf die Arbeit konzentrieren.

Sie schlief ein.

Und erwachte schweissgebadet. Ein Albtraum: Der Sensenmann galoppierte mit Mystery durch den Schnee. Der Sensenmann hatte wirklich eine Sense auf der Schulter. Mystery blutete aus der Nase, und sie selbst sass in einem rasenden Zug und beobachtete die beiden.

«So ein Mist», murmelte Myrta.

Sie stand auf, ging ins Bad und trocknete sich ab. Sie wechselte das T-Shirt und legte sich wieder hin. Sie war hellwach. Ein Blick aufs Handy zeigte ihr, dass es 03.17 Uhr war. Nachrichten hatte sie keine erhalten. Mails auch nicht. Was hatte Joël bloss gewollt von ihr? Noch nie hatte er sich einfach so gemeldet. Vielleicht hatte er eine supergeile Hammer-Story, wie er zu sagen pflegte, oder er hatte ein kleineres privates Drama mit irgendeiner Frau, was auch immer wieder mal vorkam. Was sie am meisten erstaunte, war, dass er ihre Anrufe nicht entgegennahm. Joël war doch ein Handy-Junkie und nahm das Gerät sogar auf die Toilette mit.

Die Gedanken kreisten. Warum hatte sie keine neue Mitteilung von Bernd erhalten? Oder von Martin? Blutete Mystery vielleicht wirklich aus der Nase? Was sollte der Quatsch mit dem Sensenmann?

Wegen der Grübelei begann ihr Herz immer schneller zu schlagen, einschlafen war unmöglich. Langsam machte sie sich ernsthaft Sorgen. Also stand sie auf, zog den Bademantel an, tappte leise ins Parterre hinunter, schlüpfte in ihre Stiefel und ging hinüber zum Stall. Sie öffnete den oberen Teil der Stalltüre und sah Mystery, der, in die warme Decke gepackt, dastand, döste und erst nach wenigen Sekunden zu ihr blickte. Er blutete weder aus der Nase noch sonstwo. Sie hatte kalt. Myrta streichelte Mysti flüchtig über die Stirn, schloss die Stalltüre und kehrte ins Haus zurück. In der Küche trank sie ein Glas Wasser, dann legte sie sich ins Bett. Sie spürte, dass sie demnächst einschlafen würde.

Dass es das Handy war, das klingelte und schepperte, realisierte sie eine ganze Weile nicht. Sie schlief doch gar nicht. Oder doch? Was war los? Dann kam sie zu sich, griff nach dem Mobile und nahm, ohne auf das Display zu achten, den Anruf entgegen.

«Joël, bist du das?»

«Hallo?», sagte eine tiefe männliche Stimme.

«Joël? Hör auf mit dem Quatsch!» Myrta nahm das Telefon kurz vom Ohr, schaute aufs Display und sah, dass nicht Joël angerufen hatte. Die Nummer war unterdrückt.

«Wer spricht denn da?», fragte der Mann.

«Das frage ich Sie!», antwortete Myrta mürrisch.

«Hier ist Strimer von der Kantonspolizei Graubünden. Wer sind Sie?»

Myrta schnellte aus dem Bett, sagte aber nichts.

«Heissen Sie Myrta?», fragte der Polizist.

«Ja, Myrta, Myrta Tennemann. Ist was mit Joël?» Sie konnte

sich gar nichts anderes vorstellen, es konnte sich nur um Joël handeln.

«Joël? Schreibt man das mit Jot oder mit I?»

«Mit Jot wie Jäger.»

«Das ist der Vorname, oder? Und der Nachname?»

«Was soll das?»

«Ich erkläre es Ihnen gleich. Nennen Sie mir bitte erst seinen Nachnamen.»

«Thommen mit T und H wie Englisch the. Joël Thommen. Und auf dem E im Vornamen hat es zwei Pünktchen. Aber das ist jetzt egal, sagen Sie mir ...»

«Sind Sie seine Frau oder Partnerin, Freundin?»

«Ja. Also, nein, nicht seine Frau.»

«Seine Partnerin?»

«Äh, seine Freundin. Was ist denn los?»

«Sie waren die Letzte, die er angerufen hat. Er hat Sie doch angerufen, oder?»

«Ja.»

«Und was hat er gesagt?»

«Nichts. Er rief mich an, aber ich habe ihn zugetextet mit meinem Scheiss, so wie wir das immer machen, wenn der eine den anderen anruft, dann labert der, der angerufen wird, einfach drauflos und tut so, als würde der andere ...»

«Ja, ja, das interessiert im Moment nicht. Was hat er gesagt?»

«Nichts, weil ich ja, wie gesagt, gelabert habe, und dann war die Verbindung weg und konnte nicht mehr hergestellt werden. Ich machte mir Sorgen, weil Joël ein Handy-Junkie ist und das Telefon immer ...»

«Gute Frau!», unterbrach der Mann energisch. «Ihr Freund liegt in kritischem Zustand im Spital Samedan. Wir suchen Angehörige, die ihn identifizieren können.»

«Er ist tot?»

«Nein, nein. Aber wir wissen gar nicht, wer er ist. Können Sie vorbeikommen? Oder hat er Angehörige hier im Engadin? Familie?»

«Engadin? Er ist im Engadin?»

«Ja, sagte ich doch, Samedan.»

«Nein, seine Familie wohnt irgendwo im Aargau, keine Ahnung wo. Was macht er denn im Engadin? Engadin sagten Sie doch, oder?»

«Herr Thommen wohnt also im Aargau?»

«Nein, in Zürich.»

«Aber Familie Thommen wohnt in Aarau, richtig?»

«Ja, also nein, ich weiss es nicht», haspelte Myrta. «Nein, sie wohnen doch nicht in Aarau, im Aargau sagte ich, das ist der Kanton, der ist gross, irgendwo in so einem Kaff. Aber das ist egal. Was ist denn überhaupt passiert?»

«Das wissen wir nicht.»

«Kann ich mit ihm sprechen?»

«Nein.»

«Warum nicht?»

«Er liegt im Koma. Es geht ihm wirklich sehr schlecht. Sie sollten herkommen …»

«Klar. Sofort. Spital Engadin, sagten Sie?»

«Samedan.»

«Ja, Samedan, Engadin.»

CHESA CASSIAN, PONTRESINA, ENGADIN

Um Punkt 07.00 Uhr rief Jachen Gianola einen Mann an, den er nur als Dirk kannte.

«Verdammt, was gibt es so früh?», bellte dieser ins Telefon.

«Was steht an heute?»

«Keine Ahnung. Was soll das?»

«Da drüben am Berg war irgendwas los diese Nacht.»

«Na und, was soll gewesen sein?»

«Jedenfalls war mehr los als sonst. Da waren mehr Pistenfahrzeuge unterwegs, und sie waren anders unterwegs als sonst.»

«Und deshalb rufst du mich an? Sag mal, spinnst du?»

«Dieser Kerl in der Hütte gestern, der mit dem Fotoapparat, den ich wegweisen musste ...»

«Jachen, entspann dich, wir haben dir gesagt, die Sache ist erledigt.»

«Was habt ihr ...»

«Du bist um 10 Uhr hier, verstanden?»

«Klar. 10 Uhr.»

Jachen Gianola legte auf. Er zupfte an seinen dichten Augenbrauen und überlegte angestrengt: Sollte er seinen Freund Karl Strimer bei der Polizei anrufen?

AUTOBAHN A13

Myrta redete ununterbrochen. Das tat sie immer, wenn sie gestresst war. Das war auch einer der Gründe gewesen, weshalb sie es bei RTL nur zur Aushilfsmoderatorin und nicht in die Liga der Top-Präsentatorinnen geschafft hatte. Das glaubte sie zumindest. Sie sprach zwar gut, fehler- und akzentfrei, war stets charmant. Aber einfach einen Tick zu schnell, weil sie vor der Kamera nervös war. Und sie war sich bewusst gewesen, dass es schwierig würde, sofort in die Reihe der RTL-Stars zu gelangen. Es war zwar nicht ausgeschlossen, aber die Verantwortlichen hatten ihr klar gemacht, dass sie Geduld haben müsse. Aber Geduld hatte sie nicht. Ausser mit Bernd. Und warum sie ausgerechnet mit ihm Geduld hatte, konnte sie sich auch nicht erklären. Als dann das Angebot für die Stelle als Chefredakteurin der «Schweizer Presse» kam, nahm sie es an. Ein bisschen Printerfahrung als Chefin einer Zeitschrift kann nicht schaden, hatte sie sich gesagt. Zudem hoffte sie, in der Beziehung zu ihrem Dauer-Fast-Freund eine Entscheidung zu erzwingen. Zwar sass er in der Chefredaktion von RTL. Doch früher oder später hätten sie oder er sowieso die Stelle wechseln müssen, was auch immer mit ihnen passiert wäre. Und was ihr auch entgegengekommen war: Sie verdiente jetzt viel mehr.

Das alles hatte sie auf der Fahrt von Engelburg bis Chur erzählt. Martin sass am Steuer seines Range Rovers und kam höchstens dazu, «aha» oder «so so» zu sagen.

«Ich rede wirklich zu viel, nicht wahr?»

Martin wollte etwas antworten, schaffte es aber nicht.

«Weisst du», fuhr Myrta fort. «Ich textete schon in der Schule all meine Freundinnen zu. Und die Lehrer dachten, wenn ich viel Theater spielen würde, bessere es sich vielleicht. Also spielte ich dauernd Theater. Waldorfschule halt. Aber es nützte nichts. Selbst in der Eurythmie redete ich dauernd …»

«Eurythmie?», fragte Martin und setzte sich für einmal durch.

«Ja, Eurythmie, Steiner'sche Bewegungskunst, Tanz, was weiss ich, habe es nie begriffen. Dann haben sie mich in die Sprachgestaltung geschickt. Ich musste Gedichte rezitieren. Fand ich toll. Aber genützt hat es auch nichts. Hey, sag mal, wie lange brauchen wir noch?»

Vom abrupten Themenwechsel überrumpelt, musste Martin erst einen Augenblick nachdenken. «Eine gute Stunde oder mehr», sagte er dann, «kommt auf die Strassenverhältnisse am Julierpass an. Es schneit.»

«Scheissschnee. Ich hasse Schnee, wenn ich mit dem Auto unterwegs bin. Vielen Dank, dass du so spontan mitkommst, das ist wirklich lieb.» Das i zog sie etwas übertrieben in die Länge. Sie lächelte Martin an, streichelte kurz über seinen linken Arm. Und schwieg einen Moment.

«Erzähl mir die Geschichte mit Joël», forderte Martin sie auf. «Aber die Kurzfassung!»

Myrta gab ihm einen kleinen Schubs: «Schon gut, ich gebe mir Mühe.» Sie räusperte sich. «Also. Ich verdiente während dem Studium Geld als DJ. Joël war Partyfotograf. Wir verliebten uns. Dann entliebten wir uns wieder und wurden Freunde. Richtige Freunde. Wir lebten zusammen in einer WG. Ohne Sex. Als ich dann nach Köln zum Fernsehen ging, blieben wir Freunde. Allerdings hasst Joël Bernd. Er ist überzeugt, dass das nie was wird. Ende. Kurz genug?»

«Allegra, Karl», sagte Jachen. «Kann ich dich was fragen?»

«Du, ich bin ein bisschen unter Druck, was gibt es denn?»

Jachen Gianola und Karl Strimer sprachen rätoromanisch miteinander. Sie waren in Samedan zusammen zur Schule gegangen.

«Ist etwas passiert auf der Corviglia oder auf Marguns?»

«Ja, auf der Fuorcla Grischa wurde diese Nacht ein Mann gefunden. Halb erfroren. Liegt jetzt im Spital. War eine schwierige Rettung, weil der Helikopter wegen dem Wetter nicht fliegen konnte. Sieht schlecht aus.»

«Fuorcla Grischa, sagst du?», hakte Jachen nach. Denn auf diesem Pass befindet sich die Bergstation des Sessellifts, den sie am Vorabend nach dem Besuch der Hütte benutzt hatten.

«Ja. Der hatte Glück, dass man ihn überhaupt gefunden hat. Leute, die unten in der Hütte feierten und dann mit diesen Dingern da, diesen Ski-Töffs …»

«Ski-Doos meinst du?»

«Ja, mit diesen Ski-Doos heimfuhren, haben ihn zufällig auf der Piste entdeckt. Ich vermute, der war auch auf dieser Party, obwohl die Retter ihn nicht kennen wollen. Die waren doch alle besoffen. Und der Typ wollte wohl noch skifahren und, ach du weisst ja, wie das heute zu- und hergeht.»

«Ja, ja.»

«Warum fragst du eigentlich?»

«Bin mit Bundesrat Battista unterwegs, deshalb will ich auf Nummer sicher gehen.»

«Kein Problem. Alle Pisten sind wieder frei.»

«Danke, Karl.»

Jachen zupfte an seinen Augenbrauen. Die Situation passte ihm überhaupt nicht. Er war seit 40 Jahren Skilehrer, seit über 30 Jahren unterrichtete er nur private Gäste. Keine Klassen. Er hatte die besten Gäste, die sich ein Skilehrer wünschen konnte. Er verdiente ordentlich Geld, bekam viele Geschenke, feierte mit den Gästen in den nobelsten Lokalen von St. Moritz und wurde von ihnen im Sommer in die ganze Welt eingeladen, inklusive Reisekosten und alles andere. Natürlich gehörten dazu viele Frauen, ältere und jüngere, mittlerweile vor allem ältere. Er hatte zweimal geheiratet, konnte aber nie treu sein.

Einen Politiker wie Luis Battista zu begleiten, brachte finanziell zwar nicht so viel, steigerte aber den Marktwert. Er war schon seit Jahren mit Luis unterwegs, auch als dieser noch nicht Bundesrat gewesen war. Er hatte Battistas Frau Eleonora und den Kindern das Skifahren beigebracht. Battistas waren gute Gäste. Seit er in der Schweizer Regierung sass, hatte er sich verändert, fand Jachen Gianola. Und in diesem Jahr war sowieso alles anders. Eleonora Battista und die Kinder waren nicht da. Sie waren angeblich nach Portugal zu Eleonoras Eltern geflogen. Das hatte ihm Battista wenigstens erzählt. Sei wohl das letzte Weihnachtsfest der Grosseltern, hatte er erklärt. Jachen Gianola glaubte ihm nicht recht, er vermutete eine Ehekrise. Aber er war Profi und hatte keine weiteren Fragen gestellt.

Dann war diese junge Dame aufgetaucht, Karolina. Mit K, nicht mit C. Der Nachname wurde ihm nicht mitgeteilt. Mit ihr kamen die Bluthunde, unangenehme Deutsche wie Dirk. Sie übernahmen das Zepter. Sie hatten ihm klar gemacht, dass er jetzt in ihren Diensten stehe, nicht mehr in jenen von Battista. Luis hatte das Okay dazu gegeben. Massgebend war nun also Karolina. Oder eben dieser Dirk. Jachen vermutete, dass Karolina eine Prinzessin war. Oder sonst irgendeine deutsche Adlige.

Jachen riss sich mehrere graue Härchen aus den Augenbrauen. Dann griff er zum Telefon und rief Luis Battista an: «Allegra, gut geschlafen, Luis?»

«Guten Morgen, Jachen! Ja, herrlich. Wie ist das Wetter?»

«Noch nicht so toll. Soll aber besser werden heute. Gegen Süden hellt es bereits auf. Wäre ein toller Tag für Diavolezza und Lagalb!» Jachen Gianola wusste, dass dies Battistas Lieblingsskigebiete waren. Und dort waren vor allem keine Promis.

«Jachen, Moment mal ...» Die Verbindung wurde für etwa 30

Sekunden unterbrochen. «Nein, keine gute Idee. Es bleibt bei 10 Uhr, Talstation der Signal-Bahn!»

«Luis, ich möchte dir noch …»

«Bis dann, okay?»

Weg war er.

«Ich bin bloss Skilehrer», sagte Jachen zu sich selbst. «Also halt dich aus den Angelegenheiten deiner Gäste raus.»

SPITAL SAMEDAN

Die Fahrt über den Julierpass verlief problemlos. Myrta und Martin trafen kurz vor 9 Uhr im Spital Samedan ein und wurden bereits von Karl Strimer erwartet. Der Kantonspolizist informierte sie kurz über die Rettungsaktion, sagte ihnen auch, dass man mittlerweile Joëls Auto an der Talstation in Celerina gefunden und es beim Polizeiposten parkiert habe. Im Auto habe man auch seinen Pass gefunden und sei nun daran, seine Familie ausfindig zu machen. Er erzählte, dass er Joëls Handy dank des iPhone-Akkus seiner Tochter in einer längeren Schraub- und Bastelaktion habe wiederbeleben können und so an ihre Telefonnummer gekommen sei. Myrta ihrerseits klärte Karl Strimer nochmals über ihr Verhältnis zu Joël auf. Obwohl sie offiziell in keinerlei rechtlich relevanten Beziehung zu Joël stand, gab Karl Strimer sein Einverständnis, dass sie Joël kurz besuchen konnte. Martin bemerkte, er sei eigentlich nur Myrtas Chauffeur und warte in der Cafeteria.

Ein ungarischer Arzt, dessen Name Myrta nicht verstand, versuchte, ihr etwas umständlich zu erklären, dass Joëls Zustand nach wie vor kritisch sei. Er habe eine Hypothermie erlitten, eine starke Unterkühlung, der Puls sei kaum noch fühlbar gewesen. Sein Kreislauf sei jetzt aber wieder stabil. Man müsse damit rechnen, dass die Erfrierungen an den Füssen bleibende Schäden hinterliessen. Zudem habe er eine gebrochene Nase und ein verstauchtes Bein.

Schliesslich wurde Myrta zu Joël geführt. Er lag, verkabelt mit mehreren medizinischen Geräten, mit geschlossenen Augen im Bett.

«Oh mein Gott!», hauchte Myrta, ging zu ihm und flüsterte: «Wage es bloss nicht abzukratzen, du Idiot! Irgendwas hast du da oben auf diesem Scheissberg gemacht. Du wolltest mir sagen, was. Also reiss dich zusammen, damit wir die Sache rocken können. Auch wenn mir der Sensenmann erschienen ist, vergiss es, mein Freund, du bleibst gefälligst hier!»

Joëls Gesicht zuckte.

Vielleicht auch nicht. Denn schliesslich war es wegen der gebrochenen Nase fast vollständig von einem Verband bedeckt.

Aber Myrta hatte das Zucken trotzdem gesehen.

TALSTATION SIGNALBAHN, ST. MORITZ

Jachen Gianola sass in seinem warmen Allrad-Audi-A4 und grüsste den Parkwächter, der wie immer eine dicke Fellmütze trug. Der Skilehrer parkierte, nahm die Ski aus dem Dachkoffer und machte sich daran, den einzigen, wirklich unangenehmen Teil seiner Arbeit hinter sich zu bringen: Er zwängte sich in die Skischuhe. In all den Jahren hatte er noch kein Modell gefunden, das bequem und leicht anzuziehen war.

Als er die Schuhe endlich montiert und die ersten Schnallen geschlossen hatte, atmete er tief durch und blinzelte in die Sonne, die gerade durch die dicken Wolken schien. Dann setzte er seine Porsche-Sonnenbrille auf und sagte sich, dass heute ein guter Tag würde. Er stapfte breit grinsend über den Parkplatz, und weil er zu früh war, stattete er «seinen Mädchen», wie er sie nannte, im Sportgeschäft noch einen Besuch ab.

Als die drei schwarzen, schweren M-Klasse-Mercedes mit Münchner Nummernschildern vorfuhren, eilte Jachen zurück zum Parkplatz und begrüsste alle mit Handschlag und tätschelte sie an der Schulter. Luis Battista, der einen schwarzen Helm und eine riesige Carrera-Skibrille aufgesetzt hatte, Dirk und die vier anderen Typen. Dann stieg Karolina aus. Sie trug heute eine dunkelblaue Jet-Set-Jacke und hatte einen silbrig-glänzenden Skihelm dabei. Jachen küsste sie auf die Wangen und meinte, dass sie «aifach ghoga guat» aussehe. Den Dialekt verstand die Brünette zwar nicht, aber sie lächelte den alten Skilehrer charmant an. Nach ihr stieg noch eine zweite Frau aus, etwa gleich alt wie Karolina, in einer blauen Daunenjacke von Lasse Kjus. Sie stellte sich mit Floriana vor.

«Oh, das klingt wie Flurina», sagte Jachen. «Hier oben im Engadin heissen alle schönen Mädchen Flurina!» Er sprach absichtlich in einem holprigen Schweizer Hochdeutsch. Aus Erfahrung wusste er, dass dies besonders bei den Ladies gut ankam.

Floriana quittierte den Satz mit einem Lächeln und wandte sich dann sofort Karolina zu. Jachen buckelte die Ski der Damen und schritt, noch breiter grinsend, zur Station. Dort nahm er auch seine eigenen Ski auf, sein Rücken schmerzte bereits, doch Jachen grinste weiter.

Battista, die Damen, Dirk und die anderen Typen kamen nach und drängten sich in die bereits volle Gondel. Jachen liess seine weissen Zähne blitzen und betonte immer und immer wieder, was das für ein schöner Tag werden würde, wie sensationell der Schnee heute sei und was das Engadin doch für ein Wunderland sei.

Der Skilehrer war in seinem Element. Er stand im Mittelpunkt, niemand bemerkte, dass er mit hochkarätigen Gästen unterwegs war. Wobei Luis Battista kaum zu erkennen war mit der Riesenbrille, die er in diesem Jahr fast nie abnahm, wie Jachen längst registriert hatte. Lag wohl an den besonderen Umständen. Statt gelbe Gläser hatte Battista heute die dunklen montiert, da es heute Sonne und keinen Nebel geben würde.

Als Jachen und sein Trupp auf den ersten Sessellift steigen mussten, achtete Jachen darauf, dass er mit Dirk alleine auf einen Sitz kam.

«Ihr habt den Kerl fast getötet», flüsterte er ihm zu, als der Sessel aus der Station holperte. «Ich weiss ja nicht, was hier abgeht und wer diese Karolina ist. Aber ich sage dir: Wenn noch irgendwas vorfällt, informiere ich die Polizei. Luis Battista ist immerhin Bundesrat, also ein wichtiger Schweizer Politiker, verdammt nochmal.»

«So was würde ich an deiner Stelle nicht mal denken, du alter Ski-Bock. Die Leute wollen bloss ein bisschen Spass. Also mach einfach deinen Job und greif den Ladies ein bisschen an den Arsch und an die Titten, das mögt ihr Bergfuzzis doch, okay?»

SPAZIERWEG AM ST. MORITZERSEE

Sie hatten den See bereits zweimal umrundet. Myrta hatte viel geredet, aber auch zugehört, wenn Martin etwas erzählte. Sie sprachen über Joël, über ihre Arbeit und fast am meisten über Pferde. Martin erklärte ihr viele Einzelheiten über die White-Turf-Pferderennen auf dem zugefrorenen See, die jeweils im Februar stattfinden. Myrta kannte diesen Event nur als Top-Promi-Anlass. Dass es hier um grossen Pferdesport und noch grössere Geldsummen ging, hatte sie bisher nicht realisiert. Martin erzählte, er habe hier auch schon ein Pferd an den Start geschickt und dadurch einen guten Verkaufspreis erzielt. Myrta staunte einmal mehr über den Mann neben sich: Lucky Luke bewegte sich offensichtlich in besseren Kreisen. Das imponierte ihr.

«Sag mal», meinte Myrta. «Warum hast du mir nicht erzählt, dass du nicht nur eine Pferdepension, sondern auch eine Pferdezucht betreibst und mit den Tieren handelst?»

Da Martin nicht gleich antwortete, schickte Myrta ein «Na?» hinterher.

«Ich wollte nicht bluffen», sagte Martin. «Ich bin nur ein kleiner Pferdezüchter und -händler.»

Myrta kniff ihn in den Arm.

Es war Mittag, und die Sonne hatte sich durchgesetzt. Martin schlug vor, einen kleinen Umweg an den Stazersee zu machen und dort auf einer Sonnenterrasse etwas zu essen. Sie bestellten sich eine Bündner Gerstensuppe und einen Salsiz dazu, teilten sich das Ganze und hätten den Moment eigentlich geniessen können – wäre beiden nicht bewusst gewesen, weshalb sie überhaupt hier waren. Sie sassen nebeneinander an der Hauswand, die die Wärme der Sonne abstrahlte. Myrta schloss die Augen und legte ihre Hand auf Martins Oberschenkel.

«Ich habe dich in aller Herrgottsfrühe geweckt, du fährst mit mir einfach schnell ins Engadin – warum machst du das eigentlich für mich?», fragte sie.

Martin antwortete nicht. Er legte seinen Arm um Myrta. Dieses Mal schon ein bisschen geschickter, fand sie und lächelte in die Sonne.

SESSELLIFT GLÜNA

Die beiden Damen und ihre Beschützer waren schon ins Bergrestaurant gegangen. Luis Battista wollte mit Jachen Gianola unbedingt noch eine weitere Abfahrt machen, um auch mal richtig Ski zu fahren und nicht auf die Damen und ihre Bodyguards, die alle nicht so sicher auf den Latten standen, Rücksicht nehmen zu müssen.

«Wie wäre es mit einer Off-Piste-Abfahrt?», fragte Jachen.

«Ich bin dabei», antwortete Luis Battista, der die Skibrille für einmal auf den Helm hochgeklappt hatte. «Aber nur, wenn es sicher ist.»

«Keine Angst! Wir haben doch alles im Griff, oder?» Er gab dem Bundesrat einen kleinen Stoss. Der Sessel schwankte. Jachen zeigte mit dem Skistock nach links auf einen felsigen, steilen Hang. «Siehst du dieses Couloir zwischen den beiden grossen Felsen? Dort schwingen wir uns runter. Das wird ein Spass. Hat erst wenige Spuren drin.»

«Ist das nicht gefährlich? Keine Lawinengefahr?»

«Hey, Luis, was ist los? So kenn ich dich gar nicht!»

«Alles okay.» Luis Battista lächelte. Etwas angestrengt. Aber immerhin waren nun seine markanten Grübchen zu erkennen.

Nachdem sie oben angekommen waren, sausten sie eine kurze Strecke auf der Piste hinunter und fuhren mit viel Schuss in eine ziemlich lange Ebene, in der Tiefschnee lag. Dadurch wurden sie stark abgebremst. Schliesslich blieben sie stehen und mussten sich noch ein gutes Stück mühsam mit den Stöcken vorankämpfen. Dann standen sie endlich vor dem Couloir, das sie vom Sessellift aus gesehen hatten.

«Das ist ziemlich steil», sagte Luis.

«Super, erst zwei Spuren im Schnee», meinte Jachen nur. «Tiefschnee fahren ist im steilen Gelände einfacher!»

«Und es ist eng!»

«Das sind drei Meter, Luis. Du machst einfach einen Schwung nach dem anderen.»

«Und wenn nicht?»

«Hey, Kurzschwung haben wir lange genug geübt. Tiefschneefahren auch. Und ich sage dir: Das ist Pulver, wie du ihn nur wenige Male pro Winter erlebst! Powder, wie die Jungen sagen, Powder, mein Lieber!»

«Der Hang hält, keine Lawine?»

«Der hält, Schattenhang, eine Stunde noch, dann wird es kritisch.»

«Bist du sicher?»

«Luis, ganz sicher ist man nie. No risk, no fun!»

«Hast recht.»

«Ich zuerst?»

«Klar, wie immer.»

Sie klatschten ab, so wie sie es seit Jahren machten, wenn sie eine besondere Herausforderung vor sich hatten. Wobei die Herausforderung für den Bundesrat wesentlich grösser war als für den Skilehrer. Dann zogen sie die Riemchen an ihren Skihelmen nach. Lawinenausrüstung hatten sie keine.

Jachen stiess sich ab in die Tiefe. «Juhuuuuu!», schrie er. Er wedelte perfekt die enge Rinne hinunter. Es sah aus, als würde er tanzen. «Juhuuuuuuuu!» Er kam den Felsen bedrohlich nahe, konnte aber immer rechtzeitig abschwingen. Der Schnee stob.

Nun Luis. Erster Schwung, zweiter Schwung …

«Mach dich leicht!», schrie Jachen. «Schwebe!»

… fünfter Schwung, sechster Schwung …

«Yeah! Super!», schrie der Herr Bundesrat zurück.

… achter Schwung, neunter Schwung …

Der zehnte Schwung misslang. Battista knallte mit seinen Ski gegen die Felsen, wurde zurückkatapultiert und tauchte kopfvoran Richtung Abhang in den Schnee. Er überschlug sich, rutschte den Hang hinunter und blieb schliesslich an Jachen hängen, der sich ihm gekonnt in den Weg gestellt hatte.

«Alles klar?», fragte Jachen.

«Verdammt nochmal!», fluchte der Bundesrat. «Was für einen Scheisshang schickst du mich runter?»

«He, alles klar, that's snowsport …», lachte Jachen und liess seine weissen Zähne blitzen.

«Du bist doch einfach ein Arschloch!», zeterte Battista. «Verdammt nochmal, ich bin Bundesrat, ich bin einer der wichtigsten Menschen in diesem Land, was fällt dir eigentlich ein, so einen verdammten Scheiss mit mir …»

«Halt mal die Luft an, Bundesrat, da oben bist du genauso ein ‹Tschumpel› wie ich!»

Jachen half seinem Gast auf die Beine, klopfte ihm den Schnee vom Körper. Dann schwang er den Rest des Hanges, der nun breiter und flacher wurde, elegant hinunter und wartete unten. Luis Battista blieb lange stehen, fuhr dann ziemlich ungelenk hinterher.

«Sorry, Jachen, wollte dich nicht anfauchen.»

«So kenne ich dich wirklich nicht. Früher warst für jeden Spass zu haben. Was ist denn los?»

«Ach, nichts!»

Jachen bemerkte, dass Battistas Knie zitterten. «Mir kannst du nichts vormachen. Geht mich ja nichts an. Aber dass ein Kerl wegen dieser Karolina und ihren Idioten halbtot im Spital liegt, finde ich auch nicht toll.»

«Worüber sprichst du?»

Der Skilehrer erzählte ihm, was er wusste. «Keine Ahnung, was die Kerle mit dem Fotoheini gemacht haben, aber wenn der Typ stirbt, werde ich mit meinem Freund Karl Strimer von der Polizei Tacheles reden.»

Luis Battista umarmte Jachen, ohne noch etwas zu sagen.

Dann fuhr Jachen davon: «Juhuuuuu!»

LEJ DA STAZ, ST. MORITZ

Myrtas iPhone klingelte. Anrufer war der ungarische Arzt. Sie solle sofort ins Spital kommen. Joël sei erwacht, er wolle mit ihr reden. Myrta und Martin kehrten im Laufschritt zurück zum Auto und fuhren zum Spital Samedan. Der Arzt bat Myrta, nur kurz bei Joël zu bleiben, er sei noch sehr schwach. Dann betrat sie das Zimmer und ging zu Joël: «Da bin ich. Was willst du?»

Joël hustete. Röchelte. «Ich habe eine supergeile Hammer-Story», flüsterte er.

«So so», antwortete Myrta gespielt schroff und wechselte dann sofort in einen aufgeregten Ton, der ihrer Stimmung entsprach. «Das interessiert jetzt doch kein Schwein. Was ist passiert? Mein Gott! Du lebst!»

«Ja, schon gut», näselte Joël durch den Verband. «Nimm mein iPhone. Da hat es ein geiles Bild drauf. Kostet dich aber eine Kleinigkeit.»

«Hör auf, Joël. Werd erst mal gesund!»

«Quatsch, spar dir das Geschleime. Nimm das Handy, schau dir das Bild an.»

«Joël bitte, ich sterbe vor Sorge, rase hierher, und du willst mir ein Bild verkaufen.»

«Schau es dir an! Das Handy liegt da.»

«Ja, ich guck gleich.»

Myrta tippte auf den Foto-Ordner und erblickte eine ihr unbekannte junge, hübsche Frau, die Händchen hielt mit einem ihr sehr wohl bekannten mittelalterlichen, gutaussehenden Mann mit süssen Grübchen in den Wangen.

«Der glücklich verheiratete Superpolitiker Luis Battista mit einer kleinen Schlampe ... Joël Thommen, das ist wirklich ein geiles Bild. Ein bisschen unscharf, aber das bin ich mir ja gewohnt von dir.»

Sie streichelte ihm über die Wange.

Seit 15 Uhr herrschte an der Bar unter dem grossen Zelt Skihütten-Stimmung. Karolina und Floriana tranken Champagner, die Herren Erdinger Weissbier, bis auf Jachen, er nippte an einem einheimischen Calanda Edelbräu.

Floriana und die vier Begleiter hatten vom Skifahren die Nase voll und wollten an der Bar ein bisschen Party machen. Luis Battista hingegen hatte noch Lust auf eine Abfahrt und fragte Karolina. Sie lächelte ihn an. Plötzlich gab sie ihm einen flüchtigen Kuss. Danach machten sie sich mit Jachen auf zur 6er-Sesselbahn Trais Fluors. Dirk tappte hinterher, sich mithilfe der Stöcke vorantreibend.

Oben angekommen, bestand Luis Battista darauf, Karolina die schwarze Piste zu zeigen. Dirk war strikt dagegen. Karolina jedoch, etwas beschwipst, hielt sich am Bundesrat fest: «Die schwarze Piste ist doch Kiki!» Sie kicherte.

Jachen war zwar nicht begeistert. Aber er war froh, dass der Bundesrat etwas lockerer drauf war. Er würde ihn und vor allem Karolina schon irgendwie den steilen Hang hinunterlotsen. Er hatte noch alle seine Gäste hinuntergebracht. Und was Dirk machte, war ihm egal.

Der erste Teil der Strecke war einfach. Da die Piste allerdings nicht präpariert war, kämpfte Karolina bereits mit den ersten Tücken des Tiefschneefahrens. Kurz darauf standen sie dann vor dem langen, steilen Schlusshang. Wenn es lange nicht geschneit hatte, war es eine Buckelpiste, die wirklich nur für sehr gute Skifahrer zu bewältigen war. Nun aber war es eine bereits von anderen Skifahrern durchpflügte Off-Piste-Abfahrt mit hohen Schneewällen dazwischen, was sie nicht einfacher machte. Jachen zeigte mit ganzem Körpereinsatz, wie man diese Schneewälle umfahren oder überspringen musste, indem er in die Knie ging, sich dann streckte und sich wieder tief hinunterkauerte. «Ihr müsst euch klein machen, dann gross, wieder klein und so weiter», wies er seine Gäste an. «Ihr müsst diese Wälle schlucken!»

«Ich schluck lieber ein Bier, Alter!», grölte Dirk.

Karolina hielt sich an Luis Battistas Arm fest und kicherte erneut.

«Alles klar?», fragte Jachen. Dann stiess er sich ab, wedelte mit eleganter Leichtigkeit den Hang hinunter und hielt nach rund einer Minute an: «Sauschön, viel Spass!»

Karolina schaffte acht Schwünge, dann fiel sie in den Schnee. Luis Battista fuhr sofort los.

«Super, Luis!», rief Jachen. «Jaaaa! Weiter so!»

Doch Luis fuhr nur bis zu Karolina und stoppte. Dirk fuhr ebenfalls los. Schon nach zwei Schwüngen begann er zu fuchteln.

«Hoch, tief, hoch, tief, schlucken!», schrie Jachen.

Dirk kümmerte sich nicht darum. Ungelenk kämpfte er sich den steilen Hang hinunter, blieb kurz bei Luis und Karolina stehen und mühte sich weiter bis zu Jachen.

«Hat sich Karolina weh getan?», fragte der Skilehrer.

«Nein.»

«Was ist denn? Warum steht sie nicht auf?»

«Los, fahren wir weiter», sagte Dirk.

Jachen sah, wie sich Luis neben Karolina in den Schnee fallenliess und die junge Frau küsste.

«Los jetzt, du alter Steinbock, die beiden wollen ein bisschen alleine sein», sagte Dirk schroff. «Du weisst schon!»

AUTOBAHNRASTSTÄTTE HEIDILAND, BAD RAGAZ

Die Erleichterung war Myrta anzumerken: Sie schwieg und ass. Rösti mit Spiegelei, dazu einen mittleren Salatteller, den sie aber am Büffet so geschickt geladen hatte, dass er riesig geworden war.

Da sie noch einige Tage Ferien hatte, wäre sie gerne bei Joël im Engadin geblieben. Vor allem hatte sie noch Fragen an ihn. Wie war er an das Bild gekommen? Warum hatte er nur ein Handyfoto? Wie war der Unfall tatsächlich passiert? Doch der behandelnde Arzt hatte sie gebeten, Joël in Ruhe zu lassen. Da

Martin auf seinen Hof zurück musste, beschloss sie, mit ihm nach Hause zu fahren. Natürlich hatte er ihr mehrfach gesagt, er fahre alleine zurück. Aber irgendwie wollte Myrta mit Martin die Reise beenden, schliesslich war er nur ihretwegen mitgekommen. Und da Joël laut Arzt wirklich über dem Berg war und Joël ihr klar gemacht hatte, dass er alleine klarkomme und sie sich um die Veröffentlichung seines exklusiven Fotos kümmern solle, hatte sie mit Martin gegen 17 Uhr das Engadin verlassen. Kurz nach dem Julierpass war sie eingeschlafen. Bei Chur war sie aufgewacht und hatte Martin gefragt, ob er ebenfalls Hunger habe. Martin hatte ohnehin vorgehabt, in der Raststätte Heidiland einzukehren.

Er fragte Myrta, ob sie in den nächsten Tagen mal Lust hätte auf einen gemeinsamen Ausritt.

«Ja, Lust schon …», antwortete Myrta, stockte aber.

«Doch nicht?»

«Martin, ich weiss nicht, ich bin dir wirklich dankbar, und ich mag dich auch, ganz anders als früher, du bist ein toller Mann, aber weisst du …»

«Bernd, Joël und so weiter …»

«Nichts weiter!»

«Ich meinte die Arbeit.»

«Vollpfosten!», sagte Myrta und lächelte ihn an. Ihre grossen, dunkelbraunen Augen leuchteten und wurden noch ein bisschen grösser. Sie strich sich eine Haarsträhne aus der Stirn, ergriff Martins Hand und drückte sie.

Martin zog seine Hand sanft weg. «Hey, Myrta, bloss ein Ausritt, okay?»

Myrta schwieg.

«Sag mal, Myrta …»

«Ja?», fuhr Myrta sofort dazwischen. «Ja, lass uns ausreiten morgen!»

«Gut», antwortete Martin überrascht. «Eigentlich wollte ich ganz was anderes fragen.»

«Oh.»

«Was machst du jetzt mit Joëls Foto?»

«Ich habe es auf mein iPhone kopiert und muss mal schauen.»

«Du hast doch gesagt, Joël habe Battista beim Fremdflirten erwischt.»

«Ja, aber ich habe keine Ahnung mit wem.»

«Na und?»

«Ist ein bisschen heikel, ein solches Bild zu veröffentlichen.»

«Warum?»

«Wenn die Dame nur eine gute Bekannte ist, wenn sie gar eine Verwandte ist? Was sollen wir dann schreiben? Skandal? Bundesrat flirtet mit schöner Unbekannten? Flirtet er überhaupt?»

«Zeigst du mir mal das Bild?»

Tatsächlich hatte Myrta Martin in der allgemeinen Hektik von ihren Besuchen bei Joël viel erzählt, auch von diesem Bild, aber gezeigt hatte sie es ihm noch nicht. Sofort griff sie in ihre Tasche, holte ihr Handy hervor, klickte das Bild an und präsentierte es Martin.

Der schaute lange auf den Bildschirm. Dann gab er das iPhone zurück.

«Was ist?», fragte Myrta. «Erkennst du den Bundesrat etwa nicht?»

«Doch.»

«Aber?»

«Die Frau heisst Karolina Thea Fröhlicher, Besitzerin von Jack and Johnson ...»

«... einem der teuersten Springpferde der Welt», ergänzte Myrta.

«Sie bezahlte einige Millionen Euro dafür. Also besser gesagt, ihr Vater, Gustav Ewald Fröhlicher, schwerreich und unter anderem Hauptaktionär der Parlinder AG.»

«Was? Dem gehört die Parlinder AG, dieser riesige Konzern?»

«Ja.»

«Oh mein Gott ...»

Als Joël langsam die Augen öffnete, erkannte er im abgedunkelten Spitalzimmer eine Person, die irgendetwas in den Wandschränken suchte. Da die Person keine helle Spitalkleidung trug, ging Joël davon aus, dass es sich um einen Besucher oder eine Besucherin handelte. Eher ein Mann, schätzte Joël, aufgrund der Grösse und der Breite. Joël konnte sich nicht vorstellen, wer ihn besuchen wollte. Wie spät war es überhaupt? Draussen war es jedenfalls schon finster. Joël schloss die Augen, blinzelte aber immer wieder.

Der Mann drehte sich zu ihm um, kam ans Bett, warf einen kurzen Blick auf ihn und griff nach Joëls iPhone, das auf dem Nachttisch lag. Wegen des hell erleuchteten Bildschirms konnte Joël nun das Gesicht sehen. Den Kerl hatte er schon einmal gesehen. Aber er wusste nicht gleich wo. War es einer der Typen in der Seilbahn? Auf dem Sessellift? Joël schloss die Augen ganz und stellte sich schlafend.

Der Kerl drückte auf dem Handy herum. Dann nahm er sein eigenes Mobiltelefon hervor und tippte irgendetwas.

Vermutlich speichert er einige Telefonnummern aus meinem Handy, dachte Joël.

«Wusste ich es doch», flüsterte der Typ plötzlich ganz leise. «Du miese Ratte hast ein Handybildchen gemacht.»

Wieder hörte Joël, wie der Mann auf den Telefonen herumtippte.

Plötzlich hatte Joël das Gefühl, den Mann riechen zu können. Ein herber Parfümgeruch vermischt mit Sonnencrème-Duft. Joël bekam Angst. Bloss nicht blinzeln! Der Kerl ist ganz nah bei mir. Schreien?

Joël erwartete, dass er gleich die Hände des Mannes an seinem Hals spüren würde.

«Pass auf, Arschgesicht!», sagte der Typ leise. «Eigentlich solltest du schon tot sein. Aber weil die Idioten dir das Handy nicht abgenommen haben …» Er hielt einen Moment inne. «Wenn das Foto irgendwo auftaucht, bringe ich es persönlich zu Ende.»

Joël spürte eine grosse, kräftige, rauhe Hand an seinem Hals und zuckte zusammen.

«Es wäre besser für dich», sagte der Mann weiter, «wenn du mir ein Zeichen geben würdest, dass du das kapiert hast.»

Joël nickte leicht.

27. Dezember

GUTSHOF IM STÄDELI, ENGELBURG BEI ST. GALLEN

Der Ausritt war phantastisch. Bei schönstem Sonnenschein ritten Myrta und Martin auf ihren Pferden Mystery of the Night und Valérie, einer siebenjährigen Stute, durch die Gegend rund um das Andwiler Moos. Mal im Schritt, oft im Trab, ab und zu im Galopp. Myrta fühlte sich wohl. Sie genoss Martins Nähe. Er strahlte etwas Beruhigendes aus.

Martin sprach nicht viel. Er fragte höchstens, ob sie da- oder dortlang reiten sollten. Dann schwieg er, und auch Myrta konnte schweigen. Bin ich jetzt gerade glücklich?, fragte sie sich. Und wenn ja, warum?

Seit sie Chefredakteurin der «Schweizer Presse» war, kannte sie solche Glücksgefühle kaum noch. Das war immerhin seit acht Monaten der Fall. Sie war damals von Jan Wigger, dem Geschäftsführer der Zanker AG, zu der die «Schweizer Presse» gehörte, engagiert worden, um das Blatt zur Nummer eins unter den Boulevard- und Frauenzeitschriften auf dem Schweizer Markt zu machen. Sie hatte zwar keine grosse Erfahrung mit der sogenannten «Yellow Press», doch weil sie bei RTL bei einem Promi-Magazin gearbeitet hatte, erhoffte man sich von ihr, dass sie dank ihrer Beziehungen an exklusive Stories käme. Zudem war Myrta selbst auch so etwas wie eine C-Prominente: Hinter den internationalen Stars der Königshäuser, des Films und der High Society, hinter den nationalen Promis aus Sport, Fernsehen und Kultur gehörte sie immerhin zum Heer der mehr oder weniger bekannten Persönlichkeiten, die unregelmässig in einer Zeitung oder einer Fernsehsendung auftauchen. Myrta war nur deshalb immer wieder in diesen Rubriken erschienen, weil sie es als Schweizerin bei RTL vor die Kamera geschafft hatte. Zumindest hin und wieder. Das reichte, um in die Riege der C-Promis beziehungsweise der Cervelat-Promis, wie solche Leute in der Schweiz nach der berühmtesten eidgenössischen Wurst genannt wurden, aufgenommen zu werden.

Doch die erhoffte Wende der «Schweizer Presse» hatte auch sie bisher nicht herbeiführen können. Die Auflage des Traditionsblattes liess sich einfach nicht steigern. Ihre Vorgängerinnen und Vorgänger hatten bereits alles versucht: Der eine hatte das Blatt vom News-Journalismus befreit, der zweite hatte auf den Online-Markt gesetzt, der dritte – die erste Frau – hatte die Lebensberatung eingeführt, und der vierte hatte wieder vermehrt News-Stories abgedruckt, aber innert sechs Monaten Hunderte von Abonnenten verloren. Mit Myrta Tennemann sollte die «Schweizer Presse» definitiv ein People- und Boulevardmagazin werden, vermehrt junge Leute ansprechen und zu einem sogenannten Crossover-Produkt mutieren, zu einem sich gegenseitig ergänzenden Print- und Onlineportal für Fernsehen, People-News und Klatsch.

Dass Myrta gerade glücklich war, lag entweder an ihrem Pferd Mystery of the Night oder an der Sonne oder an beidem. Oder an Martin. Ein Gedanke, der ihr durchaus gefiel. Vielleicht hing ihr Hochgefühl aber auch mit Joëls exklusivem Foto zusammen, mit dem sie einen Riesenwirbel auslösen würde und ihr Magazin zumindest für eine gewisse Zeit in den Vordergrund rücken konnte.

Den silbrigen BMW 5er Touring, der vor dem elterlichen Haus parkiert hatte, sah Myrta schon von weitem.

«Bernd», sagte sie erstaunt.

«Bernd?», fragte Martin.

«Ja, mein Bernd, also Bernd halt, mein …»

«Dein Freund, ich weiss. Überrascht?»

Myrta hatte diesen Moment seit Monaten herbeigesehnt. Sie hatte sich so sehr gewünscht, dass Bernd plötzlich hier auftauchte und sie überraschte. Dass er extra von Köln hierher zu ihr fahren würde, bloss um ihr zu sagen, dass er sie liebe. Jetzt war dieser Moment da.

«Ja, ich bin sehr überrascht», sagte Myrta zu Martin.

Doch das Glücksgefühl war weg. Sie empfand die Situation als beklemmend.

Martin bedankte sich für den Ausritt und verabschiedete sich von Myrta. Etwas überhastet, fand Myrta. Martin ist wohl eingeschnappt. Männer …

«I'm a poor lonesome cowboy …», sang Martin und brachte Myrta damit zum Lächeln.

«Hey, Lucky Luke!», rief sie ihm nach. «Du bist kein einsamer Cowboy mehr!»

«Was rede ich da?», sagte sie leise zu sich selbst, hielt sich die Hand vor den Mund und führte Mystery in seine Box.

Kurz darauf tauchte Bernd auf. Dunkelblaue Steppjacke mit Fellkragen, kariertes Hemd, braune Cordhose, Fellmütze, alles von Tommy Hilfiger, Ray-Ban-Sonnenbrille, dazu ein breites Lachen, ein riesiger Blumenstrauss: «Da bin ich!»

SPITAL SAMEDAN

Es ging ihm zwar wesentlich besser, doch an ein Aufstehen oder gar an das Verlassen des Spitals war noch nicht zu denken. Die Nacht war nach dem bedrohlichen Besuch endlos geworden, vor allem, weil dieser bereits kurz vor 20 Uhr stattgefunden hatte. Joël war hellwach und konnte erst wieder einschlafen, nachdem er Medikamente erhalten hatte.

Mittlerweile hatte er sein iPhone wohl über 100 Mal überprüft und festgestellt, dass der Typ tatsächlich seine kleine Bilderserie mit dem Bundesrat und der unbekannten Schönen gelöscht hatte. Er konnte sich nicht erklären, weshalb man wegen solcher Bilder ein derartiges Theater aufführte und ihm nicht bloss die Kamera klaute. Nein, er hätte sogar sterben sollen, oder sollte es noch. Ihm war aber auch klargeworden, dass sein Problem nicht mit dem Bundesrat, sondern mit der Dame zusammenhing.

Trotzdem war Joël froh, dass Myrta sein Bild kopiert hatte. Sie wusste sicher schon längst, wer die Dame war. Sollte er Myrta erzählen, wie er an das Bild gekommen war und dass er bedroht wurde?

War auch Myrta in Gefahr?

Er habe gestern mit ihren Eltern gesprochen und erfahren, dass sie frei habe, obwohl sie ihm etwas anderes erzählt hätte. Aber das sei schon in Ordnung, was auch immer sie damit habe bezwecken wollen. Er wisse, dass er sie wegen seiner Familie oft alleine lassen müsse, aber dies wolle er im neuen Jahr definitiv ändern. Das alles hatte Bernd Myrta auf der Fahrt nach St. Gallen erzählt.

Jetzt schlenderten sie durch die Altstadt. Bernd hatte darauf bestanden, endlich einmal St. Gallen zu besichtigen. Schliesslich war seine Freundin eine Ostschweizerin und St. Gallen das regionale Zentrum.

Myrta hatte die Perlenkette, die ihr Bernd zu Weihnachten geschenkt hatte, um den Hals gelegt. Ein dicker No-name-Pulli, Jeans, kniehohe ockerfarbene Stiefel, schwarzer No-name-Mantel. Attraktiv, aber nicht sexy, das war ihr Stil für den heutigen Nachmittag.

Myrta erzählte aus der Historie der Stadt. Sie zeigte Bernd die barocke Stiftskirche und die berühmteste Sehenswürdigkeit, die Stiftsbibliothek. Allerdings nur von aussen. Und alles ziemlich emotionslos. Ihr war weder nach Stadtführung noch nach Shopping, zu viel anderes ging ihr durch den Kopf.

Plötzlich blieb sie stehen: «Bernd, was soll das? Was machen wir hier?»

Bernd schaute sie mit grossen Augen an, er war mit dieser Frage überfordert: «Wie meinst du das, meine Kleine?»

«Komm, wir gehen etwas trinken.»

Sie gingen in die Chocolaterie am Klosterplatz und bestellten sich heisse Schokolade.

«Was ist los mit dir, meine Kleine?», begann Bernd.

«Ach nichts, ich habe einfach …» Myrta wusste nicht, was sie sagen sollte.

«Was hast du? Freust du dich nicht, dass ich hier bin?»

«Doch, natürlich, aber ich habe gerade sehr viel um die Ohren.»

Es wurde ein mühsames Gespräch. Bernd redete immer wieder

von der grossen Liebe, von der Liebe seines Lebens. Myrta konzentrierte sich auf praktischere Dinge. Den Zeitpunkt seiner Trennung. Das Zusammensein. Die unterschiedlichen Wohnorte, Bernd in Köln, sie in Zürich. Das Verhältnis zu seinen Kindern. Die gemeinsame Zukunft.

Sie bestellten sich nochmals Getränke. Myrta einen Espresso, Bernd wollte den «Huskafi» probieren – einen Kaffee mit einem Schuss Appenzeller Alpenbitter und Rahm.

Später sagte Bernd: «Komm, vergessen wir diese Diskussion, Kleine. Lassen wir diesen Tag weihnächtlich ausklingen. Wir lieben uns. Alles wird gut.»

Das traf Myrta mitten ins Herz. Denn das bedeutete nichts anderes als: Machen wir, dass wir schnell zu dir nach Hause kommen und Sex haben. Wie so oft.

Myrta fühlte sich nicht ernst genommen.

«Ach, Myrta», seufzte Bernd, «wenn du nur wüsstest, wie sehr ich dich liebe.» Er strahlte sie an, und Myrta wusste, dass sie nicht widerstehen konnte. Es auch nicht wollte. Ich liebe ihn doch, sagte sie sich. Sie lehnte sich über den Tisch und gab ihm einen Kuss. Der Kuss schmeckte nach Appenzeller Alpenbitter.

Sie zahlten, gingen zum Auto, fuhren nach Hause und liebten sich in Myrtas Mädchenzimmer.

Es war die eingespielte Nummer, fand Myrta. Aber okay.

RESTAURANT PITSCHNA SCENA, PONTRESINA, ENGADIN

Es war wundervoll gewesen. Jachen Gianola und seine Gäste hatten einen herrlichen Skitag erlebt. Zuerst waren sie auf der Diavolezza, später auf der Lagalb. Dort war Jachen allerdings nur mit Luis Battista. Den beiden Damen war der Berg viel zu steil erschienen. Sie verabschiedeten sich zusammen mit den Bodyguards und verabredeten sich mit dem Bundesrat zum Abendessen im Hotel Palace, St. Moritz, um 21 Uhr.

Jachen und Luis tobten sich aus. Gleich von der Bergstation stachen sie in die schwarze Piste, eine der extremsten Steilhang-Abfahrten der ganzen Alpen. Danach carvten sie wie die Abfahrts-Profis des Skiweltcups in horrendem Tempo die Piste hinunter. Völlig ausgepowert kamen sie bei der Talstation an und schaukelten gleich wieder hoch. Fünf Mal schafften sie diese Tour. Dann war Betriebsschluss.

Bei einem Ittinger Klosterbräu-Bier in der In-Bar von Pontresina sprachen sie nun über die neusten Ski-Modelle, über Ski-Techniken und über Hänge, die sie noch gemeinsam bezwingen wollten. Angeheitert vom Amber-Bier, fragte Jachen seinen Gast plötzlich: «Erzähl mal, was läuft da eigentlich zwischen dir und Karolina?»

Der Bundesrat antwortete diplomatisch. Nichts natürlich, sie sei bloss eine gute Freundin. Und Floriana sei wiederum eine Freundin von Karolina und reise morgen ab. Nach dem dritten Ittinger Klosterbräu allerdings gestand Luis seinem Skilehrer, dass er sich in einer Ehekrise befinde und ihm Karolina in dieser Zeit die Motivation gebe, sein schweres Amt als einer der politischen Führer der Schweiz auszuüben.

Jachen bestellte ein viertes Bier und wollte von Luis Battista wissen, wer denn diese Karolina überhaupt sei.

«Was soll ich bloss tun?», seufzte Luis Battista, ohne auf die Frage einzugehen. «Ich liebe sie. Weisst du, Jachen, es ist alles so leicht mit Karolina, so schön, so unendlich schön. Kann, soll, muss ich mich dagegen wehren?»

«Auf die Frauen!», antwortete Jachen und hob sein Glas: «Allegra!»

LABOBALE, ALLSCHWIL, BASELLAND

Um 23.06 Uhr schickte Phil Mertens seinen Bericht an die Geschäftsleitung der Labobale AG. In seinem kurzen Schreiben auf Englisch richtete er sich an den CEO der Firma, Carl Koellerer. Die übrigen drei Adressaten – seine direkte Vorgesetzte Mette Gudbrandsen und seine beiden ihm unterstellten Forscher in den Niederlanden und in China – sprach Phil lediglich mit «dear colleagues» an.

Die Mail, die er über den verschlüsselten Firmen-Server unter der Dringlichkeitsstufe «hoch» versandte, lautete: «Ich darf euch mitteilen, dass mir und meinem Team der definitive Durchbruch in der Angelegenheit BV18m92 gelungen ist. Die Schlussresultate sind einwandfrei. Best regards, Phil.»

Danach rief er den Nachtportier der Firma an und bat ihn, ihm ein Taxi zu bestellen.

Um 23.32 Uhr setzte sich Phil in einen weissen 33er-Mercedes und gab dem Fahrer seine Wohnadresse in Arlesheim an.

«Sie arbeiten auch an den Weihnachtstagen?», fragte der Chauffeur in gebrochenem Deutsch.

«Ja», antwortete Phil Mertens. Er hatte keine Lust auf Konversation. Er hatte auch keine Lust auf seine Frau, auf Weihnachten, Neujahr. Er hatte bloss noch Lust auf ein Bier. Oder einen Gin Tonic.

«Fahren Sie mich in die Stadt», bat Phil den Chauffeur, als sie rund zwei Minuten unterwegs waren.

«Nicht Arlesheim?»

«Nein, in die Stadt, zu einer Bar. Setzen Sie mich beim Claraplatz ab, bitte.»

Der Chauffeur schwieg und folgte zügig der Tramlinie 6. Beim Allschwilerplatz fuhr er geradeaus und weiter bis zum Spalentor. Links und dann runter, über die Johanniterbrücke. Phil Mertens schaute erst rechts zum Fenster hinaus, sah die Weihnachtsbeleuchtung – viele hängende Lichterketten – der Mittleren Rheinbrücke, dann links, erblickte die Gebäude seines ehemaligen Arbeitgebers Novartis AG und bereute es einmal mehr, nicht mehr dort zu sein und an irgendwelchen Medikamenten herumzutüfteln. Zudem war das Leben im Campus äusserst angenehm, alles, was man für den Alltag brauchte, war dort bequem zu haben.

Am Claraplatz angekommen, zahlte Phil Mertens mit seiner Firmen-Kreditkarte, gab zehn Franken Trinkgeld und steuerte direkt auf das Restaurant «Zum schiefen Eck» zu. Obwohl er schon x-mal an dieser Kneipe vorbeigekommen war – drinnen war er noch nie gewesen. Leute wie er, hochbezahlte Pharma-

Angestellte aus aller Welt, verkehrten nicht in einem solchen Lokal. Wenn man sich einen Apéro ausserhalb des Firmengeländes gönnen wollte, ging man in die «Bar Rouge», ganz oben auf dem Messeturm. Oder in ein englisches Pub. Aber Phil wollte niemanden treffen, deshalb würde er hier ein Bier trinken.

Er setzte sich zu zwei älteren bärtigen Männern, die je ein Grosses vor sich hatten. Auf Englisch bestellte er ein Bier und zeigte der Servierdame, dass er ebenfalls ein Grosses haben wollte.

«Cheers», sagte er zu den beiden Männern.

«Proscht!», gaben die beiden zurück.

Fünf Minuten später bestellte er sich dasselbe nochmals, obwohl er das Schweizer Bier nicht mochte. Unter Engländern sprach man nur von «the Swiss piss».

«Durst?», fragte der Mann neben ihm auf Baseldeutsch, hielt den Daumen an den Mund und kippte den Kopf nach hinten.

Phil verstand die Geste. «Yes!»

«Einsam?»

Da Phil nicht antwortete, deutete der Mann mit den Händen zwei Brüste an. Phil winkte ab.

«Probleme?»

«Let's drink», meinte Phil Mertens schliesslich und setzte das Glas an.

Zehn Minuten später stand er wieder auf dem Claraplatz und fühlte sich besser. «The Swiss piss» schmeckte ihm zwar nicht, aber im Moment ging es um den Alkohol. Nun war Zeit für Härteres. Er ging einige Meter durch die Greifengasse und bog dann in die Ochsengasse ab. Hier war er noch nie gewesen. Doch wo es rote Lampen in den Fenstern hat, gibt es sicher auch eine ordentliche Bar, sagte er sich.

«Hallo», machte eine Dame, die an einem Hauseingang stand und ihren dicken Mantel etwas öffnete. Phil erblicke rote Unterwäsche, lächelte, winkte aber ab. Kurz darauf betrat er das Restaurant Adler und bestellte sich einen Gin Tonic.

Das Licht war düster. Aber das Strahlen der jungen Frau, die sich nach einigen Minuten neben ihn setzte, war hell und verführerisch.

«Jesus!», sagte Phil Mertens und leerte sein Glas.

Es war Zeit, diesen Tag zu beenden.

28. Dezember

REDAKTION «SCHWEIZER PRESSE», ZÜRICH-WOLLISHOFEN

Um 10.30 Uhr betrat Myrta Tennemann den Konferenzraum. Bereits anwesend waren der stellvertretende Chefredakteur Markus Kress, People-Chef Benedikt Graber, Nachrichtenchefin Michaela Kremer und Fotochefin Gabriela von Stetten.

«Ich habe meine Weihnachtsferien kurzfristig abgebrochen, weil wir dringend über eine Story sprechen müssen», begann Myrta. Sie legte ihr iPhone demonstrativ auf den Tisch. «Auf diesem Handy habe ich ein äusserst delikates und, so hoffe ich, exklusives Bild.» Sie drückte auf dem Mobile herum und gab es dann Gabriela von Stetten, die zu ihrer Linken sass.

«Bitte schaut euch das Bild zuerst genau an, bevor ihr etwas dazu sagt.»

Das Handy ging von Hand zu Hand. Nachrichtenchefin Michaela Kremer konnte ein «Ach, das ist ja schräg» nicht unterdrücken.

«Was denkt ihr?», fragte Myrta nachdem sie das iPhone zurückbekommen hatte.

«Für mich ist das eindeutig», meldete sich Michaela sofort zu Wort. «Hier sitzt unser beliebter Luis Battista mit einer unbekannten jungen Frau und flirtet, was das Zeug hält. Er hält sicher nicht nur Händchen mit der Lady.»

«Wo hast du das Bild her?», fragte die Fotochefin.

«Das spielt im Moment keine Rolle. Kennt jemand die Frau?»

Alle schüttelten den Kopf und schauten zu People-Chef Benedikt Graber.

«Hey, ich kenne auch nicht alle Leute», rechtfertigte sich der junge Abteilungsleiter. «Aber die Dame ist sicher keine Prominente.»

«Es ist Karolina Thea Fröhlicher, die Tochter von Gustav Ewald Fröhlicher.»

«Der Fröhlicher, dem die Parlinder AG gehört?», fragte der stellvertretende Chefredakteur Markus Kress und kratzte sich gleichzeitig an seiner Glatze. Benedikt Graber schaute verdutzt zu Myrta: «Sorry, aber ich ...»

«Schon gut», sagte Myrta. «Man kann nicht alles wissen.» Sie lächelte und genoss es, ihrem Team gezeigt zu haben, wer der Boss war. Dann ergänzte sie: «Wir müssen es aber noch verifizieren, damit wir ganz sicher sind, dass es die junge Fröhlicher ist.»

«Wer hat das Bild gemacht? Wann? Wo?», wollte die Bildchefin wissen.

«Das Foto wurde am 25. Dezember im Skigebiet Corviglia im Engadin aufgenommen.»

«Von wem?», hakte Gabriela von Stetten nach.

«Joël Thommen.»

«Vergiss es, Myrta», sagte Markus Kress sofort. «Ich weiss, dass du mit ihm befreundet bist. Aber du weisst auch, dass wir keine Arbeiten mehr von Joël annehmen.»

«Ist gut, Markus», fauchte Myrta. «Nur weil er einmal Mist gebaut hat, heisst das nicht, dass dies immer der Fall ist.»

«Myrta! Fotos von diesem Kerl kommen mir nicht ins Blatt!», schnauzte der stellvertretende Chefredakteur.

Locker bleiben, nicht provozieren lassen, sagte sich Myrta. Sie hasste ihren Stellvertreter, konnte aber nichts gegen ihn unternehmen, weil er ihr vom Geschäftsführer als Aufpasser aufs Auge gedrückt worden war.

«Easy, mein Lieber», sagte Myrta ganz sachlich. «Wir machen Folgendes: Gabi, du checkst alle möglichen Bildquellen ab und vergleichst das Foto mit anderen Aufnahmen von Karolina Thea Fröhlicher. Dass es sich bei der anderen Person eindeutig um Luis Battista handelt, ist wohl allen klar, oder?»

Die Führungscrew nickte.

«Gut. Dann bitte ich die People- und die Nachrichtenabteilung, je einen Reporter abzustellen, die beiden sollen heute alles zu diesem Thema recherchieren. Wir und die Reporter treffen uns hier um 17 Uhr zu einer Besprechung. Okay?»

«Myrta, bitte, du hast …» setzte Kress an.
«Okay?», unterbrach ihn Myrta schroff.

LABOBALE, ALLSCHWIL, BASELLAND

Die Aussicht von Carl Koellerers Büro war nicht berauschend: Ein bisschen Grünzeug war zu sehen, vor allem aber eine Betonanlage des Zementgiganten Holcim. Gleich dahinter befanden sich die schweizerisch-französische Grenze und noch ein bisschen weiter der EuroAirport Basel-Mulhouse. Deshalb tauchten immer wieder tieffliegende Jets vor Koellerers Fenster auf. Phil Mertens stellte sich vor, in einem dieser Flugzeuge zu sitzen und wegzufliegen. Wohin, wusste er allerdings nicht.

Koellerer trug ein weisses Hemd mit einer dunkelblauen Krawatte. Er hatte die Ärmel zurückgerollt und setzte sich nun zu Phil Mertens und dessen Vorgesetzter, Forschungs-Chefin Mette Gudbrandsen. Während Phil wie fast immer seinen weissen Laborkittel trug, sass seine Chefin im dunklen Hosenanzug neben ihm und zupfte einige Fusel weg.

«Phil, Mette», begann Carl Koellerer und schaute beide nacheinander an. «Ich gratuliere Ihnen zu diesem Erfolg», fuhr er in nahezu akzentfreiem Englisch weiter. «Die Resultate sind also eindeutig?» An seinem Tonfall war deutlich zu hören, dass Koellerer diesen Satz nicht als Frage, sondern als Bestätigung verstanden haben wollte.

«Ich denke, ja», sagte Phil.

«Mette, was meinen Sie?», fragte Koellerer. Auch bei dieser Frage liess der CEO keine Zweifel darüber offen, welche Antwort er vernehmen wollte.

«Wir haben es mit unseren Teams in Holland und China überprüft», antwortete die grossgewachsene Norwegerin. «Es gibt keine Zweifel.»

«Gut», sagte Koellerer knapp.

«Natürlich handelt es sich ausschliesslich um Resultate im Labor», meldete sich Phil nun wieder zu Wort. «Und an Labortieren. Wie sich BV18m92 ausserhalb unserer Versuchsreihen …»

«Das ist mir auch klar», sagte der Deutsche ein wenig schnippisch. «So viel verstehe ich von der Forschung gerade noch. Es geht bloss darum, was wir unserem Kunden präsentieren können. Wie ich erfreut feststellen darf, haben wir seine Erwartungen sogar übertroffen. Nicht wahr?»

«Ganz ohne Zweifel», bestätigte Mette, nickte ganz leicht, wobei ihr kurzer blonder Pferdeschwanz auf und ab wippte.

«Dann sollten wir nicht zögern, unseren Kunden zu informieren.»

«Carl, darf ich Sie etwas fragen?», warf Phil ein. «Wer ist dieser Kunde, und was hat er mit unseren Forschungsergebnissen vor?»

Carl Koellerer lächelte. Mette Gudbrandsen fixierte Phil mit ihren stechend blauen Augen. Phil lächelte Mette an.

«That's it, lieber Phil», antwortete Carl Koellerer und stand auf. «Wir sind ein modernes Unternehmen, jeder Mitarbeiter hat eine Kernkompetenz. Solche Fragen gehören nicht zu Ihrer.»

Carl Koellerer lächelte.

REDAKTION «SCHWEIZER PRESSE», ZÜRICH-WOLLISHOFEN

Da Joëls iPhone wegen der Feuchtigkeit und der darauffolgenden Akku-Austausch-Aktion von Polizist Strimer doch nicht mehr hundertprozentig funktionierte – beim Lösen der Schrauben oder beim Entfernen des Displays war wahrscheinlich ein Schaden entstanden, der zu einem Wackelkontakt geführt hatte – sprachen Myrta und Joël übers Festnetz miteinander. Myrta hatte ihn im Spital angerufen und ihn, nachdem er den üblichen Redeschwall beendet hatte, gefragt, wie er zu diesem Bild des flirtenden Superministers gekommen sei.

Sei keine schwierige Sache gewesen, antwortete Joël. Sie müssten es ja nicht an die grosse Glocke hängen, aber im Prinzip sei es purer Zufall gewesen.

«Wo hast du das Bild aufgenommen?»

«In diesem Bergrestaurant unterhalb des Piz Nair.» Trotz der gebrochenen Nase klang Joël wieder ziemlich normal.

Myrta googelte zu einer Website mit einer entsprechenden Landkarte. «Du meinst auf der Corviglia?»

«Nein, unterhalb des Piz Nair.»

Myrta scrollte nach oben. «Lej da la Pêsch?»

«Kann sein. Einfach dort, wo die Abfahrt vom Piz Nair endet und ein Sessellift hochfährt.»

«Ja, das sehe ich, müsste in der Nähe von jenem Ort sein, an dem man dich gefunden hat. Was ist dann passiert?»

«Was soll schon passiert sein?»

«Joël, du wärst schier gestorben da oben, das ist passiert.»

«Ach, das weisst du ja …»

«Nein, ich weiss, was der Polizist sagt. Du hast gesoffen, hast die Bahn verpasst, hast einen in die Fresse gekriegt, bist dann den Hang hochgelaufen, hast noch das Bein irgendwie verstaucht und wärst später fast erfroren. So war es also?»

Joël antwortete nicht.

«Ich warte, Joël. Wie war es wirklich?»

Joël zögerte: «Das bleibt aber unter uns, klar?»

«Ja.»

Seine Schilderung über die dramatischen Ereignisse auf dem Berg hörte an jener Stelle im Schnee auf, an der er nach seinem Sturz vom Sessellift eingeschlafen oder bewusstlos geworden war.

«Dann wurdest du also zufällig von Party-People entdeckt und gerettet», sagte Myrta, nachdem sie während Joëls Vortrag schon mehrmals «Oh mein Gott!» ausgerufen hatte. «Was für ein Glück du hattest!», fügte sie an.

«Jepp!»

«Und wo ist deine Kamera?»

«Weg! Die haben mir diese Idioten gestohlen. Da waren noch tolle Bilder von so einer italienischen Braut drauf!»

«Aha. Und warum sollen sie dir die Kamera gestohlen haben?»

«Weil sie dachten, sie würden Fotos von Battista darauf finden. Ich checke eh nicht, warum ein Bundesrat plötzlich solche Bluthunde an seiner Seite hat, das gab es noch nie.»

Myrta klärte Joël darüber auf, dass die Bodyguards eher wegen der Dame, Karolina Thea Fröhlicher, anwesend seien. Sie erklärte ihm auch gleich, wer diese junge, schwerreiche Dame war. Schliesslich fragte Myrta: «Warum haben sie dir denn das Handy gelassen?»

Joël schwieg. Sollte er ihr sagen, dass er bedroht wurde? Er war sich noch immer nicht sicher.

«Joël!»

«Ja, ja, ich bin noch da.»

«Also, das Handy?»

«Nichts …»

«Hör auf, ich weiss, dass da noch was ist, also raus mit der Sprache.»

Schliesslich erzählte Joël, die Täter hätten vergessen, ihm das Handy wegzunehmen, dass er aber mittlerweile Besuch bekommen habe und bedroht würde. «Aber das bleibt unter uns», betonte er zum Schluss erneut.

«Wir sollten Anzeige erstatten!»

«Vergiss es.»

«Warum?»

«Vergiss es. Ich will das Foto in der Zeitung und ein gutes Honorar dafür, und dann lassen wir die Sache gut sein. Alles andere gibt nur Ärger, zudem weiss ich nicht, wie die Kerle reagieren würden.»

«Okay.»

«Myrta, du musst einfach wissen, diese Typen werden ziemlich böse sein, wenn das Bild erscheint. Ich meine, die haben gedroht, nicht nur mich, sondern auch andere …»

«Keine Sorge. Abwarten.»

«Wie viel bezahlst du mir?», wollte Joël wissen.

«Abwarten.»

«Und erwähne bloss nie und nirgends meinen Namen.»

«Abgemacht.»
«Ich vertraue dir, Myrta. Ich vertraue dir wirklich!»
«Ich dir.»
«Kannst du.»
«Sicher?»
«Natürlich. Die andere Geschichte ist Schnee von gestern. Dumm gelaufen, okay?»
«Du hast mir saufende Fussballer verkauft und der Fotochefin erzählt, du hättest die Bilder mit dem Einverständnis des Clubs gemacht. Kress ist jetzt noch sauer auf dich.»
«Dein dämlicher Unterhund soll sich nicht so aufspielen. Die Story war gar nicht so schlecht, oder?»
«Vergiss es, Joël. Noch so ein Ding, und ich bin weg vom Fenster.»

CORVIGLIA, ST MORITZ

Jachen Gianolas Gäste speisten im exklusiven Bergrestaurant. Da die Damen heute keine grosse Freude am Skifahren gezeigt hatten, ging Jachen davon aus, dass das Essen mehrere Stunden dauern würde. Darauf hatte er keine Lust. Er holte sich sein Mittagessen im Selbstbedienungsrestaurant und setzte sich an den Skilehrertisch. Das aufgeregte Gequatsche seiner jungen Kolleginnen und Kollegen langweilte ihn aber. Er beschloss, ins Zelt hinauszugehen und sich dort ein Bier zu genehmigen.

Vorher rief er seinen Freund Karl Strimer an und erkundigte sich nach dem Zustand des auf der Lej da la Pêsch geretteten Skifahrers. Der Polizist erzählte ihm, der Typ habe wirklich Glück gehabt und werde wohl wieder gesund.

Jachen Gianola war froh.

Als Karl sich erkundigte, warum er an diesem Fall so interessiert sei, gab er zur Antwort, sein Gast, der Bundesrat, habe ihn danach gefragt.

Um 17 Uhr traf sich die Führungscrew der «Schweizer Presse» mit den zwei Reportern zur Besprechung. Fotochefin Gabriela von Stetten zeigte einige Fotos von Karolina Thea Fröhlicher. Viele waren es nicht. Und auf den meisten trug sie einen Reithelm. Trotzdem war eindeutig, dass sie es war, die Joël zusammen mit Luis Battista ertappt hatte.

Anschliessend berichteten die beiden Reporter, sie hätten auf die Schnelle keine Verbindungen zwischen der Familie Battista und der Familie Fröhlicher gefunden. Einzig bei der Verlegung des Hauptsitzes des Parlinder-Konzerns von Deutschland in die Schweiz tauche der Name Luis Battista auf. Das war vor sechs Jahren. Luis Battista sass damals noch im Parlament, war Mitglied der Wirtschaftskommission und hatte den Umzug in einem Interview begrüsst.

«Was wissen wir über die Parlinder AG?», fragte Myrta.

«Das ist ein riesiger, etwas unübersichtlicher Konzern», erklärte Nachrichtenreporterin Elena Ritz. «Seit sechs Jahren in Liestal ansässig ...»

«Deshalb Battistas Freude», unterbrach der stellvertretende Chefredakteur Michael Kress. «Der ist doch Baselbieter. Parlinder und Fröhlicher sind sicher tolle Steuerzahler.»

«Fröhlicher selbst hat seinen Wohnsitz in Riehen, Kanton Basel-Stadt», fuhr Elena Ritz fort. «Über ihn ist wenig Privates zu finden. Er taucht nur im Zusammenhang mit seiner Firma auf. Und selbst da sehr selten. Parlinder ist ein Firmenkonglomerat aus allen möglichen Branchen. Gegründet 1906 von Gerhard Parlinder in Oberösterreich als Müllereibetrieb, später Ausbau zur Lebensmittelhandlung, nach dem Krieg Beginn der Zusammenarbeit mit dem deutschen Kaufmann und Handelsvertreter Gustav Fröhlicher senior. In den 50er-Jahren Übernahme durch Fröhlicher, Schliessung sämtlicher Läden, Konzentration auf die Lebensmittelproduktion und den Grosshandel. Seit 1979 wird die Firma von Gustav Fröhlicher junior geleitet, der sich offiziell

Gustav Ewald Fröhlicher nennt.» Elena betonte den zweiten Vornamen. «Er hat den Rohstoffhandel stark erweitert, die Abteilung Lebensmitteltechnologie und -chemie geschaffen und auch diverse chemische Unternehmen übernommen. Heute ist die Firma auf der ganzen Welt tätig, sie geriet immer wieder in die Schlagzeilen der Wirtschaftsmedien wegen des Verdachts auf unerlaubte Absprachen und Schmiergeldzahlungen, allerdings konnte ihr nie etwas nachgewiesen werden. Der Firma scheint es gut zu gehen.»

«Danke», antwortete Myrta.

«Also, was machen wir?», fragte Michael Kress und fügte gleich hinzu: «Wenn dein Joël uns wieder verarscht und das Bild nicht echt ist, sondern im Photoshop zusammengeklickt, sind wir am Ende. Einen solchen Prozess können wir nie bezahlen. Wir müssen uns absichern. Wir sollten das mit dem Verleger besprechen.»

«Wir sollten vor allem einige Heftchen mehr verkaufen, sonst werden wir alle bald gar nichts mehr bezahlen, weil wir keinen Lohn mehr erhalten. Also, schreibt die Geschichte. Und knallt das Bild auf die Titelseite!»

«Und mit welcher Schlagzeile?», fragte Kress.

Myrta überlegte einen Augenblick. Dann sagte sie: «Erwischt, Ausrufezeichen. Bundesrat Battista am Fremdflirten.»

LABOBALE, ALLSCHWIL, BASELLAND

Er verdiente zwar viel Geld, doch sein Name würde niemals an einer Universität erwähnt werden. Das hatte sich Phil Mertens zu Beginn seiner Karriere anders erhofft. Heimlich hatte er vom «Mertens-Prinzip» geträumt, das einmal den nächsten Generationen von Wissenschaftlern vermittelt würde. Tatsächlich hatten er und sein Team wohl eine spektakuläre Arbeit zustande gebracht. Aber die Welt würde nie erfahren, welches Genie dahinter steckte. Gut, er wusste, das mit dem Genie war vielleicht ein bisschen übertrieben, die Konkurrenz war auch nicht doof, aber trotzdem, ein bisschen Ruhm und Ehre hätten ihm schon gefallen.

Eine halbe Million Schweizer Franken Jahresgehalt brutto, steueroptimiert verwaltet, wie die Firma stets versicherte, mit Weissgeld-Garantie. Zusätzlich je nach Geschäftsgang bis zu einer halben Million Bonifikation in Form von Wertpapieren aller Art, ebenso garantiert lupenrein sauber. Plus ein Haus, ein Auto und alle Reisekosten, egal ob geschäftlich oder privat. Nicht schlecht in Zeiten wirtschaftlicher Depression und grassierender Finanzkrise.

Als Phil Mertens realisierte, dass er philosophierte und sich nicht mehr auf die Arbeit konzentrieren konnte, beschloss er, Feierabend zu machen. Es war bereits kurz vor 21 Uhr. Er wollte gerade den Rechner hinunterfahren, sah aber das Fenster auf dem Computerschirm blinken, in dem die Meldung angezeigt wurde, dass sich seine Chefin Mette Gudbrandsen im Hochsicherheitslabor im U4 aufhielt.

Als er unten ankam und sämtlichen elektronischen Security-Schnickschnack hinter sich hatte, rief er: «Na, Mette, immer noch am Arbeiten?»

«Hey, Phil, du auch?», antworte sie ganz ruhig, sie schien keineswegs von seinem Besuch überrascht zu sein.

«Ich mache Schluss», sagte Phil. «Kann ich dir helfen? Suchst du etwas?»

Natürlich war Mette die Chefin, aber das Labor war Phils Reich. Es interessierte ihn schon, was sie hier trieb.

«Nein, ich wollte bloss wieder einmal Labor-Luft schnuppern, diesen typischen Geruch von Essigsäure und Desinfektionsmittel! Schade, dass ich heute fast nur noch im Büro sitze.» Sie schaute durch die dicken Glasscheiben ins Heiligtum des Labors hinein, dort, wo all das, was sie am Computer berechnete, Wirklichkeit wurde. Jene Zone war nur mit komplettem Schutzanzug und durch Schleusen erreichbar. «Hier passiert doch der spannendste Teil der Arbeit», sinnierte Mette.

Phil glaubte ihr kein Wort, sagte aber: «Das geht uns doch allen so. Wirst du sentimental?»

«Nein, nein, natürlich nicht», antwortete Mette sofort. «Aber wenn ich schon unseren, oder besser gesagt deinen Grosserfolg als Vorgesetzte verantworten darf, möchte ich dieses Gefühl hoher Wissenschaft wieder in mir aufleben lassen.»

«Oh, ich verstehe ...»

Mette lehnte sich an den Labortisch und verschränkte die Arme. Dadurch wurde ihr Busen etwas angehoben und erschien jetzt ein gutes Stück grösser. Sie griff sich an den Kopf, zog den Gummi von ihrem strengen, kurzen Pferdeschwanz, warf die halblangen, blonden Haare in den Nacken und lächelte Phil an. «Wie war dein Weihnachtsfest?»

Phil wandte den Blick sofort ab, drehte sich um und tat so, als putzte er im Schüttstein einen Fleck weg. Er spürte, wie Mette ihn anstarrte.

«Es war okay», sagte er und dachte: Wie idiotisch ist das alles? Mette ist doch eine nette Frau, eine interessante Kollegin, warum sollte sie ein falsches Spiel mit mir treiben? Warum können wir nicht normal miteinander umgehen? Warum dieses Misstrauen?

«Wünschst du dir manchmal nicht auch, Phil, wir könnten nochmals Studenten sein?», fragte sie.

«Also doch sentimental», stellte Phil fest und fügte gleich hinzu. «Bei dir ist es ja noch nicht so lange her, Mette, schliesslich bist du einiges jünger als ich.»

«Tja, zwölf Jahre ...»

Phil erwartete, dass sie noch etwas anfügte. Die Pause machte ihn nervös, also sagte er rasch: «Lass uns gehen!»

Im Lift sprachen sie kein Wort. Phil achtete darauf, dass er so weit wie möglich von ihr entfernt stand und sie nicht anschaute. Wie das Labor war auch der Fahrstuhl videoüberwacht – trotzdem wollte Phil auf Nummer sicher gehen. Er war schliesslich ein Mann und sie eine Frau, langbeinig, blond, sexy. Die geringste Zweideutigkeit seinerseits könnte seine Karriere zerstören.

Legt sie es darauf an?, fragte er sich. Und wenn ja, warum? Ich werde langsam paranoid.

Um 21.36 Uhr rollte er in seinem Volvo XC90 aus der Tiefgarage der Firma. Er fuhr einige Meter bis zum Tankstellen-Shop Coop Pronto. Dieser liegt direkt vor dem Biotechnologie-Unternehmen Actelion, das mit seinem verschachtelten Bau eine architektonische Sehenswürdigkeit der gesamten Region geschaffen hat. Phil bestaunte es immer wieder. Das Gebäude mit seinen übereinander gestapelten Stahlträgern konkurrenziert locker den ebenso eigensinnigen «Campus des Wissens» des Pharmakonzerns Novartis und auch sämtliche Bauten des zweiten Basler Pharma-Riesen Roche. Dagegen war der Betonklotz von Labobale äusserst schlicht. Im Gegensatz zu den Grossen der Branche galt bei Labobale der Grundsatz: Bloss nicht auffallen. Trotzdem wäre es schön, in einem attraktiveren Gebäude zu arbeiten, dachte Phil. Ein blödsinniger Gedanke, sagte er sich sofort, denn wo er in Zukunft weiterforschen würde, hing stark von seinem Virus BV18m92 ab.

Phil kaufte sich im Shop eine Flasche Charles-Bertin-Champagner und einen kleinen Blumenstrauss. Ein bisschen Feiern mit seiner Frau dürfe er schon, fand er. Er würde Mary von einem kleinen Erfolg erzählen, mehr nicht.

Nach dem Einkauf schrieb er auf seinem privaten Smartphone, einem Samsung, eine SMS an sie und kündigte sich für die nächste halbe Stunde an. Er startete den Motor und fuhr langsam an.

Plötzlich stoppte er und griff erneut zu seinem Samsung. Er wählte die Twitter-App, meldete sich unter seinem Nickname @ spooky77 an und tippte: «Endlich Feierabend, cheers!» Er klickte auf «send» und liess diese belanglose Mitteilung via Internet in die Welt hinaus.

Dann fuhr Phil los. Links Richtung Bachgraben, Luzernerring, in den Tunnel auf die Autobahn, auf der doppelstöckigen Brücke über den Rhein. Das Radio spielte Chris Rea, «Driving home for Christmas». Phil drehte das Radio auf. Er liebte diesen Song.

Ein Blick auf sein Handy. Es zeigte eine Antwort auf seinen Tweet. @deroberti schrieb zurück: «cheers!»

Phils Information war angekommen. Er lächelte, liess seine

Finger im Rhythmus der Musik auf dem Lenkrad tanzen, kalt lief es ihm den Rücken hinunter.

Ruhm und Ehre wollte er, bekam er aber nicht. Dafür hatte er Geld. Und Macht.

Das fühlte sich geil an.

31. Dezember

WALD BEI ENGELBURG

«Warum habe ich es getan?»

Diesen Satz wiederholte Myrta gebetsmühlenartig. Mystery of the Night störte es nicht. Er trottete in seinem Tempo. «Warum habe ich es getan?»

Die Dämmerung hatte bereits eingesetzt, im Wald war es recht dunkel, durch die warmen Temperaturen war viel Schnee geschmolzen.

«Mystery, sag du es mir, warum habe ich es getan?»

Mystery verdrehte kurz die Ohren, behielt aber sein Tempo unverändert bei.

Die vergangenen zwei Tage hatte Myrta damit verbracht, das neue Heft der «Schweizer Presse» zum Abschluss zu bringen. Wegen der Feiertage war der Redaktionsschluss von Freitag auf Samstag verlegt worden, da das neue Heft wegen dem 2. Januar, dem Berchtoldstag, erst am 3. Januar ausgeliefert wurde. Das hatte Myrta ermöglicht, die Story über Battista äusserst sorgfältig zu gestalten und zu überprüfen. Trotzdem war sie mit «Battistagate», wie die Story in Anlehnung an «Watergate» intern genannt wurde, an ihre journalistischen Grenzen gestossen. Gewisse Entscheide hatte sie nur noch instinktiv gefällt.

Sollte man Luis Battista wegen des Fotos befragen? Nein, hatte Myrta entschieden. Man sollte sich nur bei der Pressestelle darüber erkundigen, wie der Bundesrat die Feiertage verbracht habe. Sollte man den Geschäftsführer der «Schweizer Presse» informieren? Nein. Myrtas Stellvertreter Michael Kress hatte das zwar anders gesehen, ihren Entscheid aber akzeptiert. Vielleicht auch nicht – das konnte Myrta nicht ausschliessen. Sollte man Nachrichtenagenturen ein Communiqué über diese Exklusiv-Story schicken? Nein. Sollte man den Haus-Anwalt einschalten? Nein.

Myrta hatte die Story, die von den beiden Reportern der Nachrichten- und der Unterhaltungsredaktion geschrieben worden war, mehrmals durchgelesen und für gut befunden. Korrekt, nicht reisserisch, fair. Tenor: Wirtschaftsminister geniesst seine wohlverdienten Ferien und erlaubt sich einen kleinen Flirt. Die Story war kurz und bloss Teil einer grossangelegten «Prominente im Schnee»-Geschichte. Natürlich, das Titelbild und die Schlagzeile «Erwischt! Bundesrat Battista am Fremdflirten» waren eindeutig.

Myrta war sich bewusst, damit einen Skandal auszulösen. Für die Auflage ihres Blattes konnte das nützlich sein. Wenn sie Glück hatte, griffen andere Medien die Story auf. Davon ging sie eigentlich aus. Allerdings konnte der Schuss nach hinten losgehen: Journalistenkolleginnen und -kollegen könnten die «Schweizer Presse» und damit auch sie persönlich an den Pranger stellen. Und behaupten, dass man das Privatleben von Prominenten nicht so schamlos zeigen dürfe. Rechtlich konnte nicht viel passieren, da war sich Myrta sicher. Gespannt war sie viel mehr, ob die Medien in Deutschland aufspringen würden. Schliesslich gehörte die involvierte junge Frau zu den reichsten Erben des Landes.

Das alles hatte sie erwogen. Wenn dann noch das Fernsehen darüber berichten und sie vielleicht zu Diskussionen über die Frage «Wie weit dürfen Medien gehen?» einladen würde, ja, dann hätte sie wohl einen guten Job gemacht, und über die «Schweizer Presse» würde endlich wieder einmal geredet.

Eine Katastrophe wäre es nur, wenn die Story nicht stimmte. Aber nach mehreren Telefonaten mit Joël, der immer noch im Spital in Samedan lag, und nach zig Fotovergleichen der jungen Dame war sich Myrta hundertprozentig sicher, dass das Bild echt war. Sie mailte es sogar Melissa, einer ihrer Ex-Kolleginnen bei RTL, die die Frau sofort als Karolina Thea Fröhlicher erkannte und sich bereits für eine Nachfolgestory interessierte. Melissa war es denn auch, die Myrta restlos überzeugte, dass die Dame auf dem Foto tatsächlich Karolina Thea Fröhlicher war. Sie kenne Floriana Meyer-Pöhl ziemlich gut, Karolinas Bekannte. Sie habe mit ihr telefoniert und sie vorsichtig auf die Beziehung zwischen Karolina und Battista angesprochen. Ja, habe Floriana geantwortet, sie sei mit den beiden zwei Tage in St. Moritz skilaufen gewesen. Aber dass der nette Herr ein Minister sei, habe sie nicht gewusst. Und auch sonst wisse sie nichts. Wie immer. Das war für Myrta Bestätigung genug: Battista war in St. Moritz mit Karolina Thea Fröhlicher zusammen. Darauf hatte sie sich bei Melissa bedankt und ihr versprochen, ihr wenn nötig bei einem TV-Beitrag über diese Story zu helfen.

Das Foto zeigte also ohne Zweifel eine brisante Situation: Familienmensch und Bundesrat Battista flirtete mit der reichen und schönen Karolina Thea Fröhlicher. Das war klar zu erkennen, dagegen konnten weder gewiefte Kommunikationsberater noch Karolinas rabiate Aufpasser etwas tun.

Warum aber bedrohten die Bodyguards Joël, hatte sich Myrta immer wieder gefragt, es ging doch nur um ein Bild in einem Klatschheft.

«Warum habe ich es getan?»

Es war nun richtig dunkel. Obwohl es hin und wieder im Wald raschelte und knackte, lief Mystery seelenruhig weiter.

«Warum habe ich es getan?» Würde sie Battistas Familie zerstören?

Nein, sie, Myrta Tennemann, war doch nicht die knallharte Journalistin, die über Leichen ging. Natürlich war ihr bewusst, dass sie in ihrem Beruf zu den Macherinnen gehörte, die schnell Entscheide fällen und sich durchsetzen konnten. Ihr war zudem klar, dass sie bei vielen Kolleginnen und Kollegen als knallhart und arrogant galt, obwohl sie sich gar nicht so fühlte. Doch es war ihre Art, ihre Unsicherheit und ihren Zwiespalt zu überspielen. Denn eigentlich sah sich Myrta als eine der «Netten» ihrer Zunft, jemanden anzugreifen oder gar fertig zu machen, war nie ihre Absicht gewesen.

Ich habe als Auto- und als People-Reporterin bei RTL immer mit Menschen zu tun gehabt, die unbedingt ins Fernsehen wollten, rechtfertigte sich Myrta vor sich selbst. Lange genug bin ich deswegen von den News-Journalisten belächelt worden!

So hatte sie sich eine dicke Haut zugelegt. Selbst von ihrem Freund Bernd fühlte sie sich nicht ernstgenommen, auch er hielt «seinen» Nachrichtenjournalismus für etwas Besseres. Die stundenlangen Diskussionen hatten meist zu Streit geführt. Bernds weihnächtlicher Besuch hatte deshalb auch ziemlich abrupt geendet.

Innerlich fühlte sich Myrta noch genauso sensibel wie als Kind. Sie hatte lange in ihrer Märchenwelt gelebt, die Rudolf-Steiner-Schule hatte diese bis weit ins Jugendalter verlängert. Dank ihres Pferdes blieb sie aber einigermassen geerdet, neben dem Mal- und Geigenunterricht schuf Mystery einen Ausgleich.

Die Pubertät war trotz Waldorfschule und viel Kunst und Kreativität eine schreckliche Zeit gewesen. Aus dem quickfidelen Engelchen Myrta, wie die Eltern sie oft nannten, war ein in sich zurückgezogenes Pummelchen geworden. In dieser Zeit hatte kaum jemand sie zu einem Ausritt auf ihrem Pferd zu bewegen vermocht. Sie hockte lieber vor dem Fernseher und tauchte in die Traumwelten der Unterhaltungsindustrie ab, die Teenie-Sendungen und Soaps schaute sie alle, Bücher las sie keine, nur noch Lucky-Luke-Hefte von Martin und natürlich die «Bravo» und alle anderen Teen- und Twen-Magazine. Ihre Eltern hatten alles Mögliche versucht, sie aus ihrem Schneckenhaus zu locken, doch selbst der Jugendpsychologe und die Heileurythmie, eine Idee der Schulleitung, hatten nicht viel gebracht. Später war noch eine Essstörung dazu gekommen. Myrta schleppte das Problem bis in die 12. Klasse mit sich herum. Dank sanftem Druck ihrer Klassenlehrerin hatte Myrta die weibliche Hauptrolle im Abschlusstheater übernommen und dabei ihr Talent für den grossen Auftritt entdeckt. Und vor allem ihre Freude daran. Innert Kürze nahm Myrta zehn Kilo ab, begann zu trainieren, ritt jeden Tag auf Mystery aus und lernte, richtig zu essen. Sie wollte Schauspielerin werden und landete nach einem Kunst-Studium als Volontärin beim Fernsehen.

Im Peoplejournalisten-Jargon würde sie heute als «sexy, vollbusige Karrierefrau mit dunkelblonder Bubikopf-Frisur» tituliert. So würde sie sich jedenfalls selbst beschreiben, wenn sie einen Artikel über sich schreiben müsste. Aber eben: Das waren die Klischees, die auf einigen Zeilen mit wenigen Anschlägen Platz hatten.

«Warum habe ich es getan?»

Vielleicht lag es an ihrer Kindheit, an ihren Eltern, an der Schule, dass sie die Selbstzweifel nie losgeworden war. An ihrer Verletzlichkeit. Eigenschaften, die sie mit Ehrgeiz und resolutem Auftreten zu kompensieren versuchte – das war ihr bewusst. Und sie war nicht stolz darauf.

Plötzlich begann Mystery zu bocken.

Myrta wurde aus ihren Gedanken gerissen.

Mystery wollte umkehren, Myrta redete auf ihn ein und versuchte, ihn zu beruhigen. Sie schaute sich um, versuchte herauszufinden, warum Mystery so nervös war. Irgendwo raschelte und knackte etwas. Äste, Blätter, Schnee, ein Vogel, eine Maus, ein Reh …

Stand dort vorne auf dem Weg nicht wieder der Kerl mit der Sense?

«Martin!», rief Myrta. «Martin? Bist du das? Hey, was machst du da?»

Keine Antwort.

«Martin?»

Nichts.

«Wer sind Sie?», rief sie.

Stille. Kein Rascheln war jetzt zu hören. Kein Knacken. Myrta erschauerte. Sie liess Mystery wenden, gab ihm den Befehl zum Galopp. Das Tier schnaubte. Myrta wagte es nicht, zurückzuschauen.

Wer reitet so spät durch Nacht …

In hohem Tempo erreichte sie Martins Hof, preschte bis zum Stall, brachte Mystery zum Stehen, schwang sich aus dem Sattel, schlang die Zügel schnell um einen Balken, rannte zur Haustüre und klingelte.

Ihr Atem ging schnell, ihr Herze pochte wild.

Die Türe wurde geöffnet.

«Martin», sagte sie leise. Einerseits froh, ihn zu sehen, anderseits nicht. Wer war da draussen?, fragte sie sich. Und: Werde ich verrückt?

«Myrta, schön, dass du doch noch zu unserer Party kommst!»

«Party?»

«Silvester, Myrta, meine Party, zu der ich dich ein...» Er stockte und schaute sie lange an. «Alles in Ordnung mit dir?»

«Ja», antwortete Myrta hastig. Sie lachte, schluckte, lächelte, räusperte sich. «Klar, die Party, da bin ich!»

Martin musterte sie nochmals lange: «Du trägst Reitkleidung. Bist du etwa mit Mysti gekommen?»

«Ähm, ja, ich habe mich in der Zeit vertan, da dachte ich, wir kommen gleich zusammen. Hast du ein Plätzchen für uns?»

«Eine freie Box für Mystery habe ich schon, aber du kommst doch hoffentlich mit ins Haus? Oder möchtest du mit Hafer, Heu und Wasser Silvester feiern?»

«Ich weiss nicht ...»

Martin nahm sie einfach in die Arme, streichelte ihr über den Kopf, drückte sie vorsichtig an sich: «Du siehst toll aus!»

Martin macht das gut, fand Myrta. Sie fühlte sich beschützt.

3. Januar

VOLKSWIRTSCHAFTSDEPARTEMENT, BUNDESHAUS, BERN

Gianluca Cottone verspürte einen leichten Druck im Herzen und im Magen, sein Puls erhöhte sich, und seine Augen starrten gebannt auf den Bildschirm. Er las den Beitrag eines gewissen @Politjunkie auf der Internetplattform Twitter mehrmals durch: «Der saubere #Battista beim #Fremdflirten erwischt. #krass #Schweizerpresse» Die Doppelkreuz-Symbole, die sogenannten Hashtags, sorgten dafür, dass die Meldung unter diesen Stichworten bei Twitter gefunden werden konnte. Angehängt war zudem ein Link auf die Website der «Schweizer Presse».

Der 42jährige Kommunikationschef des Schweizer Wirtschaftsministeriums klickte auf die Website, fand aber nur einen Hinweis auf eine Reportage über «Unsere Promis im Schnee» mit dem Untertitel: «Wer mit wem die Pisten hinuntersauste, unter dem Tannenbaum kuschelte oder gar fremdflirtete». Gianluca Cottone erinnerte sich daran, dass ihn vor einigen Tagen Nachrichtenreporterin Elena Ritz von der «Schweizer Presse», die er flüchtig von Medienkonferenzen her kannte, angerufen hatte, um zu erfahren, wie Bundesrat Battista die Feiertage verbracht habe. Wie immer bei solchen Fragen hatte er ihr gesagt, dass solch private Dinge nicht beantwortet würden. Das war allerdings erst seit einigen Monaten so. Früher wurde das Familienleben der Battistas sehr wohl in den Medien zelebriert. Gianluca Cottone hatte keine Gelegenheit ausgelassen, selbst zu Geburtstagsfeiern eines der Battista-Kinder einen Fotografen einzuladen beziehungsweise ihn inoffiziell zu benachrichtigen, dass eventuell ein gutes Foto zu machen sei. Cottone hatte als langjähriger Berater «seinen» Bundesrat aufgebaut. Dass er schliesslich nach Battistas Wahl in die Regierung ihm als Medienchef ins Bundeshaus folgen konnte, war quasi die Belohnung. Vor einem Jahr aber kritisierten einige Politik- und Medienexperten, Battista würde zu viele dieser «Homestories» machen und dadurch unglaubwürdig werden, besonders im Umgang mit ausländischen Ministern. Deshalb reduzierte Cottone die privaten Aufritte in den Medien rigoros und konzentrierte sich auf die Kommunikation von Battistas Sachgeschäften.

Doch wenn das stimmte, was dieser @Politjunkie auf Twitter schrieb, würde er sich ab sofort nicht mehr um Battistas Wirtschaftspolitik, die ihn manchmal etwas langweilte, kümmern, sondern könnte feinste Krisenkommunikation betreiben. Ein Gebiet, das ihm weit mehr zusagte. Endlich könnte er zeigen, was er wirklich drauf hatte.

Als erstes rief er Elena Ritz auf dem Handy an. Danach Myrta Tennemann. Beide nahmen nicht ab – es war erst 06.13 Uhr –, beiden sprach er auf die Combox, sie sollten sich sofort bei ihm melden. Danach rannte er zur Poststelle des Bundeshauses und nervte die Pöstler so lange, bis sie ihm endlich die neuste Ausgabe der «Schweizer Presse» heraussuchten. Das Titelbild sah er schon von weitem: Sein Bundesrat händchenhaltend mit einer schönen, jungen, brünett-gelockten Frau. Schlagzeile: «Erwischt! Bundesrat Battista beim Fremdflirten.»

«Du Idiot», flüsterte Cottone vor sich hin, riss dem Pöstler das Heft aus der Hand und eilte in sein Büro zurück. Im Gehen las er die Bildlegende auf dem Titelblatt: «Bundesrat Battista geniesst ungestörte Momente mit der schönen Karolina Thea Fröhlicher.»

«Du Schweinchen», flüsterte er wieder. Ohne weiterlesen oder überlegen zu müssen, war für ihn der Fall klar. Sein Schützling betrog die Ehefrau, die Kinder und trieb es mit dieser Karolina Thea Fröhlicher. Fröhlicher – bei diesem Namen klickte es bei Cottone sofort: Fröhlicher, Gustav-Ewald, Parlinder AG, Liestal. Gianluca blätterte zur Seite mit der Promi-Geschichte, erblickte noch einmal das Flirtbild, das erstaunlich scharf war, dazu ein Porträtfoto von Battista und ein Reiterbild von Karolina Thea. Danach überflog er den Text, in dem lediglich erwähnt wurde, dass der Bundesrat und die junge Dame auf den Pisten von St. Moritz gesichtet worden und die beiden sich auch ein wenig näher gekommen seien. Der Text endete mit der Passage: «Darf ein Familienvater an Weihnachten fremdflirten?»

Der Kommunikationsprofi registrierte sofort: Ja, es handelte sich eindeutig um Battista und um die Tochter des schwerreichen Fröhlicher, ja, der Text war clever geschrieben, so, dass es eigentlich nichts abzustreiten oder einzuklagen gab, ja, es war unangenehm, nein, es war nicht katastrophal. Noch nicht. Aber das könnte sich sehr schnell ändern. Denn moralisch betrachtet war der weihnächtliche Fremdflirt für die Journaille ein gefundenes Fressen, ein Weihnachtsbraten ohnegleichen.

Cottone übersprang auf der Treppe jeweils zwei bis drei Stufen. Sein Kommunikationskonzept formte sich blitzschnell: Ja, die Familien Battista und Fröhlicher kannten sich von einem Anlass, ja, Battista hatte sich einmal erfreut darüber gezeigt, dass Fröhlichers Firma vor sechs Jahren in die Schweiz gezogen war, nein, mit dem Deal hatte er nichts zu tun gehabt, ja, er war in St. Moritz in den Ferien, ja, alleine, weil seine Frau irgendwas, weil seine Frau irgendwohin, weil seine Frau …

«… ihm dermassen auf den Sack ging», sagte Cottone plötzlich laut. «Was verdammt nochmal auch verständlich ist, diese blöde Kuh …» Er hatte Eleonora Battista nie gemocht. Jedesmal, wenn sie mit ihrem Mann für eine Homestory posieren sollte, machte sie ein Theater. Cottone musste bitten und betteln, damit sie aufs Bild kam. Bei öffentlichen Auftritten war Cottone immer in ihrer Nähe, um zu verhindern, dass sie anfing zu jammern, weil ihr Mann nie zu Hause sei und sich nicht um die Familie kümmere.

Zurück in seinem Büro knallte Gianluca Cottone die «Schweizer Presse» auf seinen Schreibtisch, liess sich in seinen Giroflex-Stuhl fallen, legte die Füsse aufs Pult und nahm die Hände hinter den Kopf. «Das wird ein nette, kleine Schlammschlacht!»

Er grinste.

REDAKTION «SCHWEIZER PRESSE», ZÜRICH-WOLLISHOFEN

Als Myrta Tennemann um 09.26 Uhr ihr Büro betrat, wurde sie bereits von Redaktionsassistentin Cornelia Brugger erwartet. Cornelia teilte ihr mit, sie werde von allen möglichen Leuten gesucht, und übergab ihr eine Telefonliste. Myrta überflog sie. Zwei Namen fielen ihr sofort auf: Helmut Zanker, Inhaber und Verwaltungsratspräsident der Zanker AG, zu der die «Schweizer Presse» gehörte, und Gianluca Cottone, Sprecher von Bundesrat Battista. Sie zog ihren Mantel aus, setzte sich und holte ihr iPhone aus der Tasche hervor, das sie auf stumm geschaltet hatte. Sie registrierte 11 Anrufe in Abwesenheit, drei SMS und vier Mitteilungen auf WhatsApp. Darunter auch eine von Joël: «Ruf mich an.»

Zuerst wählte sie die Nummer von Helmut Zanker. Je nach dem kann die Welt ganz anders aussehen, dachte Myrta. Sie wurde nervös. Zankers Mitarbeiterin stellte Myrta sofort durch.

«Liebe Frau Tennemann», begann Zanker in seinem ruhigen, sonoren Ton. «Ich wünsche Ihnen ein erfolgreiches neues Jahr, Glück und Gesundheit. Gesundheit ist das Wichtigste, nicht wahr?»

«Natürlich, auch ich wünsche Ihnen das Beste für das neue Jahr.»

«Haben Sie das Jahr denn gut begonnen?»

«Vielen Dank, ja, sehr ruhig», antwortete Myrta. Was nicht ganz der Wahrheit entsprach. Sie hatte auf Martins Party ordentlich gefeiert, einige Gläser Champagner zu viel getrunken und war mit ihren Erzählungen aus den Medien im Mittelpunkt gestanden. Um 3 Uhr wollte sie nach Hause. Doch Martin überzeugte sie, bei ihm im Gästezimmer zu schlafen. Und ja, Mystery gehe es gut, er sei in einer Box und döse.

Das neue Jahr hatte für Myrta mit einem ordentlichen Kater begonnen. Sie hatte nach ihrer Heimkehr mit Mystery und etlichen Erklärungsversuchen ihren Eltern gegenüber den Tag mehr oder weniger im Bett, in der Badewanne oder vor dem Fernseher verbracht.

«Nochmals alles Gute, liebe Frau Tennemann», sagte Helmut Zanker.

Damit war das Gespräch beendet.

«Was war das denn?», sagte Myrta völlig perplex.

«Alles okay bei dir?», rief Cornelia aus ihrem Büro.

Myrta stand auf und ging zu ihrer Assistentin. «Der wollte mir bloss ein gutes neues Jahr wünschen.»

«Echt?», quietschte Cornelia und riss die Augen auf. Das tat sie immer, wenn sie überrascht war oder wenn sie so tat, als sei sie überrascht; dann tat sie es noch mehr, und es wirkte übertrieben. Und das kam oft vor, denn Cornelia wusste beinahe alles, was auf der Redaktion abging.

«Nett, was?», sagte Myrta. «Meinst du, der hat das Heft nicht gelesen?»

«Das hat er sehr wohl. Aber er ist eben cool. Ein echter Gentleman.»

«Ja ...»

Myrta hatte ihren obersten Boss, der neben der «Schweizer Presse» noch andere Medienbeteiligungen besass, vor allem aber mit Immobilien handelte, erst zweimal gesehen. Das erste Mal als letzten Test vor ihrer Einstellung. Das zweite Mal an ihrem ersten Arbeitstag. Er war 63 Jahre alt, hatte kurze, graumelierte Haare, einen festen Händedruck. Am auffälligsten war seine Stimme. Myrta fand sie sexy, männlich. Und Zanker duftete so gut. Herb. Sie hätte ihn gerne gefragt, welches Aftershave er benutzte.

«Cornelia, verbindest du mich bitte mit Gianluca Cottone vom Volkswirtschaftsdepartement?»

Die Assistentin schaute verdutzt. Dass Myrta sich verbinden liess, kam äusserst selten vor.

Myrta setzte sich und wartete. Sie war wieder nervös.

Das Telefon piepste.

«Cottone ist am Apparat, darf ich durchstellen?», fragte Cornelia, eine überkorrekte Sekretärin imitierend.

«Sie dürfen», passte sich Myrta an.

«Ein wundervolles neues Jahr, Frau Tennemann», sagte Gianluca Cottone. «Wie geht es Ihnen?»

Nach rund drei Minuten Schilderung seiner Weihnachtstage und der glückseligen Familie kam Cottone zur Sache: «Wie kommen Sie darauf, Bundesrat Battista eine aussereheliche Beziehung zu unterstellen?»

«Wir unterstellen ihm gar nichts. Wir haben bloss …»

«Aber bitte, Frau Tennemann!», unterbrach Cottone. «Wir müssen uns nichts vormachen. Die Sache ist relativ einfach. Wir werden selbstverständlich keine offizielle Stellungnahme zu diesem – entschuldigen Sie, fast hätte ich Dreck gesagt – also zu diesem Artikel abgeben. Aber ich teile Ihnen gerne mit, dass Sie vollkommen falsch liegen. Und ganz im Vertrauen sage ich Ihnen auch, dass da nichts dran ist. Herr Bundesrat Battista war einfach mit einer Bekannten skifahren und hat ihr in aller Freundschaft die Hand gereicht. Sie kennen ja Herrn Bundesrat Battista, er ist Südländer, emotional veranlagt. Da kommt es schon mal zu Berührungen, was aber …»

«Wir haben auch nichts anderes behauptet», warf Myrta dazwischen.

«Aber Sie suggerieren einen Skandal. Nun gut, wir wollen die Sache nicht hochschaukeln. Ich wäre Ihnen einfach dankbar, wenn Sie sich bei Gelegenheit entschuldigen würden, wissen Sie, in der Schweiz ist es nicht üblich, Regierungsmitglieder so zu verunglimpfen.»

«Ich weiss, was in der Schweiz üblich ist!»

«Eben. Also, ich mache Ihnen einen Vorschlag: Sie schreiben eine nette Entschuldigung, ich schaue sie mir vor dem Druck an, und alles ist wieder in Ordnung.»

«Wofür soll ich mich entschuldigen?»

«Werte Frau Tennemann, Sie ersparen allen nur unnötigen Ärger. Okay? Gut. Dann rechne ich noch heute mit Ihrem Schreiben?»

«Das kann ich Ihnen nicht versprechen.»

«Wir machen dafür wieder einmal eine nette Geschichte für Ihr Blatt. Ist ja schon lange her seit dem letzten Mal.»

«Ich dachte, Bundesrat Battista macht keine Homestories mehr?»

«Ach, da lässt sich schon was machen. Oder mit einem anderen Bundesrat. Sie leben doch auch davon. Wäre schade, wenn sowas plötzlich nicht mehr möglich wäre, wegen einer einzigen verunglückten Story.»

«Ich überlege es mir.»

Nach nochmaligem, länglichem Austausch von belanglosen Nettigkeiten wünschten sie sich alles Gute zum neuen Jahr.

«Wixer!», rief Myrta nach dem Telefonat aus.

«Du sollst sofort Jan anrufen!», schrie Cornelia.

Jan Wigger, Chef des Mediengeschäfts bei der Zanker AG, Myrtas direkter Vorgesetzter. Na prima, dachte Myrta. «Da muss ich wohl durch.»

«Phantastisch, grossartig, toll», haspelte Wigger ins Telefon. «Dafür habe ich dich geholt. Super. Wie geht es dir?»

«Oh, danke, bestens!»

«Hast du schon Reaktionen? Sicher, nicht wahr?»

«Na ja ...»

«Einfach grandios. Zum Glück habe ich die Auflage kurzfristig erhöht!»

«Ach, du wusstest von der Geschichte? Hat dir mein lieber Stellvertreter Michi schon alles erzählt?»

«Hey, no bad feelings, alles easy, die Hits auf der Website sind in die Höhe geschnellt, die ersten Verkaufsstellen haben schon nachbestellt. Einfach toll!»

Myrta fiel ein Stein vom Herzen.

LABOBALE, ALLSCHWIL, BASELLAND

Phil Mertens packte seine Golftasche, um im benachbarten «City Golf» einige Schläge zu absolvieren. Er war zwar nicht der leidenschaftliche Golfer, doch da das Gelände in unmittelbarer Nähe lag und Basel meistens schneefrei war, nutzte er die Gelegenheit, ein bisschen an seinem Handicap zu schrauben. Phil hatte Handicap 27, lag also an der Grenze zwischen einem Durchschnittsgolfer und einem schlechten Spieler.

Am Ausgang wurde der Wissenschaftler von zwei Männern des Sicherheitsdienstes gestoppt und freundlich, aber bestimmt gebeten, sie zu begleiten. Phil Mertens kannte das Prozedere, es kam allerdings selten vor. Er übergab seine Golftasche und ging mit den beiden in ein kleines Zimmer. Dort wurde er aufgefordert, sich bis auf die Unterhose auszuziehen.

«Bitte?» Zwar war er schon zweimal kontrolliert worden, aber das hatte er noch nie erlebt.

«Vorschrift!», antwortete einer der Männer scharf.

«Ist das neu? Was ist denn los? Alarmstufe rot?»

Er erhielt keine Antwort. Phil begann, sich auszuziehen. Natürlich spielte die Sicherheit in einer Firma wie Labobale eine grosse Rolle. Schliesslich wurde hier Forschung betrieben, mit deren Resultaten ein Pharmaunternehmen Milliarden verdienen konnte. Deshalb gab es keinen einzigen Raum, der nicht überwacht wurde. Selbst die Toiletten waren mit Kameras bestückt. Sämtliche forschungsrelevanten Rechner waren von der Aussenwelt komplett abgeschirmt. Damit die Labors in Holland und China zusammenarbeiten konnten, war ein eigenes Netzwerk installiert worden, das den neusten Sicherheitsstandards entsprach. Auf ein Labor in den USA hatte die Firma verzichtet, da die Geschäftsleitung die Gefahr der Werkspionage dort als besonders hoch eingestuft hatte. Phil vermutete allerdings, dass Labobale vielmehr die amerikanische Justiz fürchtete. Denn Labobale operierte, wie andere Firmen auch, mit Substanzen und Methoden, die hart an der Grenze zur Illegalität waren oder sie auch überschritten. Zudem galt bei den Amerikanern alles, was aus der Schweiz kam, seit der grossen Bankenkrise und dem Wirbel um das Bankgeheimnis als skandalträchtig.

Sämtliche Computer, auch diejenigen, auf denen die Angestellten Zugang zum öffentlichen Internet hatten, wurden überwacht. Um Daten auf einen externen Träger wie eine CD oder einen USB-Stick kopieren zu können, musste ein Vorgesetzter sein Einverständnis mit seinem Passwort bestätigten. Sonst wurde in der Geschäftsleitung und in der Sicherheitsabteilung sofort Alarm ausgelöst. Ebenso verhielt es sich mit dem Ausdruck von Dokumenten. Selbst wenn CEO Carl Koellerer etwas ausdrucken wollte, musste er einen seiner Abteilungsleiter bemühen. Seit nicht nur das illegale Kopieren von Daten auf CDs, USB-Sticks und Papier zum Volkssport geworden war, sondern auch das Abfotografieren der Bildschirme mit Handys, war der Gebrauch von privaten Mobiltelefonen untersagt. Jede Mitarbeiterin, jeder Mitarbeiter bekam ein Blackberry, dessen Funktionen beschränkt waren. Bild- und Tonaufnahmen, Bluetooth und alle anderen Datenübertragungsmöglichkeiten waren, soweit technisch überhaupt möglich, gesperrt. Dafür konnte jeder damit telefonieren, so viel er wollte – auf Kosten der Firma.

Die beiden Sicherheitsmänner durchsuchten sämtliche Kleider von Phil Mertens und natürlich auch den Golfsack. Schliesslich wurde Phil gebeten, auch die Unterhose auszuziehen und sich rasch nach vorn zu beugen. Einer der Männer zog Gummihandschuhe an.

«Please?», sagte Phil geschockt.

«Anordnung von oben.»

«Geht ihr dem CEO auch an die Eier?»

«Bitte, Professor Mertens, eine Sekunde.»

Der Wissenschaftler liess auch dies über sich ergehen.

Mein Hirn könnt ihr nicht kontrollieren, ihr Blödmänner, dachte Phil, als er sich wieder anziehen durfte.

VOLKSWIRTSCHAFTSDEPARTEMENT, BUNDESHAUS, BERN

«Mein sehr geehrter Bundesrat, lieber Luis», begann Gianluca Cottone, «so kann ich meine Arbeit nicht machen. Es ist 15 Uhr. Und erst jetzt kann ich mit dir sprechen. Das ist einfach unglaublich!»

«Gianni, was ist los?»

«Wenn du schon in der Gegend herumvögelst, achte bitte darauf, mit wem und wo du das tust!»

Battista fixierte ihn mit den Augen.

«Ist doch wahr!», sagte Cottone, der Battistas Blick als blankes Entsetzen seiner Ausdrucksweise deutete. Er legte ihm die neuste Ausgabe der «Schweizer Presse» aufs Pult und setzte sich in einen der Ledersessel. Der Wirtschaftsminister betrachtete das Titelblatt, las dann im Innern des Heftes den Text.

«Und?», sagte er ruhig.

«Was und?», sagte Cottone gereizt.

«Klatsch. Nichts weiter.»

«Natürlich! Klatsch! Logisch! Aber wer hat die ganze Medienmeute am Hals? Ja? Wer? Ich natürlich!»

«Du machst das sicher prima.»

«Ich habe nicht nur das Schweizer Journalistenpack am Hals, auch die verdammten Schwaben habe ich an der Strippe!»

«Beherrsch dich, Gianni, es sind Deutsche!», raunzte der Minister.

«Beherrsch du dich, verdammt nochmal! Was soll ich denen erzählen?»

«Das, was du immer erzählst: nichts!»

«Na toll! Wie lange soll das gut gehen?»

«Ist dein Job, nicht meiner!»

«Warum musst du dir ausgerechnet diese blöde, reiche Schlampe aussuchen? Ich meine, es gibt tausend andere Mädchen, die du beglücken könntest, ich verstehe das ja, aber warum diese?»

«Rede nicht so über Karolina!»

«Oh, du darfst Karolina zu ihr sagen, nicht Karolina Thea!» Gianluca kicherte gekünstelt. «Ein fröhliches Vögelein, was?!», liess er in Anlehnung an Karolina Theas Nachnamen folgen.

«Gianni, jetzt reicht's aber!»

«Mir reicht es langsam.»

«Was willst du hören?»

«Was läuft da?»

«Nichts!»

«Nichts?»

«Null!»

«Gute Freunde?»

«Genau!»

«Diesen Mist erzähle ich den Journalisten schon den ganzen Tag. Aber jetzt mal unter uns, mein Lieber: Was läuft da wirklich?»

«Nichts!»

«Pass mal auf, mein lieber Professor Doktor von und zu Luis Battista», begann Gianluca Cottone. Luis Battista war natürlich weder Professor, noch Doktor, noch stammte er aus einer «von»- und «zu»-Familie, er war ein normalbürgerlicher, portugiesischer Secondo-Aufsteiger mit Uniabschluss und klassischer sozialdemokratischer Politkarriere. «Ich habe dich zu dem gemacht, was du heute bist. Und wenn du nur ein bisschen Verstand hast, dann sag mir jetzt, was Sache ist, damit ich dich aus dieser Geschichte raushauen kann!»

«Ist ja gut.» Luis Battista überlegte einen Moment. Dann schaute er seinem langjährigen Gefährten in die Augen und sagte: «Ich liebe sie!»

«Nein, du liebst deine Frau, du liebst deine Kinder! Und du bist katholisch.»

«Ja, ich liebe meine Kinder. Aber nicht meine Frau. Nicht mehr. Ich liebe Karolina.»

«So ein Quatsch!»

«Das ist kein Quatsch», brüllte Battista plötzlich und knallte die Faust auf den Tisch. Doch er beruhigte sich sofort und sagte leise: «Darf sich ein Politiker nicht mal verlieben, sich scheiden lassen, so wie das andere Menschen auch tun?»

Das Wort «scheiden» löste in Cottone einen Adrenalinschub aus. Ein schweizerischer Minister, der sich scheiden liess – das war seines Erachtens ein Novum in der modernen helvetischen Politik. Mann, ist das eine kommunikative Aufgabe, dachte er sich. Geil! Schade, ist mein Schützling nicht gleich schwul geworden, das wäre noch geiler!

«Scheidung?», sagte er schliesslich ganz cool.

«Ja und, was ist daran so schlimm? Auch Katholiken lassen sich scheiden.»

«Wenn wir es gut verkaufen, dann können wir es prima vermarkten. Wir müssen nur den Bischof mit ins Boot ziehen.»

«Siehst du, alles halb so wild.»

«Aber warum ausgerechnet diese Karolina Thea Fröhlicher?»

«Ich liebe sie.»

«Aber du weisst, dass da gewisse Fragen auftauchen?»

«Welche Fragen?»

«Hallo?»

«Wovon sprichst du?»

«Signora Karolina Thea Fröhlicher ist zufälligerweise die Tochter von Gustav Fröhlicher.»

«Gustav Ewald Fröhlicher», korrigierte Luis Battista.

«Ja, Gustav Ewald, von mir aus, dein zukünftiger Schwiegervater, Grossvater deiner zukünftigen Kinder ...»

«Gianni, es reicht!», wetterte Luis Battista. «Ich weiss, was du für mich getan hast, aber jetzt ist gut. Was willst du denn, verdammt nochmal, ich bin dein Chef!»

«Na, na, nicht in diesem Ton, mein Lieber! Gustav Ewald Fröhlicher, Inhaber der grossen Parlinder AG, zugezogen nach Liestal, Kanton Basel-Landschaft, wohnhaft in Riehen, Kanton Basel-Stadt, steueroptimiert, alles sauber. Wäre da nicht noch die kleine, völlig unbedeutende Firma namens Labobale, der wir», er hielt einen kurzen Moment inne und überlegte sich die Formulierung, «der wir, sagen wir, einfach ein bisschen unter die Arme gegriffen haben.»

CHESA CASSIAN, PONTRESINA, ENGADIN

Nach dem vorzeitigen Abgang seines Gastes Luis Battista und dessen unangenehmer Anhängsel war Jachen Gianola arbeitslos, was ihn aber nicht im Geringsten störte. Er hatte 2000 Franken Trinkgeld erhalten und stellte deshalb keine weiteren Fragen. Er hätte jederzeit eine Anfängerklasse der Skischule übernehmen können, was er aber ablehnte. Als er am Kiosk den Aushang der neuen «Schweizer Presse» sah, kaufte er sie ausnahmsweise und konnte sich nach der Lektüre vorstellen, warum Luis Battista vorzeitig abgereist war. Kurz darauf erhielt er vom Büro der Skischule mehrere Telefonnummern von Reportern, die ihn gesucht hatten. Er schrieb alle Nummern auf, rief aber nicht zurück. Sein privater Anschluss war nirgends verzeichnet. Er hatte also seine Ruhe.

Kurz vor 16 Uhr rief ihn der Skischulleiter an und fragte ihn, ob er nicht Zeit und Lust habe, morgen mit zwei guten Skifahrern eine «Off-Pist-Tour» zu unternehmen. Doch, dazu hatte er Lust und sagte zu.

REDAKTION «SCHWEIZER PRESSE», ZÜRICH-WOLLISHOFEN

Myrtas Tag war anstrengend gewesen. Nicht Battistagate hatte sie auf Trab gehalten, sondern die diversen Gespräche mit ihren Mitarbeiterinnen und Mitarbeitern. Kaum einer der 43 Angestellten der «Schweizer Presse» hatte es verpasst, ihr ein erfolgreiches, gutes neues Jahr zu wünschen. Stets verbunden mit der Hoffnung auf eine gute Zusammenarbeit und – unterschwellig – der Aussicht auf mehr Lohn.

Nach der anfänglichen Aufregung wegen der Battista-Story war der Rest des Tages aber ruhig verlaufen. Obwohl Myrta mehrfach bei ihrer Assistentin Cornelia nachgefragt hatte, waren keinerlei Telefonate in dieser Sache hereingekommen. Auch die Mails dazu blieben aus. Selbst Myrtas Handy blieb erstaunlich still. Nur Martin hatte geschrieben: «Tolle Story. Umarme Dich.» Bernd hatte sich nicht gemeldet. Er hatte ja auch keine Ahnung. Myrta hatte ihm nichts erzählt. Und für die deutschen Presseagenturen war das Thema nicht relevant genug. Schliesslich wurde es auch von den schweizerischen Agenturen nicht gross behandelt. Das Schweizer Radio hatte trotz Nachrichtenflaute keine Meldung gebracht.

Kurz vor 18 Uhr rief Myrta Joël an.

«Du kleine, böse Hexe», schwafelte Joël, «lässt deinen Star-Fotografen einen ganzen, verdammten Tag lang hängen und schämst dich nicht, dass du keinen einzigen Rappen für sein supertolles Bild überwiesen hast!»

«Hey, Joël, wie geht es dir?»

«Besser. Ich habe eben das Spital verlassen, mir ein neues iPhone gekauft und bin bereit für neue Schandtaten.»

«Lass mal gut sein. Dein Konto sollte in den nächsten Tagen aufgestockt werden.»

«Wieviel?»

«10 000?»

«Wow!»

«Per saldo aller Ansprüche. Das Bild gehört jetzt mir!»

«Na ja …»

«Keine einzige Anfrage für das Bild bis jetzt. Also einverstanden?»

«Okay.»

«Wie geht es dir?»

«Alles gut. Fühle mich wieder fit. Hattest du unangenehme Reaktionen wegen dem Bild?»

«Nein. Lieber Joël, da passiert auch nichts. Also bleib locker.»

«Soll ich an der Story dranbleiben?»

«Lass mal.»

«Mit den 10 000 kann ich aber nicht überleben!»

«Joël, es ist gut so.»

«Nein, nichts ist gut.»

«Joël, ich habe keinen Job für dich.»

«Was soll ich dann tun?»

«Ich weiss es nicht!»

«Hilf mir, ich habe dir auch geholfen.»

«Na ja, das werden wir noch sehen.»

«Wie meinst du das?»

«Lass gut sein. Ich muss. Tschüss Joël.»

Myrta klickte sich durch die diversen News-Plattformen im Web und stellte erfreut fest, dass ihre Story überall gebracht wurde. Bei «Aktuell Online», der erfolgreichsten Nachrichtenseite der Schweiz, war die Battista-Geschichte die Headline mit anschliessendem langen Artikel und mehreren Zusatzinformationen rund um die Themen Battista, Fröhlicher, Parlinder AG, Pferdesport und Prominente, die sich beim Fremdflirten erwischen liessen. Auch eine Stellungnahme von Battistas Medienchef Gianluca Cottone war aufgeschaltet. Inhalt: Er kommentiere solche Berichte nicht, da dies ein «ungeheuerlicher Angriff auf die Privatsphäre eines Bundesrats» darstelle.

«Genau», sagte Myrta zu sich selbst. «Und auf meine Entschuldigung kannst du ewig warten.»

Myrta schaltete den Fernseher ein und zappte durch sämtliche People-Magazine. Das Schweizer Fernsehen berichtete nur sehr kurz. Myrta war gespannt, was die deutschen TV-Sender bringen würden. Erfreut stellte sie nach gut einer Stunde fest, dass ihre Story zumindest in einem Infoblock erwähnt wurde. Auch wenn das kein einziges, zusätzlich verkauftes Exemplar ihres Magazins zur Folge hatte – im Kampf um die Gunst ihres Geschäftsführers Jan Wigger oder des Verwaltungsratspräsidenten Helmut Zanker höchstpersönlich sammelte sie Punkte. Zudem war sie überzeugt, damit bei den diversen Fernsehanstalten Werbung für sich zu machen: Sie hatte bewiesen, dass sie als Chefredakteurin erfolgreich war.

Als sie sich auf den Heimweg machen wollte, klingelte ihr Handy. Es war Bernd: «Ich gratuliere dir, Myrta, das ist ja eine Story!»

«Danke!»

«Wir haben sie auch gebracht! Hast du gesehen?»

«Ja, nicht in den Nachrichten, sondern im Klatschreport.»

«Klar, in den Nachrichten hat sowas nichts verloren», unterbrach sie Bernd, was Myrta gleich wieder aufregte.

«Natürlich, du News-Star!», sagte sie gereizt.

«Du bist mein Star, ich liebe dich. Du solltest wirklich zu uns zurückkommen.»

«Genau, als ewige People-Tusse.»

«Als Chefin irgendeines Magazins. Und natürlich als Moderatorin.»

«Na ja.»

«Ich bin gleich zu Hause, lass uns morgen telefonieren. Ich liebe dich.»

Klick.

«Ich dich», sagte Myrta leise, «und danke, dass du es geschafft hast, mir einen erfolgreichen Tag zu vermiesen.»

LABOBALE, ALLSCHWIL, BASELLAND

Es war 21.36 Uhr. Phil Mertens war müde. Er hatte den ganzen Nachmittag damit verbracht, die Formeln seiner neusten Forschungsarbeit von Hand abzuschreiben. Sie auszudrucken oder auf einen Datenträgen zu kopieren, hätte die Anwesenheit seiner Chefin Mette Gudbrandsen bedingt. Einen ersten Teil hatte er geschafft. Nun konnte er einfach nicht mehr. Er verstaute die Notizen in seine Mappe. Da er schon am Mittag kontrolliert worden war, ging er nicht davon aus, nochmals überprüft zu werden.

Er fuhr mit dem Lift in die Tiefgarage zu seinem Volvo.

Als er mit der Schlüsselfernbedienung seinen Wagen aufsperrte, traten wieder zwei Sicherheitsleute aus einer Türe und wünschten ihm einen guten Abend.

«Ich wurde schon heute mittag von euren Kollegen kontrolliert.»

«Wir tun nur unsere Pflicht.»

«Wollt ihr mir wieder an den Arsch?», murrte Phil.

Der eine Kerl nahm ihm die Mappe ab und begann sofort, sie auszupacken. Der andere tastete ihn ab und griff in jede Tasche seines Mantels und seines Anzugs.

«Darf ich mich ausziehen?», fragte Phil spöttisch.

«Es reicht», antwortete der Abtaster barsch. Und dann an seinen Kollegen gewandt: «Er ist sauber.»

Dieser hielt Phil Mertens' Notizen in der Hand. «Was ist das?», fragte er den Wissenschaftler.

«Notizen.»

«So, so. Wozu?»

«Ich wollte sie zu Hause überprüfen.»

«So, so. Sie wissen, dass Sie sowas nicht mitnehmen dürfen?»

«Natürlich. Ist auch bloss Zeug, das mir nicht aus dem Kopf ging.»

«Na gut. Wir dürfen Sie damit allerdings nicht gehen lassen. Wollen Sie die Papiere in Ihr Büro zurücklegen?»

Phil Mertens riss dem Typen die Papiere aus der Hand, eilte zurück zum Lift und fluchte laut auf Englisch. Er fuhr in den dritten Stock, überwand sämtliche Sicherheitsschlösser zu seinem Büro, warf die Notizen auf den Schreibtisch und ging wieder zurück in die Tiefgarage.

«Darf ich nochmals?», fragte der Sicherheitsmann, der ihn vorhin schon abgetastet hatte.

«Oh, ich bitte darum!»

Phil Mertens wurde erneut kontrolliert. Der andere Kerl hatte den restlichen Inhalt der Mappe, Zeitungen, Zeitschriften, Agenda, wieder eingepackt und übergab sie ihm: «Einen schönen Feierabend!»

Phil stieg in seinen Volvo und fuhr aus der Garage. Beim Bachgraben hielt er an und kramte sein privates Handy aus dem Handschuhfach. Er schaltete es ein und schrieb unter seinem Pseudonym @spooky77 auf Twitter: «Fuck!»

Kurz darauf kam die Reaktion von @deroberti: «Pub?»

Phil antwortete: «Pub!»

Er fuhr in die Stadt und stellte sein Auto im Heuwaage-Parkhaus ab. Drei Minuten später betrat er «Paddy Reilly's Irish Pub». Das war für einen Engländer wohl eine der unverfänglichsten Adressen in Basel, weil sich in diesem Lokal regelmässig die English Community traf. Auch wenn er von seinem Arbeitgeber beobachtet würde, was Phil mittlerweile nicht mehr ausschloss, würde wohl niemand irgendeinen Verdacht auf Werkspionage hegen. Im Pub war Phil nicht der Wissenschaftler Ph. D. Mertens, sondern einfach Phil.

@deroberti war bereits da. Er hiess natürlich ganz anders und war weder Tessiner noch Italiener, wie der Nickname suggerierte. Phil kannte ihn nur unter dem Namen «Jeff», der vermutlich auch falsch war. Jeff war Amerikaner, darin war sich Phil immerhin sicher. Denn das Englisch, das Jeff sprach, konnte nur von einem Amerikaner stammen.

Phil ging zur Bar, holte sich ein Bier, ein Newcastle Browne Ale, und wurde sofort von anderen Engländern angequatscht. Man kannte sich, wünschte sich ein gutes neues Jahr, parlierte über das Wetter, über Frauen und Fussball.

Phil schaute sich auf dem Bildschirm kurz eine Sportshow an, trank sein Bier aus und ging wieder zur Theke. Er bestellte sich ein neues Newcastle und redete mit einem ihm bekannten Gesicht über seinen Lieblingsclub, den FC Liverpool. Phil merkte jedoch schnell, dass der andere Kerl wohl kein richtiger Fan der Reds war. Um Ärger zu vermeiden, lenkte er das Gespräch in einen allgemeinen Small Talk über britische Sportstars.

«Hi, Phil», sagte Jeff, der plötzlich neben ihm stand.

Der Barmann fragte nach ihren Wünschen. Phil bestellte sich noch ein drittes Newcastle, Jeff eine Whiskey Cola mit wenig Cola.

«Vergiss den Deal», sagte Phil ziemlich leise.

«Warum? Ist doch alles okay. Du hast es geschafft!»

«Ja, aber es geht nicht.»

«Was ist los?»

Der Barmann stellte das Bier und die Whiskey Cola auf die Theke, Jeff bezahlte.

«Cheers!», sagte Jeff und schlug Phil auf die Schulter.

«Meine Firma hat die Sicherheitsstufe erhöht. Ich kann nicht mal mehr handschriftliche Notizen rausschmuggeln.»

«Ist nicht mein Problem.»

«Jeff, vergiss es einfach!»

Der Amerikaner, einen Kopf grösser als Phil, beugte sich zu ihm hinunter und sagte ihm ins Ohr: «Das ist nicht mein Problem. Du besorgst den Kram, gibst ihn mir, und alles ist gut. Lass dir was einfallen, wir haben viel Geld in dich investiert, okay?!»

Jeff umarmte Phil, schnappte seine Whiskey Cola, prostete Phil zu und verschwand irgendwo in einer dunklen Ecke des Pubs.

Phil ging zurück zu seinen Bar-Bekanntschaften und versuchte, so zu tun, als sei alles in bester Ordnung.

Es gelang ihm erst nach drei weiteren Newcastle Brown Ale.

4. Januar

VOLKSWIRTSCHAFTSDEPARTEMENT, BUNDESHAUS, BERN

Das Wort «Labobale» in einem Artikel der Neuen Zürcher Zeitung NZZ verursachte Gianluca Cottone Schwindel.

Er hatte mittlerweile fast sämtliche Tageszeitungen durchgelesen und war bisher recht zufrieden gewesen. Selbst das Massenblatt «Aktuell», bekannt für seinen scharfen Boulevardjournalismus, war mit «seinem» Bundesrat einigermassen schonend umgegangen. Dass ausgerechnet die seriöse NZZ auf dieses schmierige Thema aufsprang und auch noch recherchierte, hatte der Kommunikationsspezialist nicht erwartet.

Als er wieder klar denken konnte, rief er Luis Battista an.

«Gianni, was ist?», meldete sich dieser gereizt.

«Scheisse ist.»

«Los, sag schon, ich bin im Bad am Rasieren!»

«Leg den Rasierer zur Seite, sonst ...»

«Gianni!»

«Die NZZ berichtet über Labobale.»

«Und?»

«In Zusammenhang mit deiner kleinen Schlampe.»

«Gianni!»

«Wo bist du eigentlich? Bei Frau und Kindern?»

«Geht dich nichts an. Also, was ist los?»

«Das noble Weltblatt schreibt unter dem Titel ‹Eine verhängnisvolle Affäre›, Fragezeichen, dass deine Beziehung zu dieser kleinen Schlampe politisch heikel sei.»

«Aha. Schreibt die NZZ. Das ist doch Mist!»

«Mist? Soll ich dir die Passage vorlesen?»

«Fang mal an!»

«Also: ‹Die gestern durch das Peoplemagazin ‹Schweizer Presse› veröffentlichte freundschaftliche Beziehung des Bundesrats Luis Battista zur Tochter des deutschen Unternehmers und

Milliardärs Gustav Ewald Fröhlicher, die von einem Sprecher des Wirtschaftsministers als reine Privatsache kommentiert wurde, wirft etliche Fragen auf. Erst vor sechs Jahren verlegte die von Fröhlicher kontrollierte Parlinder AG ihren Firmensitz von Deutschland nach Liestal, Baselland. Luis Battista, damals Anwalt und SP-Nationalrat, soll den Umzug massgeblich gefördert haben, ein fiskalisches Entgegenkommen der Baselbieter Regierung wurde aber immer vehement abgestritten. Die Parlinder AG habe wegen ihrer Aktivitäten seit längerem die Nähe zu den in der Schweiz ansässigen Rohstoffhandels-, Chemie- und Pharmaunternehmen gesucht, hiess es damals. Auch bei der …»

«Komm auf den Punkt, Gianni, ich habe nicht ewig Zeit», unterbrach Battista.

«Jetzt kommt es: ‹Auch bei der Gründung des unabhängigen Forschungsinstituts Labobale in Allschwil, das immer noch tiefrote Zahlen schreibt, soll der damalige Nationalrat Battista massgeblich beteiligt gewesen sein. Dies ist insofern brisant, da in Wirtschaftskreisen schon lange kolportiert wird, dass Gustav Ewald Fröhlicher durch Mittelsmänner viel Geld aus seinem Privatvermögen in diese Firma einschiesst, da er sich eines Tages den Durchbruch zum äusserst lukrativen Geschäft der Schweizer Pharma-Branche erhofft.›»

Schweigen.

«Und?», fragte Battista.

«Was und?»

«Kommt noch was?»

«Wirtschaftliches Blabla und so weiter.»

«Und was ist nun Scheisse daran?»

«Battista, ich bitte dich!»

«Ich sehe da nicht das geringste Problem. Klag die NZZ ein. Wegen unwahrer Behauptungen oder so. Wir bestreiten alles und sagen kein Wort. Du machst das schon. Ich muss mich jetzt um wichtigere Dinge kümmern. Meine Partei macht mich madig mit ihrem Sozialistengugus. Muss in die Fraktionssitzung, mit diesen Träumern Tacheles reden. Halt mir den Rücken frei.»

Weg war der Bundesrat.

«Du blödes, arrogantes Arschloch», sagte Gianluca Cottone.

REDAKTION «AKTUELL», WANKDORF, BERN

Klack – klack – klack.

Peter Renner hörte Jonas Haberer in seinen Cowboy-Boots schon von weitem kommen. Kurz darauf flog die Türe zum Newsroom auf, Haberer peilte seinen Nachrichtenchef und stellvertretenden Chefredakteur an, klopfte ihm mehrfach auf die Schulter und knallte die NZZ auf den Tisch.

«Pescheli, was ist los mit dir? Lässt dich gnadenlos abtrocknen von der ‹Alten Tante›!»

«Gemach, gemach, alter Haudegen», entgegnete Peter Renner. «Wirtschaft gehört nicht gerade zu unserem Kerngeschäft.»

«Schon gut, Pescheli, war kein Vorwurf. Aber du gehst mit mir einig, dass dieser Stockfischfresser zum Abschuss freigegeben ist. Oder sollte ich besser sagen: Er muss nur noch ins Netz schwimmen. Die Netze hast du sicher schon ausgeworfen, oder?!» Er lachte laut und schlug Peter Renner wieder mehrfach auf die Schulter, so dass dessen massiger Körper regelrecht durchgeschüttelt wurde. Mit dem «Stockfischfresser», dies war Renner klar, meinte Haberer Bundesrat Luis Battista wegen dessen portugiesischer Abstammung und der dortigen Stockfisch- oder eben Bacalhau-Spezialität.

«Es ist bereits alles organisiert: Alexander Gaster und Henry Tussot werden heute Battistas Skilehrer in die Mangel nehmen und …»

«Ha, ich wusste es», unterbrach ihn der Chefredakteur. «Du hast alles im Griff!»

«Natürlich! Sandra Bosone wird im Bundeshaus weibeln, Flo Arber ist unterwegs, das Baselbiet aufzumischen.»

«Sehr gut. Hast du eigentlich schon mit der Tussi telefoniert?»

«Mit welcher Tussi?»

«Ach, der Kleinen von der ‹Schweizer Presse›. Mirabelle, Mirabo oder wie auch immer sie heisst.» Haberer krümmte sich vor Lachen.

«Myrta, sie heisst Myrta Tennemann!»

«Myrta», Haberer lachte immer noch und japste dazwischen nach Luft. «Ja, ja.» Wieder lautes Lachen. «Myrta, wie der Schnaps, Mirto-Schnaps!» Er wischte sich Tränen aus den Augen.

«Nein, ich habe nicht mit ihr geredet», sagte Renner. «Warum, sollte ich?»

«Ach, die weiss doch noch mehr. Wer hat das Foto geschossen? Klär das ab, Pescheli. Den werden wir auch durch den Fleischwolf drehen!»

«Okay!»

«Wir hauen wieder einmal auf die Pauke, was, Pescheli.»

Jonas Haberer lachte nochmals drauflos und verschwand mit schweren Schritten aus dem Newsroom.

Peter Renner wählte die Nummer seines Reporters Alex Gaster.

INN LODGE, CELERINA

Joël räkelte sich in seinem Bett, das endlich kein Spitalbett mehr war. Das Zimmer war einfach, aber modern, mit viel Holz. Es roch auch danach. Joël fand es heimelig.

Er überlegte, ob er nach Hause fahren oder noch im Engadin bleiben sollte. Immerhin würde er in wenigen Tagen 10 000 Franken auf dem Konto haben, er musste sich also nicht allzu schnell um einen neuen Auftrag kümmern. Sein neuer Skianzug und seine neuen Skischuhe waren damit abverdient. Vielleicht gab es auch noch dies und das im Engadin zu fotografieren, obwohl er nicht daran glaubte, noch einen solchen 10 000-Franken-Schuss hinzubekommen.

Schon gestern hatte er sich, als erste Amtshandlung nach der Entlassung aus dem Spital, neben einem neuen iPhone in einem Fotofachgeschäft eine neue Nikon ohne Objektiv erstanden. Das zusammen mit der Kamera entwendete 600er-Objektiv bestellte er und gab seine Heimadresse an. Den Rucksack hatten ihm die Bodyguards glücklicherweise gelassen, die darin verstauten Objektive hatten Joëls Odyssee gut überstanden. Den Diebstahl hatte er bereits der Versicherung gemeldet. Bei der Polizei hatte er angegeben, die Kamera sei ihm wohl von einem der Partyteilnehmer gestohlen worden. Karl Strimer hatte ihn nochmals gefragt, ob er sich nun erinnern könne an den Vorfall. Joël hatte geantwortet, dass er offenbar wirklich zu besoffen gewesen sei und seinen Rettern und dem Herrgott zu danken habe.

Joël stand auf, schaute aus dem Fenster, ein herrlicher Tag, und er beschloss, nochmals auf die Corviglia zu fahren. Allerdings ohne Ski. Denn seine geschundenen Füsse wollte er noch nicht in die Skischuhe zwängen. Zudem schmerzte sein Bein ordentlich. Aber er zog wieder seinen weissen Spyder-Skianzug an, schlüpfte in schwarze Moonboots, fuhr mit seinem Subaru von Celerina nach St. Moritz ins Parkhaus und gondelte danach mit der Standseilbahn hinauf zur Corviglia. Die Leute glotzten ihn wegen des Verbands an der Nase an. Und da seine Augen wegen des Nasenbruchs violett-blau-grün umrändert waren, starrten manche erst recht. Mit einer riesigen Skibrille konnte Joël diese farbenfrohen Stellen etwas verdecken, allerdings schmerzte die Nase. Trotzdem behielt er die Brille auf.

Es war kurz vor Mittag. Die Schneebars waren schon gut besucht, und die Stimmung schien wie das Wetter grossartig zu sein. Joël machte seine Kamera bereit und begann, die Leute zu fotografieren. Dazu musste er allerdings seine Brille jeweils auf die Stirn schieben, sonst hätte er nicht durch den Sucher der Kamera linsen können. Das war ihm zwar peinlich, aber es ging nicht anders. Gekonnt stellte er Paare und kleine Gruppen zusammen, liess sie lachen oder einander mit Champagner oder Bier zuprosten und gab dann jedem seine Karte mit dem Hinweis, dass sie die Bilder später von seiner Website herunterladen könnten, natürlich für ein paar Franken oder Euros. Joël kannte das Metier. Schliesslich war er jahrelang als Partyfotograf für die verschiedensten Internet-Plattformen unterwegs gewesen. Heute arbeitete er auf eigene Rechnung, wie immer, wenn es mit den Aufträgen als Pressefotograf gerade nicht so lief.

Er quatschte mit dieser und jener Skilehrerin. Alle fragten ihn, wo er die letzten Tage gewesen sei, was mit seiner Nase und seinem Bein passiert sei, und er antwortete immer, er habe einen anderen Job erledigen müssen und sei dabei auf die Schnauze gefallen. Das glaubten ihm auch alle, weil es sie nicht wirklich interessierte. Joël kannte die Party-People in- und auswendig, Hauptsache gut drauf und no problems. Alles easy, alles cool, alles mega, alles fun!

Ein etwas molliger Kerl, der im Schlepptau eines Skilehrers und eines anderen jungen Mannes Richtung Restaurant durch den Schnee stapfte, weckte Joëls Interesse. «Das ist doch ...», sagte er zu sich und ging dem Typen entgegen.

«Henry, hey, Henry!», rief er. «Das gibt es doch nicht!»

Der Kerl zog die dunkle, übergrosse Uvex-Skibrille von seinen Augen und entledigte sich seines Helms. Er warf das Zeug in den Schnee und umarmte Joël.

«Merde!», keuchte er immer wieder. «Merde! Das ist wieder mal eine Scheisse, sag ich dir!»

«Hey, Henry. Henry Tussot, Starfotograf bei ‹Aktuell›! Was zum Teufel machst denn du hier? Ferien oder eine geheime Mission?»

«Ich erzähl's dir gleich, diese Scheisse glaubst du mir nie, merde!» Dann rief er dem Skilehrer und dem anderen Typen zu: «Geht alleine essen, ich habe einen Kumpel gefunden, ich bin hier an der Bar.»

«Aber nicht zu viel Alk, Henry», sagte der junge Typ im Walliser Dialekt. «Wir haben noch einiges vor!»

«Vergiss es, ich habe nicht mehr viel vor heute», sagte Henry Tussot leise und hängte sich bei seinem Kumpel Joël unter. «Verdammt, ich brauche jetzt ein Bier!»

Sie bestellten sich je ein Weissbier. Henry leerte das halbe Glas in einem Zug. «Dieser alte Schafseckel jagt uns seit 9 Uhr die steilsten und gefährlichsten Hänge hinunter, natürlich alles Off-

Piste. Und an den Ranzen haben sie mir Lawinensuchgerät, Schaufel und Airbag gehängt. Ich schwitze wie ein Schwein. Merde! Aber wir wollten es ja so. Also mein Reporter Alex und natürlich sein Chef, der Renner, diese verdammte Zecke!»

«Was, die Zecke, die gibt es immer noch?» Joël kannte den Übernamen des «Aktuell»-Nachrichtenchefs, obwohl er diesen noch nie getroffen hatte. Aber in der kleinen Schweizer Journalistenwelt war Peter Renner ein Begriff. Wegen seines massigen Leibs, seines zu klein geratenen Kopfs und seiner Art, sich in Stories zu verbeissen, war Renner für alle nur die Zecke.

«Und wie es die Zecke gibt. Er ist sogar aufgestiegen, Stellvertreter von Chefredakteur Jonas Haberer, auch so ein Tier. Seither ist alles noch viel schlimmer. Ich hetze nur noch von Story zu Story. Merde! Gestern nachmittag sind wir in Bern losgefahren. Endlose Reise. Natürlich haben wir nicht mal ein richtiges Hotelzimmer gefunden, alles ausgebucht, logisch in diesen Tagen. Wir haben da unten in einem verdammten Drecksloch gepennt.»

Henry stürzte den Rest seines Biers hinunter und bestellte Nachschub.

«Und was soll das für eine Story geben?», fragte Joël, der ahnte, weshalb die «Aktuell»-Reporter da waren.

«Wegen diesem dämlichen Bundesrat, der da mit einer Tussi rumgeknutscht hat und sich dabei von einem Paparazzo abschiessen liess, der dämliche Hund.»

«Na und?»

«Du bist gut! Die wollen jetzt alle schmutzigen Details wissen!»

«Der Bundesrat ist längst abgereist.»

«Das stört die Zecke nicht! Der alte Sack, mit dem wir heute diese Tortur machen, ist Battistas Skilehrer, und wir haben die schöne Aufgabe, ihn auszuquetschen, natürlich ohne zu sagen, dass wir Reporter sind. Was für eine Scheissidee!»

«Und, was erzählt er so?»

«Alex, also mein Reporter, der macht das verdammt gut. Quetscht den Alten aus wie eine Zitrone. Der hat uns schon alle

Lieblingsabfahrten des Herrn Bundesrats gezeigt. Dieser fährt offenbar auch gerne neben der Piste. Und ich mache halt Action-Fotos.»

Joël wusste nicht, was er sagen sollte, und nahm einen Schluck Bier. Wenn das Battistas Skilehrer ist, muss er doch dort in der Hütte am Tisch gesessen haben, als ich das Foto von Battista und Karolina Thea Fröhlicher machte, schoss es Joël durch den Kopf. Hat der mich schon gesehen und erkannt? Hat er die «Schweizer Presse» gelesen? Joël wurde es mulmig. Was, wenn dieser Skilehrer die Typen, die ihn vom Sessel gestossen hatten, informierte und auf ihn hetzte?

«Und was machst du hier, Joël?», wollte Henry wissen. «Steigst wieder den Girls hinterher? Und was ist eigentlich mit deiner Nase passiert? Das fällt mir erst jetzt auf! Hast auf die Fresse bekommen, was, du kleiner Spanner!»

VOLKSWIRTSCHAFTSDEPARTEMENT, BUNDESHAUS, BERN

«Ist er da?», bellte Gianluca Cottone ins Telefon, wartete die Antwort aber nicht ab, sondern knallte den Hörer aufs Pult und stürmte aus dem Büro. Seine schnellen Schritte hallten durch die Gänge des Bundeshauses. Schliesslich erreichte er die Bürotüre von Bundesrat Luis Battista und wollte eintreten. Doch der Weibel – ein persönlicher Assistent des Bundesrats, der Kaffee servierte, die Agenda kontrollierte und den Zutritt überwachte – hinderte den aufgebrachten Medienchef daran. Was denn los sei, wollte der Weibel wissen. Cottone schob ihn zur Seite und rief, er wolle unbedingt mit dem Chef reden. Dieser möchte aber seine Ruhe, lautete die Antwort.

Cottone hämmerte an die Türe. «Luis, mach auf, es ist dringend!»

«Ich komme ja», rief Battista durch die Doppeltüre.

Es dauerte noch gut eine Minute, bis der Minister öffnete. Er hatte sein Handy in der Hand.

«Ach, du führst Geheimgespräche», bemerkte Cottone süffisant.

«So ein Quatsch. Wo brennt es denn?»

«Ich versuche, dich schon den ganzen Morgen zu erreichen. Telefon, SMS, Mail – keine Antwort. So geht das nicht!»

«Ich habe dir doch gesagt, dass ich … ach, vergiss es. Was ist los?»

«Was soll ich der Pressemeute bitte schön erzählen?»

«In welcher Sache? Wegen der Fraktionssitzung mit meiner Partei, meinst du? Das sollen die selbst kommunizier…»

«Luis! Luis! Bitte! Ich rede von diesem Artikel in der Neuen Zürcher Zeitung und den über zwanzig Interviewanfragen dazu!»

«Und?»

«Was antworten wir?»

«Nichts. Keine Interviews, keine Kommentare, alles Privatsache.»

«Okay.» Cottone setzte sich in einen der schweren Ledersessel und schaute zum Fenster hinaus.

«Was ist denn noch, Gianni?»

«Nichts. Schönes Wetter.»

«Was?»

«Wie wäre es mit einem Skiausflug mit einer gewissen Dame?»

«Gianni, du überspannst den Bogen. Kapier endlich. Ich war im Engadin in den Ferien, meine Frau reiste mit den Kindern nach Portugal, weil es ihrer Mutter nicht gut ging. Beim Skifahren traf ich die mir flüchtig bekannte Tochter des mit mir durchaus befreundeten Herrn Fröhlicher. Wir machten zusammen einige Abfahrten, und ich legte in absolut freundschaftlicher Manier in einer Skihütte meine Hand auf ihre Hand, wobei uns ein Paparazzo mit dem Handy fotografiert hat und daraus einen Skandal machen wollte.»

«Das ist schon mal was. Warum sagst du das nicht gleich?»

«Was soll da dabei sein?»

«Dann erzählen wir das doch den Journis!»

«Nein, das geht sie nichts an. Sowas ist privat.»

«Klar. Ich verstehe. Ein wahnsinnig heller Journalist oder noch besser eine überaus intellektuelle, vielleicht sogar studierte Journalistin könnte auf die Idee kommen, nachzufragen, warum ...» Cottone sprang plötzlich aus dem Sessel und schritt zu Battistas Pult, der mit seinem Stuhl einen Meter zurückrollte. «... warum der Herr Bundesrat an Weihnachten zwar Zeit hat, ins Engadin zu fahren, nicht aber, seine Frau und seine Kinder zu deren armer, kranker Grossmutter im verarmten Portugal zu begleiten.» Cottone fixierte seinen Bundesrat mit den Augen, das rechte Lid zitterte nervös.

«Du bist irgendwie krank», sagte Luis Battista ganz ruhig. «Du wirst irr, wenn du dich so aufregst.»

Cottone seufzte, marschierte einige Sekunden auf und ab, setzte sich in den Sessel und meinte: «Fröhlicher, Parlinder AG, Labobale, alles nichts?»

«Alles bestens.»

«Kein Techtelmechtel mit Karla Beatrice ...»

«Karolina Thea», korrigierte Battista. «Sie heisst Karolina Thea Fröhlicher, wir hatten einen netten Skitag zusammen, und das war's. Ich glaube, du bist wirklich der einzige, der das nicht begreift oder nicht begreifen will. Auf wessen Seite stehst du eigentlich? Fütterst du die Journis gar selbst mit Fragen?»

Das reichte. Gianluca Cottone stand auf und verliess wortlos das Büro.

CORVIGLIA, ST. MORITZ

Weder Joël noch Henry waren Fotografen, die Geheimnisse lange für sich behalten konnten. In den Gesprächen mit Berufskollegen ging es immer auch darum, mit Erlebnissen beim Gegenüber Eindruck zu schinden. Schliesslich hatten sie alle einmal von einem anderen Leben geträumt. Ob Kriegs- oder Mode-, ob Presse- oder Werbefotograf: Ihre Bilder sollten nur in den besten Magazinen der Welt erscheinen. Doch die Realität sah anders aus.

Henry Tussot war von Joëls Abenteuer jedenfalls fasziniert, auch wenn er den Teil mit dem Sturz vom Sessellift als stark übertrieben einstufte. Das verstauchte Bein kaufte er ihm zwar ab, den 20-Meter-Sturz hingegen nicht. Er ging von 10 Metern aus. Die gebrochene Nase, okay, ein Schlag ins Gesicht war Berufsrisiko.

«Henry, bitte zu niemandem ein Wort, ja?»

«Das kann ich nicht machen, Joël, das ist eine irre Story!»

«Henry, es geht wirklich nicht. Ich werde … Ach, vergiss es!»

Henry fragte penetrant nach. Schliesslich erzählte Joël, wie einer der Kerle plötzlich vor seinem Krankenbett gestanden sei und ihm gedroht habe, ihm an den Kragen zu gehen, falls das Bild des Bundesrats mit Karolina Thea Fröhlicher irgendwo auftauche. Mittlerweile sei es auf dem Titelblatt der «Schweizer Presse» erschienen und werde in allen Zeitungen, Zeitschriften und TV-Sendern und natürlich im Web weiterverbreitet.

«… du kapierst also, dass ich ein wenig Angst habe!», endete Joël.

Henry war schwer beeindruckt.

«Scheisse!», sagte Joël plötzlich.

Vor ihnen standen Henrys Reporter-Kollege Alex Gaster und Skilehrer Jachen Gianola. Joël war sofort klar, dass es der Typ war, der ihm damals in der Beiz verboten hatte zu fotografieren. Er erkannte ihn an den dunklen Augen, den buschigen Brauen, der sonnengegerbten Haut und den weissblitzenden Zähnen.

Auch der Skilehrer schien ihn zu erkennen. Trotz seines Verbands an der Nase.

Sie begrüssten sich mit einem etwas verklemmten «Allegra».

Was tun?, fragte sich Joël.

Glücklicherweise ging gerade eine junge Skilehrerin, die Joël kannte, an ihnen vorbei. «Hey, Carla!», begrüsste er sie und humpelte gleich mit ihr mit.

«Ich ruf dich an, Joël», rief ihm Henry hinterher.

VOLKSWIRTSCHAFTSDEPARTEMENT, BUNDESHAUS, BERN

Der Medienchef von Luis Battista unterhielt sich lange mit einem befreundeten Kommunikationsberater, Tobias Domeisen, der in Basel eine eigene Agentur führte. Dieser hielt die Absicht des

Bundesrats, die Sache auszusitzen, wie Cottone für falsch, bot seinem Freund aber an, er könne jederzeit um Hilfe bitten, wenn die Sache eskaliere. Dass sie eskalierte, war für Tobi Domeisen klar.

Gianluca Cottone schrieb sämtlichen Journalisten, die um ein Interview oder eine Auskunft gebeten hatten, eine Mail und lehnte jede Stellungnahme «zum jetzigen Zeitpunkt» ab. Danach öffnete er in seinem «Medienmitteilungen»-Ordner ein neues Dokument und begann, ein Communiqué aufzusetzen, in dem der Chef des Eidgenössischen Volkswirtschaftsdepartementes EVD, Luis Battista, erklärte, dass er die Veröffentlichung eines heimlich aufgenommen Fotos als Angriff auf seine Privatsphäre verurteile und nicht kommentiere. Da Interviewanfragen in unerwartet grosser Zahl eingegangen seien, habe er sich jedoch entschlossen, Stellung zu nehmen …

Das Telefon klingelte, es zeigte eine unbekannte Nummer an.

«Ja, bitte?», meldete sich Cottone barsch.

«Hier ist Doktor Frank Lehner, Kommunikationschef Parlinder AG», sagte ein Mann in gestochen scharfem Hochdeutsch. Seine Stimme klang selbstbewusst und resolut, aber nicht unsympathisch.

Cottone zuckte zusammen. Dieser Kerl verdiente mindestens 10 0000 Franken mehr als er und fuhr garantiert einen Porsche Cayenne Turbo S mit 550 PS – Cottones Traumauto, das er sich schon mehrfach angeschaut hatte.

«Oh, freut mich, wir haben wohl derzeit eine ähnliche Aufgabe», sagte er ganz freundlich, ein bisschen übertrieben freundlich sogar, wie er selbst fand.

«Ja, das nehme ich an. Äusserst unangenehm. Herr Fröhlicher ist ziemlich aufgebracht. Vor allem, weil wir in einer wichtigen Phase der Umsetzung unserer Unternehmensstrategie sind. Wir sind also alles andere als erpicht, mit solchen Schlagzeilen konfrontiert zu werden, wenn ich das so sagen darf.»

«Natürlich. Wir auch nicht.»

«Gut. Wir werden Ihnen gleich eine Mail zukommen lassen, in der wir unsere Kommunikationsstrategie festgelegt haben. Ich wurde auch schon mit Medienanfragen eingedeckt. Kurz zusammengefasst: Wir werden weder heute noch in Zukunft zu dieser Sache Stellung nehmen. Die Tochter von Herrn Fröhlicher ist informiert und wird in nächster Zeit nicht an öffentlichen Anlässen teilnehmen. Falls die Tonlage der Presse in den nächsten Tagen oder Wochen in Bezug auf unser Unternehmen schärfer würde, müssten wir reagieren und auf Ihre Unterstützung zählen.»

«Natürlich.»

«Gut. Dann verbleiben wir so, dass wir uns alle an dieses Konzept halten.»

«Ähm, ich muss es noch mit Herrn Bundesrat ...»

«Das ist schon geschehen, Herr Bundesrat Battista teilt unsere Meinung.»

«Ah? Okay ...»

«Dann danke ich Ihnen für die Kooperation. Schönen Tag noch, tschüss.»

Gianluca Cottone legte auf, schloss das Dokument, das er begonnen hatte, ohne es zu speichern. Er aktualisierte seine Mails und las das Schreiben des Herrn Dr. Frank Lehner, das mit «Geschätzter Kollege» anfing und bloss wenige Zeilen lang war. Es war unmissverständlich. Konjunktive gab es keine. Die Mail war eher eine Befehlsausgabe.

Cottone musste einige Minuten nachdenken. Ein Unternehmenssprecher hatte ihm gerade diktiert, was er und «sein» Bundesrat zu tun hatten. Gianluca Cottones Krisenkommunikation war definitiv nicht gefragt.

«Mal schauen, um wen es sich da handelt», sagte Cottone zu sich selbst und googelte Frank Lehner im Internet. Er fand eine Menge Links im Zusammenhang mit der Parlinder AG, scrollte nach unten und entdeckte einen Dr. Frank Lehner in den sozialen Netzwerken LinkedIn und Xing. Da Cottone selbst dort registriert war, loggte er sich ein und sah sich Lehners Profile an. Für beide Netzwerke hatte Lehner das gleiche Profil erstellt. Viel mehr erfuhr Cottone nicht. Lehner war Kommunikationschef bei der Parlinder AG, wohnhaft in Oberrotweil, Süddeutschland.

«Du blöder Hund wohnst nicht mal in der Schweiz», murmelte Cottone und durchsuchte das Web nun unter dem Stichwort «Oberrotweil», um zu sehen, wo dieser Ort lag. Vogtsburg, Kaiserstuhl, in der Nähe von Freiburg im Breisgau.

«Ist ja kein Problem, mit 550 PS nach Basel zu bolzen», murmelte Cottone und sah den schnittigen Porsche Cayenne Turbo S vor sich, den er so gerne fahren würde. Laut Katalog in 4,5 Sekunden von 0 auf 100 km/h, Höchstgeschwindigkeit 285 km/h.

Ein Link interessierte ihn, obwohl er nichts mit Dr. Frank Lehner zu tun hatte: «Tierverbrennung einer Sekte?» Es war das pdf-Dokument eines Artikels aus der Badischen Zeitung vom 21. August: *«Reinigungsritual einer Sekte in Oberrotweil?»*, lautete der Titel. Der Lead schilderte, wie eine Familie am Totenberg eine Tierverbrennung beobachtet hatte und mit Schüssen in die Flucht getrieben worden war. Der eigentliche Text begann damit, dass die Familie am Neunlindenturm Sternschnuppen beobachtet und sich zu später Stunde auf den Weg nach Hause gemacht hatte.

Cottone versuchte, die Fakten der Geschichte zu erkennen, fand sie aber nicht auf Anhieb und klickte das Dokument weg.

Er hatte Wichtigeres zu tun.

PIZ NAIR, ST. MORITZ

Auf dem Gipfel holte Skilehrer Jachen Gianola seinen Flachmann aus der Innentasche der Jacke und sagte zu seinen beiden Schützlingen: «Na, auch einen kleinen Schluck?»

Alex nahm keinen. Henry dafür einen grossen. Whiskey pur.

Danach kletterte Gianola beim bronzenen Steinbock über die Absperrungen und forderte Alex und Henry auf, ihm zu folgen.

«Das wird die Abfahrt eures Lebens, Jungs», sagte Gianola. «Ihr müsst einfach beim Einstieg aufpassen. Danach geht es von alleine.»

Sie kraxelten über Steine und Felsen und standen schliesslich vor einem steilen Abhang, einem Couloir.

«Hey, du Spinner, da kannst du mich aber filmen», sagte Henry. «Ohne mich!»

«Noch einen Schluck?»

Henry nahm noch einen sehr grossen Schluck. «Merde! Diese Scheisse! Merde! Warum machen wir das?»

«Allegra, ihr zwei listigen Reporter», meinte Jachen Gianola und lachte. «Ich bin ein fairer Sportsmann: Jetzt zeige ich, was ich drauf habe!»

Alex und Henry schauten sich verdutzt an.

Jachen Gianola stiess sich ab, lachte erst, dann juchzte er und wedelte den steilen Hang hinunter. Rechts – links – rechts, der Schnee stieb, der Alte tanzte.

«Los, Henry, du bist dran.»

«Tsss.»

«Mach dich leicht!»

«Wenn du damit sagen willst, ich sei dick, dann pass mal gut auf, mein Freund: Du hast den Alten zu penetrant ausgefragt, der hat gemerkt, dass wir Journis sind, und jetzt rächt er sich und will uns umbringen.»

«Los, Henry, sei keine Memme. Ich bin bei dir!»

«Merde! Merde! Merde!» Henry stürzte sich in den Abhang. Rechts – links – rechts.

«Super, Henry! Weiter!», rief Alex.

Dann fuhr auch Alex los. Rechts – links – rechts. Er hatte keine Probleme. Es war herrlich. Alex war in den Walliser Bergen aufgewachsen, da konnte ihm auch ein Engadiner Skilehrer nichts vormachen.

Alex hörte noch ein sehr lautes «Merde!», dann sah er eine kleine Schneewolke. Kurz darauf kamen, etwas leiser, drei «Merde!»

Alex wedelte zu Henry und fragte ihn, ob alles in Ordnung sei. Dieser wischte sich den Schnee von der Brille, spuckte Schnee aus dem Mund und versuchte aufzustehen.

«Allegra!», schrie Jachen Gianola von unten. «Nicht stehen bleiben!»

«Leck mich am Arsch!», fluchte Henry.

«Los, komm, wir stehen mitten im Lawinenhang», sagte Alex ruhig, aber bestimmt.

«Ich bring den Kerl um», fluchte Henry. «Und die Zecke auch!»

REDAKTION «SCHWEIZER PRESSE», ZÜRICH-WOLLISHOFEN

«Endlich rufst du zurück!», schimpfte Joël.

Myrta wunderte sich, dass ihr Freund auf den gewohnten Redeschwall verzichtete.

«Ist was passiert?»

«Da ist die Hölle los!»

«Was? Wo bist du?»

«Auf der Corviglia. Pass auf. Ich habe meinen Fotokollegen von ‹Aktuell› getroffen.»

Joël fasste mehr oder weniger zusammen, was er von Henry Tussot erfahren und was er selbst alles erzählt hatte.

«Toll, Joël! Wirklich, das hast du super gemacht!»

«Gut?», fragte Joël irritiert.

Myrta antwortete nicht.

«Nicht gut?», fragte Joël.

«Nein, nicht wirklich. Was, wenn dein lieber Kollege und dessen Reporter alles in die Zeitung bringen?»

«Meinst du?»

«Wie naiv bist du eigentlich?»

«Warum?»

«Echt!», nervte sich Myrta. «Wenn die ‹Aktuell›-Journis erfahren, dass ein Fotograf nach der Aufnahme eines Bundesrats von dessen Leibwächtern oder den Bodyguards seiner Geliebten schier getötet wurde, ist der Skandal perfekt!»

«Ja, und?», fragte Joël.

«Wollten wir das?»

«Ähm, nein, also ich weiss nicht, meinst du, die Typen tauchen wieder auf und machen mich fertig?»

«Mein Gott, Joël, ich hoffe es nicht! Zudem hast du dann die Polizei am Hals. Und die Staats- und die Bundesanwaltschaft! Was glaubst du, was da los sein wird, wenn auskommt, was da oben wirklich passiert ist? Der Bundesrat wird sich doch mit Händen und Füssen wehren, weil er sonst erledigt ist! Hast du denn Beweise, dass du vom Sessellift gestossen wurdest?»

«Was?»

«Eben. Zeugen?»

«Myrta ...»

«Eben. Nichts. Stimmt das alles überhaupt, was du erzählst? Oder warst du einfach betrunken und bist ...»

«Hör auf, Myrta! Du weisst genau, dass ich dir die Wahrheit gesagt habe!»

«Ach, Joël, ja! Aber warum kannst du deine Klappe nicht halten?»

Kurzes Schweigen.

«Und was machen wir jetzt?», fragte Joël vorsichtig.

«Du machst gar nichts», antwortete Myrta resolut. «Ich versuche, das zu regeln!»

CORVIGLIA, ST. MORITZ

Alex musste seinen Fotografen Henry Tussot zurückhalten, damit dieser nicht auf Jachen Gianola losging. Henry wetterte ununterbrochen und beschimpfte den Skilehrer als «dämlichen Bergler». Dieser lachte nur. Schliesslich reichte er ihm die Hand und sagte: «Also, wir nehmen jetzt einen Veltliner, und ich erzähle euch, was ihr wissen wollt.»

Eine Stunde später sassen sie auf der Sonnenterrasse der Alpina-Hütte, tranken Veltliner und assen Salsiz.

«Wie heisst der Typ, mit dem du am Mittag geredet hast?», fragte Jachen Gianola Henry.

«Joël Thommen. Du kennst ihn?»

«Ja, das war der Mann, der den Bundesrat und seine Tussi fotografiert hat. Und als ich dich heute mit ihm reden sah, wusste ich, dass ihr beide Reporter seid. Was sollte das denn werden?»

«Eine Recherche», antwortete Alex.

«Aha. Geheimrecherche, oder was?»

«Zusammentragen von Informationen. Wir wussten, dass du Battistas Skilehrer bist. Deshalb wollten wir einfach ein bisschen mit dir plaudern. Ohne uns gleich als Journalisten anzumelden. Zudem wollten wir Skifahren. War doch ein toller Tag, oder?! Hier ist übrigens dein Honorar.»

Alex übergab Jachen einen weissen Umschlag. Dieser schaute kurz hinein, lächelte, steckte das Couvert in die Brusttasche seiner Skilehrerjacke und bestellte noch einen Veltliner.

«Ihr wisst aber schon, dass das nicht gerade die feine Art ist, oder?»

«Ist einfach ein Deal», sagte Alex. «Skischule plus Infohonorar ergibt das, was im Umschlag ist.»

«Oh, so nennt man das», sagte Jachen und grinste. «Aber von mir wisst ihr nichts.»

«Abgemacht!» Alex und Jachen gaben sich die Hand.

«Und vorher will ich wissen, wie dieser Joël das Foto gemacht hat. Ich habe ihm in der Hütte doch verboten zu fotografieren. Darauf hat er die Kamera weggepackt.»

Henry holte sein Smartphone hervor und spielte damit ein bisschen herum. Der Skilehrer begriff erst, als Henry ihm zeigte, dass er gerade einige Aufnahmen von ihm und anderen Gästen gemacht hatte.

«Alles klar», sagte Jachen. Dann erzählte er von seinen Abenteuern über die Weihnachtstage. Dass er Joël auf Geheiss von Karolinas Bodyguards das Fotografieren verboten habe. Und dass er befürchtet habe, sie brächten ihn um. Henry meinte nur, dass dies fast gelungen sei. Immerhin hätten sie ihn vom Sessellift gestossen!

«Was?», rief Jachen. «Diese Mistkerle! Und dann?»

Henry erzählte, was er von Joël wusste. Da hielt sich Jachen

Gianola nicht mehr zurück. «Luis ist wie ein Schulbub», sagte er. «Seit er mit dieser Karolina rum macht. Er übernachtete bei ihr. Von wegen ein harmloser Flirt! Ha!»

Als einige Stunden später die Sonne hinter den Bergen verschwand, wurde es sofort kalt.

Und Alex' Notizblock war voll.

REDAKTION «SCHWEIZER PRESSE», ZÜRICH-WOLLISHOFEN

«Myrteli, was für eine Freude, wie geht es dir?»

«Jonas! Alles gut. Hast du kurz Zeit?»

«Für dich immer, Myrteli. Willst du dich bewerben?»

Bevor Myrta antworten konnte, musste sie warten, bis Jonas Haberer mit Lachen aufgehört hatte. Sie kannte den Chefredakteur des «Aktuell» eigentlich nur flüchtig und fand seinen Umgangston etwas seltsam. Aber sie hatte schon gehört, dass er ein ziemlicher Kotzbrocken war.

«Pass auf, mein Fotograf hat deinem Fotografen ein bisschen zu viel erzählt. Deshalb bitte ich dich, die Sache nicht hochzuspielen.»

«Wovon redest du? Ich weiss von nichts!»

«Jonas, lass diese Spielchen. Deine Reporter sind im Engadin auf Luis Battistas Spuren. Und wenn deine Reporter irgendwo unterwegs sind, hinterlassen sie meistens verbrannte Erde. Aber lass einfach meinen Reporter weg. Der hat genug Ärger am Hals.»

«Myrteli, ganz cool. Wir sind seriös. Wie heisst denn dein Fotograf?»

«Joël Thommen, er hat das Foto …»

«Oh, Thommeli!» Jonas Haberer lachte wieder laut drauflos. Als er sich etwas beruhigt hatte, sprach er weiter. «Ein blindes Huhn findet auch mal ein Korn, was!» Und wieder prustete er los.

«Jonas, was auch immer ihr schreibt, lass Joël raus, ja?»

«Okay, keine Namen!»

«Nein, gar nichts von dem, was er deinen Reportern erzählt hat. Das gibt Riesenärger!» Myrta wurde wütend.

«Ärger ist cool. Ich liebe Ärger. Aber weil du es bist … Was krieg ich dafür?»

«Bitte?»

«Ein Date?»

Lautes Lachen.

«Myrteli, das war ein Scherz! Ich schau, was sich machen lässt.»

RESAURANT PITSCHNA SCENA, PONTRESINA, ENGADIN

Es wurde ein langer Abend an der Bar des Szenelokals. Jachen Gianola trank mit seinem alten Freund Karl Strimer ein paar Bierchen. Sie waren mit grossem Abstand die Ältesten, um sie herum waren junge Leute, Einheimische und Touristen, die ordentlich Party machten. Jachen war noch immer in seinem Skilehreranzug, Karl Strimer hingegen hatte seine Polizeiuniform gegen Zivilkleidung getauscht. Normalerweise genossen die beiden Herren an solchen Abenden vor allem die Flirts mit deutlich jüngeren Frauen. Heute allerdings hatten sie viel zu erzählen. Vor allem Jachen.

Um 23.06 Uhr verliessen die beiden das Lokal.

«Lass dein Auto stehen», sagte Karl zum Abschied. «Der Alkohol …»

«Natürlich!», antwortete Jachen.

Sie gingen die Strasse aufwärts Richtung Dorfmitte.

«Du weisst schon, dass ich dem nachgehen muss, was du mir berichtet hast», sagte Karl Strimer.

«Sicher.»

Sie gingen noch einige Meter, dann kramte Jachen den Autoschlüssel hervor, öffnete die Türe, stieg in seinen Audi A4 und fuhr los. Im Rückspiegel sah er, wie auch Karl Strimer in sein Auto stieg.

Jachen fühlte sich gut. So viele Jahre schon war er der immer fröhliche, nette, charmante Skilehrer der Prominenz. Doch er war immer ein Würstchen geblieben. Eingeladen wurde er zwar in die ganze Welt, aber nur als origineller, urchiger Mann aus den Bergen. So war es immer gewesen. Dessen war sich Jachen Gianola bewusst. Auch wenn er sich manchmal einredete, dass seine Gäste ihn wirklich mochten und mit ihm befreundet sein wollten.

Jetzt war alles anders.

Er war wirklich jemand.

SEESTRASSE, ZÜRICH-WOLLISHOFEN

Die Wohnung war klein und auch nicht nett. Vom Entree ging es direkt in die Küche oder ins Bad. Rechts und links davon lagen Schlaf- und Wohnzimmer. Quadratisch, praktisch, gut. Weisse Wände, Parkett. Obwohl die Wohnung an der Seestrasse lag, war der Zürichsee nur zu sehen, wenn sich Myrta aus dem Stubenfenster gefährlich weit nach rechts hinauslehnte. Dafür war die Bude für Zürcher Verhältnisse günstig. Sie zahlte 2150 Franken plus 200 Franken für die Garage. Natürlich hätte sie sich bei ihrem Gehalt locker eine Wohnung für 4000 Franken leisten können. Doch Myrta war sich von ihrer Zeit aus Deutschland billige Wohnungen gewohnt. Sie konnte viel Geld auf die Seite legen. Zum ersten Mal in ihrem Leben.

Der Tag war äusserst mühsam gewesen. Langweilig. Sie hatte sich noch immer nicht daran gewöhnt, dass bei einer wöchentlich erscheinenden Zeitschrift alles ein bisschen langsamer ablief als bei einem TV-Sender. Ab 16 Uhr verabschiedeten sich bereits die ersten Mitarbeiter, um 18 Uhr war das Büro meistens leer. Hinzu kam, dass sie als Chefin nicht mehr selbst recherchieren musste und auch keine Entscheide im Minutentakt zu fällen hatte. Oft sass sie an ihrem Schreibtisch und grübelte. Und wenn sie zu viel hirnte, wurde sie depressiv. Das war ein Muster, das sie aus ihrer Jugendzeit kannte, wenn sie in der Schule unterfordert gewesen war. Die Rudolf-Steiner-Schule war zwar toll, aber einen Ansporn, die Beste zu sein, gab es nicht. Ausser beim Theaterspielen vielleicht. Myrta hatte sich heute vorgenommen, Sprechunterricht zu nehmen. Vielleicht hatte Bernd recht, vielleicht sollte sie wirklich wieder zum Fernsehen, vielleicht sollte sie nochmals eine Moderatorinnen-Karriere anstreben.

Abgesehen vom Gespräch mit Jonas Haberer hatte es heute keine einzige Situation gegeben, die sie in irgendeiner Weise gefordert hätte. Das neue Blatt war auf gutem Weg, die Geschichten über die Schönen, Reichen und TV-Promis waren aufgegleist. In der Sache Battista war die «Schweizer Presse» aus dem Spiel, die anderen Medien hatten das Zepter übernommen. Die von Myrta erhofften Anfragen anderer Journalisten zu einer allfälligen Ethik-Debatte waren ausgeblieben.

Myrta war gegen 20 Uhr nach Hause gekommen, hatte einen Salat mit Fertigsauce gegessen und war bereits um 21.30 Uhr zu Bett gegangen. Fünf Minuten später war sie eingeschlafen.

Jetzt war es 23.47 Uhr. Myrta stand mit einer Tasse Tee am Fenster und schaute hinaus. Ausser den Nachbarhäusern, der Weihnachtsbeleuchtung, den Strassenlaternen und den Autos, die vorbeifuhren, gab es eigentlich nichts zu sehen. Aber es wirkte beruhigend auf sie. Da draussen herrschte das normale, reale Leben.

Sie hatte vom Sensenmann geträumt. Einmal mehr. Dieses Mal trug er die Sense aber nicht auf der Schulter, er schwang sie. Er zog auf, liess sie niedersauen. Sie traf den Hals von Mystery of the Night. Drei Mal musste er ansetzen, bis der Kopf des Pferdes endlich vom Hals abgetrennt war und auf den Boden fiel. Blut spritzte, Sehnen und Muskeln zuckten. Der Körper wankte und fiel nach etlichen Sekunden um. Bäche von Blut schwappten stossweise aus dem Hals. Mystery stöhnte und ächzte.

Da war sie aufgeschreckt.

Zu Hause konnte sie um diese Zeit unmöglich anrufen. Ihre Eltern schliefen. Wie Mystery wohl auch. Das heisst, er würde vermutlich in seiner Box stehen, den rechten Hinterlauf angewinkelt haben und ins Leere starren. Vielleicht lag er auch im Stroh. Tot war er sicher nicht. Die Eltern hätten sie angerufen, wenn mit ihrem Pferd etwas gewesen wäre.

Bernd konnte sie auch nicht anrufen. Der schlief wohl bei seiner

Frau. In inniger Umarmung, stellte sich Myrta vor. Hielt er seine Frau so, wie er sie hielt, wenn sie zusammen geschlafen hatten?

Sie könnte Martin oder Joël anrufen.

Oder eine Freundin.

Welche Freundin? Hatte sie überhaupt eine? Zu viele schwere Gedanken.

Myrta rief Martin an.

«Hey, Lucky Luke.»

«Hey.»

«Habe ich dich geweckt?»

«Äh, nein, also nicht eigentlich.»

«Du hast schon geschlafen, oder?»

«Cowboys schlafen nie. Sie dösen höchstens.»

«Oh. Alles klar bei dir?»

«Ja, was sollte nicht klar sein?»

«Wie geht es Mysti?»

«Vor, warte mal, vor fünf Stunden ging es ihm noch gut.»

«Du warst bei ihm?»

«Klar. Myrta, was ist los?»

«Nichts.»

«Nichts? Also was?»

Myrta erzählte ihm von ihrem Albtraum. Davon, dass der Sensenmann in letzter Zeit immer wieder auftauche, dass sie nicht wisse, was das bedeuten solle und sie anfange, sich Sorgen zu machen.

«Du grübelst zu viel. Vermutlich stehst du kurz vor einem Burn-out.»

«Vor einem Burn-out? Wovon denn? Ich sitze in einem bequemen Büro, verdiene einen Haufen Kohle und langweile mich zu Tode. Wovon sollte ich, bitte schön, da ein Burn-out bekommen?»

«Dann eben ein Bore-out. Krank aus Langeweile.»

«Meinst du nicht, das ist ein Zeichen?»

«Was? Dass dich der Sensenmann verfolgt?»

«Ja.»

«Nein. Das ist doch …»

«Das ist kein Quatsch!», unterbrach Myrta.

«Das wollte ich auch nicht sagen. Myrta, du bist einfach in einer schwierigen Situation. Ich denke, der Job stinkt dir ziemlich. Du bist eine Fernseh-Frau, du brauchst Action, du musst im Rampenlicht stehen. Und jetzt hast du da diese Story mit dem Bundesrat und seiner Geliebten gebracht, das war zwar toll, aber nun läuft das in den anderen Medien weiter, und ich denke, da wird viel Dreck geworfen. Und du sitzt in deinem tollen Büro und kannst nichts mehr tun, weil du mit deinem Wochenmagazin nicht mehr eingreifen kannst. Das ist doch eine riesige Umstellung für dich.»

«Du findest also, ich bin am falschen Ort.»

«Ja.»

«Bernd möchte, dass ich zu RTL zurückkehre.»

«Siehst du.»

«Was soll ich sehen?»

«Dass du am falschen Ort bist. Bernd sagt das auch.»

«Ach, der will nur, dass ich wieder bei ihm in Köln bin. Dann hat er leichtes Spiel mit seiner Frau und seiner Geliebten.»

«Du kannst es jederzeit beenden.»

«Danke, das wusste ich gar nicht», sagte Myrta spitz.

«Myrta, was erwartest du von mir?»

«Was soll ich denn von dir erwarten?»

Martin antwortete nicht.

«Hey?», meldete sich Myrta nach einiger Zeit.

«Ja, ich bin da.»

«Sorry, ich wollte dich nicht beleidigen.»

«Hast du nicht getan. Vergessen wir's. Was hältst du davon, wenn wir am Wochenende etwas zusammen unternehmen?»

«Ich weiss nicht …»

«Erst ausreiten, dann Wellness!»

«Klingt gut.» Hatte Martin gerade Wellness gesagt? Myrta staunte. Ein Mann, der Wellness als Ausflug vorschlägt?

«Okay, Jolly Jumper», sagte Martin.

«Okay, lonely cowboy!»

5. Januar

HOLLENWEG, ARLESHEIM

Während Phil Mertens sein Müesli löffelte und eine Ovomaltine dazu trank – das einzige Schweizerische an seinem Lebensstil –, checkte er auf seinem privaten Samsung-Smartphone die Mails. Da viele seiner Freunde in Amerika lebten, bekam er vor allem in der Nacht Nachrichten. Tatsächlich hatte er vier Mails erhalten, drei von Bekannten, mit denen er sich immer wieder mal austauschte. Der eine Freund hatte gerade ein neues Auto gekauft und ein Bild davon geschickt, der andere wollte wissen, wie es ihm so gehe und der dritte kündete eine Europareise an und fragte ihn, ob man sich treffen könnte, wenn er schon in der Nähe sei. Er nehme in drei Tagen in Rom an einem Kongress teil. Phil Mertens sagte ihm ab, weil Rom nicht gerade in unmittelbarer Nachbarschaft zu Basel liegt.

Die vierte Mail zeigte den Empfang einer Meldung via Twitter an. Phil öffnete die Nachricht. Sie war von @Paresatheaven, war in Englisch verfasst und lautete: «Wann habe ich das Material?»

Obwohl diese Nachricht für alle Nutzer der Social-Media-Plattform Twitter auf der ganzen Welt zu lesen war, konnten wohl nur wenige damit etwas anfangen, wahrscheinlich all diejenigen, die den Nutzer @Paresatheaven wie Phil Mertens gelistet also gespeichert hatten. Das war auch der Grund, weshalb Twitter, teilweise auch Facebook und Google+, für das Versenden hochbrisanter Informationen verwendet wurden: In der gigantischen Flut unsinniger Nachrichten gingen solche belanglos scheinende Meldungen völlig unter. Das Restrisiko von verschlüsselten Mails oder SMS, die irgendwo von irgendwem abgefangen und trotzdem entschlüsselt werden konnten, fiel weg. Dies war jedenfalls die Ansicht des Auftraggebers. Und die Abhörskandale und unheimliche Datensammlerei der Geheim- und Nachrichtendienste verschiedenster Staaten gaben ihm recht.

Wer der Auftraggeber war, wusste Phil aber nicht. Doch nun ging er davon aus, dass er vermutlich in den USA sass, weil der Twitter-Eintrag vor gut zwei Stunden verfasst worden war. Aber vielleicht war das auch ein weiteres Ablenkungsmanöver, und der Konzern, der das Material von Phil so sehnlichst erwartete, befand sich irgendwo in Asien oder im Nahen Osten. Oder in Deutschland, gar in Basel.

Unter seinem Nickname @spooky77 schrieb Phil: «Kommt. Wünsche einen schönen Tag.»

@Paresatheaven schrieb zurück: «Subito, my friend!!!»

Dann antwortete auch noch Phils Mittelmann Jeff alias @deroberti: «cheers?»

Phil antwortete nicht mehr darauf.

Es gab keinen Grund für ein «cheers». Er konnte seine Forschungsarbeit unmöglich aus der Firma schmuggeln. Phil hatte den ganzen vergangenen Tag versucht, sich die Formeln zu merken, und einige davon in seiner Agenda aufgeschrieben. So überstand er zwar die Ausgangskontrolle ohne Probleme, aber er brachte die Formeln nicht mehr zusammen.

Als er vor über zwei Jahren auf den Deal eingegangen war, hatte er nie damit gerechnet, dass ihm der Durchbruch gelänge. Bisher hatte er an den regelmässigen Treffen mit Jeff im Pub immer nur von Misserfolgen berichten können.

Was er damals auch nicht gewusst hatte, war die Tatsache, dass Labobale ein enormes Sicherheitsdispositiv aufziehen würde und dieses seit seinem Forschungserfolg ad absurdum führte, so dass er sich plötzlich als Gefangener vorkam. Möglicherweise hatte Labobale Verdacht geschöpft. Oder es ging wirklich um dermassen viel, dass solche Security-Massnahmen unabdingbar waren. Phil tippte auf Letzteres.

Phil Mertens fühlte sich alles andere denn als Spion. Er war einfach nur Wissenschaftler. Zwar zahlte sein anonymer Auftraggeber viel Geld auf ein Konto in Schottland ein, wo Phil und seine Frau Mary ein kleines Haus besassen, und bald würde es noch viel mehr werden. Aber der Hauptbeweggrund war – manchmal musste sich dies Phil auch ein bisschen einreden –, dass er sowas wie ein «Gleichgewicht des Schreckens» herstellen wollte. Es ging zwar nicht um den Kalten oder heissen Krieg, auch nicht um Atomwaffen, aber seine Arbeit konnte zweckentfremdet werden. Phil war sogar überzeugt, dass dies der Fall war. Spannend war sie trotzdem. Aber wenn sie schon missbraucht würde, sollte sich nicht nur ein Unternehmen damit aufrüsten, sondern mindestens zwei. Dann würde es sich auch nicht mehr lohnen, die «little devils», die kleinen Teufel, wie er seine Forschungsarbeit nannte, loszulassen. Diese Philosophie hatte er sich irgendwann zurecht gezimmert. Er war sich allerdings nicht sicher, ob sie wirklich Bestand hätte, würde er sie mal genau analysieren. Bloss nicht zu viel darüber nachdenken.

Phil hatte ein ganz anderes Problem: Wie brachte er BV18m92, seine «little devils», aus dem verdammten Labor?

Phil trank seine Ovomaltine aus und nahm sich vor, auf der Fahrt von seinem Haus ins Labor in Gedanken Plan B nochmals durchzuspielen.

VOLKSWIRTSCHAFTSDEPARTEMENT, BUNDESHAUS, BERN

Um 06.30 Uhr beendete Gianluca Cottone seinen morgendlichen Konsum sämtlicher relevanter – und teilweise auch irrelevanter – Medien. In Bezug auf den Fall Battista war er zum Schluss gekommen, dass die Situation zwar noch nicht katastrophal war, aber kurz davor. Eigentlich konnte nur noch ein Tsunami, ein Terrorakt oder ein Gau in einem Atomkraftwerk alles Weitere verhindern. Als Profi war er sich bewusst, dass der «Fall Battista» alles hatte, was ein Skandal brauchte: Sex, Geld, Macht. In der Regel bedeutete dies für einen Politiker das Ende. Was letztlich der Wahrheit entspricht, spielt dabei keine Rolle: Sobald der Politiker von seinem Amt zurücktritt, würde das kein Schwein mehr interessieren.

Für Gianluca Cottone persönlich gab es zwei Perspektiven: Entweder er sprang rechtzeitig ab, oder er begleitete seinen

Schützling ins Verderben. Die erste Variante war die sichere, die zweite bedeutete Risiko. Sieg oder Niederlage.

Der smarte Kommunikationschef entschied sich für die zweite Variante. Er war sich sicher, clever genug zu sein, um als Sieger das mediale Schlachtfeld zu verlassen.

Um 06.44 Uhr betrat er das Büro von Bundesrat Luis Battista. Dieser machte einen etwas betrübten Eindruck.

«Alles bestens, Luis?», fragte Gianluca Cottone.

«Diese verdammten Journalisten! Was soll das?!»

«Cool bleiben. Ich habe alles im Griff.»

Cottone lieferte eine kurze Zusammenfassung der Medienberichte: «Die meisten seriösen Tageszeitungen ziehen das Thema zwar weiter, aber ohne wirklichen Newswert. Der Tenor lautet: problematisch, aber okay. Allerdings sollten ...»

«Und die Boulevardzeitungen? Die findest du auch okay?», unterbrach Battista.

«Es ist die Aufgabe der Boulevardpresse, ein bisschen frecher zu sein. Allerdings macht mir ‹Aktuell› ein bisschen Sorge.»

«Warum ausgerechnet ‹Aktuell›?»

Tatsächlich hatte «Aktuell» einen relativ harmlosen Bericht abgedruckt. Es war eine Reportage über einen Bundesrat, der sich entspannte und das Leben genoss. Der Fremdflirt mit der Tochter eines deutschen Wirtschaftsführers wurde zwar als «Beweis der Freundschaft» der beiden Länder tituliert. Allerdings gab es im Text etliche Hinweise darauf, dass der Fremdflirt keineswegs so harmlos sei, wie es den Anschein mache.

«Die ‹Aktuell›-Reporter sind im Engadin», begann Cottone. «Die haben sicher mit deinem Skilehrer gesprochen, der ...»

«Was? Mit Jachen?», fuhr Battista dazwischen.

«Natürlich. Da steht doch klar geschrieben, welches Skigebiet dir im Engadin besonders gefällt, welche Pisten, was du zu Mittag isst und so weiter. Woher sollen die das sonst wissen?»

«Aha. Ja. Woher? Ich rufe Jachen an.»

«Bloss nicht!», wehrte Cottone sofort ab. «Du rufst gar niemanden an. Keine Ahnung, wer wo in welcher Leitung sitzt.»

«Was?», sagte Bundesrat Battista. «Jetzt übertreibst du. Wir sind nicht in England oder Amerika. Aber gut. Lassen wir das. Meinst du, Jachen erzählt noch mehr?»

«Wenn er mehr weiss: ja!»

«So, so.»

«Weiss er denn mehr?»

«Na ja ...» Battista zögerte.

«Was weiss er alles?»

«Hör doch auf!»

«Er weiss also, dass du und Karolina Thea Fröhlicher eine Liebesbeziehung habt, weil ihr vielleicht auf der Piste geknutscht habt oder weil sie vielleicht bei dir übernachtet ...»

«Es reicht, Gianni! Ja, ich habe ein Mal bei ihr übernachtet. Ein einziges Mal. Vielleicht auch zwei Mal, aber das tut nichts zur Sache.»

«Im Hotel?»

«Ja.»

«In welchem?»

«Was spielt das für eine Rolle?»

«In welchem?»

«Palace.»

«Oha! Im Palace?»

«Ja.»

«In Badrutt's Palace Hotel, St. Moritz, dem edelsten Haus im Engadin?»

«Ja.»

«Wer hat bezahlt?»

«Wie meinst du das?»

«Na, hast du das Hotel bezahlt? Aus der Privatkasse?»

«Ich habe gar nichts bezahlt.»

«Sie hat dich also eingeladen?»

«Na und?»

«Und wie ist das Foto von euch entstanden?»

«Das war so ein verdammter Paparazzo. Karolinas Leute haben mich noch gewarnt.»

«Karolinas Leute?»

«Ja! Sie hat Personenschützer, weil sie die Tochter des ziemlich vermögenden …»

«Du hast dich also von fremden Bodyguards begleiten lassen?»

«Bitte?»

«Und als der Fotograf das Bild geschossen hatte, was ist dann passiert?»

«Nichts. Er wurde, so hat Karolina mir später erzählt, zurechtgewiesen.»

«Zurechtgewiesen?»

«Ja. Danach hatten wir unsere Ruhe. Bis wir vorzeitig abgereist sind.»

«Vorzeitig?»

«Karolinas Männer wollten das so, weil sie befürchteten, es könnten weitere Fotografen auftauchen.»

«Und wie seid ihr gereist?»

«Mit dem Flugzeug natürlich.»

«Natürlich? Hallo? Du bist bloss Bundesrat, nicht der amerikanische Präsident.»

«Ist ja gut.»

«Ihr seid also vom Engadin nach Bern geflogen?»

«Nein. Vom Engadin nach München. Da hat uns niemand gesehen. Wir flogen mit Fröhlichers Privatjet.»

«Was?» Cottone schnappte nach Luft. «Du hast in einem Privatjet gesessen? Bist du von Sinnen?»

«Warum?»

«Und von München …?»

Battista sagte nichts.

«… wurdest du also von einem Fröhlicher-Chauffeur nach Bern kutschiert. Oder war was in München?»

«Nichts.»

So oder so: Die Situation war schlimmer, als Cottone sie eingeschätzt hatte. Er zweifelte keinen Augenblick, dass die Journaille all diese Details herausbekommen würde.

«Du liebst sie?»

«Es reicht jetzt, Gianni!»

«Scheidung?»

«Gianni! Ich bitte dich!»

«Was sagt deine Frau?»

«Die hat genauso wenig zu sagen wie du, verdammt nochmal!» Battista war laut geworden, stand auf und tigerte in seinem Büro auf und ab. «Was wollt ihr eigentlich von mir? Ich mache einen hervorragenden Job. Der Rest geht euch alle einen Scheissdreck an!»

«Falsch!»

«Du liegst falsch, Gianni! Halt einfach die Klappe!»

«Eine Scheidung könnten wir verkaufen, das wäre sogar super. Du wärst ein richtig moderner, junger Bundesrat, der mitten im Leben steht. So ein Kerl aus dem Volk!»

«Meinst du?», sagte der Bundesrat plötzlich kleinlaut.

«Natürlich! Wir warten ein paar Wochen, geben einige nette Interviews und dann hopps. Das gibt eine tolle Positiv-Kampagne. Vorausgesetzt, deine Frau macht mit. Und du posierst brav mit den Kindern.»

«Aha.»

«Dann hätten wir Ruhe, und keiner dieser Journalisten käme auf die Idee, hinter der ganzen Story eine Verschwörung von Fröhlicher und seiner Parlinder AG zu vermuten oder gar bei Labobale zu graben, obwohl auch dort …»

«Vergiss es. Du hast die Mail von Doktor Lehner bekommen, oder?»

«Seit wann diktiert uns ein Parlinder-Fuzzi, was wir zu tun haben?»

«Gianni, halt dich einfach daran, okay? Ich muss jetzt arbeiten.»

«Nicht mehr lange, mein Lieber», sagte Cottone.

«Wie meinst du das?»

«Früher oder später werden alle reden, alles wird herauskommen. Und noch viel mehr. Ich werde dann nicht mehr da sein. Also wirst du dein Rücktrittsschreiben selber formulieren müssen.»

INN LODGE, CELERINA

«Sind Sie wach, Herr Thommen? Hier ist Karl Strimer von der Kantonspolizei Graubünden. «Es ist wichtig!»

Joël schaute auf die Uhr: Kurz vor 8. Er stand auf, tappte humpelnd zur Türe und öffnete sie einen Spalt: «Was gibt es denn? Können wir das nicht bei einem Kaffee besprechen?»

Zehn Minuten später sassen sie zusammen bei einem Milchkaffee. Karl Strimer erklärte ruhig, dass er an der Alkohol-Geschichte zweifle. Er habe vernommen, Joël sei vom Sessellift gestossen worden. Es komme immer wieder vor, dass Opfer von Gewaltverbrechen im Schock die Tatsachen verdrängten.

Joël war mit der Situation komplett überfordert.

«Ja, ich hätte ... ich ... die wollten mich ... ich sollte krepieren ...», stotterte er nach einer Weile.

REDAKTION «AKTUELL», WANKDORF, BERN

«Wie sind die Zahlen?», fauchte Chefredakteur Jonas Haberer im Sitzungszimmer. Er schaute zu den Mitarbeiterinnen und Mitarbeitern der Online-Redaktion.

«Prima», sagte eine junge Frau zögerlich. Haberer kannte sie nicht.

«Was heisst prima, mein Häschen?»

«Ich bin Meret, sorry, ich habe erst vor einigen Tagen hier angefangen. Ich hatte noch keine Gelegenheit, Sie zu begrüssen. Heute ist mein erster Frühdienst.»

«Also, Häschen, wie sind die Zahlen, die Quoten, die Hits und Klicks und all dieser Online-Scheiss?», fragte Haberer, ohne auf Merets persönliche Vorstellung einzugehen.

«Die Battista-Story ist konstant die Nummer eins. Wir erzielen regelmässig Rekordwerte.»

«Gut! Dann wissen wir ja, was wir zu tun haben», sagte Jonas Haberer in die Runde.

«Wir wollten eigentlich demnächst eine andere Geschichte

gross aufmachen», meldete sich ein junger Online-Redakteur zu Wort, den Haberer auch nicht kannte. «Eine mit mehr Relevanz.»

«Mit mehr was?», fragte Haberer und starrte den jungen Mann an.

«Mit mehr Wichtigkeit, mehr Bedeut...»

«Ich weiss, was Relevanz heisst!», brüllte Haberer. Und fügte säuselnd hinzu: «Was hat denn der Herr mit mehr Relevanz zu bieten, bitte schön?»

«Internationale Menschenrechtsorganisationen bemängeln, dass in der Schweiz sozial Schwache ...»

«Stop!», schrie Haberer. «Du hast noch keinen einzigen Satz zu Ende gebracht und bereits drei Fehler gemacht. Du hast die Begriffe ‹international›, ‹Menschenrechtsdingsbums› und ‹sozial Schwache› benutzt. Wir sind ein Boulevardblatt und keine Gewerkschaftszeitung!»

«Aber Emma Lemmovski hat doch gesagt ...»

«Unsere Verlegerin sagt viel, wenn der Tag lang ist. Ist ihr Geschäft. Wir machen unseres!» Haberer lachte und sagte dann mit normaler Stimme: «Haben das alle Schöngeister begriffen?»

Niemand meldete sich zu Wort.

«Ab heute lassen wir den Weichspüler weg», fuhr Haberer fort. «Ich will alle Details! Am liebsten die schmutzigsten Details. Wann und wo hat es Battista mit dieser Theodora Karla ...»

«Karolina Thea», korrigierte Nachrichtenchef Peter Renner.

«... genau, getrieben und wie lange. Was sagt seine Frau, was seine Schwiegermutter. Alles, einfach alles! Dann müssen wir seine Beziehung zu Fröhlicher und seiner Parlinder AG unter die Lupe nehmen. Da ist sicher etwas nicht sauber.»

«Wir sind dran, aber gestern haben wir noch nichts gefunden», warf der Nachrichtenchef ein.

«Ja, ja, ich weiss, aber da ist etwas, ganz sicher, Pescheli, bleib dran! Heute ist doch Freitag, nicht wahr? Gut, dann werden die Kollegen der Sonntagspresse schon die Messer wetzen. Also meine Lieben, ran an den Speck!»

Jonas Haberer stand auf und wollte gehen.

«Die anderen Themen interessieren dich nicht?», fragte Peter Renner.

«Nein, mach du weiter, bist ja mein Stellvertreter!» Er lachte laut und schlug Peter Renner auf die Schulter. «Ich habe so eine Idee ...»

REDAKTION «SCHWEIZER PRESSE», ZÜRICH-WOLLISHOFEN

Als Myrta von einer Sitzung, in der es um eine Beilage zum Thema Frühlingsbeginn gegangen war, zurückkam, berichtete ihre Assistentin Cornelia Brugger, eine Frau Hochstrasser von Telebasel habe angerufen.

Myrta wurde nervös.

Sie stellte Cornelia innert Sekunden etwa 20 Fragen, ohne jeweils die Antwort abzuwarten. Sie redete einfach. Sie musste reden, um sich zu beruhigen.

Telebasel ist zwar nicht das grosse Fernsehen, sagte sich Myrta, sondern lediglich ein lokaler, privater TV-Kanal, aber es ist Fernsehen!

Fernsehen!

Sofort ging sie in ihr Büro und rief die Dame an. Frau Hochstrasser bedankte sich für den Rückruf und erklärte, die Redaktion wolle Myrta Tennemann gerne zu ihrer Gesprächsrunde «Salon Bâle» am Sonntagabend einladen. Dabei diskutierten jeweils zwei Lokalpolitiker meistens mit einem bekannten Journalisten über drei verschiedene Themen der Woche. Das Hauptthema sei Bundesrat Luis Battista und der Artikel in der «Schweizer Presse». Die Sendung «Salon Bâle» habe ausgezeichnete Einschaltquoten. Myrta kannte sowohl die Sendung als auch die Einschaltquoten aus dem Internet. Sie antwortete, sie müsse einige Termine verschieben und werde sich so bald wie möglich per Mail melden.

Myrta beschäftigte vor allem die Frage, ob nicht noch eine andere, grössere Fernsehanstalt mit ähnlichem Sendegefäss sie für einen Talk anfragen würde. Dann fiel ihr ein, dass sie mit Martin abgemacht hatte. Aber nur vage, sagte sie sich. Und: Vielleicht liess sich beides verbinden.

Eine halbe Stunde später sagte sie Telebasel zu. Sie notierte den Termin in ihre Taschenagenda, einem olivfarbenen Büchlein von Moleskin, wo sie auch die wichtigsten Telefonnummern aufgeschrieben hatte. Myrta misstraute ihrem iPhone. Warum, wusste sie allerdings nicht. Es war einfach Gefühlssache.

Sie umrahmte den Eintrag von Telebasel mit gelbem Leuchtstift.

Fernsehen.

INN LODGE, CELERINA

Joël hatte beschlossen abzureisen. Es war kurz vor 12 Uhr. Erst fünf Minuten zuvor war er vom Polizeiposten zurückgekommen. Karl Strimer hatte ihn nach dem ersten Gespräch beim Kaffee gebeten, ihn auf den Posten zu begleiten, um alles sorgfältig zu protokollieren. Das hatte einige Zeit in Anspruch genommen.

Joël packte seine Sachen und wollte gerade das Zimmer verlassen. Er kontrollierte alles nochmals, tastete seine Jacke ab: Autoschlüssel, Hausschlüssel, Portemonnaie, Handy. Da er dieses auf lautlos gestellt hatte, warf er einen Blick auf das Display. Er hatte fünf Anrufe in Abwesenheit erhalten, immer von der gleichen Nummer. Er rief zurück.

«Ja, hallo?»

«Hier ist Joël Thommen, Sie haben mich gesucht?»

«Oh, Thömmeli, endlich habe ich dich am Draht, hier ist Jonas! Haberer Jonas!»

Joël wusste natürlich, wer Jonas Haberer war. Und er kannte einige Räubergeschichten über den «Aktuell»-Chef. Henry Tussot hatte sie ihm erzählt. Wahrscheinlich hatte Henry übertrieben, aber irgendwie musste der Typ schon ein Spinner sein.

«Ah, hallo», sagte Joël überrascht.

«Alles fit, Thömmeli?»

«Äh, ...»

«Bist noch im Engadin?»

«Ich wollte gerade abreisen.»

«Schlechte Idee. Deine Kumpels Heiri und Lexu sind ja auch noch da oben. Die machen mit dir heute ein schönes Interview, okay?»

«Über was denn? Und wer sind Heiri und Lexu?»

«Henry und Alex, du Basler Läggerli, verstehst kein Berndeutsch?» Haberer lachte laut, beruhigte sich erst nach ein paar Sekunden, und fuhr dann fort: «Also, ich weiss natürlich längst, dass du der Superfotograf mit dem sensationellen Battista-Schuss bist. Hättest das Bild auch mir verkaufen können. Ich hoffe, Myrteli hat dich anständig bezahlt!»

«Ja.»

«Siehste! Und nun zahlt der alte Haberer noch was obendrauf. Was sagst du jetzt?»

«Für was willst du bezahlen?»

«Für deine Story. Du erzählst, was alles passiert ist, wie du vom Sessellift gefallen bist ...»

«Ich wurde gestossen!»

«Eben! Noch besser! Hammer!» Haberer lachte wieder. Dann meinte er: «Battistas Brutalotruppe stiess Fotograf vom Sessellift! So oder anders könnte die Schlagzeile lauten. Mordanschlag des Bundesrats!» Wieder schallendes Gelächter. «Also, ist das okay?»

«Nein, nicht wirklich, ich wollte die Sache nicht an die grosse Glocke hängen. Ausserdem war ich gerade bei der Polizei ...»

«Noch besser! Super, dann wird es amtlich. Sehr gut, mein Junge! Also, ich zahle dir dasselbe für die Story, wie Myrteli dir für das Foto bezahlt hat, okay?»

Joël ging alles ein wenig zu schnell. Ausserdem verwirrte ihn Haberers Geschwafel von «Myrteli», «Heiri», «Lexu» und «Thömmeli». Er konnte sich zwar erinnern, dass ihm Henry mal erzählt hatte, Haberer verniedliche alle Namen, aber dass es gleich so penetrant war, hatte er sich nicht vorstellen können.

«Myrta hat mir 10 000 bezahlt», sagte Joël selbstsicher und ärgerte sich sofort, dass er nicht 15 000 gesagt hatte.

Doch aus dem Handy war nur schallendes Gelächter zu hören.

«Hallo?»

«Du glaubst ja selbst nicht, dass dir unser strammes, deutsches Mädel 10 000 bezahlt hat.»

«Myrta ist Schweizerin.»

«Tssss», machte Haberer. «Ihre Eltern sind Deutsche. Also ist sie es auch. Aber das ist jetzt kein Thema. Also, was glaubst du: Woher soll Myrteli mit ihrem People-Heftli so viel Geld nehmen? Ach, Thömmeli, komm, mach einen vernünftigen Preis!»

«10 000 und alles anonym.»

«Anonym? Ohne deinen vollen Namen? Ohne ein Bild von dir? Keine Chance!»

«9000?»

«Nichts da, Thömmeli. Ich lass mich nicht linken. Am Ende bleibst du auf deiner Story sitzen, weil sie nämlich irgendein anderer ausplaudern wird. Der Skilehrer oder der Polizist oder einer, der es von diesen gehört hat. Nur eine Frage der Zeit, bis meine Jungs die weichgeklopft haben.»

Gelächter. Laut und unangenehm.

Joël sagte nichts mehr. Er konnte Geld gebrauchen. Aber er hatte mit Myrta doch abgemacht, nichts weiter zum ganzen Vorfall zu sagen. Und die Brutalotypen waren auch noch irgendwo …

«Joël!», bellte Haberer plötzlich. Der junge Fotograf erschrak. Nicht wegen der Lautstärke, sondern weil Haberer ihn zum ersten Mal bei seinem Vornamen genannt hatte. «Du gurkst doch schon einige Zeit als Fotograf in der Gegend herum. Mehr schlecht als recht. Ich kenne das. Ihr Fotografen arbeitet viel, werdet schlecht bezahlt, wenn überhaupt, weil jeder Depp heute ein bisschen rumknipsen kann. Ich mache dir jetzt das ultimative Jonas-Haberer-Exklusiv-Angebot: Du erhältst einen unbefristeten Vertrag von ‹Aktuell›, du wirst als ständiger freier Mitarbeiter angestellt, sagen wir für 4000 Franken monatlich, und jeder Mehraufwand wird separat verrechnet. Ha! Jetzt bist du baff, was, mein Junge?»

Haberer brüllte vor Lachen.
Joël war wirklich baff.

LABOBALE, ALLSCHWIL, BASELLAND

Die Stunden zogen sich dahin. Phil Mertens sass in seinem Büro, studierte Formeln und Berechnungen. Oder versuchte es. Denn er war nicht bei der Sache. Er war viel zu aufgeregt. Er freute sich wie ein kleiner Junge.

Plan B war längst keine Notlösung mehr, mit der er die Sicherheitsschranken seiner Firma auszutricksen hoffte. Nein, Plan B hatte ein Gefühl in ihm ausgelöst, das er zuletzt als junger Wissenschaftler gehabt hatte: das Kribbeln kurz vor dem Heureka! Für was oder wen er hier forschte und für wen er gleichzeitig spionierte, war völlig unwichtig geworden. Plan B hatte sich für ihn zu einem spannenden, wissenschaftlichen Projekt entwickelt.

Er wartete bis 18 Uhr.

Dann fuhr er mit dem Lift ins U4, checkte sich im Hochsicherheitslabor ein. In der ersten Schleuse prüfte ein Gerät seinen Fingerabdruck. Zusätzlich musste er seinen Code eingeben und laut das Passwort sagen. Heute lautete es «Sunglasses». Nachdem seine Stimme kontrolliert worden war, öffnete sich die Türe, und Phil konnte die zweite Schleuse betreten. Dort zog er den Spezialschutzanzug an. Eine langwierige Sache. Erst schlüpfte er in ein Paar Latex-Handschuhe, bestreute diese mit Babypuder, damit die zweiten Handschuhe besser über die ersten rutschten. Dann stieg er in den blauen Anzug mit weissen Gummistiefeln und orangem Kopfteil. Er war so konstruiert, dass darin eine künstliche Atmosphäre geschaffen wurde. Dazu ragte am Hinterteil ein blauer Schlauch heraus, der im hermetisch abgeriegelten Labor an eine spezielle Klimaanlage angeschlossen werden musste.

Im Helm war ein Headset eingebaut, mit dem er automatisch mit der Sicherheitszentrale verbunden wurde. Dies war eine zusätzliche Sicherheits- und Überwachungsmassnahme. «Hi!», sagte Phil zum Wachmann, der ihm von nun an zuhörte und ihn am Monitor beobachtete. Vermutlich starrte auch seine Chefin Mette Gudbrandsen gebannt auf ihren Bildschirm. Sie würde wohl in wenigen Minuten hier erscheinen.

Phil Mertens betrat die dritte Schleuse. Hier galt die höchste Sicherheitsstufe. Er musste nochmals seinen Code eingeben, dann konnte er eintreten. Er schloss den Schlauch seines Anzugs an das Klimasystem an und schaltete es ein. Dadurch wurde der Anzug aufgeblasen, und Phil sah aus wie ein Sumo-Ringer oder das Michelin-Männchen. Phil konnte kühle, saubere Luft einatmen.

Er ging zu den Käfigen mit den Ratten. Die Tiere wurden korrekt gehalten, hatten Auslauf und Beschäftigungsmöglichkeiten. Tag und Nacht wurden simuliert, Luft und Temperatur nach einem definierten Ablauf geregelt, sogar künstlicher Wind und Regen wurden erzeugt, um möglichst reale Bedingungen zu schaffen.

Zurzeit herrschte Dämmerung, es war frisch, und ein leichter Wind wehte.

Die rund 100 Tiere in den verschiedenen Gehegen waren in einem sehr unterschiedlichen Gesundheitszustand. In den Käfigen 11 bis 15 waren die Ratten putzmunter. In den Gehegen 1 bis 5 lagen die meisten Tiere apathisch herum. In den Boxen 6 bis 10 lebten deutlich weniger Ratten. Alle Tiere hatten Löcher im Fell und einen dunkelroten Ausschlag an der Schnauze. Phil Mertens wusste, dass in diesen Käfigen rund die Hälfte der Tiere verendeten und jeden Tag von der Tierpflegerin entsorgt wurden. In den Käfigen 16 bis 18 erholten sich die übriggebliebenen Tiere langsam, der Ausschlag ging zurück, und auch das Fell wuchs nach. In den letzten beiden Käfigen waren die Tiere wieder lebhaft.

Phil Mertens ging zur Box 8, packte eine Ratte, die sich überhaupt nicht bewegte, und schaute sich den Ausschlag genau an. Er öffnete ihr Maul. Die Ratte wehrte sich nicht. Phil Mertens spürte aber ihren Herzschlag. Er nahm von einem Tablett ein kleines Operationsbesteck, das aussah wie ein Miniaturlöffel, und stocherte der Ratte im Maul herum. Als er mit dem Löffelchen genug Speichel gesammelt hatte, legte er die Ratte schnell in den Käfig zurück.

Danach ging er mit der Speichelprobe in den Raum nebenan, wo einige High-Tech-Geräte standen, unter anderem ein Hochleistungs-Elektronen-Mikroskop. Er schaltete den Apparat ein und legte die Probe unter die Linse.

«Hallo, kleine Teufel», murmelte er in seinen Anzug und starrte auf den Bildschirm.

So blieb er 20 Minuten sitzen.

Phil Mertens wusste, dass die Kamera oben an der Decke zwar auf den Arbeitsplatz gerichtet war, die Person, die die Geräte bediente, aber nur von hinten filmte. Er schaute seinen Teufeln zu und fand, dass sie irgendwie hübsch aussahen. Er wusste natürlich, dass dies ein absurder Gedanke war. Hatte er etwa Vatergefühle? Er schmunzelte.

Schliesslich nahm er die Probe aus dem Mikroskop. Jetzt musste alles ganz schnell gehen. Er öffnete vorsichtig das Visier seines Schutzanzugs einen Spaltbreit. Er achtete darauf, dass nur wenig Luft aus seinem aufgeblasenen Anzug entwich. Denn wenn der Anzug erschlaffte, könnte man dies natürlich über die Kameras sofort sehen, und es würde Alarm ausgelöst.

Phil nahm das Löffelchen in den Mund, leckte es ab und verteilte die infizierte Speichelprobe der Ratte mit der Zunge in seiner gesamten Mundhöhle. Dann schloss er das Visier wieder. Er sammelte Speichel im Mund und schluckte mehrmals.

Schliesslich stand er auf, schaltete alle Geräte aus und versorgte das Löffelchen und alle anderen Utensilien in den dafür vorgesehenen hermetisch verriegelten Behälter. Er verliess den Raum der Versuchstiere durch eine weitere Schleuse. Dort musste er – noch immer in Vollmontur – eine Peressigsäure-Dusche über sich ergehen lassen, um den Schutzanzug zu desinfizieren. In einer weiteren Schleuse konnte er dann endlich den Anzug ausziehen und ihn in eine Entsorgungsbox legen. Danach ging er zurück in den Normalbereich des Labors.

«Was machst du hier?»

Mette Gudbrandsen hatte ihn erwartet.

«Ach, ich habe noch zu unseren Tierchen geschaut.»

«Warum?»

«Nachdem ich heute alles noch einmal durchgegangen bin, wollte ich wissen, ob die Resultate wirklich stimmen.»

«Und?»

«Alles bestens. Das Krankheitsbild der Ratten entspricht dem Plan.»

«Dann ist ja gut. Der Kunde war übrigens sehr zufrieden mit unserer Arbeit.»

«Oh!», sagte Phil überrascht. «Dann steht dem Millionengeschäft nichts mehr im Wege?»

«Wird vielleicht sogar ein Milliardengeschäft. Wir sollten das eigentlich feiern, oder was meinst du?»

Mette Gudbrandsen kam langsam auf Phil zu.

«Das sollten wir, ja, aber nicht heute, ich muss jetzt los», sagte Phil schnell.

Mette ergriff seine linke Hand und funkelte ihn mit ihren blauen Augen an.

«Ich muss wirklich los», sagte Phil und zog seine Hand weg.

Als er das Labor verliess, war ihm leicht schwindlig.

Es muss die Aufregung sein, sagte er sich.

Oder es liegt an Mette.

Oder doch an seinen Teufelchen? Unmöglich, das kann gar nicht sein!

Der obligate Sicherheitscheck verlief problemlos. Als er endlich in seinem Volvo sass und nach Hause fuhr, entspannte er sich langsam. Der Schwindel war weg. Er öffnete das Fenster und liess die kalte Luft einströmen.

Er atmete tief durch.

Er wusste, dass er bald nicht mehr so frei atmen könnte.

Aber das war nur für eine gewisse Zeit.

«Vorausgesetzt, meine kleinen Teufel tun das, was ich ihnen beigebracht habe», sagte er leise zu sich.

6. Januar

GUTSHOF IM STÄDELI, ENGELBURG BEI ST. GALLEN

Myrta brauchte einige Sekunden, bis sie sich bewusst war, dass ihr iPhone klingelte. In der Annahme, es sei irgendetwas in ihrer Redaktion los, angelte sie sich das Telefon vom Nachttisch und nahm den Anruf entgegen.

«Ja …»

«Frau Tennemann?»

«Ja. Wer ist da?» Myrta setzte sich im Bett auf und strubbelte ihre Haare.

«Cottone, Gianluca Cottone vom Volkswirtschafsdepartement.»

«Oh», sagt Myrta erstaunt. «Entschuldigen Sie. Wir hatten gestern Redaktionsschluss, es wurde ein bisschen spät.»

«Dann sollte ich mich wohl entschuldigen», sagte Cottone äusserst freundlich. «Es ist erst halb sieben Uhr. Ich rufe Sie später an. Lesen Sie aber vorher ‹Aktuell›. Dann werden Sie verstehen, warum ich mit Ihnen reden will. Bis später.»

Wenn jetzt 06.30 Uhr war, hatte sie gerade mal vier Stunden geschlafen. Sie war kurz vor Mitternacht in Zürich abgefahren, hatte zu Hause bei den Eltern noch ein bisschen Fernsehen geschaut und war dann zu Bett gegangen.

Myrta stand auf und holte ihr iPad aus der Tasche. Sie schaltete den Tablet-Computer ein und stieg wieder ins Bett. Sie klickte auf die «Aktuell-Online»-Seite.

Ihr stockte der Atem.

Die Schlagzeile: *«Mordanschlag auf Paparazzo – wegen Battista-Foto!»*

Lead: *«Er machte das Bild seines Lebens – und hätte dafür fast mit dem Leben bezahlt: Der Fotograf, der das intime Bild von Bundesrat Luis Battista mit der schönen, reichen Karolina Thea Fröhlicher schoss, war kurz nach der Aufnahme von Leibwächtern vom*

Sessellift gestossen worden und wäre beinahe erfroren. Jetzt ist auch klar: Es war nicht bloss ein Fremdflirt. Battista hat eine Liebesaffäre.»

Autorenzeile: *«Von Alexander Gaster mit Fotos von Henry Tussot»*

Myrta scrollte nach unten und las den Text. Es war ihr sofort klar, dass Joël seine Geschichte ausgeplaudert hatte. Obwohl sein Name nicht genannt wurde, stimmte jedes Detail mit dem überein, was er ihr erzählt hatte. In der Reportage wurde zudem ein Sprecher der Bündner Polizei zitiert, der lediglich bestätigte, dass der Fall bekannt sei und dass gegen Unbekannt ermittelt werde. Ob auch Luis Battista vernommen werde, könne noch nicht «beurteilt» werden, wie sich der Sprecher ausdrückte.

Die Story war mit vielen Bildern illustriert. Sie zeigten das Bergrestaurant Lej da la Pêsch, wo Joël das Foto gemacht hatte, den Sessellift und sogar die Stelle, an der Joël vermutlich im Schnee gelegen hatte.

Myrta rief Joël an.

«Sag mal, bist du nicht mehr ganz richtig im Kopf? Wie viel hat dir Haberer bezahlt? Hast einfach alles verraten! Die ganze Story! Ich habe bereits Battistas Sprecher am Hals! Das gibt einen riesigen Wirbel! Joël, wir haben abgemacht, dass wir es bei dem einen Bild belassen. Und jetzt dieser Quatsch! Ohne mir irgendwas zu sagen! Du hast mein Vertrauen miss...»

«Darf ich auch mal was sagen, liebe Myrta?», ging Joël dazwischen.

«Nein.»

«Hey, hör mir zu!»

«Wie viel hast du kassiert?»

«Ich habe einen Vertrag bekommen, ist das nicht der Hammer?»

«Du hast dich verkauft, Joël.»

«So ein Quatsch! Die Lawine ist eh nicht mehr zu stoppen. Die Polizei hat mich gestern ausgefragt. Die haben bereits gewusst, dass ich vom Sessellift gestossen ...»

«Weil du einfach deine Klappe nicht halten kannst, Joël! Vermutlich hast du es sämtlichen Skilehrerinnen erzählt, um dich wichtig zu machen!»

«Nein, ich habe es nur dir und Henry erzählt.»

«Henry, dem ‹Aktuell›-Fotografen? Wie blöd bist du eigentlich?»

«Dafür bin ich jetzt als Fotograf angestellt.»

«Gratuliere!»

«Myrta?», sagte Joël kleinlaut. «Meinst du, dass ich mit den Bluthunden dieser Karolina Irgendwas noch Probleme kriege?»

«Nein, natürlich nicht. Das ist das einzig Positive an deiner hirnrissigen Aktion. Die Kerle werden sich hüten, noch was zu unternehmen. Die wollten dir bloss Angst einjagen. Dafür werden wir Probleme mit der gesamten Schweizer Regierung bekommen. Und ob sich das für uns auszahlt, weiss ich nicht. Meine Leserinnen und Leser finden das wahrscheinlich nicht so toll, wenn wir einen Schweizer Liebling demontieren. Joël, wir wollten doch bloss ein kleines Skandälchen, keine Riesen-Skandal-Story!»

«Du vielleicht. Meine Geschichte ist die Wahrheit! Es ist genau so passiert, Ehrenwort!»

«Ich glaube dir, das ist nicht der Punkt!»

«Hast du den Artikel zu Ende gelesen?»

«Ja!»

«Eben. Der feine Battista hat nicht einfach fremdgeflirtet. Der betrügt seine Frau!»

«Ach, das ist eine Behauptung, die wohl sein Skilehrer aufstellt.»

«Und sie stimmt! Myrta, es wird alles rauskommen. Und wir haben es angeschoben! Das ist doch toll!»

«Es wäre toll, wenn ich bei einer anderen Zeitung arbeiten würde oder beim Fernsehen. Aber das alles passt nicht zu diesem lieben, netten Klatschheftli.»

«Was ist denn mit dir los, Myrta? Die ‹Schweizer Presse› ist doch das Tollste, das es gibt.»

«Nein! Es ist stinklangweilig und öde! Ich will weg.»

«Ups!», machte Joël.

Die beiden redeten noch eine Dreiviertelstunde miteinander. Es war ein Gespräch unter guten Freunden. Schliesslich versprachen sie sich einmal mehr, niemals an ihrer Freundschaft zu zweifeln, auch wenn sie aus beruflichen Gründen mal aneinandergerieten.

Danach rief Myrta Gianluca Cottone an. Auch dieses Telefonat dauerte über eine halbe Stunde. Cottone blieb freundlich und sachlich. Er wollte von Myrta wissen, wer der Fotograf sei und was er noch alles erzählen würde. Myrta blieb ebenso freundlich und sachlich, verriet ihm Joëls Namen aber nicht und erklärte, sie könne ihm nicht weiterhelfen.

«Und was wird in der nächsten Ausgabe Ihres Magazins stehen?», fragte Cottone weiter. «Endlich eine Entschuldigung?»

«Nein, wir müssen uns nicht entschuldigen. Wir greifen das Thema natürlich nochmals auf. Allerdings bringen wir eher eine Sammelstory, das heisst, wir zeigen diverse bekannte Leute, die eine Liebesaffäre hatten oder haben.»

«Dann muss ich von Ihnen keinen Dolchstoss befürchten?»

«Lieber Herr Cottone, wir wollen niemanden verletzen oder angreifen. Wir bringen nur Fakten.»

«Natürlich, das sagen alle Journis.»

«Hätten wir das Bild von Herrn Bundesrat Battista einfach in der Schublade versorgen sollen? Es wäre in einem anderen Medium erschienen. Wir waren sehr anständig und haben keine Behauptungen …»

«Natürlich. Auch das sagen alle. Ich hoffe sehr, dass Sie wissen, was Sie angerichtet haben, Frau Tennemann», sagte Cottone schliesslich.

«Gegenfrage: Finden Sie es denn in Ordnung, dass ein Fotograf fast getötet wird, nur weil er ein Foto von Ihrem Bundesrat gemacht hat?»

«Hören Sie, Frau Tennemann, wenn Bundesrat Battista

diese Affäre nicht überlebt, sind einzig und alleine Sie daran schuld! Schönes Wochenende noch.»

Damit war das Gespräch beendet.

Myrta sass immer noch in ihrem Bett. Auf dem Display ihres Telefons sah sie, dass in der Zwischenzeit Martin angerufen hatte.

Und Bernd.

Myrta legte das Handy auf den Nachttisch zurück, kuschelte sich in die Decke und drückte ihr Plüsch-Pferd Black Beauty an sich.

Plötzlich tauchte das Bild wieder auf. Vom Sensenmann, der den Kopf ihres geliebten Mystery abhackte.

7. *Januar*

VOLKSWIRTSCHAFTSDEPARTEMENT, BUNDESHAUS, BERN

Gianluca Cottone sass in seinem Büro und trommelte mit den Fingern auf die Tischplatte. Um 11 Uhr war die Telefonkonferenz mit Bundesrat Luis Battista und dem Kommunikationsleiter der Parlinder AG. Diese hatten sie aufgrund der Artikel in der Sonntagspresse vor zwei Stunden per SMS vereinbart. Cottone hat sich vorgenommen, die Regie dieses Gesprächs zu übernehmen und seinem Kollegen Dr. Frank Lehner eine klare Ansage zu machen. Er, Gianluca Cottone, war der Chef in dieser Angelegenheit.

Um 10.55 Uhr wählte er Battistas Privatanschluss in seinem Haus in Reinach, Baselland. Luis nahm sofort ab. Cottone briefte seinen Bundesrat und betonte mehrmals, sie sollten nun das Zepter in die Hand nehmen. Sie dürften sich nicht von der Parlinder AG auf der Nase herumtanzen lassen. Battista war sofort damit einverstanden, was Cottone ein wenig erstaunte.

«Ist alles klar, Luis?»

«Ja, natürlich.»

«Sind deine Frau und Kinder immer noch …»

«… in Portugal, ja. Und ich weiss nicht, wann sie zurückkommen.»

«Wo sind sie? Bei den Grosseltern?»

«Ich denke schon.»

«Kann man diese finden?»

«Warum?»

«Ich könnte mir vorstellen, dass einige Reporter unterwegs sind.»

«Was? Nein, unmöglich. Meinst du wirklich?»

«Vielleicht sollten wir unseren Botschafter in Lissabon informieren.»

«Nein.»

«Okay. Weiss deine Frau eigentlich Bescheid?»

«Ja.»

«Über alles?»

«Nein. Das Wesentliche. So, jetzt hol diesen Lehner ans Telefon», befahl Bundesrat Battista. «Ich will nicht den ganzen Tag mit diesem Quatsch vertrödeln.»

Gianluca Cottone erreichte Dr. Frank Lehner auf dem Handy und schaltete ihn in die Telefonkonferenz. Lehner begrüsste den Herrn Volkswirtschaftsminister überschwenglich und sagte ihm gleich seine Unterstützung zu.

«Also, Herr Bundesrat, Herr Doktor Lehner» – der Medienchef sprach in Anwesenheit anderer Personen Luis Battista immer mit dessen Titel und per Sie an –, «ich fasse kurz die Berichte der Sonntagspresse zusammen, da Sie wohl kaum dazu gekommen sind, alle Artikel zu lesen. Grob gesagt: Substanzielle Neuigkeiten gibt es nicht. Nach der gestrigen Attacke von ‹Aktuell› konnten ...»

«Was meinen Sie mit Attacke?», unterbrach Dr. Lehner. «Das war einfach ein journalistischer Bericht, der nach meinen Informationen im Wesentlichen stimmt, oder?»

Du arrogantes Arsch, dachte Cottone. «Natürlich», sagte er süffisant. «Ob er stimmt, wissen wir allerdings ...»

«Ist gut, Gianni, äh, Herr Cottone», schaltete sich Battista ein, der offenbar ziemlich angespannt war, wie sein Medienchef registrierte. Denn auch Luis Battista gelang in der Regel der Wechsel vom Du zum Sie reibungslos.

«Die Sonntagsmedien schlachten den Fall genüsslich aus. Aber, wie gesagt, viel Neues steht nicht drin. In den Kommentaren wird Herr Bundesrat Battista eigentlich recht wohlwollend behandelt, er habe ein Recht auf Privatsphäre. Allerdings sei die Nähe zur Unternehmerfamilie Fröhlicher heikel. Es wäre dienlich, wenn der Bundesrat endlich ein klärendes Wort zu dieser Affäre sagen würde. Zudem haben sich auch schon Politiker gemeldet, die eine Aufklärung fordern. Es sind die üblichen Proleten aus dem bürgerlichen Lager, die die Situation natürlich ausnutzen wollen.»

«Danke, Cottone», sagte Luis Battista ruhig. «Wir werden nicht darauf eingehen.»

«Ich finde, wir sollten schon …»

«Nein. Oder was meinen Sie, Doktor Lehner?»

«Das müssen Sie beurteilen, Herr Bundesrat», sagte Dr. Lehner in geschliffenem Hochdeutsch. «Es ist Ihre Privatangelegenheit. Ich kann Ihnen nur raten, jetzt Stellung zu nehmen. Eine kurze Presseerklärung und vielleicht ein Interview in der Tagesschau des Schweizer Fernsehens.»

«Genau, das finde ich auch», mischte sich Gianluca Cottone ein. «Auf die Frage, wer was wie organisiert und bezahlt hat, gehen Sie natürlich nicht ein, Herr Bundesrat.»

«Wie meinen Sie das, Herr Cottone?», fragte Dr. Lehner.

«Der Schlägertrupp, das Hotel, der Flug nach München, die Fahrt von München nach Bern …»

«Entschuldigen Sie, wenn ich Sie erneut unterbreche», warf Lehner ein. «Das mit dem sogenannten Schlägertrupp ist eine Unterstellung. Es weiss niemand, ob die Behauptungen dieses Fotografen wirklich stimmen. Er fiel vielleicht ohne Fremdeinwirkung vom Sessellift. Fakt ist: Frau Fröhlicher ist eine der reichsten Erbinnen Deutschlands. Dass sie Personenschutz braucht, ist selbstverständlich. Die Gefahr einer Entführung oder eines Anschlags ist extrem hoch. Wir von unserer Seite werden aber nichts dazu sagen. Die Polizei soll ermitteln, was da genau passiert ist. Weder von der Familie Fröhlicher noch von offizieller Seite der Parlinder AG wird jemand zu diesem Fall etwas sagen. Es sei denn, es würden plötzlich geschäftsrelevante Fragen gestellt.»

«Welche geschäftsrelevanten Fragen denn?», wollte Battista wissen.

«Ich will damit nur sagen, dass wir Ihnen raten, die Sache wirklich auf privater Ebene zu behandeln. Journalisten haben die unangenehme Art, Leute in die Ecke zu drängen. Da kommt es schon mal zu – wie soll ich sagen – unglücklichen Befreiungsschlägen.»

«Was meinen Sie damit, Doktor Lehner?»

«Ich meine damit, dass gute Journalisten so lange nachhaken und Sie bedrängen, bis Ihnen möglicherweise ein unbedachtes Wort über unsere inoffizielle Zusammenarbeit beziehungsweise gegenseitige Unterstützung bei der ganzen Standortfrage Parlinder AG und Labobale über die Lippen kommt. Hier müssten wir sofort einschreiten, das verstehen Sie sicher.»

Luis Battista sagte nichts darauf. Cottone sprang für ihn ein: «Keine Sorge, wir sind Profis.»

«Bestens», sagte Dr. Lehner. «Dann wär's das für mich. Ich wünsche Ihnen viel Glück.»

Weg war er.

«Und?», fragte Gianluca Cottone nach einer Weile.

«Was und?», meinte Luis Battista gereizt.

«Machen wir ein kurzes Communiqué und einen Auftritt im Fernsehen?»

«Was soll ich denn sagen?»

«Freundschaftliches Treffen mit dieser Dame, nichts weiter, alles andere seien böse Unterstellungen, Sesselliftdrama dir völlig unbekannt, bla, bla, bla.»

«Es stimmt aber nicht.»

«Was stimmt nicht?»

«Gianni … wir haben eine Liebesaffäre.»

«Ihr hattet eine», sagte Cottone sofort und bestimmt. «Schluss ist. Ende. Heim zu Frau und Kindern, mein Lieber.»

«Warum?»

«Warum? Weil du Bundesrat bist. Oder willst du eine Scheidung durchziehen? Das wäre die andere Möglichkeit. Aber eine Affäre geht gar nicht. Und lass dir bitte nie mehr irgendwas bezahlen. Pass auf, was du sonst sagst, Parlinder, Labobale et cetera.»

«Ich weiss nicht …»

«Was weisst du nicht?»

«Ob das alles gut geht.»

«Ich mach das für dich, keine Sorge. Ich bestelle die Fernseh-

Affen auf 18 Uhr 30 ins Büro. Dann sind sie zeitlich im Stress und bleiben nicht ewig.»

«Wenn du meinst.»

«Hey, was ist los, Luis?»

«Nichts.»

«Krise?»

«Sag du es mir, du bist der Kommunikationschef.»

«Sagen wir es mal so: Es ist ein bisschen heikel. Aber ich habe dich schon vor Tagen gewarnt.»

«Werde ich es überstehen?»

«Logisch!»

«Okay. Bin um 18 Uhr im Büro. Was soll ich anziehen?»

«Ein Hemd und den blauen Pullover, den wir für solche Situationen …»

«Ja, ja, ich weiss.»

Cottone legte den Hörer auf und klopfte mit den Fingern wieder auf die Tischplatte. Er war noch nervöser als vor dieser Konferenz.

PARKRESORT, RHEINFELDEN

Martin war tapfer und liess alles über sich ergehen. Nach diversen Saunabesuchen zerrte ihn Myrta durch die verschiedenen Bäder. Vom Solebecken ging es ins Feuer- und Eisbad, von dort unter den künstlichen Tropenregen und weiter zur Alpendusche. Myrta trug einen perfekt sitzenden blauen Badeanzug des Labels Vitamin A. Sie lachte und strahlte.

Nach dem völlig missratenen Samstag tat ihr der Ausflug in die Nordwestschweiz gut. Nicht einmal den Ausritt auf ihrem Pferd hatte sie gestern geniessen können. Sie hatte einfach zu viele Gedanken im Kopf. Am Nachmittag hatte sie lange mit ihrer Mutter gesprochen und ihr dabei offenbart, dass sie sich ihrer Gefühle für Bernd nicht mehr sicher sei. Eva Tennemann war erstaunt. Als ihr Myrta die Geschichte von Bernd und seiner Familie und den eigentlichen Grund ihres Weggangs von Köln schilderte, war Eva regelrecht erschüttert und wütend. Myrta weinte. Eva nahm ihre Hand, später drückte sie Myrta an ihre Brust. Als sich Myrta wieder einigermassen gefasst hatte, rief sie Martin an und fragte ihn, ob er immer noch Lust hätte, mit ihr zu wellnessen und sie später ins Fernsehstudio nach Basel zu begleiten.

So plantschten und lachten sie jetzt zusammen im Bad Rheinfelden. Myrta genoss es, die dunklen Gedanken waren weg. Sie redeten viel Unsinn, nannten sich Lucky und Jolly, nahmen sich hoch, spritzen sich an und nutzten jede Gelegenheit, sich gegenseitig zu betrachten und Blicke auf Körperteile zu erhaschen, die sonst nicht zu sehen waren. So registrierte Myrta, dass Martin zwar einen flachen Bauch hatte, aber kein Sixpack, dafür einen strammen Hintern. Schöne, kräftige Arme mit deutlich sich abzeichnenden Adern hatte er. Und schöne, feingliedrige Füsse. Sie selbst war sich sicher, dass ihr Körper Martin gefiel. Nein, sie war kein Model, aber sie hatte gelernt, ihre Problemzonen zu akzeptieren und ihren Po und ihren recht üppigen Busen – beides gefiel ihr am besten – gekonnt, jedoch unauffällig und nicht billig zu betonen und in Szene zu setzen.

Zwischen den beiden kam es auch immer wieder zu Berührungen, die Myrta erst zusammenzucken liessen. Mal streiften sie sich im Wasser liegend mit den Armen oder mit den Beinen, unter der Dusche gaben sie sich die Hand. Die Berührungen waren längst nicht mehr zufällig, sondern gesucht, erst von Martin, da war sich Myrta ganz sicher, später aber auch von ihr. Und jedes Mal spürte sie diesen zarten Schauer.

Schliesslich lagen sie im Ruheraum. Es war mucksmäuschenstill. Die anderen Badegäste dösten. Auch Martin schlief ein. Myrta fand keine Ruhe. Die Gedanken jagten sich wieder.

Nach zehn Minuten setzte sie sich zu Martin auf die Liege und legte ihre Hand auf seinen Arm. Martin schlug die Augen auf.

«Lass uns gehen», flüsterte sie ihm ins Ohr. «Ich muss mit dir reden.»

Martin reagierte nicht. Er schaute sie nur an.

Dann küsste er sie.

Myrta zog sich erst zurück. Dann erwiderte sie den Kuss. Lange und innig.

Die anderen Gäste wurden unruhig und tuschelten.

VOLKSWIRTSCHAFTSDEPARTEMENT, BUNDESHAUS, BERN

Die Fernsehleute richteten Kamera und Scheinwerfer im Büro des Bundesrats ein. Gianluca Cottone wartete im Flur. Bundesrat Luis Battista erschien mit einer Viertelstunde Verspätung um 18.15 Uhr. Er schlüpfte aus dem Mantel und gab ihn Cottone. Battista trug wie abgemacht den blauen Pulli. Cottone grinste und reichte ihm den Entwurf der Medienmitteilung, in der der Wirtschaftsminister seine freundschaftliche Beziehung zu Karolina Thea Fröhlicher bestätigte, aber nicht weiter darauf einging. Luis Battista las sie durch und sagte dann: «Nein, das geht so nicht.»

Cottone war fassungslos. Immerhin hatte er vier Stunden damit verbracht, die Formulierungen so zu wählen, dass alles möglichst diplomatisch und in Watte verpackt daherkam.

«Also, wo ist das Fernsehen?»

«In deinem Büro.»

«Gut. Gehen wir.»

Battista eilte voraus und begrüsste die Bundeshauskorrespondentin des Schweizer Fernsehens, Martina Sennhauser, und die beiden Techniker.

«Fangen wir an?», meinte Battista.

«Herr Bundesrat, ich habe mit Frau Sennhauser vereinbart, dass sie genau fünf Minuten Zeit hat», sagte Gianluca Cottone.

«Gut. Schiessen Sie los.»

Der Techniker schaltete die Scheinwerfer ein und hielt Battista ein Mikrofon hin. Der Kameramann sagte leise: «Läuft, Martina.»

«In den letzten Tagen wurde in verschiedenen Medien über Sie und Ihre Beziehung zur Unternehmerstochter und Milliardenerbin Karolina Thea Fröhlicher berichtet und spekuliert. Erst heute nehmen Sie dazu Stellung. Warum?»

«Die Berichte in einigen Zeitungen haben ein Ausmass angenommen, das nicht mehr akzeptabel ist. Auch ein Bundesrat hat das Recht auf Privatsphäre, obwohl ich mir natürlich bewusst bin, dass man als Amtsträger durchaus in der Öffentlichkeit steht.»

Prima, dachte Cottone, weiter so, sofort in eine Grundsatzdebatte ablenken!

«Ihnen wird eine Affäre unterstellt.»

«Wie Sie sagen, Frau Sennhauser, ist es eine Unterstellung. Ich darf Ihnen versichern, dass ich zu Frau Fröhlicher wie zur gesamten Familie Fröhlicher einen freundschaftlichen Kontakt pflege. Wir kennen uns schon viele Jahre. Dass ich Frau Fröhlicher im Engadin getroffen habe, war reiner Zufall.»

Innerlich zuckte Cottone, äusserlich blieb er ruhig. Er stand hinter der Kamera und fixierte seinen Bundesrat. Bloss nicht von Zufällen reden, das glaubt dir keiner, Luis!

«Stimmt es, dass Sie die Feiertage nicht mit ... äh ...» Die Journalistin stockte. Cottone jubelte innerlich. Ein Zeichen, dass sie nervös war, dass es ihr wohl unangenehm war, solch private Fragen zu stellen, immerhin war sie Politikjournalistin, keine Peoplereporterin. So will ich es haben, sagte sich Cottone.

«... dass sie nicht mit Ihrer Familie gefeiert haben?»

«Ja, aber das war so geplant. Meine Familie feierte in Portugal mit den Verwandten meiner Frau. Ich selbst hatte einfach zu viel Arbeit, zudem einen Termin im Engadin, an den ich drei Tage Ferien anhängte. Das sollte auch einem Bundesrat vergönnt sein.» Luis Battista lächelte etwas gequält.

Martina Sennhauser ebenso.

Cottone kochte. Welcher Termin? So ein Quatsch.

«Einzelne Medienvertreter und auch Politiker fordern Sie auf, Ihre Beziehung offenzulegen, da diese wegen der Geschäftstätigkeit von Fröhlichers Parlinder AG problematisch sein könnte.»

«Ich möchte diese Vorwürfe nicht kommentieren. Aber es ist klar, dass hier von politischen Gegnern versucht wird, eine Kampagne gegen mich loszutreten, unter Mithilfe einiger Journalisten.»

Battista lächelte nochmals. Martina Sennhauser wollte zur nächsten Frage ansetzen, doch der Bundesrat kam ihr zuvor: «So, das sollte reichen, mehr gibt es wirklich nicht dazu zu sagen.»

Martina Sennhauser widersprach nicht. Sie war sichtlich froh, dass das Interview vorbei war.

Battista verabschiedete sich vom Fernsehteam und eilte zur Tür hinaus. Cottone hinterher.

«Was ist mit der Medienmitteilung?»

«Nichts. Das lassen wir. Wo ist mein Mantel?»

Cottone rannte zur Garderobe und half ihm beim Anziehen.

«Also, bis morgen», sagte Battista und ging mit schnellen Schritten davon.

Cottone ging ins Bundesratszimmer zurück.

«Vielen Dank, Frau Sennhauser.»

«Danke Ihnen. Tut mir leid für diese Fragen, aber die Redaktion beharrte darauf, dass ich sie stelle.»

«Kein Problem.»

Die Techniker räumten das Feld. Martina Sennhauser bedankte sich noch fünfmal und ging dann auch.

Cottone schloss das Büro.

Er ärgerte sich: Nein, das war kein Sieg. Im besten Fall ein Unentschieden.

TELEBASEL, BASEL

Es war über acht Monate her, dass Myrta zum letzten Mal in einem Fernsehstudio gewesen war. Jetzt verliess sie die Maske und wurde von einer Assistentin ins Studio geführt. Sie war aufgeregt. Sie wurde dem Moderator und den zwei Politikern vorgestellt, mit denen sie in den nächsten Minuten über die Themen der Woche diskutieren sollte. Dann setzte sie sich in den Sessel. Der Moderator hiess Jermann, der Politiker links Gerschwiler, ein Bürgerlicher, und jener rechts Huber, ein Linker. Sie kannte die Leute nicht. Sie spielten nicht in ihrer Liga. Lokalgrössen kamen in ihrem Blatt nicht vor. Und keiner von denen hatte auf nationaler Ebene schon von sich reden gemacht. Aber das spielte keine Rolle. Es ging vor allem um sie, um ihr Blatt und um Battista.

Sie spürte die Wärme der Scheinwerfer auf ihrer Haut.

Martin war oben in der Regie.

Die Show konnte beginnen. Live!

Der Moderator begrüsste die Zuschauer zur Sendung «Salon Bâle», der Talkshow am Sonntagabend, und stellte seine Gäste vor. Als das rote Lämpchen an der Kamera, die auf Myrta gerichtet war, aufleuchtete, lächelte sie.

Plötzlich war die Aufregung weg. Myrta war völlig entspannt. Sie schlug die Beine gekonnt übereinander, was nicht ganz einfach war, da sie einen relativ kurzen Rock trug. Sie atmete ganz ruhig. Sie roch den Studiogeschmack. Der leicht blumige Duft neuer Elektronikgeräte. Das Muffige des Dekors. Und die süsslichen Ausdünstungen der Haut durch die Schminke.

Es war herrlich. Bei Myrta machte es klick. Sie war zu Hause.

Die Diskussion begann schleppend. Die beiden Politiker sprachen in praktisch sinnfreien Sätzen, der Moderator überspielte die Unfähigkeit der beiden mit einem charmanten Lächeln und einer kurzen Zusammenfassung dessen, was die beiden hatten sagen wollen. Dann blickte er zu Myrta.

«Die ganze Story um Bundesrat Battista haben Sie mit Ihrem Bericht in der ‹Schweizer Presse› angerissen. Freut Sie das?»

Myrta wartete einen Moment, bis sie im Augenwinkel sah, dass das rote Lämpchen der Kamera leuchtete.

Sie sprach in kurzen, prägnanten Sätzen. Kein einziges Äh. Selbstsicher, locker, professionell. Nein, es freue sie nicht, lieber hätte sie eine schönere Geschichte gebracht, aber Journalisten seien eben der Wahrheit verpflichtet. Sie achtete darauf, dass sie nicht zu schnell redete.

Als sie endete, sah sie die zwei erstaunten Gesichter der anderen Diskussionsteilnehmer. Der Moderator stellte ihr eine Anschlussfrage, die sie ebenso gekonnt beantwortete. Dann stellte sie eine Frage an die beiden anderen Gäste: Ob man sich als Politiker nicht bewusst sei, immer unter Beobachtung zu stehen?

Die beiden schwafelten von Privatsphäre, wobei Gerschwiler, der links sass, aber politisch rechts tickte, die Chance packte und meinte, dass der sozialistische Herr Bundesrat Battista gut beraten sei, wenn er die Sache klären würde. Der linke Politiker beharrte darauf, dass die ganze Geschichte völlig unbedeutend und nicht der Rede wert sei.

Myrta hätte ihn gerne gefragt, warum er denn hier sei. Aber es war nicht ihre Show.

Auch als sie über die beiden anderen Themen sprachen – es ging um die Festtage, die Bedeutung der Religion und um einen wirtschaftlichen Ausblick auf das eben begonnene Jahr –, änderte sich an der Rollenverteilung nichts. Beide Themen interessierten Myrta zwar nur am Rande, trotzdem war sie neben dem Moderator ganz offensichtlich jene, die sich vorbereitet hatte und eine klare Meinung vertrat.

Nach 30 Minuten war Schluss. Die roten Lämpchen auf den Kameras erloschen.

Myrta hätte am liebsten losgeheult.

CHESA CASSIAN, PONTRESINA, ENGADIN

Skilehrer Jachen Gianola nahm nach der Tagesschau des Schweizer Fernsehens eine Flasche Veltliner aus dem kleinen Weingestell im Wohnzimmer. Das Interview mit seinem ehemaligen Gast Luis Battista fand er himmeltraurig. Er wusste schliesslich ganz genau, dass alles gelogen war. Ihm taten vor allem Eleonora, Battistas Frau, und die Kinder leid. Er hatte sie ins Herz geschlossen, und jetzt wurden sie von Luis betrogen. Aber er kannte genug prominente Familien, in denen es ähnlich zu und her ging. So gesehen, war es irgendwie normal.

Als sein Handy schepperte, wollte er erst gar nicht rangehen. Er hatte keine Lust, noch einen Gast für morgen anzunehmen.

Auf dem Display sah er aber, dass es nicht das Skischulbüro war, das ihn anrief, sondern jemand, der die Nummer unterdrückte.

«Bitte?»

«Spreche ich mit Jachen Gianola?» Der Mann sprach den Namen Gianola völlig falsch aus. Er sagte Gia statt Tscha.

«Ja, Gianola, Tscha, wie Tschau, aber sagen Sie doch einfach Jachen.»

«Okay. Hier spricht Doktor Frank Lehner, ich bin ein Mitarbeiter der Familie Fröhlicher.»

«Oha», sagte Jachen.

«Karolina war ganz begeistert von Ihnen, sie schwärmte regelrecht von Ihren Künsten im Schnee.» Dr. Frank Lehner sprach schnell und geschliffen und deckte den alten Skilehrer mit weiteren Komplimenten ein. Erst nach vielen Umwegen über die Faszination der Engadiner Bergwelt kam Dr. Lehner zum zentralen Punkt: Er wolle Jachen Gianola für zwei Wochen Skiurlaub mit Gustav Ewald Fröhlicher und einigen Freunden buchen. Der Termin sei Mitte März, das Geld würde vorher überwiesen, weil bei einem Mann wie Fröhlicher natürlich nie sicher sei, ob er auch wirklich in Urlaub fahren könne.

Jachen blätterte in seiner Agenda, sah, dass er für diese Zeit eigentlich schon Gäste hatte, aber das konnte er umdisponieren. Also sagte er zu. Obwohl ihm die Tochter und deren Begleiterin ziemlich auf die Nerven gegangen waren, würde er immerhin einen der reichsten Männer Deutschlands kennenlernen. Keine schlechten Aussichten.

Dr. Frank Lehner war sehr zufrieden und betonte nochmals, wie sehr sich Herr Fröhlicher freuen würde. Schliesslich meinte er: «Wenn Sie Lust und Zeit haben, kommen Sie doch vorher auf einen Sprung zu uns nach Basel, dann könnten wir uns alle schon mal kennenlernen. Selbstverständlich werden wir für die Reise aufkommen.»

Jachen bedankte sich, er fühle sich sehr geehrt, habe aber leider keine Zeit, da jetzt Hochsaison sei. In all den Jahren hatte er im Umgang mit reichen Menschen gelernt, dass man auf solche Einladungen und Freundschaftsbekundungen vorsichtig reagieren musste, denn meistens waren sie einen Tag später vergessen. Es waren Floskeln, mehr nicht.

«Nun gut, Herr Jachen, dann freuen wir uns. Zum Schluss noch eine kleine Sache: Sie haben gute Kontakte zur Presse, wie ich gesehen habe. Ich bitte Sie …»

«Ich bin diskret, wenn Sie das meinen. Ich weiss nicht, was Sie andeuten wollen.»

«Ach, die Sache mit dem Herrn Minister. Er scheint die Wahrheit irgendwie vergessen zu haben. Ein lieber Kerl, aber er könnte dazu stehen, dass er sich in die schöne Karolina Thea verliebt hat.»

«Oha.»

«Nun, das ist seine Sache. Ist aber nicht ganz fair von ihm, schliesslich hat sie ihn eingeladen, hat extra den Familien-Jet ins Engadin bestellt, damit sie zusammen nach München fliegen konnten, um dort das neue Jahr gebührend zu feiern und so weiter.»

«Potz!»

«Da staunen Sie, Jachen. Aber das schreibt niemand. Das getraut sich die Presse nicht, was?»

«Der hat das doch nicht nötig.»

«Was denken Sie, Jachen! Vielleicht kommt die Wahrheit doch noch ans Licht. Also, Jachen, ich schicke Ihnen sogleich eine Mail und bitte Sie, sie so schnell wie möglich zu bestätigen. Okay?»

Etwas überrumpelt legte Jachen Gianola das Handy zur Seite und startete seinen Laptop auf. Dr. Frank Lehners Mail war bereits eingegangen. Hotel Palace, zwei Personen, zwei Wochen Mitte März, Details würden noch folgen, Honorar: 25 000 Franken.

Jachen Gianola starrte auf die Zahl.

Er trank das Glas Veltliner in einem Zug aus und starrte erneut auf den Bildschirm.

25 000 Franken für zwei Wochen!

Das durfte er keinem erzählen.

Er goss sich ein weiteres Glas Veltliner ein, trank und stellte fest, dass die Zahl immer noch da war: 25 000 Franken.

Plötzlich blinkte eine neue Nachricht auf. Absender war eine nichtssagende Adresse vom t-mobile-Server, die Betreff-Zeile war leer, und auch einen Text gab es nicht. Dafür drei Anhänge. Jachen Gianola öffnete sie.

Die erste pdf-Datei war ein Dokument über einen Flug Samedan – München vom 29. Dezember, Operator Parlinder AG, Passagiere Karolina Thea Fröhlicher und Luis Battista, intern verrechnet durch den Travel-Service der Parlinder AG. Das zweite Dokument war eine von Karolina Thea Fröhlicher unterzeichnete Rechnung des 5-Sterne-Hotels «Bayerischer Hof» über einen Betrag von 13 589.55 Euro für einen Aufenthalt, diverse Mahlzeiten und Room-Service-Bestellungen, darunter mehrere Flaschen Champagner, für die Zeit vom 29. Dezember bis 1. Januar. Die dritte pdf-Datei schliesslich war eine Auftragsbestätigung einer Limousinenfahrt von München nach Bern, Abfahrt 03.30 Uhr, Fahrgast Battista L., intern verrechnet durch den Travel-Service Parlinder AG.

HOLLENWEG, ARLESHEIM

Die kleinen Teufel verhielten sich so, wie es ihr Erzeuger geplant hatte: Sie machten Phil Mertens krank. Die ersten Symptome waren bereits am Samstagabend aufgetreten, doch richtig mies fühlte sich der Wissenschaftler erst am Sonntag. Gliederschmerzen, leichtes Kopfweh, allgemeines Unwohlsein. Fieber hatte er aber noch keines. Mittlerweile zeigte das Thermometer 38.8 Grad an. Zum Kopfweh waren Schwindelanfälle gekommen, was Phil ein bisschen irritierte. Er hatte keinen Appetit, die Mundhöhle war entzündet, an den Lippen entwickelten sich kleine, kreisrunde Ausschläge. Phil notierte den Krankheitsverlauf exakt in seinem Tablet-PC und fotografierte seinen Mund.

Seine Frau Mary sorgte sich um ihn. Da er ihr gesagt hatte, er habe wohl eine Grippe erwischt, kochte sie ihm Tee und Honigmilch, machte Wickel und Fussbäder und gab ihm homöopathische Medikamente. Im Gegensatz zu ihm schwor sie auf natürliche Heilmethoden. Sie arbeitete als Forscherin bei der Naturheilmittelfirma Weleda in Arlesheim, die geprägt war von Rudolf Steiner, dem Gründer der Anthroposophie und der Waldorfschulen. Mary war zwar keine Anthroposophin, interessierte sich aber sehr für diese Lebensphilosophie. Sie arbeitete nicht in der medizinischen Abteilung, sondern im Bereich Kosmetika.

Phil liess sich von seiner Frau mit Essigwickeln behandeln, die Globuli und Tropfen spuckte er aber aus, sobald sie ihm den Rücken zuwandte. Er wollte den Krankheitsverlauf nicht verfälschen. Obwohl er nicht im Geringsten an die Wirkung dieser Kräutermedikamente glaubte – er wollte auf Nummer sicher gehen.

Sein grösstes Problem war jedoch zu verhindern, dass er seine Frau ansteckte. Die kleinen Teufel waren so gezüchtet worden, dass sie nicht nur via Speichel auf eine andere Person überspringen konnten, sondern durch einen simplen Händedruck. Seit Freitagabend trug er deshalb ständig einen Mundschutz und schlief im Gästezimmer, das sich im Souparterre neben Keller und Garage befand. Alles, was er berührte, desinfizierte er sofort. Mary hielt das für total übertrieben und machte sich über ihn lustig.

Jetzt allerdings fing sie an, sich ernsthaft Sorgen zu machen. Denn Phil sah wirklich schlecht aus. Sie machte den Vorschlag, den Arzt zu rufen, doch Phil lehnte dies vehement ab.

Um 21 Uhr bat er seine Frau, ihn nun in Ruhe zu lassen, er sei müde und werde schlafen. Mary wünschte ihm eine gute Nacht und strich unvermittelt mit der linken Hand über seinen Kopf.

«No», sagte Phil laut. «No! Mary, wasch sofort deine Hände und desinfiziere sie!»

«Du bist übergeschnappt, mein Lieber», meinte Mary und warf ihm einen Kuss zu.

Sobald sie weg war, machte er Licht und schrieb via Twitter: «Cheers. It's now or never. Letter box outside the house.»

Dann ging er in den Kellerraum und holte eine grosse Schachtel mit Spritzen, Wattestäbchen, luftdicht verschliessbaren Tüten, kleinen Plastikbehältern und sonstigen medizinischen Utensilien. Zurück im Bett, band er sich mit einem Gummi den linken Oberarm ab, desinfizierte eine Vene und zapfte sich einige Milliliter Blut ab. Er säuberte den Einstich und klebte ein Pflaster drauf. Danach nahm er mit den Wattestäbchen fünf Speichelproben und legte sie in die Tüten. Mit einem kleinen Spiegel begutachtete er nochmals seinen Ausschlag, der schlimmer geworden war, wie ihm schien. Er stocherte mit einer Pinzette darin herum und riss ein Fetzchen für eine Gewebeprobe heraus. Das ziemlich unansehnliche Stück legte er ebenfalls in eine Tüte. Da er nun am Mund blutete, musste er auch hier ein kleines Pflaster anbringen. Zum Schluss urinierte er in ein Glas. Er beschriftete alles und legte die Proben in eine Plastikbox. Auf einen Zettel schrieb er: «Bitte Vorsicht, hohe Ansteckungsgefahr, nur im Labor und in Schutzanzug öffnen.» Box und Zettel deponierte er in einem kleinen Metallkoffer, der dick isoliert war. Es war ein medizinischer Behälter für Blut- oder Organtransporte. Das ganze Material hatte er sich vor Monaten für viel Geld gekauft, als er seinen Plan B ausheckte. Schon damals hatte er Bedenken, dass es schwierig werden dürfte, aus seiner Firma Forschungsunterlagen hinauszuschmuggeln. Dieser Fall war nun eingetreten, aber Phil Mertens war darauf vorbereitet gewesen.

Er huschte durch die Garage hinaus in die Kälte, stellte den Koffer unter den Briefkasten und rannte zurück. Er geriet schnell ausser Atem, keuchte und schwitzte. Er konnte nur noch sehr langsam gehen. Es wurde ihm wieder schwindelig. Fast hätte er einen Hustenanfall bekommen, konnte ihn aber unterdrücken. Phil fürchtete, seine Frau würde zum Fenster hinausschauen oder zu ihm ins Gästezimmer hinuntersteigen. Mit grossem Kraftaufwand schaffte er es in die Garage, ging zitternd zurück ins Bett und wartete.

Nun haben sie endlich, was sie wollen, dachte Phil. Der Kampf kann beginnen! Der Spionage-Coup war ihm gelungen. Das freute ihn. Bald müsste das Geld auf seinem Konto sein.

Viel mehr Freude aber hatte er an seinen «little devils». Tatsächlich hatte er es geschafft, die Viren so zu manipulieren, dass sie offensichtlich problemlos vom Tier auf den Menschen übertragbar waren. Ein ebenso grosser Erfolg war, dass sie ihn tatsächlich krank machten, ziemlich krank sogar, und dass sie einen hässlichen Ausschlag entstehen liessen. Die Schwindelanfälle waren ausser Plan, aber das war vielleicht nur eine Nebenerscheinung. Auch die plötzliche Atemnot bei geringer Anstrengung sollte eigentlich beim Menschen – im Gegensatz zu den Ratten – nicht auftreten. Möglicherweise lag es an seiner körperlichen Verfassung. Allerdings war er mit seinen 50 Jahren bei guter Gesundheit, und fit war er auch. Dieser Fakt bereitete ihm Sorge, da so für ältere Menschen schon eine gewisse Gefahr bestehen könnte.

Er notierte alles in seinen Tablet-PC und löschte das Licht.

Plötzlich hörte er ein Auto vorfahren. Es war 22.30 Uhr. Er schaute zum Fenster hinaus, sah einen Mann aussteigen, der zum Briefkasten ging, den Koffer nahm, einstieg und losfuhr.

Phil Mertens versuchte einzuschlafen.

Etwa eine Viertelstunde später hörte er, wie seine Frau die Türe öffnete. Er stellte sich schlafend. Mary schloss die Türe wieder und ging hinauf.

Plötzlich begann sie, laut zu husten.

«Shit», fluchte Phil leise.

HOTEL TEUFELHOF, BASEL

Sie waren längst die letzten Gäste. Der Kellner hatte schon mehrmals gefragt, ob sie noch etwas wünschten. Nein, sie wünschten nichts mehr.

Es war Myrtas Idee gewesen, nach ihrem Auftritt essen zu gehen. Dank ihres Magazins kannte sie den Teufelhof, er war erst kürzlich vorgestellt und empfohlen worden. Sie hatten drei Gänge gegessen, Myrta vegetarisch. Dazu hatten sie eine Flasche Rotwein getrunken. Das heisst vor allem Myrta. Jetzt war sie beschwipst. Martin hatte sich entschuldigt. Er müsse noch fahren, Basel–St. Gallen sei eine ziemlich lange Strecke. Sie hatten viel geredet, vor allem über die vergangenen Jahre, in denen sie sich nicht gesehen hatten. Myrta hatte auch über Bernd gesprochen und Martin offenbart, dass sie Mühe habe, noch weiter an diese Beziehung zu glauben, da Bernd sich wohl nie von seiner Familie trennen würde. Martin war nicht gross darauf eingegangen, pflichtete ihr aber vorsichtig bei. Er selbst gab einige Frauengeschichten zum Besten und erwähnte eine gewisse Barbara, die unbedingt reiten lernen wollte, es aber auch nach zig Stunden nicht schaffte, das Tier vom Schritt in den Trab zu bringen. Myrta lachte herzhaft. Auch im Bett sei sie keine Granate gewesen, sagte Martin. Myrta kicherte darauf wie ein Teenager.

Martin erzählte auch, dass sich Karolina Thea Fröhlicher bei ihm umgeschaut habe, weil sie an einem Pferd interessiert gewesen sei. Zum Handel war es dann aber doch nicht gekommen. Myrta wollte wissen, was er von ihr hielt. Martin erklärte, sie sei nett, kenne sich mit Pferden bestens aus und wirke sehr natürlich. Und nein, er habe nichts mit ihr gehabt. Myrta lachte auch über diese Story.

Der Kellner näherte sich erneut ihrem Tisch. Martin verlangte die Rechnung, was dem Kellner ein breites Lächeln ins Gesicht zauberte.

Als er zurückkam, fragte Myrta: «Das ist doch ein Hotel. Haben Sie ein Zimmer frei?»

Martin guckte sie mit grossen Augen an.

Der Kellner verschwand und kam mit einem Schlüssel zurück.

«Super», sagte Myrta, «dann nehmen Sie die Rechnung aufs Zimmer. Wir bezahlen morgen früh alles zusammen.»

Als der Kellner mit der Rechnung abgezogen war, flüsterte Martin: «Was wird das?»

«Heute nacht bist du definitiv kein lonely cowboy.»

Sie stand auf und nahm Martin an der Hand. Der Kellner führte die beiden in den zweiten Stock, Zimmer 203, öffnete die Türe und fragte, ob es in Ordnung sei. Es war alles in Ordnung.

Kunstvoll eingerichtet, Gemälde mit kräftigen Farbtönen an den Wänden, ein grosses Doppelbett mit roter Bettwäsche. Sie schlüpfte aus ihren schwarzen, hohen Pumps, war dadurch wieder sehr viel kleiner als Martin, und schlang die Arme um ihn.

«Du wolltest doch mit mir reden, hast du erwähnt im Bad Rheinfelden», sagte Martin und umarmte sie nun auch. «Über was wolltest du denn reden?»

«Das hat Zeit», sagte Myrta. «Schweige jetzt einfach, cowboy.»

In dieser Nacht träumte Myrta weder vom Sensenmann noch vom verletzten Mystery of the Night.

8. Januar

HOLLENWEG, ARLESHEIM

Um 06.30 Uhr schrieb Phil Mertens eine Mail an seine Chefin Mette Gudbrandsen und meldete sich krank. Er habe eine heftige Grippe erwischt und werde wohl die nächsten Tage ausfallen. Dann ging er ins Bad und betrachtete sich im Spiegel. Er erschrak. Der Ausschlag war grösser geworden. Die roten Pickel hatte er nicht nur rund um den Mund, sondern auch an der Nase und an der Stirn. Er drückte daran herum. Die Pusteln schmerzten. Er spürte auch, dass er am rechten Augenlid demnächst einen Pickel bekäme.

Er sah furchterregend aus.

Phil Mertens hatte zwar gewusst, dass die Krankheit einen Ausschlag auslösen würde, schliesslich litten auch seine Versuchstiere darunter. Dass es allerdings so schlimm würde, erstaunte ihn. Noch mehr beunruhigte ihn, dass er nicht die geringste Erklärung dafür hatte, warum der Ausschlag so heftig war.

Er fotografierte sein Gesicht, ging zurück ins Gästezimmer, überspielte die Pics auf den Tablet-PC und notierte detailliert den weiteren Krankheitsverlauf. Er mass sein Fieber: 37.9 Grad.

Etwas tiefer als gestern abend. Allgemeines Befinden: leichte Verbesserung zum Vortag.

Danach zog er den Bademantel an und stieg die Treppe hoch. Er hatte Mühe, konnte kaum noch atmen. Alles drehte sich. Phil blieb stehen und versuchte durchzuatmen. Die Lunge tat ihm weh. Er wartete drei Minuten, dann nahm er die nächste Stufe. Er spürte den Puls in seinem Kopf und am Hals. Er musste husten. Als er endlich oben angekommen war, vernahm er ein Stöhnen und Röcheln. Er ging zum Wohnzimmer. Auf der Couch lag seine Frau. Sie war bekleidet. Ist sie schon aufgestanden, fragte er sich. Oder hat sie es am Abend gar nicht bis ins Bett geschafft?

Als er bei ihr war, setzte er sich zu ihr aufs Sofa und legte seine Hand auf ihre Stirn. Sie glühte. Um ihren Mund hatte sie den gleichen Ausschlag wie er.

«Mary, was ist los?»

Mary bewegte die Lippen, sie brachte aber nur unverständliche Laute heraus.

«Mary?»

Sie röchelte.

Phil bekam Angst.

Er schleppte sich in die Küche, holte ein Glas, füllte es mit Wasser und ging zurück zu seiner Frau. Er gab ihr zu trinken. Mary schluckte. Langsam. Aber immerhin nahm sie etwas Flüssigkeit zu sich, stellte Phil erleichtert fest. Noch einen Schluck. Und noch einen.

Danach war er so erschöpft, dass er sich auf den Boden legen musste. Alles drehte sich um ihn. Mary stöhnte und röchelte wieder.

Es wird vorbeigehen, sagte er zu sich. Er wusste es.

Er musste es ja wissen.

REDAKTION «AKTUELL», WANKDORF, BERN

Im Newsroom waren ausser Nachrichtenchef Peter Renner, der Zecke, auch Bundeshauskorrespondentin Sandra Bosone und

Wirtschaftsredakteur Flo Arber anwesend. Reporter Alex Gaster und Fotograf Henry Tussot nahmen via Telefon an der Redaktionssitzung teil. Beide waren im Engadin. Ebenfalls aufgeschaltet war Joël.

«Guten Morgen», begann Peter Renner. «Erst möchte ich Joël Thommen begrüssen. Er ist seit heute neu im Team. Er ist Fotograf und wird uns als Erstes in der Battista-Story unterstützen. Das Ganze ist ja eigentlich seine Story.»

«Hey, Joël», sagte Henry, «geil, dass du da bist!»

Auch die anderen begrüssten ihn freundlich.

«Also, nach dem gestrigen Auftritt unseres Bundesrats Battista am Fernsehen gibt es viel Arbeit für uns. Denn der sehr verehrte Minister hat nicht wirklich etwas gesagt. Alles Blabla. Hat irgendjemand von euch Neuigkeiten?»

«Ja», meldete sich Alex Gaster. «Jachen hat sich gemeldet, er …»

«Jachen?», fragte Renner.

«Jachen Gianola, Battistas Skilehrer. Er will sich in einer Stunde mit uns treffen. Er habe interessante Unterlagen für uns.»

«Was für welche?»

«Das wollte er nicht verraten. Es gehe um Battistas Reisen. Klingt nicht schlecht, finde ich.»

«Und was verlangt er von uns?»

«Keine Ahnung.»

«Geld gibt es keines, gell, Alex!»

«Klar.»

«Höchstens ein weiteres Infohonorar. Sonst noch Neuigkeiten?»

Da keiner von Renners Recherche-Truppe etwas zu berichten hatte, verteilte der Nachrichtenchef die Aufgaben. Sandra Bosone sollte alle politischen Kanäle abklappern, Alex und Henry sollten sich in die Unterlagen des Skilehrers einarbeiten, und Flo Arber bekam den Auftrag, alles über Battistas Vorgeschichte in Basel und Baselland zu recherchieren und die Hintergründe der Parlinder AG und der Labobale auszuleuchten. Dazu sollte er sich vor

Ort begeben, um mit den Auskunftspersonen persönlich reden zu können.

«Joël, du begleitest ihn», befahl Peter Renner schliesslich. «Nehmt diese Parlinder AG und die ganze Familie Fröhlicher unter die Lupe. Fotografiert und beschreibt die Firma, die Häuser und diese ominöse Labobale, von der schon die Rede war. Ich will ganz genau wissen, was die machen und was unser Freund Battista damit zu schaffen hat. Okay?»

«Super», antwortete Joël. «Wann bist du wo, Flo? Wie kann ich ...»

«Macht das untereinander ab, ihr habt alle eure Koordinaten», unterbrach Renner barsch. «An die Arbeit. Und haltet mich ständig auf dem Laufenden.»

Er beendete die Telefonkonferenz und starrte in seine Monitore. Ein klares Zeichen für Sandra und Flo, sich aus dem Staub zu machen.

Klack – klack – klack.

Chefredakteur Jonas Haberer war im Anmarsch, wie immer in Anzug und Cowboyboots.

«So gefällst du mir, alte Zecke», rief er schon von weitem. «Hast deine Schäfchen im Griff, was? Morgen machen wir Battista fertig, nicht, du alter Haudegen?!»

HOTEL TEUFELHOF, BASEL

«Martin, unsere Nacht war sehr schön», begann Myrta am Frühstückstisch nach einem längeren, etwas peinlichen Schweigen. «Aber ich muss das alles erst einmal ...»

«Alles okay, Myrta», unterbrach Martin und legte seine Hand auf die ihre. «Wir müssen nicht darüber reden. Wir lassen uns Zeit. Wir haben beide ein eigenes Leben.»

«Aber meines ist komplizierter als deines. Immerhin habe ich einen Freund.»

«Ich weiss. Deshalb sollten wir jetzt nicht Dinge sagen, die wir nicht verwirklichen können.»

«Was soll das?» Myrta zog ihre Hand zurück. «War das für dich ein One-Night-Stand und Ende?»

«Nein, das war es nicht. Ich empfinde sehr viel für dich, Myrta. Aber ich will dich zu nichts drängen.»

Myrta gab Martin wieder ihre Hand. «Danke. Ich empfinde auch viel für dich. Aber ich weiss nicht, was es genau ist.»

«Das können wir noch gar nicht wissen. Das muss sich entwickeln. Aber ich geniesse jede Minute mit dir.»

«Wow!»

«Ja, es ist so. Lass es uns langsam angehen.»

Myrta war sich überhaupt nicht sicher, ob sie es langsam angehen wollte. Sie ging eigentlich nie etwas langsam an. Wenn sie etwas wollte, dann wollte sie es sofort. Bis vor wenigen Sekunden war sie überzeugt, Bernd alles zu beichten und mit ihm definitiv Schluss zu machen. Aber nun zweifelte sie daran.

«Ja, du hast recht», sagte Myrta. «Eines nach dem anderen. Wie spiessig! Aber wohl richtig. Ich muss erst mal meine Beziehung zu Bernd …», sie suchte einen Augenblick nach dem richtigen Wort «… klären. Oder so.»

«Ja, tu das.»

Myrta versuchte, ein Croissant zu essen, aber sie hatte keinen Appetit. Sie würgte den Bissen hinunter und spülte mit Orangensaft nach.

«Ich bin da, Myrta», sagte Martin und lächelte sie an.

Auch Myrta lächelte. Mein Gott, ich liebe dich, schnallst du es nicht, du Vollpfosten, dachte sie, schwieg aber und streichelte Martins kräftige Hand mit den markanten Adern, die sie so sexy fand.

Da vibrierte Myrtas Handy: Joël.

«Falls du irgendwo wieder in der Scheisse steckst, mein Lieber, dann hole ich dich nicht heraus. Dazu hast du jetzt die Zecke und den Haberer. Also fasse dich kurz!»

«Bist schon fertig?», fragte Joël und lachte. «Sonst dauern deine Monologe sehr viel länger.»

«Also, Joël, ich bin gerade am Frühstücken in charmanter

Begleitung.» Myrta schlug die Beine übereinander und liess ihren Fuss, der im hohen schwarzen Pump steckte, auf und ab wippen.

«Huch! Darf man wissen, wer es ist?»

«Nein.» Myrta zwinkerte Martin zu und grinste. Er griff ihr kurz ans Knie, stoppte ihr Wippen.

«Ich muss nach Basel zu meinem ersten Auftrag. Wir sollen alles über Fröhlicher, Parlinder und ein Labor herausfinden. Du musst mir helfen!»

«Ich dachte, du bist Fotograf, nicht Reporter.»

«Ja, aber ich möchte alles geben, schliesslich ist es mein erster Auftrag für ‹Aktuell›!»

«Was willst du denn wissen?» Myrta wippte wieder mit dem Fuss.

«Bei diesen Firmen arbeiten doch wichtige, gescheite und hochstudierte Tiere. Ich dachte, deine Eltern sind auch Doktor irgendwas. Vielleicht kennen sie jemanden ...»

«Joël, meine Eltern arbeiten an der Uni St. Gallen. Ich kann mir nicht vorstellen, dass sie etwas wissen, was dir weiterhelfen könnte.»

«Fragst du nach?»

«Vielleicht.»

«Danke. Tschüss, ich muss, ich bin nur ein kleiner Fotoreporter, nicht Chefredakteur ...»

«Blödmann!» Myrta legte das Handy in ihre Tasche.

«Was will er denn?», fragte Martin.

«Informationen von meinen Eltern für seine Recherche über Parlinder und Labobale. Aber die wissen nun wirklich nichts darüber.»

«Kannst sie trotzdem fragen. Eva hat mir mal erzählt, dass sie enge Kontakte zur Wirtschaft und zur Pharma-Industrie hat.»

«Meine Mama und enge Kontakte zur Wirtschaft? Die hat noch nie etwas anderes als Schulen und Universitäten gesehen.»

«Wer weiss?»

«Du Süsser», sagte jetzt Myrta, «hockst wohl die ganze Zeit bei meinen Eltern, was? Du hast alles mit ihnen eingefädelt, um mich irgendwann doch noch zu kriegen!»

«Genau!»

Myrta lehnte sich über den Tisch und gab Martin einen Kuss. Einen sehr langen.

VOLKSWIRTSCHAFTSDEPARTEMENT, BUNDESHAUS, BERN

Um 11.30 Uhr trafen sich fünf Medienverantwortliche der Schweizer Regierung im Büro von Gianluca Cottone.

«Vielen Dank, dass ihr kurzfristig gekommen seid», begann der Sprecher von Bundesrat Luis Battista und legte mehrere Zeitungen auf den Tisch. Die meisten Blätter hatten das Fernsehinterview von Battista aufgemacht mit Schlagzeilen wie *«Mehr Fragen als Antworten»* oder *«Peinlicher Auftritt von Luis Battista»*.

«Ich gehe davon aus, dass dieser Shitstorm weitergehen wird. Das heisst, ich muss meinen Bundesrat unbedingt aus der Schusslinie nehmen. Könnt ihr mir helfen?»

Eine rege Diskussion entstand, die aber zu keinen konkreten Lösungsansätzen führte.

«Könnt ihr nicht eine Medienkonferenz zu irgendeinem Thema einberufen, damit wir die Journalisten ablenken können?», sagte schliesslich Cottone.

Schweigen.

«Kommt, helft mir ein bisschen. Zum Europa-Debakel, zur Steuer- oder Finanzkrise oder zum vermaledeiten Atom-Ausstieg kann man doch immer etwas sagen, das die Leute aufregt, aber niemandem weh tut.»

Das führte zu einer giftigen Grundsatzdebatte über Ethik in Politik und Kommunikation. Gianluca Cottone fragte sich einen kurzen Moment, ob er wirklich der einzige Anwesende war, der die Politik als Geschäft wie jedes andere betrachtete, in dem es einfach um Macht, Profit und Erfolg ging.

«Kann vielleicht ein anderer Bundesrat Battista den Rücken stärken und zu diesem Fall irgendetwas Belangloses äussern?», fragte er, um das Gespräch wieder auf sein Kernproblem zu lenken. Aber auch dieser Vorschlag kam nicht gut an. Die Konferenz endete schliesslich damit, dass alle Teilnehmer versprachen, darüber nachzudenken.

Cottone war verärgert. Als die anderen Kommunikationsspezialisten gegangen waren, öffnete er in seinem PC ein Dokument, in dem er politische Freunde und Gegner seines Bundesrats aufgelistet hatte. Er scrollte durch die Liste. Es gab einige, die Battista helfen würden. Stellte sich bloss die Frage, was er als Gegenleistung anzubieten hätte. Er schaute sich die Forderungen der Politiker an, dann schrieb er drei Namen auf und versuchte, Luis Battista zu erreichen. Dieser sei an einer Sitzung, teilte ihm Battistas persönliche Mitarbeiterin mit.

«Es ist wichtig und dringend», sagte Cottone gereizt und legte auf.

Dann surfte er im Internet und überprüfte diverse Nachrichtenseiten. Bei «Aktuell-Online» schreckte er auf: *«Neue, schwere Vorwürfe gegen Battista aufgetaucht!»*

BRUDERHOLZSTRASSE, REINACH

Joël Thommen und Flo Arber waren fleissig gewesen. Nachdem Joël den «Aktuell»-Reporter am Bahnhof abgeholt hatte, waren sie nach Riehen gefahren und hatten Fröhlichers Villa fotografiert. Es war ein etwas unscheinbarer Neubau am Chrischonaweg – grosse Fenster, Flachdach, viele Pflanzen rund ums Haus. Die Nachbarhäuser waren ähnlich modern oder aber Villen im Landhausstil. Jedenfalls war den beiden Reportern sofort klar, dass hier Besserverdiener lebten. An den Briefkästen waren meist keine Namen angebracht, höchstens Initialen. Vor Gustav Ewald Fröhlichers Anwesen war weder ein Briefkasten noch eine Klingel. Joël entdeckte in einem kleinen Baum neben dem Eingangstor eine Kamera. Er fotografierte sie und auch das Tor, den Weg zum Eingang, eine kleine Mauer, alles, ohne das Anwesen zu betreten. Flo Arber machte sich derweil auf die Suche nach Nachbarn, aber das Quartier war ziemlich unbelebt.

Später waren sie nach Reinach gefahren, an den Wohnort von Luis Battista. Obwohl Battista nicht im Telefonbuch eingetragen war, fanden sie das Einfamilienhaus nach einigem Herumfragen schnell. Spitzes Dach, grüne Fensterläden, die meisten verschlossen.

Joël war gerade dabei, einige Fotos zu schiessen, als er von einer älteren Frau mit einer auffällig grossen schwarzen Brille mit kreisrunden Gläsern angesprochen wurde, die einen blaukarierten Einkaufswagen nach sich zog. Sie fragte, was er hier mache. Joël wollte gerade antworten, da eilte Flo Arber, der einige Meter abseits gestanden war, herbei: «Guten Tag, kann ich Ihnen helfen?»

«Was machen Sie hier?», wiederholte die Frau.

«Nichts. Reine Routine.»

«Sind Sie Reporter?»

«Nein, nein, keine Sorge», sagte Flo Arber und rückte seine Krawatte unter dem Veston und dem schwarzen Wintermantel zurecht. Joël starrte den Reporter fassungslos an.

«Wer sind Sie dann?», insistierte die Frau.

«Sind denn schon Reporter aufgetaucht?», fragte Flo Arber und kramte einen schwarzen Notizblock aus der Mantelinnentasche hervor.

«Nicht, dass ich wüsste», antwortete die Frau etwas verunsichert.

«Wissen Sie, wir kontrollieren hier ein paar Dinge. Wegen der heutigen aggressiven Medienleute sind leider auch Schweizer Regierungsmitglieder und deren Familien gefährdet. Ja, so weit sind wir schon. Noch vor einigen Jahren hatte ein Bundesrat nichts zu befürchten. Aber mittlerweile herrschen bei uns Zustände wie in Italien, Frankreich oder Deutschland. Politiker werden regelrecht belagert. Mein Kollege macht einige Fotos vom Eingangsbereich. Hier sollen Überwachungskameras aufgestellt werden.»

«Dann sind Sie von der Polizei?», insistierte die Frau.

«So was Ähnliches. Gehen Sie jetzt weiter, wir wollen hier nicht noch mehr Aufsehen erregen.»

«Ja …»

«Zum Glück ist die Familie nicht da», sagte Flo Arber und achtete darauf, dass es beiläufig klang. Die alte Frau sprang sofort darauf an: «Ein Glück, ja! Frau Battista ist in Portugal geblieben mit den Kindern, hat mir jemand gesagt.»

«Das wissen wir. Aber erzählen Sie es nicht herum.»

«So eine nette Familie. Júlio arbeitet bei mir manchmal im Garten. Ich hätte einen so tollen Garten, sagt er immer. Sein Garten in Lissabon sei nur ganz klein. Dafür wächst bei ihm ein Orangenbäumchen. Das würde hier gar nicht …»

«Júlio ist der Vater von …?», unterbrach Flo vorsichtig und schrieb «Lissabon» in sein kleines Heft.

«Júlio Emanuel Soares … » Die Frau kniff die Augen zusammen und versuchte mehrmals, einen weiteren Namen auszusprechen. Das gelang ihr aber nicht, also begann sie von vorne: «Júlio Emanuel Soares … Simon, nein, Siman, nein, nein, Simão!» Sie nahm ihre grosse Brille ab und flüsterte die Namen nochmals durch. Flo Arber liess sie gewähren und schwieg. Joël wurde ungeduldig und tippelte auf und ab.

«Jetzt hab ich es zusammen», sagte die Frau plötzlich, setzte die Brille wieder auf und verkündete: «Júlio Emanuel Soares Simão. So heisst er. Ein netter Mensch.»

«Júlio Emanuel Soares Simão», wiederholte Flo Arber langsam und schrieb den Namen in sein Notizbuch. «Das ist also der Vater von ...?», hakte er nach.

«Von Eleonora Battista. Sie hat auch mehrere Vornamen, aber die weiss ich jetzt nicht mehr. Eleonora Inês … ach, es fällt mir nicht ein.»

«Schon gut, wir sind ja zum Arbeiten hier, nicht zum Namen rätseln», sagte Flo, lachte und steckte sein Notizbuch ein.

Auch die Frau schmunzelte. Dann sagte sie: «Wenn Sie meinen Garten sehen wollen, kommen Sie doch mit, er ist gleich hier vorne.»

«Keine Zeit, werte Dame, wir sollten weiter.» Flo Arber nahm sein Handy hervor, wählte eine Nummer und sagte dann laut: «Alles okay hier, ruhig …»

Die Frau wünschte einen guten Dienst und zog mit ihrem blaukarierten Einkaufswagen weiter.

Flo stieg in Joëls Auto und gab dem Fotografen ein Zeichen, er solle sich beeilen.

«Gib mir den Schlüssel, rasch», sagte Flo, als Joël neben ihm sass. «Nix wie weg hier!»

«Hey, was sollte das sein?», fragte Joël.

«Was?»

«Dieser Auftritt eben. Du siehst nicht aus, als wärst du so ein schmieriger Boulevard-Reporter.»

«Eben.»

«Du bist ein ausgekochtes Schlitzohr», sagte Joël. Einerseits war er geschockt über den so smart wirkenden Flo. Andererseits bewunderte er ihn auch. Bisher hatte er gedacht, er sei es, der die journalistischen Regeln strapaziere. «Was hättest du gemacht, wenn sie einen Ausweis verlangt hätte?»

«Nichts. Wir wären einfach gegangen. Aber jetzt wissen wir auch noch, wo Battistas Familie ist und wie der Vater heisst, der sollte zu finden sein. Ruf Peter Renner an.»

«Hey, Peter, hier ist Joël. Flo ist am Fahren, deshalb …»

«Gut, was habt ihr?», unterbrach der Nachrichtenchef.

«Fröhlichers Villa und Battistas Villa.»

«Und?»

«Niemand da.»

«Battistas Familie ist in Lissabon», schrie Flo Arber. «Bei Eleonoras Vater. Er heisst …», Flo angelte sein Notizbuch hervor und gab es Joël.

«Also er heisst», sagte Joël und versuchte, den Namen vorzulesen: «Júlio Emanuel Soares Simon.»

«Nein Simão», korrigierte Flo.

«Moment!», bellte Renner.

Nach rund einer Minute meldete er sich zurück: «Fahrt mal Richtung Flughafen. Ich melde mich gleich wieder.»

Joël blickte schweigend zu Flo.

«Was ist?»

«Wir sollen zum Flughafen …»

«Geil!», rief Flo Arber. «Lissabon, wir kommen!»

VOLKSWIRTSCHAFTSDEPARTEMENT, BUNDESHAUS, BERN

Bundesrat Battista war nicht erreichbar. Er reagierte auch nicht auf Gianluca Cottones SMS. Battistas persönliche Mitarbeiter wimmelten ihn ab: Battista wolle heute nichts mit dieser Sache zu tun haben. Es sei alles gesagt. Cottones Argumente, es gebe neue Fakten und die Lawine sei wohl nicht mehr aufzuhalten, fanden kein Gehör.

«Alarmstufe rot, melde Dich!», schrieb Cottone seinem Bundesrat per SMS. «Es tobt ein Shitstorm.»

Von Battista kam nichts zurück.

Cottone rief den «Aktuell»-Verlag an und verlangte Chefredakteur Jonas Haberer. Er fragte ihn, was die Ankündigungen in der Online-Ausgabe zu bedeuten hätten. Es stehe nur, dass es Beweise gäbe, die belegten, dass sich Luis Battista von seiner Geliebten Karolina Thea Fröhlicher für mehrere Zehntausend Franken einladen liess.

«Wir haben alles schwarz auf weiss, Gianni», sagte Jonas Haberer.

«Was habt ihr schwarz auf weiss?»

«Das weisst du doch, Gianni. Den Flug vom Engadin nach München, Hotel, Champagner und so weiter, alles bezahlt von seiner Geliebten oder der Firma.»

«Und du willst das veröffentlichen?»

«Nein, natürlich nicht, das behalte ich für mich … Hey, spinnst du jetzt, Gianni, warum sollte ich das nicht bringen?»

«Du killst Battista.»

«Er hat sich selber gekillt», bemerkte Jonas Haberer trocken.

«Ich kann dir wohl nichts anbieten, Jonas, weil du das auch in die Zeitung schreiben würdest, oder?»

«Genau!»

«Hast du keine Moral?»

«Och, Gianni, lass uns das bei einem Bier bereden. Wenn wir besoffen sind, finden wir sicher noch irgendwo die Moral.» Jonas Haberer bekam einen Lachanfall.

«Wo hast du die Unterlagen her?», fragte Cottone, als sich Haberer beruhigt hatte. Doch diese Frage löste beim Chefredakteur weiteres schallendes Gelächter aus.

«Okay, ich habe es versucht», sagte Cottone schliesslich.

«Ja, mein Freund, das ehrt dich. Komm, wir machen einen Deal: Ich veröffentliche nur Stück um Stück, dann hast du eine faire Chance, jeweils darauf zu reagieren.»

Cottone wurde wütend: «Weisst du was, Haberer? Du bist und bleibst einfach ein Arschloch! Das wollte ich dir schon immer sagen!»

Der Mediensprecher hörte Jonas Haberer nochmals laut lachen, dann legte er auf.

Gianluca Cottone beruhigte sich schnell wieder. Er öffnete nochmals die Liste mit den politischen Freunden und Feinden von Bundesrat Luis Battista. Schliesslich wählte er die Telefonnummer des Präsidenten von Battistas Partei.

Nach einem kurzen Smalltalk sagte Cottone: «Rufen Sie Battista an. Sagen Sie ihm, er solle zurücktreten.»

HOLLENWEG, ARLESHEIM

Während es Mary am Abend deutlich besser ging, hatte sich Phils Gesundheitszustand verschlechtert. Mary war überzeugt, ihr hätten die homöopathischen Medikamente geholfen. Phil lehnte diese mittlerweile offen ab. Für ihn war es absolut unmöglich, dass die Kräutermittel seine kleinen Teufel angreifen konnten. Es wäre eine Sensation: Da forschen zwei Pharma-Riesen mit wohl Hunderten von Wissenschaftlern auf der ganzen Welt nach einem Medikament, das seinen Teufelchen den Garaus machen könnte, und ein kleiner Globulifabrikant hat es längst. Dass es zwei Pharmafirmen waren, wusste Phil Mertens nicht, er ging einfach davon aus. Er kannte weder den offiziellen noch den inoffiziellen Kunden. Möglicherweise steckten auch ganz andere Branchen dahinter. Die Kriegsindustrie beispielsweise, um feindliche Heere lahmzulegen. Oder Wirtschaftsterroristen, um in Unternehmen das Personal eine gewisse Zeit arbeitsunfähig zu machen. Aber an sowas glaubte er nicht wirklich.

Obwohl Phil sehr geschwächt war, notierte er akribisch den Verlauf der Krankheit weiter. Da seine Frau auch darunter litt, konnte er gut vergleichen. Er schrieb auch die Medikamente seiner Frau auf und wie sie scheinbar wirkten. Dazu machte er regelmässig Fotos. Dabei stellte er fest, dass bei seiner Frau auch der Ausschlag zurückgegangen war, seiner hingegen wurde ständig grösser und hässlicher. Die Pickel waren zu Fieberblasen mutiert. Er hatte noch immer regelmässig Schwindelanfälle, was eigentlich nicht sein sollte. Doch Phil war zu müde, weiter über mögliche Gründe nachzudenken. Es war anstrengend genug, immer wieder seine Frau zu beruhigen und ihr zu verbieten, einen Arzt zu rufen. Er sei selber einer und wisse ganz genau, woran er leide. Das Argument seiner Frau, er sei in erster Linie Forscher, liess er nicht gelten. Allerdings war er sich bewusst, dass er Mary schon bald entweder die Wahrheit oder eine raffinierte Lüge auftischen musste. Denn er musste jeglichen Kontakt zur Aussenwelt verhindern. Wenn noch jemand angesteckt würde, wäre eine Pandemie kaum mehr zu verhindern. Er musste seiner Frau also irgendwie beibringen, dass ihr Haus für mehrere Wochen unter Quarantäne stand. Dank Internet war das kein Problem, schliesslich konnten sie alles ins Haus liefern lassen, was sie benötigten. Die Lieferanten sollten die Waren einfach vor die Türe stellen.

Kurz nach 20 Uhr ging Phil Mertens zu Bett. Auf dem Tablet-Computer checkte er nochmals seine Mails und sah, dass er via Twitter eine Nachricht erhalten hatte.

Jeff alias «deroberti» hatte geschrieben: «Affe tot.»

Phil Mertens erschrak.

Und bekam Angst.

GUTSHOF IM STÄDELI, ENGELBURG BEI ST. GALLEN

Myrta sass in ihrem ehemaligen Mädchenzimmer, studierte Akten und schrieb Namen auf.

Sie war heute nur kurz im Büro gewesen. Martin hatte sie von Basel nach Zürich gefahren, dann hatte sie die Redaktionskonferenz geleitet und sich bereits gegen 14.30 Uhr abgemeldet. Anschliessend war sie mit dem Zug bis St. Gallen gefahren und von dort mit dem Postauto der Linie 121 zum Haus ihrer Eltern nach Engelburg. Erstens wollte sie ihr Auto holen, da sie ja am Sonntag in Martins Wagen nach Basel gefahren war. Zweitens hatte sie Lust auf einen Ausritt auf Mystery.

Dabei versuchte sie, ihr Leben zu analysieren und zu ordnen, kam aber zu keinem definitiven Entschluss. Sowohl die Baustelle «Liebesleben» als auch die Baustelle «Job» musste noch offen bleiben. Myrtas Gedanken schweiften immer wieder ab. Das Unangenehme verdrängte sie und verlor sich stattdessen in Tagträumen: Sie stellte sich eine Zukunft als berühmte Fernsehmoderatorin vor, sie würde mit Martin auf einem grossen Reiterhof leben und hätte vielleicht sogar Kinder. Wollte sie überhaupt Kinder? Doch auch diese Frage war ihr an diesem Tag zu bedeutsam, und sie beschäftigte sich nicht weiter damit.

Am Abend war sie mit ihren Eltern bei Tisch gesessen und hatte bruchstückhaft von ihrer Beziehung zu Martin erzählt, ohne zu viel zu verraten. Eva und Paul Tennemann nahmen dies ohne Kommentar zur Kenntnis. Danach kam Myrta das Anliegen von Joël in den Sinn, und sie fragte ihre Eltern, ob sie irgendwelche Beziehungen zur Parlinder AG oder zu dieser Labobale hätten. Beide verneinten. Professor Paul Tennemann hatte an der Uni St. Gallen einen Lehrstuhl an der School of Finance inne und dozierte vor allem über den Kapitalmarkt und die diversen Finanzinstrumente. Er befasste sich somit weniger mit Geschäftsfeldern, in denen Parlinder oder Labobale aktiv waren. Doktor Eva Tennemann hingegen arbeitete Teilzeit am Institut für Technologiemanagement und hatte vor einigen Jahren mit dem Basler Pharmaunternehmen Novartis zu tun. Aber das helfe wohl auch nicht weiter, hatte sie gesagt. Myrta hakte trotzdem nach, und schliesslich fand ihre Mutter in ihrem Büro einen dicken Ordner mit alten Unterlagen zum damaligen Projekt.

Myrta blätterte die Papiere durch, konnte aber mit den Namen der Novartis-Leute nichts anfangen.

Sie rief Joël an.

«Hey, Myrta», sagte Joël aufgeregt, «du glaubst gar nicht, wo ich stecke, da kommst du nie drauf, das ist so hammergeil. Willst du es wissen? Klar willst du es wissen. Also, meine liebe Myrta, ich bin, tätäää, in Portugal!»

«Warum das denn?»

«Hier sollen Battistas Frau und die Kinder sein. Und die werden wir morgen besuchen!»

«Du bist und bleibst ein Paparazzo! Toller Job, den du da geangelt hast, jetzt bist du also auch so eine kleine, miese Boulevard-Ratte!»

«Du bist nur neidisch!»

«Genau! Und ich hocke hier und recherchiere für dich! Vielen Dank!»

«Was recherchierst du denn?»

«Joël, darf ich dich daran erinnern, dass du mich heute morgen angebettelt hast, ich solle in Sachen Parlinder und Labobale mit meinen Eltern quatschen? Das habe ich getan, und mittlerweile studiere ich Akten.»

«Oh, toll, aber das ist jetzt ...»

«Das ist dir jetzt völlig egal, weil du ja in Portugal hockst.»

«Na ja ... warte, ich gebe dir mal Flo ...»

Es raschelte kurz, dann war Reporter Flo Arber am Apparat und stellte sich vor.

«Nett, dich kennenzulernen. Wie ist das Wetter in Portugal?», fragte Myrta spitz.

«Ähm, gut», antwortete Flo verunsichert. «Joël sagt, du seist am Recherchieren wegen Parlinder ...»

«Pass auf, Flo, nichts gegen dich, mein Freund Joël hat da ein paar Dinge durcheinander gebracht. Ich recherchiere gar nichts, schon gar nicht für euer Blatt, weil ich bei der ‹Schweizer Presse› arbei…»

«Sie ist die Chefin dort», bellte Joël dazwischen.

«Ist ja gut. Also, Flo, pass auf den irren Joël auf, er ist ein kleiner Hitzkopf.»

«Habe ich schon gemerkt. Darf ich dich trotzdem fragen, ob du über Parlinder oder Labobale etwas herausgefunden hast?»

«Nichts. Und du?»

«Nicht viel. Über Parlinder weiss ich nur das offizielle Zeug. Die Labobale scheint mir interessanter zu sein. Aber auch da weiss ich nur, dass es eine noch junge Firma ist – eine unabhängiges Labor mit Filialen in China und Holland – und dass einige ehemalige Novartis-Leute dort arbeiten. Aber was die genau machen, habe ich bisher nicht herausgefunden.»

«Novartis-Leute, sagst du?» Myrta wurde hellhörig.

«Ja, aber die Namen sagen mir alle nichts. Und ob es da irgendeine Verbindung zu Battista gibt, habe ich auch noch nicht herausgefunden. Wir sind jetzt in Lissabon und jagen Frau Battista hinterher.»

«Schickst mir mal die Namen dieser Labobale-Leute?»

«Ich dachte, du arbeitest nicht für uns …»

«Arbeiten wir doch ein Stück zusammen, okay?»

«Ich muss erst meinen Chef fragen.»

«Ich klär das mit Haberer!»

«Myrta ist sauber», mischte sich Joël lautstark wieder ein.

«Maile dir die Namen gleich», sagte Flo schliesslich. «Kannst mich jederzeit auch über das Handy erreichen, SMS oder WhatsApp, wie du willst.» Er gab ihr die Nummer.

Nach dem Telefonat staunte Myrta über sich selbst. Sie war gerade auf eine Story aufgesprungen, die für ihr eigenes Blatt kaum von Bedeutung wäre. Schliesslich handelte es sich um eine Wirtschafts- und nicht um eine People-Story. Für Myrta ein Zeichen mehr, dass sie den falschen Job hatte.

Ihr iPhone meldete den Eingang einer Mail. Sie war von Flo

Arber und enthielt eine Liste mit dreizehn Personen, die früher für Novartis und Roche gearbeitet hatten. Sie verglich diese Namen mit denjenigen, die auf ihrer Liste aus dem Dossier ihrer Mutter standen. Zwei Namen stimmten überein: Mette Gudbrandsen und Phil Mertens.

Myrta sauste hinunter ins Wohnzimmer, wo ihre Eltern sassen, TV guckten und gleichzeitig Bücher lasen.

«Mama», begann Myrta sofort, «kennst du einen Phil Mertens und eine Mette Gudbrandsen?»

Eva Tennemann legte das Buch beiseite und schaute ihre Tochter lange an: «Phil Mertens sagt mir nichts, aber die Mette … das ist eine junge Norwegerin, also damals war sie jung, heute ist sie wohl auch schon über 30 oder sogar 40 Jahre alt, gross, blond, wie man sich Skandinavierinnen vorstellt.»

«Super, Mama! Die arbeitet jetzt bei Labobale.»

«Oh, und was macht sie dort?»

«Keine Ahnung. Was machte sie denn bei Novartis, als du mit ihr zu tun hattest?»

«Ich habe sie im Rahmen einer Opex-Studie kennengelernt.»

«Was ist das?», unterbrach Myrta.

«Operational excellence, das ist ein Ausdruck aus dem Produktmanagement.»

«Oh, danke, jetzt weiss ich Bescheid, Mama!»

«Es ging, grob gesagt, um Effizienzsteigerungen in der Pharmaindustrie, damals ein neues Thema.»

«Aha.»

«Und es ging um die Opex-Kultur.»

«Meine Gott, Mama! Was hatte diese Mette Gudbrandsen damit zu tun?»

«Sie wurde zugezogen, weil sie an einer Xenotransplantations-Studie teilnahm und wir dieses Gebiet auf die Opex-Kultur hin untersuchten, um die Forschungsergebnisse effizient in die Produktionsabläufe zu integrieren und …»

«Gut, gut, gut! Mette beschäftigte sich also mit Xenotr…»

«Xenotransplantation, und dort mit dem Perv-Virus.»

«Mama, bitte, kannst du es deiner doofen Tochter ganz einfach erklären?»

«Es ging um die Frage», mischte sich Papa Tennemann nun ein, «wie sich ein Virus verhält, wenn es durch Transplantation eines tierischen Organs in den Menschen gelangt. Ist das richtig, Eva?»

«So ungefähr. Perv steht für porziner endogener Retrovirus oder für dich, mein liebes Myrtamäuschen, für ein Schweinevirus.»

«Und wie verhält es sich, dieses Schweinevirus?»

«Es kann sich auch in den menschlichen Zellen einnisten, was aber nicht heisst, dass der Mensch krank wird. Da wird noch geforscht. Das Ganze ist sowieso sehr umstritten.»

«Kann ich mir vorstellen. Hat das denn irgendwas mit der Schweinegrippe zu tun?»

«Nicht direkt, Liebes.»

«Und wenn diese Mette sich also mit solch komplizierten Forschungsarbeiten beschäftigt hat, was macht die nun bei einer Firma wie Labobale?»

«Weiterforschen?», rätselte Paul Tennemann.

«Nein, Paul, ich kann mir nicht vorstellen, dass Labobale in der Xenotransplantation arbeitet. Das hätte man doch vernommen, die Sache ist ja wirklich heikel. Mette war deshalb meistens auch in England an einem Institut oder bei einer Tochterfirma von Novartis.»

«Und der andere Typ», sagte Myrta aufgeregt, «dieser Phil Mertens, ist sicher Engländer, jedenfalls klingt sein Name very British. Und der arbeitet jetzt auch bei Labobale. Das ist schon komisch.»

«Was soll daran komisch sein?», fragte Paul Tennemann.

«Du bist doch der Wirtschaftsprofessor: Kann eine Firma wie Labobale, die zu Parlinder gehört und von deren Chef Gustav Ewald Fröhlicher finanziert wird, eine solche Kiste wie Xenotransplantation stemmen und mit den Pharma-Riesen Novartis und Co. konkurrieren?»

«Da wäre ich skeptisch. Denn selbst wenn der Durchbruch gelingen sollte, wäre der kommerzielle Erfolg äusserst fraglich, da die gesetzlichen Rahmenbedingungen ziemlich streng sind. Besonders in der Schweiz. Schon die Gentechnologie sorgt ja für Diskussionen und …»

«… und beim Thema Xenotransplantation geht es auch um Gentechnologie», fuhr Eva Tennemann fort. «Da kann nur ein grosser Konzern oder, noch besser, ein ganzes Forschernetzwerk etwas erreichen. Wenn mich jemand nach der Wirtschaftlichkeit einer solchen Idee fragen würde, müsste ich das Gleiche sagen wie Papa.»

«Und was heisst das alles jetzt? Was läuft da in dieser Labobale wirklich?»

«Bist nicht du die Journalistin?», sagte Paul Tennemann und lächelte seine Tochter an.

«Wisst ihr was? Bei euch kommt man sich echt dämlich vor!»

«Wir hätten dich wohl nicht in die Waldorfschule schicken sollen. Andererseits: Dafür kannst du schauspielern, moderieren, Fernseh machen, schreiben … Du bist eben kreativ!»

«Ist schon gut, Papa, ich bin müde und geh schlafen.»

«Träum was Schönes, Kleine», sagte Paul Tennemann.

«Ja, entweder etwas Schönes oder lieber nichts», meinte Myrta.

«Was meinst du damit?», fragte Eva.

«Nichts …»

9. Januar

HOLLENWEG, ARLESHEIM

Die kleinen Teufel hatten gesiegt. Als Phil Mertens um 04.35 Uhr zu seiner Frau ans Bett trat, sah er sofort, dass Globuli & Co. mit seinen Viren überfordert waren. Mary hatte nun wie er einen hässlichen Ausschlag am Mund und ansatzweise auch an den Augen. Ihre Atmung war ruhig. Der Puls war schwach.

Phil schloss die Türe und ging ins Bad. Als er sich im Spiegel sah, zuckte er zusammen. Der Ausschlag war noch schlimmer geworden, vor allem rund um die Augen hatten sich die Bläschen vermehrt.

«Shit», murmelte Phil.

Er atmete nur ganz oberflächlich. Holte er zu viel Luft, musste er sofort husten. Auch die Schwindelgefühle waren immer noch da.

Er setzte sich auf den Klodeckel. Konzentrierte sich auf die Atmung. Er spürte seinen Puls im Hals. Das irritierte ihn. Warum hatte er einen starken Pulsschlag, seine Frau hingegen einen schwachen? Weil er sich so angestrengt hatte? War seine Frau durch ihre Kräutermedizin weniger krank als er? Und warum hatte sein Verbindungsmann Jeff alias @deroberti ihm geschrieben, dass ein Affe tot sei? Affen sollten nach Phils Berechnungen die kleinen Teufel genauso gut überleben wie Menschen. Und warum starb dieser in solch kurzer Zeit?

«Ich muss das alles notieren und überprüfen», sagte er leise zu sich selbst. Aber er konnte sich nicht aufraffen, vom Klodeckel aufzustehen. Er döste einige Minuten. Als er jedoch zu frösteln anfing, wurde er wieder wach. Er würde jetzt zurück ins Bett gehen und versuchen zu schlafen, nahm er sich vor. Er war sich zwar sicher, dass selbst Schlaf nicht helfen konnte, aber immerhin ging die Zeit vorbei.

Obwohl er seine Frau längst angesteckt hatte, schlief er immer noch im Untergeschoss. Mary verstand dies wie viele andere

Dinge nicht, aber Phil hatte darauf bestanden. Ihm ging es um Forschungszwecke, was er seiner Frau aber nicht sagte.

Hustend mühte er sich auf, betrachtete seine Fratze nochmals im Spiegel und tappte vom Bad langsam in den Flur. Vom ersten Stock müsste er ins Parterre, von dort hinunter ins Untergeschoss zum Gästezimmer. In seinem Zustand war dies ein langer Weg. Phil betrat das Schlafzimmer und legte sich neben seine Frau.

Nur kurz, nahm er sich vor.

Schon schlief er ein.

Als Mary hustete, wurde er wach und ärgerte sich, dass er es nicht bis ins Gästezimmer geschafft hatte.

Seine Frau hustete fürchterlich. Und lange.

«Geht's?», fragte Phil. «Willst du Wasser?»

Mary antwortete nicht, hörte aber auf zu husten.

Immerhin, dachte Phil. Er drehte seine Frau vom Rücken auf die Seite. Sie atmete schwer, aber regelmässig, registrierte Phil.

Doch plötzlich stockte der Atem. Phil stiess seine Frau mit dem Ellbogen an. Mary atmete trotzdem nicht. Phil schüttelte sie.

Keine Atmung.

Er schrie sie an.

Keine Atmung.

Er legte die Finger an Marys Handgelenk, um den Puls zu fühlen.

Doch er fühlte nichts.

REDAKTION «SCHWEIZER PRESSE», ZÜRICH-WOLLISHOFEN

Myrta sass bereits um 7 Uhr in ihrem Büro. Sie wollte die Ruhe, bevor der Redaktionsalltag startete, nutzen, um in Sachen Labobale zu recherchieren. Zum ersten Mal überhaupt fühlte sie sich als richtige News-Journalistin und fand es aufregend, etwas zu recherchieren und herauszufinden, was sonst niemand wusste. Es war zwar nicht das wirklich grosse Gefühl wie vor der Kamera zu stehen, aber sie konnte erahnen, was Bernd, Joël und all die anderen Nachrichtenreporter so interessant an ihrem Job fanden.

Doch bereits um 07.13 Uhr wurde sie bei ihrer Arbeit durch einen Anruf von Bernd unterbrochen.

«Hey, Myrta, was ist bloss los?», begann Bernd, der im Auto über die Freisprechanlage telefonierte, was deutlich an den Nebengeräuschen zu hören war. Wie immer. Myrta kannte fast nichts anderes. Denn im Büro führte er nie Privatgespräche. Und zu Hause war sowieso tabu, da seine Frau und seine Kinder immer anwesend waren.

«Keine SMS, kein WhatsApp, keine Mail von dir. Was ist los?», fuhr Bernd fort. Er klang gereizt.

«Du hast auch nichts von dir hören lassen», konterte Myrta.

Damit war der Beziehungsstreit lanciert. Nach einigen Minuten, in denen es vor allem darum ging, wer sich warum bei wem melden sollte, sagte Bernd plötzlich: «Betrügst du mich?»

Myrta musste leer schlucken. Sie war mit dieser Frage komplett überfordert. Denn sie löste eine ganz andere Frage aus: Betrog sie Bernd, wenn sie mit Martin schlief, obwohl Bernd seit Jahren nicht nur mit ihr, sondern auch mit seiner Ehefrau Sex hatte?

«Du betrügst mich?», hakte Bernd nach.

«Was willst du hören, Bernd? Dass es mir nichts ausmacht, seit Jahren notabene, wenn du mit deiner Frau schläfst? Willst du hören, dass ich mit einem anderen Mann geschlafen habe, und ich nicht das Gefühl habe, dich betrogen zu haben?»

«Dann gibst du also zu, dass du mich betrogen hast?»

«Ich habe mit einem anderen Mann geschlafen, ja. Aber betrogen habe ich niemanden.»

Damit war es draussen. Myrta fühlte sich erleichtert.

«Wer war es? Verdammt, wer war der Kerl? Ach, ich weiss, klar, das war dieser Bauerntrottel, was?»

Myrta konnte es nicht fassen, dass Bernd darauf herumritt zu erfahren, mit wem sie Sex hatte. Schliesslich bestätigte sie ihm, dass es Martin gewesen sei. Sie hoffte, damit die Diskussion zu beenden. Doch das Gegenteil geschah.

«Dieser ungebildete, dreckige Pferdeknecht!», wetterte Bernd. «Du solltest dich schämen, dich mit einem solch perversen, kleinen Arschloch abzugeben! Aber du bist auch nur eine kleine Schlampe. Du warst immer eine Schlampe, ein Flittchen, das gemeint hat, durch mich Karriere zu machen! Jetzt siehst du, was du wirklich bist. Eine miese Schlampe, die gleich mit dem erstbesten Bauer ins Bett steigt. Du bist ja eine richtige Hure! Weisst du eigentlich, wer ich bin? Ich bin der Chef einer der erfolgreichsten Nachrichtensendungen im deutschen Fernsehen! Das lasse ich mir nicht bieten! Von dir schon gar nicht, du kleines Stück …»

«Das war's Bernd», sagte Myrta. «Es reicht.» Sie brach das Gespräch ab.

Bernd rief darauf noch fünf Mal an. Doch Myrta nahm nicht mehr ab.

Nach einiger Zeit erhielt sie eine Mitteilung via WhatsApp: «Bitte verzeih mir. Ich liebe dich. Die Scheidung wird heute eingeleitet. Ich liebe dich! Willst du mich heiraten?» Dahinter war ein grosses, rotes Herz.

Myrta antwortete: «Nein. Es ist aus.»

HOLLENWEG, ARLESHEIM

Er hatte es geschafft. Phil Mertens hatte gekämpft und nach vielen bangen Minuten seine Frau ins Leben zurückgeholt. Er war glücklich. Aber erschöpft. Er lag neben seiner Frau, hielt ihren Arm und achtete auf ihren Atem. Ja, sie atmete! Ja, sie lebte!

Der Wissenschaftler versuchte, die Situation analytisch anzugehen. Nach seinen Berechnungen war es unmöglich, dass die kleinen Teufel einen Menschen töten konnten. Er war sich sicher, dass er keine Killerviren produziert hatte. Dass seine Frau beinahe gestorben war, musste einen anderen Grund haben. Möglicherweise hatte sie einen Herzfehler, der bis jetzt nie zu Beschwerden geführt hatte. Oder mit ihrer Lunge stimmte etwas nicht. Sobald Mary wieder gesund ist, muss sie ärztlich durchgecheckt werden, sagte sich Phil.

Allerdings war damit auch klar, dass Menschen, die möglicherweise nicht hundert Prozent gesund waren, von den kleinen Teufeln angegriffen werden konnten. Das bedeutete, dass zwar einige Patienten sterben würden, das Medikament gegen die kleinen Teufel aber umso besser verkäuflich wäre. Vielleicht könnte sogar ein Impfstoff entwickelt werden, was dem Hersteller einen Milliardenumsatz bescheren würde. Käme es zu einer weltweiten Pandemie, hätte dieser Impfstoff-Hersteller wohl einen Umsatz, der alle bisherigen Erfolge der Pharma-Branche in den Schatten stellen würde.

Mary atmete.

Und was war mit den alten Menschen, die von den kleinen Teufeln infiziert würden? Jährlich sterben Tausende an einer normalen Grippe, sagte sich Phil. Ich bin Forscher, kein Ethiker …

Schliesslich döste er ein.

RUA DO EMBAIXADOR, BELEM, LISSABON

Trotz moderner Suchmaschinen im Internet war eine gröbere Recherche notwendig, um das Haus von Júlio Emanuel Soares Simão in Portugals Hauptstadt ausfindig zu machen. Zwei Volontäre hatten sich auf der «Aktuell»-Redaktion die Finger wundtelefoniert. Schliesslich hatten sie Glück. Mehr oder weniger zufällig hatten sie einen weitentfernten Verwandten erwischt, der erst noch Englisch sprach. Dieser konnte die Adresse angeben.

Dahin zu gelangen, war die nächste Schwierigkeit. Joël und Flo kurvten in ihrem gemieteten, roten Seat trotz Navigationsgerät über anderthalb Stunden durch Lissabons hektischen Strassenverkehr, bis sie schliesslich im etwas ausserhalb liegenden Stadtteil Belém ankamen. Das Haus machte einen ziemlich gepflegten Eindruck. Flo war sich sicher, dass Luis Battista viel Geld investiert hatte.

Joël schoss durch die Autoscheiben einige Fotos.

«Was jetzt?», fragte er Flo Arber.

«Entweder wir klingeln und bitten um ein Interview, oder wir bleiben erst mal in Deckung und warten ab.»

«So Paparazzi-mässig meinst du?»

«Du bist dir das doch gewohnt als People-Fotograf!»

«Schon gut. Ich montiere mein nigelnagelneues Sechshunderter-Objektiv und behalt den Eingang und die Fenster im Auge.»

«Gut. Und ich mach mal einen Spaziergang durchs Quartier.»

«Viel Glück.»

VOLKSWIRTSCHAFTSDEPARTEMENT, BUNDESHAUS, BERN

Die Schlagzeile in «Aktuell» lautete: *«Luis Battista: Im Privatjet zur Geliebten»* und verursachte bei Gianluca Cottone einen stark erhöhten Puls. Chefredakteur Jonas Haberer hatte seine Drohung wahr gemacht und die Unterlagen zu Battistas Flug Samedan–München veröffentlicht. Daraus ging klar hervor, dass sich der Minister von seiner Geliebten Karolina Thea Fröhlicher zur Reise im Firmenjet der Parlinder AG hatte einladen lassen.

«So, jetzt stehen wir mitten im Shitstorm», murmelte Cottone. «Nun werden wir tagelang mit Vorwürfen und Kritik überhäuft.»

Mit der bezahlten Reise nach München liess es «Aktuell» erst einmal bewenden. Allerdings war Cottone überzeugt, dass Haberer tatsächlich noch mehr Informationen hatte, und diese, wie angetönt Luis Battista häppchenweise um die Ohren hauen würde. Der Mediensprecher versuchte, den Bundesrat zu erreichen. Vergeblich.

Um 08.03 Uhr verliess er sein Büro und ging zu jedem einzelnen Mitarbeiter aus Battistas Stab. Alle waren ratlos. Im Zimmer des Bundesratsweibels sassen bereits fünf Gäste, die Termine bei Battista hatten. Aber auch der Weibel hatte keine Ahnung, wo der Minister war. Cottone telefonierte mit dem Fahrdienst der Regierung, erkundigte sich beim Lufttransportdienst des Bundes. Niemand hatte einen Auftrag von Luis Battista erhalten. Da der Bundesrat meistens im Privatwagen ohne Chauffeur zur Arbeit kam, wusste auch niemand, ob Battista überhaupt seine Wohnung in Bern, in der er unter der Woche lebte, verlassen hatte.

Cottone eilte in sein Büro zurück und rief das Sekretariat der Bundespräsidentin an. Dort erfuhr er, dass diese keinen Termin mit Luis Battista hatte, sondern seit 06.30 Uhr in ihrem Büro sass und arbeitete. Cottone bat die Mitarbeiterin der Bundespräsidentin, sich bei Gelegenheit bei der Chefin nach Battistas Verbleib zu erkundigen. Um 08.55 Uhr rief diese zurück und teilte ihm mit, dass auch die Bundespräsidentin keine Informationen zu Battista habe.

Um 08.59 Uhr wählte Cottone die Nummer des Bundessicherheitsdienstes.

REDAKTION «SCHWEIZER PRESSE», ZÜRICH-WOLLISHOFEN

In den vergangenen Stunden war Myrtas bislang heile Welt zusammengebrochen. Ihr Freund, den sie über Jahre bewundert und vielleicht auch angehimmelt hatte, verwandelte sich in ein Monster. Seine Kurzmitteilungen, seine Mails und seine Telefonanrufe strotzten mal von Bösartigkeit, dann wieder von Jämmerlichkeit. Er beleidigte und beschimpfte Myrta, dann flehte er sie an, zu ihm zurückzukommen, ihn zu heiraten und Kinder mit ihm zu zeugen. Unterschwellig drohte er sogar mit Selbstmord. Sie konnte den Mann nicht mehr ernst nehmen. Sie begann, ihn sogar zu hassen.

Was auf der Redaktion passierte, bekam sie nicht mehr richtig mit. Am frühen Nachmittag entschuldigte sie sich bei ihrem Stellvertreter Markus Kress. Es gehe ihr gesundheitlich nicht gut. Das war nicht einmal gelogen. Mit dem Auto fuhr sie zu ihren Eltern und hoffte, bei einem langen Ausritt auf Mystery wieder einen klaren Kopf zu bekommen.

Martin rief zweimal an. Aber sie nahm die Anrufe nicht entgegen.

VOLKSWIRTSCHAFTSDEPARTEMENT, BUNDESHAUS, BERN

Die Dämme waren gebrochen. Gianluca Cottone hatte es aufgegeben, sich auf freundschaftlicher Ebene mit den Journalisten zu unterhalten. Die Reporter fragten den Mediensprecher nicht mehr, ob Bundesrat Battista ihnen ein Interview gewähre, sondern wollten nur noch wissen, wann sie vorbeikommen könnten oder ob es eine Medienkonferenz gebe. Oder ob Battista bereits heute zurücktrete.

Mehrere Journalisten, darunter auch Radio- und Fernsehteams, standen bereits seit über einer Stunde vor seiner Bürotüre und warteten, dass er auftauchte, um irgendeinen Kommentar zur Affäre Battista abzugeben. Besonders penetrant waren die Online-Reporter. Sie klopften sogar mehrfach an Cottones Türe und schrien, sie müssten so schnell wie möglich eine News auf ihren Websites aufschalten. Cottone schüttelte fassungslos den Kopf, als er sah, dass auf den Online-Portalen Live-Ticker über die «Sex-Affäre Battistagate» eingerichtet worden waren und im Minutentakt darüber berichtet wurde, was im Bundeshaus geschah: *«13.45 Uhr: Battistas Pressesprecher Cottone igelt sich ein, antwortet nicht mehr. 13.50 Uhr: Alle warten auf Battistas Rücktritt. 13.53 Uhr: Es geht das Gerücht um, dass Battista gar nicht im Bundeshaus, sondern spurlos verschwunden ist.»*

Cottone wusste genauso wenig und wartete darauf, irgendetwas über den Verbleib seines Bundesrats zu erfahren. Aber auch um 14 Uhr hatte keiner eine Ahnung, wo sich Luis Battista aufhielt. Auch der Bundessicherheitsdienst war ratlos. Cottone überlegte sich, ob er dies kommunizieren oder erst mal verschweigen sollte. Er entschied sich für Letzteres.

Um 14.05 Uhr rief er Dr. Frank Lehner an, den Medienchef der Parlinder AG. Er erreichte ihn auf dem Handy.

«Sind Sie auch von Journalisten umzingelt?», wollte Cottone wissen.

«Um Gotteswillen, warum denn, lieber Kollege?», antwortete Dr. Lehner gelassen.

«Sie wissen wirklich nicht, was bei uns los ist?»

«Erklären Sie es mir!» Er sagte das mit einem gewissen Unterton, der für Gianluca Cottone eindeutig war: Der Kerl sass wahrscheinlich in seinem dicken Porsche Cayenne Turbo S mit 550 PS und lachte sich krank.

«Moment mal, mein lieber Kollege», sagte Cottone süffisant. «Mir dämmert langsam, was für eine miese Show Sie hier abziehen! Sie haben doch ‹Aktuell› die Flugrechnungen und all das Zeug von Battistas Liebesabenteuern zugespielt, damit sich die Pressemeute darauf stürzt!»

«Jetzt phantasieren Sie! Warum sollte ich sowas tun?»

«Warum? Das sage ich Ihnen gerne: Damit die Journis sich nur noch auf Battista konzentrieren und nicht auf die miesen kleinen Geschäfte der Parlinder AG oder der Labobale!»

«Nicht in diesem Ton, Herr Cottone! Wenn Sie auch nur ansatzweise den Medienleuten etwas von Ihrer Verschwörungstheorie erzählen, werde ich Sie einklagen! Diese Unterlagen stammen sicher nicht von uns, die hat wohl jemand aus dem Umfeld von Battista herausgegeben. Man weiss ja, wie das bei euch Politikern zu- und hergeht. Oder irgendwelche subalterne Angestellte des Flughafens Samedan haben sich etwas dazuverdient!»

«Ach, vergessen Sie es! Wissen Sie wenigstens, wo sich der Bundesrat aufhält? Hat er mal wieder ein Schäferstündchen mit Ihrer Frau Fröhlicher?»

«Bleiben Sie sachlich. Ich habe weder zu Ihrem Bundesrat», das «Ihrem» betonte Lehner, «noch zu Frau Karolina Thea Fröhlicher Kontakt. Ich bin nur für die Kommunikation der Parlinder AG zuständig. Und da, das darf ich Ihnen versichern, weiss ich, wo sich die wichtigen Leute aufhalten und was sie allenfalls zu sagen haben.»

Nach diesem Seitenhieb beendete Cottone das Gespräch. Er ärgerte sich masslos, Lehner nicht vorher durchschaut zu haben. Und noch mehr fuchste es ihn, dass er im Prinzip die gleiche Idee gehabt hatte: Ablenken auf andere Themen. Nur hatten seine lieben Kollegen, die Sprecher der anderen Regierungsmitglieder, nicht mitgemacht. Lehner hatte gewonnen. Erst mal. Aber die Sache war noch längst nicht zu Ende. Ich werde zurückschlagen, schwor sich Gianluca Cottone.

Um 14.22 Uhr stand er von seinem Stuhl auf, richtete die dunkelgraue Krawatte und knöpfte den Kittel zu. Dann öffnete er die

Bürotüre. Sofort wurde er von Kamerascheinwerfern und Blitzlichtern geblendet, Dutzende von Mikrofonen mit allerlei Senderlogos streckten sich ihm entgegen.

«Tritt Battista zurück?», schrie eine Journalistin.

«Wo ist er überhaupt?», wollte eine andere wissen.

«Stimmen die Vorwürfe?», kam aus dem Hintergrund.

Cottone blieb stehen, sammelte sich kurz und sagte ganz ruhig: «Ich verstehe Ihre Fragen und Anliegen. Es tut mir aber sehr leid, Ihnen mitteilen zu müssen, dass Herr Bundesrat Luis Battista keinen Kommentar abgibt. Wie bereits mehrfach betont, hat auch ein Minister ein Privatleben. Ich bitte Sie nochmals, dies zu respektieren. Vielen Dank.»

«Aber wenn er sich von der Parlinder-Erbin einladen lässt, ist dies doch nicht mehr privat!», sagte ein Reporter.

«Ist Battista womöglich an der Parlinder AG beteiligt?», schrie ein älterer Journalist und lachte.

Cottone schaute auf den Boden und bahnte sich einen Weg durch die Menschentraube. Er hörte noch ein paar Mal seinen Namen rufen, aber er blickte weder auf, noch drehte er sich um.

Als er den Spiessrutenlauf hinter sich hatte, holte er sein Handy hervor und versuchte einmal mehr, Battista zu erreichen. Doch mittlerweile kam nicht einmal mehr die Mailbox. Es klingelte einfach ins Leere.

RUA DO EMBAIXADOR, BELEM, LISSABON

Um 14.53 Uhr hielt ein grauer Mercedes S-Klasse vor dem Haus von Luis Battistas Schwiegereltern. Joël schoss mehrere Fotos. Zwei Männer stiegen aus und gingen ins Haus. Joël lud die Fotos sofort auf den Laptop und mailte sie der «Aktuell»-Fotoredaktion. Kurz darauf rief Flo Arber seinen Chef an und berichtete, was in Lissabon gerade vor sich ging.

Peter Renner, die Zecke, hatte bereits eine Vermutung: «Einer von denen ist sicher der Schweizer Botschafter in Portugal. Ich kläre das ab und rufe dich zurück.»

Sieben Minuten später klingelte Flos Handy.

«Ja, es ist der Botschafter. Der Fotovergleich lässt keine Zweifel offen. Es ist der etwas grössere Mann. Er heisst Pierre-Marc Grosjean, ist seit 27 Jahren Diplomat, seit drei Jahren in Portugal. Vorher war er in Schweden. Wenn er aus dem Haus kommt, sprichst du ihn an und fragst, was los ist.»

«Okay!», sagte Flo, der genau wusste, dass Renner keine andere Antwort zugelassen hätte.

Flo und Joël stiegen aus ihrem roten Seat und brachten sich etwa 50 Meter vor dem Haus in Stellung. Joël zweifelte stark an ihrem Vorhaben, er rechnete damit, dass der Botschafter so schnell wie möglich ins Auto steigen und davonbrausen würde.

«Vergiss es», sagte Flo. «Der Mann wird derart überrascht sein, dass er mit uns reden wird. Lass mich einfach machen und fotografiere erst, wenn ich es dir sage.»

Sie mussten 23 Minuten warten. Dann kamen die beiden Männer und eine Frau aus dem Haus.

«Das ist sicher Battistas Frau», sagte Flo Arber und marschierte los. Joël trottete hinterher, immer noch leicht hinkend. Er versteckte seine Kamera hinter dem Rücken. Er war nervös.

«Monsieur Grosjean», rief Flo Arber, als sie rund zehn Meter vor dem Botschafter standen. Flo streckte den Arm aus. «Was für ein Zufall, Herr Botschafter, das letzte Mal haben wir uns an einem Empfang in Stockholm getroffen.» Das stimmte zwar nicht, doch der Bluff funktionierte: Der Botschafter reichte Flo die Hand, sagte ebenfalls «Bonjour» und versuchte zu lächeln. Flo Arber reichte nun der Dame die Hand: «Frau Battista, was für eine Überraschung, ich bin Flo Arber, ich kenne Sie nur aus dem Fernsehen und aus den Magazinen.»

Danach begrüsste Flo auch den anderen Herrn, der sich als Attaché Jo Schwaller vorstellte.

«Ich wusste gar nicht, dass Sie hier in Portugal sind», parlierte Flo Arber weiter, «wie lange denn schon?»

«Seit drei Jahren. Sind Sie geschäftlich hier?», fragte der Botschafter, der sich nun auf den Small Talk einliess.

«Wir Journalisten sind eigentlich immer geschäftlich unterwegs. Wir arbeiten an einer Reportage über Schweizer in Lissabon. Wir könnten ein Interview mit Ihnen, Frau Battista, und Ihrem Mann machen. Ist er auch da?»

Flo gab Joël einen leichten Stoss mit dem Ellbogen. Joël verstand das als Aufforderung, nun ein paar Fotos zu schiessen. Er nahm seine Kamera und tauschte flugs das 600-mm-Objektiv mit dem 24-70-mm-Objektiv. Er zielte auf Frau Battista und drückte ab.

Plötzlich herrschte bei Eleonora Battista, Botschafter Pierre-Marc Grosjean und Attaché Jo Schwaller Panik.

«Für wen arbeiten Sie?», schnauzte der Attaché und baute sich vor Flo Arber auf.

«Für ‹Aktuell›. Was ist denn los?»

Joël fotografierte weiter. Botschafter Grosjean hielt die hintere Türe des Mercedes für Eleonora Battista auf. Der Chauffeur war ausgestiegen und stellte sich ebenfalls vor Flo. Dieser liess sich aber nicht abwimmeln: «Frau Battista, nur eine Frage, was wissen Sie von Ihrem Mann? Hat er Sie verlassen?»

Botschafter Grosjean knallte die Türe zu und öffnete die Beifahrertür, um selbst einzusteigen.

«Herr Botschafter, nur noch eine Frage, können wir mit Bundesrat Battista reden?»

Der Botschafter zog die Türe zu.

Der Attaché und der Chauffeur stiegen ein, der Fahrer startete den Motor und gab Vollgas. Fast hätte er ein anderes Auto gerammt. Der Fahrer dieses Autos hupte und verwarf die Hände.

«Los, zum Auto!» Flo spurtete zu ihrem gemieteten Seat.

Joël folgte ihm, so schnell es mit seinem immer noch lädierten Bein ging. Mann o Mann, dachte er, das ist geil!

LABOBALE, ALLSCHWIL, BASELLAND

«Habe ich es doch gewusst!», murmelte Mette Gudbrandsen auf Norwegisch. «Irgendetwas stimmt da nicht!»

Spätestens am zweiten Tag von Phil Mertens' krankheitsbedingter Abwesenheit war die grossgewachsene Wissenschaftlerin misstrauisch geworden. Dass Phil sich wegen einer Grippe entschuldigte, war in all den Jahren, in denen sie nun zusammenarbeiteten, noch nie vorgekommen. Stutzig hatte sie auch Phils Verhalten am letzten Tag vor seiner angeblichen Krankheit gemacht: Was Phil im U4 im Hochsicherheitslabor an diesem Tag zu suchen hatte, war ihr schleierhaft. Seine Begründung, er habe etwas überprüft, erschien ihr immer unglaubwürdiger. Allerdings kam sie nicht darauf, was Phil Mertens tatsächlich getan haben könnte.

Bis jetzt. Denn nun war sie überzeugt zu wissen, was ihr Mitarbeiter gemacht hatte: Nichts! Und das war das Merkwürdigste.

Sie hatte sich bereits gestern bei den Labobale-Ablegern in China und Holland diskret erkundigt, ob Phil Mertens in der Sache BV18m92 noch weitere Untersuchungen in Auftrag gegeben oder sie auf Unregelmässigkeiten hingewiesen habe. Beide Laborchefs hatten verneint und betont, dass die weiteren Computersimulationen des Krankheitsverlaufs normal verlaufen seien.

Heute hatte sich Mette Gudbrandsen vom Sicherheitsdienst der Firma die Videoaufzeichnungen von Phil Mertens' Aufenthalt vom 5. Januar im Hochsicherheitslabor mailen lassen. Ausserdem hatte sie die Daten des Laborrechners überprüft, der auch sämtliche Aktivitäten des Elektronenmikroskops aufgezeichnet hatte. Bei einem sekundengenauen Vergleich der beiden Systeme hatte sie festgestellt, dass Phil Mertens um 18:29:17 die Versuchsschale mit den hochansteckenden Viren unter das Mikroskop gelegt und sie rund 20 Minuten später, genau um 18:48:11, wieder entfernt hatte. In dieser Zeit verzeichnete jedoch weder das Mikroskop noch der angeschlossene Rechner irgendeine Aktivität. Da die Videoclips deutlich zeigten, dass Phil Mertens ohne Unterbruch am Mikroskop gesessen war, stellte sich Mette Gudbrandsen die Frage, was Phil gemacht hatte. Dass er rund 20 Minuten einfach nur da sass und seine kleinen Teufel betrachtete, war für sie unlogisch, untypisch, verdächtig.

Sie nahm sich vor, ihrem Kollegen morgen einen unangemeldeten Hausbesuch abzustatten.

REDAKTION «AKTUELL», WANKDORF, BERN

Klack – klack – klack.

Chefredakteur Jonas Haberer betrat um 19.02 Uhr den Konferenzraum. Nachrichtenchef Peter Renner und Textchefin Hilde Kavelic, erst seit wenigen Wochen im Team, warteten bereits.

«Also, was machen wir für eine Schlagzeile?», fragte Haberer und klopfte Renner mit seinen Pranken auf die Schultern. «Gute Arbeit übrigens, Zecke, wir machen Rock'n'Roll!»

Er liess sich in einen Stuhl plumpsen, der unter seinem Gewicht bedrohlich quietschte.

«Battista untergetaucht», schlug Renner vor.

«Das ist doppeldeutig», sagte Textchefin Hilde Kavelic mit ihrer zarten Stimme.

«Es soll ja doppeldeutig sein», meinte darauf Peter Renner.

«Warum, Pescheli? Battista ist nicht in Portugal, er ist nicht zu Hause, er ist nicht im Bundeshaus. Er ist einfach weg. Wir machen die Schlagzeile: ‹Battista, wo bist Du, Feigling?›»

«Vergiss es, Jonas», intervenierte Renner sofort.

«War ein Scherz! Flo und dieser Joël sind doch Frau Battista zur Botschaft gefolgt …» Er unterbrach seinen Gedankengang.

«Und?», fragte Renner.

«Was macht sie dort?»

«Wissen wir nicht. Flo und Joël sind immer noch dort.»

«Vielleicht ist er ja doch …» Wieder brach Haberer ab, und setzte gleich neu an, «ist egal, wir machen die Schlagzeile: ‹Gesucht: Battista!› Nein. ‹Dringend gesucht: Battista!› Oder: ‹Welt an Bundesrat Battista: Bitte melden!›» Jonas Haberer bekam einen Lachanfall.

Hilde Kavelic lachte nicht mit, sondern blieb sachlich: «Dass er nicht in Bern ist, ist offiziell?» Sie schaute Renner an.

«Nein, unsere Reporterin Sandra Bosone schreibt, dass Battista zu keiner einzigen Sitzung erschienen ist und niemand weiss, wo er ist. Das ist allerdings nicht offiziell.»

«Und im Engadin ist er auch nicht?»

«Nein, Alex Gaster hat diesen Skilehrer Jachen Gianola extra nochmals gefragt», antwortete die Zecke Renner leicht entnervt.

«Dann machen wir doch einfach Folgendes», verkündete die Textchefin: «Oberzeile: ‹Vermisstmeldung!› Titel: ‹Vermisst wird Luis Battista, Bundesrat!›»

«Ja, genau, und dann taucht er morgen früh auf, und wir stehen da wie die Deppen», wandte Jonas Haberer ein. Er mochte weder Hilde noch ihre Funktion. Er hatte sich gegen die neue Stelle eines Textchefs oder einer Textchefin gewehrt, weil er es für vollkommen unnütz fand. Die «Aktuell»-Verlegerin Emma Lemmovski hatte aber darauf bestanden. Sie war überzeugt, die Texte seien bereits besser geworden. Haberer sah das anders, aber wegen solcher Lappalien diskutierte er nicht mit Lemmovski, er war froh, wenn sie ihn gewähren liess.

«Ich glaube nicht, dass Battista morgen auftaucht», sagte Peter Renner.

«Warum, Pescheli, warum? Weisst du mal wieder mehr als andere?»

«Nein. Ist so ein Gefühl …»

«Hör bloss auf», sagte Jonas Haberer. «Schreib lieber den Text so, dass wir keinen Ärger bekommen. Unter dem Motto, man vermisst nicht nur ihn, sondern eine Stellungnahme, man vermisst seine Ehrlichkeit, seine Offenheit und die Würde, die ein solches Amt bla, bla, bla …»

«Rock'n'Roll, wie immer, Haberer?»

«Genau. Rock'n'Roll!» Er blickte zu Hilde Kavelic und stichelte: «Aber nicht zu hart und laut, sonst …», er wechselte in ein sehr theatralisches Hochdeutsch, «sonst wird unsere milde Hilde wilde!» Er prustete drauflos, stand auf, schlug Peter Renner dreimal seine Pranke auf die Schulter und stapfte davon.

Klack – klack – klack.

GUTSHOF IM STÄDELI, ENGELBURG BEI ST. GALLEN

Myrta wurde in dieser Nacht wieder von ihrem Albtraum heimgesucht. Der Sensenmann, der den Kopf von Mystery abschlug. Blut spritzte.

Doch dieses Mal ging der Traum noch weiter.

Plötzlich sah Myrta den abgetrennten Kopf von Joël.

Sie wachte auf.

Es war 23.58 Uhr.

10. Januar

KÜSTE BEI CARRAPATEIRA, ALGARVE, PORTUGAL

Wie fast jeden Morgen fuhr Francisco Guilherme de Araújo Nunes mit dem klapprigen Fiat Ducato hinaus zu den Klippen von Carrapateira. Der 27-Jährige holperte über die Naturstrasse, nicht allzu schnell zwar, trotzdem quietschten und ächzten die alten Teile des Fiats laut und bedrohlich. Francisco Guilherme war es egal. Mittlerweile kannte er jedes Geräusch und fast jede Schraube an diesem Auto. Er würde es sofort hören, wenn eine neue Schraube locker wäre und dadurch das Klappern ein wenig anders klänge.

Den silbernen Kleinwagen, der nahe an der Klippe stand, sah er schon von weitem.

Fünf Minuten später parkierte er daneben. Es war ein neuerer Renault Clio, und Francisco Guilherme war sich sicher, dass der Wagen keinem Einheimischen gehörte. Denn wer in Carrapateira und den umliegenden Ortschaften welches Auto fuhr, war hier allen bekannt. So viele Einwohner gab es nicht. Nicht mehr. Zwar kamen viele Touristen hierher, allerdings blieben die meisten nicht lange. Und wenn, dann waren es Surfer oder Wellenreiter, die in ihren Autos wohnten oder in einem Surfcamp. Die Pension seiner Eltern lief seit Jahren nicht mehr. Auch das Restaurant brachte kaum noch Einnahmen. Ausser wenn ein Fussballspiel übertragen wurde. Dann traf sich das ganze Dorf bei Gonçalo, seinem Vater.

Dass aber mitten im Januar ein Auswärtiger hier frühmorgens parkierte, war schon aussergewöhnlich.

Francisco Guilherme kümmerte sich nicht weiter darum, sondern holte sein Anglerzeug aus dem Kastenwagen und ging zu den Klippen. Bald stand er auf einem Felsvorsprung und schaute hinunter in die Gischt. Er hüpfte weiter von Felsen zu Felsen, die Klippen hinunter, blieb immer wieder stehen und blickte in die

Wellen, die gegen die schroff abfallende Küste schlugen. Es war laut, kalt, es windete.

Noch war er nicht zufrieden. Um die besten Plätze zu finden, um dicke Doraden oder einen Wolfsbarsch aus dem Ozean zu ziehen, brauchte es schon ein bisschen Mut. Denn immer wieder stürzten Klippenfischer ins Meer.

Nach rund einer Viertelstunde hatte sich Francisco Guilherme für einen schmalen Platz entschieden, rund 60 Meter über dem Meeresspiegel. Er schraubte die erste Rute zusammen, dann die zweite, befestigte die Köder – Fischreste vom Vortag – und beobachtete nochmals einige Minuten die Brandung.

Erst dann holte er aus, um den ersten Köder ins Meer zu schleudern. Er war dabei völlig ungesichert, wie immer.

Gleich darauf warf er den zweiten Köder aus.

Er befestigte seine Ruten, setzte sich auf den äussersten Rand seines Felsens und beobachtete das Meer, die Gischt, die Strömungen und Wirbel. Manchmal hatte Francisco Guilherme das Gefühl, die Fische im Wasser sehen zu können. Aber er war sich bewusst, dass dies eher Wunschdenken war. Denn seine Fischerei war nicht bloss Hobby. Neben dem Restaurant der Eltern war sie eine wichtige Einnahmequelle der ganzen Familie.

Nach zehnminütigem Starren ins Meer wusste er, dass er heute am falschen Ort sass. Die Fische waren weg. Er konnte sie nicht sehen – auch wenn das in dieser Gischt eh unmöglich war. Francisco Guilherme hatte Erfahrung und konnte sich auf seine Intuition verlassen. So liess er die Ruten stehen und hüpfte von Felsen zu Felsen, hielt immer wieder an und beobachtete die Gischt.

Plötzlich tauchte in den Fluten etwas auf, was Francisco Guilherme auf den ersten Blick nicht identifizieren konnte. Es war rund, schwarz, tauchte ab und wieder auf.

Plastikmüll? Ein Reifen? Nein, dafür war es zu klein.

Das Ding wurde von den Wellen hochgehoben.

Francisco Guilherme lief es kalt den Rücken hinunter. Es war ein Kopf, das Schwarze waren die Haare, das Gesicht war nach unten gerichtet. Es war ein männlicher Kopf, das konnte er erkennen. Der Mann war bekleidet mit einer grauen Jacke.

Der leblose Körper verschwand einige Sekunden, tauchte wieder auf und wurde gegen die Felsen katapultiert.

Das wiederholte sich stetig.

Francisco Guilherme de Araújo Nunes kramte sein Handy hervor und alarmierte die Polizei.

REDAKTION «SCHWEIZER PRESSE», ZÜRICH-WOLLISHOFEN

Seit Stunden versuchte Myrta, Joël zu erreichen, aber sie bekam nur die Mailbox zu hören. Sie versuchte, sich mit dem Gedanken zu trösten, dass Joël wohl sein Aufladekabel vergessen hatte. Das würde zu ihm passen.

Der Albtraum der letzten Nacht hatte sie schockiert. Sie war wirklich keine Esoterikerin, sie glaubte trotz Waldorfschule und Grundkenntnissen der Anthroposophie weder an Wiedergeburt noch an Übersinnliches. Ihre Eltern waren beide Kopfmenschen. Die Kinder in die Rudolf-Steiner-Schule zu schicken, war ebenfalls ein Kopfentscheid gewesen. Sie wollten, dass ihre Kinder auch in ihrer Kreativität gefördert würden. So jedenfalls hatten sie es Myrta erklärt, als sie als Jugendliche danach gefragt hatte.

Träume hielt Myrta für einen Reset-Vorgang im Gehirn. Ein Aufräumen und Verarbeiten. Seit ihr aber der Sensenmann sowohl tags als auch nachts erschien, war ihre Theorie etwas ins Wanken geraten. Martins Verdacht, akute Überarbeitung, Stress oder Burn-out, konnte sie nicht nachvollziehen.

Fakt war, dass sie mittlerweile Angst hatte. Deshalb suchte sie in ihrem Telefonspeicher die Nummer von Flo Arber und wählte sie: «Hey, was ist los bei euch? Geht es Joël gut?», legte Myrta gleich los, sie war nur schon erleichtert, dass Flo den Anruf entgegengenommen hatte. «Hat er seine kaputte Nase wieder in Dinge gesteckt, die ihn nichts angehen?»

«Nein, nein, alles klar, was sollte sein?»

«Joël geht nicht an sein Telefon!»

«Der Trottel hat sein Aufladekabel vergessen und kam bisher nicht dazu, eines zu kaufen.»

Myrta seufzte laut.

«Warte, Myrta, ich gebe ihn dir. Er sitzt noch im Wagen.»

«Nein, lass mal. Ich hatte bloss so ein Gefühl.»

«Bitte?»

«Ach, die Story bringt mich ganz durcheinander.»

«Sind eigentlich alle Chefs so? Die Zecke nervt schon den ganzen Morgen. Auch er hat mal wieder so ein Gefühl.»

«Was vermutet Renner?», fragte Myrta aufgeregt.

«Keine Ahnung. Wir sollten einfach hier bleiben und das Haus von Battista beziehungsweise von dessen Schwiegereltern beobachten. Frau Battista wurde gestern abend um 22 Uhr vom Botschafter nach Hause gefahren. Dann konnten wir endlich ins Hotel und was essen. Heute morgen haben wir ein anderes Auto geholt, weil unser Wagen dem Botschafter nach der gestrigen Operation bekannt war. Und seit 7 Uhr hocken wir nun wieder da und drehen Däumchen. Das heisst, ich spaziere herum und rede gerade mit dir. Aber was hier passieren sollte, ist mir schleierhaft. Das sind so dämliche Büroideen, die wir Reporter ...»

«Sorry, Flo, ich melde mich wieder», ging Myrta dazwischen und brach die Verbindung ab. Sie stand auf, schloss ihre Bürotüre und lief nervös hin und her. Sie überlegte, ob sie ihre journalistischen Tricks, die sie bisher eher als Spielerei betrachtet hatte, tatsächlich für ein ernstes Thema anwenden sollte oder nicht. Wie oft hatte sie bei ihren TV-Stories die Promis damit hereingelegt? War es je schiefgegangen? Ja, mehrmals, aber es hatte niemals Konsequenzen gehabt. Nein, sie wollte wirklich damit aufhören. Sie war jetzt Chefredakteurin, hatte das nicht mehr nötig. Aber sie war von dieser Story, die längst keine People-, sondern eine richtig heisse Nachrichtenstory war, infiziert. Joël hatte sie mit seinem Bild an Weihnachten angeschoben, aber sie, Myrta, war es, die die Lawine losgetreten hatte. Es war ihre Story. Und sie war besser und grösser, als Myrta je gedacht hätte.

Myrta war bisher alles in ihrer journalistischen Karriere leicht und flockig vorgekommen, es hatte nie wirklich ein ganz grosser Brocken in ihrem Weg gelegen. Doch jetzt war sie plötzlich inmitten einer richtigen News-Geschichte, etwas, das sie nie gewollt hatte, es nun aber doch ziemlich aufregend fand.

Und sie wollte Bernd ein für alle Mal beweisen, dass sie es drauf hatte.

Myrta setzte sich, atmete drei Mal tief ein und aus, trank einen Schluck Wasser und rief Battistas Mediensprecher Gianluca Cottone auf dessen Handy an. Er meldete sich sofort, was Myrta ein bisschen erstaunte.

«Werter Herr Cottone», begann Myrta, bereit, das Spiel zu spielen.

«Oh, Frau Tennemann, Sie sind es», sagte Cottone überrascht. «Tut mir leid, für Sie habe ich wirklich keine Zeit.»

«Nach den jüngsten Ereignissen möchte ich mich nun endlich entschuldigen. Das, was jetzt passiert, wollte ich wirklich nicht. Stimmt es denn, was ‹Aktuell› heute schreibt? Wird Bundesrat Battista tatsächlich vermisst?»

«Hören Sie, Frau Tennemann, ich habe wirklich keine Zeit! Ich dachte, es sei jemand anders, der mich anruft. Können Sie sich bitte an mein Sekretariat wenden? Und das mit der Entschuldigung hätten Sie sich früher überlegen sollen.»

«Um Gotteswillen», sagte Myrta mit überdreht hoher Stimme und hoffte, dass es so klang, als sei sie wirklich entsetzt. «Dann ist Bundesrat Battista tatsächlich etwas zugestossen!»

«Wer behauptet das?», sagte Cottone und lachte. Allerdings schien es Myrta, dass er das gleiche Spiel trieb wie sie.

«Sie haben mir ja selbst gesagt, ich sei schuld, wenn Herr Bundesrat Battista diese Sache nicht überlebt, und jetzt …»

«Moment mal, wer behauptet, es sei etwas passiert?», fragte Cottone plötzlich ganz sachlich.

Nun kam Myrta zum springenden Punkt: «Ich habe das gerade im Web gelesen auf einer dieser Social-Media-Plattformen, Facebook oder Twitter oder …»

«Mann o Mann», sagte Cottone leise, wohl mehr zu sich selbst als zu Myrta. «Passen Sie auf», sagte er nach einer Weile. «Ich kann Ihnen im Augenblick wirklich nicht mehr sagen. Aber Sie sollten nicht alles glauben, was auf Facebook geschrieben wird.»

«Es war eher auf Twitter, und Sie wissen ja, dass dort die Nachrichten am schnellsten verbreitet werden.»

«Frau Tennemann, ich kann Ihnen nicht mehr sagen.»

«Battistas Frau wird vom Botschafter in Portugal bei ihren Eltern abgeholt, wieder nach Hause gebracht – Sie müssen zugeben, dass da etwas nicht stimmt!»

«Ich habe davon keine Kenntnis.»

«Es stand in ‹Aktuell›. Und ich frage nur: Ist das normal?», bohrte Myrta weiter. «Eine Bundesratsgattin im Urlaub bei ihren Eltern wird vom Botschafter herumchauffiert?»

«Ich kenne die Details nicht. Es ging vielleicht um einen Charity-Anlass, den Frau Battista organisiert.»

«Bekommt Frau Battista Polizeischutz?»

«Warum sollte sie?»

«Ist sie gefährdet?»

«Nein!»

«Dann ist also niemandem etwas passiert? Alle sind wohlauf?»

«Ich gehe davon aus, ich bin nicht ständig bei Bundesrat Battista oder seiner Gemahlin.»

Myrta merkte, dass ihr das Gespräch entglitt, Cottone riss es geschickt an sich.

«Eine Frage noch», versuchte es Myrta weiter. «Ich habe da in Sachen Parlinder AG und Labobale ein wenig recherchiert …»

«Entschuldigen Sie, Frau Tennemann, das ist nun wirklich ein ganz anderes Thema, können Sie mir Ihre Fragen per Mail senden?»

«Na gut, danke für das Gespräch. Und ich hoffe nicht, dass Sie glauben, wir hätten Bundesrat Battista absichtlich schaden wollen. Aber wir wissen beide, wie das Spiel läuft. Das hat unser Gespräch eben gezeigt, oder?» Es war Myrtas letzter Versuch: Vielleicht käme sie an Infos, wenn sie das Gespräch auf die persönliche, emotionale Ebene verlagerte.

«Frau Tennemann, da haben Sie recht», sagte Cottone nun äusserst freundlich. «Also Klartext: Lassen Sie mich mit dem Parlinder- und Labobale-Scheiss in Ruhe. Und ich wäre Ihnen sehr dankbar, wenn Sie im Moment auch nicht bei der Parlinder-Gruppe direkt anfragen. Ich kann Ihnen das nicht verbieten, aber ich bitte Sie einfach darum. Unter uns gesagt: Das Verhältnis zwischen uns und Parlinder ist derzeit etwas angestrengt, wenn Sie wissen, was ich meine.»

«Klar. Ich lasse das mal bleiben.»

«Danke. Rufen Sie doch im Aussenministerium an, wenn Sie die Twitter-Meldung tatsächlich glauben. Falls in Portugal etwas mit einem Schweizer Bürger passiert wäre, wie Sie vermuten, wäre dafür das Aussendepartement zuständig.»

«Dann soll ich dort anrufen?»

«Algarve, Westküste», sagte Cottone plötzlich trocken. «Aber Parlinder und Labobale sind kein Thema.»

«Kein Thema!», wiederholte Myrta.

«Und bleiben Sie bitte anständig.»

«Klar. Danke.»

Myrta lehnte sich nach diesem anstrengenden Telefonat erst mal zurück. Sie hatte geblufft, Internet-Meldungen erfunden, auf die Tränendrüse gedrückt und war einen Deal eingegangen – alles Methoden, mit denen sie als People-Journalistin immer wieder Erfolg gehabt hatte. Es hatte auch jetzt funktioniert. Sie war sich nun sicher, dass Luis Battista in Portugal war und in der Algarve etwas Dramatisches passiert sein musste.

Sie rief ihre Nachrichtenchefin Michaela Kremer, Fotochefin Gabriela von Stetten und den stellvertretenden Chefredakteur Markus Kress zu sich, schilderte die Sachlage und gab den Auftrag, heute noch ein Team nach Portugal an die Algarve zu schicken. Am besten Reporterin Elena Ritz und Fotografin Anna Sorlic, weil diese am meisten Erfahrung und früher bei einer Boulevardzeitung gearbeitet hätten. Kress wehrte sich zuerst dagegen mit dem Argument, die «Schweizer Presse» sei ein Peoplemagazin und kein Revolverblatt. Doch Myrta beendete die Diskussion und machte klar, dass sie es ernst meinte. «Wenn ein wegen einer Liebesaffäre verschwundener Minister keine People-Story ist, dann weiss ich auch nicht mehr weiter!» Kress quittierte das mit einem beleidigten «Du bist die Chefin!»

Danach rief sie Jonas Haberer von «Aktuell» an. Dieser verhielt sich zuerst arrogant, wie Myrta meinte, war aber schliesslich zu einer Zusammenarbeit bereit. Da er mit seiner Tageszeitung gegenüber Myrtas Wochenmagazin sowieso immer die Nase vorn hätte, fand er die Idee schliesslich sogar «saugut», wie er sagte. Sie einigten sich darauf, dass «Aktuell» alle Informationen der Reporterteams sofort veröffentlichen durfte, die «Schweizer Presse» dafür als einziges Medium Zugriff auf sämtliche Bilder der «Aktuell»-Fotografen bekam. Zudem würde «Aktuell» die Online-Ausgabe mit der Website der «Schweizer Presse» verlinken und in der Zeitung auf das neue Heft mit der grossen Battista-Reportage hinweisen.

«Myrteli, was für eine Ehre, mit dir zusammenarbeiten zu dürfen», verkündete Jonas Haberer zum Schluss.

Fünf Minuten später hatte sie bereits «Aktuell»-Nachrichtenchef Peter Renner, die Zecke, am Draht.

«Wir arbeiten zusammen, sagt mein Chef, also, was weisst du alles?»

«Fang du an!», forderte Myrta Renner auf. Sie traute den «Aktuell»-Kollegen noch nicht ganz.

«Wir arbeiten zusammen, Myrta. Ich verarsch dich nicht, okay?», sagte die Zecke gereizt.

«Okay!»

«Also, du weisst sicher schon, dass Flo und Joël in Lissabon sind. Dort tut sich was, jedenfalls ist Frau Battista schon wieder in der Botschaft. Reporterin Sandra Bosone hat im Bundeshaus herausgefunden, dass der Präsident von Battistas Partei vor rund 14 Stunden eine SMS von Battista erhalten hat, in der er seinen Rücktritt als Bundesrat ankündigt. Das ist alles, jetzt bist du an der Reihe.»

«Battista ist in der Algarve, an der Westküste.»

«Wow!», sagte Renner erstaunt. «Woher weisst du das?»

«Wir wollen die Zusammenarbeit nicht überstrapazieren, nicht wahr, Zecke?»

«Okay, ich jage meine Jungs sofort dort hinunter. Und du schickst deine nach Lissabon. Einverstanden?»

«Ja, allerdings werde ich zwei Frauen schicken. Ich glaube, diese Recherche braucht Gefühl.»

HOLLENWEG, ARLESHEIM

Dass jemand an der Haustüre klingelte, Phil zum Eingang trottete und so laut wie irgend möglich sagte: «Bitte, stellen Sie es ab!», war mittlerweile ein Routinevorgang. Denn Phil Mertens bestellte alle nötigen Lebensmittel, Medikamente und auch ärztliche Utensilien übers Internet. Die vom Überbringer gewünschte Unterschrift leistete er, in dem er jeweils die Türe einen Spalt öffnete, mit Gummihandschuhen das Gerät nahm, das der Pöstler hinstreckte, seinen Namen aufs Display kritzelte, es zurückgab und sofort die Türe schloss. Dann rief er meistens: «Ich bin nur krank, kein Mörder!» Die meisten Boten lachten daraufhin, und Phil sagte sich, dass es wohl niemandem auffiele, wenn er seine Frau ermorden und anschliessend sezieren würde.

So ging er auch jetzt zur Türe – er hatte starke Rückenschmerzen – und schrie: «Bitte stellen Sie es ab!»

«Ich bin es, Mette, mach auf, Phil!»

Mit ihr hatte er nicht gerechnet.

«Phil?!»

«Wir sind sehr krank.»

«Wir?»

«Meine Frau hat eine Lungenentzündung.»

«Nun mach schon auf!»

«Nein, das geht nicht, wir sind beide sehr infektiös.»

«Eine Grippe ist nicht die Pest! Ich bin geimpft, ausgebildete Ärztin und erfahrene Virologin, wie du. Also mach schon auf, damit ich die beiden Patienten mal anschauen kann.»

«Es geht wirklich nicht, Mette, unmöglich. Bitte, geh jetzt, ich lasse dir ein Arztzeugnis zukommen. Ich bin wirklich krank.»

«Phil, mach jetzt die verdammte Türe auf!», sagte Mette Gudbrandsen resolut.

«Nein, das geht nicht.»

«Dann frage ich dich durch die Türe: Was hast du im Labor gemacht, als du nichts gemacht hast?»

«Wie meinst du das?»

«Ist etwas passiert?»

«Nein.»

«Phil, wenn du dich, aus welchen Gründen auch immer, mit unserem Virus angesteckt hast, dann musst du mir das sagen!»

«Warum hätte ich mich ...»

«Weil dir vielleicht ein Fehler passiert ist, weil du deine kleine Teufel testen wolltest, weil du vielleicht auch ...», sie hielt inne, überlegte kurz und fügte ruhig hinzu: «Weil vielleicht jemand versucht hat, über dich an das Virus zu gelangen und dabei etwas schiefgelaufen ist ... oder du wirst erpresst, Phil, keine Ahnung ...»

«Was unterstellst du mir? Mette, ich bin schockiert!»

«Phil, bitte, es spielt im Moment keine Rolle, aber wenn du das Virus in dir hast, musst du es mir sagen. Dann müssen wir dich in unsere Quarantänestation bringen!»

«Vielen Dank, aber ich habe bloss die Grippe!»

«Bist du ganz sicher, Phil? Ich wollte dich nicht beleidigen. Aber ich weiss doch, wie sehr du Wissenschaftler bist. Und auch, wie verdammt hart dieses Geschäft ist. Wir sind doch bloss die Handlanger der Industrie ...»

«Mette, bitte, lass mich und gib mir Zeit. Ich bin bald wieder fit, okay? Aber jetzt bin ich sehr müde.»

«Okay. Ruf mich, wenn du etwas brauchst – bevor es zu spät ist?»

«Versprochen.»

Phil hörte, wie Mette langsam davonging. Dem Klang der Schritte nach zu urteilen, hatte sie ihre langen, schwarzen Stiefel mit den halbhohen Absätzen an, die sie oft trug. Vorsichtig linste Phil zum Fenster hinaus. Ja, diese Stiefel, enge Jeans und einen roten Pullover mit riesengrossen Maschen. Ihre blonden Haare trug sie offen, nicht wie im Labor meistens streng nach hinten zu einem Pferdeschwanz zusammengebunden.

Sie ist sehr sexy, dachte Phil Mertens einmal mehr. Aber für mich absolut tabu! Trotzdem machte ihn dieser Gedanke gerade sehr glücklich: Er konnte wieder an Sex denken – ein deutliches Zeichen, dass er auf dem Weg zur Besserung war.

REDAKTION «SCHWEIZER PRESSE», ZÜRICH-WOLLISHOFEN

«Was ist heute los mit dir?», fragte Cornelia Brugger ihre Chefin.

«Warum, was soll los sein?», fragte Myrta zurück.

«Du kommst dauernd in mein Büro und erzählst mir die verrücktesten Geschichten über Battista und Fröhlicher und Cottone und ...»

«Sorry, Conny, ich rede immer zu viel, wenn ich nervös bin.»

«Und warum bist du nervös?»

«Ja, warum bin ich nervös?»

Myrta ging an ihren Schreibtisch zurück und versuchte, sich zu entspannen. Es gelang ihr nicht. Ein Ausritt auf Mystery würde ihr jetzt gut tun. Doch warum träumte sie so schreckliche Dinge von ihm? Was war mit ihr los, was passierte mit ihr?

Bevor sich ihre Gedanken zu drehen begannen, loggte sie sich in ihren Facebook-Account ein. Sie hatte fünf neue Freundschaftsanfragen. Eine stach ihr sofort ins Auge: Sie stammte von Su Schelbert, ihrer ehemaligen Klassenkameradin und einst besten Freundin.

«Hallo Myrta, habe dich auf Telebasel gesehen, wohne schon lange hier. Ist ja toll, was du so machst. Bist bald mal in Basel oder in Dornach? Lg Su»

Myrta freute sich. Auf Sus Profil fand sie Einträge, die darauf schliessen liessen, dass ihre Klassenkameradin offenbar in Dornach am Goetheanum, dem Sitz der Anthroposophen, in einem

Buchverlag arbeitete. Sie war Rudolf Steiner also treu geblieben. Wie es ihr wohl geht?, fragte sich Myrta.

«Schön, dich wiederzufinden, Su», schrieb Myrta zurück. «Mein Leben ist gerade sehr hektisch. Bin da an einer wirklich grossen Story dran. Ich glaube, ich werde jetzt eine richtige News-Journalistin und decke alle Schweinereien dieser Welt auf. Was meinst du?»

Plötzlich ging das Chat-Fenster auf: «Mach das», antwortete Su. «Siehst übrigens toll aus im TV!»

«Oh, danke. Was machst du so?»

«Als Buchhändlerin am Goetheanum gelandet. Mann, zwei Kinder und drei Katzen. Unspektakulär, aber okay.»

Myrta überlegte kurz: Wenn Su ein «unspektakuläres» Leben führte, was hatte sie dann? Ein spektakuläres?

«Klingt cool», schrieb Myrta zurück. «Manchmal sehne ich mich auch nach sowas ...»

«Waas? Nach schreienden Kindern? Überleg's dir gut, hihi! Du bist doch jetzt Fernsehstar!»

«Tssss. Im Moment bin ich knallharte Reporterin, hoho!»

«Reitest Du noch? Und Theater?»

«Reiten, ja. Mystery ist topfit. Theater nein.»

«Toll, dass Mystery noch lebt, sass ja auch mal auf ihm. Eine Kundin kommt. Bis bald. LG Su!»

«Kiss. M.»

Myrta las den Chat nochmals durch. Sie fühlte sich zurückversetzt in die Schulzeit. Sie war noch immer das Mädchen mit dem Pferd, das schauspielerte, träumte, Gedichte schrieb. Su hingegen war eine Frau geworden. Ja, Su ist auch mal auf Mystery gesessen. Wie lange ist das her? Wie alt waren wir da?

Das Klingeln des Telefons holte Myrta zurück. Es war Geschäftsführer Jan Wigger. Er teilte ihr mit, dass sie mit der aktuellen Ausgabe die besten Verkaufszahlen seit mehr als 14 Monaten hätten.

«Wow!», sagte Myrta nur.

REDAKTION «AKTUELL», WANKDORF, BERN

Alex Gaster hatte die Arschkarte gezogen. Jedenfalls empfand er es so. Nach seiner Rückkehr aus dem Engadin, wo es nichts mehr zu recherchieren gab, wurde er von Nachrichtenchef Peter Renner zum Innendienst auserkoren. Da sich Renner um das gesamte Blatt zu kümmern hatte, musste Alex das Backoffice von «Battistagate» leiten. Das Team bestand mittlerweile aus 15 Leuten: Zwei Reporter, Joël und Flo, waren mit dem Auto unterwegs von Lissabon an die Algarve; zwei Reporterinnen der «Schweizer Presse», Elena und Anna, sassen in einem Flieger nach Lissabon; vier Leute bei «Aktuell» und zwei Reporter bei der «Schweizer Presse» telefonierten die ganze West-Algarve ab, um herauszufinden, wo sich das vermeintliche Drama abgespielt hatte; «Aktuell»-Politik-Korrespondentin Sandra Bosone stiefelte zusammen mit Fotograf Henry Tussot im Bundeshaus in Bern herum und ging allen Vermutungen und Gerüchten nach, die von Politikern geäussert wurden; hinzu kamen zwei Online-Redakteure und Alex selbst, der ebenfalls nonstop am Telefon hing. Das Hauptproblem zurzeit war, die beiden Reporter Joël und Flo in Portugal an den Ort des Geschehens zu lotsen. Das war eine wirklich knifflige Recherche-Aufgabe, weil die meisten Portugiesen, die die Journalisten anriefen, nur portugiesisch verstanden. Zudem herrschte mitten im Januar an der Algarve Offsaison, kaum ein Hotel hatte geöffnet. Um 18.14 Uhr schrie plötzlich einer der Redakteure, die seit Stunden am Telefon hingen, Alex zu: «Carrapateira. Es ist in Carrapateira passiert! Ein Fischer sei ertrunken.»

Alex gab die Info sofort an Flo Arber weiter, allerdings ohne zu sagen, dass der Tote ein Fischer sei. Er war überzeugt, dass der Tote Battista sein musste.

Kurz darauf meldete Flo, dass sie laut Navigationsgerät in 37 Minuten in diesem Kaff seien. Oder schneller. Wenn Joël endlich Vollgas gäbe.

Um 18.30 Uhr sass die Chefredaktion mit Alex zusammen und

plante die Story. Was auf die Titelseite, was auf die eingeplanten vier Innenseiten käme. Jonas Haberer kreierte sofort die Schlagzeile: «Nach Liebesrausch – Battistas einsamer Tod an der Algarve!» Alex wandte ein, dass es bis jetzt keinen einzigen Beleg für diese Vermutung gebe. Haberer kanzelte ihn ab: «Dann mach endlich vorwärts!» Auch Peter Renner forderte, Alex und sein Team sollten schneller und besser arbeiten. Es habe eine Ewigkeit gedauert, bis sie den Tatort herausgefunden hätten.

«Das war verdammt schwierig, wir haben ganz Portugal abtel...»

«Papperlapapp», machte Renner nur.

Für Alex war das eine klare Bestätigung dafür, dass er die Arschkarte gezogen hatte und sie nicht mehr loskriegen würde. Haberer und Renner befahlen zudem – Haberer betonte, dass dies ein Befehl sei –, dass ab jener Minute, in der Flo und Joël am Tatort einträfen, ein Live-Ticker auf «Aktuell»-Online aufgeschaltet werden müsse. «Die Exklusivität an dieser Story können wir unmöglich halten», begründete der Chefredakteur seinen Entscheid. «Es ist ein Wettlauf gegen die Zeit. Im Moment haben wir einen gewaltigen Vorsprung. Aber die anderen Medien werden uns folgen, uns kopieren und schon bald eigens recherchierte Infos publizieren. Ihr müsst ‹Aktuell-Online› im Minutentakt mit News und vor allem mit Bildern fluten. Alles raushauen, was ihr habt. Wir müssen mit dieser Story einen neuen Quoten-Rekord aufstellen und die Konkurrenz abtrocknen. Darauf stehen die Werbefuzzis. Ich wiederhole mich gerne! Gebetsmühlenartig!»

«Seit wann achten wir nur auf die Klicks und die Werbeleute?», fragte ein Online-Reporter, den Haberer nicht kannte und der mit leicht osteuropäischem Akzent sprach. «Ich dachte, wir machen in erster Linie ein gutes News-Portal und kümmern uns nicht um die Click-through-Rate, die Klickrate. Jedenfalls hat das Verlegerin Emma Lemmovski kürzlich an der Uni ...»

«Junger, namenloser Freund, bist du neu hier?», fragte Haberer.

«Nein, ich heisse Istvan und bin seit zwei Jahren hier.»

«Oha, dann arbeitest du normalerweise nur nachts?»

«Ja, ich studiere Medienwissenschaft.»

«Also, pass mal auf, Professor, mit deinen voll krass gescheiten englischen Ausdrücken», sagte Haberer, den Ostakzent imitierend. «Nun lernst du etwas aus dem wirklichen Medienleben: Ohne Klicks, nix Reklame. Nix Reklame, nix Kohle. Nix Kohle, nix Lohn.» In seinem normalen Berndeutsch fügte er hinzu: «Und die Lemmo überlässt du gefälligst mir, klar?!»

Damit war die Redaktionssitzung beendet. Alex und sein Team eilten zu ihren Arbeitsplätzen. Haberer lachte so laut, dass sich alle erschrocken zu ihm drehten.

«Was ist los, ihr Anfänger? All das lernt man nicht an der Uni, das lernt man beim Kotzbrocken und seiner Zecke, nicht wahr Pescheli?» Er stiess dem Nachrichtenchef den Ellbogen in die Rippen und schrie: «Das ist Rock'n'Roll!»

Dann drehte er sich um, lachte nochmals laut heraus und stapfte davon.

Klack – klack – klack.

BUNDESHAUS, BERN

Auch im Zentrum der Schweizer Politik herrschte Aufregung. Der eingesetzte Krisenstab, bestehend aus Militärs, Polizisten, Nachrichtendienstlern und Diplomaten, traf sich stündlich zu einer Lagebesprechung. Gianluca Cottone war zum Verantwortlichen der internen und externen Kommunikation bestimmt worden. Wobei sich die externe Kommunikation darauf beschränkte, sämtliche Journalistenanfragen abzuwimmeln. Intern ging es darum, die Entscheidungsträger regelmässig zu informieren. Bundespräsidentin Johanna Zumstein hatte bereits vor Stunden die Battista-Affäre zur Chefsache erklärt. Auch Parlamentspräsident Hans-Ulrich von der Mühl wurde laufend informiert.

An der 19-Uhr-Sitzung fasste Yves L'Eplattenier, Leiter des Krisenstabs, die Situation zusammen. Pierre-Marc Grosjean, der

Schweizer Botschafter in Portugal, sei noch immer mit Frau Battista auf dem Weg an die West-Algarve, um die aus dem Meer geborgene Leiche zu identifizieren. Die Suche im Meer daure aber noch an, da man im Fahrzeug einen Hinweis auf eine zweite Person unbekannten Namens gefunden habe. Beim Hinweis handle es sich um ein dunkles, lockiges Haar.

«Die Leiche hat eindeutig schwarze, aber ganz gerade Haare, wie unser Bundesrat Luis Battista», sagte Yves L'Eplattenier.

«Soviel ich weiss, hat Karolina Thea Fröhlicher Locken», warf Gianluca Cottone ein.

«Oh, das ist …»

«… Battistas Geliebte.»

«Doppelselbstmord?»

Ein Raunen ging durch die Runde.

«Cottone, Sie besorgen sofort ein Bild dieser Dame», sagte L'Eplattenier, «damit wir es den portugiesischen Kollegen mailen können. Haben Sie Kontakt zu ihr?»

«Nicht wirklich», sagt Cottone.

«Was soll das heissen? Ja oder nein?», meinte L'Eplattenier gereizt.

«Ich kann versuchen, einen Kontakt herzustellen.»

«Machen. Sofort!»

«Verstanden», bestätigte Cottone.

«Nochmals zur allgemeinen Info», fuhr L'Eplattenier fort: «Wir haben sämtliche Fakten erneut überprüft. Luis Battista ist bereits vor zwei Tagen, am 8. Januar, abends von Basel über Frankfurt nach Lissabon geflogen. Ziemlich umständlich. Laut Lufthansa hat Battista erst am EuroAirport Basel-Mulhouse-Freiburg gebucht. Kurz nach 23 Uhr landete die Maschine in Lissabon. Dort hat Battista bei Hertz einen silbernen Renault Clio gemietet. Dieser Wagen steht immer noch auf einem Parkplatz an der Küste bei Carrapateira, also dort, wo der Leichnam aus dem Wasser gezogen wurde. Mittlerweile wissen wir auch, dass Battista mit dem Mietwagen 673 Kilometer zurückgelegt hat. Was Battista in Portugal gemacht hat, ist aber nach wie vor unklar. Bei seiner Frau hat er sich nicht gemeldet. Wir haben sie bereits gestern in der Botschaft ausführlich informiert und befragt. Es geht ihr den Umständen entsprechend gut. Sie sagt, er habe möglicherweise Freunde im Süden Portugals besucht. Das haben wir überprüft, aber keine Bestätigung erhalten. Zur Befindlichkeit ihres Mannes sagte Frau Battista, dass er zwar unter der Trennung leide, aber bei ihrem letzten Kontakt vor …» Yves L'Eplattenier blätterte in seinen Papieren, «… vor fünf Tagen keine Aussagen gemacht habe, die auf eine Depression oder gar einen Suizid hindeuteten. Wie uns Fachleute erklärt haben, könne man daraus keine Schlüsse ziehen. Bei vielen Suizid-Opfern käme es äusserst spontan zur Tat.»

Yves L'Eplattenier seufzte.

«Wir müssen mit dem Schlimmsten rechnen. In wenigen Stunden werden wir Gewissheit haben. Sobald Frau Battista ihren Mann identifiziert hat.»

Er seufzte erneut.

Cottone fand diese Seufzer ein bisschen aufgesetzt. «Haben Sie eigentlich in Betracht gezogen, dass Bundesrat Battista umgebracht worden sein könnte? Jemand hat ihn vielleicht von diesen Klippen …»

«Natürlich, Cottone, natürlich», unterbrach L'Eplattenier. «Aber oberste Priorität hat das Auffinden der Leiche, entschuldigen Sie bitte, das Auffinden von Herrn Bundesrat Luis Battista. Und damit es klar ist, zum wiederholten Male, Herr Cottone, wir schliessen eine Entführung nicht aus.»

Der gesamte Krisenstab, rund 25 Leute, starrte Cottone an. Dieser verkniff sich jeden weiteren Kommentar, obschon ihn das militärische Gehabe aufregte.

«Keinen Ton zu den Medien, Cottone!», befahl Yves L'Eplattenier schliesslich.

«Sir, verstanden, Sir», antwortete Cottone zackig.

Das musste sein. Und es tat ihm gut. Er fühlte sich gleich viel entspannter.

Um 19.33 Uhr erreichten Joël Thommen und Flo Arber ihr Ziel. Das letzte Stück ihres Weges war nicht leicht zu finden gewesen, da sie keine genaue Adresse in ihr Navigationsgerät hatten eingeben können. Zudem war es bereits dunkel. Erst als sie in der Ferne eine Stelle erblickt hatten, die beleuchtet wurde und über der ein Helikopter mit Scheinwerfern schwebte, waren sie sich sicher gewesen, den Ort des Geschehens entdeckt zu haben. Joël hatte Vollgas gegeben und das Auto über die Holperpiste gejagt.

Der Parkplatz lag bei den Klippen. Er wurde von grossen Lampen hell erleuchtet. Joël stellte das Auto an der Strasse ab, nahm seine Kamera, montierte das Zoom-Objektiv 24–70 mm und das Blitzgerät und rannte zusammen mit Flo zum Tatort. Joël begann sofort zu fotografieren. Dazwischen filmte er auch. Diese Aufnahmen würden als Clips auf «Aktuell»-Online erscheinen.

Es windete stark. Die Luft roch salzig. Der Helikopter ratterte. Die Kompressoren der Scheinwerfer brummten. Menschen schrien durcheinander. Es herrschte ein Höllenlärm.

Flo stieg über Absperrungen, schlängelte sich zwischen den Scheinwerfern und den dazugehörigen Kompressoren durch und zeigte allen Leuten, die eine Uniform trugen, seinen Presseausweis. Er sei Reporter, sagte er jeweils, aber das konnte bei diesem Lärm eh niemand verstehen. Joël tat es ihm gleich.

In der Nähe des silbernen Renault Clio, der gerade auf einen Abschleppwagen gehievt wurde, stand ein Kamerateam. Flo fragte halb schreiend, für wen sie arbeiteten und ob sie schon lange hier seien. Für eine lokale TV-Station und ja, sie seien seit 16 Uhr hier, brüllte der portugiesische Reporter auf Englisch. Flo liess sich Namen und Telefonnummer des Chefredakteurs des Senders geben, ging etwas zur Seite, wo es ein bisschen ruhiger war, und meldete das sofort Alex Gaster nach Bern. Vielleicht könne man mit dem Sender einen Deal machen. Der portugiesische Reporter verstand die Aufregung nicht, da er immer noch der Meinung war, man habe einmal mehr einen Klippenfischer geborgen. Flo liess ihn im Glauben. Schliesslich fügte der Reporter hinzu, es seien bereits zwei Fotografen dagewesen. Flo sollte mit dem jungen Mann da vorne sprechen, dieser habe die Leiche entdeckt.

«Joël, komm, los!», schrie Flo.

Joël spurtete humpelnd heran. Er hatte schon 64 Bilder geschossen und drei Clips aufgenommen. Er war aufgeregt. Es war Adrenalin pur. So was hatte er noch nie erlebt.

«Wir machen ein Interview mit diesem Mann dort», schrie Flo Arber. «Kannst du das filmen?»

«Klar!»

Flo packte den portugiesischen Reporter am Arm und lief mit ihm zum Finder der Leiche. Auf dem kurzen Weg erklärte er ihm, dass er übersetzen müsse.

«Flo!», rief Joël. «Willst du ein richtiges Interview machen?»

«Logo!»

«Dann muss ich aber die Videokamera holen, das geht nicht mit der Fotokamera!»

«Los, mach vorwärts!»

Joël rannte zum Auto, zumindest versuchte er, mit seinem schmerzenden Bein zu rennen, und biss die Zähne zusammen. Unterwegs stolperte er. Die Kamera wurde ihm ins Gesicht geschleudert, traf seine lädierte Nase. Joël japste kurz auf, griff im Laufen an seinen Nasenverband und rückte ihn zurecht.

Als er zu Flo zurückkam, war dieser bereits mit dem jungen Mann im Gespräch. Joël richtete die kleine Videokamera, die er vom «Aktuell»-Bildchef erhalten hatte, auf Flo und den Interviewpartner, steckte Mikrofon- und Kopfhörerkabel in die Buchsen, setzte die Hörer auf und meldete: «Läuft!»

Es war seine allererste Aufnahme mit dieser Kamera. Joël hoffte, dass alles gut ging. Im Display sah er ein rotes Lämpchen blinken. Er ging davon aus, dass dies «Aufnahme» bedeutete.

Flo hielt das Mikrofon mit dem Logo «Aktuell-Online» dem Mann vors Gesicht und fragte ihn nach seinem Namen.

«Francisco Guilherme de Araújo Nunes», antwortete dieser. Allerdings hörte Joël praktisch nichts in seinem Kopfhörer.

«Flo! Das geht nicht. Zu laut! Lass uns da drüben das Inti machen!» Er zeigte auf einen Felsen, der einige Meter entfernt lag und nicht beleuchtet war, und dirigierte Flo, den jungen Mann und den Übersetzer an die richtige Stelle. Er hievte die Kamera auf die Schulter, drückte «Play» und schrie: «Läuft.»

«Wie lautet Ihr Name?», begann Flo.

«Francisco Guilherme de Araújo Nunes.»

Flo bat den portugiesischen Reporter, ihm diesen Namen aufzuschreiben. Dann machte er ein rund fünfminütiges Interview, in dem Francisco Guilherme de Araújo Nunes erzählte, wie er die Leiche entdeckt habe, wie sie ausgesehen habe und dass die Polizei noch eine zweite Leiche suche. Flos Reporterkollege übersetzte alles ins Englische.

Flo bedankte sich, liess den Zeugen und den Reporter einfach stehen und ging zum silbernen Renault Clio. «Hey!» schrie er zu Joël, der immer noch bei den beiden Männern stand, jetzt aber zu Flo rannte. «Hast du das Auto fotografiert?»

«Nein, noch nicht.»

«Dann los, mach schon!»

Joël fotografierte und filmte den Wagen von allen Seiten.

Flo kletterte auf den Abschleppwagen, öffnete die Türe und durchsuchte Seitenfächer und Handschuhfach.

«Flo! Runter!», schrie Joël.

Zu spät. Zwei Polizisten packten Flo und zerrten ihn vom Wagen. Flo zeigte den Presseausweis, doch der etwas kleinere Polizist redete im Kasernenton auf Flo ein. Dieser verstand zwar kein Wort, entschuldigte sich aber und ging zu Joël.

«Rückzug, komm!»

Flo und Joël gingen zu ihrem Auto und stiegen ein. Joël lud seine Fotos, Clips und den Interview-Film auf den Laptop. Er fasste sich immer wieder an sein verletztes Bein. Wegen der Rennerei schmerzte es wieder mehr.

Flo rief Alex Gaster an.

«Alles im Kasten», meldete Flo Arber. «Das Auto wurde bei Hertz gemietet. Im Vertrag habe ich den Namen des Mieters gesehen.»

Er wartete darauf, dass Alex nach dem Namen fragte. Flo wollten seinen Triumpf geniessen.

«Flo?!», sagte Alex.

«Ja, mein Lieber?»

«Es wäre ausserordentlich freundlich von dir, wenn du mir den Namen durchgeben könntest.»

«Oh, natürlich! Der Name lautet: Luis Battista!»

VOLKSWIRTSCHAFTSDEPARTEMENT, BUNDESHAUS, BERN

Eine Mitarbeiterin von Gianluca Cottone fragte ihren Chef kurz nach 21 Uhr, ob er auch etwas essen wolle. Sie und die anderen des Teams würden sich Pizzen bestellen. Cottone lehnte ab. Er wartete auf einen Anruf des Leiters des Krisenstabs oder von irgendjemandem – Hauptsache, er hätte bald Gewissheit, dass sein Bundesrat tot war. Er hatte bereits eine Mail an Bundespräsidentin Johanna Zumstein geschrieben, in der er ihr angeboten hatte, bei der Bekanntgabe der traurigen Nachricht behilflich zu sein. Er würde einen Text, in dem sie die Verdienste von Bundesrat Luis Battista würdigen könnte, vorbereiten. Dazu würde er die Nacht durcharbeiten, damit sie bereits am frühen Morgen vor die Medien treten könne. Johanna Zumstein war damit einverstanden gewesen.

Um 21.07 Uhr versuchte Gianluca Cottone einmal mehr, Dr. Frank Lehner zu erreichen. Bisher war immer nur die Mailbox gekommen, Cottone hatte jedoch keine Nachricht hinterlassen. Diesmal nahm der Medienchef der Parlinder AG den Anruf entgegen.

«Herr Cottone, mein Freund, so spät noch am Arbeiten? Was habe ich wieder verbrochen? Welche geheimen Akten soll ich der Presse gegeben haben?»

«Hören Sie, vergessen wir unseren Streit wegen den Unterlagen von Battistas bezahlter Liebesreise. Sie haben gewonnen, Parlinder und Labobale sind aus dem Schussfeld. Und jetzt hoffe ich sehr, dass dies auch so bleibt. Denn ...» Cottone stockte. Erst jetzt realisierte er, dass es hier tatsächlich um den Tod seines Chefs ging. Jenes Menschen, für den er jahrelang Tag und Nacht gearbeitet hatte, dessen Karriere auch seine eigene gewesen war, dessen Leben sogar ein Teil seines eigenen geworden war.

«Was ist denn, Gianluca?»

«Es ist ein Drama passiert. Herr Bundesrat Luis Battista hat Suizid begangen. An der Westküste der Algarve. Es ist noch nicht ganz sicher, aber wir gehen alle davon aus.»

«Bitte, was ist passiert?»

«Möglicherweise ist alles noch viel schlimmer. Die Polizei sucht nach einer weiteren Person, einer mit gelockten Haaren. Wir befürchten, dass es sich dabei um Frau Karolina Thea Fröhlicher handeln könnte. Wir haben uns erlaubt, einige Bilder von Frau Fröhlicher aus dem Internet der Polizei in Portugal zu senden, damit sie sie erkennen, falls sie ...»

«Was reden Sie da, Gianluca? Battista tot? Karolina Thea tot?»

«Nein, nein, es ist bis jetzt nur eine schreckliche Befürchtung.»

Dr. Frank Lehner sagte nichts mehr. Gianluca Cottone auch nicht. Cottone vermutete, dass es für Lehner ein Schock war. Vielleicht fühlte er sich sogar schuldig oder mitschuldig, weil er den Bundesrat via Presse regelrecht abgeschossen und in den Suizid getrieben hatte.

«Frank?», fragte Cottone nach gut einer Minute freundschaftlich. «Geht es? Es ist schwer für uns alle ...»

«Natürlich, das ist eine schreckliche Nachricht.»

«Darf ich Sie bitten, Karolina Theas Familie zu kontaktieren und sich über den Verbleib ihrer Tochter zu erkundigen? Oder sie direkt anzurufen, denn wie gesagt, dass sie ebenfalls Suizid begangen hat, ist bis jetzt nur eine schreckliche Befürchtung.»

«Natürlich, das werde ich umgehend tun», sagte Dr. Frank Lehner wieder in seinem typisch geschliffen Deutsch.

«Geben Sie mir so schnell wie möglich Bescheid.»

«Selbstverständlich, Herr Cottone.»

«Danke.»

Gianluca war verwirrt nach diesem Gespräch. Er konnte seinen Berufskollegen nur sehr schwer einschätzen. Hatte ihn die Nachricht wirklich berührt? Warum spielte er so schnell wieder den Profi, den nichts erschütterte? War er einfach so? Oder steckte was dahinter?

Vielleicht liegt es auch an mir selbst, sinnierte Gianluca Cottone. Ständig diese kommunikativen Spielereien, Tricks, Notlügen, Zwischentöne. Kann ich überhaupt noch mit irgendjemandem ein normales Gespräch führen?

Nein, kam er zum Schluss. Nicht mal mit mir selbst.

REDAKTION «SCHWEIZER PRESSE», WOLLISHOFEN, ZÜRICH

Die heutige Abschlusskonferenz der Redaktionen «Aktuell» und «Schweizer Presse» startete bereits um 21.45 Uhr statt wie vorgesehen um 22 Uhr. Grund dafür war, dass die Reporter Flo Arber und Joël Thommen soeben gemeldet hatten, dass die Suche nach einer zweiten Person, möglicherweise nach Karolina Thea Fröhlicher, in Carrapateira wegen eines aufziehenden Sturms unterbrochen werden musste. Diese Info wurde sofort auf dem Live-Ticker von «Aktuell-Online» vermeldet. Dort waren auch die Fotos, Clips und das Interview mit dem Zeugen aufgeschaltet.

Die Konferenz fand auf der «Aktuell»-Redaktion statt, Myrta Tennemann war telefonisch zugeschaltet, weil sie als Chefredakteurin der «Schweizer Presse» für die Battista-Story mitverantwortlich war. Neben ihr sass Nachrichtenchefin Michaela Kremer. Sie hatten auf Myrtas Telefon den Lautsprecher eingeschaltet.

«Aktuell»-Chef Haberer erkundigte sich als erstes, ob das Team der «Schweizer Presse» neue Infos habe.

«Ja, unsere beiden Reporterinnen haben mit dem Vater von Frau

Battista gesprochen. Er erzählte ihnen, dass seine Tochter unterwegs nach Carrapa…»

«Carrapateira», ergänzte Jonas Haberer. «Ich weiss. Ist egal, wie dieses Kaff heisst.»

«Dass die dorthin gefahren sei, weil sie ihren Mann identifizieren müsse.»

«Das hat Battistas Schwiegervater erzählt?», fragte «Aktuell»-Nachrichtenchef Peter Renner.

«Ja. Er heisst übrigens Manuel Enrique Ruis. Er gibt uns morgen ein ausführliches Interview», verkündete Michaela Kremer. «Vielleicht lässt er sich sogar mit seinen Enkeln fotografieren.»

Myrta Tennemann hob den Daumen und schaute zu Michaela. Sie freute sich unglaublich, den «Aktuell»-Leuten bewiesen zu haben, dass auch die «Schweizer Presse» Top-Reporterinnen hatte.

«Nur damit ich nochmals gefragt habe: Ihr habt tatsächlich mit dem Schwiegervater von Battista gesprochen?»

«Ja», mischte sich nun Myrta ein.

«Toll», unterbrach Jonas Haberer. «Vielen Dank, Myrteli! Ich schlage vor, wir bauen heute ein, zwei Zitate des Schwiegervaters ein, doppeln morgen in der ganzen Trauerorgie nach und heizen das Exklusiv-Interview mit Frau Battista oder deren Vater in der ‹Schweizer Presse› an. Okay?»

«Ja, obwohl das Interview noch nicht garantiert ist», meinte Michaela Kremer.

«Super!», brüllte Haberer, ohne auf Michaelas Einwand einzugehen. «Also, dann melden wir morgen exklusiv das Ableben unseres lieben Bundesrats Luis Battista. Die Schlagzeile haben wir schon: ‹Nach Liebesrausch – Battistas einsamer Tod an der Algarve!›»

«Einsam geht nicht», wandte Renner ein. «Vielleicht ist seine Geliebte mit ihm gesprungen.»

«Ach ja, also ‹einsam› weglassen.»

«Hat Eleonora Battista ihren Mann mittlerweile identifiziert?», fragte Myrta.

«Flo, hast du gehört?», schrie Peter Renner.

«Ja, habe die Frage verstanden. Kann sie aber nicht beantworten. Wir wissen im Moment nicht, wo Frau Battista ist. Und auch nicht, wo sich der Leichnam befindet. Das ist hier alles ziemlich komliz…»

«Was, was, was?», japste Jonas Haberer. «Wovon redet ihr da? Es ist nicht sicher, ob der tote Klippenspringer Battista ist?»

«Es deutet alles darauf hin», erklärte Peter Renner. «Vor allem, weil das am Unfallort gefundene Auto von Battista gemietet wurde. Aber eben, es gibt eventuell noch eine zweite Person, nach der gesucht wird beziehungsweise wurde.»

«Das ist doch Battistas Geliebte, oder?», meinte Haberer.

«Das ist auch nicht sicher.»

«So eine Scheisse! Und was sagt Battistas Quasselstrippe?»

«Meinst du Gianluca Cottone?», fragte Myrta.

«Ja!»

«Gar nichts. Nicht mehr. Wartet ebenso auf Bericht aus Portugal wie wir.»

«Verdammt nochmal!», wetterte Jonas Haberer. So laut, dass der Lautsprecher von Myrtas Telefon schepperte. Es war zu hören, wie auf die Tischplatte gehämmert, ein Stuhl verschoben wurde. Schwere Schritte, Klack – klack – klack, ein dumpfer Ton und wieder ein Schlag auf den Tisch.

«Also, was machen wir?», fragte Haberer etwas ruhiger. Er musste wohl kurz zur Beruhigung im Sitzungszimmer herumgelaufen sein, stellte sich Myrta vor.

«Das ist Battista, ich habe sein Auto ja gesehen», sagte Flo Arber.

«Ja, aber du hast Battista nicht gesehen, verdammt!», brüllte Haberer. «Und ein Toter ist nur dann tot, wenn er nachweislich tot ist. Über einen Toten zu schreiben, der nicht tot ist, ist der Tod des Schreibers, ihr Dilettanten! Ihr verdammten Amateure!»

«Jonas, lass mal, ja?!», griff Renner ein. «Alle machen einen super Job.»

«Ja, ich weiss, sorry. War nicht persönlich gemeint. Es nervt mich einfach. Wenn Battista am Leben wäre, hätte er sich doch gemeldet.»

«Vielleicht wurde er auch entführt», sagte Renner.

«Zecke, du mit deinen Verschwörungstheorien. Wer soll einen Schweizer Bundesrat entführen?» Jonas Haberer bekam einen seiner lauten Lachanfälle. «Also, was machen wir? Wollen wir es wagen?»

«Nein», sagte Renner.

«Myrteli, was sagst du?», fragte Haberer.

«Nein!»

«Ihr Angsthasen! Ihr Hosenscheisser! Ihr Feiglinge!»

«Vorschlag für den Titel», sagte Renner. «‹Battista-Liebesaffäre: Drama an der Algarve!› Dann eine Unterzeile im Sinne von: ‹Leiche im Meer gefunden, ist es der Bundesrat?›“

«Das ist aber nicht Rock'n'Roll.»

«Dafür korrekt!»

«Hey, Online-Freaks!», schrie Haberer. «Was habt ihr für eine Schlagzeile?»

Ein Online-Redakteur sagte irgendetwas. Myrta konnte durchs Telefon aber nichts verstehen. Sie schaute ihre Nachrichtenchefin Michaela Kremer an, die schüttelte nur den Kopf.

«Was?», schrie Haberer. «‹Suche nach Battista›? Das ist eure Headline? So ein Quatsch! Und wie hoch ist die Quote?», schrie Haberer.

Wieder etwas Unverständliches.

«Ja, Hits und Kicks und Knacks! Also, wie viele Leute sind auf unserer Seite?»

«Der Typ hat einen Knall, was?!», flüsterte Michaela Myrta zu.

«Ja, schon immer», antwortete Myrta ebenso leise.

«Oh, habt ihr das gehört, Leute?», sagte Haberer jetzt wieder in normaler Lautstärke. «Wir schreiben online absolute Spitzenzahlen. Hammer! Also, was machen wir jetzt für eine Schlagzeile?»

«Oberzeile: Affäre Battista», meldete sich nun Textchefin

Hilde Kavelic zu Wort. «Dann die Headline: ‹Drama um Liebe und Tod›!»

«Langweilig», murrte Haberer. «Wir sind doch keine Opernzeitung. Myrta?»

«Ja, Jonas?»

«Was würdest du machen?»

Du fieser Hund, dachte Myrta. Dann sagte sie: «Also, ich würde schreiben: ‹Battista tot?› Mit Fragezeichen.»

11. Januar

BÜRO DER BUNDESPRÄSIDENTIN, BUNDESHAUS, BERN

Als Gianluca Cottone eintrat und neben Johanna Zumstein nur Yves L'Eplattenier und nicht den gesamten Krisenstab vorfand, war ihm sofort klar, was die Bundespräsidentin zu sagen hatte.

Johanna Zumstein trug einen grauen Hosenanzug und sah mitten in der Nacht – es war 00.06 Uhr – immer noch frisch aus. Cottone versuchte zu erkennen, ob sie geweint hatte. Schliesslich hatte sie wohl vor wenigen Minuten die Nachricht vom Tod eines Regierungsmitglieds erhalten. Aber das dezente Makeup sah perfekt aus.

«Meine Herren, danke, dass Sie gekommen sind. Ich wollte Sie im kleinen Kreis informieren, da wir die Sache nun beenden können. Nehmen Sie bitte Platz.»

L'Eplattenier und Cottone setzten sich an den kleinen gläsernen Konferenztisch. Die Bundespräsidentin hielt eine grosse Tasse mit Sonnenblumendekor mit beiden Händen fest. Aus der Tasse dampfte es. Cottone glaubte, einen Hauch Pfefferminze zu erschnuppern.

«Ich habe vor gut einer Stunde einen Telefonanruf erhalten. Daraufhin habe ich den Gesamtbundesrat informiert, nun möchte ich Sie unterrichten. Entschuldigen Sie die Verzögerung, aber wir haben diesen Fall erst in der Regierung besprechen müssen, weil er doch sehr aussergewöhnlich ist.»

Johanna Zumstein nahm einen Schluck Tee. Eher ein Schlückchen, der Tee schien sehr heiss zu sein.

«Der Anruf kam von Bundesrat Luis Battista», sagte sie dann emotionslos.

«Was?», entfuhr es Gianluca Cottone. «Er lebt?»

«Ja, er lebt. Es geht ihm offenbar gut. Er hat mir mitgeteilt, dass er sich unter diesen Umständen habe zurückziehen müssen. Dass dies zu Missverständnissen geführt habe, tue ihm leid. Er sei zum Schluss gekommen, sein Amt als Bundesrat per sofort niederzulegen. Morgen, also heute, gegen Abend komme er nach Bern. Er bat mich, eine Sitzung des Gesamtbundesrats einzuberufen, damit er sich kurz erklären könne. Er habe eine Medienmitteilung vorbereitet. Diese hat er mir bereits gemailt. Ich werde dieses Communiqué an Sie weiterleiten, Herr Cottone, veröffentlicht wird es aber durch die Bundeskanzlei. Vor die Kameras will Luis Battista nicht treten. Er bat mich, Ihnen dies zu sagen.»

«Das gibt es doch nicht.»

«Ja, das dachte ich zuerst auch», sagte die Bundespräsidentin und nahm wieder einen Schluck Tee. «Aber ich kann Ihnen versichern, dass es ihm tatsächlich gut geht.»

«Vielleicht wurde er entführt und zu diesem Anruf gezwungen!»

«Nein. Er klang absolut normal, unaufgeregt, sogar entspannt. Erleichtert und erholt.»

«Und wer ist dann der Tote im Meer?»

Die Bundespräsidentin schaute zum Leiter des Krisenstabs.

«Das betrifft uns nicht mehr», sagte Yves L'Eplattenier.

«Dann hat Eleonora Battista die Leiche gar nicht …»

«Doch, sie war in der örtlichen Gerichtsmedizin. Es war sehr hart für sie. Aber sie war natürlich auch froh, dass nicht ihr Mann dort lag, sondern …» L'Eplattenier unterbrach den Satz und schaute zu Bundespräsidentin Johanna Zumstein.

Beide schwiegen.

«Wollen Sie sagen, dass Frau Battista den Toten erkannt hat? Dann ist es kein Klippenfischer, sondern ein Bekannter der Battistas. Was erklären würde, warum sein Mietauto am Ort des Geschehens gefunden worden ist», kombinierte Cottone.

«Offenbar ist das so, ja», sagte Johanna Zumstein. «Hören Sie, das ist wirklich vertraulich, und wir haben damit nichts zu tun.»

«Ja, und?» Gianluca Cottone konnte es nicht mehr erwarten.

«Der Tote ist Gustav Ewald Fröhlicher, Inhaber der Parlinder AG.»

«Ich weiss, wer Fröhlicher ist», murmelte Cottone. «Ich weiss es sogar sehr gut, verdammt!»

«Bitte?», fragte die Bundespräsidentin erschrocken.

«Alles sehr tragisch», sagte Cottone.

SEESTRASSE, ZÜRICH-WOLLISHOFEN

Draussen war es noch stockdunkel, als Myrta erwachte. Sie hatte nichts geträumt. Darüber war sie froh. Sie blickte auf die Uhr: Es war 05.56 Uhr.

Da sie sich ausgeschlafen fühlte, stand sie auf und schaltete den Laptop ein. Sie wollte sehen, wie die Battista-Story nun geworden war.

«Battista – tot?» Es war ihre Schlagzeile!

Auf der Website war alles zum Fall Battista zu finden. Flo Arbers Interview mit dem Entdecker der Leiche als kurzer Film, mehrere Clips von Joël Thommen über die Suchaktion mit dem Helikopter, Fotos von Battistas Auto auf dem kleinen Parkplatz, dazu ein komplettes Dossier über die ganze Affäre, angereichert mit Aufnahmen des portugiesischen Fernsehteams. Auch die Recherche ihrer beiden Journalistinnen war gross aufgemacht mit der Autorenzeile: *Von Elena Ritz mit Fotos von Anna Sorlic, Reporterinnen der «Schweizer Presse».* Im Text berichtete Manuel Enrique Ruis, Eleonora Battistas Vater, dass seine Tochter Angst habe, weil sie nicht wisse, was passiert sei. Und weil der Botschafter sie immer wieder gefragt habe, ob sie möglicherweise doch Kontakt zum Bundesrat habe. Fest stehe nur, dass Luis Battista nach Portugal geflogen sei und ein Auto gemietet habe. Nun sei er aber verschwunden. Seine Tochter sei unterwegs in den Süden, weil man dort eine Leiche gefunden habe.

Der Text endete mit dem etwas schwülstigen Satz: *«‹Unser Gott wird gnädig sein›, sagt der alte Mann. ‹Wir haben nichts Unrechtes getan.›»*

Auch wenn ihr dies nicht sonderlich gefiel – Myrta war stolz auf ihre beiden Frauen und freute sich, in der kommenden Ausgabe der «Schweizer Presse» aus dem Vollen schöpfen und 15 bis 20 Seiten Battista bringen zu können. Diese Ausgabe würde der absolute Bestseller.

Nach «Aktuell-Online» klickte sie sich durch die anderen News-Seiten. Die meisten zitierten «Aktuell» oder den Bericht der «Schweizer Presse»-Reporterinnen. Auch in allen gedruckten Zeitungen war Battista der Aufmacher. Myrta hatte Zugriff auf sämtliche E-Papers und konnte die Zeitungen auf dem Laptop lesen.

Was ihr bald auffiel: Alle Artikel enthielten vielen Fragezeichen. Die mehr oder weniger offiziellen Fakten waren mager: Battista war untergetaucht, sein Parteipräsident hatte eine SMS mit Battistas Rücktrittsankündigung erhalten, die er allen Journalisten gezeigt hatte, und Gianluca Cottone schwieg und bestätigte damit fast jedes Gerücht.

Myrta wurde es ein wenig mulmig bei dieser Betrachtungsweise.

Was, wenn alles falsch war? Wenn sich die Reporter vor Ort getäuscht hatten? Wenn sie vor lauter Eifer die Wahrheit verdreht hatten?

Das konnte nicht sein. Gerüchte und Spekulationen sind nie komplett falsch, sagte sich Myrta. Und bis auf Joël sind alles erfahrene Leute in Portugal, im Bundeshaus und auf den Redaktionen. «Ich selbst habe alles bestätigt bekommen von Cottone», murmelte sie.

So sicher war sie sich nicht mehr. Vielleicht hatte sie zu viel in das Gespräch hineininterpretiert. Schliesslich war sie ganz hibbelig. Es war ihre Story, ihre erste richtige News-Geschichte …

Myrta stellte sich lange unter die Dusche.

VOLKSWIRTSCHAFTSDEPARTEMENT, BUNDESHAUS, BERN

«Herr Cottone, wachen Sie auf!»

Gianluca Cottone öffnete die Augen. Vor ihm stand der Bundesratsweibel. Er selbst hing in seinem Bürostuhl. Er setzte sich auf und fuhr sich durchs verstrubbelte Haar.

«Wieviel Uhr ist es?»

«Sieben. Haben Sie hier geschlafen?»

«Ja, ich muss eingeschlafen sein.» Cottone stand auf und kontrollierte seinen Joop!-Anzug. Er war völlig zerknittert.

«Können Sie mir den aufpeppen?», fragte er den Weibel.

«Natürlich.»

Cottone zog die Schuhe aus, Hosen, Veston, Krawatte, Hemd. Er gab dem Weibel den Anzug und holte sich aus dem kleinen Schrank in seinem Büro ein neues Hemd.

«Ja?», fragte Cottone, als er bemerkte, dass der Bundesratsweibel immer noch da war.

«Darf ich Sie fragen, ob das stimmt, was heute in der Zeitung steht?»

«Was steht denn drin?»

Der Weibel angelte ein zusammengefaltetes «Aktuell» aus seinem Hosensack und zeigt ihm die Headline.

«Battista – tot?», las Cottone vor. «So ein Quatsch. Los sind wir ihn trotzdem!»

«Wie meinen Sie das?»

«Er tritt zurück. Aber behalten Sie das noch einige Stunden für sich.»

Der Weibel verliess das Büro. Cottone setzte sich, nur bekleidet mit Hemd, Unterhose und Socken, an seinen Schreibtisch und holte seinen PC aus dem Standby-Modus. Es erschien die Medienmitteilung von Luis Battista, die ihm die Bundespräsidentin weitergeleitet hatte. Er las den Text zum x-ten Mal durch. Und immer noch konnte er sich nicht vorstellen, dass Luis Battista dieses Communiqué selbst geschrieben hatte. Denn es war perfekt: Sofortiger Rücktritt aus persönlichen Gründen, Angriffe und Spekulationen der Medien unerträglich, grosses Bedauern, Gefährdung der Demokratie und ihrer Spielregeln und noch jede Menge Blabla.

Gianluca Cottone hatte zwar keine Ahnung, wie alles zusammenhing, aber er war sich sicher, dass diese Medienmitteilung Dr. Frank Lehner verfasst hatte.

«Nun kannst du gleich weiterschreiben, Doktor Frank Lehner», sagte Cottone leise. «Einen schönen, verlogenen Nachruf auf deinen Superboss. Was für ein toller Hecht er war. Ach ja, natürlich, ich Trottel, und dass Karolina Thea nun auf einigen Milliarden …»

Plötzlich flog die Türe auf. Eine Mitarbeiterin stürmte herein und hielt ihm «Aktuell» hin.

«Nein, er lebt», sagte Cottone trocken. «Er lebt und hat bei der Euromillionen-Lotterie einige Milliarden gewonnen!»

«Was?», sagte die junge Frau und starrte Cottone an.

«Vergiss es. War ein Scherz.»

LABOBALE, ALLSCHWIL, BASELLAND

Als Mette Gudbrandsen um 07.58 Uhr die fünfte Etage betrat, in der sich Carl Koellerers Büro befand, war sie bestens gelaunt. Das am Vorabend kurzfristig einberufene Meeting in Sachen BV18m92 würde für sie ein Genuss werden. Davon war die Norwegerin überzeugt.

Nachdem sie bei mehreren Vorzimmerdamen und -herren und dem Security-Mann, der vor dem Büro des Labobale-CEOs stand, vorbeigerauscht war, betrat sie lächelnd das Office.

Carl Koellerer stand am Fenster und schaute in Richtung EuroAirport. Das freundliche «Good Morning» von Mette erwiderte er nicht. Er wandte sich ihr zu und bat sie, sich zu setzen.

«Wo ist Phil?», wollte Koellerer wissen und nahm auf seinem Stuhl Platz.

«Er ist krank und muss sich entschuldigen.»

«Krank? Was hat er?»

«Grippe», antwortete Mette, obwohl sie das nicht wirklich glaubte.

«Grippe, so, so», murmelte Koellerer. «Dagegen gibt es Impfungen und Medikamente!»

«Natürlich, aber Sie wissen ja, dass dies keine hundertprozentige Garan…»

«Ach, weiss ich das?», unterbrach sie der Boss.

Mette war verunsichert. Ihre Freude war weg. Irgendetwas stimmte nicht.

«Was gibt es denn?», fragte sie vorsichtig.

«Ich bin gestern abend von unserem Kunden zurückgekommen», begann Koellerer ganz ruhig.

«Oh, schön, wie läuft es denn?»

«Ich war bei ihm, weil er vor drei Tagen aus dem Projekt BV18m92 ausgestiegen ist. Sämtliche Versuche, die Damen und Herren dieses Unternehmens umzustimmen, waren erfolglos. Sie haben die Übung abgebrochen und sämtliche von uns gelieferten Viren, Testreihen, Formeln und Unterlagen bereits vernichtet.»

Mette war sprachlos.

«Zudem wollen sie die Beziehungen zu Labobale auf unbestimmte Zeit unterbrechen. Also auch die anderen, weniger problematischen Bereiche aufgeben.»

Mette sammelte sich und fragte: «Was ist denn passiert?»

Koellerer stand auf und schaute wieder zum Fenster hinaus. «BV18m92 sei unbrauchbar. Die Viren seien zu aggressiv und zu gefährlich.»

«Aber die wollten doch ein aggressives Ding.»

«Ja, aber nicht in diesem Ausmass!»

«Dann machen wir es weniger aggressiv», sagte Mette.

«Und wie lange dauert das?»

«Wenn alles gut läuft, zwei, drei Jahre.»

«Zwei, drei Jahre.»

«Vielleicht auch weniger.»

«Meine liebe Mette, Sie und Phil haben ein Monster geschaffen!» Carl Koellerer drehte sich zu ihr um. «Kapieren Sie das endlich. Ein Monster! Und ein Monster kann man nicht einfach auf die Schnelle zähmen. Das wissen Sie ganz genau. Ihre Arbeit ist Pfusch. Der Auftrag war, ein kleines, hässliches Biest zu schaffen, das die Menschen krank macht, sie aber nicht zu Zombies mutieren lässt.»

«Das haben wir nicht!», rechtfertigte sich Mette. «Alle Tests waren prima. Bloss die Testreihen an Versuchspersonen konnten wir nicht machen wegen der Geheimhaltung, den Kosten und dem enormen Zeitdruck. Das wissen Sie genau!»

«Hören Sie auf, Sie haben einen Fehler gemacht. Ich bin nicht Wissenschaftler.»

«Lassen Sie mich mit den Leuten reden, die jetzt an unserem Virus …»

«Nein.»

«In dieser kurzen Zeit seit der Übergabe ist es gar nicht möglich, dass die schon irgendwelche Resultate haben!»

«Lassen Sie es, Mette! Fakt ist, dass das verdammte Ding unserem Kunden nicht passt. Vielleicht lügen diese Leute auch, vielleicht haben sie ganz andere Gründe. Ich weiss es nicht, jedenfalls ist der Entscheid endgültig. Mette, Sie ahnen gar nicht, was und wer da alles dahinter steckt. Ich bin auch nur ein kleiner Teil davon.»

«Wer steckt dahinter?»

«Ich weiss es auch nicht im Detail. Ich kann Ihnen nichts sagen.»

«Klagen Sie die Leute ein!»

«Genau. Wir haben höchst illegal ein Monster kreiert, das nun niemand haben will.» Koellerer hielt kurz inne. Dann sagte er ganz sachlich: «Ich gebe Ihnen einen neuen Auftrag.» Er kam langsam auf Mette zu.

«Oh», machte die Wissenschaftlerin nur.

«Ihnen, Doktor Mertens, den holländischen und den chinesischen Kollegen: Schaffen Sie dieses verdammte Virus aus der Welt, und hinterlassen Sie dabei keine einzige Spur!»

«Aber warum denn? Das Projekt ist doch ein sicheres Milliardengeschäft. Wenn dieser Kunde nicht will, dann eben ein anderer.»

«Nein.»

«Können Sie mir wenigstens verraten, wer der geheimnisvolle Kunde überhaupt war?»

«Nein. Und mir wäre lieber, ich könnte das alles mit einem einzigen, kleinen Klick in meinem Hirn löschen!»

«Aber warum denn?»

«Vergessen Sie es, Mette. Tun Sie, was ich Ihnen sage.»

«Und was geschieht danach? Was passiert mit Labobale? Schliesslich wurde die Firma wegen diesem Projekt überhaupt ins Leben gerufen.»

«Das steht nicht in meiner Macht. Damit wird sich Gustav Ewald Fröhlicher befassen müssen. Ihm gehört schliesslich das Labor. Er ist clever genug, die Sache so zu managen, dass er und seine Parlinder AG das Debakel überstehen.»

«Dann ist alles gar nicht so dramatisch?»

«Danke, Frau Gudbrandsen, machen Sie sich an die Arbeit.»

Carl Koellerer gab ihr die Hand und umarmte sie. Aber nur ganz kurz. Dann wandte er sich von ihr ab und setzte sich an seinen Schreibtisch.

Mette ging zurück in ihr Büro.

Langsam.

Ich muss unbedingt mit Phil sprechen, war ihr erster Gedanke. Der zweite: Sowohl meine Karriere als auch die von Phil und der anderen Forscher von Labobale ist hiermit beendet. Als sie spürte, dass sie die Tränen nicht zurückhalten konnte, begann sie zu rennen. Sie spurtete durch den Flur zum Notausgang, öffnete die Türe, nahm auf dem Weg nach unten zwei, drei Treppenstufen auf einmal, liess sich im Zwischenstock gegen die kalte Betonmauer katapultieren, fing den Aufprall mit Händen und Armen auf und sackte zusammen.

Sie vergrub den Kopf in den Armen und heulte.

REDAKTION «SCHWEIZER PRESSE», ZÜRICH-WOLLISHOFEN

Es herrschte Stille. Wie immer. Einige Redakteure waren schon da, aber die meisten Plätze waren noch nicht besetzt. Normalzustand um 09.13 Uhr.

Myrta lief durch die Redaktion und wurde sich wieder einmal bewusst, dass sie nicht die Chefin eines News-Produktes war, sondern eines etwas in die Jahre gekommenen People-Magazins.

Hier ging alles etwas gemächlicher zu und her. «Unspektakulär», kam ihr in den Sinn, so, wie Su ihr Leben bezeichnet hatte. Sie fühlte sich in die Zeit zurückversetzt, als sie für das Automagazin arbeitete: Alles, was aktuell und interessant war, passierte ohne sie. Nun war sie mit ihrer «Schweizer Presse» zwar ein bisschen dabei – sie war sogar die Initiantin für die grosse Story gewesen –, aber von der journalistisch aufgeheizten Stimmung war hier nicht das Geringste zu spüren. Keine herumflitzenden Menschen mit Papieren, Laptops und Fotoprints in den Händen, kein nervöses Gezappel bei den Kaffeeautomaten, keine Duftwolken von Schweiss und Parfüm.

Sie vermisste das Fernsehstudio.

Kurz nachdem sie ihr Büro betreten und ihren Mantel ausgezogen hatte, stand Michaela Kremer vor ihr und teilte ihr mit, es sehe schlecht aus für ein Interview mit Manuel Enrique Ruis.

«Warum denn?», fragte Myrta. «Gestern war er doch nett. Und da wusste er bereits, dass sein Schwiegersohn tot ist.»

«Ich weiss nicht warum. Elena und Anna sind zwar vor Ort, kommen aber nicht mehr an das Haus heran. Und ans Telefon geht niemand.»

«Warum kommen sie nicht zum Haus?»

«Private Sicherheitsleute weisen sie ab.»

«Private Sicherheitsleute? Nicht die Polizei?»

«Nein, keine Ahnung, was das soll.»

«Seltsam.»

«Sie sollen es weiterversuchen. Wir brauchen das Interview. Am besten natürlich mit der Witwe!»

«Eleonora Battista?»

«Ja!»

«Wir versuchen es.»

Michaela Kremer rauschte aus dem Büro, gleichzeitig kam Redaktionsassistentin Cornelia Brugger herein.

«Ein Herr Tröger hat schon mehrmals angerufen, Bernd Tröger», sagte sie. «Du sollst ihn unbedingt zurückrufen. Er sei von RTL.»

«Ja, ja, ich weiss.»

«Hast du etwa ein Angebot vom Fernsehen?»

«Nein», antwortete Myrta barsch. Cornelia schaute sie irritiert an und verliess das Büro.

«Kannst du bitte die Türe schliessen?», rief Myrta ihr nach.

Bernd hatte in den letzten Tagen dauernd versucht, sie zu erreichen. Sie hatte seine Anrufe nicht entgegengenommen. Martin hatte sich ebenfalls mehrmals gemeldet. Aber auch ihn hatte Myrta jedesmal weggedrückt.

Jetzt wählte sie Bernds Nummer.

«Endlich meldest du dich!», sagte Bernd sofort. «Ich habe mir Sorgen gemacht.»

Sie redeten etwas um den heissen Brei herum. Myrta fand, Bernd sei äusserst charmant, wie früher. Offenbar hatte er die Trennung endlich akzeptiert.

«Pass auf, Myrta», sagte er dann. «Ich möchte mich bei dir für mein Verhalten entschuldigen. Ich liebe dich. Und ich möchte mit dir zusammen sein. Also gib uns doch bitte noch eine Chance, wir fangen ganz von vorne ...»

«Bernd!», ging Myrta dazwischen. «Gib mir bitte Zeit.»

«Komm am Wochenende her, bitte!»

«Nein, das ist unmöglich, ich muss arbeiten.»

Sie redeten noch eine ganze Weile hin und her, ohne dass wirklich etwas dabei herauskam.

«Melissa ist schwanger», sagte Bernd plötzlich.

«Was?», fragte Myrta erstaunt. Melissa war ihre ehemalige Kollegin bei der RTL-People-Show, sie moderierte die Sendung.

«Du bist im Gespräch für die Stellvertretung während ihres Mutterschaftsurlaubs.»

«Wow!» Myrta spürte, wie sie nervös wurde.

«Mach einen Termin für ein Casting ab. Du bekommst den Job garantiert!»

«Ich weiss nicht ...»

«Wenn du diese Moderation gut machst, woran ich nicht

zweifle, bekommst du nach dieser Vertretung auf jeden Fall eine andere Sendung. Einmal Moderatorin, immer Moderatorin.»

«Meinst du?»

«Klar. Du bist die geborene TV-Frau. Und wir sind wieder zusammen. Alles wird gut.»

Keine fünf Minuten nach dem Gespräch mit Bernd erhielt sie eine Mail von einer Mitarbeiterin der RTL-Personalabteilung.

Es war die Einladung zu einem Casting.

HOLLENWEG, ARLESHEIM

Seit Mette Gudbrandsens Besuch war Phil Mertens vorsichtiger geworden. Wenn es an der Haustüre klingelte, schaute er zuerst nach, wer draussen stand, bevor er sich meldete.

So machte er es auch jetzt. Er linste durch den Türspion – eine Videoanlage hatte er immer unnötig gefunden, nun wäre er froh darüber gewesen – und erkannte seinen obersten Chef Carl Koellerer. Neben ihm stand ein Kerl vom Sicherheitsdienst.

Phil rührte sich nicht und atmete nur noch ganz leise und kontrolliert. Hoffentlich mussten er oder seine Frau nicht husten!

«Scheint niemand da zu sein», hörte er den Sicherheitsmann sagen.

Wieder klingelte es, schliesslich wurde gegen die Tür gehämmert.

«Sollen wir die Türe aufbrechen?», fragte der Sicherheitsmann.

«Nein, nein», hörte Phil den Labobale-CEO sagen und war erleichtert.

«Noch nicht», ergänzte Koellerer kurz darauf.

BUNDESHAUS, BERN

«Auf in die Schlacht!» Gianluca Cottone öffnete im perfekt aufgebügelten Joop!-Anzug die Türe seines Büros. Er wurde sofort von Blitzlichtern und Kamerascheinwerfen geblendet. Zudem wurden ihm unzählige Mikrofone hingehalten.

So muss sich ein Filmstar fühlen, dachte Gianluca Cottone und konnte eine gewisse Freude an diesem Auftritt nicht unterdrücken. Es lief im kalt den Rücken hinunter.

Die Fragen, die ihm gestellt und zugerufen wurden, verstand er zwar nicht, aber er ging davon aus, dass die Journalisten-Meute wissen wollte, ob Battista tatsächlich tot sei.

«Ich darf Ihnen mitteilen, dass es Herrn Bundesrat Luis Battista, Chef des Eidgenössischen Volkswirtschaftsdepartements, den Umständen entsprechend gut geht. Er musste sich nach den schweren und unfairen Angriffen gewisser Medien für einige Zeit zurückziehen. Er wird heute nachmittag zu einer Sitzung mit dem Gesamtbundesrat ins Bundeshaus zurückkommen. Danach werden wir Sie, geschätzte Damen und Herren, informieren.»

Nun prasselten noch mehr Fragen auf den Mediensprecher ein. Ob Battista zurücktrete, wer der Tote im Meer sei, warum Battistas Mietwagen am Tatort gefunden worden sei …

Cottone hatte mit seiner Aussage, dass Battista am Nachmittag beim Gesamtbundesrat antrabe, den Köder ausgeworfen. Nun konnten die Reporter den ganzen Tag daran herumkauen und spekulieren, ob Battista zurückträte und was er mit dem Toten an der Algarve zu tun habe.

Cottone sprach noch eine halbe Stunde lang mit den Medienvertretern, gab Einzelinterviews für alle möglichen Radio- und Fernsehstationen, wiederholte stets die gleichen Sätze und liess sich keine einzige zusätzliche Information entlocken. Danach zog er sich in sein Büro zurück und versuchte erneut, seinen Noch-Chef anzurufen. Doch Battista blieb unerreichbar.

HOLLENWEG, ARLESHEIM

Nachdem Koellerer und der Security-Beamte weg waren, rief Phil Mertens sofort Mette an.

«Was hast du dem Boss erzählt?», wollte Phil wissen. «Der stand mit einem Sicherheitsmann vor meiner Türe!»

«Und?»

«Nichts und. Ich habe getan, als sei ich nicht da. Aber die überlegen sich nun, meine Haustüre aufzubrechen.»

«Ruf ihn an. Er will sicher mit dir sprechen.»

«Warum? Nur weil ich einmal ein paar Tage krank bin?»

«Nein.»

«Was ist denn los?»

«Kann ich zu dir kommen?»

«Nein, ich sagte doch ...»

«Dass du und deine Frau infektiös seid, ich weiss», ging Mette dazwischen. «Es ist aber wichtig.»

«Ich bin krank. Ich brauche einfach einige Tage ...» Phil stockte. Er setzte sich aufs Sofa und atmete schwer. Dann hustete er.

«Phil?»

«Es geht wieder», japste Phil und hustete nochmals eine halbe Minute.

«Dann gute Besserung. Schicke dir eine interne Info. Schau sie dir genau an. Jetzt.»

Phil konnte sich nicht vorstellen, was so wichtig sein könnte, dass sie nicht wie normale Leute am Telefon darüber sprechen könnten. Hustend loggte er sich mit dem Tablett-PC ins interne Mailprogramm von Labobale ein und entdeckte sofort Mettes Nachricht.

Sie lautete: «Projekt gestoppt.»

«What???», schrieb Phil zurück.

«Entscheid von oben.»

«Hat Koellerer Schiss bekommen?» Phil wusste zwar, dass dieser Chat von irgendjemandem gelesen wurde und an seinen obersten Boss weitergeleitet würde, aber das war ihm jetzt egal.

«Nein», schrieb Mette zurück. «Kunde zog sich zurück. Zu aggressiv. Wir vernichten alles.»

«NO! NO! NO!», schrieb Phil in Grossbuchstaben.

«?!», kam zurück.

«Es geht nicht.»

«Warum nicht?», fragte Mette.

«Es geht nicht. Selbst wenn Koellerer Gott wäre.»

«???»

Phil wusste nicht, was er antworten sollte.

«Hallo?», schrieb Mette.

Phil fluchte. Und hustete.

«Phil?»

«Die kleinen Teufel leben!», schrieb er schliesslich.

Drei Sekunden später sah Phil, dass sich Mette ausgeloggt hatte.

REDAKTION «SCHWEIZER PRESSE», ZÜRICH-WOLLISHOFEN

Die Nachricht, dass der Tote im Meer nicht Bundesrat Luis Battista war, löste bei sämtlichen Radiostationen und vor allem auf den Online-Portalen eine Flut von Meldungen, Berichten und Kommentaren aus. Myrta klickte sich durchs Web und stiess auf diverse Blogger, die zu einem Boykott von «Aktuell» aufriefen. Auf Facebook und Twitter wollten mehrere User eine Spontandemonstration vor der «Aktuell»-Redaktion in Bern organisieren. Die Kritik war immer dieselbe: «Aktuell» habe einen Menschen für tot erklärt, der bei bester Gesundheit sei. Dass die Schlagzeile «Battista – tot?» mit einem Fragezeichen versehen war, schien die Mehrheit der Leute nicht zu kümmern. Und dass der Artikel, wenn auch reisserisch, absolut korrekt geschrieben war, wurde ebenfalls nicht erwähnt.

Myrta rief bei «Aktuell» an und verlangte Jonas Haberer. Da dieser in einer Sitzung war, wünschte sie, mit Peter Renner zu sprechen.

«Was machen wir jetzt?», fragte Myrta.

«Wir versuchen herauszufinden, wer der Tote ist und warum Battistas Mietwagen an dieser Klippe stand.»

«Haben wir uns vergaloppiert?»

«Vergiss es, Myrta», sagte Renner. «Da ist etwas oberfaul! Sollen die Moralisten Dreck auf uns werfen – wir haben erstens nichts falsch gemacht, und zweitens werden wir herausfinden, was da wirklich los ist.»

«Okay. Bei Battistas Familie in Lissabon steht übrigens ein privater Sicherheitsdienst vor der Türe und weist unsere Reporterinnen weg.»

«Siehste, da ist was faul!»

«Könnte auch eine normale Schutzmassnahme sein.»

«Könnte, ja, ist es aber nicht, Myrta. Die beiden sollen weiterwühlen, Nachbarn befragen, die Botschaft belagern, Freunde von Battista finden und so weiter!»

Myrta fühlte sich nach dem Gespräch mit der Zecke gleich besser. Sie gab Renners Ideen ihrer Nachrichtenchefin Michaela weiter. Diese fragte Myrta, wie sie sich das vorstelle, in Portugal auf die Schnelle Battistas Freunde zu finden.

Myrta hatte keine Ahnung. Die einzige, die Luis Battistas Freunde in Portugal kannte, war seine Frau, aber die war für Journalisten nicht zu sprechen. Entweder war sie in der Botschaft oder zu Hause. Beide Orte waren abgeschottet. Und warum sollte Battista eigentlich nach Portugal reisen, wenn er sich, wie sein Sprecher Cottone behauptete hatte, für einige Tage zurückziehen wollte?

«Der war doch bei seiner Freundin», sagte Myrta vor sich hin. «Männer sind so. Entweder heulen sie sich bei der Frau oder der Freundin aus.» Myrta war sich zwar bewusst, dass der Vergleich zu ihrer eigenen Beziehung mit Bernd ziemlich hinkte. Aber versuchen könnte sie es. Sie rief Martin an, obwohl sie fürchtete, sich eine längere Predigt anhören zu müssen, weil sie seine Anrufe nicht entgegengenommen hatte. Martin reagierte aber hocherfreut und cool. Er fragte nach ihrem Befinden und sagte, er habe sich gedacht, dass sie wegen der Ereignisse der Battista-Affäre keine Zeit für «privates Zeug» habe.

«Du nennt unsere Beziehung lapidar ‹privates Zeug›?», ärgerte sich Myrta.

«Nein, so habe ich das natürlich ...»

«Wir hatten ein bisschen Sex, ich stelle mein Leben auf den Kopf, und du laberst von ‹privatem Zeug›, als ginge es um irgendetwas völlig Belangloses!»

«Ich wollte nur sagen, dass ich Verständnis habe», antwortete Martin sachlich und ruhig.

Da wurde Myrta bewusst, dass sie ausgerechnet jenen Menschen anraunzte, der ihr im Moment am besten tat, sie wieder erdete.

«Blöder Cowboy, Lucky Luke!», sagte sie leise.

«Genau. Dämliche TV-Tussi!»

Myrta musste lachen. Und einmal mehr staunte sie, wie souverän und männlich dieser Kerl mit den starken Armen war.

«Ich muss dich was fragen», sagte Myrta nun ganz sachlich. «Ist Portugal für Pferdeliebhaber ein gutes Land?»

«Willst du Reitferien machen? Ja, da bist du in Portugal richtig.»

«Nein. Wenn ich Pferde kaufen möchte, edle Pferde, würde ich in Portugal fündig?»

«Klar. Gibt einige Lusitano-Gestüte. Sehr gute Züchter. Ich war auch schon dort, kann dir einige Adresse mailen.»

«Ist nicht direkt für mich, ich wäre dir aber trotzdem dankbar, wenn du mir ...»

«Und dann gibt es natürlich noch die Altér Real», warf Martin ein.

«Altér Real?»

«Ja, das sind sehr schöne, edle Pferde. Sie wurden für den portugiesischen Königshof gezüchtet.

«Kann du mir davon auch Adressen schicken?»

«Natürlich. Die beste Adresse ist Alter do Chão. Dort kannst du, soviel ich weiss, gleich das ganze Gestüt kaufen, die sind wegen der Finanzkrise in arge ...»

«Wie heisst das?», ging Myrta dazwischen.

«Alter do Chão, liegt im Alentejo. Ich war dort. Wirklich faszinierende Pferde!»

Myrta schrieb das auf einen Notizzettel und wollte das Gespräch so schnell wie möglich beenden: «Danke, Martin, ich melde mich später wieder. Vielen Dank!»

Sie ging ins Nachrichtenbüro zu Michaela Kremer.

«Schick unsere Reporterinnen sofort dahin.» Sie gab der Nachrichtenchefin ihre Notizen.

«Sollten nicht besser die ‹Aktuell›-Jungs dahin fahren?», entgegnete Michaela. «Für die ist die Story in Carrapateira doch gelaufen! Und wer weiss, was in Lissabon noch abgeht.»

«Gut, check das mit der Zecke.»

«Sag mal, Myrta, was soll in diesem Altér Dingsbums überhaupt sein?»

«Ein edles Pferdegestüt, das zum Verkauf steht. Und wenn wir Glück haben, finden wir dort Karolina Thea Fröhlicher.»

HOLLENWEG, ARLESHEIM

Auf seinem Tablet-PC kontrollierte Phil Mertens sämtliche Aufzeichnungen der letzten Stunden und Tage. Er stellte fest, dass der Krankheitsverlauf nun einigermassen stabil war. Sogar die hässlichen Ausschläge im Gesicht waren nicht schlimmer oder grösser geworden. Seiner Frau ging es inzwischen besser. Allerdings war sie kaum ansprechbar. Manchmal gab sie wirres Zeugs von sich, völlig sinnlose Antworten auf Phils Fragen. Aber wie er ihren Zustand einschätzte, würde sie seine kleinen Teufel überleben. Ohne bleibende Schäden.

Vorausgesetzt, es ging nach Phils Plan. Doch an diesen Plan hatten sich die kleinen Teufel bereits mehrmals nicht gehalten.

Am meisten Sorgen bereitete dem Wissenschaftler der unerwartete Besuch seines obersten Chefs und die Aussagen von Mette. Niemals würde Carl Koellerer einem seiner Untergebenen einen Krankenbesuch abstatten. Zu so einer menschlichen Geste wäre der Mann nicht fähig, war Phil überzeugt. Hatte Mette den CEO über ihren Verdacht informiert? Wusste Koellerer von seinem Verrat? Und was bedeuteten Mettes Informationen zum Scheitern des Projekts BV18m92?

Phil schaute lange durch die halb geschlossenen Jalousien zum Fenster hinaus. Er konnte über Arlesheim bis nach Basel sehen. Er sah die Industrie, die grossen Pharma-Unternehmen. Das alles war seine Heimat geworden.

Und jetzt musste er sie verlassen.

Das war ihm plötzlich klar. Seinem Arbeitgeber Labobale war alles zuzutrauen. Phils Arbeit, seine Forschungsarbeit, seine kleinen Teufel – das war alles dermassen illegal, dass bei einem Scheitern von BV18m92 sämtliche Spuren getilgt werden mussten. Und bei Werkspionen würde wohl keine Gnade …

Er wollte den Gedanken nicht zu Ende spinnen.

Seine Frau und er mussten weg.

Nur konnten sie das nicht. Sie konnten sich unmöglich mit ihren Geschwüren in der Öffentlichkeit zeigen. Zudem würden sie sofort eine Pandemie auslösen. Und Mary konnte im Moment gar nicht gehen.

Er brauchte Hilfe.

Der offizielle Weg? Sanität, Polizei? Wie sollte er alles erklären? Die ganze Sache würde auffliegen … Labobale, der unbekannte Kunde und auch der andere unbekannte Kunde, der seine kleinen Teufel dank ihm besass und an einem Medikament tüftelte …

Aber genau dieser Kunde musste ihm jetzt helfen! Jeff, der wohl weder Jeff noch «deroberti», wie er sich auf Twitter nannte, hiess, könnte ihn und Mary hier rausholen und an einen sicheren, geheimen Ort bringen, wo sie sich die nächsten Wochen oder Monate auskurieren und vor allem warten konnten, bis die kleinen Teufel abgestorben waren.

Er holte seinen Tablet-PC und kontrollierte zuerst seine Bankkonten.

Tatsächlich wiesen seine Kontostände bei diversen Banken in sieben verschiedenen Ländern einen erfreulichen Zuwachs aus. Das Geld war von mehreren Finanzgesellschaften, Banken und Händlern eingegangen, deren Namen er alle noch nie gehört hatte. Von wem das Geld tatsächlich stammte, konnte Phil nicht sehen, und er würde es wohl auch nie erfahren. Sein «Kunde» arbeitete auch in diesem Bereich offensichtlich professionell. Phil rechnete die Gutschriften zusammen und kam auf rund 26 Millionen Euro. Nach Abzug aller Steuern und möglicher Strafgebühren blieben ihm sicher 10 Millionen. Das würde reichen.

Es war zwar nicht der Nobelpreis. Aber es war ein neues Leben.

Phil war wieder zuversichtlich. Wenn dieser Kunde ihm Geld überwiesen hatte, dann würde er ihm auch helfen. Er öffnete Twitter, um einen Hilferuf an @deroberti zu senden.

Doch @deroberti alias Jeff, Phils Verbindungsmann zur anonymen Unternehmung, war nicht mehr auffindbar auf Twitter.

Phil versuchte es mit der anderen Kontaktperson, von der er ein einziges Mal eine Mitteilung oder besser eine Aufforderung zur Ablieferung der Viren bekommen hatte: @Paresatheaven.

Doch auch @Paresatheaven hatte den Account gelöscht.

BUNDESHAUS, BERN

Entgegen seiner ursprünglichen Absicht wollte Luis Battista nun persönlich vor die Medien treten. Diese Information hatte Battistas offizieller Mediensprecher Gianluca Cottone zufällig auf der Toilette aufgeschnappt, als er einem Kollegen der Bundeskanzlei begegnet war. Dass er es auf diesem Weg erfahren musste, ärgerte Cottone nur noch wenig. Er fragte sich bloss, was in den Mann gefahren war, den er jahrelang begleitet hatte.

Kurz vor 17 Uhr gab es im Bundeshaus eine grosse Aufregung, viele Journalisten rannten herum, es wurde gerufen, geschrien, gebrüllt, schliesslich sammelten sich die Reporter an der grossen Treppe unter der Kuppel des Schweizer Regierungssitzes. Kamerascheinwerfer gingen an.

Gianluca Cottone eilte ebenfalls herbei, stand aber abseits auf der rechten Seite.

Luis Battista kam von oben und blieb unten auf der Treppe stehen. Rechts und links von ihm standen zwei jüngere Männer in dunklen Anzügen, die Cottone noch nie gesehen hatte. Er vermutete, dass es Bodyguards waren, wahrscheinlich Fröhlichers Leute. Battista holte ein Blatt Papier hervor und las das Communiqué, das er bereits am Vorabend der Bundespräsidentin geschickt hatte, wortwörtlich ab.

Nach seiner Rede wurde er sofort mit Fragen bombardiert. Doch die beiden jungen Männer bahnten sich resolut einen Weg durch die Reporter-Traube und begleiteten Luis Battista Richtung Ausgang. Kurz bevor Luis Battista das Bundeshaus als alt Bundesrat verliess, blickte er zu Gianluca Cottone.

Es war keine Sekunde, in der sie sich anschauten, schätzte Cottone.

Aber dieser Augenblick reichte, um eine langjährige Zusammenarbeit und Freundschaft zu beenden.

HOTEL CONVENTO D'ALTER, ALTER DO CHÃO, ALENTEJO, PORTUGAL

Joël Thommen und Flo Arber erreichten das Städtchen erst nach 19 Uhr. Auf dem Weg von Carrapateira nach Alter do Chão hatten sie sich trotz Navigationsgerät mehrfach verfahren. Zudem waren sie noch einkaufen gegangen. Denn beide hatten dringend neue Wäsche und Kleider benötigt. Und vor der Reise in den Alentejo hatten sie Stunden damit verbracht herauszufinden, wer die Leiche aus dem Meer war oder zumindest wo sie hingebracht worden war. Ohne Erfolg.

In der Auffahrt zum Hotel Convento D'Alter, das sie ausgewählt hatten, weil es das beste im Ort ist, entdeckten sie drei schwarze Mercedes Geländewagen der M-Klasse mit Münchner Kennzeichen.

«Das glaub ich nicht!», sagte Joël. «Haben wir Glück, oder sind wir so gut?»

«Was redest du da?»

«Diese Autos kenne ich aus St. Moritz!»

«Aus St.Moritz? Mercedes mit Münchner Nummernschildern? Davon gibt es wohl Tausende!»

«In diesem Hotel wohnt garantiert die Fröhlicher.»

«Und wir!», verkündete Flo Arber.

«Ist das nicht ein bisschen teuer?»

«Spesen, Joël, Spesen! Wenn sie uns schon in ganz Portugal herumjagen, sollen sie auch zahlen. Zudem sind wir hier am Recherchieren.»

Joël war es überhaupt nicht wohl. Was, wenn Karolina Thea Fröhlicher tatsächlich hier war? Und mit ihr die Bluthunde, die ihn im Engadin schier getötet hätten? Aber er sagte nichts zu Flo. Er war ein Profi.

Flo ging direkt zur Rezeption, sagte auf Englisch guten Tag, meldete sich als Flo Arber an und sagte, er habe morgen ein Meeting mit Frau Fröhlicher.

Die Rezeptionistin antwortete, sie wisse nicht, wer diese Frau sei.

«Die Firma heisst Parlinder», sagte Flo.

Aber auch diesen Namen schien die Hotelangestellte noch nie gehört zu haben.

«Wir treffen die Leute, die mit diesen Autos herumfahren», versuchte es Flo weiter und deutete auf die M-Klasse-Mercedes.

«Oh», sagte die junge Dame, «Sie meinen die Leute von HCT?»

«HCT?»

«Horse and Country Travel.»

«Ja, genau!»

Nein, er meinte nicht die.

Dieses Hotel war wohl ein weiterer Flop. Der Tag hatte überhaupt nichts gebracht. Flo und Joël waren zwar ständig unterwegs gewesen, aber herausgefunden hatten sie nichts, und Joël hatte kein einziges Mal auf den Auslöser seiner Kamera gedrückt.

«Hey, Joël», sagte Flo nach dem Einchecken. «Ich dusche kurz und geh dann was essen. Kommst du mit?»

«Klar!»

«Halbe Stunde?»

«Tiptop.»

Joël eilte in sein Zimmer, stand unter die Dusche, zog die neue Unterwäsche und die neuen Jeans, die er heute gekauft hatte, an, ging hinunter in die Hotellobby und schaute sich vorsichtig um. Er warf auch einen Blick in die Bar. Sie hatte eine gewölbte Decke, Kerzen brannten, einige wenige, dunkel gekleidete Männer sassen auf Hockern und redeten leise miteinander.

Joël blieb vor dem Eingang stehen und versuchte, die Männer zu verstehen. Er glaubte zu hören, dass sie Deutsch sprachen. Aber sicher war er sich nicht. Noch einmal linste er in die Bar. Waren es die Typen aus dem Engadin? Er müsste in die Bar hinein gehen, um die Männer wirklich zu erkennen.

Aber er hatte Schiss.

12. Januar

GEMPENWEG, DORNACH

Phil Mertens sass in seinem Volvo XC90 auf einem kleinen Parkplatz im Wald, rund 500 Meter von seinem Haus entfernt. Von hier aus konnte man in fünf Minuten die Ruine Dorneck erreichen oder auf einem steilen Weg hinauf zum Gempen, einem markanten Berg, von dem man die ganze Region Basel überblickte. Das allerdings wusste Phil nur vom Hörensagen. Er war noch nie da oben gewesen. Ich müsste einmal hinauf gehen. Irgendwann, wenn Mary und ich wieder gesund sind und die Sache mit den kleinen Teufeln vorbei ist.

Seit viereinhalb Stunden sass er in seinem Wagen. Er trug einen Mundschutz. Seine Frau ebenso. Sie lag hinten. Phil hatte die Sitze mit Kissen und Decken ausgebettet, sodass Mary einigermassen bequem liegen konnte. Für Marys Transport vom Wohnzimmer ins Auto hatte Phil über eine Stunde gebraucht. Mehrmals hatte er sie auf den Boden oder auf die Treppe, die in die Garage führte, legen müssen, damit er sich selbst etwas erholen oder aushusten konnte.

Mary war noch immer fiebrig, kaum ansprechbar und bekam regelmässig Husten- und Erstickungsanfälle. Ihr Ausschlag an Mund, Nase und Augen war schlimmer geworden. Einige Blasen waren geplatzt. Es kam eitriger Schleim heraus, den Phil immer wieder abtupfte. Er behandelte den Ausschlag mit einer Salbe gegen Fieberbläschen. Seinen eigenen Ausschlag salbte er nicht ein. Es hatte sich eine Kruste gebildet. Doch auch bei ihm trat immer wieder Flüssigkeit heraus, manchmal auch etwas Blut.

Phil starrte abwechselnd in die Nacht oder auf die Autouhr: 03.14 Uhr.

Seine Frau atmete leise. Sie hustete, dann war ihre Atmung wieder schwach zu hören. Zum Geräuschpegel gehörte auch das Surren der Standheizung. Phil hatte sie einbauen lassen, als er das

Auto neu übernommen hatte. Bezahlen musste er nichts, da der Wagen von Labobale finanziert wurde. Die Standheizung hatte er noch nie gebraucht. Doch jetzt war er froh darum. Er hätte sonst den Motor laufenlassen müssen, denn draussen war es minus 3 Grad kalt.

Allmählich fragte er sich, ob die Flucht aus dem Haus nicht überstürzt gewesen war. Dass er damit gerechnet hatte, gleich in dieser Nacht von den Sicherheitsleuten abgeholt und in die Quarantänekammer von Labobale gesperrt zu werden, kam ihm nun übertrieben vor. Andererseits: Wenn die wirklich das Virus vernichten wollten und den Verdacht hegten, er sei damit angesteckt worden, dann wäre er dran. Er hätte erklären müssen, warum er sich absichtlich infiziert hatte. Warum hatte er den Fall nicht gemeldet? Was war schiefgelaufen? Warum steht nichts in den Laborberichten? Wollte er das Virus aus dem Labor schmuggeln? Für wen spionierte er?

Nein, er durfte mit diesen Leuten nichts zu tun haben. Zumindest so lange, bis er wieder gesund war.

Die Volvo-Uhr zeigte 03.22 Uhr.

Phil startete den Motor. Ich könnte mal an meinem Haus vorbeifahren, sagte er sich.

Er steuerte das Auto vom Parkplatz auf die Strasse, bog gleich wieder scharf rechts ab und liess den schweren Geländewagen nun den Berg hinunterrollen Richtung Arlesheim Dorf. Als er sein Haus aus einiger Entfernung erblickte, schien alles normal zu sein. Beim Vorbeifahren sah er aber, dass in der Garageneinfahrt ein dunkler Mercedes-Sprinter-Kastenwagen stand.

Sie waren da!

«Natürlich, sie sind durch die Garage eingestiegen, die Schwachstelle des Hauses», murmelte Phil.

Alle Fensterläden waren verschlossen. «Komisch, die habe ich im oberen Stock doch offen gelassen.»

Ein Stück weiter unten, er rollte immer noch sehr langsam den Hang hinunter, versuchte er zu analysieren, was das bedeutete. Aber er konnte keinen klaren Gedanken mehr fassen. Er war innerlich zwar aufgekratzt, physisch aber erschöpft. Unten in Arlesheim bog er beim Dorfeingang gleich rechts ab in die Ermitage, wendete nach rund 50 Metern wieder und hielt am Strassenrand an. Hier war er einigermassen versteckt, konnte aber jederzeit flüchten.

Er starrte wieder in die Nacht.

Was sollte er tun?

Irgendwann bemerkte er, dass am Himmel dieser kalten Winternacht eine Veränderung stattfand. Das Schwarz bekam eine orange Färbung.

Er blickte auf die Auto-Uhr: 04.02 Uhr. Für den Sonnenaufgang war es eindeutig zu früh.

Ganz langsam fuhr Phil wieder zur Strasse, die zu seinem Haus führte.

Er schaute hinauf.

Der Berg war hell orange-rot beleuchtet.

Dann sah er, wie Funken in die Höhe schossen.

Feuer!

REDAKTION «SCHWEIZER PRESSE», ZÜRICH-WOLLISHOFEN

Um 7 Uhr telefonierte Myrta bereits mit Peter Renner. Er klärte sie über den aktuellsten Stand der Dinge auf. «Flo Arber und Joël Thommen sind jetzt in Alter do Chão. Vermutlich hast du recht, dass Karolina Thea Fröhlicher dort ist. Im Hotel, in dem Joël und Flo abgestiegen sind, wohnen wohl auch ihre Bodyguards. Heute werden die beiden das Gestüt besuchen und nach der Fröhlicher Ausschau halten. Wenn wir Glück haben, gibt's für die morgige Ausgabe einen Knaller: Battistas Liebesnest in Portugal. Oder so. Und dann kannst du die grosse Reportage am Montag in deinem Magazin bringen. Okay?»

«Okay. Weiss man jetzt, wer der Tote im Meer ist?»

«Nein. Und warum Battistas Mietwagen dort stand, ist auch noch unklar.»

«War es tatsächlich sein Wagen?»

«Das ist nicht offiziell. Flo hat das behauptet. Ich gehe stark davon aus, dass Battista den Toten im Meer kennt. Wer weiss, was da passiert ist?»

«Wie meinst du das?»

«Na ja …»

«Battista hat den anderen Kerl …»

«Alles ist möglich. Wir wissen einfach zu wenig, verflucht! Und wir müssen aufpassen!»

«Warum?»

«Hast du die Zeitungen nicht gelesen?»

Nein, Myrta hatte im Gegensatz zum Nachrichtenchef des «Aktuell» die anderen Zeitungen noch nicht angeschaut. Sie holte es nach dem Telefonat mit der Zecke sofort nach.

Sie erschrak.

Zwar war Battistas Rücktritt das grosse Thema. Aber fast gleich umfangreich berichteten die Kolleginnen und Kollegen der anderen Blätter über die «Hetzkampagne» von «Aktuell» und «Schweizer Presse», die einen talentierten Bundesrat zu Fall gebracht hätte. Was sich bereits gestern in den elektronischen Medien angekündigt hatte, bekräftigten heute die Tageszeitungen: «Aktuell» und «Schweizer Presse» seien schuld am Rücktritt von Bundesrat Luis Battista. Die beiden Organe hätten eine angebliche Liebesaffäre hochstilisiert und dazu benutzt, den beliebten, sozialdemokratischen Bundesrat zu «liquidieren».

Dieses Wort wurde tatsächlich in mehreren Zeitungen benutzt.

Einige Kommentatoren stellten sogar die These auf, dass sich «Aktuell» und «Schweizer Presse» von gegnerischen Politikern hätten instrumentalisieren lassen, um Battista aus der Regierung zu mobben. Sie nannten einige Themen, bei denen Battista gegen die bürgerlich-konservativen Kräfte kämpfte, um ihre These zu untermauern.

«So ein Quatsch!», fluchte Myrta laut und rief nochmals Peter Renner an.

«Das ist ja nicht zu fassen!», sagte sie sofort. «Wie kommen die auf einen solchen Blödsinn?»

«Reg dich nicht auf, das wird sich klären, Myrta. Wir haben alles richtig gemacht. Bei dieser Geschichte ist noch viel mehr Fleisch am Knochen.»

«Bist du dir wirklich sicher?»

«Ja. Können wir später wieder telefonieren? Ich habe da noch einen Grossbrand in der Region Basel ...»

PARKPLATZ ST. JAKOB, BASEL

Wie und warum er mit seinem Auto hier beim «Joggeli», beim Fussballstadion und der Eventhalle, gelandet war, konnte sich Phil Mertens nicht erklären. Er war zwar an einigen Spielen des FC Basel gewesen, vor allem wenn der Verein in der Champions- oder der Europa-League kickte, aber sein Lieblingsclub war immer noch der FC Liverpool.

Der Schock sass tief.

Sie hatten sein Haus angezündet. Was hätten sie wohl mit ihm und Mary gemacht, wenn sie dagewesen wären? Von wegen Quarantänestation! Seine Annahme war völlig falsch gewesen. Sie hätten ihn und Mary einfach vernichtet. Erst getötet und anschliessend verbrennen lassen. Oder einfach nur betäubt. Damit es so aussah, als seien sie Opfer des Feuers geworden. Davon war Phil überzeugt. Aus dem fröhlichen Ausflug mit seiner Frau zur Ruine Dorneck oder zum Gempen, den er sich vor Stunden vorgenommen hatte, würde in naher Zukunft nichts. Vielleicht würde sogar nie mehr etwas daraus.

Er brauchte Hilfe. Er brauchte vor allem einen Unterschlupf für die nächsten Wochen. Doch so einfach war das nicht. Freunde? Da gab es nicht viele. Phils echte Freunde waren in England. Einer in den USA. In der Schweiz handelte es sich eher um Bekannte. Obwohl er schon seit acht Jahren hier lebte, hatte er sich nie wirklich integriert. Deutsch konnte er nur wenig. Er brauchte diese Sprache kaum. Die Schweizer, die er ein bisschen näher kannte, sprachen immer Englisch mit ihm. Sein Arzt, seine Zahnärztin, sein Anwalt, selbst die Physiotherapeutin, die er wegen diverser Verspannungen vom Golfspiel regelmässig aufsuchte – alle unterhielten sich mit ihm auf Englisch. In der Firma lief die gesamte Kommunikation sowieso auf Englisch ab. Mary jedoch konnte besser Deutsch. Sie hatte auch mehr Bekannte. Aber hatte sie Freunde? Freundinnen?

Er wusste es nicht einmal.

Sein Kontaktmann Jeff alias «deroberti» war weg. Zumindest im Web. Sollte er ins Pub? Mit seinem Zombie-Gesicht?

Blieb nur noch Mette, seine Chefin. Er hatte zwar keine nähere Beziehung zu ihr und ihr bisher auch nicht vertraut. Sie war gescheit, clever und schön. All die Jahre, in denen er mit ihr bei Labobale zusammengearbeitet hatte, hatte er darauf geachtet, ihr nie zu nahe zu kommen. Keinen lässigen Spruch fallen zu lassen, ihr nie die Türe aufzuhalten, sie niemals zu lange anzusehen oder anzulächeln. Er hatte es geschafft, sie als Neutrum zu behandeln, obwohl er sie sehr sexy fand. Kein einziger anzüglicher Satz! Das war ihm besonders schwer gefallen, aber er hatte es geschafft. Sie war Norwegerin, zudem seine Chefin, sie arbeiteten gemeinsam in der Schweiz für einen deutschen Unternehmer und erst noch in der Pharma-Branche – nein, weder seinen britischen Humor noch seinen englischen Charme durfte er auch nur ansatzweise zum Ausdruck bringen. Dazu war das Business zu hart, zu kalt, zu milliardenschwer. Er hatte längst kapiert, dass jeder, der sich nicht an die Regeln hielt, abserviert wurde.

War Mette eigentlich verheiratet? Hatte sie einen Freund? Was machte sie in ihrer Freizeit?

Wie krank ist das, sinnierte Phil. Da arbeitete er mit Mette jahrelang an einem Riesenprojekt, das die gesamte Menschheit betreffen könnte, und wusste nichts von jenem Menschen, mit dem er ein Vielfaches mehr Zeit verbrachte als mit seiner Frau. Aber wenn alles stimmte, wenn Projekt BV18m92 tatsächlich gestorben war, dann stand auch Mette vor einem Scherbenhaufen. Dann war auch sie bedroht, denn sie war neben ihm und dem

Labobale-Chef Carl Koellerer und vielleicht dem Bigboss, Gustav Ewald Fröhlicher, eine der wenigen, die wussten, was sie im Labor erschaffen hatten. Wie ginge sie mit dieser Situation um?

Phil wunderte sich, dass er auf solch philosophische Gedanken kam. Er war nicht der Typ dazu. Es musste an den kleinen Teufeln liegen.

Er musste es wagen und kramte sein privates Handy aus der Manteltasche hervor – das einzig Private, das ihm wohl geblieben war. Da er nur Mettes Geschäftsnummer kannte und gespeichert hatte, wählte er diese.

«Hallo?», meldete sich Mette nach dreimal klingeln.

«St. Jakobparkplatz. Jetzt.»

Phil drückte gleich die rote Taste. Er hatte zwar nicht viele Actionfilme gesehen und auch keine Agentenromane gelesen, aber vor Jahren hatte er bei James Bond gelernt, dass extrem wichtige Mitteilungen extrem kurz sein mussten. Der Feind hört mit …

Rund 40 Minuten passierte nichts, was Phil abnormal vorkam. Ausser dass Autos parkierten, Leute ausstiegen und zügig, manchmal rennend Richtung Tram- und Busstation oder St. Jakobshalle gingen.

Um 08.37 Uhr fuhr ein weisser 5er BMW auf den Parkplatz, kurvte herum und rollte dann direkt auf Phils Volvo zu. Phil konnte erkennen, dass der Wagen baselstädtische Nummernschilder trug, und dass eine blonde Frau hinter dem Steuer sass. Er schaltete kurz die Warnblinkanlage ein, startete den Motor und fuhr los, direkt am BMW vorbei. Dabei sah er, dass Mette im Wagen sass.

Er beobachtete sie im Rückspiegel, wie sie wendete und zu ihm aufschloss. Dann gab er Gas, verliess den Parkplatz, bog an der grossen Kreuzung rechts ab und fuhr Richtung Muttenz–Pratteln, zwei Vorortsgemeinden von Basel. Mette folgte ihm. Hinter ihr war kein Wagen, der sie verfolgte. Zumindest nicht so, dass es Phil aufgefallen wäre. Nein, einen Plan hatte er nicht. Aber einen abgeschiedenen Ort würde er schon finden.

Kurz nach Muttenz spurte er rechts ein, verliess die Hauptstrasse, überquerte eine Brücke und bog nach rechts in den Parkplatz der Schiessanlage ab. Er hatte einmal gehört, dass fast jedes Kaff in der Schweiz einen eigenen Schiessstand hätte, was Phil zwar lächerlich vorkam, aber jetzt war er froh darüber. An einem Freitagmorgen käme sicher kein Mensch hierher.

Mette folgte ihm. Sie stieg aus. Sie trug Jeans, hohe, braune Stiefel und einen braunen Stepmantel. Sie setzte sich eine graue Wollmütze auf, unter der sie ihre Haare versteckte.

Phil öffnete das Fenster einen Spaltbreit.

«Hilfst du mir?», fragte er durch seine Atemschutzmaske.

«Was ist los, Phil? Wie siehst du denn aus?!» Mette starrte auf Phils Ausschlag rund um die Augen.

«Hilfst du mir, also uns, meiner Frau und mir, ja oder nein?»

Mette entdeckte auf den Rücksitzen Mary: «Phil, was soll das, was ist passiert? Ist das deine Frau? Was ist mit ihr?»

«Ja oder nein, Mette?»

«Ja …», sagte die Norwegerin etwas zögerlich.

VOLKSWIRTSCHAFTSDEPARTEMENT, BUNDESHAUS, BERN

Mit dem Rücktritt seines Bundesrats war für Gianluca Cottone der Job in der Bundesverwaltung im Prinzip zu Ende. Er war dank Luis Battista hierhergekommen, er würde dank ihm von hier wieder verschwinden müssen. Das neue Regierungsmitglied brächte einen eigenen Kommunikationsberater mit. Dass seine Karriere mit dem Werdegang von Battista eng zusammenhing, war ihm immer bewusst gewesen. Doch weil er nie damit gerechnet hatte, dass alles in einem solchen Desaster enden könnte, war er dieses Risiko eingegangen. Ein Klumpenrisiko, wie Fachleute das nannten. Gianluca lächelte. Ja, nun war er Battista los und den Klumpen am Bein …

Er rief Dr. Frank Lehner an.

«Gianni, was kann ich für Sie tun? Geht es Ihnen gut?» Mit diesen Worten nahm Fröhlichers Mediensprecher das Telefonat entgegen.

«Alles prima», entgegnete Cottone und versuchte, ebenso cool zu klingen. «Ich wollte nur fragen, wann sie den Tod Ihres Chefs, der uns sehr betrifft, verkünden wollen?»

«Mein lieber Gianni, ich kann weder bestätigen noch dementieren, dass Herr Gustav Ewald Fröhlicher tot ist. Aber natürlich müssen wir davon ausgehen, dass eine Tragödie passiert ist. Ich habe dies vor etwa einer Stunde mit Ihrer Präsidentin Johanna Zumstein …»

«Sie ist Bundespräsidentin, nicht Präsidentin», korrigierte Cottone.

«Oh, entschuldigen Sie. Ich habe das mit Ihrer Bundespräsidentin besprochen. Wir werden erst am Montag informieren, falls es tatsächlich zu einem solchen Drama gekommen ist.»

«Ja, das hat mir die Bundespräsidentin mitgeteilt», log Cottone. «Aber ich finde, wir sollten in dieser Sache möglichst schnell …»

«Es ist alles gesagt, Gianni. Halten Sie sich an die Direktiven Ihrer Bundespräsidentin. Wir wollen doch kein Öl ins Feuer giessen!»

«Und das Mietauto von Luis? Wie kam es …»

«Das werden wir alles am Montag erklären. Herr Gustav Ewald Fröhlicher hat es sich wohl ausgeliehen.»

«Aha, und was machte Herr Fröhlicher überhaupt in Portugal, und warum …»

«Gianni, lieber Freund, das spielt für unsere Arbeit doch keine Rolle. Sie sind draussen, das Spiel ist für Sie zu Ende.» Dr. Frank Lehner machte eine kurze Pause, dann sagte er sehr betont: «Ende!» Und, ein bisschen versöhnlicher: «Okay?»

«Okay. Viel Glück dann!»

«Ihnen auch.»

Cottone legte auf, hämmerte auf die Tischplatte und sagte laut: «Trottel!»

Zu gern hätte er seinem Berufskollegen ein Bein gestellt. Aber Lehner war einfach ein Profi. Ob wirklich nichts Skandalöses über den feinen Dr. Frank Lehner zu finden war? Cottone erinnerte sich an die Sektengeschichte, die er kürzlich in der Badischen Zeitung gelesen oder eher überflogen hatte. Er fand den Artikel im Internet wieder und las ihn diesmal von A bis Z. Fazit: In Oberrotweil, Dr. Frank Lehners Wohnort, hatte im vergangenen August eine gewisse Familie Mehrendorfer beobachtet, wie ein Mann an einer Feuerstelle etwas verbrannte. Es soll nach Fleisch und Haaren gerochen haben. Und es wurden Schüsse abgefeuert. Vielleicht nur Warnschüsse. Jedenfalls ist der Familie nichts passiert. Später fand die Polizei verkohlte Überreste von Ratten, Mäusen und Meerschweinchen. Möglicherweise sei es ein Reinigungsritual einer Sekte gewesen, spekulierte die Zeitung. Oder ein Tierquäler.

Cottone speicherte den Artikel auf seinem PC. Dann suchte er nach Hinweisen auf eine mögliche Verbindung von Lehner zu einer Sekte oder sonst etwas Zwielichtigem. Doch er fand nichts.

Schliesslich rief er seinen Kommunikations-Freund Tobias Domeisen in Basel an, um ihn um Rat zu fragen. Tobias sagte klipp und klar, dass Giannis Karriere auf höchster Polit-Ebene zu Ende sei. Er solle zu ihm kommen, könne vielleicht sogar Partner in seiner Agentur werden. Als Spezialist für Politik-Kommunikation sei in der Region sicher ein Geschäft zu machen, die Professionalität der Politiker sei noch mangelhaft. Zudem könne er seine Erfahrungen sicher in einigen Mandaten der Pharma-Branche einbringen.

Cottone bedankte sich. Wut stieg in ihm hoch. Wut auf Luis Battista. Statt sich noch ein paar Jährchen als Regierungssprecher einen Namen zu machen und sein Beziehungsnetz zu den führenden Politik- und Wirtschaftsgrössen des Landes zu festigen, stand er nun vor dem Abstieg in die Regionalliga. Verdammtes Klumpenrisiko! Und die Pharma? Da wimmelte es doch von Grosskotzen à la Dr. Lehner!

«Das kann nicht sein!», sagte er leise vor sich hin und begann, eine Strategie auszuarbeiten. Gute Strategien, davon war er noch immer überzeugt, waren das Wichtigste überhaupt. Nun würde er eben eine Strategie für sich selbst entwickeln.

Absteigen kam darin nicht vor.

Die weissen Gebäude mit den ockerfarbenen Tür- und Fensterrahmen wirkten in der Morgensonne äusserst romantisch, fast ein bisschen kitschig. Joël schoss sofort ein Bild, machte im Gehen auch eine Videoaufnahme, zoomte auf eine Box und hoffte, dass nun gleich ein Pferd seinen Kopf aus der Boxentüre hinausstrecken würde. Dem war aber nicht so.

Es war alles sehr ruhig, es roch nach Heu und Stroh, ein wenig nach Pferdemist.

Das Informationszentrum für Touristen und Besucher war zwar geöffnet, aber niemand kümmerte sich um Joël und Flo. Aus einem kleinen Ständer nahm Flo einige Broschüren. Da nirgends Verbotsschilder aufgestellt waren, wanderten die beiden Reporter ungeniert durch das Gestüt, begegneten hin und wieder einem Angestellten, grüssten und wurden zurückgegrüsst.

Nach rund fünf Minuten Fussmarsch durch das Gelände trafen sie auf die ersten Pferde. Reiter hatten sie vor den Stallungen angebunden, striegelten und sattelten sie. Joël machte Fotos und Clips.

Die Pferde waren relativ klein, aber sehr schön. Flo las in seiner Broschüre und verkündete: «Die Pferde sind sehr nobel und für die Dressur bis zur Hohen Schule geeignet. Sie sind sehr intelligent. Gezüchtet wurden sie für das portugiesische Herrscherhaus. Darum heissen sie auch Real, königlich!»

Joël hörte nicht zu, sondern war ganz mit Fotografieren beschäftigt. Das schien niemanden zu stören. Offenbar gehörten Touristen hier zum Alltag.

Überhaupt war hier alles sehr unaufgeregt. Die Pferde, die Stallburschen und auch die jugendlichen Reiter. Alle wirkten entspannt. Flo kamen Zweifel auf, ob hier wirklich eine heisse Story drin läge. Oder ob sie schlicht und einfach an einem Ort gelandet waren, der nichts mit der Battista-Fröhlicher-Geschichte zu tun hatte.

«Joël, hör mal auf zu knipsen!», murrte er.

«Tolle Pferde, tolle, schöne, knackige Reiter, Mensch, da könnte ich für einen ganzen Kalender fotografieren oder für ein Buch. Weisst du, für junge Mädchen und Frauen, die geraten bei solchen Bildern ins Schwärmen und ...»

«Joël, bitte! Wir haben einen anderen Auftrag.»

«Ich komme, nur noch ...»

Er fotografierte noch dieses Pferd und jenen Reiter, bat den einen und anderen sogar zu posieren, machte Gegenlichtaufnahmen, Nahaufnahmen, wechselte mehrmals das Objektiv und war völlig in seine Bilderwelt abgetaucht.

Mit einem ziemlich zackigen «Joël!» holte Flo ihn zurück. «Komm endlich!»

Sie wanderten weiter über das Gelände, ohne auf irgendetwas zu stossen, das Flos journalistisches Interesse weckte. Schliesslich kamen sie zu einer halboffenen Halle, aus der Pferdegetrampel zu hören war.

«Wenn wir schon da sind, werfen wir doch einen Blick in die Reithalle», sagte Flo. «Vielleicht können wir eine Reportage über Portugals königliche Pferde machen!»

«Meinst du das ernst? Das wäre der Hammer!», sagte Joël ganz aufgeregt.

«Vergiss es, du Blödmann, sind wir Hochglanzmagazin-Schönwetter-Reporter?»

Joël erwiderte nichts und betrat hinter Flo die Halle. Sie gaben sich alle Mühe, leise zu sein und nicht aufzufallen. Zwei schwarze Pferde galoppierten in grossen Volten am äussersten Rand des Platzes, in der Mitte standen neben mehreren Pferden einige Personen. Sie sprachen leise miteinander, ein Reiter bestieg ein Pferd und reihte sich hinter den beiden Rappen ein. Er wurde von den Leuten in der Mitte des Platzes beobachtet. Auch hier ging alles ruhig und unaufgeregt vonstatten, alles schien Routine zu sein.

«Wahrscheinlich verkaufen die gerade einige Pferde», flüsterte Joël seinem Reporter zu. «Kann ich ein paar Bilder machen, oder müssen wir gleich weiter?»

«Mach nur. Wir sind hier sowieso in einer Sackgasse!»

Joël wechselte wieder das Objektiv, benutzte jetzt das 600-mm-Tele, murmelte dann etwas von «Scheisslicht» und «zu dunkel», verstummte plötzlich und fixierte einen Punkt.

«Was machst du?», wollte Flo wissen. «Warum fotografierst du nicht?»

Joël drückte einige Male auf den Auslöser.

«Lass uns abhauen», flüsterte er dann.

«Warum, was ist los?»

«Da ist tatsächlich einer der Kerle, die mich vom Sessellift runtergestossen haben.»

«Was? Gib her!» Flo wollte auch durchs Teleobjektiv gucken. Joël reichte ihm die Kamera. Flo suchte die ganze Halle ab, konnte aber kein ihm bekanntes Gesicht entdecken. Nach einer Weile gab er die Kamera zurück.

«Die Person, die rechts der Gruppe steht», sagte Flo, «warte mal, eins, zwei, drei, ja, die dritte von rechts, ist das etwa eine Frau?»

Joël starrte lange durch die Linse und machte viele Bilder. Er versuchte, die Kamera ganz ruhig zu halten und nicht zu atmen. Flo vermutete, dass Joël wegen der schlechten Lichtverhältnisse eine lange Belichtungszeit benötigte und fürchtete, die Fotos zu verwackeln.

Plötzlich murmelte er: «Flo, raus hier, ich glaube, die werden langsam misstrauisch.»

Sie verliessen die Halle und eilten zum Eingang des Gestüts zurück.

«Sag schon, was hast du entdeckt?»

«Du hast recht. Da ist eine Frau dabei. Karolina Thea Fröhlicher!»

«Bingo!», meinte Flo nur.

PETERSGASSE, BASEL

In einem Altbau aus dem 14. Jahrhundert mitten in der Basler Altstadt war Mette Gudbrandsen dabei, aus ihrem Wäsche-

Trocknungsraum ein Krankenzimmer zu machen. Dazu hatte sie aus ihrer renovierten 6-Zimmer-Luxuswohnung die Matratzen aus ihrem und aus dem Gästebett hinuntergeschleppt, Bettwäsche, Frotteetücher, einige Kleider und weitere Dinge wie Toilettenpapier, Taschentücher, Shampoo, Watte, Tupfer und Sterilisationsmittel.

Sie spurtete erneut in ihre Wohnung hinauf und holte drei dicke Schals und zwei Wollmützen. Einen Schal band sie sich selbst um den Hals, das heisst um Hals, Mund und Nase. Zudem plazierte sie ein feuchtes Tuch darunter. So sollte sie für kurze Zeit vor einer Ansteckung geschützt sein. Die beiden anderen Schals und die Wollmützen brachte sie Phil, der immer noch im Auto sass, welches er rund 50 Meter vor Mettes Wohnung auf einem gebührenpflichtigen Parkplatz abgestellt hatte. Mette schaute sich um, stellte fest, dass ihr niemand folgte und dass rund um Phils Auto nichts Auffälliges zu beobachten war. Dank der getönten Scheiben des Volvos und weil Phil seine Frau mit Wolldecken zugedeckt hatte und sich selbst hinter der Basler Zeitung verbarg, wenn jemand vorbeikam, fiel er nicht auf.

Mette klopfte an die Scheibe, Phil liess sie einen Spalt runter, und Mette übergab die beiden Schals und Mützen. Phil konnte damit seine und Marys Atemschutzmaske und auch den Ausschlag an den Augen einigermassen überdecken. Da Winter war, war es nichts Besonderes, wenn dick eingepackte Menschen unterwegs waren.

Phil sprach seine Frau an. Diese bewegte sich und setzte sich auf. Er packte sie mit Mütze und Schal ein, stieg aus und versuchte zusammen mit Mette, Mary aus dem Auto zu hieven und sie auf die Beine zu stellen. Das gelang tatsächlich. Schritt für Schritt gingen sie langsam die Strasse hinunter. Passanten guckten sie zwar an, da sich aber weiter unten das Basler Universitätsspital befindet, wunderte sich niemand über die etwas seltsamen Gestalten.

Schliesslich erreichten sie Mettes Haus. Sie stiegen hinunter in den fensterlosen, aber warmen Trocknungsraum. Es gab darin ein Lavabo und einen Luftentfeuchter, der die Wäsche schneller trocknen liess.

Mary und Phil fielen sofort auf die beiden Matratzen, husteten und blieben erschöpft liegen. Mette stellte Mineralwasser hin und sagte, sie käme am Abend mit Medikamenten zurück und wolle sie beide dann untersuchen. Auch das Toilettenproblem würde sie irgendwie lösen, bis dahin müssten sie eben mit dem Loch im Boden klar kommen.

«Und ihr nehmt keine Anrufe entgegen! Ausser wenn ich mich melde.»

«Verstanden, Chefin!»

«Gut.»

«Wohnst du alleine in diesem Haus?», wollte Phil noch wissen.

«Nein, ein Paar lebt noch hier. Amerikaner. Sind im Weihnachtsurlaub bis Ende Januar.»

«Dann sind wir ungestört.»

Phil schloss die Augen.

Als Mette ging, hatte sie kein gutes Gefühl. Sie war sich bewusst, dass sie ein riesiges Problem hätte, wenn bei ihrer Rückkehr statt Phil und Mary zwei Leichen da lägen.

REDAKTION «SCHWEIZER PRESSE», ZÜRICH-WOLLISHOFEN

An der Abschlusssitzung für das aktuelle Magazin um 15 Uhr herrschte ausnahmsweise eine lebhafte und kreative Stimmung. Selbst Myrtas Stellvertreter Markus Kress war für seine Verhältnisse gutgelaunt. Die zwölfseitige Reportage über die Battista-Affäre war schnell besprochen und geplant, auch die Titelseite war im Nu gestaltet und getextet. Sie zeigte eine Villa, die Schlagzeile lautete: *«Battistas Liebesnest in Portugal»*.

Bereits eine Stunde später konnte Myrta auf dem Redaktionsserver das definitive Layout begutachten. Aufgemacht war ein schönes, grosses Foto eines noblen Landguts, auf der zweiten Doppelseite war Karolina Thea Fröhlicher, umgeben von mehreren Männern, zu sehen, allerdings etwas unscharf. Es war ein

Paparazzo-Bild von Joël, das er vor dem Landsitz aufgenommen hatte. Auf der dritten Doppelseite waren einige Fotos vom Gestüt Coudelaria de Alter do Chão zu sehen und wieder ein etwas unscharfes Bild von Karolina Thea Fröhlicher in der Reithalle. Battista, bei seiner kurzen Medienkonferenz im Bundeshaus, war auf der vierten Doppelseite abgebildet. Die Story wurde fortgesetzt mit einer Doppelseite, die das Haus von Battistas Schwiegereltern in Lissabon zeigte, das Fotografin Anna Sorlic abgelichtet hatte. Den Abschluss der Reportage bildeten zwei Seiten mit Fotos der Bergungsaktion an der Küste der West-Algarve.

Flo Arber hatte bereits einen Infotext geschickt, ebenso Reporterin Elena Ritz. Nachrichtenchefin Michaela Kremer war dabei, diese Texte mit den Rechercheresultaten der zwei anderen Redakteure zu einer einzigen Reportage zu verweben. Um 18 Uhr konnte Myrta Tennemann den Text bereits lesen.

Sie war begeistert.

Die Reportage war aus einem Guss. Flo Arber und Joël Thommen hatten nicht nur Karolina Thea Fröhlicher aufgespürt, sondern auch den Landsitz entdeckt, den sie offenbar auf unbestimmte Zeit gemietet hatte. Die passionierte Reiterin habe das Gestüt der edlen Altér-Real-Pferde gekauft und plane, es auszubauen und international bekannter zu machen. Alt Bundesrat Luis Battista sei ebenfalls dort gesichtet worden, genau zu jener Zeit, als er in der Schweiz abgetaucht war. Diese Information beruhte auf Zeugenaussagen von Angestellten des Gestüts, die Battista anhand von Bildern, die ihnen Flo gezeigt hatte, erkannt hatten. Schwachpunkt der Story war der Lissabon-Teil. Elena Ritz und Anna Sorlic hatten es nicht geschafft, mit Battistas Frau zu reden. Auch nicht mit seinem Schwiegervater Manuel Enrique Ruis. Im Text wurde lediglich geschildert, die Familie werde seit Tagen von privaten Sicherheitskräften abgeschottet und verlasse das Haus nicht mehr. Zum Schluss wurden nochmals die Ereignisse aus Carrapateira zusammengefasst. Allerdings war diese Passage mit vielen Fragezeichen versehen. Denn noch immer war unklar, wer der Tote aus dem Meer war. Auch, ob der parkierte Renault Clio tatsächlich Battistas Mietwagen war und was dieses Auto mit dem Toten zu tun hatte. Sämtliche Nachfragen bei der örtlichen Polizei, bei der Schweizer Botschaft und bei Battistas Sprecher Gianluca Cottone waren erfolglos geblieben.

Doch dies konnte Myrtas Freude an ihrem Coup nicht schmälern. Sie hatte dank Martins Information über das zum Verkauf stehende Gestüt in Portugal das Liebesnest von Luis Battista und seiner Karolina Thea Fröhlicher ausfindig gemacht.

Um 18.45 Uhr telefonierte sie mit Peter Renner. Er informierte sie, dass sie in «Aktuell» das Liebesnest zwar auch zeigten, aber keine Detailinformationen darüber brächten. Sie würden erst in ihrer Montagsausgabe eine grosse Reportage machen und auf die «Schweizer Presse» verweisen, die ebenfalls am Montag erscheine.

Myrta fand das fair. Die Zusammenarbeit mit der Zecke harmonierte.

«Wie lautet die Schlagzeile?», wollte Myrta wissen.

«Warte», antwortete Renner. Myrta hörte, wie er auf seinem Computer herumklickte. «‹Battistas Versteck›. Unterzeile: ‹Ist das sein geheimes Liebesnest?› Wir lassen das absichtlich als Frage stehen, damit wir am Montag zusammen mit euch zuschlagen können. Wir schreiben auch nichts von Karolina Thea Fröhlicher, das ist eigentlich deine Story.»

«Danke, Peter», sagte Myrta, «das ist wirklich eine tolle Zusammenarbeit.»

«Danke, dir, Myrta. War eine verdammt anstrengende Woche …»

«Was ist eigentlich mit dem Brand in Basel?», fragte Myrta. «Den musstest du doch auch noch abfeiern.»

«War nicht so toll. Konnte bloss unseren Fotografen Henry Tussot schicken, Reporter hatte ich keinen zur Verfügung. Diese Story bringen wir nicht so gross, haben keinen Platz mehr. Ein Haus in Arlesheim ist völlig niedergebrannt, vermutlich Brandstiftung.»

«Tote?»

«Nein, war offenbar niemand zu Hause. Die Hütte gehört einem Engländer.»

«Oh, einem Expat?»

«Einem was?»

«Expatriate, einem hochbezahlten Spezialisten aus dem Ausland.»

«Ach so, klar, arbeitet sicher bei der Pharma und ist derzeit verreist.»

«Hast du einen Namen?»

«Ja, Henry hat was gesagt, wir können den Namen natürlich nicht veröffentlichen, allenfalls die Initialen, weil wir den Mann nicht erreichen konnten. Warte kurz», wieder hörte Myrta, wie Renner am PC herumklickte. «Sollen nette Leute sein, sehr zurückgezogen leben. Henry hat die Infos von Nachbarn.»

Einen Moment war es still in der Leitung. «Wo habe ich denn diesen Namen, verdammt!», fluchte Renner. «Ach hier! Also, die Familie oder besser gesagt das Ehepaar heisst Mertens, Doktor Phil Mertens.»

Myrta war baff.

Phil Mertens ... War das nicht der Name des Wissenschaftlers, der in den Akten ihrer Mutter aufgetaucht war? Ein Virologe, der früher für Novartis gearbeitet und an einem Projekt mit der Uni St. Gallen beteiligt gewesen war?

«Myrta, was ist?», fragte Renner. «Kennst du ihn?»

«Nein, nein», antwortete Myrta. «Hat mich nur interessiert, weil meine Eltern auch vom Kaliber Doktor sind und mal ein Projekt in Basel hatten.»

«Na dann ...»

Peter Renner wünschte Myrta einen reibungslosen Redaktionsschluss und ein geruhsames Wochenende, man würde sich am Sonntag nochmals kurzschliessen.

Myrta überlegte: Der Name Phil Mertens stand doch auf der Liste, die ihr Flo Arber nach seiner Recherche über die Labobale-Mitarbeiter gemailt hatte. Sie schaute nach. Mette Gudbrandsen und Phil Mertens, beide Ex-Novartis, beide jetzt Labobale, Virologen, am damaligen Projekt ihrer Mutter beteiligt.

Was hatte das zu bedeuten?

Warum wird Phil Mertens' Haus abgefackelt? Warum jetzt? War er es selbst?

Sie schrieb auf einen Zettel: «Feuer – Phil Mertens – Mette Gudbrandsen – Labobale – Parlinder AG – Gustav Ewald Fröhlicher – Karolina Thea Fröhlicher – Battista».

«Das passt!», sagte Myrta laut zu sich.

PETERSGASSE, BASEL

Phil zuckte zusammen, als er hörte, wie jemand einen Schlüssel ins Schloss steckte und den Wäsche-Trocknungsraum, in dem er und seine Frau den Tag verbracht hatten, öffnete. Herein kam eine Person in einem kompletten Schutzanzug, ähnlich jenem Modell, das sie im Labor von Labobale benutzten. Allerdings wurde dieser Anzug nicht mit externem Sauerstoff aufgeblasen.

«Ich bin es!», rief Mette durch das Plexiglasvisier. «Lebt ihr noch?»

«Ja, es geht uns sogar besser. Stundenlang in diesem grau-getünchten Loch ohne Fenster zu hocken, hat richtig gut getan», spottete Phil. «Die Neonröhre und die Wäscheleinen anzuschauen, wirkt irgendwie beruhigend.» Er musste über sich selbst lachen, büsste seinen schwarzen Humor aber sofort mit einem heftigen Hustenanfall.

Mary Mertens verzog keine Miene, sie lag auf ihrer Matratze und starrte zu Mette.

«Sie kam heute einen Moment zu sich», berichtete Phil, nachdem er sich erholt hatte. «Allerdings konnte ich kaum mit ihr reden. Sie schaute mich nur mit geweiteten Augen an. Ich habe ihr trotzdem alles erklärt.»

«Ach ja?», sagte Mette. «Alles? Könntest du mir auch endlich alles erklären?»

«Ich weiss nicht.»

«Später wirst du alles erklären müssen. Aber zuerst werdet ihr medizinisch untersucht und versorgt!»

Mette trug mehrere Taschen in die Kammer, schloss die Türe hinter sich und machte aus dem improvisierten Krankenzimmer eine Quarantäne- und Intensivstation. Sie baute zwei Ständer auf und hängte Infusionsbeutel auf. Sie packte Kanülen, Spritzen, ein Stethoskop, ein Blutdruckmessgerät, ein Skalpell, eine Lupe, eine Stirnlampe, viel Verbandsmaterial, pharmazeutische Folien und Klebebänder sowie jede Menge Medikamente aus und legte alles sorgfältig auf einen Campingtisch, den sie zuvor vom Keller in den Trocknungsraum gezügelt hatte. Zum Schluss schleppte sie noch zwei grössere Pakete in die Kammer. In einem war ein Luftbefeuchter, im anderen eine mobile Campingtoilette mit zwei Flaschen chemischem Abbaumittel und zwei Kassetten. «Also, meine Patienten, hinlegen und oben frei machen», befahl Mette Gudbrandsen. «Bin gleich zurück.»

Mette deponierte vor dem Raum noch eine weitere Tasche. Darin lagen mehrere Schutzanzüge und Flaschen mit Desinfektionsmittel. Sie stellte ihre beiden Schalenkoffer dazu, die sie als Mülleimer für die gebrauchten Anzüge vorgesehen hatte. Nun stöpselte sie das Stethoskop unter der Schutzmaske in ihre Ohren, das Kabel mit dem Membranstück liess sie über den Schutzanzug vor ihrer Brust baumeln.

«Wo hast du das ganze Zeug her?», fragte Phil, als Mette den Trocknungsraum betrat.

«Die Toilette aus einem Campingshop, den Rest aus dem Laden für Ärzte-Bedarf beim Bernoullianum. Hat mich ein Vermögen gekostet.»

«Zahle ich dir zurück», sagte Phil.

«Vergiss es. So. Die Untersuchung beginnt. Ich nehme an, ihr zwei leidet an BV18m92 oder, Phil?»

«Ja, davon kannst du ausgehen. Die kleinen Teufel haben uns im Griff.» Er lächelte. «Hast du keine Angst? Diese normalen Schutzanzüge sind weniger sicher ...»

«Ich weiss, Phil, aber ich kann hier in der Eile wohl kaum eine künstliche Atmosphäre installieren.»

«Ach, das ist eh alles übertrieben in unserem Labor.»

«Wohl kaum», erwiderte Mette und begann, Marys Brust abzuhören.

Sie horchte sehr lange. Dann kontrollierte sie den Blutdruck. Sie sah sich den Ausschlag in Marys Gesicht an. Sie leuchtete mit der Taschenlampe in die Pupillen. Dann hörte sie wieder die Brust ab, konzentrierte sich diesmal aber auf die Herzgegend.

«Bist aus der Übung, was?», frotzelte Phil. «Soll dir nicht besser gehen als mir.»

«Nein, eigentlich nicht. Ich höre jetzt dich mal ab.»

Phil liess seine Chefin gewähren und wartete gespannt auf ihre Diagnose: «Hörst du die kleinen Teufel? Sagen sie dir auch artig hallo?»

Mette antwortete nicht, sondern wandte sich wieder Mary zu, hörte sie erneut ab, aber nur noch kurz.

«Phil!», sagte Mette resolut. Sie schaute ihn durch die Glasscheibe ihres Anzugs an, fixierte ihn regelrecht mit ihren blauen Augen.

«Was ist, Mette? Was schaust du so?»

«Phil! Hat Mary oft Atemnot, ganz starken Husten, schaumigen Auswurf?»

«Ja. Auswurf selten.»

Wieder schaute Mette Phil lange an.

«Verdammt, Mette, was ist los?»

«Deine Frau muss ins Spital, notfallmässig, sie leidet an einer Herzinsuffizienz, sie hat vermutlich bereits ein kardiales Lungenödem, Wasser in der Lunge.»

«Jesus!», murmelte Phil.

A1 ZÜRICH – ST. GALLEN

Die «Schweizer Presse» im Druck, der Hinweis auf eine tolle Story auf dem Cover, ein guter Verkauf garantiert – Myrta Tennemann hätte in ihrem matt-weissen Fiat Cinquecento entspannt nach Hause fahren können. Doch sie war durcheinander. Die Battista-Fröhlicher- und womöglich -Mertens-Story machte sie ganz kirre.

Es war kurz vor Mitternacht, als sie bei der Raststätte Kemptthal die Autobahn verliess, um sich eine Cola light zu holen. Es hatte sehr viele Leute, vor allem junge, durchgestylte Menschen, die auf dem Weg zu irgendwelchen Parties waren, aber auch Familien, die in die Skiferien oder in ein Schnee-Weekend in die Bergen reisten, jedenfalls trugen sie Sportklamotten. Myrta kaufte sich die Cola und sinnierte, wann sie letztmals etwas Ähnliches unternommen hatte wie all die Leute, die gerade um sie herum waren. Ihr fiel der Ausflug mit Martin nach Rheinfelden und Basel ein, allerdings war dort der Auftritt bei Telebasel dazwischen gewesen.

Aber wollte sie so sein wie diese Leute? Mit Familie und Freunden in die Ferien fahren, Spass haben und etwas erleben?

War das nicht unendlich langweilig?

Myrta trank zwei, drei Schlucke ihrer Cola light und wollte zurück zum Auto, überlegte es sich aber anders und setzte sich auf einen freien Hocker an der Kaffeebar. Sie bestellte einen Espresso.

Nach wenigen Minuten bemerkte Myrta, dass sie von einem Paar, das ebenfalls an der Bar sass, gemustert wurde, und dass die beiden rund 35-Jährigen über sie tuschelten. Das wunderte sie. Als sie noch in Köln beim Fernsehen gearbeitet und hin und wieder ihr Gesicht in die Kamera gehalten hatte, war es regelmässig vorgekommen, dass sie erkannt und angesprochen worden war. Hier in der Schweiz war das höchst selten passiert. Zwar war die «Schweizer Presse» trotz gesunkener Auflage eine sehr bekannte Zeitschrift, doch Myrta konnte sich nicht vorstellen, dass man sie erkannte, nur weil jede Woche im Editorial ein Bild von ihr abgedruckt war.

Plötzlich kam die Frau zu ihr.

«Sorry, dass ich störe», sagte sie zögerlich. «Sind Sie nicht die, die im Fernsehen über Promis berichtet?»

Myrta war baff. «Das ist schon eine Weile her …»

«Jetzt sind Sie bei der ‹Schweizer Presse›, nicht wahr?»

«Ja, seit wenigen Monaten.»

Die Frau kicherte dämlich und sagte: «Wissen Sie, man darf es ja nicht sagen, aber ich schaue diese Klatschsendungen fürs Leben gern, die ‹Schweizer Presse› nur beim Coiffeur, ich komme sonst nicht so zum Lesen.»

Myrta kicherte zurück.

Die Frau winkte ihren Mann oder Freund heran. «Darf ich ein Foto mit Ihnen machen?», fragte sie Myrta. «Ich bin übrigens Ariane.»

«Oh, schöner Name», sagte Myrta. «Ich bin Myrta.»

«Das freut mich so», meinte Ariane, kicherte, lächelte und strahlte.

Sie stand ganz nahe neben Myrta, legte ihren Arm um sie und schaute zu ihrem Kerl, der mit seinem iPhone ein Foto knipste.

«Wann kommen Sie endlich wieder im Fernsehen?», wollte Ariane wissen.

«Ach, das ist noch offen.»

«Schade, Sie machen das so toll. Also auf Wiedersehen. Bis bald am Fernsehen!»

Ariane schaute noch mehrmals zurück, zwinkerte Myrta zu und ging dann am Arm ihres Mannes oder Freundes hüpfend hinaus.

Myrta war durch diese kurze Begegnung in eine völlig andere Welt versetzt worden. Sie trank ihren Espresso aus und öffnete auf ihrem Handy die Agenda. Das Casting für den Moderationsjob bei RTL war am Dienstag.

Auf der Weiterfahrt nach Hause zu ihren Eltern und zu ihrem Pferd Mystery kreisten Myrtas Gedanken nur noch um die Frage, was sie zu diesem Casting anziehen sollte.

Sie würde sich etwas Neues kaufen!

13. Januar

PETERSGASSE, BASEL

Bereits um 06.12 Uhr war Mette Gudbrandsen wieder auf den Beinen. Sie hatte gerade mal drei Stunden geschlafen.

Es war eine lange Nacht gewesen. Nachdem sie Mary einigermassen versorgt hatte, hatte Phil endlich erzählt, wie alles so weit gekommen war. Warum er sich mit BV18m92 angesteckt, wie er die Übergabe inszeniert und wie er aus irgendeinem Gefühl heraus nach dem Besuch von Koellerer die Nacht zusammen mit Mary im Auto verbrachte hatte und so dem sicheren Flammentod entronnen war. Mette war sich schlagartig bewusst geworden, in welcher Situation sich nicht nur Phil und Mary befanden, sondern dass sie ebenfalls betroffen war. Die kleinen Teufel von Labobale, die der Kunde plötzlich nicht mehr haben wollte, weil sie viel zu aggressiv waren, konnten nicht mehr gestoppt werden. Denn Phil hatte sie für viel Geld verkauft. In einem Labor irgendwo auf der Welt warteten sie nun darauf, auszubrechen und Unheil anzurichten. Dass sie dies täten, war für Mette nach der Untersuchung von Phil und Mary keine Frage mehr. Der Kunde hatte völlig recht: BV18m92 war eine totale Fehlmutation. Selbst wenn, wie ursprünglich geplant, eine Pharma-Firma fast gleichzeitig mit dem Ausbruch der kleinen Teufel ein Medikament auf den Markt brächte, gäbe es viele Tote. Sicher Hunderte, vielleicht auch Tausende.

Hätte sie Mary ins Spital eingeliefert, wäre die Verbreitung von BV18m92 bereits in vollem Gang. Ausser, sie hätte die Ärzte über das hochansteckende Virus informiert, was sowohl für sie, Phil und noch einige andere Leute von Labobale nach langwierigen und teuren Prozessen im Gefängnis geendet hätte. Im günstigsten Fall wären sie alle beruflich und finanziell komplett ruiniert gewesen. Das war Mette klar.

Also hatte sie aus dem Internet alle möglichen Medikamente zur Behandlung von Herzinsuffizienz herausgeschrieben und versucht, einige davon in der Notfallapotheke, die wenige Gehminuten von ihrem Haus entfernt am Petersgraben lag, zu bekommen. Doch dies erwies sich als unmöglich, da ihr die Pharma-Assistentinnen und auch die Apothekerin diese Medikamente ohne Rezept nicht herausgeben wollten. Da nützte es auch nichts, dass Mette mehrfach betonte, sie sei Ärztin, etliche Ausweise zeigte und mit Fachausdrücken ihr Wissen zu beweisen versuchte. Sie war zwar Ärztin, arbeitete aber nicht auf dem Beruf, war nirgends eingetragen und damit nicht zugelassen. Die Apothekerin verwies sie an die Notaufnahme im Uni-Spital, die gleich auf der anderen Seite der Strasse sei. Sie solle doch mit ihrer Patientin dorthin, falls es eine solche überhaupt gebe, ansonsten könne ihr selbst dort geholfen werden.

Mette nahm es den Leuten nicht übel, dass sie sie für verrückt, für eine potenzielle Selbstmörderin oder für eine Medikamentensüchtige hielten. Die waren sich hier wohl einiges gewohnt.

Den Rest der Nacht hatte Mette damit verbracht, Mary zu beobachten, oben in ihrer Wohnung ein bisschen zu schlafen und darüber nachzudenken, wie es nun weitergehen sollte. Jetzt stand sie auf, packte sich dick ein, ging hinunter zum Trocknungsraum und klopfte.

«Alles okay?», rief sie.

«Ja, es geht», antwortete Phil. «Mary hatte wieder einen fürchterlichen Hustenanfall.»

«Haltet durch! Und achte darauf, dass ihr Oberkörper hoch gelagert bleibt und sie genug Luft bekommt. Ich versuche, etwas zu organisieren. Reinige deinen Autoschlüssel mit der Sterilisationslotion und gib ihn mir.»

«Warum das denn?»

«Dein Auto muss verschwinden. Du und Mary seid offiziell im Ausland, euer Auto steht am Flughafen, ich fahre es dorthin. Ihr werdet wegen dem Brand sicher von der Polizei gesucht. Und die Labobale-Killer sind auch hinter euch her. Ist eine Frage der Zeit, bis sie hier auftauchen. Hast du eigentlich einen Anwalt?»

«Ja.»

«Wir müssen ihn orientieren, damit er mit den Behörden und der Versicherung alles organisieren kann. Wenn ihr wieder gesund seid, kommt ihr offiziell von der Reise zurück und könnt den Rest managen.»

«Du hast ja einen richtigen Plan ...»

«Ja, Phil, darum bekam ich die Leitung des Labors und nicht du. Eine solche Aktion, wie dich selbst zu infizieren, kann nur dir einfallen!»

«Hätte alles geklappt, wenn der offizielle Kunde nicht plötzlich abgesprungen wäre», rechtfertigte sich Phil, öffnete die Türe und gab den Autoschlüssel heraus.

Mette hielt den Atem an, schaute Phil kurz an und nahm den Schlüssel. Phil schloss die Türe sofort.

«Du siehst miserabel aus», sagte Mette.

«Ist der Ausschlag schlimmer geworden?»

«Ja, aber der ist harmlos. Pass auf Mary auf, du Idiot!»

INNENSTADT ST. GALLEN

Nach einer Nacht ohne Albtraum und einem Ausritt auf Mystery hatte sich Myrta mit Martin getroffen. Er war ganz begeistert, mit ihr shoppen zu gehen. Das irritierte Myrta, aber vielleicht war er einfach nur übertrieben nett, weil er in sie verliebt war.

Sie fuhren in Myrtas Auto zuerst in die Shopping Arena beim Fussballstadion. Myrta trug Dolce&Gabana-Jeans, hochhackige Winterstiefel und eine kurze, enge Daunenjacke von Jetset. Sie fühlte sich jung, elegant, sexy.

Wie schon beim Wellness-Ausflug nach Rheinfelden erwies sich Martin als charmanter Begleiter. Myrta hetzte ihn zwar regelrecht durch sämtliche Boutiquen, doch Martin liess sich nicht aus der Ruhe bringen.

Eine etwas peinliche Situation hatte sich in einem Dessous-Laden ergeben, als Myrta sich völlig vergessen hatte, mehrere Slips und BHs angeschaut und dann plötzlich Martin gefragt hatte, welche ihm am besten gefielen. Da war Martin ins Stottern geraten, hatte versucht, seine Verlegenheit mit einem Lächeln zu überspielen, das nicht weniger dämlich war, aber Myrta die Chance gab, ihn kurz am Arm zu packen und ihn einfach aus dem Geschäft ins nächste zu schieben.

Gekauft hatte sie bisher noch nichts.

Nun waren sie unterwegs durch St. Gallens Innenstadt. Auch hier lotste Myrta Martin durch sämtliche Boutiquen und Warenhäuser.

«Myrta, ich setze mal eine Runde aus, bleibe draussen und atme durch, okay?», fragte Martin.

«Sorry, ich stresse dich, was? Aber du wartest hier!», befahl Myrta und war weg.

Vom ersten Stock dieses Ladens sah sie zufälligerweise auf die Strasse hinunter. Martin wanderte auf und ab. Der Kerl sieht schon gut aus, wurde sich Myrta bewusst. Ob in Arbeitskleidung, Reitmontur, Badehosen oder wie jetzt in diesem langen, braunen Mantel, dem dazu passenden Schal und den ebenso passenden Schuhen – No-Name-Kleider, aber er hat Stil, er ist einfach ein cooler Typ.

Myrta verliess das Geschäft, ging auf Martin zu, umarmte und küsste ihn innig. Danach hängte sie sich bei ihm ein und verkündete: «So, mein Lieber, jetzt haben wir alles abgecheckt. Nun kommt Teil zwei: Wir schreiten zum Einkauf!»

«Schön», sagte Martin und strahlte Myrta an.

Sie musste schallend lachen.

LANDGUT BEI ALTER DO CHÃO, ALENTEJO, PORTUGAL

Die Gebäude sahen alle ähnlich aus wie die Coulderia, das Gestüt der Edelpferde Altér Real. Weisse Mauern mit ockerfarbenen Fensterrahmen. Auch Stallungen gehörten zum Landgut, in dem Karolina Thea Fröhlicher offenbar wohnte. Dahinter lag ein kleiner See. Rundum flaches, braunschimmerndes Land mit wenigen Hügeln, einzelne Bäume. Endlose Weite.

Joël Thommen und Flo Arber warteten seit 9 Uhr an ihrem Beobachtungsposten auf einer kleinen Anhöhe unter einem Baum, dass etwas passierte.

Jetzt war es 16 Uhr.

Gemacht hatten sie in all den Stunden so gut wie nichts. Ausser, dass Flo den Verband von Joëls gebrochener Nase vorsichtig entfernt und sein Gesicht fotografiert hatte. So hatte er ihm zeigen können, dass die Nase immer noch gerade war und die violett-blau-grünen Augenränder kaum noch zu sehen waren. Trotz des erneuten Schlags bei der Rennerei in Carrapateira hatte Joël praktisch keine Schmerzen mehr. Er entschied sich, den Verband nicht zu ersetzen.

«Weiss der Teufel, was da los ist. Aber ich habe die Schnauze voll», brach es aus Flo heraus. «Vermutlich haben die einen Helikopterlandeplatz und sind längst ausgeflogen!»

«Und ihr Helikopter ist lautlos und unsichtbar!», meinte Joël. «Deshalb haben wir nichts gehört und nichts gesehen!»

«Hör zu, es reicht!», sagte Flo entnervt. «Ich habe nicht jahrelang studiert, damit ich als Paparazzo vor einem Landgut in den Pampas von Portugal ende.»

«Moment mal!», sagte Joël. «Der Paparazzo bin hier ich. Seit Stunden starre ich diese blöde Hütte an, und kein Mensch zeigt sich. Du hast es dir auf dem Beifahrersitz bequem gemacht und bist mit deinem Compi beschäftigt.»

«Ich recherchiere. Weiss jetzt alles über diese Gegend und über diese Pferde. Und gleich ist der Akku leer. Lass uns ins Hotel fahren.»

Joël war nicht unglücklich, dass sich Flo Arber für den Rückzug entschied. Vielleicht würden sie im Hotel noch auf jemanden stossen. Bloss nicht auf die Bodyguards von Karolina Thea Fröhlicher, hoffte Joël.

Er startete den Motor des Seats und fuhr langsam vom Feldweg zur Hauptstrasse, an der grossen Einfahrt des Landguts vorbei, zurück Richtung Alter do Chão.

Es hatte wenig Verkehr. Es war bewölkt. Die Stimmung trüb.

Nach rund sieben Kilometern Fahrt kam ihnen auf einer langen Geraden ein schwarzes Auto mit ziemlich hohem Tempo entgegen.

Joël erkannte, dass es ein Mercedes Geländewagen war.

Er wurde hellwach.

Fotografisch registrierte er mit seinem Blick beim Kreuzen drei Dinge: Münchner Nummernschilder, Fahrer schon mal gesehen, ebenso den Beifahrer. Er brauchte drei, vier Sekunden, bis die aktuellen Bilder mit den abgespeicherten Bildern in seinem Gedächtnis zusammenpassten.

Dann verkündete er: «Das war Battista!»

PETERSGASSE, BASEL

Ausgepowert und verschwitzt erreichte Mette Gudbrandsen mit dem in einer pharmazeutischen Folie eingewickelten und mit Spezialband verklebten Schalenkoffer ihr Haus und ging in den Keller. Dort deponierte sie das Ding vor dem Trocknungsraum und öffnete ihren zweiten Koffer. Dieser musste von nun an als Behälter für die nächsten gebrauchten Schutzanzüge dienen.

Sie hörte, wie Mary in der improvisierten Quarantänestation hustete und Phil versuchte, seine Frau zu beruhigen. Es werde alles gut, sagte er immer wieder.

Mette hatte in den letzten Stunden eine mühsame Aktion hinter sich gebracht. Eigentlich war es nur darum gegangen, Phils Wagen von der Stadt zum Flughafen zu fahren und ihn dort auf dem Langzeitparkplatz abzustellen. Da der Innenraum des Volvos aber möglicherweise von den kleinen Teufeln in Besitz genommen worden war, hatte Mette einen grossen Schutzaufwand betrieben. Sie glaubte zwar nicht, dass die Viren tatsächlich im Auto herumkrabbelten, ging aber auf Nummer sicher. Also hatte sie einen Schutzanzug in den Koffer gelegt, war zu Phils Wagen gegangen und war vor dem Öffnen des Volvos in den Anzug geschlüpft. Einige Passanten hatten ziemlich blöde geguckt, aber das war ihr egal. Über den Kopfschutz zog sie eine Wollmütze und eine Skibrille an, damit sie während der Fahrt einigermassen normal aussah und die anderen Autofahrer nicht zu sehr ablenkte. Trotzdem wurde sie immer wieder angestarrt: Mit einer Skibrille Auto zu fahren, war in Basel doch etwas exotisch. Beim Flughafen parkierte sie das Auto, stieg aus, desinifizerte den Schlüssel und zog den Schutzanzug aus. Diesen deponierte sie zusammen mit der Mütze und der Skibrille im Schalenkoffer, spritze alles mit reichlich Desinfektionsmittel ein, schloss den Koffer, verpasste ihm ebenfalls eine Desinfektionsdusche, umwickelte ihn mit der pharmazeutischen Folie und verklebte diese schliesslich mit dem medizinischen Isolierband. Dann ging sie zur Bushaltestelle und fuhr mit dem 50er Bus zurück in die Stadt.

«Mette, bist du da?», rief nun Phil Mertens. Mary hatte sich von ihrem Hustenanfall beruhigt.

«Ja, ich komme gleich zu euch, ich muss noch etwas organisieren.»

«Beeile dich.»

Mette ging nach oben, duschte und absolvierte am Computer einen Crashkurs zur Herzspezialistin. Dank ihres medizinischen Hintergrundwissens konnte sie sich einen Überblick über Diagnose, Ursachen und Behandlung einer akuten Herzinsuffizienz und eines kardialen Lungenödems verschaffen. Ausserdem bestellte sie im Internet einen Defibrillator und liess ihn per Expresssendung zuschicken. Schliesslich gestaltete sie sich am Computer ein ziemlich professionell aussehendes Rezeptblatt, setzte den Namen eines Arztes in Zürich ein und druckte es aus. Von Hand schrieb sie Medikamente für Patientin «Mette Gudbrandsen» auf, ACE-Hemmer, Betablocker, Diuretika, und ging damit in eine Apotheke. Sie erhielt die Medikamente.

Nun schlüpfte Mette vor dem Trocknungsraum in einen neuen Schutzanzug und schloss die Türe auf. Phil sass bei Mary und hielt ihre Hand. Es schien ihr besser zu gehen. Mette gab Phil die Medikamente, die er seiner Frau auf die Zunge legte. Er tröpfelte ihr vorsichtig Wasser in den Mund. Mary schluckte. Mette war etwas erleichtert.

Sie stellte den Koffer mit der gebrauchten Folie und dem Schutzanzug in eine Ecke, gab Phil den Autoschlüssel und das Ticket des Airport-Parkplatzes, fragte, ob die Chemietoilette funktioniere, ob sie schon voll sei, ob der Luftbefeuchter etwas bringe und ob Phil noch einen Wunsch habe.

Mette wollte gerade gehen, als Mary wieder einen Hustenanfall bekam. Sie gab rasselnde Geräusche von sich, hatte einen schaumigen Auswurf. Dann erstarrte sie. Mette und Phil warteten darauf, dass sie von einem noch fürchterlicheren Husten durchgeschüttelt würde.

Doch es passierte nichts.

Phil kontrollierte ihre Atmung.

«Verdammte Scheisse!», brüllte er und begann sofort mit der Mund-zu-Nase-Beatmung, was wegen des Auswurfs und des durch die kleinen Teufel verursachten Ausschlags keine einfache Sache war. Mette reichte ihm ein Tuch, damit Phil Marys Nase reinigen konnte, und begann selbst mit der Herzmassage. Phil und Mette harmonierten perfekt. Er blies seiner Frau zwei Stösse Luft ein, Mette pumpte dreissig Mal den Brustkorb. Dies wiederholten sie rund zwanzig Mal.

Mary atmete nicht.

«Weitermachen! Weitermachen!», befahl Mette.

Nach weiteren zwanzig Mal Beatmen und Pumpen reagierte Mary immer noch nicht.

Mette ärgerte sich. Wo blieb der bestellte Defibrillator?

«Weitermachen, Phil! Weitermachen!»

Mette pumpte weiter und versuchte in der kurzen Pause, wenn Phil die Beatmungsstösse gab, ihr Handy unter dem Schutzanzug hervorzukramen, um die Sanität zu rufen.

Mary atmete immer noch nicht.

Sie pumpte. Pause. Endlich hatte sie das Handy. Zuerst aber musste sie wieder pumpen.

Nach dem ersten Beatmungsstoss der nächsten Runde bekam Phil nun auch einen Hustenanfall. Mette pumpte trotzdem weiter.

«Los, Phil, Beatmung!»

Phil hustete.

«Phil!», schrie Mette und pumpte.

«Phil! Komm! Du bist gleich dran!» Mette begann, ihre Pressungen auf Marys Brust laut zu zählen: «27, 28, 29, 30! Phil, los!»

Er hustete, lag zusammengekrümmt auf dem Boden, schnappte nach Luft.

Mette setzte aus, begann wieder zu pumpen. Sie müsste nun ihren Schutzanzug öffnen, Glasvisier und Kopfbedeckung entfernen und Mary selbst beatmen. Sie wusste genau, dass dies Marys letzte Chance war. Diese war allerdings klein, denn die professionellen Helfer waren noch nicht einmal alarmiert, und lange konnte sie den Rhythmus nicht mehr durchhalten, auch sie stiess an ihre Grenzen, sie hatte bald keine Kraft mehr. Und Mette war sich vor allem bewusst, dass die Chance, sich selbst durch die Mund-zu-Nase-Beatmung mit dem Virus BV18m92 anzustecken, bei beinahe 100 Prozent lag. Die kleinen Teufel waren schliesslich darauf programmiert.

... 22, 23 ...

Phil lag immer noch am Boden, hustete zwar nicht mehr, aber röchelte.

«Phil!», schrie Mette.

... 26, 27 ...

«Phil!»

... 29, 30.

Mette hielt inne.

Mary atmete nicht.

Sie war tot.

14. Januar

REDAKTION «AKTUELL», WANKDORF, BERN

Am Coop-Pronto-Shop an der Standstrasse hatte sich Peter Renner einen Kaffee, die «Sonntags-Bild» und die «Welt am Sonntag» geholt. Dann war er durchs Quartier ins Büro gegangen.

Nun sass er in seinem News-Cockpit, ein englischer Nachrichtensender lief im Radio, auf den drei TV-Monitoren waren der Schweizer Infokanal SRFinfo, CNN und n-tv aufgeschaltet, und auf den Computer-Bildschirmen flimmerten die neusten Agenturmeldungen und Online-News. Es war 06.37 Uhr.

Bevor Peter Renner die deutschen Sonntagszeitungen las, studierte er die Schweizer Blätter, die der Zeitungsbote im Eingang der Redaktion deponiert hatte. Natürlich brachten alle lange Artikel zu Luis Battistas Rücktritt und spekulierten über potenzielle Nachfolger oder Nachfolgerinnen.

Die Sonntagszeitungen übten sich aber auch in Medienkritik. Die gleichen Experten, die schon in den elektronischen Medien zu Wort gekommen waren, legten zünftig nach. «Aktuell», «Schweizer Presse» und auch jene Medien, die auf den fahrenden Zug aufgesprungen waren – also eigentlich alle –, wurden scharf verurteilt. Einige Fachleute waren der Ansicht, die Journalisten hätten sich eine solche Kampagne nur getraut, weil Battista ein linker Bundesrat gewesen sei, mit einem bürgerlichen hätte man das nie getan.

«So ein Mist!», fluchte Peter Renner leise. «Normalerweise gelten wir Journis alle als Linke!»

In einem anderen Blatt allerdings behaupteten Politikexperten genau das Gegenteil: Wäre Battista ein rechter Bundesrat, hätte man ihn noch viel heftiger attackiert.

Zum Teil wurden Strafuntersuchungen gegen die beiden Blätter angeregt. Wegen Verletzung der Privatsphäre, Verleumdung, Hausfriedensbruch und Verstoss gegen das Antirassismusgesetz.

Peter Renner lachte laut heraus und las die Passage noch einmal durch. Dann grölte er wieder. Der Medienexperte meinte, es könnte durchaus als rassistisch aufgefasst werden, den Ex-Bundesrat Luis Battista mehrmals als gebürtigen Portugiesen zu bezeichnen. Durch die stetige Wiederholung sei dies eine Betonung und erwecke bei den Leserinnen und Lesern den Eindruck, dass Luis Battistas Liebesaffäre nur möglich war, weil er gebürtiger Südländer sei, der wegen seiner Herkunft jedem Rock hinterher rennen würde. So betrachtet sei dies ein klarer Verstoss gegen das Antirassismusgesetz.

Peter Renner legte die Schweizer Sonntagszeitungen weg und las die deutschen. Die «Welt am Sonntag» brachte bloss eine Kurzmeldung über den Rücktritt, die «Bild am Sonntag» zeigte das Foto von Joël Thommen, auf dem Karolina Thea Fröhlicher zu erkennen war, zitierte «Aktuell» und die «Schweizer Presse» und titelte: *«Wenn sich ein Schweizer Minister für die Liebe entscheidet …»* Untertitel: *«… dann locken nicht nur Sex, sondern Milliarden!»*

Das mit den Milliarden war bei Karolina Thea Fröhlicher eindeutig. Aber ob es auch Sex war, fragte sich Peter Renner. Er fand den Seitenhieb gegen die Schweiz mit ihrem ewigen Klischee der Steueroase und dem längst ramponierten Bankgeheimnis etwas plump.

Um 08.00 Uhr rief er Flo Arber an. Da es in Portugal erst 07.00 Uhr war, holte die Zecke den Reporter aus dem Schlaf und wollte wissen, ob sie bereits ein Foto von Karolina Thea und Luis hätten machen können.

«Nein, wir sind noch im Bett», antwortete Flo ehrlich und ein bisschen genervt.

«Los, ihr Faulpelze, an die Arbeit!»

«Es ist stockdunkel draussen, mein lieber Peter. Um diese Zeit geht hier niemand spazieren oder reiten oder knutschen», sagte Flo spitz und spielte damit auf die von der Zecke erhofften Tätigkeiten von Luis Battista und Karolina Thea Fröhlicher an.

«Ja, schon gut, war nur eine Frage!»

Warum Mette ihren Schutzanzug nicht geöffnet hatte, um Mary weiter zu beatmen, war zwischen ihr und Phil kein Thema. Hingegen hatten sie lange darüber diskutiert, wie es nun weitergehen solle. Mette hat Phil gebeten, seinen Anwalt so schnell wie möglich zu informieren. Er solle ihm sagen, dass er an einer Tagung im Ausland sei, sein Haus niedergebrannt sei und ihn darum bitten, sich um alles zu kümmern. Phil war einverstanden, war aber der Ansicht, dass es nur eine Frage der Zeit sei, bis die Labobale-Schergen auch hier auftauchten und das Haus abfackelten. Mette sei genauso in Lebensgefahr wie er. Es gehe darum, alle, die über das Projekt BV18m92 Bescheid wüssten, auszuradieren. Da neben Carl Koellerer nur er und Mette wirklich wüssten, um welch hinterlistiges Projekt es sich handle, sei es für ihn klar, dass Mette und er getötet werden müssten.

Mette hingegen war der Meinung, dass es nur um ihn gehe. Wenn sie ebenfalls in Lebensgefahr sei, dann nur, weil sie ihm geholfen habe. Wie verrückt er eigentlich gewesen sei, das Projekt an eine andere Firma zu verraten und sich selbst anzustecken, hatte sie Phil gefragt. Und er hatte zurückgefragt, wie sie überhaupt dahintergekommen sei.

«Man sitzt nicht minutenlang vor dem Mikroskop und macht nichts», hatte Mette darauf geantwortet.

«Du hast mir immer misstraut!», meinte darauf Phil. «Du hast es doch darauf angelegt, dass ich über dich herfalle, dass ich dir an die Wäsche gehe, nur damit du mich in der Hand hast.»

Der Samstag hatte im Streit geendet.

Doch nun war Sonntagmorgen, Mette brachte Phil Müesli, Brot und Konfitüre, Tee konnte er sich mittlerweile selbst in seinem Trocknungsraum zubereiten.

Marys Leiche lag in einem geschlossenen Schlafsack.

«Ich habe dir eine Rolle Müllsäcke, Schnur und breite Klebebänder mitgebracht», sagte Mette. «Schneide die Säcke auf und umwickle den Schlafsack. Dann bindest du alles zusammen und klebst es dick und fest zu, das Ganze muss möglichst luftdicht sein.»

«Hilfst du mir?»

Eine halbe Stunde später war aus dem blumigen Schlafsack eine blaue Plastikmumie geworden. Auf den Säcken stand gross «Bebbi Sagg», die offizielle Bezeichnung der mit einer Abfallsteuer belegten Basler Müllsäcke.

15. Januar

REDAKTION «SCHWEIZER PRESSE», ZÜRICH-WOLLISHOFEN

Um 10 Uhr an diesem Montagmorgen erreichte die Redaktionen eine Medienmitteilung der Parlinder AG. Darin wurde der Tod des Firmengründers und Inhabers, Gustav Ewald Fröhlicher, bekanntgegeben. Er habe sich vergangene Woche an der portugiesischen Westküste für den Freitod entschieden. Zu den Gründen wurden keine Angaben gemacht. Gustav Ewald Fröhlicher habe vor seinem Ableben sämtliche Geschäfte geregelt. Die Firma gehe an seine einzige Tochter, Karolina Thea Fröhlicher, über. Die operative Leitung übernehme ad interim Dr. Gebhard Solinger, der Finanzchef des Unternehmens. Für Kunden und Mitarbeiter ändere sich nichts. Anschliessend folgte ein Nachruf auf Gustav Ewald Fröhlicher und seine ausserordentlichen Verdienste. Die Mitteilung endete mit dem Hinweis, dass derzeit keinerlei Medienanfragen beantwortet würden. Unterschrieben war das Communiqué von Dr. Frank Lehner, Sprecher der Unternehmensleitung Parlinder AG.

Myrta las den Text zweimal durch. Dann betrachtete sie das Titelblatt der druckfrischen «Schweizer Presse» mit der «Liebesnest»-Schlagzeile. Zum Glück ist nur die Villa auf der Titelseite abgebildet und nicht das Paparazzo-Foto mit Karolina Thea Fröhlicher, dachte Myrta.

Aus dem Stoss auf der linken Seite ihres Schreibtisches kramte sie den Zettel hervor, den sie am Freitagabend beschrieben hatte und auf dem stand: «Feuer – Phil Mertens – Mette Gudbrandsen – Labobale – Parlinder AG – Gustav Ewald Fröhlicher – Karolina Thea Fröhlicher – Battista». Hinter dem Namen Gustav Ewald Fröhlicher fügte sie nun ein Kreuz hinzu. Ein Totenkreuz. Irgendwie passte immer noch alles zusammen, doch wie genau, das wusste Myrta jetzt noch weniger als am Freitag.

Sie hatte sich am Wochenende nicht mit dieser Story beschäftigt. Nach dem Shoppingtrip in St. Gallen hatte sie den Abend und die Nacht mit Martin verbracht, am Sonntag war sie auf Mystery of the Night ausgeritten und hatte sich auf das Casting vom Dienstag vorbereitet. Sie machte vor allem Sprechübungen und achtete darauf, nicht zu schnell zu sprechen. Den Abend blieb sie bei ihren Eltern und diskutierte mit ihnen über ihre Zukunft, falls sie zurück ins Fernseh-Business wechseln würde. Sie müsste wieder nach Köln ziehen. Trotzdem stand ihr Entschluss längst fest: Wenn sie das Casting bestehen würde, wäre sie Moderatorin bei RTL. Ihr Traumjob!

Warum hat Fröhlicher Selbstmord begangen, überlegte Myrta. Hat sein Tod etwas mit dem Brand in Arlesheim zu tun? Soll ich die Redaktion auf diesen Fall ansetzen? Es ist zwar keine People-Story, aber warum nicht dran bleiben?

Das Telefon klingelte. Redaktionsassistentin Cornelia Brugger meldete ein Gespräch mit Verleger Helmut Zanker an.

«Herr Zanker, wie geht es Ihnen?», legte Myrta frischfröhlich los.

«Danke. Und Ihnen?»

«Prima! Ich denke, wir können uns über tolle Verkaufszahlen freuen!»

«Deshalb rufe ich Sie an, liebe Myrta. Sie wissen, dass ich Sie sehr schätze und dass ich Ihnen niemals dreinreden würde», Zanker hüstelte kurz und sprach dann mit belegter Stimme weiter: «Ich wollte Ihnen nur sagen, dass mir die neuste Ausgabe des Magazins nicht besonders gefallen hat. Vor allem jetzt, da Herr Fröhlicher ... gut, das konnten Sie natürlich nicht wissen ... aber es wirkt ... wie soll ich sagen ... ein bisschen deplaziert.»

«Kannten Sie Herrn Fröhlicher?», fragte Myrta, ohne auf die Kritik ihres Verlegers einzugehen.

«Flüchtig ...» Wieder hüstelte Zanker. «Entschuldigen Sie. Ich kannte ihn flüchtig. Ein feiner Typ.»

«Warum beging er Suizid?»

«Ach, man weiss doch nie, was in Menschen vorgeht.»

«Natürlich. Die Wege des Herrn …» Myrta brach den Satz ab, weil ihr bewusst wurde, wie dämlich er war.

«Entschuldigen Sie meinen Anruf, ich wollte sie nicht kritisieren. Sie bringen in der nächsten Nummer wieder einige fröhliche Geschichten, nicht wahr?»

«Wir bemühen uns. Vielen Dank für den Hinweis.»

Nach diesem Telefonat trank Myrta erst einmal einen Kaffee.

Dann rief sie Peter Renner von «Aktuell» an. «Wie ist die Stimmung bei euch?», wollte sie wissen.

«Prima!», frohlockte die Zecke.

«Fröhlicher war es, der ins Meer getaucht war …»

«Ja! Und wir sind die Schuldigen. Böses ‹Aktuell›, böse ‹Schweizer Presse›! Wir haben einen Vorzeige-Unternehmer in den Tod getrieben. Vergiss es Myrta, jetzt geht die Story erst richtig los. Die haben alle Dreck am Stecken, und wir werden …»

«Zecke! Lass mal. Ich bin raus!»

«Wie, du bist raus?»

«Ich bin raus aus der Geschichte.»

«Ärger?»

«Sagen wir mal, ich bekam einen Schuss vor den Bug.»

«Oh», machte Renner, der aus eigener Erfahrung mit seiner Verlegerin Emma Lemmovski bestens wusste, was Myrta meinte.

«Bist du interessiert an einigen Infos?»

«Klar, schiess los.»

«Also pass auf: Der Typ, dessen Haus in Arlesheim abgefackelt wurde, der heisst doch Phil Mertens …»

«So ein Expat, ein Engländer?

«Genau. Der ist Wissenschaftler und arbeitet bei Labobale. Früher war er beim Pharma-Riesen Novartis. Er ist Virologe.»

«Virologe?»

«Ja, Forscher, der sich mit Viren beschäftigt.»

«Aha. Darauf hätte ich auch getippt.»

«Und seine Kollegin heisst Mette Gudbrandsen, ist auch bei

Labobale und war früher auch für Novartis tätig. Sie ist ebenfalls Virologin.»

«So, so.»

Myrta wartete auf eine begeisterte Reaktion von Renner. Aber sie kam nicht.

«Stehe ich möglicherweise gerade auf der Leitung?», fragte Renner.

«Mit beiden Füssen, mein Lieber! So kenne ich dich gar nicht.»

«Los, hilf mir auf die Sprünge!»

«Ihr hattet doch die Exklusiv-Story von Battistas Flügen und Übernachtungen auf Kosten der Parlinder AG.»

«Ja, und?»

«Woher hattet ihr diese Infos?»

«Von Battistas Skilehrer, diesem Jachen Gianola.»

«Und woher hatte dieser Skilehrer die …»

«Moment, Moment!», unterbrach Renner. «Du meinst, der Skilehrer hatte diese Infos direkt von der Parlinder AG?»

«Genau», bestätigte Myrta.

«Und warum sollte die Parlinder AG ein Interesse daran haben, Battista damit zu versenken?», fragte Renner, beantwortete die Frage aber gleich selbst: «Weil sie nach den ersten kritischen Medienberichten über Battista und seine Beziehung zur Parlinder AG beziehungsweise zu Labobale verhindern wollte, dass Journalisten dieses Thema weiter recherchieren.»

«Was gelungen ist.»

«Klassisches Ablenkungsmanöver, weil Labobale oder Parlinder zünftig in der Scheisse stecken?»

«Könnte ich mir denken. Ich tippe auf Labobale. Wegen dem Brand.»

«So, so. Und der Alte versenkt sich im Meer, weil die Lage hoffnungslos ist?»

«Gut möglich! Wegen ein paar Zeitungsberichten oder einem gefallenen Bundesrat, der mit seiner Tochter rummacht, sicher nicht. Der Kerl war doch ein anderes Kaliber, milliardenschwer, clever, skrupellos. Milliardär wird man nicht einfach, weil man ein sensibler, netter Mensch ist.»

«Du meinst, wir sollten Labobale auf die Pelle rücken?»

«Ich würde es tun.»

LABOBALE, ALLSCHWIL, BASELLAND

Als Mette Gudbrandsen ins Büro von CEO Carl Koellerer gerufen wurde, ging sie davon aus, dass der Chef sie wegen Gustav Ewald Fröhlichers Tod sprechen wollte. Die Todesnachricht hatte sie per Mail erhalten.

Sie betrat das Büro. Doch sie wurde nicht nur von Carl Koellerer empfangen, sondern zusätzlich von zwei Polizisten des Kantons Baselland.

«Frau Gudbrandsen, setzen Sie sich», begann Koellerer. «Die beiden Herren haben mich soeben darüber informiert, dass das Haus unseres Herrn Mertens Ende letzter Woche niedergebrannt ist.»

«Oh, schrecklich!», rief Mette aus.

«Zum Glück waren weder Herr Mertens noch seine Frau zum Zeitpunkt des Brandes anwesend.»

«Zum Glück!», wiederholte Mette.

«Fakt ist auch, dass es sich um Brandstiftung handelt. Deshalb sind die beiden Herren hier.»

«Was hat das mit uns zu tun?», fragte Mette und schaute die beiden Uniformierten an.

«Weder Herr Mertens noch seine Frau sind auffindbar», sagte der eine Polizist. Er hatte ein hässliches Kinnbärtchen, wie Mette fand. «Herr Koellerer hat uns gesagt, dass Herr Mertens sich krank gemeldet habe.»

«Ja, wegen einer Grippe. Das war letzte Woche.»

«Sie verstehen, dass dies ein bisschen seltsam ist. Weder er noch seine Frau sind auf ihren Handys erreichbar.»

«Sie glauben doch nicht, dass Phil Mertens sein Haus selbst angezündet hat und abgehauen ist?»

«Wir suchen ihn bloss für eine Einvernahme.»
«Warten Sie», sagte Mette hastig. «Welches Datum haben wir heute?»
«Den 15. Januar.»
«Einen Augenblick!» Mette holte ihr Blackberry hervor und checkte den Kalender. Es war nichts eingetragen. «Ach ja, da steht es», log sie. «Sorry, das habe ich ganz vergessen. Phil Mertens ist zu einer Fachtagung in die USA geflogen. Die beginnt heute. Ich nehme an, seine Frau begleitet ihn.»
«Der Arbeitgeber von Mary Mertens weiss aber nichts davon. Und wenn Herr Mertens die Grippe hat …»
«Das wird sich sicher alles aufklären. Wenn Phil Mertens an solchen Tagungen ist, kann man ihn nie erreichen. Er ist Forscher und vergisst manchmal das reale Leben. Ich werde seinen Anwalt kontaktieren, damit sie in ihren Ermittlungen schnell weiterkommen. Oder wünschen Sie die Koordinaten des Kongresses?»
«Machen wir es erst mal so», sagte der Beamte mit dem Kinnbärtchen: «Falls er sich bei Ihnen meldet, sagen Sie ihm bitte, dass wir ihn sprechen müssen.» Er gab Mette seine Karte.
Die beiden verabschiedeten sich. Auch Mette wollte das Büro verlassen.
«Warten Sie einen Augenblick», rief Koellerer.
«Ja?»
«Schliessen Sie bitte die Türe.»
Nun wird es unangenehm, dachte Mette, schloss die Türe und setzte sich wieder auf den USM Haller Stuhl.
«Wissen Sie wirklich, wo Phil Mertens ist? An diesem Seminar?»
«Ja, natürlich.»
«Kam er Ihnen in letzter Zeit nicht etwas eigenartig vor?»
«Nein, überhaupt nicht. Nicht mehr als sonst. Weshalb fragen Sie?»
«Wir stehen alle unter einem gewaltigen Druck.»
«Das sind wir gewohnt.»

«Nach dem Tod von Herrn Fröhlicher ist unsere Zukunft ungewiss.»

«Wie meinen Sie das?»

«Herr Doktor Solinger, der die Geschäfte der Parlinder AG ad interim führt, hat mir heute morgen zwar versichert, dass alles normal weiterlaufe. Allerdings sind wir abhängig von Karolina Thea Fröhlicher. Ich bin mir nicht sicher, ob sie eine Affinität zur Pharma-Branche hat. Vor allem, nachdem unser Hauptprojekt gescheitert ist.»

Mette wusste nicht, ob sie darauf etwas sagen sollte oder nicht. Sie sagte nichts.

«Rein theoretisch müssen wir die Möglichkeit in Betracht ziehen», fuhr Koellerer fort, «dass Phil Mertens vom Scheitern des Projekts schon früher erfahren und versucht hat, etwas zu bewerkstelligen. Er ist ein äusserst engagierter Forscher und kann es möglicherweise nicht verkraften, dass seine jahrelange Arbeit vergeblich gewesen sein soll.»

«Tut mir leid, Herr Koellerer, ich kann Ihren Andeutungen in keinster Weise folgen. Das einzige, was Doktor Mertens und ich in den letzten Tagen, Wochen, Monaten und Jahren gemacht haben, war, unser ganzen Wissen und all unsere Kraft und Leidenschaft für Labobale einzusetzen.»

«Dann hoffen wir, dass dies auch so bleibt», sagte Koellerer, stand auf und fragte: «Wie weit sind Sie mit der Vernichtungsaktion?»

«Sie läuft», antwortete Mette. «Unsere Labors in Holland und China, die nur teilweise in dieses Projekt involviert waren und nie mit dem eigentlichen Virus in Kontakt kamen, sind bereits durch und haben ihre Berichte geschickt. Möchten Sie sie sehen?»

«Nein. Und hier bei uns, wie weit sind wir?»

«Die letzte Testreihe läuft demnächst aus. Die nehmen wir für unsere finale Studie noch mit. Ich habe mit den Sicherheitsexperten beschlossen, dass wir diese Studie bei zwei externen Datenspeicherzentren ablegen, zu denen nur Sie und ich Zugang haben.»

«Gut so.» Koellerer reichte ihr die Hand. «Danke für das Gespräch. Ich vertraue Ihnen voll und ganz.» Er drückte Mettes Hand ein bisschen fester und wiederholte: «Voll und ganz.»

Mette ging in ihr Büro und überprüfte am Computer sofort die Laborberichte der letzten Stunden und Tage. Da nur sie und Phil Mertens offiziell Zugang zu diesen Berichten hatten, war sie nicht erstaunt, dass alles normal war. Die letzten Eintragungen stammten vom Freitagabend und vom heutigen Montagmorgen.

Sie klickte sich dennoch durch sämtliche Files und fand schliesslich in den erweiterten Sicherheitsmodulen eine Registrierung, die sie sich nicht erklären konnte. Am Samstag, 13. Januar, hatte sich um 01.08 Uhr jemand ein- und um 04.23 Uhr ausgeloggt.

LANDGUT BEI ALTER DO CHÃO, ALENTEJO, PORTUGAL

Während es Joël Thommen gewohnt war, stunden- und tagelang vor einem Gebäude zu hocken und darauf zu warten, dass jemand hineinging oder herauskam, hatte Flo Arber definitiv genug. Weder gestern noch heute morgen hatte sich irgendetwas vor diesem Landgut getan. Battista befand sich da drin, die Fröhlicher auch, ausserdem waren da einige Bodyguards und wahrscheinlich sonst noch ein paar Angestellte. Der alte Fröhlicher war tot. Kaum anzunehmen, dass die Leute heute noch eine Party schmeissen, sagte sich Flo. Andererseits: Karolina Thea Fröhlicher war am Freitag ja auf dem Gestüt, und da war ihr Vater auch schon tot. Sie hat ihn vermutlich noch am Donnerstag identifiziert. Oder am Freitagmorgen …

Flo Arbers Stimmung verschlechterte sich, als er von den Reporterinnen der «Schweizer Presse» Elena Ritz und Sandra Sorlic erfuhr, dass sie nach Hause reisen konnten. Ihr Ausflug nach Lissabon hatte so gut wie nichts gebracht. Das Haus von Battistas Schwiegereltern war genauso gut abgeschirmt wie das Landgut ausserhalb von Alter do Chão, vor dem Flo und Joël sassen.

«Hör zu, Joël. Ich mach einen Abgang. Das ist mir echt zu blöd», sagte Flo. «Möglicherweise sind die alle längst abgereist.»

«Die Autos stehen noch da», entgegnete Joël.

«Trotzdem, ich habe genug.»

Flo nahm sein Handy, rief Peter Renner an und teilte ihm mit, dass das hier keinen Sinn mehr mache.

«Ja, das macht keinen Sinn mehr», sagte Renner, sehr zu Flos Erstaunen. «Wir machen das anders. Ihr geht jetzt hin, bittet um ein kurzes Interview und schaut, was passiert.»

«Peter, das kannst du wirklich nicht verlangen», wehrte Flo ab.

«Warum nicht?»

«Die trauern um den toten Fröhlicher. Wie stellst du dir das vor? Wir klingeln, blitzen allen kurz einmal in die Fresse und hauen wieder ab?»

«Hey, Flo, was ist denn mit dir los?», sagte Renner. «Solche Sätze bin ich gar nicht von dir gewohnt. Steckt da Joël dahinter?»

«Nein. Ich habe echt die Schnauze voll. Das kotzt mich alles an. Das ist doch Dreck, was wir hier machen, tiefster Boulevard-Dreck!»

«Flo, jetzt reicht's aber!», wetterte Peter Renner. «Renk dich ein. Ich überleg mir was und melde mich wieder.»

«Du brauchst dich gar nicht mehr zu melden. Wir fahren nach Lissabon und nehmen den nächsten Flieger.»

Flo drückte seinen Chef einfach weg.

«Wow!», sagte Joël. «Heftig.»

«Ist doch wahr. Ich bin echt sauer.»

«Und jetzt?»

«Jetzt warten wir weiter wie die Vollidioten. Die Deppen in Bern werden sich sicher wieder melden und uns den Tarif durchgeben.»

«Nichts gegen dich, Flo, aber du weisst, dass ich diesen Job gerade erst bekommen habe, und ich habe ehrlich gesagt keine Lust ...»

«Ich weiss, keine Sorge, das nehme ich auf meine Kappe.»

Das Handy klingelte bereits wieder.

«Ja, was ist denn noch?», schnauzte Flo ins Telefon.

«Flöli, die Zecke sagt mir gerade, ...» – Flo deckte das Handy ab und flüsterte Joël zu: «Haberer» – «... mit den Nerven am Ende seid. Begreife ich. Hört zu, erst mal danke für die tolle Arbeit. Hier ist der Teufel los, und ich habe keine Lust, diese Story aus den Händen zu geben. Deshalb ...»

«Jonas!», unterbrach Flo seinen Chefredakteur. «Ich sehe einfach den Sinn ...»

«Flöli, darf ich vielleicht ausreden?»

«Bitte.»

«Ihr geht jetzt auf dieses Landgut, versucht es auf die nette Tour, und wenn es nicht klappt, kommt ihr nach Hause. Einverstanden?»

«Ich weiss nicht, das macht doch ...»

«Einverstanden?», hakte Haberer unmissverständlich nach.

«Ja.»

«Flöli, alles gut. Ihr macht wirklich tolle Arbeit!»

Flo Arber legte das Telefon auf das Armaturenbrett des Seats und seufzte.

«Wir sollen tatsächlich zum Haus, klingeln und um ein Interview bitten. Danach können wir abhauen.»

Joël sagte nichts.

«Oder aber wir hauen gleich ab und sagen, wir hätten es versucht.»

«Meinst du?»

«Merkt doch niemand. Vorausgesetzt, du hältst den Mund.»

«Musst du entscheiden, Flo.»

«Los, gehen wir.»

«Wohin?»

«Zu diesem Haus natürlich. Hätte vorher überlegen sollen, für wen ich arbeite, irgendwann musste es so weit kommen. Bisher konnte ich mich einigermassen aus solchen Stories raushalten, aber jetzt machen wir das und dann ab nach Hause!»

Flo startete den Motor. «Augen zu und durch. Ich bin eine Boulevard-Ratte. Meine Eltern sind sicher stolz auf mich.» Er lächelte.

Auch Joël grinste. Mann, ist das ein aufregendes Leben!

Drei Minuten später parkierte Flo den Seat neben den Mercedes. Sie stiegen aus, gingen zur Türe und weil es keine Klingel hatte, klopfte Flo kräftig.

Ein Mann öffnete die Türe und schaute die beiden an. Joël zuckte und stellte sich hinter Flo.

«Guten Tag», sagte Flo Arber mit fester Stimme. «Wir sind Journalisten und möchten kurz mit Frau Fröhlicher und Herrn Battista sprechen und unser Beileid ausdrücken.»

«Moment», sagte der Kerl und schloss die Türe.

«Flo, lass uns abhauen», flüsterte Joël, «das ist einer der Typen, die mich vom Sessellift gestossen haben.»

«Was?»

«Echt, die sind gefährlich.»

«Jetzt mach mal nicht in die Hosen.»

Die Türe wurde wieder geöffnet, und ein grosser, blonder Mann in weissem Hemd und dunkelblauer Krawatte erschien.

«Ich bin Doktor Frank Lehner, Sie sind …» Er reichte Flo die Hand.

«Arber, Flo Arber. Und das ist mein Kollege Joël Thommen. Entschuldigen Sie, wir sind von der Zeitung ‹Aktuell›.»

«Sind Sie alleine, oder sitzen da noch mehr Paparazzi in den Büschen?»

«Wir sind alleine. Zumindest haben wir niemanden gesehen.»

«Dann kommen Sie mal rein.»

Flo und Joël traten ins Entree und wurden von Dr. Frank Lehner gebeten, auf den Holzstühlen Platz zu nehmen und einen Augenblick zu warten. Die beiden Reporter setzten sich und getrauten sich nicht zu sprechen. Sie schauten sich im Raum um. An den Wänden hingen Gemälde von Pferden, die durch die weiten Landschaften des Alentejo mit Getreidefeldern, knorrigen Olivenbäumen und alten, stattlichen Korkeichen galoppierten.

Es war nichts zu hören im Haus.

Erst nach zehn Minuten waren Schritte zu vernehmen.

«Kommen Sie mit», sagte Dr. Lehner. Der grossgewachsene Mann eilte voran durch einen langen Flur, öffnete eine Türe und hielt sie den beiden Reportern auf. Sie standen nun wieder draussen vor einem Pferdestall.

«Ich erkläre Ihnen kurz die Spielregeln, meine Herren», sagte Dr. Lehner. «Sie haben fünf Minuten, keine privaten Fragen, ein Foto. Okay?»

«Okay!», quittierten Flo und Joël unisono.

Keine privaten Fragen, wie soll das gehen?, überlegte Flo. Was soll ich die überhaupt fragen? So ein Mist! Er holte sein HTC-Smartphone hervor und schaltete die Tonaufnahme ein.

Joël machte seine Kamera bereit.

Karolina Thea Fröhlicher und Luis Battista traten hinter dem Stall hervor. Karolina trug Reithosen und eine schwarze Bluse. Sie sah etwas blass aus, ihre braunen Locken hatten in der Sonne einen rötlichen Stich. Ihre blauen Augen wirkten klein. Luis Battista trug ein hellblaues Hemd und hatte einen dunkelroten Pulli lässig über die Schultern gelegt. Er lächelte.

Man begrüsste sich.

«Ich kenne Sie doch», sagte Battista sofort zu Joël. «Waren Sie nicht in St. Moritz?»

«Ja, ich war …»

«Also, was können wir für Sie tun?», unterbrach Battista.

«Unser herzliches Beileid, Frau Fröhlicher», sagte Flo Arber. «Wie haben Sie vom Tod Ihres Vaters erfahren?»

«Letztlich durch die Polizei. Aber er hat uns einen Brief hinterlassen.»

«Was hat er geschrieben?»

Joëls Kamera klickte. Er fotografierte erst beide, was aber nicht optimal war, da sie zu weit auseinanderstanden. Er nahm Karolina alleine in den Fokus. Sie sieht matt aus, stellte Joël fest. Gut, die schwarze Bluse ist natürlich auch nicht optimal. Trotzdem: In St. Moritz war sie ihm jünger erschienen, mädchenhafter. Die Wangenknochen waren jetzt noch markanter. Wahrscheinlich hatte sie abgenommen. Dafür war sie stärker geschminkt. Und die lockigen Haare wurden durch Haarspray mehr gebändigt als damals auf Lej da la Pêsch.

«Wissen Sie, mein Vater hat sein Leben immer gut organisiert. Er hat auch seinen Tod organisiert. Er benutzte sogar Luis' Mietwagen, weil er verhindern wollte, dass jemand seinen eigenen Wagen in Carrapateira nach seinem Suizid abholen müsste.»

«Dann waren Sie also anwesend, Herr Battista?»

«Ja.»

«Haben Sie etwas geahnt?»

«Nein. Sonst hätte ich natürlich versucht, sein Vorhaben zu verhindern.»

«Haben Sie dieses Landgut und das berühmte Gestüt gekauft? Werden Sie sich hier gemeinsam niederlassen?»

«Nein. Das Landgut ist schon länger im Besitz der Familie», antwortete Karolina Thea Fröhlicher. «Das Gestüt gehört dem Staat Portugal. Wir werden es aber grosszügig unterstützen.»

«Und Sie, Herr Battista, was werden Sie nun tun? Ist die Trennung von Ihrer Frau endgültig?»

«Vielen Dank, meine Herren», ging Dr. Frank Lehner dazwischen.

«Darf ich noch ein letztes Foto machen?», fragte Joël. «Können Sie ein bisschen näher zusammenstehen?»

Battista und Karolina Thea Fröhlicher posierten nun mit einem Abstand von zehn Zentimetern. Wie ein Liebespaar sahen sie nicht aus.

«Vielen Dank und viel Kraft», sagte Flo Arber.

Dr. Frank Lehner begleitete die beiden Reporter bis zum Auto.

«So, hat sich Ihr Aufwand gelohnt?», sagte er und grinste.

«Oh, sehr, danke.»

«Dann gute Heimreise.» Lehner sagte dies sehr bestimmt, damit klar war, was er meinte: Flo und Joël sollten definitiv verschwinden.

Als sie die Schnellstrasse erreichten, schauten sich Flo und Joël kurz an, klatschten ab und schrien gemeinsam: «Yesssssssss!»

Nachdem sie Kleider, Schuhe und ihre kleine Plüschmaus Honey in den neonblauen Rollkoffer gepackt hatte, programmierte sie die Zeitschaltuhr so, dass die Lichter in ihrer Altbauwohnung jeweils von 21.05 Uhr bis 23.30 Uhr in unterschiedlichen Räumen brannten, dass um 23.53 Uhr das Licht im Schlafzimmer erlosch und um 06.30 Uhr wieder anging. Dann schloss sie die Türe ab.

Mette hatte keine Ahnung, wann und ob sie hier je wieder leben würde.

Sie ging hinunter zum Trocknungsraum, stieg in einen neuen Schutzanzug und klopfte. Phil öffnete. Sie überreichte ihm eine Pizza, einen Salat und einige Dosen Bier. Das alles hatte sie auf dem Heimweg bei einem Pizzakurier eingekauft.

Phil setzte sich auf seine Matratze, öffnete die erste Dose Feldschlösschen und trank sie leer.

«Kannst du mir morgen bitte ein Newcastle Brown Ale bringen, das mag ich lieber.»

«Bitte?»

«Mein Lieblingsbier aus meinem Lieblingspub an der Heuwaage. Wer weiss, wann ich wieder dort sein kann.»

«Phil», sagte Mette und beugte sich zu ihm. «Die wissen über alles Bescheid.»

«Wie meinst du das?»

Mette fasste kurz den Besuch der beiden Untersuchungsbeamten und die Äusserungen von Carl Koellerer zusammen. Dann kam sie zum entscheidenden Punkt: «Am letzten Samstag war jemand von etwa ein bis kurz nach vier Uhr morgens im Labor. Was die Person gemacht hat, weiss ich nicht, die Daten wurden gelöscht. Es muss jemand sein, der Zugriff auf unsere Dokumente und Geräte hat. Ich weiss aber nicht, wer das sein könnte.»

«Solltest du aber, du bist die Chefin.»

«Ich weiss, und ich war mir ganz sicher, dass nur du und ich Zugriff auf unsere Forschungsresultate haben. Wir konnten uns gegenseitig überwachen. Sämtliche Arbeiten im Labor und an den Geräten wurden aufgezeichnet und auf einem Sicherheitsserver abgespeichert. Darauf haben der Sicherheitsdienst und wohl noch ein paar andere Leute Zugriff. Bloss auf unsere Datenbank mit allen Ergebnissen kommt ausser uns zweien niemand. Dachte ich bis heute. Aber da muss es noch jemanden geben.»

«Kann nur Koellerer sein», stellte Phil fest.

«Der versteht das doch nicht.»

«Wäre ich mir nicht so sicher. Uns gegenüber verhält er sich vielleicht nur so ahnungslos.»

«Glaube ich nicht.»

«Na ja. Aber was bedeutet das jetzt alles?»

«Es bedeutet, dass jemand am Samstagmorgen in unsere Datenbank eingedrungen ist. Und es bedeutet auch, dass dieser Jemand fähig war, alle Überwachungsmöglichkeiten im Labor auszuschalten oder zu löschen. Dieser Jemand hat also mehr Zugriffsmöglichkeiten als wir.»

«Ein Spion?»

«Ein weiterer Spion, meinst du?», sagte Mette und funkelte Phil durch die Glasscheibe ihres Anzugs an. «Neben dir?»

«Wenn der die Sicherheitsschranken überwinden oder ausschalten kann, hätte er, im Gegensatz zu mir, die Daten kopieren oder mailen können.»

«Ja, theoretisch. Glaube ich allerdings nicht.»

«Sondern?» Phil schnappte sich ein zweites Bier. «Willst du auch eines?»

«Nein. Die wollten dich in deinem Haus besuchen, weil sie vermuteten, dass du BV18m92 aus der Firma geschmuggelt hast. Ich denke sogar, die wissen, dass du infiziert bist. Als du und Mary ins Auto geflüchtet seid, sind sie ins Haus eingebrochen und haben eure Abfälle eingepackt, alte Verbände, schmutziges Geschirr, Zahnbürsten et cetera. Danach zündeten sie das Haus an, um den kleinen Teufeln den Garaus zu machen.»

Mette schluckte, starrte auf den grauen Fussboden und sprach weiter: «Das passierte in der Nacht auf Freitag. In der nächsten Nacht loggte sich in unserem Labor jemand ein. Das heisst, die Leute haben die Proben aus eurem Haus untersucht und logischerweise die Bestätigung erhalten, dass BV18m92 in deinem Haus vorhanden war. Und vielleicht auch, dass du infiziert bist.»

«So what?»

«Blöde Frage!»

«Die werden mich jagen, bis ich tot bin?»

«Ist zu befürchten.»

«Und du? Bist du auch in Gefahr?»

«Ich weiss es nicht, gehe aber davon aus.» Mette stand auf. «Ich werde mal wieder nach oben gehen. Wer weiss, vielleicht beobachten sie bereits das Haus.»

«Okay, gute Nacht. Danke, dass du da bist!»

«Gute Nacht, Phil.»

Sie wartete, bis Phil die Türe verriegelt hatte, schlüpfte aus dem Schutzanzug, sprühte ihn mit Desinfektionsmittel ein und legte ihn in den Schalenkoffer zu den anderen gebrauchten Anzügen. Danach verliess sie mit ihrem neonblauen Rollkoffer leise das Haus, wobei sie den Koffer nicht rollte, sondern trug, um keinen Lärm zu verursachen. Sie schaute sich um. Niemand war zu sehen. Sie ging den Petersgraben hinunter, eilte über den Totentanz durch die St. Johanns-Vorstadt und stieg an der Johanniterbrücke in den 30er Bus. Am Badischen Bahnhof überquerte sie die Schwarzwaldallee, kontrollierte nochmals, ob ihr jemand folgte und checkte dann bei der elektronischen Rezeption des Hotels Royal ein. Das Zimmer hatte sie bereits am Nachmittag über ihr privates Handy gebucht.

Hier hatte sie in ihrer ersten Zeit in Basel drei Monate lange gewohnt und sich wohl gefühlt. Sie liebte die Aussicht auf die stark befahrene Strasse, die Autobahn, die hier in den Tunnel verschwand, und die Bahngeleise. Dieses Bild hatte ihr damals das Gefühl gegeben, jederzeit abreisen zu können. Das war aber lange her. Jetzt wäre sie froh gewesen, sie hätte Gewissheit, in Basel bleiben und normal weiterleben zu können.

Im Zimmer holte sie ihre Plüschmaus Honey aus dem Koffer, liess sich auf die Matratze plumpsen und hielt Honey mit beiden Händen fest. Sie drückte die Maus an ihre Wange. Sie war so schön weich und kuschlig.

«Du beschützt mich, nicht wahr Honey?», sagte sie leise auf Norwegisch.

«Du hast mich immer beschützt!»

Sie gab Honey einen Kuss auf die Schnauze. Die Schnauze war ziemlich abgewetzt, abgeküsst.

Mette begann zu schluchzen.

16. Januar

VOLKSWIRTSCHAFTSDEPARTEMENT, BUNDESHAUS, BERN

Erst war er schockiert, dann ratlos und schliesslich begeistert. Gianluca Cottone drehte fünf Minuten lang im Büro seine Runden und ging den ganzen Fall Battista aus Sicht der Parlinder AG noch einmal durch. Vom ersten Auftauchen des Paparazzo-Fotos aus St. Moritz über die Indiskretionen betreffend die durch die Firma bezahlten Vergnügungsreisen des Bundesrats bis zum finalen Doppelinterview mit Battista und Karolina Thea Fröhlicher, das heute in «Aktuell» erschienen war. Cottone kam zum Schluss, dass dies eine kommunikative Meisterleistung von Dr. Frank Lehner war: Er war es, der die Medien im Griff hatte und mit ihnen spielte, nicht umgekehrt!

Cottone setzte sich an den PC und schrieb dem Unternehmenssprecher der Parlinder AG eine Mail, in der er seine Hochachtung ausdrückte und verklausuliert andeutete, dass er nach dem Rücktritt von Luis Battista offen für neue Herausforderungen sei. Und viel Erfahrung in der politischen Kommunikation vorweisen könne.

Damit passte er seinen Karriereplan den aktuellen Ereignissen ein wenig an: Um seinen drohenden Abstieg in die Regionalliga zu verhindern, den ihm sein Freund prophezeit hatte, hatte er ursprünglich vorgehabt, nach einem Zusatzstudium in den USA bei einem international tätigen Unternehmen anzuheuern. Nun sah Cottone die Chance, sein Ziel ohne Umweg zu erreichen. Er müsste wohl einige Jahre Dr. Frank Lehner als Vorgesetzten erdulden, könnte aber sicher noch einige Tricks von ihm lernen und später seinen Posten erben.

Wenige Minute später kam bereits eine Antwort: «Lassen Sie uns das bereden», schrieb Dr. Frank Lehner, «sobald ich wieder in der Schweiz bin. Never change a winning team ...»

Warum ein Siegerteam nicht auswechseln? Was wollte Lehner ihm damit sagen? Cottone drehte in seinem Büro wieder Runde um Runde. Es half allerdings nichts. Er verstand diesen Satz nicht.

ART'OTEL COLOGNE, HOLZMARKT, KÖLN

Weil sie noch viel zu früh war, ging Myrta in die Bibliothek des Hotels und setzte sich in einen der tiefen grün-gelben Sessel. Er war nicht sonderlich bequem, und auch die Kunstwerke einer koreanischen Malerin, die das Markenzeichen dieses Hotels waren, gefielen ihr nicht wirklich. Sie hatte das Hotel wegen seiner Lage gebucht: Vis-à-vis war der Rheinauhafen, ein neuer, mondäner Stadtteil auf einer Halbinsel, der aus dem alten Rheinhafen entstanden war und als neues Highlight von Köln gefeiert wurde. Da die Neubauten den ursprünglichen Lastkränen und Fabrikhallen nachempfunden waren, galt das Quartier auch als architektonisches Vorbild modernen Städtebaus.

Myrta hatte gestern abend den Rheinauhafen besichtigt, anschliessend Bernd getroffen und lange mit ihm geredet. Es war ein für Myrta erstaunlich gutes Gespräch gewesen. Bernd war galant wie früher, hatte sie zum Hotel begleitet, ihr für das heutige Casting viel Glück gewünscht, sie kurz umarmt, flüchtig auf den Mund geküsst und war verschwunden. Kein Wort hatten sie über ihre Trennung, über Martin oder über Bernds Familie gesprochen. Es war ein prickelnder Abend gewesen, so wie damals, als sie begonnen hatten, miteinander zu flirten.

Myrta brauchte mehrere Versuche, sich in diesem grün-gelben Sessel so zu installieren, dass es ihr einigermassen bequem war und sie nicht zu offenherzig dasass. Die einzige Position, in der ihr das gelang, war ganz vorne am Rand zu sitzen, die Beine rechts abgewinkelt, allerdings nicht zu schräg, weil ihr sonst die Füsse wegrutschten. Da sie schwarze Stiefel mit rund zehn Zentimeter hohen, spitzen Absätzen trug, war dies nicht ganz einfach. Sie hatte diese edlen Gucci-Stiefel in St. Gallen gekauft, zusammen mit Martin. Fast 1500 Franken hatten sie gekostet. Sie hatte Martin sofort angesehen, dass er sie für verrückt hielt. Doch sie hatte auch gesehen oder zumindest geglaubt zu sehen, dass Martin die Notwendigkeit dieses Kaufes einsah. Myrta eignete sich damit nicht nur ein paar Stiefel an, sondern das Rüstzeug für einen selbstbewussten Auftritt an diesem Casting.

Das Kleid, ein schlichtes, dunkelblaues Etuikleid von Escada war deutlich billiger gewesen. Aber zusammen mit den Stiefeln passte es perfekt. Die Kombination war edel, dank der Stiefel gab es aber einen gewissen Stilbruch, der verhinderte, dass sie langweilig wirken könnte. Zudem betonte das Kleid ihren Busen und Po. Schmuck trug Myrta keinen.

Nachdem sie endlich die ideale Sitzposition gefunden hatte, blätterte sie auf dem Laptop die Schweizer Zeitungen durch.

Erst jetzt realisierte sie, was Peter Renner mit seiner Aussage, «Aktuell» und «Schweizer Presse» würden von den anderen Medien als die Bösen dargestellt, gemeint hatte. In teilweise giftigen Kommentaren wurde der Selbstmord von Gustav Ewald Fröhlicher in direkten Zusammenhang mit den Berichten von «Aktuell» und «Schweizer Presse» gebracht. Dass «Aktuell» unzimperlich sei, sei bekannt, sagte der prominente Medienexperte Jost Flück im Zürcher «Tages-Anzeiger». Dass hingegen eine Familienzeitschrift wie die «Schweizer Presse» sich auf dieses «skrupellose Geschäft mit Menschen» einlasse, sei eine neue Dimension im Schweizer Journalismus. «Bisher war die Berichterstattung über Prominente von einem gewissen Respekt geprägt», wurde Flück zitiert. «Nun hat die ‹Schweizer Presse› diesen Pfad verlassen und sich ins Fahrwasser des englischen und deutschen Schlamm-Boulevards begeben. In diesem Metier wird nicht davor zurückgeschreckt, Menschen psychisch zu vernichten.»

Plötzlich sah Myrta den Sensenmann aus ihren Albträumen vor sich.

Ein Mann des Sicherheitsdienstes betrat Mette Gudbrandsens Büro und legte ihr ein Foto auf den Tisch. Auf dem Foto, einem qualitativ schlechten Papierausdruck, waren zwei Personen zu sehen. Der eine hatte eine Fotokamera umgehängt.

«Kennen Sie diese Typen?», fragte der Sicherheitsmann.

«Nein», sagte Mette und betrachtete das Bild genauer. Die Umgebung, in der die beiden Männer standen, kam ihr bekannt vor: «Ist das nicht …»

«Ja, das Foto wurde von unserem Gebäude aus aufgenommen», sagte der Sicherheitsmann. «Vor rund einer halben Stunde. Wir gehen davon aus, dass die Typen Journalisten sind. Bisher haben sie sich nirgends offiziell angemeldet. Und das Gebäude von der Strasse aus zu fotografieren, ist nicht verboten. Falls die beiden versuchen, mit Ihnen in Kontakt zu treten, wovon wir ausgehen, melden Sie dies bitte sofort. Okay?»

«Ja, klar.»

«Wir brauchen Ihnen nicht zu sagen, dass jeglicher Kontakt zu Journalisten strengstens …»

«Nein, das brauchen Sie nicht zu sagen. Ich bin lange genug im Geschäft. Der Spruch lautet: Melden Sie sich bei der Pressestelle.»

Der Sicherheitsmann lächelte.

«Gut», sagt er, nahm das Foto wieder an sich und ging Richtung Türe. Doch er drehte sich nochmals um: «Bei Ihnen ist alles in Ordnung?»

«Natürlich», sagte Mette.

«Ihr Haus steht noch?»

«Bitte?»

«Entschuldigung, war ein kleiner Scherz.» Der Wachmann lächelte sie an.

«Oh. Guter Gag! Ich kann Sie beruhigen, heute morgen stand das Haus jedenfalls noch.»

Das wusste Mette zwar nicht wirklich, da sie vom Hotel Royal direkt ins Büro gefahren war. Phil würde sie erst am Abend besuchen und ihn im Glauben lassen, sie bleibe zu Hause. Aber dazu hatte sie einfach zu grosse Angst. Hier im Büro fühlte sie sich sicher. Hier hatte sie schliesslich auch keine Leiche und keinen Mann mit dem gefährlichen Virus BV18m92 versteckt.

RESTAURANT AMICI MIEI, ALLSCHWILERSTRASSE, BASEL

Henry Tussot mampfte ein Sandwich mit Parmaschinken und plapperte mit vollem Mund. Der «Aktuell»-Fotograf erzählte seinem Reporterkollegen Alex Gaster von seinen neusten Flirts und Eroberungen. Alex nippte an einer Latte macchiato und hörte mit einem Ohr zu. Nach seinem Innendienst auf der Redaktion hatte er sich gefreut, wieder als Reporter unterwegs zu sein. Doch die Story kam nicht recht voran. Das niedergebrannte Haus von Dr. Phil Mertens, eine Aussenaufnahme des schlichten Labobale-Baus und null Informationen waren nicht gerade die richtigen Zutaten, um eine süffige Geschichte zu schreiben. Alex wartete auf einen Rückruf eines Labobale-Verantwortlichen. Er hatte absichtlich dort angerufen und um ein Interview gebeten, weil er hoffte, die professionelle und unter Journalisten als äusserst schwierig geltende Medienstelle der Parlinder AG umgehen zu können.

Henry hatte Hunger. Und weil vor dieser italienischen Bar gerade ein Parkplatz frei geworden war, waren sie hier gelandet, gut fünf Minuten von Labobale entfernt.

«Wie sieht eigentlich dein Liebesleben aus, Alex?», fragte Henry Tussot plötzlich.

«Unspektakulär.»

«Das heisst?»

«Mensch, Henry, ich ticke nicht wie du …»

«Tu nicht so», unterbrach Henry. «Du hattest auch schon deinen Spass! Ich sage nur: Recherche auf dem Faulhorn, hübsche Helikopterpilotin!» Auf dem Faulhorn im Berner Oberland hatte Alex herausfinden müssen, was hinter dem Tod eines prominenten Politikers steckte. Er konnte einen Armeeskandal aufdecken. Diese Recherche hatte seinen Durchbruch bei «Aktuell» bedeutet. Gleichzeitig hatte er auf dem Berg eine Affäre mit der schönen Pilotin Tina.

«Ja, Henry», sagte Alex. «Aber das ist vorbei. Ich bin glücklich mit meiner Freundin Mara.»

«Wie langweilig», sagte Henry, schlang den letzten Bissen des Sandwichs hinunter, holte seine Kamera aus der Tasche und betrachtete die bisher geschossenen Bilder auf dem Display.»

«Das ist eine Scheissstory», sagte er dann. «Mal wieder so ein Furz von Renner.»

«Abwarten», sagte Alex nur.

Rund 20 Minuten später klingelte Alex' Handy.

Es meldete sich ein Dr. Frank Lehner, Sprecher der Parlinder AG: «Entschuldigen Sie die Umstände, Herr Gaster. Labobale hat mir mitgeteilt, dass Sie ein Interview machen möchten.»

«Ja, ich wollte fragen, ob ...» Alex war irritiert und enttäuscht, dass ein Sprecher der Parlinder AG anrief und nicht von Labobale. «Es geht eigentlich um Labobale», stellte er sich unwissend.

«Ich weiss, Labobale gehört zur Parlinder-Gruppe, die Kommunikation läuft über mich. Also, was kann ich für Sie tun?»

«Nun, es geht um den mysteriösen Brand in Arlesheim.»

«Was möchten Sie wissen?»

«Es traf ja einen Wissenschaftler von Labobale, Doktor Phil Mertens ...»

«Darf ich Sie unterbrechen? Da müssen Sie die Untersuchungsbehörden befragen. Das hat mit uns nichts zu tun. Ich kann und darf auch nicht bestätigen oder dementieren, ob wirklich einer unserer Mitarbeiter von diesem Unglück betroffen ist.»

«Es war Brandstiftung. Gab oder gibt es Drohungen gegen die Firma oder Mitarbeitende von Labobale?» Alex war erleichtert, dass er sich nach seinen anfänglichen Schwierigkeiten gefangen hatte und konkrete Fragen stellen konnte.

«Nein. Ich kann und darf Ihnen aber nicht bestätigen, ob es sich um Brandstiftung handelte. Da müssen Sie sich an die Untersuchungsbehörden wenden.»

«Natürlich», sagte Alex. Dr. Frank Lehner brachte ihn mit seinen geschliffenen Antworten gleich wieder aus dem Konzept. «Weiss man inzwischen mehr über die Hintergründe von Herrn Fröhlichers Suizid?» Diese Frage kam ihm spontan in den Sinn. Vielleicht könnte er damit Lehner etwas aus der Reserve locken.

«Herr Gaster, wir haben Ihrem Kollegen Flo Arber ein Interview mit Frau Fröhlicher und Herrn Battista ermöglicht, mehr gibt es dazu nicht zu sagen.»

«Okay.» Nächster Flop, dachte Alex. «Herr Battista war bei der Gründung von Labobale als Anwalt beteiligt. Ist es denkbar, dass Herr Battista bei Labobale tätig wird?»

«Durch die neue Situation, die sich durch den tragischen Tod des Firmengründers von Parlinder ergeben hat, ist sicher vieles vorstellbar. Herr Fröhlicher hinterlässt glücklicherweise eine äusserst gesunde Unternehmung. Dazu gehört auch Labobale. Natürlich ist Herr Battista mit seinen fachlichen Qualitäten und seinem politischen und wirtschaftlichen Netzwerk ein absoluter Spitzenmann, ob es aber zu einer Zusammenarbeit kommen wird, ist völlig offen. Das ist Sache der Geschäftsleitung und vor allem von Karolina Thea Fröhlicher. Wir werden sicher zu gegebener Zeit informieren.»

Es hatte keinen Sinn, dieses Gespräch weiterzuführen. Alex bedankte sich.

Auf seiner Rechercheliste stand nur noch der Name Mette Gudbrandsen. Doch über die offiziellen Kanäle war über sie nichts herauszufinden. Auch das Web gab nichts her.

«Wir müssen persönlich mit ihr sprechen», murmelte Alex gedankenverloren.

«Mit wem?», wollte Henry wissen.

«Mette Gudbrandsen.»

«Dann los, lass uns gehen», drängte Henry.

«Du bist gut. Keine Ahnung, wo die wohnt. Die ist nirgends eingetragen.»

«Das ist doch die Tussi, die bei Labobale arbeitet.»

«Ja …»

«Dann gehen wir einfach zu ihr ins Büro. Was ist daran so schwierig?»

«Das kannst du vergessen. Ich wurde soeben am Telefon von diesem Pressefutzi abgekanzelt.»

«Dann warten wir, bis sie das Büro verlässt.»

«Ich weiss aber nicht, wie sie aussieht.»

«Merde!», fluchte Henry. «Und jetzt?»

«Keine Ahnung. Lass mich nachdenken.»

VOLKSWIRTSCHAFTSDEPARTEMENT, BUNDESHAUS, BERN

Dass er sich eines Tages dermassen überflüssig und nutzlos fühlen würde, hatte Gianluca Cottone nicht für möglich gehalten. Aber seit sein Chef zurückgetreten war, hatte er im Prinzip keine Arbeit mehr. Es gab keine Journalistenanfragen, und intern wurde er nicht mehr in die Geschäfte einbezogen. Das Departement stand zwar nicht komplett still, die Kommunikationsabteilung hingegen schon. Und da Gianluca Cottone zusammen mit Luis Battista gekommen war, erwarteten alle, dass er mit ihm wieder verschwinden würde.

Cottone selbst sah das eigentlich auch so. Vor allem, wenn er die Liste von Battistas potenziellen Nachfolgern studierte. Neben dem Battista-Fröhlicher-Fall war dies das grosse Thema in den Schweizer Medien. Wie immer wurde seitenweise und minutenlang darüber spekuliert, wer das Rennen machen würde. Und auch dazu liess sich ein Heer von Experten finden, die dies kommentierten.

Letztlich ging es um die Besetzung eines Ministerpostens mit äusserst beschränktem Machteinfluss. Da es in der Schweiz aber kein prestigeträchtigeres politisches Amt gab, musste eben das Gerangel um dieses gross aufgemacht werden.

Cottone erinnerte sich an die Zeit, als er Battista in Stellung gebracht hatte. Wie er der Gegenkandidatin eine unschöne, kleine Steuersünde hatte anhängen können. Das war ein wichtiger Grund für Battistas Sieg gewesen. Die Kandidatin hatte in ihrer Appenzeller Ferienwohnung jahrelang keine Abfallgebühr bezahlt, sondern ihren Müll jeweils im Dorfcontainer entsorgt. Ein Mitarbeiter der Gemeinde hatte ihm das gesteckt. Er bauschte die Story geschickt zum «Appenzeller Müllskandal» auf. Da half es auch nicht, dass die Kandidatin sich entschuldigte, die Gebühren bezahlte und eine grosse Spende an ein Hilfswerk überwies. Cottone sprach damals gegenüber den Medien «vom Versuch, sich freizukaufen, was in Zeiten der internationalen Kritik gegen das Schweizer Finanzwesen unverschämt und dumm sei.»

Er lächelte. Schade, dass diese schöne Zeit längst vorbei war.

«Never change a winning team.» Dieser Satz von Dr. Frank Lehner ging ihm nicht mehr aus dem Kopf.

Cottone versuchte, Luis Battista zu erreichen. Doch sein Handy war ausgeschalten. Schliesslich schrieb er ihm auf seinen Privataccount eine Mail. Wie es ihm gehe, ob man bald mal zusammensitzen und über die Zukunft plaudern könne, Dr. Frank Lehner habe was angetönt. Er fände es schön, weiter mit ihm, Luis, zusammenzuarbeiten, schliesslich seien sie immer ein gutes Team gewesen und so weiter, «mit freundschaftlichen Grüssen, Dein Gianni».

TITELTHEMEN-TV, KÖLN-BUTZWEILER

Warum sie je weggegangen war, konnte sich Myrta fast nicht erklären. Hier, in diesem Gewerbegebiet beim ehemaligen Flughafen Butzweilerhof, war Myrta bis vor wenigen Monaten zusammen mit einigen Hundert anderen Menschen damit beschäftigt gewesen, Millionen von Fernsehzuschauern mit attraktiven, spannenden und spektakulären Sendungen zu unterhalten. Vielleicht würde sie es bald wieder sein. Möglicherweise sogar eine Stufe höher als vorher. Vorausgesetzt, die Verantwortlichen waren mit ihrem Casting vom Vormittag zufrieden. So gesehen, hätte sich der Abstecher in die Medien-Provinz Schweiz gelohnt – nebst dem Gehalt, das sie bei der «Schweizer Presse» verdiente, von dem hier die meisten Angestellten irgendeiner TV-Produktionsfirma nur träumen konnten.

Johanna Scholz, eine kleine, rundliche Frau in schwarzem Hosenanzug, und Lutz Müller-Pohl, ein grossgewachsener Mann mit runder Brille, erwarteten Myrta in einem schlichten Sitzungszimmer. Die Casting-Leiterin und der Produktionschef von «Titelthemen-TV» kamen sofort zur Sache. Ihr Probeauftritt habe ihre Erwartungen übertroffen, teilte Johanna Scholz mit. Natürlich müsse Myrta noch eine fundierte Sprechausbildung absolvieren, aber ihr Talent für die Arbeit vor der Kamera sei aussergewöhnlich. Dazu käme ihr selbstbewusstes und charmantes Auftreten.

Tatsächlich hatte Myrta zwei Stunden zuvor den Casting-Marathon beinahe fehlerfrei absolviert. Textdurchhänger hatte sie keinen, das Ablesen vom Teleprompter war ihr gut gelungen, und sie hatte auch immer nett in die Kamera gelächelt. Nur hatte sie einige Male zu heftig mit den Armen gerudert, fand Myrta, aber das bekäme sie in den Griff.

Lutz Müller-Pohl sagte, eigentlich könne man das Auswahlverfahren abkürzen. Sehr gerne würde man ihr einen Vertrag anbieten. Zunächst als Schwangerschaftsvertretung für das tägliche People-Magazin auf RTL. Danach könne man sich eine weitere Zusammenarbeit vorstellen. Sie hätten ein, zwei Projekte in Vorbereitung, ganz neue TV-Formate, vielversprechend, Quotengaranten.

Myrta versuchte, ihre Begeisterung nicht zu zeigen. Sie wollte wie ein abgebrühter Profi wirken.

Natürlich müsse man dies noch mit den RTL-Verantwortlichen besprechen, aber man sehe eigentlich keine Probleme.

Um 15 Uhr war Myrta Tennemann unterwegs zur U-Bahn-Station. Trotz ihrer High-Heels lief sie schnell. Sie wollte geschäftig wirken. Dabei hatte sie noch drei Stunden Zeit, bis sie am Flughafen einchecken musste.

Jonas Haberer tobte.

In seinem Büro anwesend waren Nachrichtenchef Peter Renner, Reporter Flo Arber und am Telefon Reporter Alex Gaster.

«Ihr habt also keine einzige News zum Fall? Null?»

«Doch», meldete sich Alex Gaster. «Möglicherweise steigt Battista bei Parlinder ein.»

«Gugus!», schimpfte Haberer. «Völliger Blödsinn! Sätze, die mit ‹möglicherweise› anfangen, kannst du mir nicht bringen, Kleiner!»

«Mehr lag nicht …»

«Gugus!», wetterte Haberer erneut. «Faule Journalisten-Ausrede. Es liegt immer mehr drin. Immer! Verdammt noch mal.»

«Dieser Phil Mertens», versuchte nun Flo Arber sein Glück, «ist seit dem Brand verschwunden. Und wo die andere Wissenschaftlerin, diese Mette Gudbrandsen, wohnt, wissen wir nicht. Sie ist nirgends eingetragen. Auch im Web gibt es sie nicht. Und ihr bei Labobale aufzulauern, scheint uns zu heikel.»

«Warum?», schnauzte der Chefredakteur.

«Wenn an dieser Firma tatsächlich etwas faul ist», griff nun Peter Renner ein, «müssten wir inoffiziell mit Gudbrandsen reden.»

«Aber vielleicht ist die Firma sauber, und die zeitliche Nähe von Battistas Rücktritt, Fröhlichers Selbstmord und dem abgefackelten Haus ist Zufall», ergänzte Flo Arber.

«Quatsch!»

«Glaube ich auch nicht», pflichtete Renner Jonas Haberer bei.

«Die Namen dieser beiden Wissenschaftler habt ihr von Myrta Tennemann. Ruft sie an, vielleicht weiss sie mehr über diese Mettwurst …»

«Mette Gudbrandsen», griff Peter Renner ein. «Aber Myrta ist nicht mehr an dieser Story dran.»

«Hat sie Schiss gekriegt? All diese Feiglinge heutzutage! Fragt sie trotzdem! Nächste Sitzung in einer halben Stunde.»

Nachdem Haberer die Verbindung zu Alex abgebrochen und Flo das Büro verlassen hatte, sagte Haberer: «Los, Pescheli, da müssen wir wohl ran!»

«Ich weiss nicht …»

«Was ist los mit dir? Auch zum Feigling mutiert?»

«Okay, ein Versuch!»

«Stell mein Telefon so ein, dass meine Nummer unterdrückt wird», sagte Haberer.

Peter Renner drückte einige Tasten, überprüfte die Einstellung mit einem Anruf auf sein Handy. Es erschien «Unbekannter Teilnehmer».

«Polizei, Feuerwehr oder Pöstler?», fragte Haberer.

«Pöstler», sagte Renner und korrigierte sich gleich. «Nein, nein, so ein privater Paketservice.»

VOLKSWIRTSCHAFTSDEPARTEMENT, BUNDESHAUS, BERN

In froher Erwartung öffnete Gianluca Cottone die Mail von Luis Battista und stutzte: Statt «Lieber Gianni» stand einfach nur «Gianluca» als Anrede.

Und der Rest der Mail haute ihn komplett um: Er wisse mittlerweile, dass er, Gianni, gegen ihn intrigiert habe, dass er den Medien, namentlich der «Schweizer Presse», seinen Kurzurlaub in St. Moritz gesteckt und damit seinen Sturz vorbereitet habe. Er sei noch nie von einem Menschen so enttäuscht worden, habe sich eine Anzeige wegen Verleumdung gegen ihn überlegt, sehe aber davon ab, da er ihm zwar nicht verzeihen, aber vergeben wolle. «Du konntest Dich nie damit abfinden, dass nicht Du im Rampenlicht stehst, sondern ich», schrieb Luis Battista. «Du warst krankhaft eifersüchtig. Ich wünsche Dir von Herzen, dass Du dieses Problem endlich angehst und Hilfe von Fachleuten in Anspruch nimmst.»

Unterschrift: «L. B.»

KÖLN BONN AIRPORT

Nach dem Telefonanruf von Flo Arber rief Myrta Tennemann ihre Mutter im Büro der Uni St. Gallen an und fragte sie, ob sie noch mehr Informationen über Mette Gudbrandsen habe. Doch Eva Tennemann konnte ihrer Tochter nicht weiterhelfen. Das sei alles so lange her, und privat habe sie sowieso nicht mit Mette zu tun gehabt.

Danach erzählte Myrta von ihrem Casting und der Aussicht auf einen neuen Job als Fernseh-Moderatorin. Mama Tennemann gratulierte, mahnte sie aber gleichzeitig, nichts zu überstürzen, schliesslich müsse sie dann wieder nach Köln ziehen und gebe einen guten Job in der Schweiz auf.

Myrta war nach dem Gespräch etwas frustriert. Sie hatte sich gewünscht, dass ihre Mutter ebenso begeistert wäre wie sie. Vermutlich hofften ihre Eltern immer noch, dass sie bei einem Produkt wie «Der Spiegel» oder «Die Zeit» oder der NZZ arbeiten würde. Ihre Mutter mochte das Fernsehen nicht. Schon früher hatte sie immer geschimpft, wenn Myrta zu lange vor dem Fernseher sass: «Dafür schicken wir dich nicht in die Waldorfschule!» Und Myrta hatte trotzig geantwortet: «Auch wenn wir Deutsche sind – in der Schweiz heisst es nicht Waldorfschule, sondern Rudolf-Steiner-Schule.»

Myrta musste laut lachen. Andere wartende Flugpassagiere schauten zu ihr hinüber. Ein junger, gutaussehender Mann lächelte sie an.

Myrta lächelte zurück.

LABOBALE, ALLSCHWIL, BASELLAND

Erst als sie das Gespräch beendet hatte, kam Mette Gudbrandsen in den Sinn, dass sie tatsächlich ein Paket bestellt hatte: den Defibrillator für Mary Mertens. Sie hatte den Kerl vom Paketservice am Telefon kaum verstanden, weil er weder Englisch noch ein für sie einigermassen verständliches Deutsch gesprochen hatte. Er hatte immer nur davon geredet, dass er ein Expresspaket habe und die Adresse nicht finde. Schliesslich hatte sie ihm ihre Adresse, Petersgasse, buchstabiert und gesagt, er solle das Paket einfach abstellen. Doch das, so schien ihr, hatte der Typ nicht begriffen. Darüber gewundert hatte sie sich allerdings nicht, da Angestellte privater Postdienste oft nur gebrochen Deutsch sprachen. Auch nicht erstaunt hatte sie, dass der Mann sie auf dem Blackberry-Handy erreicht hatte, schliesslich hatte sie weder zu Hause noch im Büro ein Festnetztelefon. Sie gab immer die Nummer ihres Geschäftshandys an, nie diejenige ihres Privattelefons.

Jetzt wollte sie den Paketservice zurückrufen, um mitzuteilen, dass der Angestellte den Defibrillator auf die Aussentreppe zum Keller legen solle, ein bisschen versteckt, denn das Gerät koste über 1000 Euro. Da aber die Nummer des Anrufers unterdrückt war und ihr der Aufwand, den Fahrer dieses Kurierdienstes ausfindig zu machen und minutenlang in einem Call-Center hängen zu bleiben, zu mühsam erschien, beschloss sie, etwas früher Feierabend zu machen.

Es war bereits kurz vor 17 Uhr.

Als sie eine Stunde später – sie hatte an der Shell-Tankstelle im Migrolino an der Flughafenstrasse noch Lebensmittel für Phil eingekauft – bei ihrem Haus an der Petersgasse eintraf, fand sie nirgends ein Paket. Das ärgerte sie zwar, sie fluchte kurz auf Norwegisch über den lausigen Service, ging dann aber direkt zu Phil Mertens in den Trocknungsraum.

Es stank.

Von Marys Leichnam. Das wusste Mette sofort. Und die Chemietoilette stank auch. Vermutlich hatte Phil bereits die zweite Kassette einsetzen müssen, weil die erste voll war.

«Mein Gott, da bist du endlich!», sagte Phil erleichtert, als er Mette sah. «Ich dachte schon, du hättest mich vergessen.»

«Sorry, habe mich verschlafen heute morgen», log Mette. «Wie geht es dir?» Sie stellte die Sandwiches, einen Salat, zwei Flaschen Mineralwasser und ein Sechserpack Bier, Feldschlösschen, auf den Boden, griff nach seinem Arm und kontrollierte den Puls. Er war normal.

«Alles bestens. Ich fühle mich gut.»

Mette untersuchte seinen Ausschlag, der immer noch hässlich und nass war.

«Juckt es?»

«Manchmal.»

«Gut. Bloss nicht kratzen.»

«Nein, natürlich nicht.»

Sie schauten sich lange in die Augen.

«Du siehst sogar in diesem Schutzanzug gut aus!», sagte Phil schliesslich.

«Wow! Was ist denn mit dir los?»

«Wie meinst du das?»

«Du hast mir noch nie ein Kompliment gemacht. Und ausgerechnet jetzt …»

«Mette, du hast mir immer schon gefallen. Aber wir konnten ja nie normal miteinander umgehen.»

«Warum?»

«Immer dieses Misstrauen! Ich war richtig paranoid. Wenn wir alleine im Labor oder im Lift waren, achtete ich darauf, dir nicht zu nahe zu kommen. Schliesslich wird in dieser Firma alles überwacht, und ich hatte keine Lust, der sexuellen Belästigung bezichtigt zu werden.»

«Echt?»

«Ach, tu nicht so. Du hast es doch das eine oder andere Mal darauf angelegt?»

«Du spinnst ja!»

«Und sonst, was läuft in der Firma?», fragte Phil und wechselte damit das Thema.

«Wir sind an der letzten Testreihe. Dann ist endgültig Schluss mit BV18m92.»

«Ein Jammer! Hier sind übrigens meine Aufzeichnungen über den Krankheitsverlauf.» Phil zeigte auf seinen Tablet-PC.

«Klink dich bloss nicht ins Internet ein», mahnte Mette. «Und Telefonieren ist ebenfalls tabu!»

«Du meinst wegen der Ortung?»

«Ja.»

«Glaubst du, die sind immer noch ...»

«Ja, Phil. Heute schlichen zwei Reporter um die Firma herum. Das gab schon einen riesigen Aufstand des Sicherheitsdienstes.»

«Wirst du verfolgt?»

«Nein, ich glaube nicht.»

Sie redeten noch eine Weile. Phil erklärte seiner Kollegin minutiös seinen Krankheitsverlauf. Anders als bei seiner Frau verhielten sich die kleinen Teufel bei ihm tatsächlich so, wie sie es im Labor berechnet und getestet hatten. Trotz der absurden Situation in diesem Wäscheraum, in dem immer noch Marys Leiche lag, freuten sich die beiden Wissenschaftler über das Resultat.

«Irgendjemand wird dank uns richtig Kohle machen», sagte Mette schliesslich. «Irgendjemand, der von dir das Virus erhalten hat und weniger Panik hat als der Labobale-Kunde.»

«Was ich übrigens schon lange fragen wollte», sagte Phil. «Ist es okay, wenn wir fifty-fifty machen?»

«Bitte?»

«Na, von meinem Honorar.»

«Hör auf. Ich will damit nichts zu tun haben! Lass dir lieber einfallen, wie wir die Leiche wegbringen. Lange halten die Säcke nicht durch, du weisst, was ich meine ...»

«Shit.»

GUTSHOF IM STÄDELI, ENGELBURG BEI ST. GALLEN

Sie hatte gerade das Haus betreten, die Tasche und den Mantel abgelegt und endlich ihre hohen Stiefel ausziehen können, als ihr iPhone klingelte und Bernd unbedingt wissen wollte, wie das Casting gelaufen sei.

Myrta hörte die ihr wohlbekannten Hintergrundgeräusche: Bernd telefonierte per Freisprechanlage vom Auto aus, auch die

Zeit stimmte, kurz vor 20 Uhr, er war auf dem Heimweg zu seiner Frau. Nicht das Geringste hat sich geändert, dachte Myrta. Sie schaute kurz ins Wohnzimmer, in dem ihre Eltern sassen und lasen, winkte ihnen zu, ging dann hoch in ihr Zimmer und erzählte Bernd von ihrem aufregenden Tag.

Nachdem sie die Austaste gedrückt hatte – genaugenommen hatte Bernd das Gespräch beendet, weil er vor dem Garagentor stand, auch dies nichts Neues – streifte Myrta das Etuikleid ab, legte es auf einen Stuhl und liess sich aufs Bett plumpsen.

«Hey, Kleine, du hast den Job auf sicher! Gratuliere. Liebe Dich. B.»

Diese Mitteilung via WhatsApp bekam sie von Bernd rund drei Minuten nach dem Telefonat. Auch das entsprach dem Zeitplan, denn jetzt hatte er seinen Wagen abgestellt. Zurückschreiben durfte sie nicht, weil er nun den Abend mit seiner Frau verbringen würde und nicht in die berüchtigte SMS- oder WhatsApp-Falle treten wollte, falls seine Gattin das Handy untersuchte. Andererseits: Myrta hatte sich oft gewünscht, Bernds Frau wüsste endlich von ihrem Verhältnis, und die Sache würde dadurch zu einem Ende kommen. Entweder sie oder seine Frau. Wenn er sich nicht entscheiden könnte, müssten es eben die Frauen tun.

Doch jetzt war es ihr egal. Sie hatte mit Bernd Schluss gemacht, und daran änderte auch der gestrige Abend nichts. Und daran würde sich auch nichts ändern, wenn sie wieder in Köln arbeitete. Es sei denn …

Myrta sprang von ihrem Bett auf und war plötzlich hellwach.

Hatte Bernd seine Finger im Spiel? War das Casting nur eine Proformasache? Immerhin war er Mitglied der Chefredaktion. Wollte er sie mit einem Moderationsjob zurückholen und ihre Beziehung wieder auffrischen?

«Vergiss es!», sagte sie laut zu sich. «Vergiss es!»

PETERSGASSE, BASEL

Alexander Gaster und Henry Tussot rätselten lange, wie Jonas Haberer und Peter Renner die Wohnadresse der Labobale-Mitarbeiterin Mette Gudbrandsen herausbekommen hatten. Fotograf Henry tippte auf eine linke Tour Haberers, Alex auf irgendeinen ominösen Kontakt, den die Zecke in Basel hatte.

Nun standen sie in einem Innenhof vor einem Altstadtgebäude mit einem grossen halbrunden Tor, grünen Fensterläden, die teilweise verschlossen waren, und irgendwelchen Verzierungen an der Fassade, die sie wegen der Dunkelheit aber nicht erkennen konnten. Die Briefkästen und die Klingeln waren aber nicht am Tor, sondern einige Meter weiter hinten bei einer Laube angebracht. Tatsächlich stand auf einem der Briefkästen M. G.

Genau gleich beschriftet war auch eine Klingel.

Alex drückte drauf. Es passierte nichts.

20.30 Uhr.

«Und jetzt?», fragte Henry.

«Die kommt sicher bald.»

Es war kalt.

«Ich hole das Auto», sagte Henry. Dieses hatten sie unweit am Petersgraben parkiert, weil hier überall Fahr- und Parkverbot herrschte. Zudem wollte Alex nicht auffallen. Henrys grosser Geländewagen schien ihm nicht das passende Fahrzeug für diesen heiklen Auftrag zu sein.

«Nein warte, ein paar Minuten wirst du es wohl aushalten.»

Es begann zu schneien.

Von irgendwoher waren Piccoloklänge und Trommelwirbel zu hören.

«Merde!», sagte Henry. «Haben die Basler schon Fasnacht?»

«Kaum», antwortete Alex. «Die üben.»

Der Boden, die Dächer und die Bäume wurden langsam weiss. In einigen Fenstern leuchtete noch die Weihnachtsdekoration.

«Schöne Stimmung», sagte Alex.

«Ja, du Romantiker», meinte Henry. «Lass uns gehen. Ich habe Hunger.»

«Schon wieder?»

«Ja, Mann! Wir schauen später nochmals vorbei.»

GUTSHOF IM STÄDELI, ENGELBURG BEI ST. GALLEN

Martin hatte es geschafft, Myrta davon zu überzeugen, dass es einerlei sei, ob nun Bernd hinter ihrem Engagement als Moderatorin steckte oder nicht. Zudem sei alles noch nicht sicher.

Myrta hatte Martin gefragt, was er davon halte, wenn sie wieder in Köln arbeiten würde. Er hatte geantwortet, es spiele keine Rolle, wo sie arbeite. Natürlich fände er es schön, wenn sie in seiner Nähe sei.

Das war nicht unbedingt das, was sie hören wollte. Aber sie wusste, dass sie zu viel verlangte: Martin sollte zwar um sie kämpfen, aber gleichzeitig akzeptieren, dass ihr die Karriere ebenso wichtig war wie die Liebe.

Ob sie nicht sogar wichtiger war?

Diese und viele andere Fragen gingen ihr durch den Kopf. Sie war erschöpft und zugleich aufgekratzt, so dass sie unmöglich schlafen konnte. Sie stand an der Box ihres Pferdes, streichelte Mystery, wenn er es gerade zuliess, und atmete seinen Geruch ein. Dicke Schneeflocken fielen vom Himmel. Myrta spürte, wie die vielen Gedanken langsam von ihr wichen und sie müde wurde.

Plötzlich klingelte ihr Handy.

Weil ihr das Klingeln unglaublich laut erschien, nahm sie sofort ab.

«Liebe Myrta Tennemann, hier ist Cottone.»

«Oh …» machte Myrta. Sie war irritiert und versuchte, sich zu erinnern, was sie in seinen Augen wohl falsch gemacht haben könnte.

«Störe ich?»

«Nein. Aber ich bin erstaunt, dass Sie anrufen. Ausserdem ist es schon sehr spät.»

«Ja, ich weiss. Entschuldigen Sie.»

«Worum geht es denn?», fragte Myrta, fügte aber die für sie wahrscheinlichste Antwort gleich an: «Ja, wir werden Battista in Ruhe lassen.»

«Nun, das geht mich nichts mehr an. Ich habe Sie doch vor einiger Zeit gebeten, in Sachen Parlinder und Labobale nicht aktiv zu werden.»

Myrta erinnerte sich: Sie war diesen Deal eingegangen und hatte die Information über den Toten in der Algarve bekommen.

«Haben Sie trotzdem weiter recherchiert?», wollte Cottone wissen.

«Natürlich nicht», entgegnete Myrta selbstbewusst. Es stimmte auch. Allerdings hatte sie nicht wegen Cottones Bitte die Recherchen eingestellt, sondern weil sich die Ereignisse überstürzt hatten. Später hatte sie die ganze Sache wegen ihres Castings vergessen. «Gibt es denn etwas Neues?»

«Nein.»

«Und deshalb rufen Sie mich um diese Zeit an? Es ist …», Myrta blickte auf ihre weisse Swatch-Chrono-Uhr, «… zwanzig nach elf!»

«Hören Sie zu!», sagte Cottone nun ziemlich gereizt. «Es ist mir völlig egal, wie viel Uhr es ist. Seid ihr Journalisten eigentlich blind? Alle berichten nur noch über Battistas Rücktritt und wer sein Nachfolger oder seine Nachfolgerin wird. Und die wirklich knackige Story geht vergessen! Sie haben doch diesen ganzen Shitstorm mit ihrem blöden Foto von Battista und seiner Tussi angezettelt! Nun bringen Sie diese Story gefälligst zu Ende. Oder glauben Sie wirklich, Battista sei wegen dieser Affäre und einigen bezahlten Flügen zurückgetreten? Und Fröhlicher wirft sich einfach so aus einer Laune heraus ins Meer?»

«Nein, eigentlich nicht …» Myrta fühlte sich überfordert. Erstens weil sie in dieser Story nicht mehr auf dem Laufenden war, zweitens, weil sie geistig schon beim Fernsehen arbeitete und drittens, weil sie den Eindruck hatte, Cottone habe ein persönliches Problem mit Battistas Rücktritt. Und gerade kam ihr ein vierter Grund in den Sinn: Die «Schweizer Presse» war alles andere als ein Medium für investigativen Journalismus, wie ihr Verleger Zanker bereits nahegelegt hatte, also, was sollte sie sich um solche Fragen kümmern?

«Vergessen Sie es», sagte Gianluca Cottone hörbar frustriert.

«Warten Sie!», sagte Myrta nun schnell. «Was wissen Sie?»

«Ich weiss überhaupt nichts. Und eigentlich stand schon alles in der Neuen Zürcher Zeitung.»

«Ach, kommen Sie! Helfen Sie mir auf die Sprünge!»

«Die NZZ schrieb, nachdem das Foto von Luis Battista und Karolina Thea Fröhlicher in Ihrem Magazin erschienen war, dass diese Liebesbeziehung brisant sei, weil Battista bei der Gründung von Labobale massgeblich beteiligt gewesen sein soll. Damals war er noch Anwalt und Nationalrat.»

«Aha.»

«Ich gehe davon aus, dass Battista mittelfristig die Geschäftsleitung oder das Verwaltungsratspräsidium bei der Parlinder AG erhalten wird, vorausgesetzt …» Cottone stockte.

Myrta sagte nichts. Sie wartete gespannt auf Cottones Fortsetzung, denn diese Informationen betrachtete sie noch nicht als besonders ergiebig.

«Vorausgesetzt was?», fragte sie schliesslich.

«Vorausgesetzt, er überlebt die Sache.»

«Das haben Sie schon mal gesagt, Herr Cottone! Und laut Ihnen bin ich dafür verantwortlich, dass er nicht überlebt hat, sprich, dass er zurücktreten musste.»

«Nun, ich meine es dieses Mal eindeutig zweideutig.»

«Bitte?»

«Ich meine damit einerseits, dass er noch tiefer fallen könnte. Er hat damals als cleverer Anwalt und einflussreicher Politiker das Baugesuch für Fröhlichers Labobale frisiert und elegant durch die Instanzen gebracht. Ich weiss nicht, ob die Bevölkerung damit einverstanden gewesen wäre, wenn sie erfahren hätte, dass im Keller von Labobale mit gefährlichen Viren herumexperimentiert wird. Es war Battistas einziger Tolken im Reinheft. Er hat mich ansatzweise aufgeklärt, als ich das Mandat, ihn ins höchste politische Amt zu bringen, übernommen habe. Aber es ist mir gelungen, dies …»

«Moment, Moment», sagte Myrta. «Gefährliche Viren? Warum sollte Labobale mit gefährlichen Viren hantieren? Wozu? Was hat das mit der Parlinder AG zu tun?»

«Liebe Myrta, erstens liegt das auf der Hand. Und zweitens müssen Sie das selbst herausfinden.»

«Okay. Es gab in Ihren vorherigen Aussagen über Battistas Überlebenschancen noch ein Andererseits, oder?»

«Ja. Andererseits meinte ich im wortwörtlichen Sinn. Gut möglich, dass Battista daran verrecken wird.»

«Bitte?» Myrta wunderte sich über Cottones Wortwahl. Der musste richtig sauer sein auf seinen ehemaligen Chef.

«Ja! Denn ich denke, es waren letztlich diese Labobale-Viecher, die Herrn Fröhlicher in den Tod schickten. Nun aber wieder im übertragenen Sinn gesprochen.»

PETERSGASSE, BASEL

Um 23.54 Uhr beschlossen Alex und Henry, nach Hause zu fahren. Vor einer Minute war das letzte Licht im Haus ausgegangen. Alex vermutete, dass das Licht mit einer Zeitschaltuhr gesteuert war. Denn nachdem sie nach dem Essen bereits frohlockt hatten, weil im Haus Licht brannte, waren sie enttäuscht worden. Auf ihr Klingeln reagierte niemand. Nach einer weiteren Stunde, die sie vergebens auf Mette Gudbrandsen gewartet hatten, gaben sie auf. Die Wissenschaftlerin war nicht da. Dank des Neuschnees waren sie sich zudem sicher, dass auch während ihrer Abwesenheit weder Mette Gudbrandsen noch irgendjemand sonst das Haus betreten oder verlassen hatte, denn es hatte keine Fussspuren.

«Merde!», fluchte Henry.

«Einen Tag Arbeit für nichts», sagte Alex.

«Merde! Merde! Merde!»

17. Januar

GUTSHOF IM STÄDELI, ENGELBURG BEI ST. GALLEN

Myrta blieb noch eine ganze Weile bei Mystery, bis sich dieser umdrehte und ihr sein Hinterteil zustreckte. Ein Zeichen, dass er seine Ruhe haben wollte. Es war Zeit, ins Bett zu gehen. Myrta ging in ihr Zimmer und schaltete den Laptop ein. 00.23 Uhr.

Um 04.48 Uhr hatte sie das Gefühl, alles über Virologie zu wissen, was man als Laie überhaupt verstehen konnte. Wie lange ist es her, überlegte sie sich, seit ich mich das letzte Mal so in ein Thema vertieft habe? Es muss Jahre her sein. Wahrscheinlich war es noch während meines Volontariats.

Neben dem Thema Virologie hatte Myrta vor allem über Mette Gudbrandsen und Phil Mertens recherchiert. Das war wirklich eine Herausforderung gewesen, da das Web über beide praktisch nichts hergab. Dank der Unterlagen ihrer Mutter fand sie aber eine Liste von Universitäten und Instituten, an denen die beiden Wissenschaftler tätig gewesen waren.

Das half Myrta aber nicht viel weiter.

Den Durchbruch hatte sie geschafft, als sie einige Veröffentlichungen dieser Institute gelesen beziehungsweise überflogen hatte. Das war zwar äusserst mühsam gewesen, weil alles auf Englisch geschrieben war, notabene in einem sehr wissenschaftlichen Englisch. Weder Mette noch Phil waren die Verfasser dieser Studien, aber sie tauchten immer wieder als Mitarbeiter der erwähnten Professoren und Forscher auf, oft allerdings nur in einer Fussnote. Vor allem Mette wurde in mehreren dieser Berichte erwähnt. Fazit: Mette Gudbrandsen hatte sich in ihrem jungen Leben mit Dingen beschäftigt, die Myrta erschauern liessen: Viren können Menschen und Tiere in Monster verwandeln, sie krepieren oder dahinsiechen lassen, sie können aber auch mit ihnen herumspazieren, ohne je auf sich aufmerksam zu machen.

«Widerliches Pack!», hatte Myrta gemurmelt und sich kurz

vorgestellt, wie viele Viren wohl mit ihr und Mystery mitreiten würden.

Als Myrta schliesslich die Websites von Labobale und der Parlinder AG studierte, fragte sie sich, was eine Wissenschaftlerin wie Mette Gudbrandsen bei dieser Firmengruppe verloren hatte. Dass Parlinder als Rohstoff- und Lebensmittelhändlerin ein Labor betrieb, machte für Myrta durchaus Sinn. Dass Fröhlicher mit Labobale in gewisse Bereiche der pharmazeutischen Industrie vordringen wollte, konnte sie sich auch vorstellen. Myrta dachte dabei aber mehr an die Entwicklung eines neuen, gesundmachenden Joghurts als an die Erforschung von Killerviren. Natürlich, das war sich Myrta bewusst, hatte gerade die Lebensmittelindustrie viel mit Chemie zu tun. Aber Mette Gudbrandsen interessierte sich offensichtlich für Hardcore-Viren und die Entwicklung von Medikamenten und Heilmethoden. Jedenfalls hatte sie sich beim Pharmaunternehmen Novartis nicht mit Joghurts beschäftigt, wie Myrta schon vor einigen Tagen von ihrer Mutter erfahren hatte, sondern mit Xenotransplantationen, Schweinegrippeviren und solchen Dingen.

Was also machte Mette Gudbrandsen bei Labobale? Hatte Cottone recht? War Labobale eine gefährliche Virenküche?

Auch über Gianluca Cottone hatte Myrta in dieser Nacht recherchiert. Er hatte bei mehreren Kommunikationsagenturen gearbeitet, vor fünf Jahren sein eigenes Büro gegründet, war aber seit vier Jahren nur noch für Luis Battista tätig.

Luis Battista …

Myrta klickte sich durch sämtliche Reportagen, die je in der «Schweizer Presse» erschienen waren. Battista strahlte auf jedem Bild. Mit ihm seine Frau und seine Kinder. Die meisten Geschichten waren von den beiden Reporterinnen Elena Ritz und Anna Sorlic geschrieben und fotografiert worden. Sie bat beide in einer Mail, sich sofort bei ihr zu melden. Eine weitere Mail sandte sie ihrem Stellvertreter Markus Kress: Sie habe ein Grippevirus erwischt und liege im Bett.

Eine bessere Ausrede fiel ihr nicht ein.

PETERSGASSE, BASEL

Phil Mertens hatte den Keller-Koller. Zudem war der Gestank von Marys Leichnam so penetrant, dass Phil sich überlegte, wie er dieses Loch verlassen und wo er die restliche Zeit, bis sein Körper die kleinen Teufel besiegt hätte, verbringen könnte. Eine Lösung kam ihm nicht in den Sinn. Auch die tote Mary loszuwerden, war schwierig. Mette müsste sie alleine wegbringen und irgendwie entsorgen. Das konnte er ihr nicht zumuten. Wenn er wieder gesund und bei Kräften wäre, würde er dieses Problem schon irgendwie lösen, sagte er sich. Danach müsste er sich sowieso absetzen und den Rest seines Lebens irgendwo verbringen, wo ihn niemand aufstöbern konnte. Geld hatte er genug.

Erst jetzt wurde ihm zum ersten Mal bewusst, in welcher Situation er steckte. Es stellten sich Herausforderungen, denen er absolut nicht gewachsen war. Er war Wissenschaftler, lebte vor allem in und für sein Labor und hatte eine Frau, die alles andere organisierte. Er sprach fast nur Englisch, kannte sich in Basel kaum aus und hatte nicht die geringste Idee, an wen er sich wenden sollte, wer ihm zur Flucht verhelfen könnte. Dass er als Phil Mertens nicht einfach zum Flughafen gehen konnte, war ihm mittlerweile klar, er würde wohl sofort von der Polizei festgehalten und befragt. Schliesslich war sein Haus abgefackelt worden. Er müsste seinen Anwalt aufklären und auf dessen Hilfe und Verschwiegenheit hoffen.

Oder die Sache beenden. Ein Gedanke, mit dem er sich in seinem ganzen Leben noch nie befasst hatte. Er könnte all die Medikamente schlucken, die Mette für seine Frau mitgebracht hatte. Ob das für einen Suizid reichen würde?

Er hatte keine Ahnung.

REDAKTION «AKTUELL», WANKDORF, BERN

An der 10-Uhr-Sitzung hielt Chefredakteur Jonas Haberer eine Grundsatzrede über Journalismus. Fazit dieser Standpauke war, dass sich das Handwerk durch das Internet zwar radikal geändert habe, eines aber gleich geblieben sei: Erfolg sei nur durch Neugierde, Fleiss und Hartnäckigkeit zu erreichen.

Ohne dass Alex Gasters und Henry Tussots Namen fielen, war allen klar, dass die beiden Reporter der Auslöser für Haberers Zorn waren. Es sei doch nicht so schwierig, eine Person zu kontaktieren, nachdem die Chefredaktion mit dem simplen Trick des fiktiven Paketboten den Wohnort dieser Person herausgefunden habe. Als Reporter müsse man fähig sein, kreative Ideen zu generieren, und die ethisch-moralischen Grenzen ausloten. Jemand sagte halblaut «überschreiten», was Haberer mit einem Lächeln kommentierte.

Nachrichtenchef Peter Renner musste nach der Sitzung seine beiden geknickten Mitarbeiter wieder aufbauen. Natürlich hätten sie vor Mette Gudbrandsens Haus warten sollen, bis sie aufgetaucht wäre. So schlimm sei dies aber nicht, sie sollten eben heute abend ihr Glück versuchen.

Henry Tussot beharrte allerdings darauf, kein Paparazzo zu sein. Deshalb wurde Joël Thommen für diesen Job aufgeboten.

AUF EINEM FELDWEG, NAHE BEI ENGELBURG

Es war ein phantastischer Ausritt. Myrta und Mystery genossen es beide, durch den Neuschnee zu galoppieren, der in der Nacht gefallen war. Myrta stoppte ihr Pferd erst, als sie ihr Handy klingeln hörte.

Es war Reporterin Elena Ritz. «Du bist krank?»

«Ja, habe so eine blöde Grippe eingefangen.»

«Hast du Medikamente, oder soll ich vorbeikommen?» Offenbar ging Elena davon aus, dass Myrta in ihrer Zürcher Wohnung war. Myrta liess sie im Glauben.

«Nein, nein, ich habe alles. Was ich dich fragen möchte: Wie hast du Luis Battista bei deinen Geschichten über ihn erlebt?»

«Wie meinst du das?»

«Ist er der nette Strahlemann, wie du immer geschrieben hast, oder hat er auch eine andere Seite?»

«Ich verstehe nicht. Bisher waren nur sympathische Stories über glückliche Menschen gefragt, kritische Töne waren in der ‹Schweizer Presse› nicht erwünscht.»

«Das ist schon richtig. Deshalb frage ich dich.»

«Also wenn ich offen sein soll: Der Battista ist ein Heuchler. Aber ein Profi. Zusammen mit seinem Presseheini Cottone hatte er für uns jedes Mal eine durchorganisierte Show abgezogen.»

«Seine Familie hat immer mitgemacht?»

«Natürlich. Die Kinder waren wie dressierte Affen. Nur die Frau, Eleonora, wollte nicht immer so, wie er wollte.»

«Erzähl!»

«Auf einer Reise durch Indien, auf der wir sie begleitet haben, stritten sie sich. Sie wollte partout nicht mehr für uns posieren. Eine halbe Stunde später kuschelte sie sich dann für das Foto an ihn. Ich denke, er und Cottone haben ihr im Hotelzimmer eine klare Ansage gemacht.»

«Interessant. Und sonst?»

«Ein anderes Mal, das war bei einer Homestory in Reinach, herrschte dicke Luft, als wir auftauchten. Verdammt unangenehm. Aber Eleonora hat brav mitgemacht, gelächelt und erzählt, was für ein toller Papa Luis sei. Geglaubt habe ich kein Wort. Der ist eh nie zu Hause.»

«Na ja.»

«Ach, die Promis erzählen immer das gleiche: Sie seien zwar selten mit ihren Kindern zusammen, aber wenn, dann hundertprozentig und intensiv. Schwachsinn alles.»

«Hat er dich angebaggert?»

«Nein, nie.»

«Und Cottone?»

«Spinnst du? Der ist doch asexuell. Oder pervers. So ein Domina-Typ.»

Myrta und Elena mussten beide lachen.

«Kannst du dir vorstellen, Elena, dass Battista schon früher eine Affäre hatte, also vor Karolina Thea Fröhlicher?»

«Habe ich mir auch überlegt. Ja und nein. Ich weiss es nicht. Warum fragst du?»

«Ich habe mir noch ein paar Gedanken zu dieser ganzen Battista-Fröhlicher-Geschichte gemacht.»

«Ich auch. Ich habe nochmals recherchiert. Aber nichts gefunden. Auch über die Fröhlicher ist in dieser Hinsicht nichts bekannt. Die tauchte bisher immer nur mit ihren Pferden auf.»

«Meldest du dich, falls du irgendwas hörst oder findest?»

«Okay. Gute Besserung.»

«Bitte?»

«Gute Besserung!»

«Ach ja, danke.»

PETERSGASSE, BASEL

Die erste Schicht würden sie zusammen bestreiten, machten Alex und Joël ab. Ab 20 Uhr würde Joël bis 1 Uhr im Hotel Spalentor schlafen können, um dann ab 01.30 Uhr bis zum Morgen vor Mette Gudbrandsens Haus zu verbringen und darauf zu warten, dass die Wissenschaftlerin nach Hause käme. Allerdings rechneten beide damit, dass dies nicht nötig wäre.

Nun war es 16 Uhr. Alex klingelte bei M. G., doch wie schon am Tag zuvor passierte nichts.

Im Neuschnee der letzten Nacht hatte es viele Spuren von Fussgängern und Autos. Aber irgendetwas daraus zu lesen, ob jemand das Haus betreten hatte oder nicht, war unmöglich.

Als es dunkel wurde, war die Situation unverändert.

Um 17.55 Uhr meldete sich Peter Renner. Er war enttäuscht, aber nicht überrascht, dass er keine News aus Basel erhielt.

Myrta hatte den Tag mit Schlafen und Recherchieren verbracht. Allerdings hätte sie beides besser gelassen: Die Recherche über Karolina Thea Fröhlicher bei diversen befreundeten Kolleginnen in Deutschland hatte nichts gebracht. Der Schlaf hatte zur Folge, dass sie sich jetzt wirklich krank fühlte. Sie setzte sich nochmals an ihren Computer und surfte auf Facebook. Sie hatte eine neue Nachricht von Su Schelbert erhalten.

«Liebe Myrta, guck mal, was ich gefunden habe. Erinnerst du dich? Du als Gänsemagd und ich als verlogene Dienerin …»

Myrta öffnete die angehängte Bilddatei. Das Foto zeigte Myrta und Su in einer Eurythmie-Aufführung der Rudolf-Steiner-Schule. Es stammte aus der zehnten Klasse. Myrta erinnerte sich: Sie stellten das Märchen «Die Gänsemagd» der Gebrüder Grimm eurythmisch dar. Sie trugen, wie in der Eurythmie üblich, keine Kostüme, sondern wallende Gewänder mit Schleiern. Myrta hatte diesen anthroposophischen Ausdruckstanz immer gemocht. Jetzt wunderte sie sich ein wenig darüber.

«Liebe Su», schrieb sie zurück. «Das ist ja ewig her. Hihi. Waren doch gute Zeiten, oder? LG Myrta.»

Sie lud das Bild auf die Festplatte und versuchte, sich an die Handlung des Märchens zu erinnern. Ja! Das war doch die Geschichte mit dem sprechenden Pferd. Wie hiess es doch gleich? Fallada!

Plötzlich bekam sie Hühnerhaut. Dem Pferd Fallada wurde in diesem Märchen der Kopf abgehauen …

… denn nur das Pferd wusste die Wahrheit über die Dienerin, die sich als Königstochter ausgab und die richtige Königstochter zur Gänsemagd machte …

Myrta überlegte, ob sie im Web nach Märchen- und Traumdeutungen suchen sollte, sie liess es aber bleiben und schaltete den Laptop aus. Doch ihre Gedanken drehten sich. Um dieses Märchen, um Su, um ihre Träume von Mystery und dem abgetrennten Kopf.

Nach wenigen Minuten zwang sich Myrta, mit Grübeln aufzuhören, und beschloss, Martin einen Überraschungsbesuch abzustatten. Sie musste auf andere Gedanken kommen! Sie betrachtete sich im Spiegel und merkte sofort, dass heute nichts in Ordnung war: Sie fühlte sich nicht nur krank, sondern auch alt und fett.

Sie ging zu ihrem Vater, der im Wohnzimmer den «Spiegel» las – Katze Softie hatte es sich auf seinem Schoss gemütlich gemacht. Myrta fragte, ob sie in letzter Zeit nicht alt und fett geworden sei. Er antwortete ihr, nein, sie sei jung, schön und knackig, ganz wie die Mutter. Er würde sich sofort in sie verlieben, wenn sie nicht seine Tochter wäre. Myrta drückte ihm einen dicken Kuss auf die Wange, allerdings konnte sie seine Antwort nicht ernst nehmen, da er ihr sowieso nie sagen würde, dass sie hässlich sei.

Ihre Mutter sagte zwar auch, dass sie weder alt noch fett sei, aber sie meinte auch, dass sie sich wirklich gut überlegen sollte, ob sie wieder beim Fernsehen arbeiten wolle.

Myrta ging nicht darauf ein, fläzte sich im Wohnzimmer vor den Fernseher und zappte durch die Programme. Das Schweizer Fernsehen berichtete in der Tagesschau ausführlich über die Nachfolge von Luis Battista. Mehrere Politikexperten kamen zu Wort, die das Gleiche erzählten, was sie schon den Online- und Printmedien gesagt hatten.

Myrta langweilte sich. Schliesslich schaltete sie auf RTL um. Dort lief eine Dokusoap, in der ein Mann um das Sorgerecht für seine Kinder kämpfte, obwohl er Alkoholiker war. Hätte er seine Kinder bei sich, würde er nicht mehr saufen, lautete seine Botschaft.

«Und da willst du also wieder arbeiten?», meinte Papa Tennemann.

«Ja, Herr Professor. Ich bin eben die dumme Nuss der Familie.»

PETERSGASSE, BASEL

Es waren zwar etliche Menschen in der Petersgasse erschienen, aber niemand, der sich zum Haus von Mette Gudbrandsen begab.

Bis 21 Uhr hatten sich Alex Gaster und Joël Thommen ihre Lebensläufe, ihre beruflichen Wünsche und Ziele und ihre Präferenzen bei Frauen erzählt. Seit 45 Minuten schwiegen sie.

Joël verzichtete auf seine Schlafzeit. Er sei viel zu wach.

Alex lief durch die Stadt und holte am Barfüsserplatz Hamburger, Frites und Cola.

Um 22.55 Uhr ging er ins Hotel.

GUTSHOF IM STÄDELI, ENGELBURG BEI ST. GALLEN

Myrta ging um 23.27 Uhr zu Bett. Sie überlegte sich, ob sie Joël anrufen sollte, schliesslich hatte sie schon lange nichts mehr von ihm gehört. Da es aber schon so spät war, liess sie es bleiben.

Als sie im Bett lag, fragte sie sich, was er wohl gerade machte.

Dann dachte sie an Martin und Bernd. An Su. An die Eurythmieaufführung, an das Pferd mit dem abgeschlagenen Kopf.

Schliesslich dachte sie an ihren neuen Moderationsjob. Ob es klappen würde?

Dann schlief sie ein.

18. Januar

PETERSGASSE, BASEL

Die Türe öffnete sich, eine weisse Gestalt schaute heraus und betrat den Hof, der zur Petersgasse führte. Die Person trug einen Schutzanzug. Einen medizinischen Schutzanzug. Mit Kopfschutz.

Joël war mit dieser Situation überfordert. Er erwartete eine Frau, die das Haus betrat. Nicht eine Gestalt in einem Schutzanzug, die das Haus verliess.

War schon Fasnacht in Basel?

Blödsinn.

Joël vergass zu fotografieren. Sollte er, wie abgemacht, Alex wecken? Sollte er die Person ansprechen? Sollte er sie verfolgen und somit seinen Posten verlassen?

Er entschied sich, der Gestalt im Schutzanzug zu folgen und zu versuchen, einige Fotos zu schiessen. Wer weiss, was da gerade vor meiner immer noch etwas lädierten Nase abläuft!

Die Gestalt eilte via Bernoullianum durch die Metzerstrasse zum Kannenfeldplatz. Ab und zu blieb sie stehen, bückte sich. Joël glaubte zu hören, wie die Person hustete.

Weiter Richtung Wasenboden.

Super!, dachte Joël. Dort befinden sich die Universitären Psychiatrischen Kliniken. Ich verfolge einen Irren!

Er machte einige wahrscheinlich unscharfe Fotos, denn es war stockdunkel und Joël gab sich nicht allzu grosse Mühe. Die Bilder könnte er sowieso löschen. Ein Irrer auf dem Weg in die Klinik das war wirklich nicht, was Renner von ihm erwartete.

Joël wollte seine Beschattung aufgeben. Allerdings wunderte er sich, dass der Kerl nun Richtung Kehrrichtverbrennungsanlage ging statt zu den Kliniken.

So folgte Joël ihm weiter.

Vorbei an der Basler Kehrichtverbrennung, am Casino, am schweizerisch-französischen Autobahnzoll, weiter auf der Flughafenstrasse Richtung EuroAirport. Joël zögerte, blieb dann aber dran. Wenn der tatsächlich zum Flughafen wollte, müsste er eine halbe Stunde marschieren.

Verkehr hatte es praktisch keinen. Ab und zu ein Auto. Aber niemand schien sich um den Irren zu kümmern.

Der Typ selbst blickte manchmal hinter sich. Manchmal blieb er auch nur stehen, um zu husten. Joël versuchte gar nicht, sich zu verstecken. Vermutlich wusste der andere längst, dass er ihn verfolgte.

Als sie endlich beim EuroAirport ankamen, eilte der Typ nicht zum Flughafengebäude, sondern zum Langzeitparking. Er suchte den Kassenautomaten, bezahlte und ging dann Reihe für Reihe durch. Joël blieb stehen, wartete, bis der Irre wieder in seiner Nähe war, stützte seine Ellbogen auf einem Autodach ab, hielt den Atem an und fotografierte. Diese Aufnahmen könnten trotz wenig Licht ziemlich scharf geworden sein, hoffte Joël. Auf dem kleinen Display war nicht zu erkennen, ob sie verwackelt waren oder nicht.

Die Situation erschien Joël dermassen absurd, dass er sich erst einmal hinter einem Auto versteckte und überlegte, was er nun machen sollte. Ein Kerl in einem Laboranzug geht zum Flughafen, bezahlt sein Ticket und sucht das Auto. Irre …

Er rief Myrta an.

«Myrta, pass auf, pass auf, bist du wach?» Joël flüsterte und hielt sein iPhone ganz nahe an die Lippen. «Pass auf! Ich verfolge in Basel einen Typen in einem Schutzanzug, der aus dem Haus dieser Labobale-Wissenschaftlerin kam. Was soll ich tun, verdammt?»

«Was machst du?»

«Einen Typen im Schutzanzug auf dem Parkplatz des Flughafens …»

«Der kam aus Mette Gudbrandsens Haus?», fragte Myrta.

«Ja. Bin ihm durch die ganze Stadt gefolgt.»

«Joël, bleib dran, bleib um Gotteswillen dran!»

«Okay.» Joël war über Myrtas Reaktion erstaunt. Er hatte erwartet, dass sie ihn für völlig durchgeknallt halten würde. «Hey, Myrta, wer ist das?»

«Keine Ahnung. Aber bleib dran.»

«Wie denn, verdammt, der sucht ein Auto!»

«Bleib einfach dran, Joël!»

«Und wenn er losfährt?"

«Nimm ein Taxi!»

«Myrta, da ist kein Taxi in der Nähe. Es ist vier Uhr morgens.»

«Bleib dran.»

Der Typ im Schutzanzug kam ziemlich nahe an Joël vorbei, blieb plötzlich stehen und holte aus seinem Schutzanzug einen Schlüssel heraus.

Joël drückte Myrta weg, versorgte das Handy und ging näher ran. Er sah, wie der Mann den Anzug öffnete, ihn auszog und auf den Rücksitz eines Autos legte. Schliesslich nahm er die Kopfbedeckung mit dem Glasvisier ab.

Joël drückte auf den Auslöser und erstarrte. Hatte er soeben einen Zombie fotografiert? Oder war das Licht einfach zu schwach? War er selbst zu müde, um noch klar sehen zu können? Hatte der Kerl tatsächlich so eine hässliche Fratze?

Er verliess sein Versteck, stellte sich in die Ausfahrt des Parkplatzes und wartete, bis der Wagen, ein grosser Volvo, auf ihn zu rollte. Der Fahrer des Volvos stoppte aber in rund 20 Meter Entfernung.

Nach rund einer Minute bewegte er sich weiter auf Joël zu. Sehr langsam, Schritttempo.

Joël blieb stehen. Er wartete darauf, dass der Motor aufheulte. Dann müsste Joël sich mit einem Sprung in Sicherheit bringen. So funktionierte es jedenfalls in den TV-Filmen.

Der Motor heulte aber nicht auf.

«Get out of the way!», schrie der Fahrer des Volvos plötzlich. «Please! Please!»

Joël blieb stehen.

Der Volvo stoppte erneut. Joël sah, wie der Fahrer hinter sich auf den Rücksitz griff, die Schutzmaske nahm und sie sich aufsetzte. Dann fuhr der Mann zu Joël, öffnete das Fenster einen Spalt und rief: «Lassen Sie mich bitte durch. Ich bin schwer krank.»

Joël ging zum Fenster und fotografierte den Mann. Dieser gab Gas, stoppte bei der Ausfahrt, steckte das Ticket in den Automaten, die Barriere öffnete sich. Joël drückte noch einmal ab, um das Kennzeichen zu erwischen, dann war das Auto verschwunden.

Er rief erneut Myrta an.

«Das ist die Jahrhundertstory», kommentierte diese, nachdem Joël alle Details erzählt hatte.

Joël verstand nicht genau, was Myrta damit meinte.

HOTEL ROYAL, SCHWARZWALDALLEE, BASEL

Mette Gudbrandsen kam gerade aus der Dusche, als ihr Blackberry klingelte. Sie ging zum Nachttisch und warf einen Blick auf das Display.

Carl Koellerer.

Die Norwegerin geriet in Panik. Natürlich war es nicht aussergewöhnlich, dass ihr Chef sie anrief. Aber an einem normalen Arbeitstag, an dem beide keine auswärtigen Termine hatten, war es trotzdem ungewöhnlich. Es musste etwas passiert sein.

Das Telefon klingelte immer noch.

Was soll ich sagen? Bin ich zu Hause? Unterwegs? Bei einem Freund? Geliebten? Im Hotel? Mette fiel nichts ein.

Sie war etwas erleichtert, als das Handy verstummte.

Sie trocknete sich die Haare, schminkte sich, zog sich an. Dabei überlegte sie weiter, was sie ihrem Vorgesetzten sagen sollte. Sie sei gestern abend nicht nach Hause gegangen, weil zwei Typen vor dem Gebäude gestanden hätten.

Das stimmte sogar.

Einen der beiden habe sie erkannt. Es sei der Kerl, der schon bei Labobale aufgekreuzt und vom Sicherheitsdienst fotografiert worden war.

Auch das stimmte. Aber woher sollte das ihr Chef wissen? Wurde sie doch beobachtet? Sie schaute zum Hotelfenster hinaus. Unten auf der Strasse fuhren Autos, Strassenbahnen, Busse. Menschen strömten vom Badischen Bahnhof in Richtung Stadt oder blieben an einer der Bus- oder Tramhaltestellen stehen.

Wieder rief Carl Koellerer an.

«Ja?», schrie sie ins Telefon.

«Mensch, Mette, wo sind Sie?»

«Ich war gerade unter der Dusche», antwortete die Wissenschaftlerin. «Was ist denn los?»

«Phil ist aufgetaucht!»

«Bitte? Phil? Der ist doch …»

«Der ist überhaupt nicht verreist! Jedenfalls war heute morgen sein Auto nicht mehr am Airport.»

«Das will nichts …»

«Bis gestern nacht stand es jedenfalls dort. Und heute war es vor der Landung der ersten Maschine weg.»

«Vielleicht wurde es gestohlen.»

«Das glauben Sie selbst nicht. Wir hätten den Wagen doch rund um die Uhr beobachten sollen, nicht nur während der Flugzeiten», tobte Koellerer.

«Oder er landete in Zürich oder Frankfurt, reiste mit dem Zug nach Basel und fuhr per Taxi zum EuroAirport.»

«Ja, und sein Handy hat er verloren. Hören Sie auf, Mette, der führt uns an der Nase herum. Verdammt, Sie wissen sicher, wo er ist, oder nicht?»

«Nein. Ich dachte wirklich, er sei an diesem Kongress in den USA.»

«Falls er sich bei Ihnen meldet, Mette, fragen Sie ihn, wo er ist. Ich übernehme den Fall persönlich. Bis später!»

Das kurze Gespräch war für Mette äusserst aufschlussreich. Die Jungs vom Sicherheitsdienst waren offensichtlich doch nicht so clever, wie sie vermutete. Zwar wussten sie, dass Phil Mertens BV18m92 aus der Firma herausgeschmuggelt hatte, sonst hätten sie sein Haus kaum niedergebrannt und kurz darauf im Labor irgendetwas untersuchen lassen. Darin war sich Mette sicher. Diese Wissenschaftler, von denen Mette nicht einmal wusste, dass es sie überhaupt gab, hatten Zugang zum Labor und zu allen Daten, konnten die kleinen Teufel in irgendwelchen Rückständen aus Phils Haus nachweisen und waren deshalb zusammen mit den Sicherheitsleuten hinter Phil her. Auch das stand für Mette fest.

Allerdings war sie sich nach diesem Telefongespräch nicht mehr sicher, ob Koellerer, die anonymen Wissenschaftler und die Sicherheitsleute tatsächlich wussten, dass Phil infiziert war. Sonst hätten sie ihr die Story von der Auslandreise kaum geglaubt und Phils Auto kontrolliert. Schliesslich wussten sie, dass man mit einer Erkrankung an BV18m92 unmöglich in der Öffentlichkeit herumspazieren konnte, ohne auf sich aufmerksam zu machen und ohne eine Pandemie auszulösen.

Phil sass bei ihr zu Hause im Trocknungsraum. Und das Auto hatte irgendjemand ... Vielleicht hatte noch ein Bekannter einen Schlüssel.

Mette packte sich dick ein und fuhr mit dem Tram Nummer 6 zur Schifflände. Dort stieg sie aus, kaufte sich bei der Confiserie Bachmann ein Schoggiweggli und ass es im Gehen. Auf einer grossen digitalen Anzeige an der Fassade der Basler Kantonalbank sah sie, dass es minus 6 Grad kalt war. Für Basel verdammt kalt.

Mette marschierte den Blumenrain entlang, bog in die Petersgasse ab, betrat den Hof, in dem ihr Haus lag, trat ein und ging in den Keller hinunter. Ein penetranter Leichengeruch stieg ihr in die Nase.

Sie sah sofort, dass der Schutzanzug, den sie bereit gelegt hatte, weg war.

Sie klopfte an die Türe.

Wieder und wieder.

Phil war entweder im Tiefschlaf, tot oder tatsächlich ausgeflogen. Sie schlüpfte in einen neuen Schutzanzug, es war der zweitletzte, und schloss die Türe zum Trocknungsraum auf. Der Gestank von Marys Leiche war widerlich. Sie ging trotzdem hinein, liess die Türe aber einen Spalt offen.

Phil lag weder in einem der Betten, noch sass er bei seiner Frau auf dem Boden. Er war definitiv weg.

Als sich Mette umdrehte und den Raum verlassen wollte, zuckte sie vor Schreck zusammen. Es blitzte mehrmals. In der Türe stand ein junger Mann, der sie fotografierte.

«Die Haustüre war nicht abgeschlossen. Sind Sie Frau Gudbrandsen?»

REDAKTION «SCHWEIZER PRESSE», ZÜRICH-WOLLISHOFEN

Die Führungscrew traf sich bereits um 09.30 Uhr zu einem ausserordentlichen Meeting. Dabei klärte Myrta Tennemann ihre Kolleginnen und Kollegen aus der erweiterten Chefredaktion über ihre Absicht auf, doch eine weitere Story zum Battista-Fröhlicher-Fall zu machen. Es gehe dabei um eine ganz grosse Sache: Battista habe mehr Dreck am Stecken, als angenommen, zudem drohe so etwas wie eine Industriekatastrophe, die durchaus mit einem Atom-Gau vergleichbar sei.

Der stellvertretende Chefredakteur Markus Kress sagte kein Wort. Myrta war sich aber sicher, dass er in wenigen Minuten Verleger Zanker informieren würde. Das war ihr allerdings egal.

Nachrichtenchefin Michaela Kremer unterstützte Myrta und garantierte ihr, dass Reporterin Elena Ritz ihr zur Verfügung stehe.

Nach der Sitzung rief Myrta Peter Renner an. Erstaunlicherweise wusste die Zecke nichts von Joëls Verfolgung eines irren Maskenmannes. Myrta klärte ihn auf.

«Weder ich noch Alex Gaster haben seit gestern nacht etwas von Joël gehört», sagte Renner. «Sein Handy ist zwar eingeschaltet, aber er antwortet nicht.»

«Er ruft immer zuerst mich an, wenn er in der Scheisse steckt», sagte Myrta. «Und wenn er gar nicht mehr anruft und das Handy nicht mehr abnimmt, steckt er ganz tief drin.»

Myrta erzählte Peter Renner, dass bei Labobale nicht nur irgendwelche harmlosen Tests durchgeführt würden, sondern dass mit gefährlichen Viren experimentiert werde. Battista habe immer davon gewusst, er habe das Bau- und Genehmigungsgesuch damals durch die Behörden und an den Aufsichtsgremien vorbeigeschleust.

Vermutlich sei kürzlich irgendetwas schief gegangen. Beim Maskenmann handle es sich sehr wahrscheinlich um Phil Mertens.

«Der Engländer aus dem abgefackelten Haus?», fragte Renner.

«Ja. Ich befürchte, dass er mit einem dieser gefährlichen, hoch ansteckenden Viren infiziert und nun vor der Labobale-Führung auf der Flucht ist. Er kam aus dem Haus von Mette Gudbrandsen, die ihrem Kollegen wohl hilft. Zumindest bis gestern nacht.»

«Du meinst, es droht sowas wie ein Outbreak?»

«Ja. Die Freisetzung gefährlicher und hoch ansteckender Viren!»

«Und warum sollte Labobale mit solchem Zeug herumwerkeln?», wollte Renner wissen. Die gleiche Frage hatte Myrta schon Cottone gestellt, aber keine Antwort darauf erhalten.

«Ich weiss es nicht. Ich habe nur einen Verdacht.»

«Lass mich raten: Erst das Medikament entwickeln, dann das Virus freisetzen, und wenn die halbe Menschheit krank ist, das Medi auf den Markt bringen.»

«Zum Beispiel.»

«Ein echtes Milliarden-Ding!»

«In der Pharma-Branche geht es nicht um Peanuts.»

Renner schwieg einen Moment. Offenbar überlegte er. Dann: «Sag, mal Myrta, die Infos über Battista und seine Mauscheleien – woher hast du das?»

«Arbeiten wir wieder zusammen?», wollte Myrta nun wissen, auf Renners Frage ging sie nicht ein.

«Jepp», antwortete dieser knapp.

«Schliess dich mit Michaela Kremer kurz, sie ist meine Nachrichtenchefin ...»

«Ich kenne Michi mittlerweile bestens», unterbrach Renner. «Ich bilde sofort ein Spezial-Team. Trotzdem, Myrta, von wem hast du die Infos?», stiess Renner, die Zecke, nun nach: «An wen können wir uns halten?»

«An gar niemanden. Die Infos über Battistas Mitwisserschaft an den Labobale-Schweinereien habe ich von Gianluca Cottone, den Rest von Joël und aus meinen eigenen Recherchen. Reicht das?»

«Ja. So, so, Cottone hat die Seite gewechselt. Warum wohl? Ist egal, wir werden es bald herausfinden!»

«Aber zuerst müssen wir Joël finden!»

PETERSGASSE, BASEL

Der Verwesungsgeruch war bestialisch, aber da es keine andere Möglichkeit gab, mussten sie ihn irgendwie ertragen. Sie sassen auf dem Boden vor dem Trocknungsraum und berieten das weitere Vorgehen. Beide trugen Schutzanzüge.

Joël hatte seinen Schreck beim Aufeinandertreffen mit Mette schneller überwunden als die Norwegerin. Instinktiv hatte er die Kamera ans Auge gehalten und fotografiert. Er war sogar ein, zwei Meter in den Raum gegangen, um näher ran zu kommen. Er hatte Mette fotografiert, die Matratzen, die Bebbi-Säcke mit Marys Leiche. Dann hatte ihn Mette Gudbrandsen angerempelt und aus dem Raum geschoben. Joël hatte es geschehen lassen, weil er seine Bilder im Kasten hatte. Vor allem die Bilder der völlig erschreckten Frau, deren Augen hinter der Glasscheibe ihres Schutzanzuges weit aufgerissen sind, müssen toll geworden sein, sagte er sich. Pure Emotion, Angst, Verzweiflung. Ein Traumschuss für einen verhinderten Kriegsfotografen!

Sie würde ihm alles erklären, hatte Mette Gudbrandsen gesagt, aber zuerst müsse er in den Schutzanzug schlüpfen. Anschliessend hatte sie die Haustüre verriegelt.

«Entschuldigen Sie, ich wollte Sie wirklich nicht erschrecken», begann Joël. «Eigentlich wollten wir nur ein Interview mit Ihnen machen, aber dann passierten heute nacht so seltsame Dinge.»

Joël erklärte, wer er war, warum er hier war, was er wollte und auch, wie er den Mann im Schutzanzug, der aus ihrem Haus gekommen war, verfolgt hatte.

«Wo ist er hingefahren?», wollte Mette wissen.

«Keine Ahnung. Ich kam mit dem ersten Bus vom Flughafen in die Stadt und schliesslich zu Fuss hierher, weil ich nochmals nachschauen wollte, ob Sie nun da sind. Und da die Türe nicht abgeschlossen war, trat ich ein. Entschuldigen Sie. Ich wusste nicht, was hier abgeht. Also, eigentlich weiss ich es immer noch nicht.»

Mette Gudbrandsen sass starr da und sagte nichts. Eine Minute, zwei Minuten. Dann schaute sie zu Joël. Ihre Augen blitzten den Fotografen an.

«Sie müssen im Universitätsspital unter Quarantäne gestellt werden», sagte sie ganz ruhig.

«Was? Himmel nochmal! Warum?»

«Weil Sie sich höchstwahrscheinlich soeben mit einem sehr gefährlichen und aggressiven Virus infiziert haben. Es heisst BV18m92. Nennen wir es das Mertens-Virus. Phil Mertens, das ist der Mann, der es mit mir zusammen entwickelt hat. Ihn haben Sie letzte Nacht verfolgt.»

«Du verdammte Scheisse ...» Joël wurde es schlecht, schwindlig und schwarz auf einmal. «Das kann doch nicht wahr sein!? Bin ich hier in einem illegalen Labor gelandet? Produziert ihr irgendwelche Killerviren?»

«Ich habe Sie nicht gebeten, hier einzudringen. Ich könnte Sie wegen Hausfriedensbruch anzeigen. Aber das dürfte im Moment Ihr kleinstes Problem sein.»

«Werde ich ...?»

«Was? Sterben? In den Müllsäcken, die Sie fotografiert haben, liegt eine Leiche. Deshalb stinkt es hier so.»

«Dacht ich mir's. Scheisse! Ich krepiere also demnächst ...»

«Nein. Sie sind ja jung. Und gesund, hoffe ich.»

«Was heisst das?» Joël spürte plötzlich, dass das Handy in seiner Jeans vibrierte. Er griff in den Schutzanzug und angelte es hervor. Erst jetzt bemerkte er, dass sowohl Myrta als auch Alex

Gaster und Peter Renner schon mehrmals versucht hatten, ihn zu erreichen. Er hatte das Telefon auf seiner kleinen Verfolgungsjagd auf «lautlos» gestellt.

«Ich werde gesucht», sagte Joël. «Ich sollte mich auf der Redaktion melden.»

«Nein!», sagte Mette. «Nein. Noch nicht. Warten Sie!»

Mette stand auf, verliess den Keller, kam aber bereits nach einer halben Minute zurück.

«Shit!», fluchte sie! «Los in den Raum zurück. Los! Los! Los!»

Sie drängte Joël in den stinkenden Trocknungsraum zurück, schloss ihn zu und bedeutete ihm mit dem Zeigfinger, den sie an den Mund beziehungsweise ans Visier ihres Schutzanzuges hielt, er solle still sein.

Kurz darauf hörten Joël und Mette, wie die Haustüre aufgesperrt wurde und mehrere Leute die Treppe hochstiegen.

«Die haben tatsächlich einen Hausschlüssel», sagte Mette.

VOLKSWIRTSCHAFTSDEPARTEMENT, BUNDESHAUS, BERN

Nach gut zwei Stunden fand Gianluca Cottone endlich, wonach er suchte. Es lag im Ordner «Alter Mist», den er vor Jahren eröffnet und ihn später, zusammen mit vielen weiteren Unterlagen, Projekten, erledigten Arbeiten und Korrespondenz auf einer externen Festplatte abgespeichert hatte.

Dort, im Ordner «Alter Mist», gab es einige Word-, Excel- und PDF-Dateien über Battistas Zusammenarbeit mit der Parlinder AG und Labobale. Spannend waren nur zwei Dokumente. Das eine war das offizielle Baugesuch, in dem die Tätigkeiten von Labobale beschrieben waren: «Labobale ist ein privates Labor, das sich auf Untersuchungen von Lebensmitteln und der Weiterentwicklung von gesundheitsfördernden Substanzen in Lebensmitteln spezialisiert hat.» Und an anderer Stelle: «Für Anwohner wird es keinerlei Belästigungen geben, die Tätigkeiten von Labobale gelten als sehr ruhiges Gewerbe. Labobale wird sich trotz des Baus einer Tiefgarage (max. 40 Parkplätze) dafür einsetzen, dass die

Mitarbeitenden mit den ÖV zur Arbeit erscheinen. Speziell erwähnt sei, dass Labobale allen Mitarbeitenden gratis ein Umweltschutz-Abonnement abgeben wird.»

Cottone grinste, als er dies nach all den Jahren wieder las: Battista war schon ein schlauer Hund – die Sache mit den ÖV hatte den Beamten und Politikern sicher mächtig Eindruck gemacht.

Das zweite interessante Dokument war eine PDF-Datei mit zwei Bauplänen des Stockwerks U4. Auf dem einen Plan mit dem Titel «Labo_U4_intern_vertraulich» waren sehr viele Details mit Leitungen, Stromanschlüssen, Lüftungen und noch einigem mehr eingezeichnet, auf dem zweiten Plan – Titel: «Labo_U4_extern_Baugesuch» – waren bloss Mauern und Türen eingezeichnet und mit «Lagerräume» überschrieben.

Cottone musste erneut schmunzeln. «Zeit, dass wir das aufdecken», murmelte er vor sich hin.

Er kopierte die beiden Dokumente und schickte sie via seine private Mailadresse an seinen Kommunikations-Kollegen Tobias in Basel mit der Bitte, sie kommentarlos an Myrta Tennemann weiterzuleiten und dabei darauf zu achten, den wahren Absender – Gianluca Cottone – zu löschen. Er bedanke sich für die kleine Hilfe «unter Freunden», für die er sich demnächst gerne bei einem Abendessen in Basel revanchieren wolle.

PETERSGASSE, BASEL

«Sie ist nicht da!», sagte einer der Männer laut. «Da unten stinkt es ja fürchterlich.»

Der Mann drückte die Türfalle hinunter. Mette und Joël hockten da und gaben keinen Mucks von sich.

«Nur Waschküche und Keller. Alles verschlossen», meldete der Mann offenbar einem Kollegen.

Joël und Mette hörten, wie er einen Schlüssel ins Schloss steckte. Mette ergriff Joëls Hand, drückte sie fest.

«Der Schlüssel passt nicht», rief der Mann wieder. «Ich komme wieder hoch, die ist nicht da!»

«Okay», rief ein zweiter Mann von oben.
«Du, da steht noch ein Koffer!», rief der erste nach oben.
«Was ist drin?»
«Weiss es nicht. Ist auch abgeschlossen.»
Dann waren Schritte zu hören. Sie entfernten sich.
Mettes Händedruck wurde etwas schwächer.
«Und was machen wir mit diesem Reporter-Idioten da draussen?», war nun deutlich leiser zu hören.
«Dasselbe, was wir mit dem Kerl in St. Moritz gemacht haben!»
Beide lachten laut.
«Die haben mich schier umgebracht in St. Moritz», flüsterte Joël zu Mette. «Und der Reporter ist mein Schreiberling Alex.»
Dann schellte die Hausglocke. Die Türe wurde geöffnet.
«Ist Mette Gudbrandsen hier?», fragte nun ein dritter Mann mit ausländischem Akzent.
«Nein, was wollen Sie?»
«Ein Paket abgeben.»
Die beiden nahmen es offenbar entgegen. Jedenfalls bedankte sich der dritte Mann. Die Türe wurde geschlossen.
Eine Weile war es ruhig.
«Was ist denn das?»
«Ein Defibrillator, du Trottel.»
«Ein Vibrator!»
Schallendes Gelächter.
«Die geht im Bett sicher ab wie ein Zäpfchen», sagte der eine Kerl. «Die sind doch alle so, die Nordländerinnen. Gegen aussen kühl, innen heiss wie ein Vulkan.»
Wieder Gelächter.
«Was will die bloss mit dem Ding?»
Die Türe wurde aufgeschlossen, wieder zugeschlossen. Dann Stille.
«Der Defi wäre für Mary gewesen», flüsterte Mette.
Sie drückte Joëls Hand wieder fester.

REDAKTION «SCHWEIZER PRESSE», ZÜRICH-WOLLISHOFEN

Myrta Tennemann rief Cottone an.

«Danke!», sagte sie nur.

«Wofür?»

«Na, für …»

«Dann hat es geklappt», unterbrach Cottone.

«Ja, interessante Unterlagen.»

«Ja. Ausserdem schicke ich Ihnen gleich noch einen Zeitungsartikel über Oberrotweil.»

«Über was?»

«Oberrotweil. Das ist ein Dorf in Süddeutschland. Herr Doktor Frank Lehner wohnt dort. Und es ist da kürzlich etwas Seltsames passiert.»

«Was?»

«Sehen Sie selbst. Ich weiss nichts dazu. Einen schönen Tag noch.»

«Ihnen auch.»

Myrta druckte die beiden Dokumente mit den unterschiedlichen Bauplänen aus und schickte sie an Peter Renner weiter. «So geht das, liebe Zecke!», schrieb sie dazu. Die Mail von Cottone mit dem Zeitungsartikel über die Tierverbrennung in Oberrotweil las sie zwar durch und fand die Tat ungeheuerlich, konnte sich aber keinen Reim darauf machen, was Dr. Frank Lehner mit einer Sekte oder einer Tierverbrennung zu tun haben könnte.

«Warum sollte Lehner Ratten verbrennen und auf Leute schiessen?», fragte sie sich leise.

PETERSGASSE, BASEL

«Wie heisst dein Chef?», fragte Mette plötzlich. Sie hatte Joëls Hand losgelassen.

«Myrta Tennemann, nein, sorry,» korrigierte Joël, «das ist meine Ex-Chefin. Jetzt arbeite ich für Peter Renner und Jonas Haberer. Warum fragst du?»

Da sich die beiden abwechselnd auf Deutsch und Englisch unterhielten, fiel weder Mette noch Joël auf, dass sie sich nun duzten.

«Tennemann, sagst du?», fragte Mette.

«Ja, also nein, das ist die Ex. Also Chefin. Ex-Chefin.» Joël war ziemlich von der Rolle.

«Der Name sagt mir etwas.»

«Ja, Myrta kannte deinen Namen auch. Das heisst Myrtas Mutter kannte deinen Namen. Oder so ähnlich. Ich weiss es nicht mehr ...»

«Oh, Eva! Eva Tennemann, Uni St. Gallen. Ja! Mit ihr hatte ich mal zu tun. Da war ich noch bei Novartis. Glückliche Zeiten. Sehr nette Dame! Myrta ist ihre Schwester?» Auch Mette war aufgeregt und vor allem aufgewühlt.

«Nein, Tochter. Sie ist Chefredakteurin der ‹Schweizer Presse›.»

«Gut. Mit ihr will ich sprechen.»

«Aber ich arbeite nicht für sie, sondern ...»

«Das ist mir egal. Die Story dürfte wohl für euch beide reichen. Gib mir ihre Telefonnummer. Und deine auch gleich.»

Joël gehorchte.

«Okay», sagte Mette. «Ich werde Myrta heute, sagen wir um 19 Uhr, treffen oder anrufen. Dann liefere ich euch die ganze Geschichte. Bis dahin unternehmt ihr nichts. Du bleibst hier. Wenn das Gespräch mit Myrta stattgefunden hat, werde ich die Behörden orientieren und damit Pandemie-Alarm auslösen. Dann kommst du unter Quarantäne, und alles wird gut. Hoffe ich wenigstens. Klar?»

«Ähm ... und wenn nicht ...»

«Ob das klar ist, Joël?»

«Ich kann doch nicht ...» Joël war überfordert. Er war Fotograf und kein Storydealer. Und vor allem hatte er keine Ahnung, was passierte, wenn es einen Pandemie-Alarm geben sollte.

«Pass auf: Die andere Variante ist, dass ich dich sofort einliefern lasse, und ihr habt gar nichts. Und falls du nicht aufpasst und beispielsweise noch schnell deinem Kollegen da draussen die Fotokamera gibst, werden in kürzester Zeit er und einige Hundert oder vielleicht auch einige Tausend Menschen todkrank sein.»

«Wegen diesem Scheissvirus? Der krabbelt auch auf meiner Kamera?»

«Ja. Vielleicht. Ich denke schon.» Mette schaute ihm tief in die Augen. «Also?»

«Okay.»

«Gib mir die Foto-Speicherkarte aus der Kamera», forderte Mette.

«Bitte? Nein. Niemals!»

«Wenn du möchtest, dass deine Fotos veröffentlicht werden, gibst du sie mir. Ich weiss nicht, ob deine Kamera und die Speicherkarte die Behandlung durch die Pandemie-Experten überstehen werden.»

«Und was machst du damit?»

«Ich werde die Speicherkarte sorgfältig desinfizieren, die Bilder herunterladen und an Myrta schicken.»

Joël nahm sie heraus. Und setzte eine zweite ein. «Fühle mich besser so!», sagte er.

«Von mir aus kannst du noch tausend Fotos machen. Aber die Kamera und das ganze Zubehör muss zuerst von einem Fachmann desinfiziert werden. Okay?»

«Ich weiss nicht ...»

«Du hast keine andere Wahl, falls du das hier überleben willst!»

«Toll», kommentierte Joël trocken und übergab ihr die Speicherkarte. «Darf ich telefonieren?»

«Nur mit Myrta Tennemann, kannst sie darüber informieren, was auf sie zukommen wird. Aber du darfst hier weder raus, noch Alarm schlagen, sonst ist es vorbei mit deiner Story. Vertraue mir! Wenn du allerdings bis 20 Uhr nichts von mir hörst, melde dich im Unispital und sage, du müsstest in die Quarantäne, du hättest das Virus BV18m92, das hochansteckend sei. Entwickelt bei Labobale, Allschwil. Dann wird innert Minuten der Teufel los sein.»

Sie lachte plötzlich.

«Sehr lustig alles», meinte Joël.

«Phil nannte seine Viren ‹kleine Teufel›.»

«Nannte?» Joël packte Mette am Arm. «Er ist mittlerweile tot?»

«Ich hoffe nicht.»

AUTOBAHN A3, ZÜRICH–CHUR

Der Volvo-Motor schnurrte angenehm bei Tempo 100. Phil Mertens war ruhig. Fahren tat gut.

Nach seiner Flucht aus Basel stand er in einem Wald irgendwo im Baselbiet. Dort hatte er versucht, einen Plan zu entwickeln. Aber er musste sich eingestehen, dass er zwar kleine Teufel entwickeln konnte, aber unfähig war, einfache Dinge des Alltags zu erledigen. So hatte er tatsächlich lange Zeit überlegt, ob sein Auto Diesel oder Benzin verbrannte. Er blätterte minutenlang in der Gebrauchsanweisung und fand immer wieder Hinweise darauf, dass es Unterschiede gab. Und er las sogar die Warnung, dass ein Dieselfahrzeug auf keinen Fall mit Benzin betankt werden dürfe. Aber das hatte nichts daran geändert, dass er nicht wusste, was sein Volvo schluckte.

Er hatte auch keine Ahnung, wie weit er mit einem halbvollen Tank noch fahren konnte. Er konnte sich nicht erinnern, sein Auto jemals betankt zu haben. Das hatte immer Mary für ihn erledigt.

Auf der Weiterfahrt hatte er noch einige Male auf die Tankuhr geschaut, da sie aber auch nach rund einer Stunde halbvoll anzeigte, kümmerte er sich nicht mehr darum.

Er fuhr Richtung Chur, obwohl er nicht wusste, ob er dahin wollte. Er kannte Chur nicht. Er hatte den Namen auch noch nie gehört.

Da die Autobahn in Chur nicht endete, fuhr er weiter.

Es war neblig. Oder bewölkt. Phil wollte Sonne.

Dann erblickte er ein Schild, auf dem «St. Moritz» stand. Diesen Ort kannte er vom Hörensagen. Viele seiner englischen Kollegen waren schon dort gewesen und schwärmten davon. Also bog er ab.

Wie lange lebte er in der Schweiz? Hatte er jemals die Ferien in den Bergen verbracht? Nein. Doch, einmal! Mary hatte ihn mitgenommen, kam ihm in den Sinn. Das war schön gewesen. Wie hiess der Ort? Es gab ein nettes Pub, in dem Englisch gesprochen wurde. Guten Whiskey, irisches Bier.

Die Strasse führte bergauf.

Was habe ich all die Jahre bloss gemacht?, fragte er sich.

Die Strasse wurde kurvig.

Er lächelte.

«That's funny», sagte er laut. Er hatte soeben ein neues Lebensgefühl kennengelernt: Spass.

REDAKTION «SCHWEIZER PRESSE», ZÜRICH-WOLLISHOFEN

«Aha», «So, so», «Mmh», «Nein!» «Gibt's ja nicht!» – das waren die Ausdrücke, die Myrta in der letzten Viertelstunde verwendet hatte. Zu mehr kam sie nicht. Joël redete am Telefon ohne Punkt und Komma.

Sie hatte aber mittlerweile begriffen, dass Joël in Basel in einer Waschküche beziehungsweise in einem Trocknungsraum sass, zusammen mit einer Leiche, einen Schutzanzug trug, mit einem hochansteckenden Virus infiziert war und demnächst in die Quarantäne des Unispitals kam.

Ihr Freund Joël sass also wieder einmal in der Scheisse.

Aber er hatte eine Megastory!

«Hast du alles?», fragte Joël ziemlich überraschend.

«Fast», antwortete Myrta. «Was muss ich nun ganz genau tun?»

«Nichts. Du wartest auf den Anruf dieser Mette. Und vergiss mich nicht. Ich habe keine Lust, in dieser Scheiss-Waschküche den Löffel abzugeben.»

«Okay! Aber du sprichst nur mit mir!»

«Warum? Ich muss doch Alex und Renner von der ‹Aktuell›-Redaktion informieren.»

«Ich mache das. Sonst vermasselst du alles. Wenn Renner oder dieser Alex durchdrehen, können wir die Story vergessen, und du sitzt noch tiefer in der Scheisse.»

«Das ist fast nicht möglich», erwiderte Joël.

«Da hast du recht. Aber wenn du jetzt mal Geduld hast und mir vertraust, hast du immerhin die geilste Story, die ein dahergelaufener Fotoreporter wie du haben kann.»

«Meinst du?»

«Ja. Also halte durch!»

Kaum hatte Myrta das Gespräch beendet, klingelte ihr iPhone erneut. Es kündigte ihr einen Anruf mit der Anfangsnummer +49 an. Deutschland.

«Hallo?»

«Guten Tag. Spreche ich mit Frau Tennemann?»

«Ja.»

«Hier ist Sonja von ‹Titelthemen-TV› in Köln. Darf ich Sie mit unserem Produktionsleiter Lutz Müller-Pohl verbinden?»

«Ja, natürlich», antwortete Myrta etwas zögerlich. Der Wechsel von der dramatischsten Geschichte ihres Lebens, die sie wohl nie mehr würde toppen können, zum Telefongespräch, das möglicherweise über ihre Zukunft entschied, war selbst für eine Medienfrau wie Myrta abrupt.

Lutz Müller-Pohl meldete sich mit einem überschwenglichen «Hallo! Wie geht es Ihnen, liebe Frau Tennemann?»

«Bestens. Und Ihnen?»

«Ich habe eine tolle Mitteilung. Sie sind unsere neue Moderatorin!»

«Wow.» Mehr brachte Myrta nicht heraus.

«Was sagen Sie dazu?»

«Äh, toll.»

«Ach, das war von Anfang an klar. Also, liebe Myrta, darf ich den Vertrag schicken?»

«Natürlich.»

«Gut. Wir freuen uns auf Sie. Wir machen Sie zum Star! Das RTL-Management wird in den nächsten Tagen mit Ihnen in Kontakt treten. Sie werden eine persönliche Assistentin erhalten, die ihre Termine koordiniert und die Pressearbeit übernimmt. Wir werden dann bereits die nächsten Schritte planen. Ich habe Ihnen erzählt, dass wir einige Projekte in der Pipeline haben. Wir sind echt froh, dass wir Sie gewinnen konnten.»

«Oh, ich freue mich auch.»

Es dauerte etwa fünf Minuten, bis Myrta begriff, was Lutz Müller-Pohl ihr soeben mittgeteilt hatte: Sie war Moderatorin beim grössten privaten TV-Sender Deutschlands, RTL. Spätestens in einem halben Jahr würde sie zu den Fernseh-Promis gehören und in jedem Restaurant den besten Platz erhalten, auch wenn das Lokal ausgebucht wäre.

Weitere fünf Minuten später kam ihr in den Sinn, dass sie vergessen hatte, mit dem Produktionsleiter über ihr Gehalt zu diskutieren. Aber das war ihr gerade egal.

Als sie ihre Mailbox checkte, sah sie eine Mitteilung von Bernd und eine Nachricht einer gewissen Gerlinde Herrmann. Bernd gratulierte ihr. Ob er nun hinter ihrem Rücken die Fäden gezogen hatte, interessierte sie nicht mehr. Gerlinde Herrmann entpuppte sich als ihre persönliche Assistentin. Sie teilte ihr mit, dass morgen Freitag die Pressemitteilung rausgehe und sie sich für Medienanfragen zur Verfügung halten solle.

Eine weitere Mail war von Peter Renner: «Bitte melde dich so schnell wie möglich!»

Das würde sie gleich machen. Erst musste Myrta aber ihren obersten Boss, Helmut Zanker, anrufen und ihm ihre Kündigung mitteilen. Ein Gespräch, vor dem ihr graute.

Es dauerte allerdings gerade mal eine Minute oder noch weniger. Zanker bedankte sich und wünschte ihr alles Gute.

Myrta hatte erwartet, dass er versuchen würde, sie umzustimmen. Oder wenigstens so tun als ob.

LABOBALE, ALLSCHWIL, BASELLAND

Der Reminder-Alarm auf Mette Gudbrandsens Blackberry piepste. 14.59 Uhr. Funktionierte ihr Plan, würde Mette Gudbrandsen in genau 60 Minuten das Gebäude von Labobale für immer verlassen. Lief etwas schief, verbrächte sie im besten Fall die nächsten Wochen und Monate in der firmeneigenen Quarantänestation. Im ungüstigeren Fall würde sie nicht nur in der Quarantänekammer dahinsiechen, sondern von Labobale gleich in Isolationshaft genommen – mit äusserst ungewissem Ausgang. Und falls ihre Aktion im Desaster endete, wäre sie spätestens in einer Stunde tot. Das war Mette bewusst.

Der Countdown für ihren spektakulären Abgang hatte bereits Stunden zuvor begonnen. Sie hatte die Speicherkarte aus Joëls Kamera desinfiziert, in ihren Laptop gesteckt und die Bilder kopiert. Darauf war sie ins Kaffeehaus «Unternehmen Mitte» gegangen und hatte die Bilder via WLAN kommentarlos an myrta.tennemann@schweizerpresse.ch geschickt. Anschliessend hatte sie die Bus- und Bahnverbindung von Basel–Allschwil, Haltestelle «Im Brühl», via Bahnhof SBB nach St. Gallen herausgesucht. Zusätzlich hatte sie ihren Blackberry-Timer so programmiert, dass er zu gewissen Zeiten piepste.

Dann war sie ins Büro gefahren.

Nun quittierte sie das erste Alarmsignal, packte einige persönliche Sachen wie Fotos, kleine Reiseandenken und den Mont-Blanc-Kugelschreiber in ihre «Freitag»-Tasche. Sie stand auf, ging zur Türe und schaute nochmals zu ihrem Arbeitsplatz zurück: «Farvel, mitt kontor – adieu, mein Büro!»

Ein Blick auf die Uhr des Blackberry: 15.04 Uhr. Mette deponierte das Handy in ihrer Tasche.

Dann fuhr sie mit dem Lift ins U4 und passierte die erste Sicherheitsschranke. Sie griff sich eine Flasche Desinfektionsmittel und verstaute sie ebenfalls in ihrer Tasche. In der zweiten Schleuse zog sie den Schutzanzug mit dem integrierten Headset an, was nicht ganz leicht war, weil sie ihn über ihre Strassenkleidung und ihre Tasche stülpen musste. Aber es klappte. Mette ging durch die dritte Schleuse und trat schliesslich ins Hochsicherheitslabor.

«Hi, Miss Gudbrandsen», meldete sich sofort der Sicherheitsdienst in Mettes Kopfhörer.

Sie antwortete nicht.

Die digitale Laboruhr an der Wand zeigte 15.21 Uhr.

«Was machen Sie?»

Mette holte einen Transportkäfig, in dem die Versuchstiere angeliefert wurden. Sie öffnete den letzten verbliebenen Versuchskäfig mit der Nummer 18 und dirigierte die sieben Ratten, deren Ausschlag zwar am Abklingen, aber noch deutlich zu sehen war, in die Transportbox. Ihr war bewusst, dass sie damit im Sicherheitssystem der Labobale Alarm auslöste. Die Transportbox packte sie in eine Schutzhülle.

«Miss Gudbrandsen, bitte melden Sie sich!», plärrte die Stimme in ihrem Ohr.

«Kein Problem», sagte Mette. «Eine Routinesache, bin gleich weg.»

«Okay.»

15.29 Uhr. Mette hatte drei Minuten Vorsprung auf ihre Marschtabelle. Sie musste verlangsamen.

Sie setzte sich an den PC, öffnete die Dokumente, zu denen offiziell nur sie und Phil Mertens Zugang hatten, wartete drei Minuten und kopierte dann die Daten über BV18m92 auf eine externe Festplatte, die sie vor einem halben Jahr zusammen mit ihrem neuen Laptop gekauft hatte. Sie war sich bewusst, dass sie Grossalarm auslöste und in wenigen Augenblicken der Sicherheitsdienst im Labor erscheinen würde. Da die Daten umfangreich waren, dauerte der Kopiervorgang einige Minuten. Ihr Blackberry piepste. Es musste nun 15.35 Uhr sein. Ein Blick auf die Laboruhr bestätigte dies. Es war der Zeitpunkt, zu dem sie das Labor verlassen musste. Doch der Kopiervorgang dauerte länger als erwartet. Mette geriet zeitlich ins Hintertreffen. Sie schlug mit der Hand gegen ihre Tasche, um das Signal zu quittieren. Das Handy verstummte. Da ihr Blackberry noch eine klassische Tastatur hatte und keinen Touchscreen, funktionierte das auch. Das hatte Mette vorher sogar kurz ausprobiert.

Sie wunderte sich, warum die Sicherheitsleute nicht ins Labor stürmten. Hatte sie das Sicherheitsdispositiv der Firma doch überschätzt?

«Mette, was tun Sie?», fragte der Security-Mann via Headset.

«Bin gleich fertig. Muss was kopieren!»

«Das sehe ich. Aber Sie haben keine Erlaubnis dazu. Ich werde in wenigen Sekunden das Labor sperren müssen. Haben Sie das verstanden?»

«Ja.»

Der Kopiervorgang war endlich beendet. Mette kappte die Verbindung zwischen der externen Festplatte und dem Computer.

«Three …», meldete der Sicherheitsmann.

«Fuck you!», sagte Mette und verliess mit der Festplatte und den Ratten den Hochsicherheitstrakt …

«… two …»

… betrat die Schleuse, liess die Peressigsäure-Dusche über sich ergehen – die Ratten waren dank der Schutzhülle und der geschlossenen Transportbox im Trockenen –, erreichte die nächste Schleuse, in der normalerweise der Schutzanzug abgelegt wurde; doch dieses Mal behielt sie ihn an, gelangte ins normale Labor …

«… one!» Klick – die Schleusen hinter ihr wurden verriegelt …

Mette sprühte die Festplatte, die sie mit den Händen vor der Peressigsäure geschützt hatte, mit Desinfektionsmittel ein und lief Richtung Fahrstuhl.

«Halt!», schrie ein Mann. Er stellte sich ihr in den Weg und zielte mit einer Pistole auf sie. Hinter ihm brachten sich zwei weitere Männer in Position. Nein, Mette hat die Security nicht überschätzt.

«Locker bleiben», sagte Mette. «Dürfte ich den Lift betreten?»

«Halt!», wiederholte der Mann. «Sie können nirgendwo hin. Bleiben Sie stehen!»

«Lassen Sie mich durch. In diesem Käfig sind sieben Ratten, infiziert mit unserem Supervirus. Hochansteckend, aggressiv und vermutlich tödlich.» Sie nahm die Festplatte in die linke Hand, in der sie den Transportkäfig trug, und hob mit der rechten die Schutzhülle des Käfigs einige Zentimeter hoch. «Soll ich die putzigen Tierchen freilassen, meine Herren?»

«Entspannen Sie sich, Frau Gudbrandsen. Die Sache wird sich gleich klären.»

«Natürlich.» Mette öffnete den Käfig, nahm eine der Ratten heraus und hielt sie in ihrer Hand. «Niedlich, dieser hässliche Ausschlag, was?»

In diesem Moment erschien Carl Koellerer.

Damit hatte Mette nicht gerechnet.

Koellerer erblickte die Ratte und schrie: «Alle weg hier, los, sofort raus!»

Er und die Männer verzogen sich ins Treppenhaus. «Sie können den Fahrstuhl jetzt benützen, Frau Gudbrandsen», schrie ein Security-Mann.

Mette ging nicht in den Fahrstuhl, das hatte sie auch nie geplant. Ihr war klar, dass der Typ in der Überwachungszentrale den Lift sofort blockieren und sie in der Falle sitzen würde. Stattdessen folgte sie den Männern ins Treppenhaus. Bis ins Erdgeschoss. Dort trat sie in die Eingangshalle. Die Ratte hatte sie immer noch in der linken Hand, in der rechten hielt sie den Käfig mit den übrigen sechs Tieren.

«Mette», sagte Carl Koellerer nun. «Das bringt doch nichts. Was soll das? Was wollen Sie?»

Für den ersten Teil der Flucht hatte Mette acht Minuten eingerechnet. Da ihr Blackberry aber noch nicht piepste, hatte sie die verlorene Zeit offenbar aufgeholt. Mette konnte weder auf ihre Armbanduhr noch auf die Anzeige des Blackberrys schauen, da sich beide unter ihrem Schutzanzug befanden. Und in der Eingangshalle von Labobale war keine Uhr installiert.

Da sie offensichtlich zu früh dran war, leistete sie es sich, ihrem Chef die entscheidende Frage doch noch zu stellen: «Wer ist der Kunde, dem wir dieses verdammte Virus geliefert haben?»

«Mette, das kann ich Ihnen doch nicht sagen. Was soll das?»

Mette ging auf ihn zu und hielt ihm die infizierte Ratte entgegen. Koellerer wich zurück.

Ihr Blackberry piepste. Es war Zeit, Teil zwei der Flucht anzutreten. Mette schlug wieder gegen ihre Tasche, das Gerät verstummte. Doch statt ihren Countdown einzuhalten, ging sie mit der Ratte noch näher zu Koellerer: «Wollen Sie mal streicheln?»

«Reissen Sie sich zusammen, Frau Gudbrandsen!», sagte Koellerer.

«Also, wer war der Kunde? Eine Basler Pillen-Fabrik? Oder irgendeine Quacksalberfirma in den USA? China?»

«Mette! Was wollen Sie?»

Die Norwegerin bemerkte aus dem Augenwinkel, dass mehrere Leute auftauchten, die wie sie Schutzanzüge trugen. Jetzt musste sie unbedingt abhauen.

Wie viele Minuten blieben ihr genau? Dass sie wegen des Schutzanzugs die Zeit nicht ständig kontrollieren konnte, war ein eklatanter Fehler in ihrem Plan, wie sich jetzt herausstellte. Um 16.01 Uhr würde ein Bus der Linie 48 an der Haltestelle «Im Brühl» beim Coop Pronto ankommen und Richtung Bahnhof weiterfahren. Das reichte, um den Zug nach Zürich und St. Gallen zu erreichen. Das hatte sie im Online-Fahrplan überprüft. Um den Bus mit einem Sprint zu erreichen, brauchte sie höchstens zwei Minuten, schätzte Mette. Deshalb lief der Countdown um 15.59 Uhr ab. Wäre sie zu früh dran, würde sie von den Sicherheitsleuten gestellt. Wäre sie zu spät, wäre auch der rettende Bus weg.

«Wer ist der ominöse Kunde?», fragte sie noch einmal. «Antworten Sie! Oder ich lasse die Tiere laufen und verursache damit eine Pandemie, die in kürzester Zeit nicht nur Basel, sondern die ganze Region, ja ganz Europa erfasst. Sie wissen ja, unser Virus ist darauf programmiert …»

«Ja, verdammt!», schrie Koellerer, wechselte aber sofort vom Befehls- in einen väterlichen, fürsorglichen Ton. «Mette, legen Sie das Tier in den Käfig und stellen Sie ihn zurück in unser Labor. Danach besprechen wir alles in Ruhe.»

Mette ging Richtung Ausgang. Die Männer in den Schutzanzügen kamen langsam auf sie zu. Sie hielten Pistolen in der Hand und zielten auf Mette. Die Türe war verschlossen, obwohl sie sich eigentlich automatisch öffnen sollte. Sie war blockiert.

«Okay», sagte Mette. «Reden wir in aller Ruhe. Aber bitte, öffnet die Türe.» Sie ging langsam auf den Wachmann, der die Türe steuern konnte, zu und hielt ihm die Ratte entgegen. Der Mann schaute zu Koellerer.

Mettes BlackBarry piepste erneut. Damit waren die 60 Minuten um. Es war 15.59 Uhr. Mette musste sofort das Gebäude verlassen. «Los!», schrie sie den Wachmann an und hielt die Ratte noch näher an ihn heran. «Türe aufmachen!»

Das Blackberry piepste immer noch, der Ton wiederholte sich immer schneller und wurde lauter. Mette quittierte nicht.

«Los!», schrie sie erneut.

Der Wachmann starrte abwechelnd auf das Tier und auf Koellerer.

«Los, Koellerer, geben Sie das Okay, sonst kommt es zur Katastrophe!»

Mette packte die Ratte fester. Diese öffnete das Maul und präsentierte so den fürchterlichen Ausschlag. Der Wachmann zuckte zusammen und drückte einen Knopf. Die Schiebetüre öffnete sich.

«Danke!», sagte Mette Gudbrandsen laut.

Dann stellte sie den Käfig auf den Boden, ging in die Knie und liess die Ratte von ihrer Hand in den Käfig zurückrennen. Sie schloss den Käfig und flüsterte: «Keine Angst, ihr werdet wieder gesund.»

Das Blackberry piepste immer noch. Mette schlug gegen ihre Tasche. Endlich war Ruhe.

Sie fing an zu hyperventilieren, pumpte ihre Lunge mit Sauerstoff voll, umklammerte mit der linken Hand die Festplatte.

Dann schnellte sie hoch und rannte zur Tür hinaus Richtung Strasse. Sie riss die Kopfbedeckung herunter, befreite sich von den Latexhandschuhen und öffnete den Schutzanzug.

Nun folgte ein weiterer äusserst heikler Teil der Aktion: Im Laufen fischte sie die Desinfektionsflasche aus ihrer Tasche und sprühte die Festplatte erneut ein. Und ihre jetzt nackten Hände.

Sie spurtete über ein Stück Rasen, dessen Boden gefroren und deshalb sehr griffig war. Sie hielt kurz an, stieg aus dem Anzug, sprayte sich mit dem Desinfektionsmittel ein, warf die Flasche weg und lief sofort weiter.

«Stehenbleiben!», schrie einer der Männer hinter ihr.

Mette schaute nicht zurück. Sie spurtete weiter. Die kalte Luft, die sie tief einsog, begann sie zu schmerzen. Der Bus musste gleich kommen. Ausser, er hätte Verspätung. Was dann? Ja, was dann? Mette hatte keine Ahnung. Der Bus darf einfach keine Verspätung haben! Scheisse, daran habe ich auch nicht gedacht!, schoss es ihr durch den Kopf. Unmöglich, wir sind in der Schweiz, da ist alles pünktlich, machte sie sich Mut.

Und rannte.

«Stehenbeiben!» Diesmal blickte Mette zurück. Sie sah drei Sicherheitsleute, die sie in Schutzanzug und mit gezückter Pistole verfolgten. Auch das hatte sie nicht erwartet. Sie war davon ausgegangen, dass an der Eingangstüre Schluss wäre, da Labobale nicht erpicht darauf wäre, einen Aufruhr zu veranstalten und zu riskieren, dass jemand die Polizei riefe. Ein vierter Mann sammelte ihren Anzug und ihre Schutzhaube ein.

«Shit!», keuchte Mette und erhöhte das Tempo. Von der Pünktlichkeit des Busses hing ihr Überleben ab. Oder sie hätte plötzlich die Kondition einer olympischen 10 000-Meter-Läuferin, um das Weite zu suchen.

Die etwa 15 Leute an der Haltestelle «Im Brühl», die zwar noch gut 100 Meter entfernt auf den Bus warteten, schauten in Mettes Richtung. Kurz darauf wandten sich die meisten aber wieder ab, packten ihre Taschen und stellten sich näher an den Strassenrand.

Die machen sich bereit, um einzusteigen! Ich werde es schaffen! Der Bus ist pünktlich! Mette schaute nach links: Ja, der Bus näherte sich tatsächlich vom Bachgraben her.

«Warten Sie auf mich, bitte warten Sie!», brüllte Mette den Wartenden zu.

Die Leute an der Haltestelle schauten wieder zu ihr hin.

Mette hatte nun den Rasen überquert und das Trottoir erreicht. Der Asphalt war griffiger, sie konnte noch einen Zacken zulegen.

Der grüne Gelenkbus fuhr von hinten heran. Mette konnte ihn hören. Sie drehte den Kopf nach links, um Blickkontakt mit dem Fahrer zu suchen. Der Bus überholte sie. Ja, der Fahrer schaute zu ihr, ihre Blicke trafen sich ganz kurz. Er hat mich bemerkt, sagte sich Mette. Er wird auf mich warten. Er muss auf mich warten!

Die Bremslichter des Busses leuchteten auf. Mette rannte den wartenden Passagieren entgegen. Wenn die Kerle nun auf mich schiessen, überlegte sie, könnten sie möglicherweise die Menschen an der Haltestelle erwischen. Würden sie das wagen?

«Warten Sie auf mich!»

Der Bus stoppte. Die Türen öffneten sich. Einige Leute schauten noch zu ihr, die meisten stiegen aber ein.

«Bleib stehen, Mette!», brüllte einer der Verfolger. Sie konnte deutlich hören, dass er ihr viel näher gekommen war. Es würde knapp werden, verdammt knapp sogar! Hatte sie ihre Sprintfähigkeit überschätzt? Sie vernahm Schritte und das Rascheln von Schutzanzügen. Doch in diesen Schutzanzügen konnten sich die Männer nicht lange so schnell bewegen, das war viel zu anstrengend.

Die letzten Passagiere stiegen ein.

«Warten Sie! Warten Sie! Warten Sie!» Mette ruderte mit den Armen.

Aber es waren sicher noch 50 Meter. Wenn der Fahrer jetzt Gas gab, war die Sache gelaufen. Mette war sich dessen bewusst. Denn diesen Spurt konnte sie unmöglich verlängern. Sie war am Ende ihrer Kräfte. Dank ihrer langen Beine war sie zwar schnell, aber Kondition hatte sie keine.

«Mette!», schrie einer der Kerle erneut. «Ich schiesse!»

Tatsächlich knallte es.

Mette zuckte zusammen, spürte aber nichts. Sie war nicht getroffen. Und der Bus stand noch da. Die Scheiben schienen alle heil geblieben zu sein. Warnschuss in die Luft, schätzte sie.

Die Türen des Busses schlossen sich. Aber die Knöpfe an den Türen leuchteten noch. Wartete der Fahrer?

Die Lichter erloschen. «Halt!», brüllte Mette und fuchtelte wild mit den Armen, in der Hoffnung, der Chauffeur würde sie bemerken. Er musste sie doch im Rückspiegel sehen, er hatte sie doch angeschaut vorhin beim Überholen, er wusste, dass sie auf den Bus rannte!

Wenn er wegfahren würde, könnte sie an die Tankstelle oder in den Coop-Pronto-Shop rennen, kam ihr in den Sinn. Und dann?

Dann würde sie überwältigt werden. Ihre Verfolger würden die Ausweise zücken und sie den Passanten zeigen. Security-Männer nehmen eine Diebin fest. Okay, die Schutzanzüge würden ein bisschen komisch wirken – aber sie habe etwas aus einem Labor geklaut, würden die Männer einfach sagen. Alles ginge mit rechten Dingen zu. Niemand würde Fragen stellen.

Mette wollte nicht daran denken, aber es wäre ihr Ende.

Also renn! Renn!

Plötzlich öffnete sich die hinterste Türe des Busses.

10 Meter.

Mette keuchte.

Noch 5.

«Mette, komm zurück», schrie der Mann hinter ihr. Aber irgendwie klang es so, als sei er wieder weiter weg als vorher.

Zwei Meter noch. Das reichte!

Mit einem langen Satz sprang Mette in den Bus und krallte sich mit beiden Händen an eine Stange. Sie musste schier erbrechen. Sie sah Sterne. Sie bekam einen Hitzeschub. Die Türe ging zu, doch der Bus blieb stehen. Einer ihrer Verfolger rannte noch, zwei waren stehengeblieben.

«Sie können fahren», rief Mette von hinten durch den 18 Meter langen Bus dem Fahrer zu, keuchte und fügte dann hinzu: «Die wollten mich nur foppen!» Sie lief durch den Bus nach vorne, versuchte zu lächeln. Der Fahrer, ein etwa 45jähriger Mann mit rundem Gesicht, lächelte.

Mette schaute nach hinten, sah, dass ihr letzter Verfolger den Bus gleich erreichen würde.

«Ich werde verfolgt!», schrie Mette jetzt den Busfahrer an. «Fahren Sie! Bitte fahren Sie endlich!»

Der Fahrer lächelte noch immer. Seine rechte Hand hatte er auf dem Armaturenbrett mit den verschiedenen Knöpfen. Er drückte mit dem Zeigefinger auf einen Kippschalter. Klick. «Die Türen sind verriegelt», sagte er. «Soll ich wirklich fahren? Oder nehmen Sie mich auf den Arm?»

«Bitte fahren Sie, es ist ernst!»

Der Chauffeur gab Gas. Mette sah, wie ihr Verfolger gegen den Bus hämmerte. Dann sackte er zusammen.

Der Fahrer drückte auf einem Bildschirm eine rote Taste: «BVB-Leitstelle, Roger, was ist?»

«Eine Frau wurde verfolgt, sie ist jetzt bei mir im Bus. Die Verfolger sind an der Haltestelle ‹Im Brühl›. Kannst du die Polizei ...»

«Hey!», unterbrach Mette. «Das war ein Scherz!»

Der Fahrer lächelte nicht mehr.

«Was ist nun los?», plärrte die Stimme durch den Funk.

«Ich habe mit den Kollegen gewettet», erklärte Mette, «dass ich schneller beim Bus bin als meine Kollegen bei ihren Autos hier im Parkhaus.» Sie zeigte nach rechts zum Parking über der Tankstelle. «Ich habe gewonnen.»

«Und warum tragen die Kerle so komische Anzüge?», fragte der Buschauffeur.

«Ach, das war Teil der Wette. Hätten sie mich eingeholt, hätte ich in einem solchen Anzug strippen sollen.»

Der Fahrer lachte. Die anderen Fahrgäste grinsten auch. Mette lächelte. Und merkte erst jetzt, dass sie penetrant nach Desinfektionsmittel roch.

Sie legte kurz ihre Hand auf die Schulter des Fahrers und sagte leise: «Sie haben mir gerade das Leben gerettet.»

Phil Mertens hatte Pech mit der Sonne. Zwar hatte er endlich den Nebel hinter sich gelassen und erblickte einen wunderbar dunkelblauen Himmel. Die Berggipfel waren aber nur noch schwach erleuchtet. Der Schnee schimmerte orange-rötlich.

Die Sonne war bereits untergangen.

Er fuhr die Passstrasse hoch. Die letzten Häuser hatte er hinter sich gelassen, nun ging es die engen Serpentinen hoch.

Obwohl die Strasse mit Schnee bedeckt war, kam er flott voran. Jedenfalls hatte Phil diesen Eindruck. Vor ihm waren keine Autos. Phil hatte freie Fahrt.

Als er kurz in den Rückspiegel schaute, bemerkte er, dass er der Vorderste einer recht langen Kolonne war. Phil gab Gas und konnte auf einer kurzen Geraden schnell einen Abstand auf seinen ersten Verfolger herausholen. Vor der scharfen Rechtskurve bremste er ab, kam gut herum, gab Vollgas.

Das ist ein geiles Gefühl, fand Phil.

Als er in die nächste Linkskurve einbog, kam ihm plötzlich ein anderes Auto entgegen. Er hatte es wegen der Schneewände am Strassenrand, die gut zwei Meter hoch waren, nicht kommen sehen. Phil trat auf die Bremse. Etwas zu heftig. Der Volvo driftete leicht, ein Stakkato-Geräusch, das Phil noch nie in seinem Leben gehört hatte, setzte ein, rüttelte das Fahrzeug durch und hielt es in der Spur. Der andere Wagen fuhr vorbei, Phil konnte wieder Gas geben.

Das muss das Antiblockiersystem gewesen sein, dachte Phil. Darüber hatte er zufällig mal was gelesen. Hatte sein Volvo sogar Vierradantrieb?

Er schaute in den Rückspiegel. Der Hintermann hatte genug Abstand. Er trat das Gaspedal durch. Der Volvo gab wieder ein Knattern von sich, blieb aber in der Spur und beschleunigte stark. Hinter Phil bildete sich eine Schneewolke.

«Ich denke, ich habe Allradantrieb», sagte Phil laut und lachte. «That's great!»

Er hätte Lust gehabt, die Fensterscheibe zu öffnen und hinauszujohlen. Da er aber seinen Kopfschutz nicht aufhatte, liess er es bleiben. Er wollte den kleinen Teufeln keine Chance bieten, sich von ihm zu verabschieden.

Ob sie in der Kälte überleben würden, fragte sich Phil und schaute auf das Thermometer. «Jesus!», rief er aus. «Minus 15 Grad!»

Die Frage nach der Überlebensfähigkeit seiner kleinen Teufel beantwortete er sich selbst, allerdings völlig unwissenschaftlich: Ja, sie waren schliesslich so konstruiert, dass sie fast alles überlebten.

Er vergass sie gleich wieder. Autofahren war sehr viel spannender und vergnüglicher. Er fing an, mit den technischen Systemen zu spielen, die in seinem Volvo offenbar eingebaut waren. Grosse Freude bereitete ihm, als er bemerkte, dass er sich etwas von seinen Verfolgern absetzen konnte.

Phil erreichte die Passhöhe. Es war nun deutlich dunkler geworden. Das war ihm egal. Denn nun kam die Abfahrt mit weiteren engen Kurven.

Dann eine lange Gerade.

Phil gab Gas.

Die orange blinkenden Lichtstrahlen, die weiter vorne die im Schatten liegende Schneelandschaft erhellten, beachtete er nicht.

Er wurde erst darauf aufmerksam, als er nicht nur die Strahlen, sondern deren Quelle sah: Zwei Drehlichter an einem grossen Lastwagen mit Schneepflug, der aus der Kurve in die Gerade einbog und auf ihn zukam.

Phil trat auf die Bremse.

Das ABS setzte mit Stakkato ein, das Fahrzeug rüttelte, bremste ab. Allerdings deutlich zu langsam. Der Zusammenprall mit dem Schneepflug wäre unvermeidlich, bliebe Phil in seiner Spur. Er lenkte nach rechts.

Der Volvo touchierte die Schneemauer und schleuderte.

Der Schneepflug bremste und blieb stehen.

Die Autofahrer hinter Phil bremsten ebenfalls ab und hielten an. Phil drehte eine Pirouette und schlitterte auf den Pflug zu.

REDAKTION «SCHWEIZER PRESSE», ZÜRICH-WOLLISHOFEN

In einem ersten Telefonat hatte Myrta Peter Renner über die neusten Entwicklungen in Basel orientiert, dass Joël mittendrin sitze und im Moment handlungsunfähig sei. Renner solle sofort einen zweiten Fotografen nach Basel an die Petersgasse beordern. Trotz mehrfachem Nachfragen der Zecke blieb Myrta in ihren Aussagen äusserst vage. Sie wollte den Anruf von Mette Gudbrandsen abwarten.

Detaillierter hingegen klärte Myrta den «Aktuell»-Nachrichtenchef über die wahren Machenschaften von Labobale auf. Sie schickte ihm auch die echten und die für die Behörden frisierten Baupläne.

Renner hatte gejubelt und schon die Schlagzeile gedichtet: «Ex-Bundesrat deckte illegales Killerviren-Labor.» Myrta hatte zwar versucht, ihn vom Wort Killerviren abzubringen, doch merkte sie bald, dass dies bei Renners Euphorie unmöglich war.

Nun war Myrta daran, sämtliche Bilder von Joël genau zu betrachten und eine Auswahl zu treffen. Die erste Serie betraf einen Mann in einem Laboranzug, der mitten in der Nacht durch Basel wanderte. Dies musste Phil Mertens sein.

Auf den folgenden Bildern war ein Labor zu erkennen oder ein Raum, der so ähnlich aussah, und eine Frau mit blauen Augen, die entsetzt in die Kamera schaute. Auch sie trug einen Schutzanzug. Für Myrta war es ganz klar das beste Bild. Es war ein Foto, das Angst und Verzweiflung ausstrahlte. Und Schrecken. Der Schutzanzug, diese Umgebung, im Hintergrund Abfallsäcke. Dieses Bild symbolisierte den Tod.

Myrta erinnerte sich an ihre Albträume mit dem Sensenmann.

Joël hatte den Tod fotografiert.

Die Müllsäcke irritierten sie allerdings. Deshalb rief sie ihn an. Joël lamentierte rund zwei Minuten, dass er es bald nicht mehr aushalte. Und er fragte, ob diese «Labor-Kuh» – so nannte er die Wissenschaftlerin – angerufen habe.

«Nein», antwortete Myrta knapp. «Etwas anderes: Auf all deinen Bildern sind Müllsäcke. Was ist da drin.»

«Mary Mertens, die Frau von dem Maskenmann, den ich verfolgt habe.»

«Tot?»

«Ja, sicher ist die tot. Stinkt wie die Pest. Und mittlerweile habe ich kleine Tierchen gesehen, die aus den Säcken krabbeln.»

«Behalte einfach deinen Anzug an und warte.»

«Du hast gut reden.»

Myrta hatte die Bilder richtig interpretiert: Ihr Freund Joël hatte den Tod fotografiert.

PETERSGASSE, BASEL

«Ich kann nicht glauben, dass ich schon wieder hier bin!»

Mit diesen Worten hatte Fotograf Henry Tussot seinen Reporterkollegen Alex Gaster begrüsst, der mittlerweile seit über acht Stunden hier sass.

Passiert war nur am Morgen etwas. Erst waren zwei Typen gekommen, die das Haus betreten und nach einer halben Stunde wieder verlassen hatten. Sie trafen auf den Mann vom Kurierdienst, der den beiden ein Paket übergab, das sie im Hauseingang deponierten. Kurz darauf war eine Frau erschienen, eine grosse, hübsche, mit leuchtend blauen Augen. Alex hatte sie angesprochen und gefragt, ob sie Mette Gudbrandsen sei. Sie hatte aber nicht geantwortet und war davongelaufen.

Wo Joël war, warum Henry zurückkam, was sie hier noch machen sollten – das wusste Alex nicht. Er hatte nur den Auftrag zu warten. Und nach dem letzten Anschiss von Chefredakteur Jonas Haberer würde er diesen Auftrag erfüllen.

Es war sein dämlichster Auftrag, seit er Journalist war. Saukalt war es zudem.

Und Henry nervte, weil er wieder einmal seinen Job kündigen wollte.

VOLKSWIRTSCHAFTSDEPARTEMENT, BUNDESHAUS, BERN

Um 17.47 Uhr erhielt Gianluca Cottone einen Anruf von Dr. Frank Lehner.

«Ich gratuliere Ihnen», sagte der Pressechef der Parlinder AG. «Scheint so, als hätten Sie gewonnen. Schade, dass wir nie zusammenarbeiten konnten.»

«Kann ja noch werden.»

«Das glaube ich kaum. Aber das ist eine andere Geschichte.»

«Weshalb habe ich gewonnen?»

«‹Aktuell› hat mich angerufen. Sie wissen offenbar Bescheid über den Labobale-Beschiss!»

Cottone wunderte sich, dass der sonst so disziplinierte und geschliffene Dr. Frank Lehner das Wort «Beschiss» benutzte.

«Oh», sagte Cottone nur.

«Sie sind vielleicht ein Schlitzohr! Haben den Battista immer im Auge gehabt, was? Und kaum hat er sie abgesägt, versenken Sie ihn mit einigen Bauplänen, die Sie vor Jahren kopiert haben. Ein echter Profi! Chapeau!»

«Na ja ...» Cottone fühlte sich geschmeichelt. Allerdings fand er Lehners Ausdruck «Chapeau», der wie Schappoo klang, äusserst peinlich. Ein Deutscher kann einfach nicht französisch sprechen, fand er.

«Nicht so bescheiden, mein Lieber, nicht so bescheiden! Wir werden morgen um 10 Uhr in der Parlinder AG in Liestal eine Medienkonferenz abhalten. Ich würde mich freuen, Sie begrüssen zu dürfen.»

«Ich weiss nicht», sagte Cottone. «Worum geht es denn?»

«Ach, lassen Sie sich überraschen und gönnen Sie mir die Freude.»

«Peut-être», sagte Cottone und fügte mit leicht hämischem Unterton die Übersetzung hinzu: «Vielleicht.»

REDAKTION «SCHWEIZER PRESSE», ZÜRICH-WOLLISHOFEN

Um 17.55 Uhr klingelte Myrtas iPhone. Auf dem Display erschien eine ihr unbekannte Nummer. Sie nahm den Anruf nervös entgegen.

«Ja?»

«Spreche ich mit Myrta Tennemann?», fragte die Anruferin auf Englisch.

«Ja.»

«Wie heisst ihre Mutter?»

«Eva.»

«Und wo arbeitet sie?»

«Was soll das? Wer sind Sie?»

«Bitte, ich muss lediglich wissen, ob Sie die richtige Myrta Tennemann sind, die Tochter von Frau Doktor Eva Tennemann. Also wo arbeitet sie, oder hat einmal gearbeitet?»

«An der Universität St. Gallen», antwortete Myrta nun.

«Okay. Ich bin Mette Gudbrandsen. Ihr netter Freund Joël sitzt ein bisschen in der Klemme. Ich habe Ihnen ja bereits einige seiner Fotos gemailt. Können wir uns sehen?»

«Klar.»

«Moosmühlestrasse im Sittertobel, St. Gallen, ganz unten an der Sitter.»

«Warum dort?»

«Das kennen Sie doch, schliesslich sind Sie aus St. Gallen.»

«Ja, aber …»

«Kommen Sie, oder kommen Sie nicht?», fragte Mette genervt.

«Okay.»

«In einer Stunde.»

«Das schaffe ich nicht.»

«Beeilen Sie sich. Ihr Freund Joël wird es Ihnen danken!»

REDAKTION «AKTUELL», WANKDORF, BERN

Aus den etwas dürftigen Informationen von Myrta, dem Kurzinterview mit Dr. Frank Lehner, das er selbst geführt hatte, den Zusatzrecherchen von Politik-Chefin Sandra Bosone und weiteren Journalisten, versuchte Flo Arber einen süffigen Artikel zu schreiben. Seine Rolle als Chef-Schreiber gefiel ihm ganz und gar nicht. Er textete lieber Stories, die er von A bis Z selbst recherchiert hatte. Aber hier ging es darum, aus Infos vom «Hörensagen» und mithilfe von – seiner Ansicht nach – nicht verlässlichen Bauplänen eine knallige Geschichte zu fabrizieren, die den hetzerischen Titel *«Battista deckte illegales Killerviren-Labor»* stützte. Noch mehr Mühe hatte er mit dem Untertitel, den Chefredakteur Jonas Haberer unbedingt haben wollte: *«Der Ex-Bundesrat setzte das Leben Abertausender aufs Spiel.»*

AUTOBAHN A1, ZÜRICH–ST. GALLEN

«Ich bin mit dir nach Basel gefahren, weil ich dachte, du wolltest mit mir zusammensein. Dabei ging es um einen Fernsehauftritt bei Telebasel. Dann habe ich mir einen Tag lang die Füsse wundgelaufen, um mit dir neue Kleider zu kaufen, weil ich hoffte, dass du mir gefallen willst. Doch es ging um das Casting für RTL. Und dann habe ich dir in der Battista-Fröhlicher-Story geholfen. Ausserdem habe ich mich immer um dein Pferd …»

«Stop, Martin», unterbrach Myrta Martins Ansage, «dafür wirst du fürstlich entlöhnt.»

«Stimmt. Aber im Herzen mache ich es für dich.»

«Schön. Und jetzt bitte ich dich bloss darum, mich zu einem etwas schwierigen Termin zu begleiten.»

«Was heisst das? Wie schwierig ist dieser Termin?»

«Wir treffen eine Wissenschaftlerin, mit der ich ein Interview machen werde.»

«Und?»

«Ich hoffe, sie gibt mir noch einige Unterlagen.»

«Was soll daran …»

«Ich habe ein bisschen Angst, weil es kein normales Interview ist, sondern weil Mette mir einige Dinge verraten wird, die eigentlich sehr geheim sind.»

«Eine Whistleblowerin?»

«So ähnlich. Allerdings macht sie das nicht ganz freiwillig, sie hat keine andere Chance mehr.»

Sie redeten noch eine ganze Weile, Martin hätte demnächst zugesagt, da war sich Myrta sicher. Als sie jedoch den Ort des Treffens erwähnte, wehrte er ab und bat Myrta, da nicht hinzugehen.

«Weisst du, wo das ist, Myrta?», sagte Martin, betonte die Frage aber so, dass sie so klang, als hätte er gerade «Bist du verrückt?» gesagt.

«Ja, Martin, es ist im Sittertobel unter der Autobahn. Wir sind da aufgewachsen, mein Lieber, Engelburg liegt fünf Minuten davon entfernt.»

«Ja, aber es ist ein dunkles, unheimliches Loch. Machst du jetzt auf geheime Agententreffen?», meinte Martin spitz.

Eine neue Seite von Martin, dachte Myrta, die ich bisher noch nicht gekannt habe. Diese Bemerkung missfiel ihr massiv.

«Okay. Danke trotzdem. Mach's gut.»

Damit beendete sie das Gespräch.

Sie war sauer.

«Scheissmänner», murmelte sie, drehte das Radio auf und switchte durch alle Programme. Danach schaltete sie es wieder aus.

PARKPLATZ LAGALB-BAHN, BERNINA-PASS

Es war bereits tiefste Nacht, und es begann zu schneien. Phil Mertens war alleine auf dem grossen Parkplatz. Er stieg aus und begutachtete den Schaden an seinem Wagen, den sein Unfall auf dem Julierpass verursacht hatte und der für ihn böse hätte enden können. Aber er hatte Glück gehabt und war am Schneepflug vorbeigeschlittert.

Die rechte Seite des Volvos war verbeult und zerkratzt, der Aussenspiegel fehlte.

Phil Mertens genoss es, ohne Kopfschutz draussen zu sein. Er atmete die kalte Luft ein, musste aber sofort husten. Trotzdem war er zufrieden: Er war auf dem Weg der Besserung, die kleinen Teufel verloren ihren Schrecken, sein Körper konnte sich einigermassen mit ihnen engagieren.

Als er fror, stieg er wieder in den Wagen, stellte die Standheizung an und notierte im Tablet-PC weitere Einzelheiten seines Krankheitsverlaufs. Er fotografierte auch nochmals seinen Ausschlag, der immer noch schrecklich aussah. In diesem Punkt war der Wissenschaftler nicht zufrieden mit seiner Arbeit: Dieser herpesähnliche Ausschlag war definitiv zu hartnäckig.

Er überlegte eine ganze Weile, ob er seinen Aufzeichnungen einen Grundsatzkommentar hinzufügen sollte. Schliesslich liess er es bleiben. Irgendwann würden andere Wissenschaftler seine Arbeit würdigen.

Oder verdammen.

PETERSGASSE, BASEL

Vor Mettes Haus in der Basler Innenstadt passierte nichts. Allerdings waren Alex Gaster und Henry Tussot nicht mehr die einzigen, die auf Mette Gudbrandsen warteten. Seit gut einer Stunde stand vor der Haustüre ein schwarzer M-Klasse-Mercedes mit Münchner Nummernschildern. Darin sassen zwei Männer.

Henry hatte die Szenerie bereits mit allen möglichen Belichtungszeiten fotografiert.

«Mühsam, diese Warterei», sagte er zum x-ten Mal.

«Da geht schon noch was ab», meinte Alex. «Wir müssen Geduld haben.»

«Wo steckt wohl Joël?»

«Henry, ich habe es dir schon mehrfach gesagt: Ich weiss es nicht.»

«Magst nicht reden, was?»
«Nein.»

AUTOBAHN A1, ST. GALLEN, AUSFAHRT KREUZBLEICHE

Myrta nahm den Anruf zwar entgegen, konnte das iPhone wegen einer ungünstigen Situation in der Autobahnabfahrt in St. Gallen aber nicht ans Ohr halten.

«Moment, ich komme gleich.»

Als sie schliesslich vor einer roten Ampel stand, ergriff sie das Telefon.

«Entschuldigung. Jetzt bin ich da.»

«Hey, Myrta!» Es war Martin.

«Oh ...»

«Ich bin schon da. Warte auf dem grossen Parkplatz bei dieser Firma.»

«Okay. Ich komme auch gleich. Fünf Minuten.»

PARKPLATZ LAGALB-BAHN, BERNINA-PASS

Der Schneefall war stärker geworden. Der bis vor kurzem schwarzgeräumte Parkplatz war nun weiss.

Phil Mertens startete den Motor seines Volvos und gab Gas. Dann trat er mit voller Kraft auf die Bremse und freute sich über die knatternden Geräusche des Antiblockiersystems. Er wendete den Wagen und wiederholte die Prozedur in entgegengesetzter Richtung. Dann legte er den Rückwärtsgang ein, gab wieder Vollgas, Vollbremse.

Er hatte richtig Spass.

Nun fuhr er im Kreis und beschleunigte. Der Volvo hielt sich in der Spur, das Heck brach nicht aus. Vollbremsung! Ein bisschen schlitterte der Wagen zur Seite, aber nicht viel. Kann man all die Sicherheitssysteme nicht ausschalten, fragte sich Phil. Wäre doch witziger, wenn ich über den Parkplatz rutschen könnte.

Er machte das Innenlicht an und studierte das Armaturenbrett. Etwa einen Drittel der Knöpfe kannte er. Vom Rest hatte er keine Ahnung. Er drückte auf alle, aber es passierte nichts, was ihn begeistern konnte. Plötzlich gingen allerdings Zusatzscheinwerfer an, die den Parkplatz und die niederfallenden Schneeflocken hell erleuchteten.

Das gefiel ihm.

Er kurvte weiter auf dem Parkplatz herum. Wenn er ein anderes Auto auf der Passstrasse erblickte, hielt er kurz an und wartete, bis es vorbei war. Dann liess er es wieder brettern.

Was passierte wohl, wenn er statt die Fussbremse die Handbremse betätigte? Der Volvo verwandelte sich in einen Schlitten. Das gefiel Phil noch besser. Er liess es krachen. Auch die Kurven machten viel mehr Spass. Innert kürzester Zeit lernte er, Pirouetten zu drehen. Dreimal knallte er in einen Schneehaufen, zweimal in eine Schneewand.

Es war ihm egal.

MOOSBÜHLSTRASSE, SITTERTOBEL, ST. GALLEN

Als das Taxi an ihnen vorbei fuhr, war für Myrta und Martin sofort klar, dass dies Mette Gudbrandsen sein musste. Sie folgten ihr in Martins Auto einen schmalen Weg hinunter zu einem kleinen Gebäude direkt am Fluss, dem Pumpwerk Rechen. Hier hatte Myrta die erste Zigarette geraucht. Und ihren ersten und letzten Joint. Mit einem Jungen hatte sie hier auch mal rumgeknutscht. Aber es fiel ihr nicht mehr ein, mit welchem.

Das Taxi wendete. Martin fuhr neben das Auto und liess die Scheibe seines alten Range Rovers hinunter. Der Taxifahrer machte dasselbe. Martin erkannte, dass neben dem Fahrer eine blonde Frau sass.

«Wir suchen eine Frau namens Mette Gudbrandsen», sagte Martin. «Ich begleite Myrta Tennemann.»

Der Fahrer sagte nichts. Die blonde Frau schaute angestrengt zu Martin. Myrta winkte ihr.

«Ich bin da!», rief sie.

Die Frau bezahlte den Taxifahrer und stieg aus. Das Taxi fuhr davon. Myrta und Martin gingen auf die grosse Frau mit den halblangen, blonden Haaren zu. Sie trug einen weissen Schal und einen dicken weissen Pulli.

«Hi. Ich bin Mette. Mette Gudbrandsen.»

Myrta begutachtete sie: Mette war vielleicht 40 Jahre alt, sehr gross und wahrscheinlich sehr attraktiv. Sie hatte vermutlich blaue Augen, das war bei dieser Dunkelheit nicht richtig zu erkennen. Und sie hatte ein sympathisches Lächeln. Myrta hatte sofort das Gefühl, dass Mette eine richtig gute Freundin sein könnte.

Nachdem Myrta erklärt hatte, dass Martin ihr Freund sei und sie ihn mitgenommen habe, weil sie ein fürchterlicher Angsthase sei, fragte sie: «Sind Sie alleine hier?»

Mette antwortete nicht.

Martin stellte sich vor Myrta und sagte zu Mette: «Was soll das hier? Liegen da draussen in der Dunkelheit irgendwelche Leute auf der Lauer, bereit, uns abzuknallen?»

«Kommen wir zur Sache», sagte Mette nur.

«Okay.» Myrta stellte sich wieder neben Martin und hielt seinen Arm fest. «Zuerst möchte ich wissen, wie es Joël geht.»

«Ich hoffe gut», sagte Mette. «Er ist jung. Da sollte ihm das Mertens-Virus nicht viel anhaben können.»

«Das Mertens-Virus?»

«Ja, ich habe es mittlerweile so getauft. Phil Mertens ist mein Kollege, mit dem ich das Virus entwickelt habe. Der Erfinder sozusagen. Die offizielle Bezeichnung lautet BV18m92, was aber auch kein wissenschaftlicher Name ist, mehr ein Gag von Phil. Möchten Sie den richtigen Namen wissen, der sich an den Richtlinien des Internationalen Komitees für die Taxonomie von Viren orientiert?»

«Nein, im Moment nicht», antwortete Myrta und fragte sofort: «Was ist mit diesem Mertens?»

«Seit seiner Flucht aus meinem Haus ist er verschwunden. Ich nehme an, er ist auf dem Weg an einen Ort, wo er sein vieles Geld ausgeben kann.»

Mette ging ein paar Schritte und lehnte sich dann an die Mauer des Pumpwerks. Sie fragte, ob man sich duzen könne. Darauf reichte sie Myrta und Martin die Hand. Für Myrta bestätigte sich damit der erste Eindruck, Mette wurde ihr immer sympathischer. Auch Martin lächelte.

Mette begann, die ganze Geschichte der kleinen Teufel zu erzählen. Ja, sie und Phil Mertens hätten sich von Gustav Ewald Fröhlichers Angebot verleiten lassen.

«Warum Fröhlicher?»

«Er hatte diese verrückte Idee.»

«Welche verrückte Idee? Killerviren zu produzieren?»

«Nein. Mit Viren ein grosses Geschäft zu machen. Beziehungsweise mit den Medikamenten dagegen.»

«Und wie lautete der Plan?»

«Wir sollten ein Virus entwickeln, das krank macht. Dieses Virus wollten wir einem Pharma-Unternehmen verkaufen, das das entsprechende Medikament entwickelt und die Impfung dazu. So. Wenn das Unternehmen so weit sein würde, könnten wir über einige Umwege das Virus auf die Menschheit loslassen und einige Tausend krank werden lassen. Eine Pandemie bräche aus. Und nun kommt das Pharma-Unternehmen, zaubert das Medikament und die Impfung aus dem Hut und verdient sich dumm und dämlich. Und Fröhlicher würde natürlich mitverdienen, er ist ja Geschäftsmann.» Sie hielt kurz inne. «Er war es jedenfalls.»

«Das ist pervers», bemerkte Martin.

«Pervers ist wohl das treffende Wort», sagte Mette. «Aus dem Lateinischen wortwörtlich übersetzt: Verkehrt! Erst das Medikament – dann die Krankheit.»

«Und, habt ihr euch darauf eingelassen?», fragte Myrta.

«Ganz so hundertprozentig klar, wie ich euch das geschildert habe, war es natürlich nicht. Wir sollten ein möglichst aggressives, aber nicht tödliches Virus bauen – um die Medizin auf kommende Viren, die plötzlich ausbrechen, vorzubereiten. Fröhlicher bot uns zudem an, ein Labor nach unseren Bedürfnissen aufzubauen, in dem wir nichts anderes tun mussten als forschen. Wir heuerten noch einige Kollegen an, gründeten kleine Labors in Holland und China, weil dort gute gesetzliche Bedingungen oder, wie in den Niederlanden, Top-Leute sassen, und schon ging es los. Natürlich wussten nur Phil und ich, an was wir wirklich arbeiteten: an der Erschaffung eines neuen Virus!»

«Ihr wolltet Gott sein!», sagte Martin.

«Nein, nein, nein. Das hat nichts damit zu tun. Es war einfach eine tolle Arbeit. Mehr nicht. Leider hat sie angefangen, uns kaputt zu machen. Phil und ich misstrauten uns gegenseitig immer mehr. Mit der Zeit wurde uns allmählich klar, wozu unser Virus dienen sollte. Da bekamen wir moralische und ethische Bedenken. Ich glaube, Phil litt sehr darunter. Seine Frau arbeitete bei Weleda, einer Alternativmedizin-Unternehmung. Anthroposophisch ...»

«Kenne ich gut. Ich bin ehemalige Waldorfschülerin.» Myrta sagte absichtlich Waldorfschülerin wie ihre Eltern, weil die Schweiz offenbar das einzige Land war, in dem die Waldorfschulen Rudolf-Steiner-Schulen hiessen.

«Waldorf?», fragte Mette.

«Waldorfschülerin», erklärte Myrta «Ich besuchte die Schule Rudolf Steiners.»

«Ach so! Ja, kenne ich. Diese Schulen heissen bei uns in Norwegen Steinerskolen.»

«Oh, Steinerskolen! Lustig», sagte Myrta, lenkte das Gespräch aber auf das eigentliche Thema zurück: «Jedenfalls passt die Medizin Rudolf Steiners nicht gerade zu eurer Arbeit bei Labobale. Da lebte Phil wohl in einem grossen Zwiespalt.»

«Kurz nach Weihnachten hatten wir den Durchbruch geschafft», erzählte Mette weiter. «Dann flippte Phil aus, wollte wohl sowas wie ein ‹Gleichgewicht des Schreckens› erreichen und verkaufte das Virus an eine Konkurrenzfirma unseres Kunden. Vermutlich hatte er das schon lange geplant. Und weil bei uns alles ziemlich gut gesichert ist, steckte sich der Idiot selbst mit dem Virus an und schickte Speichelproben an seine Leute.»

«Und wer besitzt nun alles das Virus?»

«Tja, das weiss ich nicht. Es ist das passiert, was ich für unmöglich hielt: Unser Kunde lehnte das Mertens-Virus ab, weil es zu gefährlich sei. Angeblich hat er es zerstört. Was ich aber nicht glaube. Und Phils Kunde ist verschwunden.»

«Wie heissen die Firmen?»

«Keine Ahnung.»

«Und Phil trägt es noch mit sich herum?»

«Genau. Er kann jederzeit eine Pandemie auslösen, wenn er nicht aufpasst oder einfach Lust dazu hat. Zudem besitze ich das Virus. Es liegt in grossen Mengen zu Hause in meinem Wäsche-Trocknungsraum. Inklusive Leiche.»

«Was?!», sagte Martin entsetzt.

«Erkläre ich dir nachher», sagte Myrta.

«Und euer Freund Joël hat das Virus auch.»

«Wir sollten ihn endlich aus diesem Loch befreien», mahnte Myrta.

«Okay», sagt Mette und stand auf. «Kommen wir zum geschäftlichen Teil.»

Sie holte aus ihrer «Freitag»-Tasche die externe Festplatte heraus. «Hier sind die Eckdaten des Virus drauf, einige Dokumente und Belege, wissenschaftliche Analysen et cetera. Die habe ich heute kopiert und bin deswegen auf der Flucht. Ihr könnt das Virus mit diesen Daten zwar nicht nachbauen, aber beweisen, dass ich keinen Mist erzählt habe. Zudem dürften die Behörden daran interessiert sein.» Sie gab den Datenträger Myrta.

Myrta schaute Mette lange an. Dann fragte sie: «Und wo ist das Geschäft?»

«Ich brauche Hilfe.»

Um 22.37 Uhr erschien ein Krankenwagen.

30 Sekunden später tauchten zwei Polizeiautos auf. Sechs bewaffnete Polizistinnen und Polizisten gingen zuerst zum M-Klasse-Mercedes und schickten ihn weg. Dieser fuhr rückwärts aus dem Hof und raste Richtung Nadelberg davon.

Zwei Polizistinnen kamen zu Alex und Henry und wollten sie ebenfalls wegschicken. Das liess sich Henry allerdings nicht gefallen, zückte seinen Presseausweis und einigte sich schliesslich mit den beiden Frauen darauf, hinter einer Absperrung stehen zu dürfen. Sofort richteten die Polizistinnen diese Sperre mit einem rot-weissen Band ein.

Nun trafen im Sekundentakt weitere Polizeiautos, Krankenwagen, Feuerwehrfahrzeuge und mehrere weisse Fiat-Kastenwagen ein. Aus diesen stiegen Personen in weissen Schutzanzügen, Gasmasken und Sauerstoffflaschen auf dem Rücken. Sie versammelten sich vor Mettes Haus.

Henry knipste nonstop. Noch war er der einzige Fotograf vor Ort. In wenigen Minuten würde hier Basels komplette Pressemeute auftauchen.

Alex diktierte Sprachmemos in sein Smartphone. Zwischendurch meinte er zu Henry: «Na, was habe ich gesagt?»

Alle fünf Minuten orientierte er Peter Renner. Dieser hatte schon geschlafen, war nun aber auf dem Weg ins Büro.

Jetzt kamen Fahrzeuge der Werksfeuerwehren grosser Basler Unternehmen hinzu. Da sie im Innenhof keinen Platz mehr hatten, stoppten sie in der Petersgasse selbst. Hinter ihnen folgten einige Autos. Auch dort stiegen wieder Leute in Schutzanzügen aus.

Um 22.53 Uhr wurden mehrere Personen aus dem Innenhof nach draussen geführt. Alex sprach den einen oder anderen an. Sie berichteten, sie seien Anwohner und würden evakuiert. Sie hätten allerdings keine Ahnung warum. Es brenne nirgends.

Henry fotografierte sie. Er blitze in die verstörten Gesichter, ohne die Leute zu fragen, ob sie einverstanden seien oder nicht.

Mittlerweile liefen im Innenhof mehrere Generatoren. Scheinwerfer beleuchteten Mette Gudbrandsens Haus.

Plötzlich waren die Rotoren eines Hubschraubers zu hören. Die Maschine brachte sich über dem Haus in Stellung und erhellte mit einem Scheinwerfer den Eingang.

Henry hatte inzwischen 589 Fotos geschossen, wie das Display anzeigte.

Um 23.07 Uhr meldete sich Peter Renner aus der Redaktion. Er wies Alex an, sofort sämtliche Bilder von Henry zu übermitteln. Flo habe zusammen mit Onlineredakteurin Meret einen Live-Ticker aufgeschaltet. Sie hätten Bilder von Leserreportern erhalten. Allerdings nicht aus Basel, sondern aus Allschwil. Denn bei Labobale sei eine ähnliche Aktion im Gang wie an der Petersgasse in Basel. Er habe Bundeshausredakteurin Sandra Bosone losgeschickt, sie sei aber wohl erst in einer Stunde dort.

«Gebt Vollgas!», schrie plötzlich jemand ins Telefon. «Los, los, los, Kleiner, schlafen kannst du, wenn du tot bist!» Schallendes Gelächter.

Es war Chefredakteur Jonas Haberer.

GUTSHOF IM STÄDELI, ENGELBURG BEI ST. GALLEN

Eva Tennemann servierte Kräutertee. Paul Tennemann und Martin tranken Bier. Softie kuschelte sich an Paul.

«Wir hätten uns eigentlich gleich hier treffen können», sagte Myrta und nippte an ihrer Tasse.

«Nein», meinte darauf Mette. «Erstens war ich nicht sicher, ob ich verfolgt werde. Und zweitens konnte ich nicht wissen, ob ich dir vertrauen kann.»

«Und jetzt bist du dir sicher?»

«Kann man das je sein?»

«Woher kanntest du eigentlich diesen gottverlassen Ort im Sittertobel?», wollte Martin wissen, ohne auf Mettes philosophische Bemerkung einzugehen.

«Von den Open-Air-Konzerten. Ich war zwei Mal dort. Und auf dem Gurten bei Bern auch. Ich liebe Konzerte.»

«Das Open-Air-St. Gallen ist aber weiter oben am Fluss», wandte Martin ein.

«Ich weiss. Aber laut Google-Earth schien mir dieser Platz geeigneter zu sein. Ich hatte im Zug von Basel nach St. Gallen Zeit, einen versteckten Ort für unser Meeting zu finden, bevor ich dich, Myrta, angerufen habe.»

«Aber warum überhaupt St. Gallen? Labobale ist doch in Basel!»

«Als mir Joël erzählte, dass du Eva Tennemanns Tochter bist, wusste ich sofort, dass ich hier Hilfe erhalte. Eva war damals, als ich noch bei Novartis war und wir gemeinsam an diesem Opex-Projekt arbeiteten, sehr nett zu mir. Zudem musste ich untertauchen. Also erst mal weg von Basel. Denn die Labobale-Schergen würden mich überall suchen.»

Alle schwiegen eine Weile. Bis Eva Tennemann sinnierte: «Ja, wir haben uns sofort verstanden.» Kurz darauf fügte sie hinzu: «Hättest mich auch einfach anrufen können, Mette.»

«Na ja ...»

«Wo sind denn all die Jungs, die uns unten am Fluss belauert haben», fragte nun Martin.

Eva und Paul Tennemann schauten ihn irritiert an. Sogar die Katze blickte auf. Mette lächelte. Softie entspannte sich und begann zu schnurren.

«Die müssen verdammt gut sein», fuhr Martin fort. «Ich habe während der ganzen Fahrt geschaut, ob uns jemand verfolgt. Mir ist niemand aufgefallen.»

«Tja, Labobale beschäftigt nur gute Leute.»

Myrta, ihre Eltern und Martin schauten sie mit grossen Augen an.

«Hey, war ein Scherz!»

«Also neben den Killerviren keine anderen Killer?», fragte Papa Tennemann und lachte.

Alle lachten.

Das tat ihnen sehr gut.

Joël traute sich kaum zu atmen. Da draussen war irgendetwas los. Er verfluchte sich. Warum musste er seine Nase immer in Dinge stecken, die ihn nichts angingen? Wenn er dies alles überleben würde, würde er sein Leben endgültig ändern. Und dieses Mal sollte es nicht bei einem guten Vorsatz bleiben, dieses Mal würde er handeln.

Plötzlich klopfte jemand an die Türe.

«Hier spricht Hermann Erbacher, Polizei Basel-Stadt. Ist jemand in diesem Raum?»

Joël wusste nicht, ob er antworten sollte oder nicht. War wirklich die Polizei da draussen? Warum die Polizei? Warum nicht einfach die Sanität?

«Herr Thommen? Joël Thommen?»

Die kannten seinen Namen. Okay. Mette und Myrta hatten sicher alles organisiert.

«Herr Thommen, Sie sollten ins Spital. Wir wurden von einer Frau Mette Gudbrandsen benachrichtigt, dass sie schwerkrank sind.»

Joël getraute sich immer noch nicht zu antworten.

«Herr Thommen? Geht es Ihnen gut? Öffnen Sie die Türe, bitte.»

Scheisse, dachte Joël.

«Wenn Sie die Türe nicht öffnen, gehen wir davon aus, dass es Ihnen nicht gut geht und Sie nicht in der Lage sind zu öffnen. Wir müssen sie also aufbrechen, damit wir Ihnen helfen können, Herr Thommen.»

«Ja, ist gut, ich bin da», meldete Joël sich nun.

Er drehte den Schlüssel.

«Vielen Dank, Herr Thommen. Nun treten Sie bitte zwei Meter zurück.»

Joël tat es.

«Wir werden jetzt hereinkommen, okay?»

«Ja.» Was soll das Brimborium?, fragte er sich.

Die Tür flog auf. Zwei Männer in Kampfmontur und Schutzanzug zielten mit Maschinengewehren auf ihn. Zumindest hatte Joël den Eindruck, dass es Maschinengewehre waren. Danach stürmten mehrere Personen in den Trocknungsraum – alle in Schutzanzügen, Helmen, Gasmasken und mit Sauerstoffgeräten auf dem Rücken – und überprüften jeden Winkel und jeden Gegenstand. Einer tastete Joël vorsichtig ab.

«Hier ist eine Leiche», meldete plötzlich eine Frauenstimme.

Ein Mann trat zu Joël. «Mein Name ist Hermann Erbacher. Wir werden Sie jetzt ins Spital bringen. Dort werden Sie unter Quarantäne gestellt. Ob ein Haftbefehl gegen Sie erlassen wird, ist noch unklar. Ich sage Ihnen das, weil in diesem Raum eine Leiche liegt. Frau Gudbrandsen hat uns darüber aber bereits aufgeklärt. Haben Sie das alles verstanden?»

«Ja», sagte Joël. Mehr brachte er nicht mehr heraus. Eigentlich hatte er nichts verstanden.

«Dann dürfen wir Sie nun ins Spital bringen?»

«Ja.»

Polizist Erbacher blickte hinter sich zum Ausgang und nickte. Nun kamen zwei weitere Personen mit einer Bahre, begrüssten Joël, fragten, ob er Schmerzen habe und wie sein Befinden sei. Joël sagte, es sei ihm schwindlig, und er habe manchmal Atemnot. Zudem fühle er sich, als bekäme er eine Grippe. Auch müsse er ab und zu husten. Und im Gesicht jucke es.

Die eine Person schaute sein Gesicht genau an. Es war eine Frau. In der Glasscheibe ihres Helmes erkannte Joël sein Spiegelbild und erschrak: Sein Gesicht war voll mit roten Pickeln.

Die Frau bat Joël, sich auf die Bahre zu legen. Er wurde mit mehreren Gurten festgebunden. Dann wurde er aus dem Raum und durch einen riesigen Schlauch getragen. Er konnte nicht erkennen, wo es hinging. Er sah nur diesen weissen Schlauch, wie ein überdimensionaler Staubsaugerschlauch. Schliesslich wurde er in einen Krankwagen geladen, allerdings konnte er dies auch nur dank kleiner Sehschlitze aus Plastikfolie erkennen, denn auch im Krankenauto lag er in einer schlauch- oder zeltähnlichen Hülle.

«Ey, Leute», sagte Joël. «Ich bin kein Ausserirdischer!»

19. Januar

CAMPING PLAUNS MORTERATSCH, PONTRESINA, ENGADIN

Karl Strimer untersuchte die eingeschlagene Glasscheibe der Servicetüre des kleinen Ladens. Der Fall war simpel: Jemand hatte das Paar Head-Skis, das neben der Türe im Schnee lag, dazu benutzt, die Scheibe einzuschlagen und in den Shop einzudringen. Auch die Liste des Diebesgutes war schnell erstellt: einige Flaschen Rotwein und mehrere Büchsen Bier. Aber nur Heineken. Sonst fehlte nichts. Obwohl Kantonspolizist Strimer den Platzwart mehrfach darauf ansprach, bestätigte dieser, dass sonst nichts gestohlen worden sei, selbst die Kasse in der Campingplatzrezeption sei nicht aufgebrochen.

Für Karl Strimer war der Fall einfach nur ärgerlich: Jemand hatte mitten in der Nacht Durst, holte sich im Skikeller die Head-Latten, rammte die Türe, schnappte sich die Getränke und gab sich irgendwo die Kante. Da der Campingplatz im Winter in Betrieb war, waren somit sämtliche Camper die ersten Verdächtigen. Sie müssten nun alle befragt werden. Einfach nur ärgerlich.

Ausserdem schneite es. Das war ebenso mühsam, fand Karl Strimer.

GUTSHOF IM STÄDELI, ENGELBURG BEI ST. GALLEN

Sie hatten bis um 4 Uhr geredet, die nächsten Schritte geplant und sich geschworen, zusammen in die Ferien zu reisen, wenn das hier alles ausgestanden sei. Myrta hatte sich in Mette nicht getäuscht, sie hatte eine neue Freundin gewonnen. Oder war es wieder einmal Myrtas schnelle Begeisterungsfähigkeit für jemanden? Nein, Mette würde eine tolle beste Freundin, da war sie sich ganz sicher. Sie hatte ihr auch gleich die gesamte Bernd-Martin-Love-Story erzählt.

Jetzt war es 08.30 Uhr. Mette schlief im Gästezimmer. Eva und Paul Tennemann frühstückten. Myrta sass in der Stube, schaute die Morgenmagazine der deutschen TV-Anstalten und surfte gleichzeitig am Laptop durchs Internet. Das einzige Thema an diesem Freitagmorgen waren die Grosseinsätze sämtlicher Rettungsorgane an der Petersgasse in Basel und bei Labobale in Allschwil. Die Schlagzeilen glichen sich: «Ausbruch der Killerviren?», manchmal mit Ausrufe-, manchmal mit Fragezeichen, «Pandemie-Alarm!» oder «Ausgebrochene Killerviren bedrohen Europa!» In allen Reportagen wurde die neuste Ausgabe von «Aktuell» zitiert, die das geheime Viren-Labor der Parlinder-Tochterfirma Labobale auf dem Titelbild präsentierte. Wie allen anderen Printprodukten hatte es auch «Aktuell» zeitlich nicht mehr gereicht, über die Einsätze in Basel und Allschwil zu berichten. Redaktionsschluss war bereits vorher oder kurz nach Beginn der Aktionen gewesen.

Doch der «Aktuell»-Beitrag mit den von Myrta weitergereichten geheimen Laborplänen hatte in Kombination mit den Live-Meldungen über den Einsatz Hunderter von Menschen in Schutzanzügen zur Folge, dass die Journalisten sämtlicher Networks den Verdacht eines Ausbruchs von Killerviren zur Gewissheit hochstilisierten. Unterstützt wurden sie dabei von Experten, die unisono betonten, dass es nur eine Frage der Zeit gewesen sei, bis so etwas passieren würde. Gerade in Basel, der «Brutstätte des Pharma-Business», wie sich ein Fachmann ausdrückte, hätte schon lange damit gerechnet werden müssen. Denn die Preise auf dem Pharmamarkt befänden sich im freien Fall, neue Medikamente zu entwickeln, sei aus Zeit- und Kostengründen kaum mehr möglich, hinzu kämen die viel zu hohen Testanforderungen der staatlichen Zulassungsstellen. Forschung bedeute, sagte eine Expertin im ARD-Morgenmagazin, an einem Medikament jahrelang zu arbeiten, um irgendwann zum Schluss zu kommen, in einer Sackgasse gelandet zu sein. Das Risiko eines solchen Milliardenverlustes könne sich heute praktisch kein Pharma-Unternehmen mehr leisten. Zudem sei der Druck aus China und Indien dermassen hoch, dass viele Unternehmungen nur noch auf die Entdeckung eines Wundermittels hoffen könnten.

«Ja, genau so ist das», sagte Mette, die jetzt die Stube betrat und Myrta einen Kuss auf die Wange drückte.

«Hi», sagte Myrta überrascht. Der Kuss hatte sich angenehm angefühlt. «Gut geschlafen?»

«Ja», sagte Mette. «Vielen Dank für alles. Ihr seid wirklich nett zu mir.»

«Guten Morgen, Mette», sagte Paul Tennemann und umarmte Mette kurz. «Unser Anwalt kommt um 11 Uhr. Ich finde es übrigens toll, dass du zu allem stehen willst und deine Verantwortung wahrnimmst.»

«Was sollte ich sonst tun?», sagte Mette. «Abhauen wie Phil?»

KONFERENZRAUM PARLINDER AG, LIESTAL

Gianluca Cottone war einige Minuten zu früh. Trotzdem fand er im Konferenzraum, in dem gut 100 Personen Platz hatten, keinen freien Stuhl mehr. Er blieb neben dem Eingang stehen, winkte einigen Journalisten, die er kannte, lächelnd zu.

Um 10 Uhr betrat Dr. Frank Lehner den Saal, setzte sich vors Mikrofon und teilte mit, dass die Medienkonferenz um eine Stunde verschoben werde, da die Behörden von Basel-Stadt und Basel-Land für 10.30 Uhr ebenfalls eine Medienkonferenz angesagt hätten, die man noch abwarten wolle. Für die anwesenden Journalisten sei eine Liveschaltung eingerichtet worden.

Gianluca Cottone versuchte, sich durch die Journalisten hindurch zu zwängen, um zu Dr. Frank Lehner zu gelangen. Als er endlich das Podium erreichte, war Lehner aber längst verschwunden.

GUTSHOF IM STÄDELI, ENGELBURG BEI ST. GALLEN

Die Medienkonferenz der Behörden wurde live im Schweizer Fernsehen übertragen. Myrta war unterwegs in ihr Büro nach

Zürich, ihre Eltern waren an die Uni St. Gallen gefahren. Mette sass alleine im Haus der Tennemanns, starrte gebannt in den Fernsehapparat und kraulte Softie am Hals.

Zusammen mit dem Bundesamt für Gesundheit sei man zum Schluss gekommen, Pandemie-Alarm auszulösen. Man müsse damit rechnen, dass in Basel beziehungsweise in Allschwil ein Virus ausgebrochen sei, das für den Menschen tödlich sein könne.

In einem «amateurmässig eingerichteten Labor», so der Sprecher der Behörden, habe man einen schwerkranken, jungen Mann und eine weibliche Leiche gefunden. Der Mann sei im Universitätsspital unter Quarantäne, die tote Frau in der Pathologie. Um welches Virus es sich handle, wisse man nicht.

Bei einer grossangelegten Kontrolle bei Labobale in Allschwil, einer Firma für unabhängige Labortätigkeiten, seien zwar massive Vergehen gegen «diverse Konzessionen» festgestellt worden, allerdings gebe es keine Hinweise darauf, dass von dort ein «umweltgefährdendes Virus entwichen sei». Labobale habe man deshalb kontrolliert, da es zwischen dem Fall Petersgasse Basel und Labobale Allschwil eine Verbindung gebe, die aus «ermittlungstechnischen Gründen» nicht genannt werden könne.

«Die Verbindung bin ich», sagte Mette zum TV-Gerät. «Und ich werde mich melden, keine Angst …»

Im zweiten Teil der Medienkonferenz kam der Chef des Bundesamts für Gesundheit zu Wort. Er erklärte, was der Begriff Pandemie bedeute und wie stark die Bevölkerung bedroht sei. Er rief alle, die sich nicht gut fühlten, dazu auf, sich sofort beim Arzt zu melden. Wer ein Fieberbläschen im Gesicht entdecke, solle ein Spital aufsuchen.

BARFÜSSERPLATZ, BASEL

Basels beliebtester Platz war zugestellt mit Übertragungswagen aller möglichen TV-Stationen. Auch Alex Gaster und Henry Tussot waren hier. Sie trugen Mundschutz und OP-Handschuhe. Wie die Mehrheit der Menschen, die sich überhaupt noch in die

Stadt wagten. Soldaten und Zivilschützer in voller Chemie-Ausrüstung waren damit beschäftigt, den Passanten Mundschutz, Handschuhe, Desinfektionsmittel und ein Infoblatt abzugeben. Pausenlos ertönten Sirenen von Krankenwagen, Polizei- und Feuerwehrfahrzeugen.

Alex Gaster war via Smartphone live mit der Onlineredaktion verbunden. Alles, was er sagte, wurde sofort auf den Live-Ticker aufgeschaltet.

Jonas Haberer brach immer wieder in Jubel aus. «Dass ich das noch erleben darf!», schrie er mehrmals durch die Redaktion. «Mehr, mehr Alex. Geh jetzt vors Spital! Wir sind gegenüber den anderen Online-Portalen immer noch in Führung. Bring mir Leute, die in Panik sind, Alex!»

Das war nicht schwierig. Es waren alle in Panik.

KONFERENZRAUM PARLINDER AG, LIESTAL

Die Medienkonferenz begann um 11.30 Uhr. Dr. Frank Lehner begrüsste ruhig und professionell die Anwesenden und bedankte sich für ihr Erscheinen.

Wie kann der Kerl nur so cool bleiben, fragte sich Gianluca Cottone.

Zu Lehners Rechten sass Luis Battista, alt Bundesrat, zu seiner Linken Carl Koellerer, CEO von Labobale.

«Meine Damen und Herren», begann Dr. Frank Lehner. «Wir möchten uns zuerst ganz herzlich für die hervorragende Arbeit der Basler und der Baselbieter Behörden bedanken. Wir stehen in engem Kontakt mit ihnen und werden sie jederzeit unterstützen. Wir möchten allerdings festhalten, dass es keinen Zusammenhang mit dem Pandemie-Alarm und den Tätigkeiten von Labobale gibt. Die völlig zu Recht und durch unsere Fachleute unterstützten Untersuchungen unserer Labors in der letzten Nacht haben gezeigt, dass keine gefährlichen Viren bei Labobale entwichen beziehungsweise überhaupt existent waren. Allerdings, und das bedauert sowohl die Labobale- als auch die Parlinder-Geschäftsleitung, haben offenbar zwei Angestellte in Basel ein eigenes Labor eingerichtet und gefährliche Viren gezüchtet. Fest steht, dass dabei mindestens eine Person ums Leben kam und eine zweite infiziert wurde. Die beiden Forscher selbst befinden sich auf der Flucht.»

Dr. Frank Lehner machte eine Pause und blätterte in seinen Unterlagen. Cottone fragte sich, was Lehner alles aufgeschrieben hatte und was er frei referierte. Jedenfalls wirkte er unheimlich souverän. Er war ein echtes Vorbild!

«Ein Grund für die illegalen und, ich betone, zutiefst verwerflichen Tätigkeiten der beiden Forscher mag sein, dass ihre in den vergangenen Jahren erfolgten Ergebnisse nicht nur mangel- und stümperhaft waren, sondern gegen sämtliche ethischen und moralischen Ansprüche von Labobale und des gesamten Parlinder-Konzerns verstiessen. Deshalb wurden beide Wissenschaftler in der Vergangenheit mehrmals verwarnt und auch entsprechend kontrolliert. Doch es zeichnete sich bereits im letzten Dezember ab, dass sich der dadurch entstandene Schaden in Milliardenhöhe bewegt. Zusammen mit Labobale-Geschäftsführer Carl Koellerer kam die Parlinder-Geschäftsführung, namentlich der leider kürzlich verstorbene Mehrheitsaktionär Gustav Ewald Fröhlicher, zum Schluss, sich nicht nur von den beiden Wissenschaftlern, sondern auch von Labobale zu trennen. Da sich kein Käufer finden liess, wurde entschieden, die Unternehmung definitiv zu schliessen. Dies war auch der ursprüngliche Grund, weshalb wir zu dieser Medienkonferenz geladen haben. Detaillierte Hintergründe dazu wird Ihnen gleich Carl Koellerer liefern können.»

Dr. Frank Lehner machte erneut eine Pause und trank einen Schluck Wasser.

«Zuerst möchte ich aber das Wort Herrn alt Bundesrat Luis Battista erteilen. Ihm wurde heute in der Zeitung ‹Aktuell› vorgeworfen, den Behörden falsche Baupläne vorgelegt zu haben und damit Labobale überhaupt die Möglichkeit zur illegalen Viren-Forschung gegeben zu haben. Lassen Sie mich vorher noch etwas klarstellen: Alt Bundesrat Luis Battista hat uns eidesstattlich versichert, dass er sich im damaligen Baugesuchsverfahren immer rechtmässig verhalten hat. Er hat als Firmenanwalt das Baugesuch für Labobale vertreten und problemlos durch sämtliche Instanzen gebracht. Ich betone, dass die für den Bau von Labobale verantwortliche Parlinder-Gruppe die korrekten Baupläne eingereicht hat. Parlinder und Labobale haben keine Kenntnisse von gefälschten Plänen und verurteilen die Berichterstattung in der heutigen ‹Aktuell›-Ausgabe.»

Hinter Dr. Frank Lehner erschien an der weissen Wand das Bild der detaillierten Laborpläne.

«Herr alt Bundesrat Luis Battista, Sie haben das Wort.»

Battista räusperte sich. Gianluca Cottone war gespannt wie noch nie in seinem Leben. «Wie willst du dich noch retten, du Idiot?», sagte er leise vor sich hin.

«Was sagt du?», fragte der Typ neben Cottone.

Dieser sagte nichts darauf, beachtete den jungen Reporter gar nicht.

Nach einer seiner äusserst langfädigen und schleimigen Einführungen, die Cottone ihm über Jahre abzugewöhnen versucht hatte, kam Battista endlich zum Punkt: «Ich habe heute morgen zusammen mit einem namhaften Anwalt gegen ‹Aktuell› sowie gegen weitere Medien Anzeige erstattet. Ich habe in meinem bisherigen Leben niemals wissentlich gelogen oder versucht, jemandem falsche Tatsachen vorzuspiegeln. Als Anwalt, Politiker und auch als Privatmann habe ich mehrere Gelübde gegenüber Gott abgelegt. Ich habe keines davon gebrochen, sondern immer nach bestem Wissen und Gewissen gehandelt. Sie wissen, dass ich portugiesische Wurzeln habe. Und ich möchte darauf hinweisen, dass in Portugal der Glaube noch eine grosse Rolle spielt. Ich danke Ihnen.»

Wie dreist und frech oder naiv kann man eigentlich sein?, fragte sich Cottone. War es totaler Realitätsverlust? Irrsinn? Spätestens in einer Stunde würde die Baselbieter Regierung belegen, dass sie nur die gefälschten Baupläne von Labobale erhalten hatte. Allerspätestens in zwei Stunden. Und wenn mein vermeintliches

Vorbild Dr. Frank Lehner nur ansatzweise so gelogen hat wie Battista, dann ist mein erster Eindruck über den geschliffenen Kommunikationschef der Richtige gewesen. Er ist ein Widerling.

Will ich so werden wie der?

Nein. Aber den Porsche CayenneTurbo S mit 550 PS möchte ich schon haben.

REDAKTION «SCHWEIZER PRESSE», ZÜRICH-WOLLISHOFEN

Es war ein Vergnügen, die neuste Ausgabe der «Schweizer Presse» zu gestalten. Das einzige Problem war, dass Myrta viel zu viele Informationen zum ganzen Skandal hatte und Mühe bekam, sich auch nur von einem einzigen Detail zu trennen. Auf das Titelblatt plazierte sie Joëls Bild von Mette, das er geschossen hatte, als er sie im Trocknungsraum überraschte. Das Bild symbolisierte die ganze Geschichte: eine zu Tode erschrockene Wissenschaftlerin mit leuchtend blauen Augen, in einer schäbigen Umgebung aus Abfall, Elend und Tod. Joël würde damit einen Fotopreis gewinnen, vielleicht sogar den Pulitzer-Preis!

In der über 25 Seiten aufgemachten Reportage wurden sämtliche Infos des Skandals ausgebreitet. Da die «Schweizer Presse» ein Peoplemagazin war, fokussierte Myrta die Geschichte auf Joël, den unerschrockenen Fotografen, und Mette Gudbrandsen, die geläuterte Forscherin.

Die Zusammenarbeit mit der Zecke Peter Renner von «Aktuell» erwies sich wiederum als äusserst dienlich. Die komplette Battista-Spur überliess Myrta ihm. Zweieinhalb Stunden nach der Medienkonferenz legte die Baselbieter Regierung eindeutige Dokumente vor, die bewiesen, dass Luis Battista falsche Baupläne eingereicht hatte. Eine weitere Stunde später distanzierte sich die Parlinder-Gruppe von Luis Battista und reichte Klage gegen ihn ein.

Mitten in diesem Trubel wurde sie mehrfach von ihrer neuen Assistentin Gerlinde Herrmann von RTL gestört. Die Pressemitteilung, dass sie die neue Moderatorin des täglichen People-

Magazins sei, sei auf grosses Interesse gestossen. Sie gab Myrta eine Liste von Medienjournalisten durch, die mit ihr sprechen wollten. Myrta rief diejenigen der Tagespresse zurück, gab kurze Interviews und bat Gerlinde Herrmann, die Reporterinnen und Reporter der Sonntagspresse und der Magazine auf Samstag zu vertrösten. Danach hatte sie Ruhe.

Freute sie sich noch auf diesen Job? War Martin eigentlich dagegen oder dafür? Gab es überhaupt eine Zukunft mit ihm? Sollte sie ihr Pferd Mystery nach Köln mitnehmen?

Dieses Werweissen hätte sie normalerweise ein Wochenende oder länger auf Trab halten können, jetzt allerdings hatte sie keine Zeit zum Grübeln. Sie musste das Layout der neusten Ausgabe der «Schweizer Presse» begutachten. Sie war zufrieden. Ja, sie fand es hervorragend. Allerdings blieben zwei Fragen offen, die sie sich schon vor Tagen gestellt hatte. Oder waren es nur Stunden?

Myrta war durch den Wind.

Eine lautete: Warum hatte Gustav Ewald Fröhlicher Suizid begangen?

Die zweite: War die zeitliche Nähe zwischen der Offenlegung von Battistas Liebelei mit Karolina Thea Fröhlicher zum Labobal-Skandal Zufall oder nicht?

Myrta rief die Pressestelle der Parlinder AG an. Sie wollte von einer freundlichen Dame wissen, ob es eine Möglichkeit gäbe, mit Frau Karolina Thea Fröhlicher zu sprechen. Nein, das sei ausgeschlossen, antwortete die Dame.

Na gut, einen Versuch war es wert, sagte sich Myrta.

CHESA CASSIAN, PONTRESINA, ENGADIN

Die Flasche Veltliner hatte er bereits geöffnet, gleich wollte er sich aufs Sofa fläzen.

Da brummte das Handy. Jachen Gianola nahm den Anruf entgegen, da er sah, dass er von seinem Freund, Kantonspolizist Karl Strimer, stammte.

«Allegra!»

«Allegra. Was machst du?»

«Das, was ein alter Skilehrer so macht. Seine müden Knochen pflegen.»

«Das wird nichts. Ich brauche deine Hilfe.»

«Vergiss es!»

«Ein Fall in deinem Gebiet. Morteratsch. Langläufer entdeckten mit dem Feldstecher einen Mann, der im Schnee liegt und sich nicht bewegt.»

«Wann startet der Rettungshelikopter?»

«Gar nicht. Es schneit, und es hat Nebel.»

«Karl, ich organisiere dir ein paar junge Bergführer, ich mag nicht.»

«Los, komm, du bist immer noch der Chef.»

«Wann?»

«Jetzt! Los!»

REDAKTION «SCHWEIZER PRESSE», ZÜRICH-WOLLISHOFEN

«Hier spricht Doktor Frank Lehner, Sprecher der Parlinder AG, guten Tag Frau Tennemann.»

«Guten Tag», sagte Myrta erstaunt. Sie hatte nicht damit gerechnet, noch etwas von dieser Unternehmung zu hören.

«Sie haben angefragt, mit Frau Karolina Thea Fröhlicher ein Interview führen zu können?»

«Ja, aber die Dame sagte mir …»

«Ich weiss. Sie hat mich informiert. Normalerweise spricht Frau Fröhlicher nicht mit Journalistinnen und Journalisten. Aber für Sie möchte sie eine Ausnahme machen. Ich gratuliere übrigens zu Ihrer neuen Stelle. Fähige Moderatorinnen und Journalistinnen wie Sie tun dem deutschen Fernsehen gut.»

Schleimer, dachte Myrta. Sagte aber: «Vielen Dank!»

«Nun, Frau Fröhlicher wäre für Sie zu einem kurzen Interview bereit. Wenn es Ihnen passt, würde Frau Fröhlicher Sie in rund zehn Minuten anrufen.»

«Das wäre ausserordentlich …»

«Ja, ich sage es ihr. Vielen Dank und viel Erfolg weiterhin.»

In den zehn Minuten Wartezeit schrieb sich Myrta alle möglichen Fragen auf, die sie Karolina Thea Fröhlicher stellen wollte. Myrta wurde nervös. Immerhin würde sie gleich mit einer der reichsten Frauen Deutschlands sprechen. Mit der Freundin von alt Bundesrat Luis Battista, den die «Schweizer Presse» blossgestellt hatte. Warum war die Fröhlicher bereit, ausgerechnet mit der Chefin dieses Blattes zu sprechen? Das kam Myrta irgendwie seltsam vor.

PARKPLATZ MORTERATSCH, PONTRESINA, ENGADIN

Es war stockdunkel, es schneite, und es war vor allem kalt. Minus 13 Grad Celsius. Kantonspolizist Karl Strimer und Skilehrer Jachen Gianola standen vor dem ziemlich verbeulten Volvo XC90.

«Schade um den Wagen», sagte Jachen und zeigte auf seinen alten Audi. «Meiner ist langsam durch. Aber einen solchen Schlitten kann ich mir nicht leisten.»

Strimer leuchtete mit der Taschenlampe ins Innere des Wagens. Ein Tablet-PC und ein Blackberry lagen auf dem Beifahrersitz.

«Was ist denn mit dem Auto?», fragt Gianola.

«Hat Baselbieter Kennzeichen, gehört einem Mann namens Phil Mertens. Hörst du das leise Surren?»

Gianola horchte angestrengt. «Ja. Das ist eine Standheizung, nicht?»

«Denke ich auch. Aber warum läuft die?»

«Damit das Auto schön warm ist, wenn der Fahrer zurückkommt!»

«Aber die lässt man nicht den ganzen Tag laufen! Diese Geräte kann man doch programmieren oder per Fernbedienung einschalten.»

«Aber hier wird es verdammt kalt. Vielleicht sitzt der Mann in der Beiz.» Jachen Gianola deutete mit dem Kopf auf das Hotel Morteratsch, das gleich an der Haltestelle der Bernina-Bahn lag.

Auf der Sonnenterrasse hatte Jachen schon manchen Skitag feucht-fröhlich ausklingen lassen. Denn das Hotel war Ziel einer der schönsten und längsten Abfahrten Europas: von der Diavolezza über zwei Gletscher, vorbei an den Gipfeln des Piz Palü und des Piz Bernina, und dann die lange Fahrt durchs Morteratschtal. Bei guten Schneeverhältnissen war diese Abfahrt fast durchgehend gepistet und daher auch für weniger gute Skifahrer zu bewältigen. Jedenfalls konnte Jachen Gianola mit diesem Abenteuer bei seinen Gästen immer punkten. Und das Beste: Auf der Moräne zwischen den beiden Gletschern gab es eine Eisbar. Da konnten seine Gäste Cüpli schlürfen, sie liebten ihn dafür.

«Nein, ich habe schon im Hotel nachgefragt. Im Restaurant auch. Da gibt es keinen Phil Mertens.»

«Dann gehört er wohl dem Eismann da oben … los.»

Sie knipsten ihre Stirnlampen an und gingen zum Hotel, wo bereits vier Skilehrerkollegen mit einem Rettungsschlitten und ein weiterer Polizist warteten. Man begrüsste sich kurz, dann setzte sich der Trupp Richtung Morteratschgletscher in Bewegung.

REDAKTION «SCHWEIZER PRESSE», ZÜRICH-WOLLISHOFEN

Karolina Thea Fröhlicher meldete sich am Telefon mit einem leisen «Hallo?»

«Guten Tag, Frau Fröhlicher, es freut mich, dass ich kurz mit Ihnen reden kann. Eigentlich würde ich mit Ihnen am liebsten über Pferde sprechen … da ich selbst auch eine grosse Pferdefreundin bin … und ein eigenes Pferd habe … leider kein ganzes Gestüt …»

Während Myrta sprach und immer wieder kurze Pausen machte, hoffte sie, dass Karolina Thea Fröhlicher irgendwann etwas sagen oder sich über ihre Leidenschaft für Pferde freuen würde. Aber Karolina Thea Fröhlicher blieb stumm.

«Warum wollen Sie ausgerechnet mir ein Interview gewähren?», fragte Myrta schliesslich.

«Das wird kein Interview», sagte Karolina Thea Fröhlicher.

«Ich möchte eine Richtigstellung.» Sie hatte eine etwas hohe, leicht kratzende Stimme.

«Eine Richtigstellung?», fragte Myrta enttäuscht.

«Ja. Luis Battista und ich sind kein Paar mehr. Ich habe mich von ihm getrennt, und ich lege Wert darauf, dass Sie dies korrigieren.»

«Natürlich», sagte Myrta und sah schon die nächste Schlagzeile vor sich: «Trennung!» Immerhin ein Verkaufsschlager.

«Wissen Sie, es stimmt auch nicht, dass wir eine Affäre hatten. Wir waren schon mehrere Jahre ein Paar, nur durfte das niemand wissen!»

«Bitte?» Myrta konnte es kaum glauben: All die Jahre soll Battista seine Familie belogen und nette Homestories mitgemacht haben?

«Luis sollte in diesem Frühling in die Fussstapfen meines Vaters treten. Mein Papa wollte lediglich abwarten, bis Labobale den Durchbruch mit einem neuen Krebsmedikament geschafft hätte. Das war irgendwie Luis' Projekt. Und da mir Mitte Dezember mein Vater sagte, dieses Ziel sei erreicht worden …»

«Mitte Dezember?», hakte Myrta nach. Mette hatte ihr erzählt, dass der Durchbruch erst an Weihnachten gelungen sei.

«Ja», bestätigte Karolina Thea Fröhlicher knapp und fuhr fort: «Deshalb machte ich Luis Druck. Ich wollte, dass unsere Beziehung endlich öffentlich wird.»

Bingo, dachte Myrta. Es war also kein Zufall, dass die Battista- und die Virus-Story fast gleichzeitig losbrachen! Auch wenn es zeitlich nicht genau passte. Sie müsste Mette nochmals fragen.

«Der Skiurlaub in St. Moritz bot eine gute Gelegenheit dazu, da dieser Ort an Weihnachten von Fotografen nur so wimmelt», erzählte Karolina Thea Fröhlicher weiter. «Zudem war an zwei Tagen meine Bekannte Floriana Meyer-Pöhl mit dabei, deren Beziehung zu RTL ich natürlich kenne. Auch sonst ist Verschwiegenheit nicht gerade ihre Stärke.»

«Dann war das alles Absicht? Aber warum haben Ihre Bodyguards meinen Reporter beinahe getötet?»

«Sie haben übertrieben, diese Idioten. Sie wussten nicht, dass ich es darauf angelegt hatte, mit Luis erwischt zu werden. Ich muss mich bei diesem Fotografen unbedingt persönlich entschuldigen und ihm etwas anbieten.»

«Das ist zwar eine nette Geste, aber …»

«Jedenfalls erzielten die Fotos die gewünschte Wirkung: Luis stand endlich zu mir. Als er mich in Portugal besuchte, war er bereit, seine Familie und sein Amt aufzugeben und bei der Parlinder AG anzufangen. So wie es ursprünglich geplant war.»

«Ich möchte Ihnen nicht widersprechen», warf Myrta ein. «Aber ganz freiwillig war sein Rücktritt aus der Regierung nicht. Die Veröffentlichung der von der Parlinder AG bezahlten Reisespesen gaben ihm den K.o.-Schlag.»

«Als wir uns kennenlernten, konnten wir nicht ahnen, dass er in die Schweizer Regierung gewählt würde. Aber mein Vater fand, das sei doch eine gute Sache, immerhin wäre sein Nachfolger ein ehemaliges Mitglied einer Regierung. Er könnte in dieser Zeit ein Netzwerk aufbauen, das für ein Unternehmen wie das unsrige viel Wert sei. Und natürlich war es für Luis immer verlockend, an der Spitze eines internationalen Konzerns zu stehen und wirklich viel Geld zu verdienen. Als Minister musste er sich ja auf die Schweiz beschränken.»

«Und warum beenden Sie nun die Beziehung?», wollte Myrta wissen.

«Ich habe erst heute durch die Medien erfahren, was bei Labobale wirklich passiert ist. Von wegen Krebsforschung! Mein Papa und Luis haben mich all die Jahre belogen. Es ging nur ums Geld. Leider nicht ganz zu unrecht: Da ich faktisch die neue Besitzerin der Parlinder AG bin, hatte ich zum ersten Mal Einblick in die Bilanzen.»

«Und?»

«Ich bin Ihnen sehr dankbar, wenn Sie einige Dinge korrigieren, Frau Tennemann.»

«Natürlich. Was haben Sie denn in den Bilanzen gesehen?»

«Guten Tag noch.»

Es klickte in der Leitung. Karolina Thea Fröhlicher hatte aufgelegt.

VAL MORTERATSCH

Die kleine Gruppe Bergführer und Polizisten kam zügig voran. Da die Retter nicht auf dem gepfadeten Weg marschierten, trugen sie Schneeschuhe. Die beiden Bergführer mit dem Schlitten hatten die anstrengendste Aufgabe, da sich der Schlitten immer wieder an Steinen oder in Ästen von Büschen und kleinen Bäumen verhakte.

Jachen Gianola ging zuvorderst. Das war zwar mühsam, weil er sich einen Weg bahnen musste, so konnte er aber das Tempo bestimmen und verhindern, dass er den Berg hochrennen musste. Das nervte ihn immer am meisten, wenn Jüngere einen Einsatz leiteten: Die gingen viel zu engagiert ans Werk. Bei diesen Temperaturen – Gianola schätze, dass hier oben gut minus 20 Grad Celsius herrschten – war die Aussicht auf eine Rettung eh sehr klein. Als erfahrener Skilehrer und Bergretter war Jachen überzeugt, dass sie hier lediglich eine Bergung durchführen mussten: Leiche finden, einpacken, nach Hause fahren.

Er freute sich schon auf das warme Bett.

REDAKTION «SCHWEIZER PRESSE», ZÜRICH-WOLLISHOFEN

Zuerst fragte sich Myrta, wie dämlich eine Frau sein musste, um sich so leichtsinnig auf die ambitiösen Ideen ihres Vaters und ihres Freundes einzulassen. Wie konnte sich Karolina Thea Fröhlicher nur über Jahre mit der Rolle als Geliebte eines offensichtlich karriere- und geldgeilen Mannes wie Luis Battista zufrieden geben?

Doch Karolina Theas Geschichte erinnerte sie plötzlich an ihre eigene mit Bernd. Und auch daran, was sie selbst gerade mit Martin machte: ihn hinhalten …

Myrta riss sich aus den Gedanken, schrieb das Gespräch mit

Karolina Thea Fröhlicher als Infotext, druckte ihn aus und übergab ihn Reporterin Elena Ritz, die daraus einen zusätzlichen Artikel kreieren sollte. Danach beschloss Myrta zusammen mit ihrem Stellvertreter Markus Kress, statt des Bildes der zu Tode erschrockenen Mette ein Foto von Karolina Thea Fröhlicher aufs Cover zu setzen. Titel: «Jetzt rede ich!»

Myrta fand diesen Titel zwar doof, weil er fast jede Woche in irgendeiner Postille verwendet wird. Doch die Verkaufszahlen stiegen sofort, sobald man mit einer solchen Schlagzeile an den Start ging. Markus Kress jubelte, denn es war ein People-Titel, wie er ihn sich wünschte und auch Woche für Woche, Ausgabe für Ausgabe vorschlug: banal!

Myrta überlegte einen Moment, ob Kress wohl ihr Nachfolger würde.

VAL MORTERATSCH

Die Bergführer leuchteten den Hang ab. Allerdings war wegen des Schneefalls kaum etwas zu erkennen. Spuren schon gar nicht. Die waren längst von gut 15 Zentimetern Neuschnee zugedeckt.

Jachen Gianola stapfte voran. Seine Nase triefte.

Man hörte nur die Schritte und das Atmen der Männer. Und das Gleiten des Schlittens.

Dazwischen hin und wieder einen kleinen Schneerutsch. Aber auf der anderen Seite des Tals. Hier müssten sie vor Lawinen geschützt sein, wusste Jachen. Er stufte die Gefahr als äusserst gering ein.

Trotzdem war ihm nicht wohl.

REDAKTION «SCHWEIZER PRESSE», ZÜRICH-WOLLISHOFEN

Gegen 22 Uhr fiel Myrta in ein Loch. Sie war erschöpft.

Nach der ganzen Umorganisation ihres Magazins und nach diversen Telefonkonferenzen mit der «Aktuell»-Redaktion war sie froh, endlich nur dasitzen zu können und nichts zu tun, ausser auf die letzten Texte und Layouts zu warten. Vor allem die Diskussionen mit Peter Renner und Jonas Haberer hatten sie gefordert: Die beiden konnten echt anstrengend sein. Myrta war froh, dass sie sie los war. Sie war sich sicher, dass ihre Aufgabe in dieser Battista-Fröhlicher-Viren-Story nun endgültig beendet war.

Sie rief zu Hause an, plauderte mit ihrer Mutter und verlangte dann Mette, die immer noch bei Tennemanns war und an ihrer Verteidigungsstrategie feilte, falls sie wirklich in Untersuchungshaft genommen und vor Gericht gestellt würde.

Myrta erzählte von ihrem Telefonat mit Karolina Thea Fröhlicher. Mette stellte zu Labobale und Parlinder viele Fragen, die Myrta nicht beantworten konnte.

Dann war es Myrta, die eine Frage stellte: «Wann ist euch der Durchbruch wirklich gelungen? Die Fröhlicher erzählte mir, dass sie bereits Mitte Dezember davon erfahren habe!»

«Das kann nicht sein», antwortete Mette. «Mitte Dezember teilten wir der Geschäftsleitung lediglich mit, dass wir kurz davor stehen.»

«Seltsam ...»

«Deshalb hat Koellerer so Druck gemacht», sagte Mette. «Jetzt ist mir klar, warum er verlangte, dass wir Tag und Nacht und auch an Weihnachten arbeiten sollten.»

«Das ist ja in eurer Branche noch schlimmer als bei uns», sinnierte Myrta. Dann erzählte sie den Teil mit Battistas Rolle als Nachfolger von Fröhlicher und als eigentlicher, heimlicher Boss von Labobale, was Mette aber nur wenig interessierte. Ihre Fragen bezogen sich darauf, warum Karolina Thea Fröhlicher von einem Krebsmedikament gesprochen hatte: «Krebs war bei Labobale in all den Jahren nie ein Thema», sagte Mette. «Alles Lügen!»

«Keine Ahnung, wie sie darauf kam. Ich müsste Doktor Frank Lehner fragen, aber ich habe ehrlich gesagt keine Lust dazu.»

«Doktor Lehner?», fragte Mette. «Wer ist das?»

«Sorry ...» sagte Myrta, sie musste gähnen, bevor sie weiter sprechen konnte. «Das ist dieser Mediensprecher.»

«Doktor Frank Lehner, dieser Name sagt mir was.»

«Logisch, der arbeitet in der gleichen Firma wie du.»

«Auf welchem Gebiet hat er doktoriert?», fragte Mette weiter.

«Keine Ahnung, irgendwas mit Kommunikation?» Myrta musste erneut gähnen, sie war wirklich todmüde und hatte eigentlich keine Lust mehr auf Parlinder, Lehner, Battista und Co.

«Wie alt ist er?», fragte Mette penetrant weiter.

«Habe ihn nur am Fernsehen gesehen heute. So 45, 50?»

Mette antwortete nicht.

«Hey, Mette, bist du auch eingeschlafen?»

«Nein, ich bin an deinem Laptop und google Doktor Frank Lehner.»

«Und?»

«Warte doch! Da, ich hab's: Der ist nicht Doktor in Kommunikationswissenschaften. Der ist Doktor in Humanbiologie.»

«Und was bedeutet das?», fragte Myrta nun wieder etwas wacher.

«Das bedeutet, dass er sich in Virologie auskennt. Und dass er wohl der Kerl ist, der Zugang zu all unseren Forschungsergebnissen hatte, in unserem Sicherheitssystem schalten und walten konnte, wie er wollte, und dass er hinter dem Brandanschlag auf Phil Mertens steckt.»

«Wie kommst du denn darauf?»

«Weil er wohl als einziger ausser mir und Phil die Viren, die in Phils Haus gefunden worden waren, als BV18m92 identifizieren konnte.»

Plötzlich war Myrta hellwach. «Moment, was erzählst du da, Mette? Lehner und das Virus?»

«Ja ...»

«Mist», sagte Myrta. «Jetzt schnall ich es.»

«Hey, was meinst du?»

Myrta suchte den Artikel aus der Badischen Zeitung, den Cottone ihr gemailt hatte. «Ich Dummkopf! Das war Lehner!»

«Was war Lehner?»

«Warte, Mette, ich lese dir einen Artikel aus der Badischen

Zeitung vom 21. August vor: ‹*Reinigungsritual einer Sekte in Oberrotweil?*›, so lautet der Titel. Dann: ‹*Für eine Familie aus Oberrotweil endete ein nächtlicher Ausflug zum Neunlindenturm und zum Totenkopf mit einem Schock.*› Myrta las den gesamten Text vor. Wie die Familie Mehrendorfer Sternschnuppen beobachtet und auf dem Rückweg bei der Grillstelle eine unheimliche Beobachtung gemacht hatte: Ein Kerl, der Tiere verbrannte. Und auf die Familie schoss.

«Na und?», fragte Mette.

«Ich bin überzeugt, dass das Lehner war. Der wohnt dort. Und er hat sicher ein kleines Labor eingerichtet und mit eurem Virus an Ratten, Mäusen und Meerschweinchen Versuche gemacht und sie dann verbrannt! Und als er von dieser Sternschnuppenfamilie gestört wurde, hat er kurzerhand herumgeballert.»

«Wann war das?», fragte Mette.

«Ende August.»

«Okay», sagte Mette nachdenklich. «Also, im August haben wir … «

«Na?»

«Da haben wir noch eifrig geforscht.»

«Mmmh», machte Myrta enttäuscht. «Dann hat Lehner das Virus nicht entführen können.»

«Nein.»

«Warte, die letzte Testreihe starteten wir …. Shit!», fluchte Mette: «Ich könnte in der Agenda meines Blackberrys nachschauen, aber wenn ich das Handy einschalte, serviere ich mich den Labobale-Killern auf dem goldenen Tablett.»

«Lass das lieber.»

Sie schwiegen einen Moment. Plötzlich sagte Mette: «Warte mal! Nach der letzten erfolgreichen Mutation des Virus gingen Phil und ich ein bisschen feiern in die Stadt. Da war ein riesiges Fest im Gang. Auf der Brücke war kein Durchkommen. Und dann gab es ein Feuerwerk …»

«Erster August!», sagte Myrta. «Ihr habt am 1. August, am Schweizer Nationalfeiertag, die letzte Mutation geschafft! Nein, halt, am 31. Juli, weil in Basel der 1. August am 31. Juli gefeiert wird.»

«Okay, dann passt es ja doch!»

«Habt ihr denn diese erfolgreiche Mutation der Geschäftsleitung mitgeteilt?», wollte Myrta wissen.

«Ja natürlich, wie immer, wenn wir einen Schritt weitergekommen sind. Zudem war alles in den geheimen Laborberichten, auf die offenbar nicht nur Phil und ich Zugriff hatten, detailliert verzeichnet.»

«Lehner hat also das fertige Virus genommen und zu Hause selbst damit herumgespielt?»

«Theoretisch, ja. Aber wenn er alle Tiere verbrannt hat, dürfte das Virus vernichtet ...»

«Wer weiss. Der Kerl hat das Virus vielleicht noch.»

VAL MORTERATSCH

Um 22.37 Uhr fand Jachen Gianola einen Mann in einem weissen Anzug. Es war Zufall gewesen. Jachen hatte ihn nicht gesehen, er war über dessen Beine gestolpert.

Der Mann trug einen Kopfschutz mit Glasvisier.

«Mit welcher Ausrüstung diese Idioten heute in die Berge gehen», schimpfte Jachen. «Das kann ja nicht gut gehen.»

«Das ist ein Schutzanzug, wie sie Leute in Labors tragen», stelle Polizist Karl Strimer fest. Er wies alle ausser Jachen an, weiter unten zu warten.

Jachen befreite den Mann vom Schnee. Er war steifgefroren, hatte weit aufgerissene Augen. Neben ihm lagen mehrere leere Bierdosen der Marke Heineken, Weinflaschen und Medikamentenschachteln. Und ein Desinfektionsspray.

Jachen und Karl schauten sich an.

«Der hat sich zu Tode gesoffen», sagte Jachen.

Karl nahm den Desinfektionsspray und schüttelte ihn. Er war halbvoll und noch nicht ganz eingefroren. «Scheint nicht gemundet zu haben», stellte der Polizist fest.

«Hat trotzdem gereicht», sagte Jachen. «Erst gesoffen, dann eingeschlafen und erfroren. Kein schlechter Tod.»

«Ich weiss nicht …», sagte Karl Strimer.

Auf der Brust der Leiche lagen ein Zettel und ein Bleistift. Karl Strimer betrachtete das Papier, gab es Jachen und sagte: «Was steht denn da? Ist Englisch geschrieben. Lies vor, Jachen, kannst besser Englisch als ich.»

Der Skilehrer nahm den Zettel und hielt ihn so hin, dass er von seiner Stirnlampe beleuchtet wurde.

«Lieber Finder meiner Leiche. Vorsicht! Auf keinen Fall den Anzug öffnen. Ich bin infiziert mit einem hochansteckenden Virus. Es heisst BV18m92, kleine Teufel. Klammer auf: by the way, dear colleagues …» Jachen richtete seine Stirnlampe. «Also, übrigens, liebe Kollegen: die Bezeichnung BV18m92 ist natürlich eine Phantasiebezeichnung, wissenschaftlich praktisch wertlos, nur mein Name und der Entdeckungsort des Virus stimmen mit den internationalen Richtlinien überein: BV steht für Basel Virus. m für Mertens. Und die Ziffern 18 und 92 ergeben 1892, das ist das Gründungsjahr des FC Liverpool. LOL …» Jachen schaute Karl Strimer an. «Was heisst LOL?»

«Keine Ahnung.» Er wandte sich den anderen Männern zu, die immer noch warteten. «Hey, was bedeutet LOL?»

«Laughing out loud», schrie ein Junger zurück. «Ist ein Internetkürzel, verwendet man, wenn man etwas lustig findet.»

«Oh, unser Toter war ein Scherzkeks», kommentierte Karl Strimer. «Los, lies weiter.»

«Also, LOL, Klammer zu. Ich bin Wissenschaftler. Alle Unterlagen zu mir und zum Virus findet ihr auf dem Tablet in meinem Auto, das auf dem Parkplatz steht. Die Standheizung läuft, damit der Computer diese Kälte übersteht.»

Jachen Gianola hielt inne, kramte ein Taschentuch hervor und schneuzte sich. «Verdammte Kälte», murmelte er. «Da gefriert einem der Rotz in der Nase.»

Er packte das Taschentuch weg und las weiter: «Attention, Achtung, Attention!», steht da in grossen Buchstaben: «Der Innenraum und sämtliche Geräte müssen zuerst durch Fachleute desinfiziert werden, da das gefährliche Virus sich möglicherweise auch dort eingenistet hat.»

«Was?», sagte Karl Strimer. «Das gibt einen Riesenaufwand.»

«Den Autoschlüssel habe ich desinfiziert. Er liegt rechts neben mir im Schnee.»

«Deshalb der Desinfektionsspray», sagte Strimer. «Den hat er also nicht gesoffen. Das ist alles komplett verrückt.» Er leuchtete die rechte Seite der Leiche an. Ein Schlüssel war nicht zu sehen, da es seit dem Tod des Mannes viel Neuschnee gegeben hatte. Strimer wischte langsam Schicht für Schicht weg. Tatsächlich kam der Schlüssel zum Vorschein.

Jachen las weiter: «Mein Name ist übrigens Phil Mertens. Ich bin jetzt ziemlich betrunken und mag nicht mehr weitergehen. Als Wissenschaftler weiss ich, dass ich wohl kaum überleben werde bei dieser Kälte. Anyway, ich gehe zu Mary.»

«Wer ist wohl Mary?», fragte Jachen seinen Freund.

«Wohl jemand, der schon tot ist. Los, lies weiter.»

«Noch etwas: Da ich keine Kinder habe, verfüge ich, dass mein Geld, das auf verschiedenen Konten auf der ganzen Welt lagert, an den Tierschutz und an Forschungsprojekte fliesst. Ich habe, bevor ich meine kleine One-Man-Party hier oben gestartet habe, meinen Anwalt per Mail informiert. Ich war zu diesem Zeitpunkt voll zurechnungsfähig. Bye! PS: You'll never walk alone.»

Jachen hielt kurz inne. Dann sagte er: «Der letzte Satz ist der Liverpool-Slogan …»

«Ich weiss», antwortete Strimer. «Hat ihm aber nichts genützt. Gestorben ist er alleine.»

22. *Januar*

AUF EINEM FELDWEG, NAHE BEI ENGELBURG

Ihr Grosser legte ein ordentliches Tempo vor. Myrta genoss den Ausritt auf Mystery an diesem frühen Sonntagabend. Hinter ihr folgte Martin auf seiner Lieblingsstute Valérie. Nachdem es bis Mittag geschneit hatte, war doch noch die Sonne hervorgekommen. Der Ritt durch den Neuschnee war phantastisch.

Beim Waldrand legten die beiden einen Halt ein, wischten den Schnee von einer Bank und setzten sich.

«Hast du eigentlich immer noch diese Albträume vom Sensenmann?», wollte Martin wissen.

«Nein, zum Glück nicht», antwortete Myrta und kuschelte sich an ihn. «Jetzt habe ich dich, Lucky Luke, du beschützt mich.»

Sie lachten. Natürlich war Myrtas Antwort eine Floskel. Aber weder sie noch Martin waren in Stimmung, dieser unerklärlichen oder vielleicht doch erklärlichen Sache mit Myrtas Albträumen auf den Grund zu gehen.

Mette war bereits am Samstag abgereist. Sie hatte sich bei den Behörden in Basel gemeldet. Später hatte sie die Leiche von Phil Mertens identifiziert. Am Sonntagmorgen hatte das Bundesamt für Gesundheit die Pandemie-Gefahr herabgestuft. Es gebe keine Hinweise darauf, dass noch weitere Personen mit dem hochgefährlichen «Mertens-Virus» – die kleinen Teufel wurden nun offiziell so genannt – infiziert seien. Trotzdem würden die üblichen Schutzmassnahmen gelten, die Bevölkerung solle sich regelmässig die Hände waschen. Gegen Abend beruhigte sich die Situation in Basel und in der gesamten Region. Die Menschen getrauten sich wieder ins Freie. Online-Medien und TV-Stationen auf der ganzen Welt sprachen davon, «nur um Haaresbreite der Apokalypse entkommen zu sein».

Tatsächlich hatte das «Mertens-Virus» nicht nur die Region Basel, sondern Europa und die halbe Welt in Atem gehalten.

Nach der Berichterstattung in der Samstagsausgabe von «Aktuell», die erstmals das ganze Ausmass des Skandals aufgedeckt hatte, waren die Emotionen hoch gegangen. Die elektronischen Medien verbreiteten innert Minuten rund um den Erdball Angst und Schrecken wegen des Killervirus, das in Basel ausgebrochen sei. Die Sonntagsmedien hatten zünftig nachgelegt: Mehrere Politiker forderten einen kompletten Forschungsstopp. Experten sprachen davon, dass man mit rund einer Million Toter rechnen müsse. Getoppt wurden diese Aussagen von Meldungen, dass die WHO, die Welt-Gesundheitsorganisation, den Grossraum Basel abriegeln und die gesamte Region unter Quarantäne stellen wolle.

Auch die Historie wurde bemüht: Journalisten kreierten Titel wie «Die neue Pest von Basel». Damit spielten sie auf den Ausbruch des «schwarzen Todes zu Basel» in den Jahren 1563/64 an. Illustriert wurden diese Artikel mit dem weltberühmten Bild «Die Pest» von Arnold Böcklin.

«Vielleicht symbolisierte der Sensenmann, der in deinen Träumen und Erscheinungen aufgetaucht ist, die Pest», sagte Martin, als sie über die seltsamen Auswüchse der Berichterstattung sprachen.

«Meinst du?» Myrta blickte Martin an.

Dieser kämpfte gerade gegen einen Lachanfall.

«Los, auf die Pferde!», sagte Myrta im Befehlston.

Sie stiegen auf und ritten im Schritt nach Hause.

Myrta und Martin gaben sich die Hand.

14. September

TITELTHEMEN-TV, KÖLN-BUTZWEILER

Myrta Tennemann sass in der Maske, als ihr iPhone klingelte. Es war Mette, die anrief.

«Toll, von dir zu hören», sagte Myrta. «Kann ich dich in einigen Minuten zurückrufen? Ich werde gerade für die Sendung geschminkt.»

Es war die zweite Woche, in der Myrta das tägliche People-Magazin auf RTL präsentierte. Sie bekam Lob von allen Seiten. Von ihren Chefs, aber auch von den Medien. Es ging ihr gut. Und ihre Beziehung zu Martin verlief ebenfalls wie erhofft. Sie war zu ihm auf den Hof gezogen. Auch Mystery war von seiner Box bei Tennemanns zu Martin gezügelt. Martin hatte die schönste Box auf seinem Reiterhof, die gleich am Eingang war, Mystery gegeben und ein goldenes Schild mit seinem Namen angebracht. Mystery war die Attraktion für die Gäste. Vor allem für die Kinder. Er wurde stundenlang gestreichelt.

Allerdings war Myrta nur am Wochenende auf dem Hof, unter der Woche wohnte sie in einer kleinen Altbauwohnung in Köln. Zu Bernd hatte sie kaum noch Kontakt. Sie wusste lediglich, dass seine Frau erneut schwanger war.

Myrta genoss das tägliche Ritual in der Maske. Es waren die ruhigsten Minuten des Tages. Sie konnte sich entspannen, die Sendung im Kopf nochmals durchgehen und ihre Moderationen auswendiglernen.

Jetzt aber waren ihre Gedanken bei Mette. Die Norwegerin war zwar nicht ihre neue beste Freundin geworden, und zusammen in die Ferien gereist waren sie auch nicht. Aber sie hatten regelmässig Kontakt. Mette hatte wegen der Labobale-Geschichte einen Prozess am Hals. Da sie sich aber bei der Aufklärung des Falls äusserst kooperativ zeigte, letztlich sogar als Whistleblowerin eine Pandemie verhindert hatte, konnte sie mit einer Einstellung des Verfahrens rechnen. Weniger günstig sah es für alt Bundesrat Luis Battista und Labobale-CEO Carl Koellerer aus. Allerdings waren die Untersuchungen derart kompliziert und aufwendig, dass es noch Jahre dauern konnte, bis ihnen der Prozess gemacht würde. Beide sassen einige Wochen in Basel in Untersuchungshaft.

Längst hatten die Medien und die Öffentlichkeit das Interesse am Fall verloren. Nach dem Coup mit dem Interview mit Karolina Thea Fröhlicher in der «Schweizer Presse» war die Story nicht mehr zu toppen gewesen. In den Wochen danach kamen zwar noch weitere Details ans Licht, aber für die grossen Schlagzeilen reichte es nicht mehr. So wurde bekannt, dass Parlinder-Sprecher Dr. Frank Lehner – auch er sass einige Zeit in U-Haft – tatsächlich neben Fröhlicher, Koellerer und Battista in den Viren-Plan eingeweiht worden war, im Hintergrund das Projekt kontrollierte und die Jagd auf Phil Mertens eröffnet hatte. Und: Er hatte ein kleines, aber sehr aufwendig eingerichtetes Labor bei sich zu Hause in Oberrotweil. Dass er es war, der an einer Feuerstelle Ratten verbrannt haben soll, konnte nicht bewiesen werden. Auch sonst erwies es sich bei ihm wie bei allen anderen Beteiligten als ausserordentlich schwer, belastende und auch juristisch verwertbare Fakten vorzulegen.

Myrta musste grinsen, was die Stylistin nicht besonders witzig fand. Sie musste nochmals nachpinseln.

«Entschuldige», sagte Myrta und versuchte, das Gesicht wieder zu entspannen. Es fiel ihr nicht leicht. Denn sie dachte an Gianluca Cottone. Er hatte sie kürzlich tatsächlich angefragt, ob sie keinen Kommunikations- und Unternehmensberater suche, er sei jetzt selbständig und habe sich auf die Betreuung prominenter Politiker, Wirtschaftsführer und TV-Stars spezialisiert.

Sie musste wieder grinsen. Es ging einfach nicht anders.

Joël hatte vor drei Wochen einen grossen Auftritt in der «Schweizer Presse» und in diversen Talk-Shows gehabt. Das Motto lautete: «Der Mann, der das Killervirus überlebte!» Dabei war er eigentlich der beste Beweis, dass das «Mertens-Virus» wirklich so funktionierte, wie es geplant gewesen war: Es machte zwar elend krank, aber es war bei gesunden Menschen nicht tödlich. Nur einige Narben im Gesicht waren noch zu erkennen.

Joël hatte sogar einen Auftritt bei Myrtas Sender RTL. Sie waren anschliessend zusammen in den Ausgang gegangen. Und sie telefonierten noch immer fast täglich. Bei Joël hatten sich schon zwei Verlage, ein Schriftsteller und drei Filmproduzenten gemeldet. Zu einem Vertragsabschluss für ein Buch oder einen Film war es aber noch nicht gekommen.

Auch mit dem Fotopreis hatte es bisher nicht geklappt. Allerdings war Joëls Foto von Mette mit den weitaufgerissenen Augen im Wäsche-Trocknungsraum bei mehreren Wettbewerben als «bestes Reportagebild» nominiert.

Im August, über ein halbes Jahr nach dem Skandal, musste die Parlinder-Gruppe Insolvenz anmelden. Was die Wirtschaftsmedien längst kolportiert hatten, war damit zur Gewissheit geworden: Das Mertens-Virus und die Kooperation mit einem Pharma-Unternehmen, das ein Medikament und eine Impfung dagegen auf den Markt bringen sollte, hätte die gesamte Gruppe retten sollen. Gustav Ewald Fröhlicher, der Vater dieser Idee, hatte schon Anfang Jahr vom Scheitern dieses Deals gewusst und dass sein Lebenswerk somit zugrunde ginge. Wohl deshalb entschied er sich für den Suizid.

Was Karolina Thea Fröhlicher wohl machte? Ich muss mich informieren, nahm sich Myrta vor, vielleicht kommt sie in meine Sendung. Oder sie könnten zusammen ausreiten und tolle Aufnahmen machen.

Daneben blieben eigentlich nur noch drei Fragen offen: Welches Pharma-Unternehmen hatte sich auf Gustav Ewald Fröhlichers teuflischen Plan mit eingelassen, dann aber kalte Füsse bekommen? Und: Wer war die Konkurrenz-Firma, für die Phil Mertens spioniert und für die er sich mit BV18m92 infiziert hatte? Und hatte Dr. Frank Lehner das Virus vielleicht doch noch irgendwo?

Darüber etwas zu erfahren, erhoffte sich Myrta nun vom Gespräch mit Mette. Denn die Norwegerin recherchierte seit Monaten.

Endlich konnte Myrta die Maske verlassen. Jetzt hatte sie knapp eine halbe Stunde Zeit bis zur Sendung.

Da sie bereits ihr TV-Outfit trug, einen kurzen hellblauen Jupe mit einer weissgestreiften Bluse und dazu passend ultrahohe blaue Satinpumps – alles von der Redaktion gestellt und organisiert – und da sie bereits auch mit dem Regie-Ohrstöpsel und dem Mikrofon verkabelt war, zog sie sich in eine ruhige Sofalandschaft des Studios zurück und wählte Mettes Nummer.

«So, jetzt habe ich Zeit. Wie geht es dir?»

«Gut, danke. Habe endlich eine kleine Wohnung in Basel gefunden.»

«Toll, wann zügelst du?»

«Es gibt nichts zu zügeln: Mein Hab und Gut aus der Petersgasse landete wegen der Infektionsgefahr in einem Spezialofen. Nur einige Schmuckstücke konnte ich davor bewahren. Allerdings litten sie unter der Chemiekeule, die sie erdulden mussten. Egal. Ich kämpfe noch mit der Versicherung um eine Entschädigung. Der Anwalt deiner Eltern ist wirklich eine grosse Hilfe. Wie geht es ihnen?»

«Prima. Hast du schon einen Job?»

«Bin in Verhandlungen. Vielleicht kann ich sogar in Basel bleiben.»

«Roche oder Novartis?», fragte Myrta. «Welches Unternehmen bietet dir mehr?»

«Vergiss es. Ich sage es dir, sobald es klar ist.»

«Und sonst?» Myrta wollte endlich erfahren, ob Mette etwas herausgefunden hatte.

«Du meinst, ich weiss nun, wer das Mertens-Virus gekauft hat?»

«Ja, raus mit der Sprache, dann kann ich es gleich in meiner Sendung erzählen.»

«Genau. Und ich kann meinen neuen Job vergessen. Nein, ehrlich, ich habe noch immer keine Ahnung.»

«Schade.»

«Aber ich habe gerade in einem Forum von Virologen etwas Interessantes gelesen.»

«Ach, Mette, das werde ich kaum verstehen.»

«Und ob!»

«Also, schiess los.»

«In einer ländlichen Provinz in China, deren Name ich nicht aussprechen kann, sorry …»

«Mette, mach es nicht so spannend, ich muss auf Sendung!»

«Also dort, so schreiben meine Wissenschaftskollegen, seien mehrere Menschen an einem grippeähnlichen, bislang unbekannten Virus erkrankt. Auffällig dabei sei, dass die Patienten unter einem aggressiven Herpes-Befall leiden würden. Ihre Gesichter seien stark entstellt.»

Plötzlich hatte Myrta das Bild des Sensenmannes wieder vor sich.

«Du denkst, es ist das Mertens-Virus?»

«Klingt jedenfalls sehr verdächtig.»

«Und wer sollte das ausgesetzt haben? Eine dieser Pharma-Firmen?»

«Oder Doktor Frank Lehner. Oder es ist alles nur Zufall. Oder andere Forscher haben ähnlich kranke Ideen, wie wir sie mal hatten …»

Plötzlich erklang das Ding-Dong, das eine Lautersprecheransage ankündigte.

«Frau Myrta Tennemann, bitte ins Studio. Aufnahme in fünf Minuten.»